अयोध्या मैत्री

भारत श्रृंखला की किताबें

द रोज़ाबल लाइन

चाणक्याज़ चैंट

द कृष्णा की

द सियालकोट सागा

कीपर्स ऑफ द कालचक्रा

द वॉल्ट ऑफ विष्णु

द मैजिशियन ऑफ माज़्दा

द अयोध्या एलायंस

भारत श्रृंखला की प्रशंसा में

द रोज़ाबल लाइन (2008)

'द *रोज़ाबल लाइन* में, अश्विन सांघी एक थ्रिलर के लिए ज़रूरी सारी चीज़ों – क्रूसेड, एक्शन, एडवेंचर, रहस्य – को मिलाकर पेश करते हैं और डैन ब्राउन की तरह, निपुणता और सहजता के साथ एक ऐसा कथानक सामने लाते हैं जो आपको संस्कृतियों और महाद्वीपों, धर्मों और पंथों से होकर ले जाता है।' ~***द एशियन एज***

'अश्विन सांघी की द *रोज़ाबल लाइन* एक जबरदस्त थ्रिलर है जो आपको हमारे इतिहास, हमारी आस्थाओं की दोबारा जांच करने के लिए मजबूर करती है।' **~प्रीतीश नंदी**

'धर्म, इतिहास और राजनीति के प्रति सांघी का रुझान साफ़ तौर पर दिखाई देता है जब वो अलग-अलग दशकों की दुनिया में पाठक को ले जाते हैं। तुलनात्मक धार्मिक प्रणाली, खतरनाक रहस्यों, और एक रोमांचक कथानक मिलकर एक जादुई किताब को सामने लाते हैं।' ***~ द स्टेट्समैन***

'सांघी ने अचूक फॉर्मूला हासिल कर लिया है।' ***~ द टाइम्स ऑफ इंडिया***

'धर्मशास्त्र को एक उत्तेजक, चतुर और चमकीली पद्धति के रूप में पेश करके सांघी बताना चाहते हैं कि मैरी मैग्डलीन के पंथ की सच्ची प्रेरणा भारतीय पवित्र स्त्री त्रि-शक्तियां हैं, और इस तरह वो सोचने और कहानियों में साजिश गढ़ने में डैन ब्राउन को भी पीछे छोड़ देते हैं।' ***~द हिंदू***

चाणक्याज़ चैंट (2010)

'आंतरिक एकालापों और अंगूठे से थामे जनेऊ की तरह तने हुए विवरणों के साथ, हमारे सामने है अश्विन सांघी की धमाकेदार और रोमांच से भरी किताब,

चाणक्याज़ चैंट। दो कहानियां गंगा और यमुना की तरह बहती चलती हैं ... तेज़ रफ्तार और चमक-दमक से भरी रोमांचक किताब।' ***~हिंदुस्तान टाइम्स***

'मैं पूरी तरह सम्मोहित हूं। बेहद दिलचस्प और बांधकर रखने वाली किताब। इतिहासपरक शोध अत्यंत प्रभावशाली है...' **~शशि थरूर**

'रोचक, तेज़ रफ्तार से आगे बढ़ने वाला यह उपन्यास डैन ब्राउन की परंपरा में एक वास्तविक थ्रिलर है।' ***~पीपल मैगज़ीन***

'राजनीतिक प्रशिक्षण और षडयंत्र अश्विन सांघी के इतिहासपरक थ्रिलर के मूल में रहते हैं। रक्तपात, कानूनी मुकदमे, विश्वासघात, हत्याएं, हत्याओं की कोशिशें और वो सब कुछ इसमें हैं जो इसे रोमांच से भरी किताब बनाती हैं।' ***~ सकाल टाइम्स***

'भारत में व्यापक प्रशंसा के बीच जारी किया गया *चाणक्याज़ चैंट* राजनीतिक रोमांच से भरी किताब है।' ***~बिज़नेस इंडिया***

द कृष्णा की (2012)

'मनोरंजक इतिहासपरक थ्रिलर या विचारोत्तेजक काल्पनिक कहानियां सिर्फ पश्चिमी लेखकों के दिमाग की ही उपज क्यों होनी चाहिए? अश्विन सांघी अच्छी तरह से ताना-बाना बुनते हैं और हर रोमांचक मोड़ पर आपको दांतों तले उंगली दबाने पर मजबूर कर देते हैं। कोई चौंकाने वाली बात नहीं कि उनकी किताबें बेस्टसेलर हैं!' ***~हिंदुस्तान टाइम्स***

'भले ही कथानक आज की दुनिया पर आधारित है, आप इतिहास के उदारतापूर्ण छौंक और चौंकाने वाली कहानी के साथ आगे-पीछे करते हुए समय की यात्रा कर सकते हैं।' ***~ द टेलीग्राफ***

'वैदिक युग की एक वैकल्पिक व्याख्या जिसका आनंद षडयंत्र प्रेमियों और थ्रिलर के शौकीन एक बराबर उठाएंगे।' ***~द हिंदू***

‘कमाल की कहानी और अविश्वसनीय शोध। बहुत पसंद आई!’
~अमीश त्रिपाठी

‘सांघी तथ्य और कल्पना के बीच की लकीर को धुंधला करने और इतिहास और वैदिक युग को एक नया नज़रिया देने में कामयाब रहे।’ ***~डीएनए***

द सियालकोट सागा (2016)

‘***द सियालकोट सागा*** प्राचीन रहस्यों को उजागर करते हुए और आधुनिक रहस्यों को दफनाते हुए समय और स्थान के माध्यम से बेहद तेज़ रफ्तार से आगे बढ़ती है।’ ***~द हिंदू***

‘इस किताब की कहानी दशकों और सदियों तक फैलती है, जब तक कि यह आज के भारत में नहीं पहुंच जाती और पक्के तौर पर दोनों इतिहास और थ्रिलर पसंद करने वाले पाठक इसका लुत्फ उठाएंगे।’ ***~द टाइम्स ऑफ इंडिया***

‘कुछ किताबें होती हैं जिनमें दिलचस्पी जगने में वक्त लगता है और कुछ ऐसी किताबें होती हैं जो आपको पहले पन्ने से ही बांध लेती हैं। द *सियालकोट सागा* ऐसी किताब है जो आपको शुरुआत से ही बांधे रखती है।’ ***~हिंदुस्तान टाइम्स***

‘इस किताब में कभी कोई उबाऊ लम्हा नहीं आता। दरअसल, कहानी इतनी रफ्तार पकड़ लेती है कि अभिभूत पाठक किताब नीचे रखकर गहरी सांस लेने के लिए कई मौकों पर मजबूर हो जाता है।’ ***~द फाइनेंशियल एक्सप्रेस***

‘सांघी हर पलटते पन्ने के साथ उपन्यास में पाठकों की भागीदारी को बढ़ाते हुए एक उत्कृष्ट कृति सामने लाते हैं।’ ***~द पायनियर’***

कीपर्स ऑफ द कालचक्रा (2018)

‘जब तक जिग्सॉ पज़ल के सभी टुकड़े एक जगह नहीं आ जाते, तब तक इस किताब को छोड़ा नहीं जा सकता।’ ***~द फाइनेंशियल एक्सप्रेस***

'लेखक बहुत लंबे समय तक रहने वाला प्रभाव छोड़ते हैं ... हर तरह की भावनाएं जगाते हैं, अतीत और वर्तमान का एक नक्शा पेश करते हैं ... बिना किसी उबाऊ लम्हे, बिना किसी नीरस पन्ने के।' ***~द संडे स्टैंडर्ड***

'अश्विन सांघी के नवीनतम थ्रिलर में विज्ञान और आध्यात्मिकता का टकराव होता है।' ***~इंडिया टुडे***

'बहुत बड़े कैनवास पर फैले इस उपन्यास में पौराणिक कथाओं, इतिहास और किंवदंतियों से लैस एक मनोहर कथानक है।' ***~द हिंदू***

'अश्विन सांघी की 'कीपर्स ऑफ द कालचक्रा' आपके हाथ में टिक-टिक कर रहे टाइम बम की तरह विस्फोटक है। हर अध्याय एक अप्रत्याशित आश्चर्य लेकर आता है।' ***~डेक्कन क्रॉनिकल***

'कीपर्स ऑफ कालचक्रा में सब कुछ है: राजनीतिक किरदार जो आपको असल ज़िंदगी के राजनेताओं की याद दिलाते हैं, एक मनोरंजक, जटिल कथानक और आपको बांधे रखने के लिए काफी अविश्वसनीय मोड़।' ***~हिंदुस्तान टाइम्स ब्रंच***

द वॉल्ट ऑफ विष्णु(2020)

'मिथक और विज्ञान की मंत्रमुग्ध करने वाली कीमियागिरी के साथ, अश्विन सांघी ने हमारे सामने अपनी भारत श्रृंखला की छठी किताब पेश की है। अश्विन की सभी किताबों की तरह, बारीक से बारीक चीज़ पर शोध किया गया हैं और तकनीकी जानकारी किसी को भी हैरान कर देती है जब *वॉल्ट ऑफ विष्णु* पाठक को इतिहास के उतार-चढ़ावों, मिथक, भौतिकी, युद्ध प्रौद्योगिकी, आर्टिफिशियल इंटेलिजेंस (एआई) और बायोकेमिस्ट्री से रू-ब-रू कराती है।' ***~द टाइम्स ऑफ इंडिया***

'*द वॉल्ट ऑफ विष्णु*, अश्विन की बाकी सभी किताबों की तरह, इतिहास, मिथक, विज्ञान और रोमांच का एक मदहोश कर देने वाला मिश्रण है।' ***~द हिंदू***

'एक बेहद दिलचस्प और मनमोहक थ्रिलर, जो नतीजा है कहानी कहने की लेखक की प्रतिभा और हिंदू अध्यात्म पर मेहनत से किए गए शोध का।' ***~द न्यू इंडियन एक्सप्रेस***

'सांघी की सबसे नई किताब में उनके पसंदीदा साधन का इस्तेमाल किया गया है- माइथोलॉजी और इसे इतिहास के साथ मिलाकर एक बेहद रोमांचक और सम्मोहक रचना पेश की गई है।' ***~हिंदुस्तान टाइम्स***

द मैजिशियन्स ऑफ़ माज़्दा (2022)

' द *मैजिशियन्स ऑफ़ माज़्दा* कल्पना, इतिहास और रोमांच का एक बेहतरीन मेल है।' ***~डेक्कन हेराल्ड***

'एक बेहतरीन थ्रिलर जो आज के दौर के लिए भी सबक देता है।' ***~द न्यू इंडियन एक्सप्रेस***

'पाठकों, अपने दिल और पढ़ने के चश्मे को संभाल कर रखिए! द *मैजिशियन्स ऑफ़ माज़्दा* में सांघी की अब तक की सबसे बेहतरीन थ्रिलर होने का दम है!' ***~द टाइम्स ऑफ़ इंडिया***

'अश्विन सांघी में प्राचीन ज्ञान को जीवंत करने और फिर तथ्य और कल्पना को मिलाकर एक तेज़-रफ्तार थ्रिलर पेश करने की असाधारण प्रतिभा है... वो निराश नहीं करते।' ***~फर्स्टपोस्ट***

'सांघी की कहानी कहने की आकर्षक शैली पाठकों को पूरे समय जोश और रोमांच से भरे रखती है, जिससे वे हर पल कहानी में डूबे रहते हैं।' ***~द टेलीग्राफ***

अयोध्या मैत्री

अश्विन सांघी

अनुवाद

धीरज कुमार अग्रवाल

हार्पर
हिन्दी

प्रथम प्रकाशन 2026
हार्पर हिन्दी
(हार्परकॉलिंस *पब्लिशर्स* इंडिया) द्वारा प्रकाशित
4th फ्लोर, टावर A, बिल्डिंग नं. 10, डीएलएफ साइबर सिटी,
डीएलएफ फेज II, गुरुग्राम, हरियाणा – 122002, भारत
www.harpercollins.co.in

P-ISBN: 978-93-6569-870-1
E-ISBN: 978-93-6569-578-6

टाइपसेटिंग : हार्परकॉलिंस *पब्लिशर्स* इंडिया प्राइवेट लिमिटेड
मुद्रक : न्यूटेक प्रिंट सर्विसेस प्रा. लि.

HarperCollins *Publishers*, Macken House, 39/40 Mayor Street Upper,
Dublin 1, D01 C9W8, Ireland

शिवाय विष्णुरूपाय शिवारूपाय विष्णवे।
शिवास्य हृदयम् विष्णु: विष्णोश्च हृदयम् शिव:॥
यथा शिवामयो विष्णुरेवम् विष्णुमय: शिव:।
यथाऽन्तरम् न पश्यामि तथा में स्वस्तिरायुषि॥

शिव, विष्णु के रूप हैं, और विष्णु, शिव के रूप हैं। शिव के हृदय में विष्णु निवास करते हैं, और विष्णु के हृदय में शिव निवास करते हैं। जैसे शिव विष्णु में हैं, वैसे ही विष्णु शिव में हैं। चूंकि मैं इन दोनों में कोई अंतर नहीं देखता, मुझे इस दृष्टि से शांति और दीर्घायु मिले।

— कृष्ण-यजुर्वेद का स्कंद उपनिषद

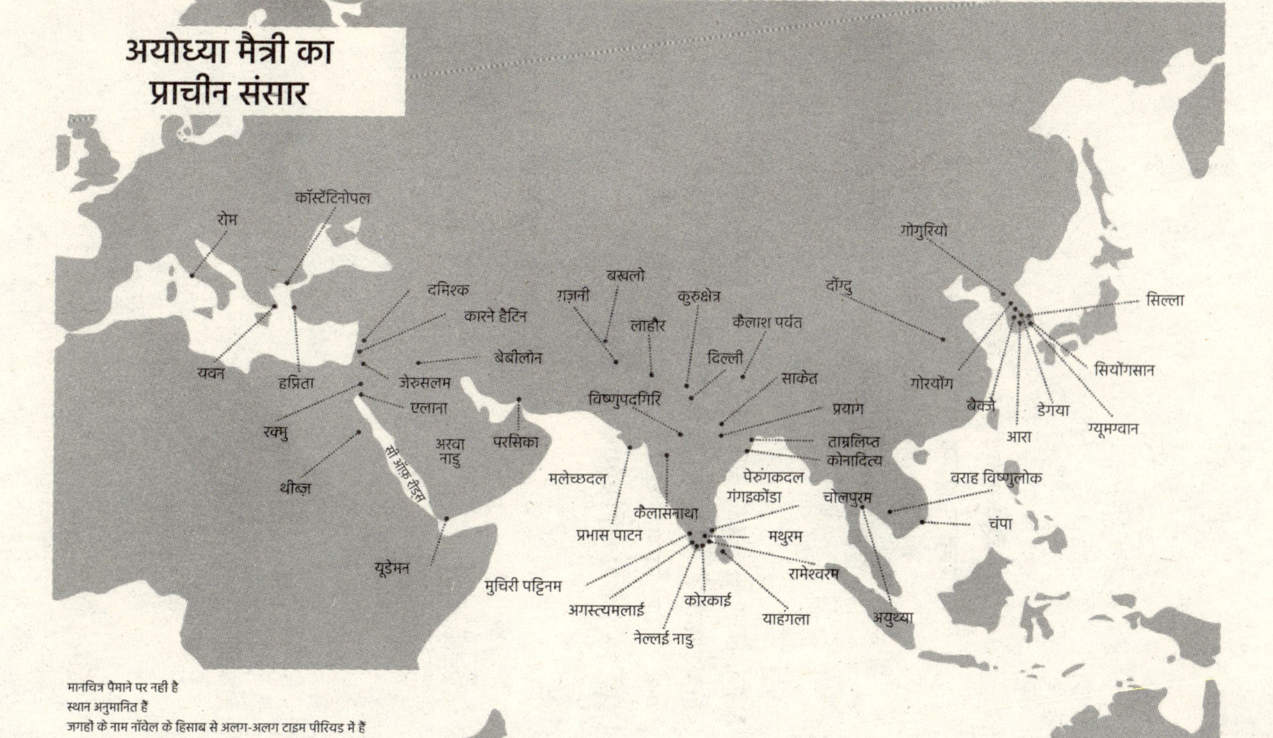

मानचित्र पैमाने पर नही है
स्थान अनुमानित हैं
जगहों के नाम नॉवेल के हिसाब से अलग-अलग टाइम पीरियड में हैं

डिस्क्लेमर

यह पुस्तक एक काल्पनिक रचना है। नाम, पात्र, स्थान और घटनाएं या तो लेखक की कल्पना की उपज हैं या काल्पनिक तरीके से उनका इस्तेमाल किया गया है। वास्तविक व्यक्तियों, जीवित या मृत, या वास्तविक घटनाओं से कोई भी समानता पूरी तरह से संयोग है।

धार्मिक, ऐतिहासिक, पौराणिक, राजनीतिक, वैज्ञानिक या सांस्कृतिक हस्तियों, धर्मग्रंथों, पुस्तकों, स्थानों, सिद्धांतों, प्रथाओं या घटनाओं का संदर्भ केवल कहानी के विषय से जुड़ी नाटकीयता को बढ़ाने के लिए दिया गया है। ये संदर्भ काल्पनिक हैं और इनकी व्याख्या अलग-अलग तरह से हो सकती है। लेखक का इरादा साफ़ तौर पर किसी भी दावे, निहितार्थ या सटीकता का प्रतिनिधित्व करना नहीं है। इन चित्रणों का उद्देश्य किसी भी धर्म, विचारधारा, विश्वास प्रणाली, राजनीतिक दृष्टिकोण या सांस्कृतिक विशेषता पर सवाल उठाना, चुनौती देना, समर्थन करना, आलोचना करना या उसे मान्यता देना नहीं है।

यह किताब अध्ययन के किसी भी क्षेत्र पर आधिकारिक या विद्वत्तापूर्ण दृष्टिकोण पेश करने का दावा नहीं करती है, जिनमें धर्म, पौराणिक कथाएं, धर्मशास्त्र, इतिहास, पुरातत्व, विज्ञान, मानव विज्ञान, समाजशास्त्र, मनोविज्ञान, दर्शन, साहित्य, भू-राजनीति, राजनीति विज्ञान, सैन्य मामले, सामरिक अध्ययन, सांस्कृतिक अध्ययन या न्यायशास्त्र शामिल हैं, लेकिन इन्हीं तक सीमित नहीं हैं। किताब की सामग्री को पूरी तरह से एक काल्पनिक कहानी

की तरह पेश किया गया है और इसकी व्याख्या और किसी रूप में नहीं की जानी चाहिए।

सभी उद्धरण, श्लोक और चित्र—चाहे वे शब्द, दृश्य या प्रतीक रूप में हों—किताब की काल्पनिक संरचना के तहत कथात्मक उपकरणों की तरह समझे जाने चाहिए, न कि सटीक या प्रामाणिक संदर्भों की तरह। मूल धर्मग्रंथ, धर्मविधि या सैद्धांतिक साहित्य से कोई भी समानता संयोगवश या रचनात्मक प्रकृति की है और प्रामाणिकता या समर्थन के किसी भी दावे को नहीं दर्शाती है।

किताब की तस्वीरें, खंड विराम, आवरण कलाकृति और नक्शे जैसे डिज़ाइन, अगर शामिल किए गए हैं, तो वे सिर्फ़ समझाने के इरादे से दिए गए हैं और भौगोलिक, ऐतिहासिक, राजनीतिक या वैज्ञानिक रूप से सटीक होने का इरादा नहीं रखते हैं।

जहां भी उपयुक्त है, लेखक ने किताब के अंत में उन पाठकों के लिए नोट्स, संदर्भ और उद्धरण दिए हैं जो किसी ख़ास प्रसंग के पीछे की प्रेरणा का पता लगाना चाहते हैं। ये संदर्भ सिर्फ़ पृष्ठभूमि के बारे में दिलचस्पी के लिए हैं और कहानी को समझने या उसका आनंद लेने के लिए ज़रूरी नहीं हैं। लेखक ऐसे किसी भी स्रोत की सटीकता, विश्वसनीयता या पूर्णता के बारे में कोई वारंटी नहीं देता है और पाठक उनकी व्याख्या या उपयोग किस तरह करते हैं, इसकी कोई ज़िम्मेदारी लेखक की नहीं है।

लेखक इस काल्पनिक रचना पर आधारित व्याख्याओं, गलत व्याख्याओं या गतिविधि से पैदा होने वाली किसी भी और सभी प्रकार की कानूनी, दीवानी, आपराधिक या प्रतिष्ठा संबंधी ज़िम्मेदारी से साफ़ तौर पर इनकार करता है। पाठकों को खास तौर पर सलाह दी जाती है कि वे इस किताब की सभी सामग्री को काल्पनिक मानें और इस रचना के आधार पर निष्कर्ष निकालने या राय बनाने में अपने विवेक का प्रयोग करें।

प्रस्तावना

मुगल सल्तनत

आज का महरौली, दिल्ली, भारत

करीब 300 साल पहले

जब मुगल साम्राज्य अपनी अंतिम घड़ियां गिन रहा था, तब अराजकता ने पूरे देश को अपनी गिरफ्त में ले लिया था। इसमें कोई चौंकाने वाली बात नहीं थी कि बेरहम फ़ारसी सरदार और फ़ारस के स्वयंभू शाह, नादिर शाह के हमले में दिल्ली बिखर गई। कभी जीवंत रहे इस महानगर में पूरी तरह सन्नाटा छाया था, जिसे सिर्फ बेकसूरों की हताशा भरी चीख और ज़ख्मी लोगों के रोने की आवाज़ तोड़ती थी। धुएं और धूल के एक घने, दम घोंटने वाले पर्दे के पीछे कत्लेआम दिखता नहीं था। अब मलबे और राख से भरी एक बंजर ज़मीन में बदल चुकी दिल्ली पूरी तरह से टूट गई थी।

नादिर शाह लाल किले की ऊंची प्राचीर पर खड़ा था और भावहीन और रुखी नज़र से मौत के इस डरावने नाच को निहार रहा था। उसके नीचे दिख रही दिल्ली अब उसके कब्जे में थी। सड़कें बेजान लाशों से पटी थीं और ज़िंदा बचे लोगों की दिल पिघलाने वाली चीखें हवा में गूंज रही थीं। शहर की कई शानदार इमारतें आग से धधक रही थीं और उनसे निकल रही लपटें आसमान छू रही थीं।

नादिर शाह की शख्सियत से ताक़त और रोब झलक रहा था। उसका ताक़तवर और गठीला शरीर सबूत दे रहा था कि वो कितने सालों तक लड़ाकू

रहा था। उसका चेहरा मज़बूत और असरदार था, गालों की हड्डियां उभरी हुई थीं, दाढ़ी घनी और गहरी थी और नाक उभरी हुई थी। उसकी अनोखी पगड़ी रत्नजड़ित पंख से सजी हुई थी। रेशम और जरी का एक लंबा, लहराता हुआ लबादा, जिस पर सोने के धागों का काम किया गया था, उसके पहनावे को पूरा कर रहा था। उसकी तीखी और बेरहम निगाहें एक ऐसे विजेता के फौलादी इरादे को जाहिर कर रही थीं, जिनमें किसी के लिए कोई हमदर्दी नहीं थी।

फारस पर कब्ज़ा करने के बाद, नादिर शाह ने अफ़ग़ानिस्तान में अपने दुश्मनों पर पूरी ताक़त से हमला किया। उसने अपने दुश्मनों का पीछा हिंदुस्तान तक किया और पेशावर, लाहौर और ख़ैबर दर्रे पर एक के बाद एक कब्ज़ा कर लिया। फिर, करनाल में मुग़ल फौज पर अपनी बर्बर जीत के बाद, उसने मुग़ल ख़ज़ाने को लूट लिया।

मुग़ल बादशाह के कमज़ोर हो जाने और फ़ारसी फौज के अपनी जीत का खुलेआम दिखावा करने की वजह से, सतह के नीचे लोगों का गुस्सा उबल रहा था। डर एक हिंसक गुस्से में बदल गया। भूख, बेइज्ज़ती और लाचारी हर तरफ सड़कों पर देखी जा सकती थी। जब नादिर शाह चांदनी चौक की सुनहरी मस्जिद में गया, तो बेसब्री और बगावत की भावना से भरी भीड़ ने हमला कर दिया। इसे राजद्रोह समझकर, गुस्से से लाल नादिर शाह ने बड़े पैमाने पर कत्लेआम और लूटपाट का हुक्म दे दिया।

उसके हुक्म पर अमल करते हुए, उसके आदमियों ने बेरहमी से शहर को तहस-नहस कर दिया, उनकी तलवारें बेकसूर जनता के खून से लथपथ हो चुकी थीं। उन्होंने मंदिरों को तबाह कर दिया और जो भी दौलत या जायदाद दिखाई दी, उसे जब्त कर लिया। सड़कों पर लाशों का डरावना ढेर लगा था, लोगों की बेजान आंखों से तबाही का ये भयानक मंज़र झलक रहा था।

दिल्ली का लौह स्तंभ, विष्णु स्तंभ, इस दुःस्वप्न के बीच एक अडिग प्रहरी की तरह खड़ा था, जो शहर की स्थायी शक्ति का प्रतीक था। लाल किले

से कुतुब मीनार की तरफ़ जाते हुए नादिर शाह की नज़र इस पुरावशेष पर पड़ी। उसकी नज़र लौह स्तंभ के सबसे ऊपरी हिस्से पर घंटी के आकार के सजावटी स्तंभशीर्ष पर पड़ी, जिस पर कभी भगवान विष्णु के पसंदीदा वाहन गरुड़ की मूर्ति विराजमान थी। 'क्या इस लौह स्तंभ के बारे में जो कहा जाता है वो सच है?' उसने जनरल अहमद ख़ान से पूछा, उसकी आवाज़ धुएं से भरी हवा को चीरकर आ रही थी।

'कहना मुश्किल है, शहंशाह,' अहमद ख़ान ने जवाब दिया। 'कहते हैं कि ये सात सौ सालों से यहां है और यहां रखे जाने से पहले शायद एक हज़ार साल तक कहीं और खड़ा रहा होगा। किवदंती है कि यही वो कील है जो दिल्ली को जोड़े रखती है क्योंकि ये जंग और टूट-फूट, दोनों को झेल चुकी है।'

नादिर शाह की आंखों में महत्वाकांक्षा की चमक आ गई। 'मुझे स्तंभ के शिखर का घंटीनुमा पत्थर चाहिए,' उसने कहा। 'तोप चलाओ और इसे गिरा दो। मैं इसे मशहद में एक चबूतरे की तरह इस्तेमाल करूंगा।'

'शहंशाह, क़ुव्वत-उल-इस्लाम मस्जिद का ढांचा इसके चारों तरफ हैं,' अहमद खान ने नरम लहजे में चेतावनी दी। 'हमारे तोप के गोले उन्हें नुकसान पहुंचा सकते हैं।'

'हिंदुस्तान के मुसलमान भी हिंदू काफिरों की तरह भ्रष्ट हैं,' शहंशाह ने तीखा जवाब दिया। 'उनके लिए किसी ख़ास लिहाज़ की ज़रूरत नहीं है।'

जैसे ही सैनिकों में मस्जिद की उत्तर-पश्चिमी दीवार के एक छेद में तोप रखने के लिए भाग-दौड़ मची, परिसर में तनाव पसर गया। विशालकाय हथियार को स्तंभ के ऊपरी आधे हिस्से पर निशाना बनाकर लगाया गया था, और मुख्य निशाना स्तंभ के शीर्ष पर स्थित सजावटी पत्थर का आधार था।

नादिर शाह एक ऐसी जगह पर खड़ा हो गया जहां वो दूर से ही धमाका देख सकता था। उसके सेनापति चुपचाप देखते रहे। बादशाह की ज़िद के आगे वे कुछ नहीं कह सके।

'गोला दागो!' नादिर शाह गरजा।

तोप का गोला स्तंभ की ओर तेज़ी से आया और कानों को बहरा कर देने वाली आवाज़ के साथ उसमें जा टकराया। हवा में धूल के गुबार उड़ने लगे। कालिख जमने के दौरान आस-पास खड़े सैनिक खांसने लगे।

स्तंभ की मज़बूती वहां मौजूद सभी लोगों को साफ़ दिखाई दे रही थी। धमाके के निशान के बावजूद वो खड़ा रहा। जहां पर गोला लगा था, वहां हल्का सा गड्ढा हो गया था, जिससे पता चलता था कि गोला कितना ताक़तवर था। इस टक्कर ने राम के सम्मान में लिखे मूल शिलालेख को मिटा दिया। उसके नीचे, एक चक्र में तैरती दो मछलियों वाला प्रतीक—जो हमेशा के लिए एक-दूसरे से लिपटी थीं—का भी वही हाल हुआ, उनका नाच हमेशा के लिए रुक गया।

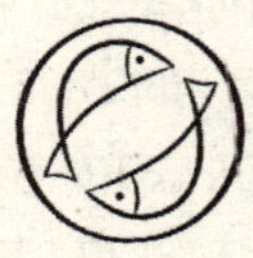

स्तंभशीर्ष को तोड़ने के बजाय, तोप का गोला स्तंभ से टकराकर वापस लौटा और क़ुव्वत-उल-इस्लाम मस्जिद की दक्षिण-पश्चिमी दीवार से जा टकराया। इससे क़ुतुबुद्दीन ऐबक की अज़ीज़ इमारत को भारी नुकसान पहुंचा। ये इमारत 1193 में बननी शुरू हुई थी और इसे कई हिंदू और जैन मंदिरों को तोड़कर बनाया गया था।

नादिर शाह की झुंझलाहट साफ़ दिखाई दे रही थी, उसकी आंखें सिकुड़ गई थीं। 'एक बार फिर!' वो चिल्लाया, लेकिन अहमद ख़ान ने दखल दिया। 'जहांपनाह, मस्जिद के एक हिस्से को पहले ही नुकसान हो चुका है। आगे की कोशिशें इस मस्जिद को पूरी तरह से तबाह कर सकती हैं।'

नादिर शाह ने स्तंभ की मज़बूती को देखकर त्यौरियां चढ़ाईं और कहा, 'इसे छोड़ दो। अगर हम स्तंभ नहीं तोड़ सकते, तो बाकी सबकुछ तबाह कर सकते हैं।'

बादशाह मुड़कर चला गया और दिल्ली की लूट और ज़्यादा बेरहम तरीके से फिर शुरू हो गई। दशकों से जमा किया गया मुग़ल खज़ाना पूरी

तरह से खाली कर दिया गया और उसकी दौलत फ़ारस ले जाई गई। मुग़ल शान की निशानी, मशहूर तख़्त-ए-ताऊस को भी लूट लिया गया, और उसके हिस्से अलग-अलग करके भेजने के लिए तैयार कर लिया गया। उस समय नादिर शाह ने जितनी दौलत लूटी थी, और जिसमें बेशकीमती कोहिनूर हीरा भी शामिल था, उसकी अंदाज़न कीमत सत्तर करोड़ रुपए थी, जो अठारहवीं सदी में एक बहुत बड़ी रकम थी।

नादिर शाह की फौज शहर में घुस आई—बादशाह के गुस्से से कोई भी महफ़ूज़ नहीं बचा। मंदिर ध्वस्त कर दिए गए, घरों में लूटपाट की गई और सड़कें खून से लाल हो गईं। कुछ ही दिनों में, लगभग साढ़े तीन लाख लोग मारे गए।

शहर के बीचों-बीच, महरौली में, लौह स्तंभ इस तबाही को देख रहा था, इस कत्लेआम के खामोश गवाह की तरह। इसकी सतह पर नादिर शाह की नीचता के निशान हमेशा के लिए अंकित रहेंगे। फिर भी, इसका वजूद उस कौशल और तकनीक का सबूत है जिसने इसे बनाया था।

1

साकेत, कोशल

आज का अयोध्या, उत्तर प्रदेश, भारत

करीब 2,000 साल पहले

माथे से टपक रहे पसीने से बेखबर, वो आदमी लोहे के खंभे के चारों ओर की ज़मीन को तेज़ी से खोदे जा रहा था, उसका फावड़ा शांत उपवन की कसी हुई मिट्टी को काट रहा था। उपवन महल से कुछ ही दूर था—मुश्किल से कुछ सौ गज दूर।

स्तंभ अपने आपमें बेहद भव्य था: तेईस फीट ऊंचा और सोलह इंच चौड़ा, इसकी सतह पर दर्पण जैसी चमक थी, इसके शीर्ष पर भगवान विष्णु के पौराणिक वाहन गरुड़ की एक प्रभावशाली मूर्ति थी। इसे विष्णु स्तंभ के नाम से जाना जाता था और ये ना जाने कितने सालों से बिना किसी जंग के निशान के वहां मौजूद था। गरुड़ के ठीक नीचे, ब्राह्मी लिपि में एक संस्कृत श्लोक लिखा हुआ था:

स-अनुक्रोष: जितक्रोध: ब्राह्मण-प्रजा-पूजक:
दीनानुकम्पि धर्मज्ञ: नित्यं प्रग्रहवान शुचि:

ये श्लोक महर्षि वाल्मीकि की एक प्रसिद्ध रचना से लिया गया था, जिसमें भगवान विष्णु के अवतार राम नाम के एक प्राचीन राजा के गुणों का वर्णन किया गया है। वाल्मीकि के शब्दों का अर्थ था:

वह संवेदनशील था, उसने क्रोध पर विजय प्राप्त की थी।
वह विद्वानों का सम्मान करता था और निर्बलों पर अनुकंपा दिखाता था।
वह अपने कर्तव्य-पालन में दृढ़ रहा।
उसने आत्म-संयम और आचरण में पवित्रता दिखाई।

श्लोक के नीचे दो मछलियां बनी थीं जो घड़ी की सुई की दिशा में तैर रही थीं।

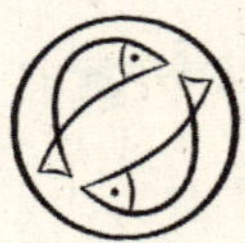

इस प्रतीक के बारे में कई लोगों का मानना था कि यह विष्णु के पहले अवतार, मत्स्य, का प्रतिनिधित्व करता है, जिसने, पुराणों के अनुसार, सतयुग की शुरुआत में एक विनाशकारी प्रलय से राजा मनु और उनके साम्राज्य को बचाया था। लेकिन इस प्रतीक का सही अर्थ एक रहस्य बना रहा।

राम के शासन काल के बाद पांच हज़ार साल बीत चुके थे। तबसे, वाल्मीकि की कथा में वर्णित कोशल की अयोध्या-नगरी को साकेत कहा जाने लगा था। फिर भी, राम राज्य के गहरे प्रभाव की गूंज हज़ारों साल बाद भी एकांत उपवन में सुनाई देती थी।

ज़्यादातर दिनों में ये उपवन शांत रहता था, जो चारों तरफ से बरगद के विशालकाय पेड़ों से घिरा हुआ था। लेकिन हर साल चैत्र के नौवें दिन, इस उपवन में जमकर रौनक हो जाती थी क्योंकि लगभग पूरा साकेत राम के जन्मोत्सव-उनकी नवमी के उपलक्ष्य में प्रसाद चढ़ाने के लिए यहां इकट्ठा हो जाता था। एक समय ये रानी कौशल्या का महल हुआ करता था, जहां राम का जन्म हुआ था।

राम के सम्मान में वहां मंदिर बनाने के बारे में चर्चाएं होती रहती थीं, लेकिन अभी तो उनकी जन्मभूमि–उनके जन्म को चिह्नित करने वाली जगह–खुले आकाश के नीचे खाली स्थान था, जहां सिर्फ आलीशान स्तंभ दिखाई देता था। किंवदंती है कि इस स्तंभ को नागों के राजा शेषनाग ने वहां रखा था।

मान्यता है कि शेषनाग सृष्टि की प्रथम रचना हैं और वे अपने कई फनों पर ब्रह्मांड के ग्रहों को धारण करते हैं। ये भी माना जाता था कि वही इस उपवन की रक्षा करते हैं। राम के भाई लक्ष्मण शेषनाग के सांसारिक अवतार थे।

खुदाई करते समय मज़दूर का दिल कौतूहल से धड़क रहा था। क्या होगा अगर उसके मालिक का अनुमान सही साबित हुआ? क्या वे जिस चीज़ की तलाश कर रहे थे, वो वाकई में ऐसी प्रमुख जगह पर दबी हुई हो सकती थी? बाहर निकलते जा रहे मिट्टी के हर ढेर के साथ उसकी घबराहट और उत्तेजना बढ़ती जा रही थी, जब तक कि उसका फावड़ा एक ठोस और कठोर चीज़ से नहीं टकराया। दिल की तेज़ धड़कनों के साथ, उसने मिट्टी को खुरचकर हटाया ताकि पता चल सके कि नीचे क्या था। लेकिन इससे पहले कि वो उस चीज़ को करीब से देख पाता, उसे एक धक्का लगा और वो चेहरे के बल ज़मीन पर गिर गया। उसका फावड़ा उसके खोदे गए गड्ढे में जा गिरा, और उसी कठोर सतह से टकराया जो सामने आई थी।

वो किसी तरह पलटा और जब उसने ऊपर देखा तो पाया कि एक विशाल आकृति उसके ऊपर खड़ी थी। वो आदमी पूरी तरह से काले कपड़े पहने था–धोती, उत्तरीय और पगड़ी–और उसके हाथ में एक चमकती हुई तलवार थी। चांद की रोशनी चमकीले इस्पात से टकराकर लौट रही थी, जिससे तलवार के फलक पर उकेरी गई सजावट दिखाई दे रही थी। मज़दूर जड़ हो गया, उसकी आंखों में हथियार का आंतक दिखने लगा था। तलवारबाज़ का चेहरा उसकी पगड़ी के पिछले छोर से ढका हुआ था, केवल उसकी लाल आंखें दिखाई दे रही थीं। वो आगे बढ़ा और उसने तलवार नीचे करके उसकी नोक गिरे हुए आदमी के गले पर सटा दी। हल्की सी गरज के साथ, उसने प्राकृत में पूछा, 'तो ईम काओ पथाओ? तुम्हें यहां किसने भेजा है?'

खुदाई करने वाले की आवाज़ डर से कांपती हुई निकली और वो गिड़गिड़ाने लगा। 'वे... अगर मैंने कुछ कहा तो वे मुझे मार देंगे...'

'तुम्हारे पास जवाब देने के लिए तीन की गिनती तक का समय है,' तलवारबाज़ ने ठंडे स्वर में कहा। 'एकम...'

'मैं आपसे भीख मांगता हूं...'

'द्वे...'

'क्षमा करें...'

'त्रिनि,' तलवारबाज़ ने कहा। 'चिंता मत करो। तलवार के वार से तुम्हें दर्द नहीं होगा।' *लेकिन अपने खून से तुम्हारा दम घुटना तय है*, उसने मन में सोचा। हवा में मौत का अनकहा खतरा मंडरा रहा था।

डरा हुआ मज़दूर अपनी जान की भीख मांगता रहा, लेकिन उसके हमलावर पर कोई असर नहीं पड़ रहा था। पलक झपकते ही तलवार ने उस व्यक्ति का गला काट दिया। ये वार तेज़, साफ़, लगभग शल्यक्रिया जैसा था, जैसेकि प्रसिद्ध चिकित्सक चरक ने कोई सटीक चीरा लगाया हो।

जब साकेत में भोर हो रही थी, पुराने पेड़ सुनहरे और गहरे लाल रंग में रंगने लगे थे, तलवारबाज़ ने शव को उस जगह से दूर हटाया। उसने तेज़ी से और कुशलता से अपना काम किया, खोदी गई मिट्टी वापस भर दी और ज़मीन को इस तरह समतल कर दिया कि वहां किसी तरह की गड़बड़ी का कोई निशान नहीं बचा। जैसे ही काम पूरा हुआ, उसने अपनी तलवार म्यान में रखो और शव को उस मैदान के आसपास की घनी झाड़ियों में ले गया।

वो जल्द ही एक जानी-पहचानी जगह पर पहुंच गया—नम मिट्टी और खिली हुई चमेली की खुशबू से भरी घासदार ज़मीन। पहले से खोदा गया गड्ढा उसके सामने था, जो उन शवों की याद दिलाता था जिन्हें ठिकाने लगाने के लिए उसने पहले भी यही जगह चुनी थी। उसने बेजान शरीर को गड्ढे में धकेल दिया, और उसे रात में घूमने वाले गीदड़ों, लकड़बग्घों, गिद्धों और कीड़े-मकोड़ों के खाने के लिए छोड़ दिया। फिर, एक श्लोक बुदबुदाते हुए वो उस जंगल की अंधेरी छाया में वापस विलीन हो गया:

शिवाय विष्णुरूपाय शिवरूपाय विष्णवे

शिव विष्णु के रूप में हैं, और विष्णु शिव के रूप में हैं ...

2

चेन्नई, तमिलनाडु, भारत

आज का समय

कॉन्फ्रेंस रूम के अंदर का माहौल गमगीन और तनाव से भरा हुआ था। डिफेंस रिसर्च एंड डेवलपमेंट ऑर्गेनाइज़ेशन या डीआरडीओ—की टीम अभी भी पिछले हफ़्ते की घटनाओं से जूझ रही थी। पॉलिश किए हुए लकड़ी के पैनल लगे कमरे में एक बड़ी अंडाकार मेज़ रखी थी जिसके चारों तरफ़ ऊंची पीठ वाली कुर्सियां थीं। एक प्रोजेक्टर चलने की हल्की सी आवाज़ आ रही थी, जिसकी टिमटिमाती रोशनी वहां मौजूद इंजीनियरों और सेना के अफसरों के गंभीर चेहरों पर पड़ रही थी।

स्क्रीन पर, पूर्वी लद्दाख में वास्तविक नियंत्रण रेखा—या एलएसी—पर भारतीय टैंक रेजिमेंट तैनात दिखाई दे रही थीं। भारत की फायर एंड फ्यूरी कॉर्प्स ने इन मशीनी बलों को 16,000 फीट की ऊंचाई पर तैनात किया था, जिससे ये दुनिया भर में इतनी ऊंचाई पर तैनात चुनिंदा सैन्य इकाइयों में से एक बन गई। दूर-दूर तक बर्फ़ से ढकी चोटियां दिखा रही थीं कि ये दुर्गम इलाका किस तरह लगातार चुनौती पेश करता है। यहां रात में तापमान नियमित रूप से शून्य से 35 डिग्री सेल्सियस नीचे चला जाता था, तेज़ हवाओं के चलते ये और भी बदतर हो जाता था—और यहां मौजूद सैनिक खुद को ज़िंदा रखने के लिए रोज़ाना संघर्ष करते रहते थे।

जो वीडियो चल रहा था, उसमें बीस नए टैंक दिखाए गए थे। भारत प्राइमरी बैटल टैंक या बीपीबीटी के नाम से मशहूर ये टैंक भारतीय इंजीनियरिंग का

बेहतरीन सबूत थे। इस नवीनतम स्वदेशी डिज़ाइन का उद्देश्य धीरे-धीरे भारत के शस्त्रागार में मौजूद दूसरे सभी टैंकों—अर्जुन एमबीटी, टी-90एस भीष्म और टी-72 अजेय—की जगह लेना था। इनमें से हरेक टैंक भारत की लगातार विकसित होती फौजी ताक़त की निशानी था।

हाल के वर्षों में, भारत ने स्वदेशी रक्षा निर्माण को प्राथमिकता दी थी। दशकों की आत्म-संतुष्टि ने चीन को एक बड़ा मिलिट्री एडवांटेज दे दिया था और सरकार अब उस असंतुलन को दूर करने की कोशिश कर रही थी। बीपीबीटी इस रणनीति का एक महत्वपूर्ण तत्व था। इसकी सफलता राष्ट्रीय गौरव और सुरक्षा का विषय थी। पिछले हफ्ते के फुटेज में वास्तविक नियंत्रण रेखा पर बीस बीपीबीटी की एक टुकड़ी को तैनात दिखाया गया था। परीक्षण के दौरान टैंक के प्रदर्शन को देखने के बाद, सैन्यकर्मियों का दल पूरी तरह आश्वस्त दिखाई दे रहा था। उन्होंने धीरे-धीरे और लगातार चुनौती बढ़ाते हुए अलग-अलग ज़मीनों पर मोबिलिटी टेस्ट किए थे, जिनसे बीपीबीटी की रफ्तार, फुर्ती, स्थिरता और चढ़ाई पर चलने की क्षमता साबित हुई थी। डीआरडीओ के इंजीनियरों ने जांच की थी कि इसकी फायरिंग कितनी सटीक और असरदार थी, साथ ही लड़ाई के मैदान जैसी परिस्थितियों–गोलाबारी, तोप से हमले और विस्फोटों–के बीच इसके कायम रहने के परीक्षण किए थे। बीपीबीटी ने बेहतरीन प्रदर्शन किया था, और उम्मीद जगाई थी कि उसमें मुश्किल हालातों से जल्दी उबरने की क्षमता है। लेकिन कोई भी उस हमले का अनुमान नहीं लगा सकता था जो कुछ ही लम्हों बाद होने वाला था।

ज़ाहिर है कि चीन इन घटनाक्रमों से नाखुश था। वे चाहते थे कि बिना किसी चुनौती के एलएसी के अपने हिस्से को मज़बूत करते रहें, जबकि भारत निष्क्रिय बना रहे। भारत में हाल में हुई गतिविधियों को बीजिंग एक ख़तरे के रूप में देख रहा था, अब तक उसके निर्विरोध दबदबे के लिए एक अवांछित विरोध के रूप में।

1962 में सीमा विवाद को लेकर हुए खूनी युद्ध के नतीजे में 1996 में एक समझौता हुआ था: कोई भी पक्ष एलएसी के 1.24 मील के दायरे में बंदूक,

तोप या विस्फोटकों का इस्तेमाल नहीं करेगा। हालांकि घूंसे, लाठियों, तलवारों और कुल्हाड़ी के इस्तेमाल की छूट थी, लेकिन गोलाबारी के लिए सख्त मनाही था। पिछले दिन हुए विस्फोट ने एक टैंक और इस कमज़ोर समझ, दोनों को चकनाचूर कर दिया था—और तनावपूर्ण शांति भंग हो गई थी।

कॉन्फ्रेंस रूम में मौजूद ग्रुप दर्दनाक फुटेज को फ्रेम-बाई-फ्रेम देख रहा था। विस्फोट अचानक हुआ था। धुएं के घने बादल और भयानक लपटों से आसमान भर गया क्योंकि एक बीपीबीटी बुरी तरह से टुकड़े-टुकड़े हो गया था। हमला करने वाली मिसाइल इतनी धुंधली थी कि आंखों से उसे देख पाना नामुमकिन था। उस सुनसान जगह पर धमाके की गूंज फैल गई और हर तरफ मलबा बिखर गया। बचे हुए सैनिक छिपने की जगह तलाशने के लिए भागे, उनकी चीखें कानों के पर्दे चीर देने वाली एक गरज में दब गईं। कभी ताक़तवर रही इस मशीन का मलबा बंजर पृष्ठभूमि में जल रहा था। नज़ारा डरावना था।

बीपीबीटी यूनिट को एक्टिव डिफेंस सिस्टम की तरह डिज़ाइन किया गया था जो एंटी-टैंक गाइडेड मिसाइलों (एटीजीएम) को रोकने में सक्षम हो। इसका मकसद पास आ रहे रॉकेटों का पता लगाना और उन्हें हमले से पहले ही रोक देना था, जिससे क्रू और महत्वपूर्ण उपकरण दोनों सुरक्षित रहते। अब यह साफ़ था कि ये सिस्टम नाकाम हो गया था। ये नुकसान सिर्फ़ एक तकनीकी झटका नहीं था; ये देश के आत्मविश्वास पर एक चोट थी, और आगे की चुनौतियों की याद साफ़-साफ़ दिला रहा था।

भारतीय खुफिया विश्लेषकों ने फुटेज की समीक्षा की थी और डीआरडीओ को सिंगहुआ यूनिवर्सिटी से लीक हुए आंकड़ों के आधार पर बताया: चीन ने नेक्स्ट-जेनरेशन एटीजीएम, एचजे-12ई तैयार कर लिया था। फाइबर-ऑप्टिक वायर गाइडेंस सिस्टम से लैस इस नए मॉडल पर जैमिंग का असर नहीं पड़ता था और ये 9.3 मील की दूरी से भी 43 इंच के कवच को भेद सकता था। इस नए खतरे के मद्देनज़र बीपीबीटी चिंताजनक रूप से कमज़ोर दिखाई दिया। भारत के रक्षा प्रतिष्ठान के लिए ये ख़बर करारा झटका देने वाली थी।

डीआरडीओ के अनुभवी चेयरमैन डॉ. वी.के. रेड्डी ने साफ़ किया, 'सिंगहुआ डेटा के बाद बीपीबीटी के डिज़ाइन में बदलाव ज़रूरी है।' उन्होंने आगे कहा, 'प्रधानमंत्री कार्यालय को कल ही इस बारे में जानकारी दे दी गई थी और अब वो ऐसे कवच की मांग कर रहे हैं जो सबसे घातक एटीजीएम को भी झेल सके।' एक बेहतरीन रणनीतिकार और इंडियन इंस्टीट्यूट ऑफ टेक्नोलॉजी मद्रास के पूर्व छात्र रहे रेड्डी अपनी विशेषज्ञता और डिफेंस टेक्नोलॉजी में भारत की स्वायत्तता के लिए अपनी अटूट प्रतिबद्धता के बल पर इस पद पर पहुंचे थे।

डायरेक्टर जनरल विनय कामत ने कहा, 'हमने बेहद कठोर आर्मर स्टील के अलग-अलग ग्रेड पर महीनों एक्सपेरिमेंट किए, जिन्हें काफ़ी ताक़तवर मिसाइल के हमले से बचने की क्षमता देने के लिए डिज़ाइन किया गया था। हमने हाई-कार्बन स्टील में निकल और क्रोमियम मिलाया, जिससे बीपीबीटी में इसकी मज़बूती और सख्ती काफ़ी बढ़ गई थी।' उनकी आवाज़ स्थिर थी, लेकिन अंदर का तनाव साफ़ झलक रहा था।

'लेकिन ज़ाहिर है कि ये काम नहीं आया,' चेयरमैन ने कहा। 'क्या कोई विकल्प है जिस पर हमें सोचना चाहिए?' रेड्डी के आमतौर पर शांत स्वभाव की जगह एक ऐसी गंभीरता आ गई जो पिछले कुछ दिनों से हर बैठक में दिख रही थी। भारत की आत्मनिर्भरता के लिए समर्पित इस व्यक्ति के लिए, ये हार एक व्यक्तिगत अपमान थी।

कामत ने बताया, 'हमने हाई-स्ट्रेंथ, लो-अलॉय स्टील के साथ-साथ मज़बूत कार्बन फाइबर और मिलिट्री-ग्रेड स्टेनलेस स्टील पर भी विचार किया। इनमें से कोई भी काफ़ी साबित नहीं हुआ। सच कहूं तो, हम यहां अटक गए हैं।' कामत के चेहरे पर हताशा झलक रही थी। तकनीकी चुनौतियों की मुश्किलें तो थीं, लेकिन कम वक्त का होना और सैनिकों की जान का खतरे में होना उन्हें ज़्यादा परेशान कर रहा था।

'शायद अब बाहरी मदद लेने का वक्त आ गया है,' रेड्डी ने सुझाव दिया, आमतौर पर दृढ़ता दिखाने वाली उनकी आंखों में अभी बेसब्री दिख रही थी।

वो हालात की गंभीरता को समझते थे। उनके हर फ़ैसले का भारत के आने वाले डिफेंस सिस्टम पर गहरा असर पड़ने वाला था।

'आपके मन में क्या है?' कामत ने पूछा। कमरे में सन्नाटा छा गया। हर आंख रेड्डी पर थी, हर कान उनके अगले शब्दों को सुनने के लिए तने हुए थे।

'आदित्य पिल्लई को फ़ोन लगाओ,' रेड्डी ने आदेश दिया, उनकी आवाज़ सन्नाटे को चीरती हुई आई। 'अब अपना वाइल्ड कार्ड खेलने का वक्त आ गया है।'

3

ग्यूमग्वान, गारक महासंघ

आज का गिम्हे, दक्षिण कोरिया

करीब 2,000 साल पहले

ग्यूमग्वान शहर एक हरी-भरी घाटी में बसा हुआ था। इसी से होकर विशाल नाकडोंग नदी बहती थी जो कारोबार की एक अहम कड़ी थी। ये शहर गारक महासंघ का राजनीतिक और सांस्कृतिक केंद्र था। शहर की संकरी गलियों में फूस की साधारण झोपड़ियां बनी हुई थीं। उनके कोने बच्चों की हंसी से जीवंत थे और शहर भी जैसे प्रकृति की गोद में सांस लेता था। हर तरफ धान के छोटे-छोटे, सीढ़ीदार खेत दिखते थे, जिनमें किसान अपनी फसलों पर मेहनत करते दिखाई दे रहे थे। नदी से होकर हल्की हवा बह रही थी जो मिट्टी और फूलों की खुशबू से सराबोर थी। इन खेतों के पार, पहाड़ियों पर हरे-भरे जंगल थे, जिनके बीच से पास की खदानों और गांवों तक जाने वाले रास्ते बने हुए थे।

लेकिन ग्यूमग्वान के दिनों की लय उसकी भट्टियों से लगातार आती झंकार और हथौड़ों की आवाज़ से तय होती थी। यहां, इस इलाके की मशहूर लौह संस्कृति के प्रतीक, कुशल लोहार, लगातार मेहनत करते हुए सजावटी सामान, औज़ार और हथियार गढ़ते थे।

शहर के बीचों-बीच किम सियोक का भव्य निवास था—जिसका आकार कबीले के सरदार की ताक़त और शोहरत को सही ढंग से दिखाता था। सियोक कोई साधारण नेता नहीं था। गारक के सबसे कुशल लोहार के तौर

पर मशहूर सियोक धनी और ताक़तवर, राजाओं और कारोबारियों सभी को अपनी ओर आकर्षित करता था, जो उसकी असाधारण कारीगरी का फायदा उठाना चाहते थे।

'ध्यान से देखो, सोजू,' सियोक ने एक दिन भट्टी में काम करते हुए अपने गोद लिए हुए बेटे किम सूरो को समझाया। लड़के को प्यार से सब सोजू कहते थे और वो सिर्फ़ बारह साल का था, लेकिन जिज्ञासा से भरी उसकी आंखें हर बारीक़ी को सीख रही थीं। 'लोहे का काम सिर्फ़ एक क्राफ्ट नहीं है—ये एक कला है जिसमें ताक़त और नज़ाकत दोनों की ज़रूरत होती है।' भट्टी की गर्मी से सियोक के माथे पर पसीना चमकने लगा था, और वो अपने बेटे को दहकते लोहे पर अपने हथौड़े का कमाल दिखा रहा था।

'आपको कैसे पता चलता है कि लोहा अब उसे आकार देने के लिए तैयार है?' सोजू ने पूरी दिलचस्पी से पूछा।

'आह, ये ज्ञान अनुभव के साथ आता है,' सियोक ने शांत स्वर में जवाब दिया। 'लोहे का रंग अपनी कहानी खुद कहता है। जैसे-जैसे वो गर्म होता जाता है, वो कई चरणों से गुज़रता है। पहले हल्का लाल, फिर चटक चेरी। लेकिन अहम लम्हा वो होता है जब लोहा एक चमकदार, नारंगी रंग में पहुंच जाता है, जैसे किसी धातु में फंसकर सूर्य का उदय हो रहा हो। इस बिंदु पर, लोहा अपनी सबसे लचीली अवस्था में होता है, किसी कुम्हार के हाथों में मिट्टी की तरह ढलने के लिए तैयार।'

सियोक ने एक हथौड़ा चुना और बेटे को थमा दिया। 'अब तुम कोशिश करो, सोजू।' उसने अपने बेटे को बताया कि हथौड़े पर कैसी पकड़ बनानी थी। 'इसे मज़बूती से पकड़ो। अपनी कलाई को लचीला बनाए रखो। हथौड़े के धातु पर पड़ने की लय को महसूस करो और तुम्हें पता चल जाएगा कि कब ये तैयार है।'

हथौड़ा उठाते ही सोजू के मन में पहले उत्साह की एक लहर दौड़ गई, लेकिन उसके बाद हल्का सा डर भी लगा। उसने लोहे की नारंगी चमक देखी, उसकी बाहर निकलती गरमाहट को महसूस किया। जैसे ही उसने हथौड़ा मारा,

उसे ताक़त और सटीकता का नाज़ुक संतुलन समझ में आने लगा, नाचती लपटों के नीचे लोहा उसकी इच्छा के आगे झुक रहा था। 'बढ़िया!' सियोक ने तारीफ़ करते हुए कहा। 'अब, लय पकड़ने की कोशिश करो। हर प्रहार ढोल की थाप जैसा होना चाहिए।'

एकाग्रता और दृढ़ता के साथ, सोजू ने सियोक की तरह हथौड़ा चलाने की नकल की, धातु की खनक संगीत की किसी लंबी रचना की तरह भट्टी में गूंज रही थी। 'जैसा दिखता है, ये काम उससे कहीं ज़्यादा मुश्किल है,' उसने माना, उसकी युवा मांसपेशियां अनजान कोशिश से दुखने लगी थीं।

'है तो ज़रूर,' सियोक ने गर्व और प्रोत्साहन से भरी आवाज़ में कहा। 'लेकिन याद रखना, आज तक के बड़े-बड़े लोहार भी कभी नौसिखिए ही थे।'

सोजू के हाथ थम गए, उसकी नज़र दहकते लोहे से हटकर सियोक पर गई। 'क्या मैं कभी वो कर पाऊंगा जो आप करते हैं?'

सियोक मुस्कुराया, उसके शब्द किसी भविष्यवाणी की तरह निकल रहे थे। 'मुझे भरोसा है कि तुममें सिर्फ़ तलवारें ही नहीं, बल्कि एक साम्राज्य गढ़ने की क्षमता है, सोजू। लेकिन याद रखना—ताक़त के साथ हमेशा नरमी रहनी चाहिए। मुझे उम्मीद है कि तुम लौह-राज बनोगे... लेकिन एक नरमदिल वाले।'

दिन का काम निपटाकर, वे अपने घर के पिछवाड़े की तरफ चल पड़े। भट्टी की गर्मी उनकी त्वचा पर बनी हुई थी और उन्होंने नहाने की टंकी के ठंडे पानी के नीचे खड़े होकर ना सिर्फ उस गर्मी को दूर भगाया, बल्कि दिनभर की थकान को भी। 'अच्छी तरह से नहाओ, वरना तुम्हारी अमनी नाराज़ हो जाएगी,' सियोक ने अपने बेटे को उसकी मां के बारे में चेतावनी दी।

~

उस शाम बाद में, सोजू, किम सियोक के भरोसेमंद नौकर मिंजुन के साथ, एक दोस्त के घर रात के खाने के लिए चला गया, जबकि सियोक अपनी बीवी किम ह्वा के साथ रात के खाने के लिए बैठा। लकड़ी की नीची मेज़ पर उबले हुए चावल, किमची और मिली-जुली हरी सब्ज़ियों के कटोरे, अच्छी

तरह से भुनी हुई मछली और सब्ज़ियों का खुशबूदार स्टू सजे हुए थे। जैसे ही ह्वा ने अपने पति को नुरुक माकगोली (कोरिया की पारंपरिक चावल की शराब) परोसा, उसमें से मन को लुभाने वाला झाग ऊपर उठा। ह्वा ने पूछा, 'आज सोजू को सिखाना कैसा रहा?'

'उसमें एक स्वाभाविक प्रतिभा है,' सियोक ने जाने-पहचाने जायके का लुत्फ उठाते हुए जवाब दिया। 'हथौड़ा चलाने में वो मेरी नकल बखूबी करता है। मुझे कोई शक नहीं है कि वो यहां के सबसे बेहतरीन तलवार बनाने वालों में एक बनेगा।'

'लेकिन क्या वो कभी एक लोहार से बढ़कर कुछ बन पाएगा?' ह्वा ने फिक्र भरी आवाज़ में पूछा। 'आखिरकार, वो हमारा खून नहीं है। क्या तुम उसे सचमुच एक दिन सरदार बनाओगे?'

'ग्यूमग्वान की, और वास्तव में गारक महासंघ की भी, परंपरा हमेशा से सबसे योग्य व्यक्ति को, चाहे वो किसी भी वंश का हो, आगे बढ़ाने की रही है,' सियोक ने समझाने के अंदाज़ में कहा। 'अगर सोजू खुद को मज़बूत, योग्य, निष्पक्ष, ईमानदार, दयालु और बुद्धिमान साबित करता है, तो वो स्वाभाविक रूप से उस पद पर पहुंच जाएगा। और अगर कोई दूसरा इन गुणों में उससे आगे निकल जाता है, तो यही उचित है कि वे ही नेतृत्व करें। हालांकि, हमारी आज की चिंताएं कहीं और हैं, ह्वा। सात रियासतों के बीच सबकुछ ठीक नहीं है... और भी ज़रूरी मामले हैं जिन पर ध्यान दिया जाना है।'

ग्यूमग्वान अपने आपमें कोई साम्राज्य नहीं था। ये बस उन सात छोटी रियासतों में से एक था जिनसे गारक महासंघ बना था, अन्य रियासतें थीं डेगया, सियोंगसान, गोरयोंग, बिहवा, बंगाम और आरा। हालांकि हर छोटी रियासत स्वतंत्र थी, उनकी सत्ता अपने-अपने सरदारों—जैसे किम सियोक—और स्थानीय प्रशासन के हाथ में थी, फिर भी रक्षा के मामलों में वे एकजुट थे। हालांकि, हाल के दिनों में उनके बीच सहयोग की बजाय कलह ज़्यादा देखी जा रही थी। किम सियोक न केवल ग्यूमग्वान का सरदार था, बल्कि महासंघ का चुना गया अध्यक्ष भी था। रक्षा के मामलों में एकता बनाए

रखना बेहद ज़रूरी था। गारक महासंघ ताक़तवर प्रतिद्वंद्वियों से घिरा हुआ था—पूर्व में सिल्ला, पश्चिम में बैक्जे और उत्तर में गोगुरियो। तीन साम्राज्यों के नाम से जाने जाने वाले ये ताक़तवर पड़ोसी—जिन्हें किसी महासंघ की ज़रूरत नहीं थी—लंबे समय से गारक की लौह खदानों और उसके लोहारों के कौशल पर नज़रें गड़ाए थे।

किम सियोक ने अपने घर में जलते हुए चिरागों की चमक पर नज़रें टिका दीं। उसने अपना माकगोली खाली कर दिया, चिरागों की लपटों ने कुछ साल पहले के एक भयानक दिन की याद दिला दी...

चांग बेकरी के तंदूर से आग भड़क उठी थी, जिससे सड़क पर आग की चिंगारियां बरसने लगी थीं। गहरा धुआं निकल रहा था, जिसने अफरा-तफरी के माहौल पर पर्दा सा डाल दिया था, मज़दूर आग से बचने के लिए इधर-उधर भाग रहे थे। एक पल की लापरवाही से लगी इस आग ने बेकरी के मालिकों सहित कई लोगों की जान ले ली थी। इसने बेकरी के पीछे बने अनाथालय के आधे हिस्से को भी खाक कर दिया था, जिस वजह से सत्रह बच्चों में से केवल छह ही ज़िंदा बचे थे। किम सूरो—सोजू—उन्हीं ज़िंदा बचे बच्चों में से एक था। धीरे-धीरे, सभी अनाथ बच्चों को गारक महासंघ में फैले परिवारों ने अपना लिया था। सियोक और ह्वा, जिन्होंने पिछले साल चेचक से अपने इकलौते बच्चे को खो दिया था, ने सोजू का अपने परिवार में स्वागत किया। ज़िंदा बचे एक और बच्चे, तलहे को, सियोंगसान के सरदार ने गोद ले लिया था।

इस त्रासदी और बचे हुए छह अनाथ बच्चों की मज़बूती को अडोकन नाम के एक स्थानीय कलाकार ने अपनी पेंटिंग में अमर कर दिया था। उसकी पेंटिंग *येओसिओट गेउई डालग्याल*–'छह अंडे'–में समुद्र की हलचल के बीच उछलते छह जादुई अंडों से निकलते बच्चों को दर्शाया गया था।

ह्वा ने हामी भरते हुए सिर हिलाया, वो जानती थी कि उसके पति की बात सच थी। 'आप जिस तरह के शख्स बनना चाहते हैं, आपको आखिरकार वही बनना होता है,' उसने नरम लेकिन दृढ़ स्वर में कहा। 'देखते हैं सोजू क्या रास्ता चुनता है।'

4

दीमास्क़, रोमन साम्राज्य

आज का दमिश्क, सीरिया

लगभग 2,000 साल पहले

दीमास्क़ शहर–जिसे रोमन दमिश्क कहते थे—की गलियां कारोबारियों से भरी थीं। पूरब से पश्चिम की तरफ जाने वाली शहर की मुख्य सड़क, डेकुमानस मैक्सिमस, जिस पर खंभों की कतार थी, वहां कोरकाई और मुज़िरिस के मसाले, मिट्टी के बर्तन और सुदूर पूर्व के रेशम बेचने वाले कारोबारियों की भीड़ लगी रहती थी। यहां की हवा में एक दर्ज़न भाषाएं घुली-मिली थीं, साथ ही तरह-तरह की विदेशी खुशबुओं और कारोबार की चहल-पहल से माहौल महक रहा था। रोम की चौकस निगरानी में, दीमास्क संस्कृतियों का मिलन स्थल था।

गवर्नर बरुचस फिलिपिडीज़ अपने महल के छज्जे पर खड़े होकर कुछ सोचते हुए शहर को देख रहा था। उसकी नज़रें वाया रेक्टा की सीध पर गईं, जो पुराने शहर से गुज़रने वाली सीधी सड़क थी और भव्य पूर्वी द्वार को दूर स्थित पश्चिमी दीवार से जोड़ती थी। फिलिपिडीज़ को हमेशा से दीमास्क़ बहुत पसंद था—रोमन व्यवस्था और पूर्वी करिश्मे का अनोखा मेल बचपन से ही उसे मोहित करता रहा था। शहर की चहल-पहल भरी सड़कें अपने ऐतिहासिक और रणनीतिक महत्व की ऊर्जा से गूंजती रहती थीं। फिर भी, आज उसे अंदर ही अंदर एक सुलगता हुआ असंतोष महसूस हो रहा था।

रोमन साम्राज्य आमतौर पर अपने प्रांतों का नियंत्रण नियुक्त अधिकारियों के माध्यम से करता था। हालांकि, फिलिपिड्स जैसे स्थानीय नेता अक्सर

शासन में अहम भूमिका निभाते थे। पक्के तौर पर व्यावहारिक रोमन समझते थे कि असरदार लोगों, खासकर ताक़तवर परिवारों से आने वाले लोगों, की व्यवस्था बनाए रखने में कितनी अहम भूमिका होती है। ये लोग दिल से रोमन होते थे, साम्राज्य की हर बारीकी को समझते थे, और स्थानीय सरकार के कामकाज, लगान वसूली और रोम के प्रति वफादारी बनाए रखने में अहम भूमिका निभाते थे।

फिलिपिडीज़ जानता था कि उस इलाके के कारोबारियों की निराशा रोम से लगातार बढ़ती जा रही थी। साम्राज्य की तरफ से लगाया गया ऊंचा लगान उनके मुनाफ़े को घटा रहा था और उनके लिए अपनी पुरानी जीवनशैली को बनाए रखना मुश्किल हो रहा था। खासतौर पर नबातियन व्यापारी खुलेआम बगावत की संभावना पर बातचीत करने लगे थे। ये कोई कोरी कल्पना नहीं थी—स्थानीय लोगों के स्वाभिमान के साथ-साथ में रोमन शासन के प्रति नाराज़गी बढ़ती जा रही थी। अपनी दौलत के लिए मशहूर नबातियन, अपने मुनाफ़े को रेगिस्तान में एक शानदार शहर—रक़मू—बनाने में लगा रहे थे, जिसे रोमन लोग पेट्रा के नाम से जानते थे। दमिश्क में बढ़ते रोमन टैक्स का मतलब था कि रक़मू भेजने के लिए उनके पास कम पैसे बचते थे।

फिलिपिडीज़ एक अनुभवी नेता था, फिर भी दीमास्क़ के हालात उसे परेशान कर रहे थे। दूर-दराज़ के सैन्य अभियानों के लिए हाल ही में सम्राट टिबेरियस ने टैक्स बढ़ाने को कहा था और ये मांग प्रांत पर भारी बोझ डाल रही थीं। फिलिपिडीज़ को इस बात का गहरा एहसास था कि इन नए टैक्स का पहले से ही कमज़ोर अर्थव्यवस्था पर क्या असर पड़ेगा और वो रोम के प्रति अपने कर्तव्य और अपने शासित लोगों के प्रति अपनी ज़िम्मेदारी के बीच फंसा हुआ था।

नीचे चहल-पहल भरे चौक में जब उसने भीड़ को इकट्ठा होते देखा, उसे एहसास हुआ कि अंदर ही अंदर तनाव बढ़ चुका था। लोग गुस्से में बहस कर रहे थे, उनकी आवाज़ें गुस्से के चरम पर पहुंच रही थीं। भीड़ में, फिलिपिडीज़ ने बरकत नाम के एक लंबे कद के शख्स को देखा, जो अपने समुदाय का

एक इज्ज़तदार नबातियन व्यापारी था और अपने बेबाक स्वभाव के लिए जाना जाता था। फिलिपिडीज़ को एहसास हुआ कि ये जमावड़ा एक साधारण विरोध प्रदर्शन से कहीं ज़्यादा था—एक तूफ़ान आने वाला था। वो अचानक मुड़ा और वापस अंदर चला गया, उसके कदमों की आवाज़ संगमरमर के फर्श पर गूंज रही थी।

उसका लेफ्टिनेंट, कॉर्नेलियस, अध्ययन कक्ष में लगान वसूली के दस्तावेज़ों को देख रहा था। फिलिपिडीज़ का बारह साल का बेटा मिथ्रादेट्स उसके बगल में बैठा था। जब लड़के ने ऊपर देखा, तो उसकी आंखों में घबराहट थी। 'पिताजी,' उसने धीमी आवाज़ में कहा, 'लोग कह रहे हैं कि शहर बगावत की कगार पर है।'

'ऐसा ही लगता है,' फिलिपिडीज़ ने शांत स्वर में जवाब दिया, हालांकि उसका दिल ज़ोर-ज़ोर से धड़क रहा था। 'लेकिन चिंता मत करो, मिथ्रा। हम इसे संभाल लेंगे।' वो कॉर्नेलियस की तरफ देखते हुए पलभर के लिए रुका। 'ऐसा लगता है नबातियन इस बगावत की अगुवाई कर रहे हैं। वे इन बेतुके करों से—और रोमन शासन से भी—नाराज़ हैं।'

अपने बेटे के लिए शांत भाव बनाए रखने की कोशिश करते हुए भी, गवर्नर के मन में घबराहट जम चुकी थी। बाहर शोरगुल की आवाज़ सुनकर, वो और कॉर्नेलियस छज्जे की तरफ भागे। नीचे, भीड़ आगे बढ़ती जा रही थी और पूर्वी द्वार पर तैनात रोमन पहरेदारों पर भारी पड़ रही थी, धक्का-मुक्की और चीख-पुकार मची हुई थी, भीड़ का गुस्सा साफ़ झलक रहा था।

'हमें जल्दी से कार्रवाई करनी होगी,' कॉर्नेलियस ने कहा। 'हालात बिगड़ने से पहले मैं और सैनिक बुला लूंगा।'

लेकिन फिलिपिडीज़ हिचकिचाया। उसने भीड़ की तरफ देखा, उनके चेहरों पर झलक रही हताशा और गुस्से पर गौर किया। ये सिर्फ़ प्रजा नहीं थी; ये उसके लोग थे। दूसरी बार, उसने खुद को एक दर्दनाक संघर्ष में फंसा पाया—रोम के लिए उसका अटूट समर्पण और अपनी प्रजा की भलाई के लिए उसकी गहरी, निजी जवाबदेही में टकराव हो रहा था। 'कॉर्नेलियस,' उसने

अपनी आवाज़ में भारीपन के साथ कहा, 'ज़रूर कोई और रास्ता होगा? क्या हम उनके नेताओं से बात करके कोई समझौता नहीं तलाश सकते?'

कॉर्नेलियस ने गवर्नर के सुझाव पर विचार किया। 'शायद आप ठीक कह रहे हैं, माई लॉर्ड,' उसने कहा। 'रोम की ताकत सिर्फ़ उसकी सेनाओं में ही नहीं, बल्कि उसकी कूटनीतिक क्षमता में भी है। क्या हम बरकत और दूसरे कारोबारी नेताओं को इस विषय पर बातचीत के लिए बुलाएं?'

एक घंटे के भीतर, नेता महल में गवर्नर के सामने खड़े थे, उनके चेहरे पर बगावत की झलक थी, हालांकि उनकी आंखों में संदेह भी झलक रहा था।

'हमने इस देश में कई सालों से अमन-चैन बनाए रखा है,' फिलिपिडीज़ ने शांत स्वर में कहा। 'रोम, दीमास्क़ की लगातार तरक्की के अलावा और कुछ नहीं चाहता। हम मिलकर, साम्राज्य में उथल-पुथल मचाए बिना आपके बोझ को कम करने का कोई रास्ता तलाशते हैं।' उसके शब्दों में ताक़त और ईमानदारी, दोनों झलक रही थी।

बातचीत करते-करते रात के कई घंटे बीत गए। हालांकि बातचीत तनावपूर्ण और लंबी खिंचती गई थी, फिर भी दोनों पक्ष अंत में एक आम सहमति पर पहुंच गए। कारोबारी व्यवस्था बनाए रखने पर राज़ी हो गए, जबकि फिलिपिडीज़ ने टैक्स के मामले में रोम के सामने उनकी बात पहुंचाने का वादा किया। जब शहर में भोर की पहली किरण फैली, कमरे में तनाव कम हो चुका था। कारोबारी नेताओं के जाने के साथ ही फिलिपिडीज़ के सीने में उम्मीद जगमगाने लगी थी। बगावत बिना किसी खून-खराबे के टल गई थी। ऐसा लग रहा था कि आपसी सम्मान की जीत हुई थी। लेकिन फिलिपिडीज़ ये भी जानता था कि उसने बस थोड़ा वक्त लिया था। वो जानता था कि अभी भी कई चुनौतियां बाकी थीं और दीमास्क़ का भविष्य अधर में लटका हुआ था। फिलहाल, रोमन सैनिकों की चौकस निगाहों के नीचे शहर में बेचैनी भरी शांति थी। उसे कुछ ऐसा सोचना था जिससे भविष्य में अमन की गारंटी मिल सके... उसी पल, उसने अपना मन बना लिया।

मिथ्रादेट्स, जो पूरे दिन अपने पिता के साथ रहा था और शासन-प्रशासन की शुरुआती सीख हासिल कर रहा था, अब उसके साथ चलते हुए अपने कमरों की तरफ लौट रहा था। 'क्या आपको लगता है कि दिक्कत सचमुच दूर हो गई है, पिताजी?' लड़के ने अनिश्चितता से भरी आवाज़ में पूछा।

'ये एक अस्थायी राहत है, बेटा,' फिलिपिडीज़ ने जवाब दिया, उसकी आवाज़ में थकान साफ़ दिख रही थी। 'आसमान पर और भी बड़े खतरे मंडरा रहे हैं... लेकिन एक सच्चा नेता डर या ताक़त से राज नहीं करता। वो ध्यान से सुनता है। वो रक्षा करता है। वो उन लोगों के लिए भविष्य बनाता है जो खुद भविष्य नहीं बना सकते। लेकिन अभी के लिए, तुम्हें दूसरे मामलों पर ध्यान देना चाहिए।'

'कौन से मामले, पिताजी?' मिथ्रादेट्स ने ज़ोर देकर पूछा, जो उस दुनिया की जटिलताओं को समझने के लिए हमेशा इच्छुक रहता था जो उसे विरासत में मिलने वाली थी।

'ज्ञान, मिथ्रा। ज्ञान ही शक्ति है।' वो पलभर के लिए चुप हुआ, उसकी आंखें अपने बेटे की आंखों से मिलीं। 'मैं तुम्हें कुछ समय के लिए बहुत दूर भेज रहा हूं। एक ऐसी जगह जहां तुम आगे आने वाली चुनौतियों से निपटने के लिए ज़रूरी ज्ञान हासिल कर सको। तुम्हें जो शिक्षा मिलेगी वो बेहद ज़रूरी होगी—किसी पद पर दावा करने के लिए नहीं, बल्कि उस विरासत को कायम रखने के लिए जो शायद एक दिन तुम्हें बुला सकती है।'

मिथ्रादेट्स ने चुपचाप सिर हिलाया, उसे अपने पिता के शब्दों का बोझ अपने कंधों पर महसूस हो रहा था। फिर भी, जैसे-जैसे उनके चारों तरफ अंधेरा गहराता गया, वो इस एहसास से आज़ाद नहीं हो सका कि आगे का रास्ता ज्ञान से ज़्यादा की मांग करेगा—ये कुर्बानी की मांग करेगा।

5

कैलाश मंदिर, एलोरा, महाराष्ट्र, भारत

वर्तमान दिन

डॉक्टर बाला रामास्वामी भव्य कैलाश मंदिर के सामने प्रशंसा के भाव के साथ खड़े थे। असल ज़िंदगी में, इस मंदिर की भव्यता किसी भी तस्वीर से कहीं ज़्यादा असरदार थी। उनके चेहरे और गर्दन से पसीना टपक रहा था, जिससे उनकी लिनेन शर्ट भीग रही थी। उन्होंने अपनी बोतल से पानी पीया, यहां तक कि उन्हें अपने सिर पर भी पानी डालने की ज़रूरत महसूस हुई। वो और वैज्ञानिकों, पुरातत्वविदों, भूवैज्ञानिकों और इतिहासकारों की उनकी टीम इस प्राचीन चमत्कार का अध्ययन करने के लिए एक हफ़्ते पहले ही वहां पहुंचे थे।

पिछले कई दिनों से, टीम इस प्राचीन मंदिर परिसर का जायजा ले रही थी, हर सदस्य अत्याधुनिक स्कैनिंग डिवाइसेज़ और सैंपल-कलेक्शन किट्स से लैस था। डिजिटल बीप और क्लिक की आवाज़ हवा में गूंज रही थी, जब वे लोग धीरे-धीरे आगे बढ़ते हुए, अपनी नज़रें अपने उपकरणों पर टिकाए, किसी भी रासायनिक अवशेष के हल्के से हल्के निशान की तलाश में थे जो किसी प्राचीन तकनीक के इस्तेमाल का संकेत दे सके। लेकिन ये भूसे के ढेर में सुई ढूंढ़ने जैसा था, और आज उस जगह पर उनका आखिरी दिन था।

ज़मीन के ऊपर बने दूसरे मंदिरों के उलट, ये मंदिर ऊपर से नीचे की ओर बनाया गया था—शिखर पहले उभरता है—और इसे एक ही बहुत बड़ी चट्टान को तराशकर बनाया गया था। ये एथेंस के पार्थेनन से दोगुने क्षेत्रफल में फैला था, और इसे बनाने के लिए 2,00,000 टन चट्टान हटानी पड़ी थी।

'ज़रा सोचकर देखिए हमारे प्राचीन निर्माताओं के साहस के बारे में,' रामास्वामी ने भीगे हुए रूमाल से अपना माथा पोंछते हुए कहा। 'यहां एक भी जोड़ या ईंट नहीं है। इस परिसर में मौजूद हर चीज़ एक विशाल स्कल्पचर का हिस्सा है।'

करीब पचास साल की उम्र के रामास्वामी बेहद प्रतिष्ठित थे। औसत कद और दुबले-पतले शरीर के साथ, उनके बिखरे हुए, सफ़ेद होते बाल और करीने से कटी हुई दाढ़ी उनके बौद्धिक स्तर का एहसास कराती थी। लेकिन उदासी के एक पर्दे ने उनके सहनशील व्यक्तित्व को नरम कर दिया था। एक दशक पहले अपनी बीवी के देहांत के बाद से रामास्वामी के लिए चीज़ें वैसी नहीं रहीं।

वो वास्तव में पुरातत्वविद् नहीं थे। चेन्नई में पैदा हुए रामास्वामी एक वैज्ञानिक थे और यूरोपीय परमाणु अनुसंधान संगठन, या सर्न (CERN) में क्वांटम क्रोमोडायनेमिक्स में अपने एडवांस्ड रिसर्च के लिए मशहूर थे, लेकिन जो बात उन्हें अलग करती थी, वो थी प्राचीन और आधुनिक विज्ञान को जोड़ने की उनकी क्षमता। उनकी मौलिक कृति, *फॉरगॉटन साइंस ऑफ़ द वैदिक ऐज,* ने प्राचीन भारतीय वैज्ञानिक ज्ञान की तलाश की और दिखाया कि इसकी आधुनिक तरक्की के साथ कितनी समानताएं हैं। कैलाश उनके अध्ययन का विषय था, और उसकी निर्माण तकनीक एक रहस्य थी जिसे सुलझाने का उन्होंने पक्का इरादा कर रखा था। प्राचीन तकनीकों के विशेषज्ञ और एक उत्साही इतिहासकार होने के नाते, उन्होंने कई अद्भुत चीज़ें देखी थीं, लेकिन कैलाश की तो बात ही कुछ और थी।

इस टीम में भारतीय पुरातत्व सर्वेक्षण (एएसआई) के एक मशहूर पुरातत्वविद् डॉ. सतीश जयरामन भी थे, जिन्होंने कैलाश मंदिर पहुंचने पर पूरी टीम को समझाया था, 'इसे ऊपर से नीचे की ओर बनाने के लिए, बेसाल्ट में खड़ी ढाल वाली तीन विशाल खाइयां खोदी गई थीं। तब कोई जैकहैमर या अर्थमूवर नहीं थे, बस हथौड़े और छेनी की मदद से ये काम हुआ और सैकड़ों लोगों ने मलबा हटाया। इसके बाद ही कारीगर अपना काम शुरू कर

सके थे, खतरनाक ढंग से लटकी रस्सियों पर धीरे-धीरे उतरते हुए उन्होंने अलग-अलग संरचनाएं—शिखर, स्तंभ, मूर्तियां, मंदिर—गढ़ी थीं। जैसे-जैसे वे नीचे जाते, मूर्तियों में जान फूंकने का काम करते जाते।'

रामास्वामी इस बात से पूरी तरह सहमत नहीं थे। मंदिर आधुनिक तकनीकी समझ के परे था, न केवल अपने आकार के मामले में, बल्कि अपनी योजना और निर्माण में सटीकता और कौशल के मामले में भी। उनकी वैज्ञानिक समझ में यही कमी थी जिसे वो दूर करना चाहते थे।

तीसरे दिन, रामास्वामी ने टीम को संबोधित किया था। उन्होंने कहा, 'जैसा कि आप जानते हैं, कैलाश का निर्माण आठवीं शताब्दी में राष्ट्रकूट राजा कृष्ण प्रथम ने करवाया था। सबसे आश्चर्यजनक बात है इसका आकार और मूर्तियों पर किया गया बारीक काम, और ये सभी एक ही चट्टान को तराश कर बनाए गए हैं। ऐसा लगता है जैसे इसे बनाने वालों के पास ऐसे औज़ार थे जो पत्थर को मोम की तरह आसानी से नरम बना सकते थे और ढाल सकते थे।'

टीम ने हामी भरते हुए सिर हिलाया, उनकी आंखों में आश्चर्य झलक रहा था। उन्होंने पिछले कई सालों के दौरान तरह-तरह के सिद्धांत इकट्ठा किए थे, लेकिन कोई भी सिद्धांत मंदिर के निर्माण की सटीकता और गति को पूरी तरह से समझा नहीं सका था।

रामास्वामी ने आगे कहा, 'मेरा सिद्धांत एक प्राचीन तकनीक से जुड़ा है—चट्टान पिघलाने की तकनीक। ये सिद्धांत कहता है कि मंदिर बनाने वालों के पास ऐसे उपकरण या पदार्थ थे जो चट्टान को नरम कर सकते थे, जिससे वो आसानी से तराशने लायक बन जाती थी।'

वो अपनी टीम को मंदिर परिसर में और भी अंदर ले गए और उन विशेषताओं की तरफ गौर कराया, जिन्हें पारंपरिक औज़ारों से हासिल कर पाना लगभग नामुमकिन होता। 'इस रावणानुग्रह दृश्य को देखिए, जिसमें भगवान शिव लंका के राजा रावण पर अपनी कृपा बरसाते दिख रहे हैं,' उन्होंने विस्मय से कहा। 'बारीकियों पर ध्यान दीजिए! और ये हाथी? हर एक हाथी अनोखा है, जिसकी मांसपेशियां, त्वचा की तहें और भाव-भंगिमाएं

बखूबी उकेरी गई हैं। मानो उनकी छेनी जिस भी सतह को छूती, उसे बदलकर रख देती।'

वे लोग केंद्रीय मंदिर में गए, जिसका मुख्य केंद्र था एक विशाल लिंगम और इसके चारों ओर हिंदू ग्रंथों के देवताओं और दृश्यों की बारीक नक्काशी थी। टीम के सदस्य, स्विस भूविज्ञानी डॉ. लुकास मुलर ने चट्टान का गौर से निरीक्षण किया। उन्होंने अपने विचार व्यक्त किए, 'अगर यह तकनीक मौजूद थी, तो इसने चट्टान को आणविक स्तर पर बदला होगा। एक ऐसी प्रक्रिया जो बेसाल्ट की क्रिस्टलीय संरचना को अस्थायी रूप से बदल देती, जिससे वह बिना टूटे लचीला हो जाता।'

रामास्वामी ने हां में सिर हिलाया। उन्होंने सहमति जताते हुए कहा, 'हो सकता है कि ये तकनीक थर्मल, केमिकल और शायद अल्ट्रासोनिक ट्रीटमेंट का मेलजोल हो। इस तरह के ट्रीटमेंट से उस जगह पर चट्टान मिट्टी जैसी हो जाती, जहां छेनी के काम की ज़रूरत है।'

रामास्वामी ने कहा, 'इससे पहले कि हम यहां से लौटें, हमें किसी भी ऐसे अवशेष का पता लगाने की कोशिश ज़रूर करनी चाहिए जो प्राचीन तकनीक के इस्तेमाल का संकेत दे सके: रासायनिक अवशेष, टूट-फूट के असामान्य पैटर्न, या ऐसा कुछ भी जो आने वाले वक्त में रिसर्च के लिए सुराग बन सके।'

टीम, हमेशा की तरह अपने एडवांस्ड स्कैनिंग टूल्स से लैस होकर परिसर में फैल गई। रामास्वामी एकांत में एक ताखे की तरफ गए जहां विशेष रूप से एक बारीक नक्काशी ने उनका ध्यान खींचा था। उन्होंने चिकनी सतह पर अपने हाथ फेरते हुए सोचा, 'काश ये दीवारें बोल पातीं।' माथे पर आए पसीने को पोंछते हुए, वो दूर से अपनी टीम को देखने के लिए मुड़े। अपने पोर्टेबल स्कैनर को ठीक करते हुए, उन्होंने मंदिर के अगले अंधेरे ताखे में कदम रखने से पहले एक गहरी सांस ली। अपने सामने खड़ी चुनौती पर सोचते हुए उनका दिमाग तेज़ी से चल रहा था। 'जवाब यहीं होना चाहिए,' उन्होंने अपने-आपसे कहा। हम कुछ भूल रहे हैं। और वो चीज़ सामने होती हुई दिख नहीं रही है।

उनकी लीडरशिप में टीम खामोशी से परिसर में घूमते हुए अपना काम कर रही थी, एकाग्रता के बावजूद टीम की निराशा लगातार बढ़ती जा रही थी। मुलर मंदिर की दीवार के एक हिस्से के पास बैठा हुआ था, उसका चेहरा एकाग्रता से तन गया जब उसने बारीक नक्काशी पर अपना स्कैनर चलाया। कुछ नहीं। 'मुझे यहां कुछ भी असाधारण नहीं दिख रहा है,' उसने निराशा से भरी आवाज़ में बताया। 'यह बस साधारण बेसाल्ट है।'

घंटों बीत गए, अब मंदिर परिसर में सूरज लंबी परछाइयां बनाने लगा था। टीम के दूसरे सदस्यों से भी मुलर जैसी ही रिपोर्ट्स आ रही थीं। टीम के पुरातत्वविद् जयरामन एक खंभे की बाउंड्री के पास से गुज़र रहे थे और अपनी रीडिंग जांचते हुए धीरे-धीरे कुछ बुदबुदा रहे थे। जो उत्साह पहले उनमें भरा हुआ था, वो अब कम होने लगा था, और उसकी जगह एक तनाव दिखने लगा था। वे लोग इतनी दूर आए थे, मंदिर के हर इंच का अध्ययन कर लिया था, फिर भी उसके रहस्य उनसे दूर थे।

रामास्वामी को अपनी नाकामी का बोझ अपने ऊपर महसूस हो रहा था। 'ठीक है, सब लोग सुनें,' उन्होंने आवाज़ लगाई। 'चलिए थोड़ा आराम करते हैं। बीस मिनट में हम फिर से इकट्ठा होंगे।'

टीम बाहर एक मंडप के नीचे इकट्ठा हुई और एक-दूसरे को थकी हुई नज़रों से देखा। रामास्वामी जानते थे कि वे सब एक ही बात सोच रहे थे: क्या होगा अगर तलाश करने के लिए कुछ हो ही नहीं? क्या होगा अगर जिस तकनीक की वे तलाश कर रहे थे, उसका कोई निशान ही न बचा हो?

लेकिन रामास्वामी के अंदर कुछ ऐसा था जो हार मानने को तैयार नहीं था। उन्होंने मंदिर के सामने की विशाल संरचना को एक बार फिर देखा, उस पर किए गए बारीक काम को उन्होंने आंखें सिकोड़ कर देखा। फिर एक गहरी सांस ली और अपना इरादा मज़बूत किया। 'सभी लोग, एक बार और मेहनत करें। कोनों और किनारों पर ध्यान दें। मूर्तियों के किनारे वाले हिस्सों का पुराने औज़ारों से सबसे ज़्यादा संपर्क रहा होगा। मुलर, चलो हम उस ताखे की फिर से जांच करते हैं, जहां तुम्हें लगा था कि चट्टान अलग दिख रही थी।'

घंटेभर बाद, मुलर की उत्साह भरी आवाज़ गूंजी। 'इधर!' वो चिल्लाया। वो एक ऐसे हिस्से की तरफ इशारा कर रहा था जिसे गैर-मामूली माना गया था—हाथी की मूर्तियां। 'यहां एक खास रासायनिक चिह्न है, जो आसपास की चट्टान से अलग है। इसकी सतह पर एक बदली हुई आणविक संरचना का संकेत मिल रहा है, शायद किसी ऐसे केमिकल की निशानी है जिसने चट्टान को थोड़े वक्त के लिए नरम होने में मदद की होगी।'

रामास्वामी की आंखें चमक उठीं। क्या यही वो चीज़ हो सकती है? उन्होंने पूरी संरचना में मिलते-जुलते निशान पाए, और हाथ में पकड़े जाने वाले एक्स-रे फ्लोरोसेंस डिवाइसेज़ से उन खास जगहों से स्पेक्ट्रोस्कोपिक रीडिंग दर्ज कर लीं। फिर उन्होंने लैब एनालिसिस के लिए अवशेष निकालने की उम्मीद में, उन सतहों का बारीकी से स्वाब कलेक्शन लिया। आखिरकार प्रमाण धीरे-धीरे मिलने लगे थे।

सूरज डूबते ही रामास्वामी ने टीम को एक साथ बुलाया। उन्होंने एलान किया, 'पिछले कुछ दिनों में, हमने काफ़ी अच्छी तरक्की की है। हमें जो चीज़ें मिली हैं, वे प्राचीन तकनीक के बारे में हमारी समझ को बदल सकती है। लेकिन ये तो शुरुआत भर है। हमें और परीक्षण करने होंगे, इन नमूनों का बारीकी से विश्लेषण करना होगा और अपने निष्कर्षों की तुलना प्राचीन ग्रंथों से करनी होगी।' टीम ने पूरे जोश से प्रतिक्रिया व्यक्त की, क्योंकि वे उस पहेली को सुलझाने की संभावना से रोमांचित थे जिसने सदियों से शोधकर्ताओं को उलझन में डाल रखा था।

रामास्वामी मंदिर की ओर एक बार फिर मुड़े, जिसकी ऊंची इमारत अब सुनहरी रोशनी में चमक रही थी। उन्होंने नरम लहजे में कहा, 'कैलाश ने अपने रहस्यों को हज़ार साल से भी ज़्यादा वक्त तक सुरक्षित रखा है। लेकिन आज, हम उन्हें उजागर करने के एक कदम और क़रीब पहुंच गए हैं। अब हमें इंतज़ार करना होगा और देखना होगा कि सर्न के टूल्स क्या पता लगाते हैं।'

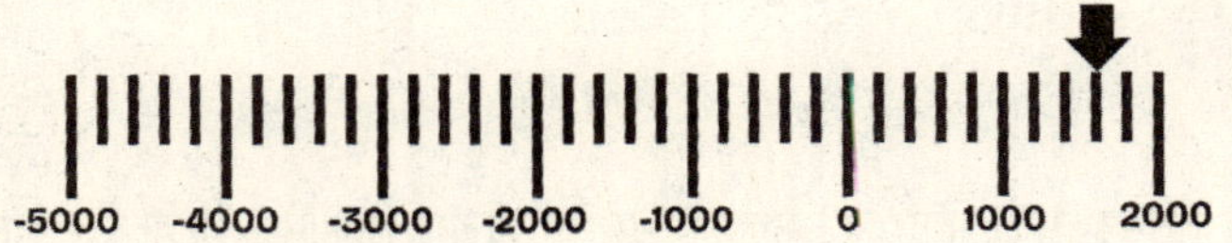

मथुरम, नायक देशम

आज का मदुरै, तमिलनाडु, भारत

लगभग 400 साल पहले

राजा तिरुमला नायक मथुरम स्थित अपने भव्य महल के विशाल भोजन कक्ष में घंटियों की ध्वनि की प्रतीक्षा कर रहे थे।

भगवान विष्णु के अनन्य भक्त होने के कारण, वे तब तक अपना उपवास नहीं तोड़ते थे जब तक कि दूर स्थित श्रीविल्लीपुतुर आंदल मंदिर में सुबह की पूजा पूरी न हो जाए। मंदिर और उनके महल के बीच हर तीन मील की दूरी पर लगे घंटाघर यह सुनिश्चित करते थे कि समाचार उन तक शीघ्र पहुंच जाए।

आज, वो अपने मुख्य वास्तुकार वरुणन के साथ नाश्ता करने वाले थे। प्रतीक्षा के दौरान, राजा ने अधीरता से अपनी उंगलियां सुंदर नक्काशीदार मेज़ पर बजाईं। उन्होंने पूछा, 'मंदिर में इतना समय क्यों लग रहा है?' उनकी निराशा स्पष्ट झलक रही थी। वो अभी चल रहे समारोहों की नहीं, बल्कि बस एक मील दूर मीनाक्षी मंदिर के भव्य जीर्णोद्धार और विस्तार की बात कर रहे थे। उन्होंने कहा, 'बीजापुर, गोलकुंडा, डच और पुर्तगालियों से ख़तरा लगातार बना हुआ है। जब तक मीनाक्षी का आशीर्वाद मथुरम पर है, हमारा साम्राज्य बना रहेगा। लेकिन मुझे जीर्णोद्धार की गति निराशाजनक लग रही है। मैं इसमें लाखों रुपये लगा रहा हूं, फिर भी इसका काम बहुत धीरे-धीरे आगे बढ़ रहा है।'

'क्षमा करें, महाराज,' वरुणन ने उत्तर दिया। हालांकि आयु में वो वरिष्ठ थे, फिर भी उनके समर्पण में कोई कमी नहीं आई थी। उन्होंने राजा की निष्ठापूर्वक सेवा की थी और अनगिनत भव्य परियोजनाओं को अपनी देखरेख

में तैयार करवाया था। उनमें यह महल भी शामिल था, जिसे अक्सर दक्कन का सबसे भव्य महल कहा जाता है। 'प्रत्येक गोपुरम सैकड़ों मूर्तियों से सुसज्जित होगा, जिनमें देवी-देवताओं और दिव्यात्माओं की आकृतियां होंगी। मंदिर कक्षों और गलियारों की एक भूल-भुलैया होगा, जिसके स्तंभों, दीवारों और खांचों का प्रत्येक विवरण बारीकी से उकेरा गया होगा। हमारे यहां बड़े पैमाने पर नवीनीकरण कार्य चल रहे हैं—हज़ार स्तंभों वाला विशाल कक्ष, पवित्र कुंड, चहल-पहल भरे बाज़ार। और अभी तो मैंने गर्भगृह का वर्णन भी नहीं किया, जो आध्यात्मिक जुड़ाव की एक अद्भुत अनुभूति पैदा करेगा। इतने बड़े पैमाने पर आज तक कोई परियोजना नहीं बनी है।'

घंटियां बजीं और वाहक भोजन से भरे थाल लेकर अंदर आए। राजा और उनके अतिथि के सामने वेन पोंगल, नरम इडली, मसालेदार इमली चावल, ताज़े केले और तरह-तरह की चटनी और छाछ परोसी गई, लेकिन वरुणन की भूख गायब हो चुकी थी। वो राजा को कैसे समझाएं कि मंदिर के जीर्णोद्धार और विस्तार में अभी कई वर्ष लगेंगे?

'तुम खा क्यों नहीं रहे हो?' राजा ने नारियल की चटनी अपनी थाली में रखते हुए तीखे स्वर में पूछा।

'मैं इस विलंब के कारण लज्जित हूं, महाराज,' वरुणन ने स्वीकार किया। 'हमारे पूर्वजों ने कैलाश, कोणार्क और अंगकोर में अविश्वसनीय स्थापत्य कलाएं प्रस्तुत की थीं। लेकिन उनके पास एक बहुत बड़ा लाभ था।'

'कौन सा लाभ?' तिरुमला नायक ने जिज्ञासा से पूछा, उनकी आंखों में चमक थी।

'मीनाक्षी की मछली जैसी आंखें,' वरुणन ने रहस्यमय ढंग से उत्तर दिया।

'तुम किस बारे में बात कर रहे हो?' राजा ने पूछा।' स्पष्ट बताओ, वरुणन!'

वरुणन ने अपने शब्दों का सतर्कता के साथ चयन करते हुए समझाया, 'एक प्राचीन तकनीक थी। इस तकनीक का ज्ञान केवल द्वैतलिंगम रक्षक नामक लौहकारों के वंश को था। इससे वे असाधारण शक्ति और तीक्ष्णता

वाले उपकरण बना सकते थे—ऐसे उपकरण जो पत्थर को लगभग पिघला सकते थे। ऐसे उपकरणों से विशाल परियोजनाएं शीघ्रता से पूरी की जा सकती थीं। दुखद है कि वह ज्ञान इतिहास में लुप्त हो गया है।'

'और मीनाक्षी की आंखों का इससे क्या संबंध है?' राजा के प्रश्न में अभी भी उत्सुकता थी।

'जैसा कि आप जानते हैं, महाराज, मीनाक्षी का अर्थ है "मछली जैसी आंखों वाली",' वरुणन ने कहा। 'यह शब्द मीन (मछली) और अक्षि (आंख) शब्दों से बना है। लौहकार अपनी कृतियों पर दो मछलियों वाला एक निशान बनाते थे, जो मीनाक्षी की आंखों का प्रतीक थीं।'

'मैं इस किंवदंती से परिचित हूं,' राजा ने विचारमग्न होकर अपना भोजन चबाते हुए कहा। 'कहानियों में उनकी चौड़ी और चौकस आंखों के बारे में बताया गया है, जो उनकी सर्वव्यापकता और परोपकारिता का प्रतीक हैं। लेकिन मछली जैसी आंखों का प्रतीकवाद इससे कहीं अधिक प्रतीत होता है।'

वरुणन मंद-मंद मुस्कुराए। 'मीनाक्षी शिव की पत्नी पार्वती का अवतार हैं। मुझे बस इतना ही पता है। शायद इसका संबंध द्वैत तंत्र से हो सकता है?'

'यह सब तो ठीक है, वरुणन,' राजा ने कहा, अब उनकी आवाज़ में अधीरता आ रही थी, 'लेकिन मीनाक्षी मंदिर केवल एक पूजा स्थल नहीं है, यह मथुरम का एक महत्वपूर्ण आर्थिक केंद्र भी है। स्थानीय अर्थव्यवस्था को पुनर्जीवित करने के लिए हमें विस्तारित मंदिर का निर्माण शीघ्र पूरा करने की आवश्यकता है। आने वाले तीर्थयात्री हमारी मंडियों और अतिथि गृहों में अच्छी-खासी आय लाते हैं। तुम समझ रहे हो ना?'

'मैं अपना कर्तव्य समझता हूं, महाराज,' वरुणन ने उन्हें आश्वस्त किया। 'मैं सभी योजनाओं और कार्यक्रमों की फिर से समीक्षा करूंगा। हमें

काम में तीव्रता लाने और आपका विश्वास फिर से हासिल करने के तरीके ढूंढ़ने होंगे।'

राजा ने अनमने भाव से सिर हिलाया, उनकी उंगलियां गुलाब की पंखुड़ियों वाले जल के पात्र में बेचैनी से हिल रही थीं, उनकी दृष्टि एकाग्र नहीं थी, मानो वे विचारों के उथल-पुथल में खो गए हों। क्या उनके पूर्वजों के पास मौजूद और अब खो चुकी तकनीक को फिर से हासिल करना वाकई संभव था? उन्होंने सोचा कि अगर मीनाक्षी की आंखों से अपनी रचनाओं को चिह्नित करने वाले तकनीशियनों के रहस्यों की फिर से तलाश की जा सके, तो मंदिर आधे समय में बनकर तैयार हो सकता था। लेकिन इस बात पर विचार किसी और दिन करना था। अभी उन्हें वरुणन और उनके आदमियों को इस बात के लिए प्रेरित करने की आवश्यकता थी कि वे विस्तार-कार्य को पूर्ण करने के तरीके खोजें, उन उपकरणों की सहायता से, जो भी उनके पास मौजूद थे।

फिर भी, महाराज को अपने मन में आशा की एक किरण का अनुभव हुआ: मछली की आंखों से जुड़े रहस्य हमेशा के लिए छिपे नहीं रहेंगे।

6

साकेत, कोशल

आज का अयोध्या, उत्तर प्रदेश, भारत

करीब 2,000 साल पहले

साकेत कब अस्तित्व में आया था, इसका सटीक अनुमान किसी को नहीं था। वाल्मीकि रामायण से संकेत मिलता है कि मनु ने राम से कई हज़ार वर्ष पूर्व सरयू नदी के तट पर इस नगर को बसाया था। राम के युग के पांच सहस्राब्दी बाद भी, यह नगर अपने आकार, विस्तार, लालित्य और वैभव से आगंतुकों को अभिभूत कर देता था।

वास्तुशास्त्र के सिद्धांतों के अनुसार एक पूर्ण आयत के रूप में निर्मित, यह शहर 60 मील लंबा और 15 मील चौड़ा था–उस दूसरे भव्य प्राचीन शहर, रोम के आकार का लगभग चार गुना। साकेत के चारों ओर एक गहरी खाई थी, जिसमें नियमित रूप से सरयू से पानी भरा जाता रहता था। इस क्षेत्र में मिलने वाले सैकड़ों दरियाई घोड़े खाई में रहते थे, जो किसी भी घुसपैठिए को तैरकर इस खाई को पार करने से रोकते थे। खाई के पार साल के घने जंगल थे, जो राम के पिता दशरथ के शासनकाल के दौरान लगाए गए थे। ऊंचे बुर्जों में प्रहरी आसन्न खतरों को तुरंत भांप सकते थे। प्रत्येक बुर्ज में एक शक्तिशाली गुलेल लगी थी, जो किसी भी आने वाले घुसपैठिए पर बड़े-बड़े पत्थर फेंकने में सक्षम थी। साकेत अजेय था, इसलिए दशरथ के समय में इसे एक वैकल्पिक नाम दिया गया था अ-युद्धा–'जिससे लड़ा न जा सके'।

आज, साल के वही पत्ते हल्के से सरसरा रहे थे, और उनकी आवाज़ सरयू के धीमे बहाव के साथ मिलकर एक सुरीला संगीत बना रही थी, जब पद्मसेन ने अपनी रक्तरंजित तलवार, अपने कपड़े और खुद को धोने के लिए जल्दी से उसमें डुबकी लगाई। नदी की हल्की धाराएं मानो प्राचीन काल के रहस्यों, वीरों और देवताओं की कहानियों, जीते-हारे युद्धों की बातें फुसफुसा रही थीं। जैसे ही वो नदी से बाहर निकला, सूरज की पहली किरणें दिखाई दीं, जिन्होंने शहर को सुनहरे रंग में नहला दिया और पत्थर की संरचनाओं को ऐसे झिलमिला दिया मानो उन पर सोने की धूल चढ़ गई हो।

भोर में सड़कों पर पानी छिड़कने वाले मज़दूरों को छोड़कर, सड़कें शांत थीं। साकेत की प्रमुख सड़कें और मुख्य गलियां एक-दूसरे को समकोण पर बिलकुल सटीक ढंग से काटती थीं, जिससे सफाई और पानी देने के काम में बेहद अच्छी कुशलता आ जाती थी। यही मज़दूर विशेष अवसरों पर सड़कों पर फूल की पंखुड़ियां भी बिखेरते थे।

पद्मसेन ने अपनी मंज़िल तक पहुंचने से पहले दो और गलियां पार कीं। वो चुपचाप भट्टी में पकी ईंटों वाले एक घर में दाखिल हुआ, जिसका आंगन खुला था। उसे पता था कि उसका परिवार सो रहा होगा, जिसका मतलब था कि वो अपनी सुबह की दिनचर्या बिना किसी रुकावट के पूरी कर पाएगा। आंगन इस समय उसे शांति का एहसास देता था, जिससे यह उसके व्यायाम के लिए एकदम सही जगह बन जाता था, अन्यथा व्यायाम के लिए उसे आस-पास के किसी अखाड़े में जाना पड़ता।

वो पल भर रुककर हरिहर की पूजा करने लगा, ऐसे देवता जो दो भागों में विभाजित हैं, जिनका एक भाग शिव और दूसरा विष्णु का प्रतीक है। पूर्व दिशा की तरफ मुंह करके, पद्मसेन एक कलश से फूल और चावल युक्त जल ज़मीन पर डालते हुए मंत्रोच्चार करने लगा:

शिवाय विष्णुरूपाय शिवारूपाय विष्णवे।
शिवास्य हृदयम् विष्णु: विष्णुोश्च हृदयम् शिव:॥

‘शिव, विष्णु के रूप हैं, और विष्णु, शिव के रूप हैं।
शिव के हृदय में विष्णु निवास करते हैं, और विष्णु के हृदय में शिव निवास करते हैं।’

प्रार्थना पूरी होने पर, उसने अपनी धोती और उत्तरीय उतार दिए। अब केवल लंगोट पहने हुए, उसने शीशम की लकड़ी का एक भारी मुगदर उठाया और उसे अलग-अलग अंदाज़ में घुमाते हुए अपने कंधों, बांहों और कलाइयों का व्यायाम करने लगा। फिर उसने अपनी गदा उठाई और उसे हवा में लहराने, दबाने और घुमाने का एक क्रम पूरा किया। उसका गदा संचालन सटीक और प्रवाहमय था, उसकी दिनचर्या का उद्देश्य उसे लचीला, बलवान और तीव्र बनाए रखना था। उसके अभ्यास की लयबद्ध गति में अनुशासन और शक्ति का नृत्य दिखता था, जो उसके भीतर के योद्धा का उदाहरण था। वो एक के बाद एक कई अभ्यास करता रहा, जिनमें से हरेक अगला अभ्यास पिछले अभ्यास की तुलना में अधिक शारीरिक श्रम की मांग करता था।

अपने प्रशिक्षण में खोए हुए पद्मसेन ने उस दुबली-पतली आकृति को आंगन में आते हुए देखा ही नहीं। जब तक उसने एक जानी-पहचानी, स्पष्ट और मीठी आवाज़ नहीं सुनी, तब तक उसे पता नहीं चला कि अब वो अकेला नहीं था। ‘उदये, पिताहा,’ उसकी बेटी सुरिरत्ना ने कहा, और उसके पैर छूने के लिए झुकी, जब वो अपने धड़ से पसीना पोंछ रहा था। वो मुस्कुराया और आशीर्वाद देने के लिए धीरे से उसके सिर को छुआ। ‘मैंने तुम्हें कितनी बार कहा है कि लड़कियां आशीर्वाद लेने के लिए लोगों के पैर नहीं छूतीं?’ उसने डांटा। ‘लक्ष्मी का स्वरूप ऐसा कैसे कर सकती है?’

ग्यारह साल की बेटी उसकी आंखों का तारा थी, और वो यह बात जानती थी। 'और अपने सारे आशीर्वाद भद्रकेतु को देने देती है?' उसने शरारती मुस्कान के साथ पूछा। पद्मसेन का बेटा, भद्रकेतु, सुरिरत्ना का बड़ा भाई था। लेकिन पद्मसेन की नज़र अपनी बेटी से कम ही हटती थी।

अब तक घर में चहल-पहल बढ़ चुकी थी। पद्मसेन ने सुरिरत्ना का नाज़ुक हाथ थामा और उसे रसोईघर में ले गया जहां उसकी पत्नी इंदुमती ने पिता और बेटी दोनों के लिए हल्दी वाला गर्म दूध तैयार कर रखा था। 'जो सबसे अंत में दूध पीता है, वह गधा है,' पद्मसेन ने जल्दी से दूध खत्म करते हुए घोषणा की। अपनी आंख के कोने से, वो सुरिरत्ना को देख रहा था, उसकी प्रतिक्रिया का अंदाज़ा लगा रहा था।

वो, बेपरवाह, आराम से दूध पीती रही। मिट्टी का अपना चमकदार काला गिलास नीचे रखकर मुंह पोंछते हुए, उसने शांत स्वर में कहा, 'अब मेरा काम हो गया।'

'लेकिन प्रतियोगिता तो मैं जीत गया,' पद्मसेन ने गाने के अंदाज़ में कहा, उसे इस प्यारी प्रतियोगिता में साफ़ मज़ा आ रहा था।

सुरिरत्ना ने उसकी तरफ देखा। 'लेकिन आपने हमेशा कहा है कि मुझे केवल अपने आपसे ही प्रतिस्पर्धा करनी है। क्या आप झूठ बोल रहे थे? और क्या गधा देवी कालरात्रि का प्रिय वाहन नहीं है?'

अचानक चौंककर, पद्मसेन ने उसे आश्चर्य से देखा और फिर ज़ोर से हंस पड़ा। सुरिरत्ना भी खिलखिला उठी। उसकी मीठी हंसी किसी को भी आकर्षित कर सकती थी। उसकी मुलायम भूरी त्वचा युवा जोश से दमक रही थी। गहरी और भावपूर्ण, गहरी भूरी आंखें अथाह जिज्ञासा और खुशी से चमक रही थीं। जब वो मुस्कुराती थी, तो उसके मोती जैसे उजले दांत मानो उसके आस-पास के वातावरण को रोशन कर देते थे। पद्मसेन के लिए, वो एक जादुई बच्ची थी।

'लड़कियों को प्रतिस्पर्धा का क्या काम?' इंदुमती ने बीच में ही टोक दिया। 'एक सुंदर और प्रतिभाशाली युवती बनने पर ध्यान लगाओ जिससे तुम्हें देश में सबसे अच्छा पति मिल सके।

'बकवास,' पद्मसेन ने उपहास करते हुए कहा। 'ऋग्वेद में तीस ऋषिकाओं का उल्लेख है। गार्गी, मैत्रेयी और लोपामुद्रा की उपलब्धियों के बारे में सोचो। सरस्वती की शक्ति के बिना हम लोगों का अस्तित्व ही नहीं होता।

और कौन सा परिवार लक्ष्मी की तलाश में नहीं रहता? मेरी प्यारी सुरिरत्ना के लिए कोई सीमा नहीं बनी है!'

सुरिरत्ना के रसोईघर से बाहर जाते ही इंदुमती ने सिर हिलाते हुए लंबी सांस ली। 'तुम उसके दिमाग में ये बड़े-बड़े विचार भरते हो। अगर दुनिया उसे तुम्हारी दृष्टि से न देखे तो क्या होगा?'

पद्मसेन ने अपनी पत्नी के चेहरे की तरफ नरमी से देखा। 'दुनिया उसकी शक्ति और बुद्धि को देखेगी क्योंकि हम उसमें ये गुण भरेंगे। वो किसी भी चुनौती का सामना करने के लिए तैयार रहेगी। हम उसके इतने ऋणी तो हैं ही, इंदुमती।'

इंदुमती ने हामी भरते हुए सिर हिलाया, उसके होंठों पर एक हल्की सी मुस्कान आ गई। 'तुम्हें हमेशा पता होता है कि मुझे आश्वस्त कैसे करना है,' उसने धीरे से कहा। 'लेकिन याद रखना, बाहर की दुनिया बहुत कठोर है।'

पद्मसेन ने दृढ़ता से उत्तर दिया, 'मैं जानता हूं। लेकिन वो एक विरासत का हिस्सा है, उस शहर, अयोध्या की विरासत जिसे जीता नहीं जा सकता।'

7

सियोंगसान, गारक महासंघ

आज की सियोंगज़ू काउंटी, दक्षिण कोरिया

करीब 2,000 साल पहले

सात सदस्यीय गारक महासंघ के किम सोक के ग्यूमग्वान जैसी एक और रियासत, सियोंगसान में भोर होते ही लकड़ी की तलवारों की खनक धुंधले प्रशिक्षण प्रांगण में गूंजने लगती थी। तेरह साल का तलहे अपने गुरु, ह्वान के साथ जमकर युद्ध करता था। उसके छोटे कद को देखकर लगता नहीं था कि वो इस आश्चर्यजनक फुर्ती के साथ अपने से कहीं ज़्यादा उम्र के पुरुष के हमलों से बच सकता था। तलहे उन छह बच्चों में से एक था—सोजू की तरह—जो उस आग से बच गए थे जिसने उसके अनाथालय को अपनी चपेट में ले लिया था। उसकी तलवार का हर वार उस रात की पीड़ा—लपटों, चीखों, नुकसान—को व्यक्त करने वाला था। यही पीड़ा उन इरादों में ताक़त भरती थी जो उसकी उम्र को देखते हुए कहीं ज़्यादा मज़बूत थे।

'ध्यान दो, तलहे!' ह्वान एक तेज़ वार को रोकते हुए चिल्लाया। 'केवल अंधाधुंध वार मत करो—अपने प्रतिद्वंद्वी के इरादों को समझो।'

तलहे की भौंहें एकाग्रता में सिकुड़ गईं। उसने अपनी मुद्रा ठीक की, पहले बाएं मुड़ा और फिर अपनी तलवार को कुशलता से दाईं तरफ लहरा दिया। ह्वान इस चाल से हैरान होकर लड़खड़ा गया, और फिर हंस पड़ा। 'बहुत बढ़िया। असली ताक़त सिर्फ़ शरीर में नहीं होती—यहां होती है।' उसने अपना माथा थपथपाया। 'तुम्हारा दिमाग उतना ही ज़रूरी है जितनी तुम्हारी

मांसपेशियां। अनुमान लगाओ, अपनी स्थिति बदलो और जवाबी हमला करो—यही जीत की कुंजी है।'

जैसे ही वे थोड़ा सुस्ताने के लिए रुके, एक और शिष्य, मिन-हो, अखाड़े में आया। उसने अपने कंधे सीधे किए और तलहे से आंखें मिलाईं। 'अगले मुकाबले में मैं तुमसे लड़ूंगा,' उसने चुनौती भरी तीखी आवाज़ में ऐलान किया।

तलहे ने कोई हिचकिचाहट नहीं दिखाई। 'जैसा तुम्हारा मन। देखते हैं तुम कितने काबिल हो।'

मुकाबला मिन-हो के बेतहाशा हमले से शुरू हुआ, उसके वार का अनुमान लगाना आसान था और उनमें कौशल की कमी थी। तलहे ने बेतहाशा हमलों को आसानी से टाल दिया, और उनका जवाब नपे-तुले अंदाज़ में काफ़ी कम प्रहारों से दिया। उत्सुक राहगीर उन्हें देखने के लिए रुक गए और जल्द ही एक छोटी सी भीड़ जमा हो गई, जो उनका हौसला बढ़ा रही थी और सलाह दे रही थी। जैसे-जैसे मुकाबला तेज़ होता गया, तनाव बढ़ने लगा और तलहे की बेहतर तकनीक और शांत व्यवहार के सामने मिन-हो के वार लगातार हताशा और लापरवाही भरे होते गए। फिर, एक आखिरी, निर्णायक दांव के साथ, तलहे ने मिन-हो की लकड़ी की तलवार को ज़मीन पर गिरा दिया।

'दूसरे दौर के लिए तैयार हो?' तलहे ने उकसाया, उसकी जीत भरी मुस्कान साफ़ दिखाई दे रही थी। 'या एक दिन के लिए इतनी शर्मिंदगी से मन भर गया है?'

'तुम्हारे भीतर खूब आग है, मिन-हो,' ह्वान ने बीच में टोकते हुए कहा, और घबराए हुए लड़के के कंधे पर हाथ रखा। 'लेकिन तुममें नियंत्रण की कमी है। तुम बैल की तरह दौड़ते हो, खुद को खुला छोड़ देते हो। तलहे की तरह—आक्रमण का अंदाज़ा लगाने की कोशिश करो। देखो वो कितना बेहतर करने लगा है।'

उसी पल, सियोंगसान का सरदार, जंगसू, प्रांगण में आया। ग्यूमग्वान के सरदार किम सियोक के विपरीत, जिससे लोग डरते नहीं, बल्कि प्यार करते

थे, जंगसू के सामने लोग तुरंत सम्मान से खड़े हो जाते थे, जिसमें डर भी शामिल होता था। जब वो इस दृश्य का जायज़ा ले रहा था, सुबह के सूरज की रोशनी से उसकी छाती का कवच चमक रहा था।

'अबोजी, क्या आपने मुझे ह्वान को निहत्था करते देखा?' तलहे ने मुस्कुराते हुए अपने पिता की तरफ उनकी मंजूरी के लिए देखा।

जंगसू के सामने उसके दत्तक पुत्र ने ह्वान के साथ फिर से मुकाबला शुरू किया, और जब तलहे ने कौशल भरा एक प्रहार किया, तो उसने ज़ोर से ताली बजाई। 'अच्छा प्रहार। तुम्हारा अभ्यास साफ़तौर पर अच्छा चल रहा है।' उसने तलहे को इशारे से अपने पास बुलाया। 'लेकिन केवल बल प्रयोग से हमारी सीमाएं सुरक्षित नहीं होंगी। मेरे साथ चलो।'

वे ऊंची प्राचीरों पर चल रहे थे, नीचे घाटी का दृश्य दिखाई दे रहा था—दूर पहाड़ों की तरफ ढलान वाला एक हरा-भरा मैदान। हर मोड़ पर जंगली फूलों के रंग बरस रहे थे, उनकी खुशबू पक्षियों के गीत के साथ मिलकर फूलों से महकती हवा में घुल रही थी। 'बताओ, तलहे,' जंगसू ने पूछा, 'जब तुम हमारे इलाके को देखते हो तो तुम्हें क्या दिखाई देता है?'

तलहे की आंखें अपने चारों ओर के परिदृश्य का आकलन करती हुई घूम रही थीं। 'पिताजी, मैं देखता हूं कि ये इलाका एक किए जाने के लिए तैयार है—न केवल हमारे गारक महासंघ की सात झगड़ालू रियासतें, बल्कि तीन साम्राज्य भी। सभी को एक केंद्रीकृत शासन के अधीन लाया जाए।'

'और वो शासन किसका होगा?' जंगसू ने पूछा।

'मेरा,' तलहे ने बिना किसी हिचकिचाहट के सीधे तनकर जवाब दिया। 'मैं ही उन्हें एकजुट करूंगा, इस झगड़े को हमेशा के लिए खत्म कर दूंगा।'

जंगसू के होंठों पर मुस्कान की एक झलक उभरी, जो उसके दत्तक पुत्र के साहस पर गर्व को दर्शाती थी, हालांकि उसने इसे अपने बेटे के सामने जाहिर नहीं होने दिया। 'एकीकरण इतनी कमउम्र के व्यक्ति के लिए एक महत्वाकांक्षी सपना है। लेकिन याद रखना, बड़े से बड़े विजेता भी समझते हैं कि संयम

बहादुरी को और बेहतर कर देता है। कूटनीति के ज़रिए साझेदारी बनाना उतना ही ज़रूरी है जितना कि सीधे तौर पर जीत हासिल करना।'

उमस भरे विशाल कक्ष में परिषद की एक लंबी बैठक चल रही थी, तभी एक डेगायन राजनयिक की तरफ से अपने राज्यों की सेनाओं के बीच संयुक्त प्रशिक्षण अभ्यास के सुझाव पर तलहे के कान खड़े हो गए। अपने पिता की ओर झुकते हुए, तलहे ने धीरे से कहा, 'ऐसा सहयोग हमारे लोगों के बीच संबंधों और विश्वास को मज़बूत कर सकता है। लेकिन हम यह कैसे सुनिश्चित कर सकते हैं कि वे भी हमारे गठबंधन को उतना ही महत्व दें जितना हम देते हैं?'

इस नौजवान के इतनी बारीकी से बात पर ध्यान देने पर जंगसू ने सहमति में सिर हिलाया। जैसे ही वे कक्ष से बाहर निकले, उसने तलहे की तरफ झुककर फुसफुसाते हुए कहा, 'तुम्हारी रणनीतिक समझ प्रशंसा के योग्य है। लेकिन याद रखना, बातचीत में चालाकी ज़रूरी है। अतिरिक्त आत्मविश्वास या आक्रामकता दूसरों को सावधान कर देती है और आपकी स्थिति कमज़ोर कर देती है।'

'बिल्कुल, अबोजी।' तलहे के दिमाग़ में संभावनाओं और आकस्मिकताओं के विचार उमड़ पड़े। 'एक दिन, इन छोटे-मोटे साम्राज्यों पर हमारा वर्चस्व निर्विवाद होगा।' ख़ासकर उस भावुक किम सूरो पर, उसने मन ही मन कहा, सोजू के बारे में सोचकर उसकी मुट्ठियां भींच गईं।

उनका इतिहास उलझा हुआ था।

उस रात, तलहे अपने शयनकक्ष से निकलकर सियोंगसान के प्राचीर की ओर चल पड़ा। तारों से भरे आकाश के नीचे बैठते ही उसकी आंखें दूर क्षितिज पर टिक गईं। उसका मन साम्राज्य, युद्ध और विजय के सपनों से भरा हुआ था।

वो युद्ध की महिमा के दृश्यों में इतना खोया हुआ था कि रात की ठंडी हवा का उसे एहसास ही नहीं हो रहा था।

उसके पीछे कवच के साथ-साथ कदमों की खड़खड़ाहट ने ह्वान के आगमन का संकेत दिया। 'तुम यहां अपने बिस्तर से बाहर क्या कर रहे हो? नींद नहीं आ रही?' बूढ़े हो रहे योद्धा ने अपने शिष्य के पास खड़े होते हुए पूछा।

'मेरे दिमाग में बहुत कुछ चल रहा है,' तलहे ने स्वीकार किया।

ह्वान की नज़रें घाटी के धुंधले फैलाव की तरफ टिकी तलहे की आंखों पर गईं। 'बड़ी महत्वाकांक्षाएं भारी पड़ सकती हैं, खासकर युवाओं पर,' उसने अंत में कहा। 'लेकिन एक बड़े नेता के लिए सिर्फ़ शारीरिक शक्ति और रणनीतिक चतुराई से कहीं ज़्यादा की ज़रूरत होती है।' उसने लड़के के छोटे कंधे पर अपना कठोर हाथ रखा। 'विवेक, और हां, करुणा भी, लोगों पर शासन करने और एक लंबी विरासत बनाने के लिए बराबरी से ज़रूरी हैं।'

तलहे ने हामी भरते हुए सिर हिलाया, उसका जबड़ा भींचा हुआ था। उसके मन में तलवारें टकरा रही थीं और सेनाएं आगे बढ़ रही थीं। उसने खुद को आक्रमण का नेतृत्व करते हुए देखा, उसके माथे पर एक विजेता का ताज था। उसे यकीन था कि इतिहास के पन्ने उसके नाम का इंतज़ार कर रहे थे।

8

नई दिल्ली, भारत

आज का समय

नई दिल्ली के बीचों-बीच बने आलीशान साउथ ब्लॉक के एक कॉन्फ्रेंस रूम में, रक्षा मंत्रालय के भव्य बलुआ पत्थर की इमारत में, पूर्व रक्षा मंत्रियों की फ्रेम लगी तस्वीरें दीवारों पर टंगी थीं, और उनकी गंभीर निगाहें मानो कार्यवाही पर निगरानी रख रही थीं। राष्ट्रीय सुरक्षा के बेहद ज़रूरी मामलों पर विचार करने के लिए बुलाई गई ये बैठक एक घंटे से ज़्यादा देर तक चली थी, जिसमें भारतीय रक्षा तंत्र की कुछ सबसे ताक़तवर हस्तियां शामिल थीं: डीआरडीओ चेयरमैन, राष्ट्रीय सुरक्षा सलाहकार (एनएसए) और रक्षा मंत्री।

और आदित्य पिल्लई भी।

वे एक विशाल अंडाकार मेज़ के चारों ओर बैठे थे, जो महोगनी की लकड़ी से बनी थी और पीतल से सजी थी। मेज की पॉलिश की हुई सतह ऊपर लटके झूमरों से दूर तक बिखर रही रोशनी से जगमगा रही थी। वक्त के साथ पुरानी हुई ये मेज़ कई दशकों के महत्वपूर्ण फैसलों की गवाह रही थी।

आमतौर पर शांत मन वाले आदित्य के चेहरे पर इस वक्त एक घबराहट और चिंता सी थी। एकाएक यह बुलावा क्यों? एक बिज़नेसमैन होने के नाते, आदित्य ने रक्षा प्रतिष्ठान की स्टील से जुड़ी ज़रूरतों को पूरा करने की उम्मीद में कई साल उन्हें मनाने के लिए बिताए थे, लेकिन बार-बार उसे मना कर दिया जाता था। उनकी नज़र में, वो एक वाइल्डकार्ड था, जो अक्सर असंभव तकनीकों और फैन्सी मैटेरियल्स के साथ प्रयोग करता रहता था, इसलिए उसे

हैरत हुई कि अचानक उसकी मौजूदगी क्यों ज़रूरी समझी गई। आदित्य की नज़रें तस्वीरों में दिख रहे सख्त चेहरों और मेज़ के चारों तरफ मौजूद उतने ही गंभीर चेहरों के बीच घूम रही थीं।

एक अनुभवी नेता और अपनी बेबाक राय के लिए मशहूर रक्षा मंत्री सबसे पहले बोले। उनकी आवाज़ धीमी और संयमित थी। मेज़ पर हाथ रखते हुए उन्होंने कहा, 'पाकिस्तान टूट सकता है। अगर ऐसा हुआ, तो हमारा मानना है कि पंजाब, सिंध, बलूचिस्तान, पीओजेके और गिलगित-बाल्टिस्तान जैसे इलाके अलग-अलग हो सकते हैं। नतीजा? विस्थापित आबादी की बाढ़ पंजाब और जम्मू-कश्मीर में आ जाएगी जिससे शरणार्थी संकट पैदा हो जाएगा। बांग्लादेश में भी यही हो सकता है।'

जैसे ही लोगों के मन में यह काल्पनिक परिदृश्य बना, वहां सन्नाटा छा गया। आदित्य अपनी सीट पर हिलता-डुलता रहा, और अपने मन में इसके अपरिहार्य नतीजों से जूझता रहा। राष्ट्रीय सुरक्षा सलाहकार देवेंद्र ठकुराल, जो तीखे चेहरे-मोहरे और तेज़ दिमाग के धनी थे, ने कमान संभाली। 'हमने इस परिदृश्य के बारे में सोचा है। अगर ऐसा विखंडन हुआ, तो चीन इस हालात का फ़ायदा उठाएगा और हमारा ध्यान भटकाने के लिए अरुणाचल प्रदेश जैसे इलाकों में वास्तविक नियंत्रण रेखा पर सीमा विवाद भड़काएगा।' वो कुछ देर रुके, और अपने शब्दों के प्रतिकूल संकेतों को बिना बोले रहने दिया। 'सोचिए, कई मोर्चों पर एक साथ काम करना होगा—चीनी सैनिकों, पाकिस्तानी घुसपैठियों और बांग्लादेशी जिहादी समूहों के ख़िलाफ़। ऑपरेशन सिंदूर के दौरान भी ऐसा हो सकता था... इसलिए भारत ने सावधानी के साथ सोच-समझकर कदम उठाया।'

रक्षा मंत्री आगे की तरफ झुके, उनके चेहरे पर गंभीर भाव थे। उन्होंने कहा, 'हम दुनिया भर में ताक़तों को नए सिरे से जुड़ते देख रहे हैं, जो दूसरे विश्व युद्ध से पहले के वक्त की याद दिलाता है। यूक्रेन-रूस, इज़रायल-हमास, आर्मेनिया-अज़रबैजान, एचटीएस-सीरिया... ऐसे कई संघर्ष हैं जो दुनिया को नया आकार दे रहे हैं।'

वो पलभर के लिए रुके, उन्होंने अपनी नज़रें पूरे कमरे में दौड़ाईं। 'ये सच है कि हमारी रणनीति ऐसे गठबंधनों से परहेज़ की है, जो बदलना नहीं चाहते।' मंत्री जी की आवाज़ में और स्पष्टता आ गई। 'लेकिन इसमें कोई शक नहीं कि संयुक्त राज्य अमेरिका—खासकर, उनके डीप स्टेट—को भारत को अलग-थलग करना फ़ायदेमंद लगेगा, चाहे ओवल ऑफ़िस में कोई भी बैठे।' उन्होंने मज़बूत लहजे में निष्कर्ष निकालते हुए कहा, 'वे हमें उनके ब्लॉक के साथ बिना शर्त और चापलूस की तरह गठबंधन करने के लिए मजबूर होते देखना पसंद करेंगे।'

आदित्य को अपने ऊपर अनिश्चितता का एक बोझ सा महसूस हुआ। वो एक ऐसे कमरे में बैठा था, जहां कई दशकों से राष्ट्रीय नीतियों और मुश्किल विकल्पों पर चर्चा होती रही थी, ऐसी जगह जहां ताक़तवर लोग वैश्विक महत्व के मुद्दों से जूझ रहे थे। हालांकि, वो एक बिज़नेसमैन था। उसका कम्फर्ट ज़ोन था आमदनी, निर्माण की लागत, कमर्शियल रिसर्च, प्रोडक्शन शेड्यूल, प्रॉफिट मार्जिन और बाज़ार में हिस्सेदारी; एक ऐसी दुनिया जो उसे राष्ट्रीय सुरक्षा और विदेशी संबंधों के इस पेचीदा खेल से काफ़ी दूर लगती थी। नेताओं और नौकरशाहों के ऊंचे आदर्श होते थे... उसके जैसे कारोबारियों के पास केवल बिज़नेस आइडियाज़ होते थे, जिनमें से कुछ कारोबारी नज़रिए से नाकाम भी होते थे। जैसे ही राष्ट्रीय सुरक्षा सलाहकार और रक्षा मंत्री ने भू-राजनीतिक परिदृश्य पेश किया था, आदित्य के मन में एक ही सवाल गूंज उठा: मैं यहां क्यों हूं?

आखिरकार, अपनी सीधी बात के लिए मशहूर डीआरडीओ चेयरमैन वी.के. रेड्डी, आदित्य की तरफ मुड़े। उन्होंने अपनी नज़र टिकाकर कहा, 'इन बढ़ते खतरों के जवाब में प्रधानमंत्री की तरफ से बताई गई दस अहम सैन्य पहलों को तेज़ी से लागू किया जाना चाहिए। उनमें से एक है नया बीपीबीटी। हमें उस उन्नत टैंक की ज़रूरत है—और हमें ये जल्दी चाहिए। और हमें इसके लिए स्टील सप्लाय करने के लिए तुम्हारी ज़रूरत है।'

'और "जल्दी" से आपका क्या मतलब है?' आदित्य ने पूछा। और जब आप मुझे हमेशा से ही अजीब समझते रहे हैं, तो मुझे ये मौका क्यों दे रहे हैं? उसने ये सवाल मन में ही रहने दिया।

'इन दस परियोजनाओं का एक साल के भीतर पूरा होना ज़रूरी है,' चेयरमैन ने कहा।

कमरे का माहौल और भी भारी हो गया। आदित्य अविश्वास से आंखें फाड़े देख रहा था। एक टैंक को नए सिरे से तैयार करने के लिए एक साल? ऐसे प्रोजेक्ट के लिए मैटेरियल्स का शेड्यूल क्या होगा? उसे एकाएक समझ आया कि उसे यहां क्यों बुलाया गया था। इंडस्ट्री में और कोई इतना पागल नहीं होगा कि इस चुनौती को स्वीकार करे।

आदित्य के लिए यश और असफलता के बीच उतार-चढ़ाव कोई नई बात नहीं थी। पिछले सालों में, उसने ऐसे वेंचर्स में हाथ आजमाया था जिन्हें ज़्यादातर लोग दूर से छूना भी नहीं चाहेंगे—भुला दिए गए रासायनिक धातु विज्ञान से प्रेरित दबाव-झेलने वाले अलॉय की डिज़ाइनिंग से लेकर समरांगण सूत्रधार में बताए गए सोनिक रेज़ोनेंस पर आधारित साउंड-हार्डेंड मेटल्स को बनाने की कोशिश तक। बाद वाला प्रोजेक्ट बुरी तरह नाकाम रहा, लेकिन तकनीकी मंचों पर उसे एक प्रशंसक वर्ग मिल गया। बाकी प्रोजेक्ट—जैसे तक्षशिला अभिलेखागार से ग्रंथों को डिकोड करके विकसित किए गए एक हल्के, जंग-रोधी कंपोज़िट—ने भारी मुनाफा कमाया। वो इंडस्ट्री के व्यावहारिक लोगों की दुनिया में एक जुआरी था, जो धूल भरी पांडुलिपियों और जंग खा रहे अवशेषों में दबे दिमागी कमाल के पीछे भागता था।

चेयरमैन ने आगे कहा, 'मौजूदा स्टील स्टैंडर्ड काफ़ी नहीं हैं। इससे अपग्रेडेड बीपीबीटी कमज़ोर हो जाता है। हमें एक ऐसे वेरिएंट की ज़रूरत है जो बिल्कुल नए चीनी एटीजीएम का सामना कर सके। सिर्फ़ सख़्ती से काम नहीं चलेगा। हमें कुछ ऐसी मज़बूती चाहिए जो न सिर्फ़ हमले से बच सके, बल्कि हमलावर को बर्बाद भी कर सके। इस प्रक्रिया को तेज़ करने के लिए हमें तुम्हारे पूरे सहयोग की ज़रूरत है। हमें हर मुमकिन कोशिश करनी होगी। जो भी करना पड़े, करो। इसलिए हमने तुम्हें यहां आने के लिए कहा।'

आदित्य ने गहरी सांस ली और अपना मन तैयार किया। 'मेरे पास कितना वक्त है?'

रेड्डी का जवाब तुरंत और अंतिम था। 'आठ हफ़्ते।'

आठ हफ़्ते? अनजान खासियतों वाले एक नए स्टील वेरिएंट को विकसित करने के लिए? उसे ये सब बेतुका लगने लगा था। कंपोज़िशंस, क्वॉन्टिटी, परफॉर्मेंस बेंचमार्क, डिलीवरी शेड्यूल के बारे में कोई बातचीत नहीं—यहां तक कि कोई लिखित ब्यौरा या पेमेंट से जुड़ी बात भी नहीं। मानो उससे धातु विज्ञान से जुड़ा कोई जादू कर लेने की उम्मीद की जा रही हो।

वो विरोध करना चाहता था, इस बेतुकी समय-सीमा पर ध्यान दिलाना चाहता था, लेकिन वो जानता था कि ये सब बेकार होगा। फिर उसके अंदर एक अलग सोच वाला शख्स था जो जोखिम उठाना पसंद करता था; जिस चीज़ का अंदाज़ ना लग सके, उसमें एक विशेष आकर्षण था। आदित्य को लगा कि ये ज़िंदगी का सबसे बड़ा मौका था; ठीक वही मौका जिसकी उसे तलाश थी।

उसने हामी भरते हुए सिर हिलाया, उसके चेहरे पर अनमने ढंग से हां करने वाला भाव था। वो उठा और बाहर की ओर चल दिया; साफ़तौर पर वक्त बेहद कम था। साउथ ब्लॉक का मंत्रियों की तस्वीरों वाला बड़ा कमरा उसके जाने के बाद बंद हो गया।

जब वो कार चला रहा था, बारिश की छोटी-छोटी फुहारें विंडस्क्रीन पर बरसने लगीं। तूफ़ानी बादल उमड़ पड़े, जो मानो उसकी बढ़ती फिक्र को दर्शा रहे थे। क्या उसने एक बेतुकी चुनौती स्वीकार करने में बहुत जल्दबाज़ी कर दी थी?

और तभी एकाएक उसे समाधान सूझा। सोमी किम।

हालांकि उसने हमेशा अपने वेंचर्स घरेलू ही रखे थे, लेकिन इस हालात में परंपरा से हटकर उपाय करने की ज़रूरत थी। जब उसने सोमी का नंबर डायल किया, उसके मन में आशंकाएं छा रही थीं, उसे मिले काम की छाया उसे डराने लगी थी।

'हाय सोमी, मैं आदित्य बोल रहा हूं,' उसकी आवाज़ में जल्दी से जल्दी मदद की पुकार थी। 'मुझे तुम्हारी मदद चाहिए। शायद मैंने अपनी क्षमता से ज़्यादा बड़ा काम ले लिया है।'

9

साकेत, कोशल

आज का अयोध्या, उत्तर प्रदेश, भारत

करीब 2,000 साल पहले

पद्मसेन महल की ओर बढ़ रहा था, धूल भरी सड़क पर उसके घोड़े की टाप गूंज रही थी। राजा विदुषिका ने ज़रूरी बुलावा भेजा था, जिसमें उसे तत्काल उपस्थित होने को कहा गया था।

उजली धोती और केसरिया पगड़ी और उससे मिलता-जुलता उत्तरीय पहने, पद्मसेन ने अपनी बड़ी-बड़ी मूंछों पर हाथ फेरा। वो एक रूपवान पुरुष था, तराशी हुई नाक-नक्श और उभरा हुआ माथा, जिस पर एक लंबा सिंदूरी टीका लगा हुआ था। उसकी सुनहरी बालियां उसके लंबे काले बालों के सामने चमक रही थीं, जो उसकी पगड़ी के नीचे बंधे थे। उसका सुडौल शरीर और कांसे जैसा रंग एक पक्के योद्धा की छवि को पूरा कर रहा था। उसके चेहरे पर चिंता की एक छाया थी। विदुषिका ने उसे क्यों बुलाया था? उसने अपना घोड़ा महल के एक सेवक के पास छोड़ दिया और तेज़ी से शासक के कमरों की ओर चल पड़ा।

पिछले कुछ दशकों से कोशल में राजनीतिक उथल-पुथल मची हुई थी। मौर्य और शुंग राजवंशों के पतन के बाद, थोड़े समय तक दत्त और मित्र शासन काल था, जिसे कुषाण राजा कुजुला कडफाइसिस ने खत्म कर दिया, और विदुषिका को अपनी कठपुतली बनाकर साकेत के साथ-साथ कई दूसरे क्षेत्रों को अपने अधीन कर लिया।

विदुषिका पिछले राजा–जो पद्मसेन का चचेरा भाई था–का साला था और उसकी सेना में सेनापति भी था। दत्त और मित्र वंश के अंतिम दिनों में उसने धूर्तता से पाला बदल लिया था। कडफाइसिस ने विदुषिका की धूर्तता को पुरस्कृत किया और उसे राज्यपाल नियुक्त किया, साथ ही उसके राजसी संबंधों के कारण उसे राजा की उपाधि भी बरकरार रखने दी। पद्मसेन को उससे जलन होनी चाहिए थी; इसके बजाय उसे विदुषिका पर दया आती थी।

सभी जानते थे कि असली ताक़त 930 मील दूर बखलो में निहित थी।

'प्रणाम प्रभु,' पद्मसेन ने धीरे से कहा, उसे प्रवेश द्वार के पास रखे एक बेसिन से गुलाबजल की सुगंध महसूस हुई। एक बड़ी खिड़की, जो आमतौर पर विदुषिका के मोर-दर्शन के आनंद के लिए बगीचे में खुलती थी, आज पर्दों से ढकी हुई थी। पद्मसेन ने सोचा, यह राज्यपाल तो स्वयं एक इठलाते हुए मोर से *कम* नहीं है।

कमरा, कुछ खास जगहों पर रखे गए तेल के दीयों की मंद रोशनी में, भव्य साज-सज्जा से भरा था: भारी रेशमी पर्दे, लकड़ी की बारीक नक्काशी और आलीशान गद्दियां। पद्मसेन एक नीची कुर्सी पर बैठ गया और विदुषिका ने सुनहरे हत्थों वाली एक ऊंची गद्देदार कुर्सी पर, जो उसकी शक्ति और प्रभाव का प्रतीक थी, अपना स्थान ग्रहण किया। विदुषिका का फीका रंग, झुकी हुई आंखें और गोल-मटोल शरीर देखकर लगता था कि वो आलसी था, लेकिन पद्मसेन जानता था कि उसे कमतर आंकना ठीक नहीं था।

'मैंने तुम्हें यह जानने के लिए बुलाया था कि क्या सबकुछ... सामान्य है,' विदुषिका ने बिना किसी शुरुआती अभिवादन के कहा। उसकी आंखें, जो आमतौर पर उदासीनता से आधी बंद रहती थीं, अभी पद्मसेन पर केंद्रित थीं, उसकी हर चाल पर नज़र रख रही थीं।

'कुछ भी असामान्य नहीं है,' पद्मसेन ने झूठ बोल दिया, उसका दिल ज़ोर से धड़क रहा था। क्या गुप्तचरों ने राज्यपाल को राम के उपवन में हुई

घटना के बारे में सचेत कर दिया था? या वो मृत व्यक्ति विदुषिका का जासूस था? या इस बुलावे का इस बात से कोई संबंध नहीं था?

विदुषिका ने एक थकी हुई आह भरी, जिसमें बनावटी धैर्य भी था। 'पद्मसेन, तुम मुझ पर कब भरोसा करोगे?' उसने पूछा। 'मैं तो केवल साकेत के लिए सर्वोत्तम चाहता हूं। तुम मेरे साथ काम करने से इंकार क्यों करते हो?'

'कोई मतभेद की बात नहीं है, प्रभु। साकेत को चाहने वाले सभी एक ही पक्ष में हैं।' पद्मसेन जानता था कि विदुषिका उसके झूठ को भांप गया था। उन नर्तकियों की तरह, जो किसी ग़लती से सावधान रहते हुए, एक-दूसरे के चारों ओर चक्कर लगाती हैं, वे दोनों सावधानी से सोच-समझकर बातचीत करते रहे।

157वां द्वैतलिंगम रक्षक, पद्मसेन, प्राचीन शपथों और परंपराओं से बंधा था। हालांकि राजनीतिक वास्तविकताएं उसे शासक के प्रति सम्मान दिखाने के लिए बाध्य करती थीं, उसकी सच्ची निष्ठा उस रहस्य के प्रति थी जिसकी वो रक्षा करता था—विष्णु स्तंभ के नीचे राम के उपवन में समाधिस्थ द्वैतलिंगम। किसी विवाद के होने पर वो जानता था कि उसका रास्ता साफ़ था। उसकी राजसी वंशावली ने उसे विदुषिका की मांगों का विरोध करने और अपने कर्तव्य पर अडिग रहने का अधिकार दिया था।

विदुषिका पीछे की तरफ टिक गया, उसकी उंगलियां उसकी कुर्सी के सुनहरे हत्थे पर एक ताल में थपथपा रही थीं। 'सोचो कि हम साथ मिलकर क्या हासिल कर सकते हैं,' उसने हल्की फुसफुसाहट में कहा। 'सम्राट कुजुला को एक संदेश... और असीमित शक्तियां तुम्हारी हो जाएंगी।'

पद्मसेन जानता था कि शब्दों का ये खेल जल्द ही खत्म हो जाएगा, और उसकी जगह एक ज़्यादा खतरनाक मुकाबला शुरू हो जाएगा। उसका डर जायज़ था। कुषाण कबीला युएझी गठबंधन की एक शाखा था, और चीन से आकर बखलो में बस गया था। उनका राजा, कुजुला कडफाइसिस, स्पष्ट तौर पर यूनानी कला का संरक्षक, शैव धर्म का अनुयायी और बौद्ध धर्म को दान देने वाला था, लेकिन उसका अंतिम लक्ष्य साफ़ था: पूरे भारतवर्ष में अपना प्रभाव बढ़ाना।

पद्मसेन ने स्वीकार किया, 'शायद आप सही कह रहे हैं, प्रभु। शायद हमें साथ मिलकर काम करना चाहिए—साकेत के लिए।'

'बहुत अच्छा,' विदुषिका ने होंठों पर एक हल्की मुस्कान के साथ कहा। 'लेकिन सहयोगियों को पारदर्शी होना चाहिए।' उसने पद्मसेन को घूरकर देखा, उसकी झुकी हुई आंखों से अब उसके भीतर की तेज़ बुद्धि दिख रही थी। 'उन्हें एक-दूसरे से कोई रहस्य गुप्त नहीं रखना चाहिए।'

विदुषिका का इरादा साफ़ था: उसे द्वैतलिंगम चाहिए था।

पद्मसेन जानता था कि उसे समय चाहिए। रहस्य की रक्षा के लिए, उसे उसका स्थान गुप्त रखना था। 'इंदुमती अस्वस्थ है,' उसने राजा की जांच से बचने की उम्मीद में कहा। 'मेरा मन दूसरी चीज़ों में उलझा है, प्रभु। शायद मैं एक-दो दिन में लौट सकूं?'

विदुषिका ने अपने चेहरे पर चिंता के भाव लाए, लेकिन उसकी आंखों में तीव्रता बनी रही। 'अपनी पत्नी को मेरा प्रणाम कहना,' उसने नरम लहजे में कहा। 'मुझे उसके स्वास्थ्य की चिंता है। लेकिन पद्मसेन, कृपया मेरे प्रस्ताव पर उचित विचार करें।'

'आपकी कृपा के लिए धन्यवाद, प्रभु,' पद्मसेन ने उत्तर दिया, उसकी आवाज़ में थकान झलक रही थी। उसके हर शब्द का मूल्यांकन हो रहा था और उसे लगा कि नाटक का भार धीरे-धीरे उसे अपने घेरे में ले रहा था।

'निस्संदेह। अपनी पत्नी की देखभाल करो, पद्मसेन,' विदुषिका ने कहा। 'थके हुए आदमी को मौत भी एक सुखद राहत लग सकती है।' उसके नरम लहजे में एक हल्की सी धमकी छिपी थी।

पद्मसेन के जाने के बाद कक्ष के द्वार बंद हो गए। उसकी गर्दन के रोएं खड़े हो गए। आंखें—जो दिख नहीं पर महसूस हो रही थीं—उसकी हर चाल पर नज़र रख रही थीं। भव्य महल के गलियारे मानो उसके चारों ओर सिमट गए थे। उसके कदमों की आवाज़ गूंज रही थी, हर आवाज़ उस दमनकारी सन्नाटे में बिजली की गर्जना की तरह थी। एक चेतावनी की तरह। इंदुमती का चेहरा उसके दिमाग़ में घूम गया: गरमाहट भरी आंखें, कोमल मुस्कान।

उसके पेट में मरोड़ उठी। इस जानलेवा खेल में उसके नाम को मोहरे की तरह इस्तेमाल किया... मैंने क्या कर दिया?

जब वो अपने घोड़े पर सवार हुआ, रात के आकाश में शुरुआती तारे उभरने लगे थे। घर का जाना-पहचाना घुमावदार रास्ता उसके सामने था। शाम की ठंडी हवा उसके चेहरे पर थपेड़े मार रही थी, उसके संकल्प को और दृढ़ कर रही थी। आगे एक युद्ध दिख रहा था, और उसे अपनी हर प्यारी चीज़ की रक्षा के लिए लड़ना होगा।

उसे एक आदमी से तुरंत बात करनी थी: कुलशेखर, इंदुमती का भाई।

10

बखलो, बैक्ट्रिया

आज का बाल्ख, अफ़ग़ानिस्तान

लगभग 2,000 साल पहले

साम्राज्य की राजधानी बखलो के आसपास का इलाका इस बात का प्रमाण था कि इस देश और उसके निवासी दोनों में हार ना मानने की कितनी बड़ी क्षमता है। विस्तृत क्षेत्र—बैक्ट्रिया—प्रकृति की अपरिमित शक्ति और मानवीय दृढ़ संकल्प के बीच नाज़ुक संतुलन का उदाहरण था। विशाल आकाश के नीचे घास के मैदान और बंजर खेत फैले हुए थे, जिनमें थोड़ी-थोड़ी दूरी पर जंगली घास और जंगली फूलों के रंग-बिरंगे गुच्छे बिखरे हुए थे। किसान जोतने के लिए मुश्किल सूखी ज़मीन में हल चला रहे थे, और उस देश में फ़सलें उगा रहे थे जहां नियमित रूप से सूखा और धूल भरी आंधियां मुसीबत बनकर आती हैं। दूर, ऊंचे पहाड़ प्रहरी की तरह खड़े थे, उनकी बर्फ़ से ढकी चोटियां ऊपर के साफ़ नीले आसमान से बिल्कुल अलग दिख रही थीं।

बखलो की भावना उसके केंद्र में स्थित छोटे से कस्बे में भी महसूस की जा सकती थी। यहां की हवा में कई तरह की सुगंध घुली थीं—जैसे चूल्हे से उठता धुआं, जानवरों की मिट्टी जैसी गंध और नई जुताई की गई मिट्टी की ताज़गी। इस कस्बे के बीचों-बीच कुजुला कडफाइसिस का भव्य महल था। ये विशाल इमारत, हेलेनिस्टिक शालीनता और तोखारियन शक्ति का एक मेल थी और दूर-दूर तक फैले सम्राट के अधिकार का प्रतीक थी। इसकी मज़बूत दीवारें और शानदार नक्काशी उसकी ताक़त की याद खामोशी से दिलाती थीं।

उस दिन पूरे शहर में उत्साह का माहौल था। कोशल से एक रिले संदेशवाहक आया था, जिसने अपनी यात्रा रिकॉर्ड बत्तीस दिनों में पूरी की थी। कुषाण रिले प्रणाली, जिसमें नियमित रूप से सैनिकों और घोड़ों की भर्ती होती रहती थी, अपनी गति और विश्वसनीयता के लिए प्रसिद्ध थी। संदेशवाहक का घोड़ा, पसीने से लथपथ और धूल से सना हुआ, महल के दरवाज़ों से तेज़ी से गुज़रता हुआ, अपने आगमन की सूचना सबको देता हुआ, अपने उद्देश्य की महत्ता सबके सामने स्पष्ट करता हुआ आया।

मुख्य द्वार पर घोड़े से उतरते ही, संदेशवाहक को शाही पहरेदार तेज़ी से भव्य सभा-कक्ष में ले गए। यह एक विशाल स्थान था जो प्रभावशाली होने के साथ-साथ वैभवशाली भी था। सैकड़ों मशालें जल रही थीं, जिनकी लपटों की टिमटिमाती परछाइयां ऊंचे स्तंभों और मेहराबदार छत पर नाच रही थीं। कक्ष के विशाल आकार के सामने अंदर मौजूद सभी लोग बौने बन गए थे, और अपने ऊंचे मंच पर बैठे सम्राट कुजुला कडफाइसिस की चौकस निगाहों के नीचे वे लोग महज कण के समान रह गए थे।

मशाल की रोशनी में, कडफाइसिस की रेशमी कमीज़ झिलमिला रही थी, उसकी बारीक कढ़ाई रोशनी को अपनी ओर खींच रही थी। उसके चौड़े कंधों पर फर का एक लबादा लिपटा हुआ था, जो उसके रोबदार व्यक्तित्व को और भी निखार रहा था। उसके नैन-नक्श तीखे थे, उसकी निगाहें पैनी थीं। उसकी दाढ़ी करीने से कटी थी, उसके सिर पर कीमती रत्नों से जड़ा सुनहरा मुकुट सुशोभित था जो उसकी ताक़त की निशानी था; उसका हर हाव-भाव—सिंहासन पर जानबूझकर उंगली थपथपाना, सहमति जताने के लिए लगभग अदृश्य सा सिर हिलाना—उसके सतर्क और नियंत्रित शासन का भाव व्यक्त कर रहा था। वो एक ऐसा व्यक्ति था जो सम्मान और भय पैदा करता था, एक ऐसा नेता जिसकी उपस्थिति भर से लोगों के भीतर आज्ञापालन का भाव जग जाता था।

'विदुषिका की ओर से कोई समाचार?' कडफाइसिस ने पूछा, उसके प्रश्न की गूंज पूरे कक्ष में सुनाई दी। जब युवा संदेशवाहक झुककर उसे प्रणाम कर रहा था, इस अनुत्तरित प्रश्न से उत्पन्न तनाव कमरे में महसूस किया जा सकता

था। संदेशवाहक ने तुरंत सम्राट के सेवकों को एक सूचीपत्र सौंपा, जिन्होंने उसे अपने शासक को दे दिया।

कडफाइसिस ने उसे पढ़ने की परेशानी नहीं उठाई, बल्कि उसे अपने प्रधानमंत्री को दे दिया।

प्रधानमंत्री ने अपने राजा को संदेश पढ़कर सुनाने से पहले उसे ध्यान से पढ़ा, ऐसा करते समय उसकी पतली कोंग किउ मूंछें फड़क रही थीं। राजा के चेहरे पर जिज्ञासा से झुंझलाहट का भाव आ गया जब उसने एक बार फिर वे बहाने सुने, जिनमें विदुषिका को महारत हासिल थी।

जब प्रधानमंत्री संदेश के अंत पर पहुंचा, तो कडफाइसिस ने अधीर होकर पूछा, 'आपकी क्या सलाह है? मैंने कोशल पर विजय प्राप्त करने और उस पर शासन करने के लिए अपनी सेना भेजी थी और विदुषिका को साकेत में अपना राज्यपाल नियुक्त किया था। तबसे, कई गुप्तचरों ने हर जगह खोजबीन की है, लेकिन सफलता नहीं मिली है—वो जगह महलों, मंदिरों, उपवनों और कुओं से अटी पड़ी है। कई गुप्तचर लापता भी हो गए हैं। विदुषिका की कूटनीतिक कोशिशों से कोई फायदा नहीं हुआ है। मुझे क्या करना चाहिए?'

प्रधानमंत्री एक अनुभवी प्रशासक था जिसने अनगिनत विजय अभियानों में राजा का साथ दिया था, और कूटनीति व बल के नाज़ुक संतुलन को समझता था। उसने बाल्ख, गांधार, कुरु, पांचाल और कोशल सहित कई क्षेत्रों को कडफाइसिस के शासन के अधीन लाने में महत्वपूर्ण भूमिका निभाई थी। दरबार में केवल कुछ ही लोग सम्राट से सच बोलने का साहस रखते थे; यह व्यक्ति उनमें से एक था।

प्रधानमंत्री ने अपने शब्दों पर विचार करते हुए, अपनी मूंछों पर सावधानी से हाथ फेरा। वो संदेश के गहरे अर्थ को समझता था, उस पतली लकीर को समझता था जो नपे-तुले शब्दों में मनाने और निर्णायक कार्रवाई के बीच का अंतर होती है। उसने कहा, 'हे सम्राट, सत्ता के मामलों में आपकी बुद्धिमत्ता सर्वविदित है। जैसाकि आप भली-भांति जानते हैं, रेशमी दस्ताने के पीछे अक्सर मुट्ठी की शक्ति छिपी होती है।'

ठेठ कुषाण दर्शन वाला यह उत्तर, उनकी शक्ति और कूटनीति के कुशल मिश्रण को दर्शाता था। यह एक ऐसी रणनीति थी जिसने उन्हें एक विशाल और लगातार बड़े होते साम्राज्य को बनाने में मदद की थी। शांत तालाब में लहरों की तरह, दरबार में फुसफुसाहट की एक लहर सी दौड़ गई, जब वहां इकट्ठा हुए सामंत और अधिकारी अपने शासक के अगले कदम पर विचार कर रहे थे।

कडफाइसिस अपने सिंहासन पर पीछे की ओर टिक गया, उसकी उंगलियां सिंहासन के हत्थे को थपथपा रही थीं। 'विदुषिका ने अपना उद्देश्य पूरा किया है,' उसने स्वीकार किया, 'लेकिन यह देरी अस्वीकार्य है। हम इस अवसर को हाथ से जाने नहीं दे सकते।'

वो प्रधानमंत्री की ओर मुड़ा। 'विदुषिका को संदेश का जवाब भेजो। शांति भरे तरीके और सौम्य कूटनीति विफल हो गई है। अब कठोर बल से ही काम चलेगा। उसे असफलता के परिणामों... और सफलता के पुरस्कारों की याद दिलाओ।'

संदेशवाहक ध्यान से खड़ा प्रधानमंत्री के जवाब का इंतज़ार कर रहा था। सभी की निगाहें उसके जाने पर टिकी थीं, सम्राट के आदेश ने वातावरण को असहज कर दिया था। फिर कडफाइसिस ने अपने प्रधानमंत्री को पास आने का इशारा किया, उसकी आवाज़ फुसफुसाहट जैसी धीमी थी। 'हमारी विशेष सेनाओं को तैयार करो। अगर विदुषिका अपना काम पूरा करने में असमर्थ साबित होता है, तो हमें कार्रवाई के लिए तैयार रहना होगा।'

'आपकी इच्छा पूरी होगी, हे सम्राट,' प्रधानमंत्री ने झुककर कहा। 'आपकी योजनाएं पूरी कुशलता से क्रियान्वित की जाएंगी।'

कडफाइसिस ने वहां जमा गणमान्य व्यक्तियों का अवलोकन किया, उसकी नज़रें हर व्यक्ति से होकर गुज़र रही थीं। उसकी आवाज़, हालांकि धीमी थी, लेकिन उसमें एक ऐसी शक्ति थी जो पूरे कक्ष में गूंज उठी। उसने कहा, 'ये याद रखें... हमारा साम्राज्य हमारी इच्छाशक्ति के बल पर बना है। लेकिन कभी-कभी... इसे लागू करने के लिए एक धारदार तलवार की ज़रूरत होती है।'

कडफाइसिस जानता था कि सबसे तेज़ धार वाली तलवार किसी ऐसी वस्तु से आती है, जिसका नाम है द्वैतलिंगम।

कोणादित्य, महोदधि

आज का कोणार्क, ओडिशा, भारत

लगभग 400 साल पहले

मई 1610 के उस दिन कोणादित्य—जिसे कोणार्क के नाम से भी जाना जाता था—में भीषण गर्मी पड़ रही थी। तट के पास, हलचल ज़ोरों पर थी। पसीने से तर-बतर पुर्तगाली नाविकों और स्थानीय मज़दूरों का एक समूह सूर्य मंदिर के खंडहरों से एक विशाल चुंबक-पत्थर को खींचने के लिए संघर्ष कर रहा था। 52 टन का यह विशाल पत्थर वर्षों पहले मंदिर परिसर से बंदरगाह में गिर गया था, और तब से इसका चुंबकीय क्षेत्र वहां से गुज़रने वाले जहाज़ों के आवागमन में बाधा डाल रहा था।

कैप्टन रॉड्रिग्स, खिचड़ी दाढ़ी वाला एक अनुभवी नाविक, इस अभियान की देखरेख कर रहा था। उसके बगल में बिनायक नाम का एक भारतीय गाइड खड़ा था, जो अपने स्थानीय ज्ञान और समझदारी के लिए मशहूर था। रॉड्रिग्स ने उसे उस चुंबक-पत्थर का पता लगाने और उसे हटाने की देखरेख के लिए नियुक्त किया था।

'यह पत्थर हमारी सारी समस्याओं की जड़ है,' रॉड्रिग्स माथे से पसीना पोंछते हुए बड़बड़ाया। 'हर बार जब हम इस जलक्षेत्र में आते हैं, हमारे जहाज़ रास्ता भटक जाते हैं। हमारे कंपास बेतरतीब ढंग से घूमते हैं। हम इसे यहीं रहने और अपने सफर को बर्बाद करने नहीं दे सकते।'

बिनायक ने गंभीरता से सिर हिलाया। 'मैं समझता हूं, कैप्टन। लेकिन यह पत्थर एक बहुत बड़ी कहानी का हिस्सा है। यह लगभग तीन सौ साठ साल पहले बनवाए गए सूर्य मंदिर के खंडहरों से जुड़ा है, जिसे पूर्वी गंग वंश के

राजा नरसिंह देव प्रथम ने बनवाया था। कैप्टन, यह मंदिर सूर्यदेव के सम्मान में बनवाया गया था।'

रॉड्रिग्स की दिलचस्पी बढ़ गई। 'तो फिर बंदरगाह के पास इतना ताक़तवर चुंबक क्यों रखा गया, जहां यह जहाज़ों की आवाजाही में बाधा डालता है?'

बिनायक ने दूर ढहते खंडहरों की तरफ इशारा किया। उसने समझाते हुए कहा, 'यह चुंबक-पत्थर बंदरगाह में रखने के लिए कभी नहीं था। मंदिर चुंबकों की एक श्रृंखला से बनाया गया था। कारीगरों ने हर पत्थर के बीच लोहे की प्लेटें सावधानी से लगाई थीं, जो सबसे ऊंचाई पर चुंबक-पत्थर तक पहुंचती थीं, जिससे एक ताक़तवर चुंबकीय क्षेत्र बनता था। कैप्टन, इस व्यवस्था के कारण सूर्य की मूर्ति—जिसमें लोहे की मात्रा बहुत ज़्यादा थी—हवा में झूल सकती थी।'

'झूल सकती थी? किस उद्देश्य के लिए?' रॉड्रिग्स ने पूछा।

बिनायक मुस्कुराया। 'इसका राज़ नाम में ही छिपा है। "कोणार्क" दो संस्कृत शब्दों से मिलकर बना है—"कोण" और "अर्क", जिसका अर्थ है सूर्य। इसलिए, कोणार्क का अर्थ है "सूर्य का कोण"।' वो पलभर के लिए रुका, उसकी आवाज़ गर्व से भर गई। 'मंदिर का निर्माण खगोलीय रूप से इतना सटीक था कि साल के कुछ खास दिनों में, सुबह के सूरज की पहली किरणें सीधे गर्भगृह पर पड़ती थीं, कहा जाता है कि वे किरणें सूर्यदेव की मूर्ति की नाभि में जड़े हीरे पर पड़कर बिखरती थीं।'

रॉड्रिग्स ने बिनायक को शक भरी नज़रों से देखा। उसने सोचा, क्या यह कहानी सच हो सकती है? लेकिन जब बिनायक मंदिर की संरचना के अवशेषों की तरफ इशारा करके उनके बारे में बताता रहा, अंत में रॉड्रिग्स ने मंदिर की भव्यता पर दांतों तले उंगली दबा ली।

एक तरफ नाविक अपना काम कर रहे थे, वहीं बिनायक रॉड्रिग्स को खंडहरों की ओर ले गया। उसने समझाते हुए बताया, 'मंदिर को सूर्य के रथ जैसा बनाया गया था। जिसे सात घोड़े खींचते हैं, इसके बारह जोड़ी सुंदर ढंग से सजाए गए पहिये, वास्तव में, असाधारण रूप से सटीक सूर्यघड़ियां हैं।'

'लेकिन ये खंडहर में क्यों है?' रॉड्रिग्स ने मंदिर परिसर के पास पहुंचते ही टूटे हुए पत्थरों की ओर इशारा करते हुए पूछा।

'मुख्य गर्भगृह चालीस साल पहले ढह गया था,' बिनायक ने जवाब दिया। 'बंगाल के सुल्तान सुलेमान खान कर्रानी के एक सेनापति कालापहाड़ ने इसे तबाह कर दिया था। उसने मंदिर के ऊपरी हिस्से का चुंबक-पत्थर उखाड़ दिया, जिससे मंदिर का नाज़ुक संतुलन बिगड़ गया। चुंबकीय खिंचाव के बिना, मंदिर की संरचना का ज़्यादातर भाग ढह गया।'

'ऐसे अद्‌भुत निर्माण का कौशल किसके पास था?' रॉड्रिग्स ने आश्चर्य से पूछा।

'महाराज ने बिसु महाराणा नाम के एक कुशल निर्माणकर्ता को नियुक्त किया था। उसके पास वे उपकरण और ज्ञान था जो द्वैतलिंगम रक्षक कहे जाने वाले लोहारों के पास पीढ़ियों से चला आ रहा था, हालांकि अब यह ज्ञान हमारे लिए लुप्त हो चुका है,' बिनायक ने जवाब दिया, उसके चेहरे पर हल्का सा दु:ख छा गया था।

'लेकिन मंदिर तो वास्तुकार और राजमिस्त्री बनाते हैं—लोहार नहीं—' रॉड्रिग्स ने पलटकर कहा।

बिनायक ने कहा, 'बिल्कुल सच, लेकिन बिसु महाराणा का ज्ञान केवल धातु तक ही सीमित नहीं था। वे मैग्नेटाइट के महारथी, एक तलवारबाज़ और छेनी तथा दूसरे उपकरणों के उपयोग में कुशल कारीगर थे। किंवदंतियों के अनुसार वो 208वें द्वैतलिंगम रक्षक थे।'

रॉड्रिग्स ने थोड़ी देर रुककर परियोजना की जटिल बारीकियों और इस तरह के सपने को साकार करने के लिए ज़रूरी विशेषज्ञता को समझने की कोशिश की। 'और अब ये संरचना खंडहर में बदल गई है,' वो बुदबुदाया। 'बर्बर लोगों के खिलाफ उन्नत तकनीक आखिर किस काम की है?'

'बिसु महाराणा का क्या हुआ?' उसने आखिरकार दिलचस्पी दिखाते हुए पूछा।

'कप्तान, उनकी कहानी बड़ी दुखद है,' बिनायक ने धीमी आवाज़ में कहा। 'मंदिर के निर्माण में समय सीमा से अधिक समय लगने लगा। उनकी कला के रहस्यों को बहुत कम लोग समझ पाए। फिर, निर्माण पूरा होने से पहले ही बिसु महाराणा की मृत्यु हो गई। ईर्ष्यालु प्रतिद्वंद्वियों के बहकावे में आकर राजा ने बिसु के पुत्र धर्मपद को काम जारी रखने के लिए मजबूर किया। बिसु की विधियों को अच्छी तरह जानने वाले उनके पुत्र ने लगभग असंभव समय सीमा में परियोजना पूरी कर दी, लेकिन उसके तुरंत बाद ही उनकी मृत्यु हो गई। कुछ लोग कहते हैं कि उनकी मृत्यु थकावट और शरीर में पानी की कमी से हुई; कुछ दूसरे लोग कहते हैं कि उन्होंने आत्महत्या कर ली थी।'

'और उनके शिल्प, उपकरणों, तकनीक के रहस्य?' रॉड्रिग्स ने पूछा।

बिनायक ने जवाब दिया, 'उनका क्या हुआ, यह एक रहस्य बना हुआ है। शायद यह ज्ञान उनके साथ ही नष्ट हो गया, या दूसरों को मिल गया। सोमनाथ का भव्य, हवा में झूलता शिवलिंग, अंगकोर और कैलाश के जटिल नक्काशीदार मंदिर—ये सब एक साझा ज्ञान, उन सामग्रियों की महारत की ओर इशारा करते हैं जिनके कारण इंजीनियरिंग के ऐसे कारनामे संभव हुए। शायद यह तकनीक बची हुई है, लेकिन कहीं बिखरी हुई है, छिपी हुई है, और फिर से तलाशे जाने का इंतज़ार कर रही है।'

जब क्षितिज की ओर सूरज डूबता दिख रहा था, पुर्तगाली दल ने आखिरकार उस भारी चुंबक-पत्थर को सुरक्षित कर लिया और उसे एक बजरे पर लाद दिया। वे अपने मुश्किल सफर के लिए तैयार हो गए, और उस भारी पत्थर को अपने जहाज के पीछे बांधकर खींचते रहे। रॉड्रिग्स और बिनायक, इतिहास, किंवदंती, कला और विज्ञान के इर्द-गिर्द घूमती अपनी बातचीत में, खंडहरों की खाक छानते रहे, धीमी पड़ती रोशनी एक खोई हुई दुनिया के बचे-खुचे अवशेषों पर लंबी परछाइयां डाल रही थी।

जैसे ही वे एक बार फिर समंदर के किनारे पहुंचे, रॉड्रिग्स ने बजरे पर एक नज़र डाली। ये काम शुरू होने के बाद पहली बार, उसके मन में संदेह पैदा हुआ। कहानियां, श्रद्धा, मंदिर की अद्‌भुत संरचना—ये सब मिथक भर

तो नहीं थे ना? शायद ये पत्थर सिर्फ़ जहाज़ों की आवाजाही में रुकावट डालने भर के लिए नहीं था।

रॉड्रिग्स को अपनी रीढ़ में सिहरन सी महसूस हुई। जहाज़ पर तो चुंबक-पत्थर लदा हुआ था, लेकिन ज़मीन मानो खामोश गुनगुनाहट के साथ चेतावनी दे रही थी। उसे एहसास हुआ कि कुछ ताक़तें ऐसी होती हैं, जिन्हें कभी छेड़ा नहीं जाना चाहिए।

11

सियोंगसान, गारक महासंघ

आज की सियोंगजू काउंटी, दक्षिण कोरिया

करीब 2,000 साल पहले

तलहे अपने कमरे में वापस आया, बिस्तर में धंस गया और आंखें बंद कर लीं, उसका मन जगे रहने और झपकी के बीच झूल रहा था। उसने दीवार पर जलती मशाल को घूरा, जिसकी लौ मानो नाच रही थी। उसके मन में अनाथालय को तबाह करने वाली आग की यादें कौंध गईं–लगातार आतंक से भरी चीखें, धुएं की तीखी गंध, और लपटों की चटकती गरज। फिर यादें कहीं और मुड़ गईं, उस दिन मिन-हो पर मिली अपनी खोखली जीत याद आ गई—एक निरर्थक जीत जिससे कोई सांत्वना नहीं मिल रही थी। उसकी सोच अपने माता-पिता की ओर चली गई—ऐसे चेहरे जिन्हें वो मुश्किल से याद कर पा रहा था, ऐसे चेहरे जो वक्त और आग में उसे मिली गहरी चोट से धुंधले हो गए थे। उसे थोड़ा-थोड़ा सा कुछ याद था: एक कोमल मुस्कान, लोरी की गरमाहट, और फिर डर के झटके, एक चीख और सन्नाटा। अंत में, उसका मन अनाथालय की यादों में लौट आया, जो कई सालों की ज़िंदगी के नीचे दबी हुई थीं।

अनाथालय की दीवारों के ठीक पीछे चांग बेकरी, उसके लिए सुकून और तकलीफ दोनों की वजह रही थी। उसे ताज़ी ब्रेड और लज़ीज़ पेस्ट्री की दिलकश खुशबू याद आ रही थी जो कभी-कभी अनाथालय में आती थी, और बेकरी मालिक की उस रहमदिली की याद दिलाती थी जो वो कभी-कभी बच्चों

के साथ अपना नहीं बिका सामान बांटकर दिखाता था। आग ने सबकुछ बदल दिया था, उसकी बेरहम लपटों ने न केवल बेकरी को बल्कि आधे अनाथालय को भी अपनी चपेट में ले लिया था। सत्रह बच्चों में से केवल छह आग की लपटों से बच पाए थे, उनकी बेफिक्र ज़िंदगी हमेशा के लिए बिखर गई थी।

ज़िंदा बचे बच्चों में से दो, तलहे और किम सूरो, ने शुरुआत में माता-पिता के खोने के अपने आपसी अनुभव से एक-दूसरे में सांत्वना हासिल की थी। अनाथालय में शुरुआती कुछ हफ़्तों तक, वे एक-दूसरे से चिपके रहे, खाने के अलावा अपनी यादें और दुख खामोशी से साझा करते रहे। ये काफ़ी थोड़े वक्त की गहरी नज़दीकी थी। लेकिन अनाथालय में वक्त बीतने के साथ उनका बंधन कमज़ोर पड़ने लगा। गोद लिए जाने के बाद उनके रास्ते पूरी तरह से अलग हो गए। किम सूरो, जिसे प्यार से सब सोजू कहते थे, उसे ग्यूमग्वान के सरदार किम सियोक ने गोद ले लिया। तलहे को सियोंगसान के सरदार जंगसू ने गोद ले लिया। उनकी नई ज़िंदगी एक-दूसरे से काफ़ी अलग थी, लेकिन उनका साझा अतीत, अनाथालय में बिताया गया समय, उन दोनों की ज़िंदगी को आकार देता रहा।

आग लगने से पहले के दिनों में खुशियां और गम दोनों थे, और अनाथालय के माहौल में बच्चे आराम से रह रहे थे, भले ही उन्हें अलग-अलग त्रासदियों ने एक साथ ला खड़ा किया था। अपनी तेज़ बुद्धि और फुर्ती के चलते तलहे अक्सर उनके खेलों में छा जाता था। वो एक स्वाभाविक नेता, कुशल, रचनात्मक और बेहद प्रतिस्पर्धी था। लेकिन सोजू, अपने सहज आकर्षण और बेपरवाह स्वभाव के चलते अपने आस-पास के सभी लोगों का दिल आसानी से जीत लेता था।

एक सुहानी सुबह, बच्चे अपने रोज़मर्रा के कामों के लिए आंगन में इकट्ठा हुए। सबका दिल जीतने वाली अपनी मुस्कान के साथ सोजू छोटे बच्चों की मदद में व्यस्त था। तलहे दूर से देख रहा था, उसका जबड़ा भिंचा हुआ था। उसने पिछला दिन टूटी हुई बाड़ के एक हिस्से की मरम्मत में बिताया था, इस उम्मीद में कि सख्त प्राचार्य से कम से कम एक बार तो शाबाशी मिल ही

जाएगी। लेकिन, हमेशा की तरह, दूसरों पर जादू करने वाले सोजू और उसके 'अच्छे कामों' ने तलहे की मेहनत पर पानी फेर दिया। तलहे के अंदर तेज़ गुस्सा उमड़ पड़ा। उसे चीखकर अपनी पहचान मांगने की इच्छा हुई, लेकिन उसने अपने गुस्से को पी लिया। उसे एहसास हुआ कि ये उस युद्ध की एक और लड़ाई थी जिसे जीतने के लिए वो दृढ़ था।

जल्द ही, तनाव रोज़मर्रा के कामों से आगे बढ़ गया। सोजू का दिमांग स्पंज जैसा था, वो जल्दी सीखने और सिखाई गई चीज़ों को याद रखने में माहिर था। वो सभी चीज़ों को सीखने में अव्वल रहा। ज्ञान पर उसकी सहज पकड़ तलहे के लिए लगातार निराशा का कारण बनती रही। यहां तक कि उनके साहित्य शिक्षक, एक बुद्धिमान वृद्ध महंत, भी अक्सर सोजू को एक आदर्श उदाहरण के रूप में पेश करते थे। हालांकि तलहे का मन भी सीखने में पीछे नहीं रहता था, उसे सोजू के मुकाबले में बने रहने के लिए दोगुनी मेहनत करनी पड़ती थी। लगातार तुलना और सोजू की प्रशंसा ने तलहे के दिल में नफ़रत की आग को और भड़का दिया।

एक दिन, सभी बच्चे एक-दूसरे के खिलाफ अपनी फुर्ती और ताक़त के इम्तेहान में आमने-सामने थे—ये चुनौतियों और कई तरह की बाधाओं से भरी रास्ते पर एक दौड़ थी। तलहे की आंखें, मज़बूत इरादे की चमक के साथ, अंतिम रेखा पर टिकी थीं। यही उसका मौका था, अपनी श्रेष्ठता साबित करने का, सोजू को पछाड़ने का। जैसे ही शुरुआती घंटी बजी, उसने खुद को पूरी ताक़त से झोंक दिया, कड़ी मेहनत की वजह से ज़ोर-ज़ोर से धड़कते दिल के साथ वो हर बाधा पार करता गया, सूखी घास का हर ढेर उसकी हिम्मत और मज़बूती का सबूत था। उसने अंतिम रेखा पार कर ली, वो हांफ रहा था, उसके चेहरे पर जीत की लाली थी।

लेकिन जैसे ही वो अपनी जीत का जश्न मनाने के लिए मुड़ा, उसके चेहरे की खुशी गायब हो गई। उसने देखा कि सोजू दौड़ के बीच में ही एक और बच्चे की मदद करने के लिए रुक गया था जो गिर गया था और जिसके पैर से खून बह रहा था। वहां हो रही जयकार तलहे की जीत के लिए नहीं, बल्कि

सोजू के मन में सहानुभूति के लिए थी। तलहे ने बनावटी उत्साह से सोजू को बधाई देते हुए मुस्कुराने की कोशिश की, लेकिन उसके अंदर जलन और गुस्सा भड़क उठा। जीत का स्वाद इससे पहले कभी इतना बुरा नहीं लगा था।

उस रात, तलहे छात्रावास के घुटन भरे अंधेरे में जागता रहा, सोजू की सांसों की आवाज़ उसे लगातार उसकी मौजूदगी का एहसास दिला रही थीं। तलहे ने गुस्से में सोचा, मैं हीरो हूं, वो नहीं।

अगले दिन, जब तलहे स्कूल के सब्ज़ी के बगीचे में काम कर रहा था, तो अपना गुस्सा निकालने के लिए अपनी कुदाल तेज़-तेज़ चला रहा था। उसके उन्माद ने उसके शिक्षक का ध्यान आकर्षित किया। बुजुर्ग ने, उसके भीतर की उथल-पुथल को भांपते हुए, उसके कंधे पर धीरे से अपना हाथ रखा। 'तलहे,' उसने नरमी भरे स्वर में कहा, 'मैं तुम्हारे दिल में चल रहे संघर्ष को देख रहा हूं। ईर्ष्या को अपने ऊपर हावी नहीं होने दो। तुममें से हरेक के पास खास काबिलियत हैं। तुलना का कोई स्थान नहीं है।'

तलहे की आंखों में आंसू भर आए। 'लेकिन हर बार उसे ही पसंद क्यों किया जाता है? मुझे कभी बेहतर क्यों नहीं समझा जाता?' जज्बात की वजह से उसकी आवाज़ रुक-रुककर निकल रही थी।

महंत ने ठंडी सांस भरी, उसकी निगाह तलहे की परेशान रूह को देख पा रही थी। 'बात किसी और से बेहतर होने की नहीं है, तलहे,' उसने कहा। 'बात है अपने रास्ते, अपनी ताक़त को पहचानने की। सोजू की रौशनी से तुम्हारी रौशनी कम नहीं हो जाती। तुम अपनी रौशनी खुद तलाश करो, और उसमें अलग चमक होगी।'

तलहे के दिल में भरी जलन ने महंत की बातों को खारिज कर दिया। सोजू के लिए उसकी नाराज़गी हर गुज़रते दिन के साथ बढ़ती जा रही थी, और अपने प्रतिद्वंद्वी से आगे निकलने के उसके मज़बूत इरादे में जड़ जमा रही थी।

वक्त के साथ, उसके भीतर जलन की सुलगती हुई चिंगारी एक ना बुझने वाली लपट में बदलने वाली थी—ठीक उसी आग की तरह, जिसने कभी उसके बचपन को जलाकर राख कर दिया था।

12

ग्यूमग्वान, गारक महासंघ

आज का गिम्हे, दक्षिण कोरिया

लगभग 2,000 साल पहले

ग्यूमग्वान का सरदार किम सियोक लंगर डाले जहाज़ की रेलिंग के सहारे टिका हुआ था। उसके सामने दूर-दूर तक नाकडोंग नदी थी, जिसके पानी में शाम के आसमान की परछाई झलक रही थी। उसके बगल में पांड्य देशम का सबसे प्रसिद्ध व्यापारी कदलन चेलियान खड़ा था। उसकी सबसे कीमती चीज़ें थीं साकेत की सामग्री से गढ़ी गई लोहे की सिल्लियां। पद्मसेन और कुलशेखर के साथ उसके गठबंधन ने उनकी साझेदारी को अजेय बना दिया था।

चेलियन के व्यक्तित्व में एक स्थिरता थी जो हर किसी की निगाहें अपनी ओर खींचती थी—एक खामोश ताक़त जिसका ऐलान करने की ज़रूरत नहीं थी। उसके चेहरे की घनी दाढ़ी उसके प्रभावशाली आभामंडल को और भी बढ़ा रही थी। समुद्र में बिताए कई सालों ने उसकी अंग-भाषा को निखारा था और उसकी हर चाल को एक स्वाभाविक आत्मविश्वास दिया था। उसकी गहरी सांवली त्वचा कड़ी धूप में की गई अनगिनत यात्राओं का प्रमाण थी। उसका पहनावा—एक पारंपरिक मुंडू और अंगवस्त्रम, और कंधों पर लिपटा एक ऊनी कंबल—उसकी विरासत और उसके व्यावहारिक स्वभाव, दोनों को दर्शाता था। अपने साधारण कपड़ों से लेकर चमड़े की घिसी हुई चप्पल तक, चेलियन के व्यक्तित्व में एक गरिमा दिखती थी, लेकिन उसकी कमर

पर म्यान में बंधी तलवार की चमक युद्ध के लिए उसकी तैयारी और कौशल का संकेत भी देती थी।

नाकडोंग नदी पर उसका जर्जर जहाज़, जिसने कई तूफ़ानों का सामना किया था, चेलियन के कूटनीतिक और व्यापारिक कारनामों का मूक गवाह था—साथ ही व्यापारी, नाविक और योद्धा चेलियन के व्यक्तित्व का एक सटीक विस्तार भी माना जा सकता था। जहाज़ ने सुदूर देशों तक की यात्राएं की थीं: रोमा, यवना, सुवर्णभूमि और पारसिका, हप्रिता से लेकर सुदूर चीन तक। जहाज़ में तरह-तरह का माल लदा था: मोती, काली मिर्च, इलायची, कीमती पत्थर, मिट्टी के बर्तन, हाथीदांत, लोहे की सिल्लियां, तांबा, सोना, तिलहन, रेशम और कपास, सभी चीज़ें जहाज़ के पेटा में किसी ना किसी तरह जगह बना रही थीं। जहाज़ के गर्वीले और निडर अग्रभाग पर, पांड्य साम्राज्य का प्रतीक चिह्न अंकित था: दो मछलियां, एक-दूसरे के पास।

चेलियन ने अपनी यात्रा कोरकाई से शुरू की थी, जो अपने वैश्विक व्यापार के लिए प्रसिद्ध एक व्यस्त बंदरगाह था। दुनिया के बारे में उसका ज्ञान उन महासागरों जितना ही विशाल था जिन्हें उसने पार कर रखा था। ‘मेरे दोस्त,’ उसने धीमी और स्थिर आवाज़ में किम सियोक से कहा, ‘तुम्हारे विचार पानी की इन लहरों से भी ज़्यादा अशांत दिख रहे हैं।’ उसने गया भाषा में बात की, जो उन कई भाषाओं में से एक थी जिनमें उसे महारत हासिल थी। किम सियोक की सिकुड़ी हुई भौंहों को देखकर उसने पूछा, ‘किस बारे में सोचकर तुम परेशान हो?’

किम सियोक ने ठंडी सांस ली। 'सोजू के बारे में,' उसने फिक्र से भरी आवाज़ के साथ माना। 'वो अभी भी बच्चा है, फिर भी हर बीतता दिन उसे नेता की भूमिका निभाने के और करीब ला रहा है। इस देश में, अंतहीन झड़पों

और नाज़ुक गठबंधनों की वजह से, शांति नहीं है। ये किसी भावी शासक के लिए सद्भाव और नेतृत्व के तरीके सीखने की जगह नहीं है।'

चेलियन ने अपने दोस्त की परेशानी का कारण समझते हुए सिर हिलाया। वो जहाज़ के ऊपरी भाग के एक छोर पर रखे गिट्टियों और पत्थरों के ढेर पर टिक गया, जिनकी खुरदरी सतह उसे धीरे-धीरे हिलते जहाज पर टिकने की जगह दे रही थी। 'शायद,' उसने सुझाव दिया, 'नौजवान सोजू के लिए एक आश्रय स्थल के बारे में सोचने का समय आ गया है, एक ऐसी जगह जहां वो फल-फूल सके—युद्ध की छाया से दूर।'

'आश्रय स्थल?' किम सियोक ने उत्सुकता से पूछा।

'हां,' चेलियन ने कहा। 'मेरे देश में कोरकाई के पास, एक गुरुकुल है, जिसे हरिहर ऋषि सत्यमुनि चलाते हैं। यहां ज्ञान और सद्गुण युवा मन को आकार देते हैं। सोजू यहां तारों, गणित, प्राचीन ग्रंथों, शासन और युद्ध की रणनीतियों का अध्ययन करेगा। सबसे बुद्धिमान गुरु वहां छात्रों का मार्गदर्शन करते हैं। मेरे व्यापारिक साझेदार कुलशेखर सत्यमुनि के शिष्य हैं। वो सोजू की देखभाल कर सकते हैं।'

किम सियोक ने अपने बेटे की कल्पना पांड्य विद्वानों के बीच तर्कशास्त्र, दर्शनशास्त्र, रणनीति और खगोलशास्त्र सीखते हुए की। 'क्या वो वहां सुरक्षित रहेगा?' उसने पूछा, उसके सवाल में एक पिता का प्रेम भरा हुआ था।

'किसी भी अन्य स्थान से ज़्यादा सुरक्षित,' चेलियन ने उसे आश्वस्त किया। 'पांड्य देशम समृद्धि और शांति का देश है, जिसका कवच है उसकी भौगोलिक स्थिति और उसे मज़बूती देते हैं उसके गठबंधन। सोजू न केवल सुरक्षित रहेगा, बल्कि तरक्की भी करता रहेगा। छह महीने पहले, मैं दीमास्क़ में था। राज्यपाल—बरुचस फिलिपिडीज़—अपने बेटे, मिथ्रा को पहले ही उसी गुरुकुल में भेज चुके हैं।'

जब शाम की रौशनी ढलने लगी और आसमान में एक-एक कर तारे टिमटिमाने लगे, दो लोग बैठे-बैठे बातें कर रहे थे—पर बात सोजू की नहीं थी, बात हो रही थी किम सुरो की। वे बात कर रहे थे, यह लड़का बड़ा होकर

कैसा इंसान बनेगा, क्या कुछ करेगा इस दुनिया के लिए। रात की ठंडी हवा में जैसे उनकी उम्मीदें तैर रही थीं।

सुबह होते-होते ग्यूमग्वान की फिज़ा गुलाबी और सुनहरी रंगों से भर गई थी। जहाज़ से उतर चुके किम सियोक ने किनारे खेलते हुए सोजू को देखा। सोजू की हंसी पानी पर जैसे तैरती हुई उस तक पहुंची और सियोक का दिल गीला कर गई। उसी पल उसने तय कर लिया था। वो धीरे से चलकर अपने बेटे के पास गया, घुटनों के बल बैठा, उसके चेहरे पर एक नरम मुस्कान थी।

'सोजू,' उसने धीरे से कहा, 'तुम्हें एक रोमांचक सफ़र पर जाना कैसा लगेगा?'

सोजू की आंखें चमक उठीं, और उसके होंठों से उत्साह में बोल फिसल पड़े—'रोमांचक सफ़र? लेकिन कहां, अबोजी?'

'दूर एक ऐसी जगह जहां समंदर और आसमान हर कोने पर एक-दूसरे से मिलते हैं। उस जगह, जहां बुद्धि हमारी इस महान नदी से भी गहरी बहती है।' किम सियोक देख सकता था कि उसके शब्द सोजू के दिमाग में तस्वीरें बना रहे थे।

सोजू ने समुद्र की ओर देखा, जहां दूर से आते एक जहाज़ से हल्की-सी धुएं की लहर उसे दिखी। 'उस जहाज़ से धुआं क्यों निकल रहा है?' उसने पूछा। किम सियोक मुस्कराया। 'वे लोग सुक जला रहे हैं—नागदौन। ये शांति का संकेत है–हमारा तरीका है ये दिखाने का कि हम बिना तलवार लिए आ रहे हैं। तुम्हें भी ये बातें सीखनी होंगी, तभी तो हमारी संस्कृति को समझ सकोगे।'

सोजू ने हामी भरते हुए सिर हिलाया। 'क्या मैं तारों को पढ़ना भी सीखूंगा? और गया के अलावा और भाषाएं बोलना भी?'

'हां, मेरे बेटे,' किम सियोक ने कहा, 'और उससे भी ज़्यादा। तुम दुनिया को जानोगे—शांति की कला सीखोगे, और युद्ध की रणनीतियां भी। तुम सीखोगे कि एक समझदार और न्यायप्रिय नेता कैसे बना जाता है।'

इतने में चेलियन, जो किनारे तक किम सियोक के पीछे-पीछे आया था, आगे बढ़ा और उसने सोजू के कंधे पर हाथ रखा। 'इस यात्रा में मैं तुम्हारा मार्गदर्शक भी बनूँगा और रक्षक भी।'

किम सियोक ने हां में सिर हिलाया, अपने गले को भर्राने से रोकने की कोशिश करते हुए क्योंकि अपने प्यारे बेटे को उस लंबे सफ़र के लिए विदा करने का लम्हा आ गया था।

~

कई हफ्तों के बाद वो दिन आया जब जहाज़ रवाना होना था। जाने वाले दिन, सोजू ने भरी आंखों से उन माता-पिता को गले लगाकर अलविदा कहा, जिन्होंने उसे अपने बच्चे की तरह पाला था।

जैसे-जैसे पांड्य जहाज़ समंदर के किनारे से दूर होकर आकार में छोटा दिखता गया, किम सियोक की धीमे शब्दों में की गई प्रार्थना समंदर की हवाओं में घुलती गई। पास ही खड़ा किम सियोक का वफ़ादार नौकर, मिनजून अपनी आंखें पोंछ रहा था और डूबती रौशनी में अपने मालिक को अकेला खड़ा देख रहा था।

वहीं, जहाज़ के ऊपरी हिस्से पर खड़ा सोजू, सामने फैले नीले समंदर को देख रहा था। उसे अपने मन में नियति की शुरुआती हलचल-सी महसूस हुई। हर लहर जो जहाज़ के अगले हिस्से से टकराती थी, मानो उसे याद दिला रही थी कि ये सफ़र सिर्फ कोरकाई की ओर नहीं है बल्कि उसकी किस्मत की तरफ भी है जो उसे गारक महासंघ का भावी शासक बनाएगी।

13

अयोध्या, उत्तर प्रदेश, भारत

वर्तमान दिन

सोमी किम ने हेलिकॉप्टर की खिड़की से बाहर देखा। नीचे फैला अयोध्या का विशाल परिदृश्य उसके सामने था। माना जाता है कि यही वो जगह है जहां भगवान राम का जन्म हुआ था। अयोध्या सिर्फ उपजाऊ इलाका ही नहीं था, बल्कि एक ऐसी सांस्कृतिक धरती भी थी जहां सदियों से इतिहास, मिथक, दर्शन, धर्म और सभ्यता की जड़ें गहराई से पनपती आई थीं। शहर में जगह-जगह छोटे-बड़े मंदिर बने हुए थे, हर संरचना पिछली से अधिक भव्य, जो अयोध्या की प्राचीन विरासत और राम से उसके गहरे संबंध की गवाही दे रही थी।

जैसे ही सोमी ने नीचे फैले शहर को देखा, उसे लगा जैसे इन नीची इमारतों ने मिलकर एक बहुत बड़ा मोज़ैक बना दिया हो—मंदिर, पतली गलियां और चहल-पहल से भरे बाजार, सबकुछ अलग-अलग रंगों और आकारों में एक-दूसरे से जुड़कर सजे हुए हों। सरयू नदी शहर के बीचों-बीच सांप की तरह बल खाती बह रही थी, और उसके दोनों किनारों पर गन्ने के खेत लहरा रहे थे। सोमी के चेहरे पर एक हल्की मुस्कान उभरी। और, पलभर के बाद किसी बुझती चिंगारी की तरह गायब हो गई। उसने गहरी सांस ली, पलभर उसे रोके रखा, फिर धीरे-धीरे, आराम से सांस बाहर छोड़ी।

राम मंदिर का सुनहरा शिखर आसमान को चीरता हुआ खड़ा था, वही भव्य मंदिर, जो वर्षों तक विवादित रही जन्मभूमि पर बनाया गया था; एक

ऐसा शक्ति-चिह्न, जो आस्था की जड़ों में सदियों का विवाद समेटे खड़ा था। दोपहर की धूप उसकी चमकती हुई सतह पर पड़ रही थी, और अधूरी दीवारों को पूरा करने के लिए बनाया गया बांस का ढांचा भी उससे ध्यान भटकाने में नाकाम था। जब सोमी की निगाहें उस भव्य संरचना को निहार रही थीं, तो धीरे-धीरे वे वहां से घूमकर नदी किनारे जा पहुंचीं—और वहीं ठहर गईं—उस जगह पर जिसे वह तलाश रही थी: रानी हियो ह्वांग-ओक मेमोरियल पार्क। सामगुक युसा, तेरहवीं सदी की कोरियाई किताब उस कहानी का ज़िक्र करती है जिसमें अयोध्या की एक राजकुमारी 48 ईस्वी में समुद्र पार कर एक कोरियाई राजकुमार से विवाह करने गई थी। रानी हियो मेमोरियल पार्क उस प्राचीन गठबंधन की एक जीती-जागती निशानी था।

यही वो जगह थी जहां सोमी की कंपनी जीआईएससीओ (जिस्को)—दक्षिण कोरिया की सबसे बड़ी स्टील निर्माता—और भारत की पिल्लै ग्रुप के बीच एक ऐतिहासिक समझौते पर दस्तखत होने थे। इस साझेदारी के तहत दोनों कंपनियां मिलकर एक नया स्टील वेरिएंट बनाने वाली थीं—जिसे खासतौर पर भारत के डीआरडीओ की अगली पीढ़ी की युद्धक टैंकों की सख्त ज़रूरतों को ध्यान में रखकर डिज़ाइन किया गया था। पिल्लै ग्रुप, जिसके पास ओडिशा और झारखंड में लोहा खनन की छूट थी और अंगुल (ओडिशा) में एक बहुत बड़ा स्टील कारखाना, उसे जिस्को की उन्नत तकनीक से बहुत बड़ा फायदा होने वाला था—ये सहयोग स्टील निर्माण के भविष्य की तरफ एक छलांग जैसा था।

रानी हियो ह्वांग-ओक की कहानी से प्रभावित होकर हर साल सैकड़ों कोरियाई सैलानी उनके लिए सम्मान प्रकट करने अयोध्या आते हैं। कोरिया में रानी को मां की तरह सम्मान दिया जाता है और ऐसा माना जाता है कि कई कोरियाई वंशों की वो पूर्वज दादी थीं। उनकी कहानी ना सिर्फ़ वहां स्कूलों में पढ़ाई जाती है, बल्कि उनकी याद में मंदिर बनाए गए हैं, और उत्सव भी होते हैं। 2001 में, कोरिया से पत्थर का एक साधारण मेमोरियल–आठ टन भारी पत्थर–अयोध्या के रामकथा पार्क में एक शांत कोने में, उनके सम्मान में

लगाया गया था। 2018 तक, वो जगह बदलकर 4 एकड़ में फैला रानी हियो ह्वांग-ओक मेमोरियल पार्क बन गई, जिसमें सरयू नदी के किनारे कोरियाई और भारतीय वास्तुशिल्प का सुंदर मेल है। उत्तर प्रदेश सरकार ने इस जगह को आधिकारिक नाम दिया: क्वीन हु मेमोरियल पार्क। सोमी ने हल्की मुस्कान के साथ सोचा, पुराने किस्से को लेकर हर किसी की हैरानी के साथ 'हियो 'नाम का सानंजस्य बैठाने की अजीब सी कोशिश।

ऊपर से देखने पर वो पार्क हरे-भरे मैदानों के बीच किसी ज्यामितीय पहेली जैसा लग रहा था। जैसे ही हेलीकॉप्टर नीचे उतरने लगा, सोमी की नज़र उस डिज़ाइन के सबसे खास हिस्से पर टिक गई—दो झरोखे, एक पूरी तरह कोरियाई अंदाज़ में बना हुआ, और दूसरा पूरी तरह भारतीय, जिन्हें एक शांत झील से गुज़रने वाले एक धनुषाकार पुल से जोड़ा गया था। कोरियाई झरोखे में लकड़ी के चमचमाते खंभे थे, और ऊपर स्लेटी रंग की ढलानदार छत थी जिसके कोने ऊपर की ओर मुड़े हुए थे—ये देखकर सोमी को चांगदिओक पैलेस की याद आ गई, जो कोरिया के पांच बड़े महलों में से एक है। भारतीय झरोखा, उजले संगमरमर से बना था—उसकी खासियतें थीं बारीक नक्काशी, घुमावदार मेहराबें, और मंदिर जैसी गुंबदनुमा छत।

हेलिकॉप्टर पार्क के पास बने एक हेलीपैड पर उतरा। जैसे ही सोमी बाहर निकली, उसका स्वागत ज़िले और राज्य के अधिकारियों के एक दल ने किया। वे उन्हें रेड कार्पेट वाले रास्ते से होते हुए एक बड़े एयर-कंडीशंड शामियाने की तरफ ले गए, जो खास इसी मौके के लिए तैयार किया गया था। पारंपरिक रसिया संगीतकार और लोक नृत्य करने वाले कलाकार सोमी के रास्ते के दोनों ओर खड़े थे। ढोलक और हारमोनियम की आवाज़ में घुंघरुओं की छन-छन मिलकर एक खुशनुमा माहौल बना रही थी, उनका नृत्य सोमी के आने का स्वागत कर रहा था। लाल साड़ी पहनी हुई छोटी बच्चियां सोमी के आगे-आगे फूलों की पंखुरियां बिखेर रही थीं। सोमी ने सबको हाथ जोड़कर नमस्ते किया और फिर तेज़ क़दमों से उस शामियाने की तरफ बढ़ गई जहां सब उसका इंतज़ार कर रहे थे।

उसने जो कपड़े पहने थे—गहरे पीले रंग का सादा शनेल पैंटसूट—दिखने में बहुत ही सलीकेदार थे। उसकी छोटी-सी कद-काठी पर वो पोशाक खूब जम रही थी। बनारसी रेशम का स्कार्फ़ उस सादे कपड़े पर रंगों की बौछार सी कर रहा था और उसकी शख्सियत में भारतीयता का एक रंग मिला रहा था। उसकी गोरी रंगत और लहराते भूरे बाल, उसके पूरे पहनावे को और भी निखार रहे थे। जब वो टेंट में दाख़िल हुई, तो उसने देखा कि आदित्य पिल्लै मंच पर पहले से मौजूद था। उसके आस-पास कई अफ़सर और असिस्टेंट खड़े थे। सोमी ने हाथ उठाकर उसका अभिवादन किया और फिर आत्मविश्वास से भरे कदमों के साथ उसकी तरफ बढ़ी। सोमी के चेहरे पर एक सच्ची और गर्मजोशी से भरी मुस्कान थी, जो उसकी शख्सियत को करिश्माई बना रही थी।

सोमी को वो पल याद आ ही गया जब आदित्य की पहली फ़ोन कॉल के बाद देर-रात तक बातचीत का सिलसिला चलता रहा, और हर छोटी-बड़ी बात की बारीकी से प्लानिंग की गई। जो समझौता अब होने वाला था, उसकी अहमियत उसके दिलो-दिमाग पर छाई हुई थी। वे जिस समझौते को अंतिम रूप देने वाले थे, वो सिर्फ एक बिज़नेस डील नहीं थी—इससे तो पूरी इंडस्ट्री बदलने वाली थी।

सोमी के चेहरे पर सुकून का जो नकाब था, उसके पीछे अब भी एक अनदेखी फिक्र छिपी हुई थी। अभी तक उनके पास सबसे जरूरी चीज़ नहीं थी—वो खास स्टील वेरिएंट जो आदित्य के महत्वपूर्ण ग्राहक की मांग को पूरा कर सके। सोमी जानती थी कि आदित्य ने इस प्रोजेक्ट के लिए उस पर भरोसा करके बड़ा जोखिम उठाया था। आदित्य ने अपने इस प्रोजेक्ट की जानकारी डीआरडीओ के बड़े अधिकारियों को दे दी थी, और सोमी को पूरा यकीन था कि हर पल चौकन्ना रहने वाली, भारतीय खुफिया एजेंसियों ने उसकी ज़िंदगी के हर पहलू की गहराई से जांच की होगी, तभी जाकर उन्होंने चुपचाप अपनी मंज़ूरी दी थी।

आखिरकार, सोमी किम एक मिसाल थी। उसने पुरानी सोच और बंद दरवाज़ों को तोड़ते हुए कॉरपोरेट दुनिया में अपनी पहचान बनाई थी, और

एक ऐसे देश में जहां अब भी ज़्यादातर ऊंचे पदों पर बूढ़े मर्दों का दबदबा था, वहां वो सबसे कमउम्र की सीईओ में से एक बनी थी। आदित्य पिल्लै के साथ ये साझेदारी एक सोच-समझकर उठाया गया जोखिम था—हिम्मत भरा एक ऐसा कदम, जो बहुत बड़े दांव के लिए उठाया जा रहा था। और इस खेल में दोनों खिलाड़ी एक-दूसरे के बराबर थे।

सोमी के लिए ये सौदा सिर्फ कारोबार भर नहीं था। उसे महसूस हो रहा था कि ये किसी बड़े बदलाव की शुरुआत है—ऐसा कैटालिस्ट जो भविष्य की दिशा बदल सकता है। कैमरों के सामने मुस्कुराते हुए भी सोमी के अंदर एक बेचैनी सी थी, जैसे किसी तूफान के आने से पहले की शांति हो—उसे लग रहा था कि कुछ बड़ा और अहम आने वाला है, कुछ ऐसा जिसके लिए उनमें से कोई भी तैयार नहीं था।

14

साकेत, कोशल

आज का अयोध्या, उत्तर प्रदेश, भारत

लगभग 2,000 साल पहले

दिन का पांचवां मुहूर्त था; दोपहर का सूरज तेज़ तप रहा था। इंदुमती, जो हमेशा से प्यारी बहना रही थी, अपने भाई कुलशेखर को एक बार और अच्छी-खासी मात्रा में चावल परोस रही थी। उसने मना करने की कोशिश की लेकिन वो कोशिश बेकार थी। वो तब तक उसे खिलाती रहने वाली थी, जब तक वो पेट भरकर थक न जाए।

तमिरबरणी नदी के किनारे स्थित कोरकई से लेकर साकेत तक की ये यात्रा काफ़ी लंबी थी–चार महीने की। घोड़े की पीठ पर की गई ये यात्रा मुश्किलों से भरी थी, जिसमें पांच नदियों और दो पर्वत श्रृंखलाओं को पार करना पड़ा, और अनेक राज्यों की सीमाओं से होकर गुज़रना पड़ा। लेकिन कुलशेखर के लिए, अपनी प्यारी बहन से फिर मिलना, और तीन साल बाद अपने भांजे और भांजी से भेंट करना—ये सब इस यात्रा को पूरी तरह सार्थक बना गया।

'मैं अब एक निवाला भी नहीं खा सकता,' कुलशेखर ने कहा। वो एक नाटा, गठीले शरीर वाला व्यक्ति था। उसका सिर गंजा था, और पीछे बंधी हुई लंबी शिखा–बालों का एक गुच्छा–उसके ललाट पर लगी चंदन की तीन सीधी रेखाओं से सीधा कोण बना रही थी।

वे सभी पाकशाला के फ़र्श पर गोल घेरा बनाकर बैठे थे। दोपहर का भोजन—तांबे के बर्तनों में रखा चावल, दाल और सब्ज़ियां—केले के पत्तों पर परोसा गया था।

'लेकिन तुमने तो मीठी क्षीरिका चखी भी नहीं,' इंदुमती ने कहा। 'तुम इतनी लंबी यात्रा करके आए हो। तुम्हें अपनी ऊर्जा वापस पानी होगी।'

'मुझे खिलाकर मार देना कोई समाधान नहीं है,' कुलशेखर ने मुस्कराते हुए कहा, उसकी आंखों में शरारत भरी चमक थी। फिर वो अपनी भांजी और भांजे की ओर मुड़ा। 'तुम लोग ही इसे क्यों नहीं समझाते कि अब बस करे?'

सुरिरत्ना हंस पड़ी। 'आप जल्दी-जल्दी आया कीजिए, मातालु, तब आपको भी हमारी तरह भूखा रहना पड़ेगा! आप तो कई सालों बाद आते हैं, इसलिए आपको तो हमेशा इनका अच्छा रूप ही दिखता है!'

भद्रकेतु अपनी बहन की बात सुनकर हंस पड़ा।

'ढीठ बच्चे,' इंदुमती बड़बड़ाई। 'बड़ों का कोई सम्मान ही नहीं रहा।'

इसी बीच पद्मसेन सुबह के काम निपटाकर भीतर आया। 'देख रहा हूं, इसने तो अपनी पाक-कला से हमला शुरू भी कर दिया है,' उसने कुलशेखर से कहा। वो केले के एक पत्ते के सामने बैठ गया, चारों ओर कुछ जल की बूंदें छिड़कीं और फिर परोसने के पात्रों से स्वयं भोजन लेने लगा। 'बच्चों,' उसने पूछा, 'क्या तुम लोग आज शाम अपने मातालु को अपने कौशल से प्रभावित करने के लिए तैयार हो?'

~

पद्मसेन और इंदुमती एक निष्ठावान दंपत्ति थे, लेकिन वे बिल्कुल अलग-अलग दुनिया से आए थे—भूगोल, भाषा, रीति-रिवाज़ और भोजन—हर चीज़ अलग-अलग। उनका विवाह सामान्य परिस्थितियों में शायद कभी न होता, लेकिन स्वयं विधि ने ये संयोग रचा था।

बारह साल पहले, ग्रहों की एक दुर्लभ और शुभ स्थिति बनी थी—बृहस्पति वृषभ राशि में, सूर्य और चंद्रमा मकर राशि में, वो भी माघ मास के दौरान।

यह एक दिव्य संकेत था उस पावन महासंगम का, जो हर बारह साल में प्रयाग की प्राचीन नगरी में तीन पवित्र नदियों के संगम पर आयोजित होता था—एक परंपरा जो सतयुग से चली आ रही थी, और जिसे आगे चलकर महाकुंभ कहा जाने लगा।

पांड्य देश के एक पूजनीय हरिहर ऋषि, सत्यमुनि ने अपने सौ शिष्यों के साथ तीर्थयात्रा करने का संकल्प लिया था। इंदुमती और उसका परिवार भी उसी दल में सम्मिलित था। प्रयाग में उनकी भेंट कोशल से आए शिष्यों के एक अन्य समूह से हुई—उन्हीं में पद्मसेन और उसके माता-पिता भी थे। उस समय पद्मसेन सत्रह वर्ष का था, और इंदुमती मात्र पंद्रह वर्ष की।

राजस्नान—गंगा, यमुना और सरस्वती के संगम पर वो पवित्र स्नान, जिसे पुराने कर्मों को धो डालने वाला माना जाता है—उस अड़तालीस दिवसीय महोत्सव का सबसे शुभ और महत्वपूर्ण क्षण था। तीर्थयात्री भोर से पहले ही एकत्रित हो जाते थे, और पवित्र घड़ी की प्रतीक्षा में धुंध के साथ उनके मंत्रोच्चार बढ़ते जाते थे। लेकिन जब सूरज क्षितिज पर ढल गया, तो इंदुमती का कहीं पता नहीं चला। वो रात में ही गायब हो गई थी, और अपने सोने के बिस्तर और एक आधी मुड़ी दुशाला के साथ केवल एक धुंधली सी छाप छोड़ गई थी। उसका गायब होना जितना अचानक था, उतना ही खामोशी भरा भी था।

उसका परिवार बहुत परेशान हो गया था। कुलशेखर ने कुछ दूसरे युवकों की मदद से त्योहार की भीड़-भाड़ वाली जगहों की छानबीन की, पर कई घंटे बीत जाने के बाद भी उसका कोई पता नहीं चला। अंत में, एक युवक ने उनकी बेचैनी देखकर अपने पिता के शिकारी कुत्तों के माध्यम से मदद करने की पेशकश की। कुत्ते इंदुमती की गंध का पीछा करते हुए नदी के किनारे एक पहाड़ी तक पहुंच गए। वहां उन्होंने उसे झाड़ियों के पास बैठा हुआ पाया—उसका टखना मुड़ चुका था और वो हिल-डुल नहीं पा रही थी। उसे बचाने वाला वही पद्मसेन था, वो युवा शिकारी।

अपने तंबू की सुरक्षा में, महर्षि सत्यमुनि ने कहा कि ये कोई हादसा नहीं था। उन्होंने घोषित किया कि ये नियति थी जिसने पद्मसेन और इंदुमती को

मिलाया। उन्होंने तुरंत उनकी कुंडलियां देखीं और अपनी बात की पुष्टि की। उन्होंने विजयी भाव से कहा, 'ये दोनों स्वर्ग में बनाई गई जोड़ी हैं।'

दोनों परिवार, जो गहरे धार्मिक थे, अपनी आस्था के मामले में एक जैसे थे। पद्मसेन का परिवार, जो राम का भक्त था, शिव की पूजा में भी गहरी श्रद्धा रखता था और खासकर रामेश्वरम के ज्योतिर्लिंग को बहुत मानता था। वहीं, इंदुमती का परिवार, जो मुख्य रूप से रामेश्वरम में शिव की उपासना करता था, उत्तर की यात्रा के दौरान राम जन्मभूमि पर स्थित विष्णु स्तंभ को भी सम्मान देता था। दोनों परिवार इन दो महान देवताओं को ईश्वर के अलग-अलग रूपों के रूप में देखते थे, एक ही शक्ति जो दो रूपों में प्रकट होती है। दोनों परिवार द्विभाषी थे, और संस्कृत की साझा समझ ने पद्मसेन की प्राकृत और इंदुमती की तमिल भाषा के बीच की दूरी को पाट दिया था।

उनका विवाह गंगा के किनारे सप्तपदी की पवित्र रस्म से संपन्न हुआ, ये गंगा के तट पर एक सादा समारोह था–पवित्र अग्नि के चारों ओर परिक्रमा की गई, और हर परिक्रमा के साथ प्रतिज्ञाएं ली गईं।

अपनी बहन की खुशी से अभिभूत कुलशेखर ने अपनी पत्नी विष्णुप्रिया को सैकड़ों गरीबों के लिए एक भव्य भोज का आयोजन करने का आदेश दिया। कृतज्ञता से अभिभूत पद्मसेन और उनके पिता भी वहां इकट्ठा हुए ज़रूरतमंदों को कपड़े और कंबल बांटकर इस आयोजन में शामिल हुए। उनमें सोमदत्त नाम का एक कमज़ोर, बड़ी आंखों वाला लड़का भी था। उसकी पसलियां उसके शरीर से चिपके पतले सूती अंगरखे से दिखाई दे रही थीं और सुबह की कड़ाके की ठंड से उसके होंठ नीले पड़ गए थे। मुश्किलों ने उसके युवा चेहरे पर गहरी लकीरें खींच दी थीं।

यह देखकर पद्मसेन भावुक हो गया और उस लड़के के पास रुककर उसके पतले कंधों पर एक अतिरिक्त ऊनी कंबल धीरे से डाल दिया। लड़का पहले तो सहमा, क्योंकि उसने ऐसी दया पहले अनुभव नहीं की थी, फिर उसने उस गर्माहट को अपने सीने से लगा लिया।

'ध-धन्यवाद,' वो हकलाते हुए बोला, उसकी आवाज़ लगभग फुसफुसाहट सी थी।

पद्मसेन ने सिर हिलाकर उत्तर दिया और आगे बढ़ गया, इस बात से अनजान कि यह छोटा सा उपकार एक बीज की तरह बोया गया था—कृतज्ञता का एक ऋण जो कई गुना बढ़ेगा और जब उसे सबसे ज़्यादा ज़रूरत होगी, तब उसकी मदद करेगा।

अपने दान कार्य पूरे करने के बाद, नवविवाहितों ने सत्यमुनि का आशीर्वाद लिया और अपने नए जीवन की शुरुआत की, इस बात से अनजान कि उनके सामने क्या चुनौतियां आने वाली थीं।

कुलशेखर अपने ख्यालों से बाहर आया। जब उसका ध्यान वर्तमान पर गया, तो उसे पता चला कि सूरज डूब रहा था।

पद्मसेन के घर के बीच का आंगन, ढलते हुए सूरज की सुनहरी रौशनी में नहा रहा था, और वहां बच्चों की खिलखिलाती आवाज़ें गूंज रही थीं जो आपस में उलझ रहे थे। गाय के गोबर से पुता हुआ फर्श लंबी परछाइयों से भरा था, और शाम की पूजा के बाद धूप की हल्की सुगंध हवा में फैल रही थी। सुरिरत्ना और भद्रकेतु, अपनी लकड़ी की तलवारें लेकर, अपनी कला का प्रदर्शन कर रहे थे। सुरिरत्ना बड़ी कुशलता और गरिमापूर्ण तरीके से वार कर रही थी, जैसे कोई नर्तकी अपना हर कदम सटीक ढंग से रखती है। हर कदम सावधानी से और ठीक-ठीक तालमेल के साथ उठ रहा था।

भद्रकेतु, जिसकी त्वचा गहरे महोगनी रंग की थी, दुबला-पतला और फुर्तीला था। उसके कंधे तक लटकते घुंघराले बाल उसके चेहरे को घेर रहे थे, जिस पर युवा आत्मविश्वास झलक रहा था। साधारण सफेद धोती पहनने के बावजूद, उसमें किसी राजकुमार जैसा प्रभाव था।

कुलशेखर उनका अभ्यास देख रहा था, उसका चेहरा पढ़ना मुश्किल था। सुरिरत्ना घूमी, उसकी तलवार हवा में लहरा रही थी, और उसके पैर

धूल उड़ा रहे थे, जैसे वह काल्पनिक दुश्मनों से लड़ रही हो, एक अनुभवी योद्धा की तरह बहादुरी के साथ। जैसे ही वो अपनी तलवार सामने की ओर मज़बूती से रखते हुए, अपनी आखिरी मुद्रा में आई, आंगन में एक मौन छा गय। कुलशेखर ने तालियां बजाईं, एक तेज़ और साफ़ आवाज़ जो दीवारों से टकराकर गूंज उठी।

'बहुत प्रभावशाली, मेरे बच्चों,' उसने कहा, उसके झुर्रियों भरे चेहरे पर एक मुस्कान फैल गई। 'तुम दोनों के हृदय योद्धाओं जैसे हैं... और अनुशासन गुरुओं जैसा। अपने कौशल को लगातार निखारते रहो। एक दिन, तुम असली तल्वारों से हमारी भूमि की रक्षा करोगे।' बच्चों के चेहरे गर्व से चमक उठे, और उन्होंने अपने मातालु और पिता को झुककर प्रणाम किया।

'आपने इन्हें अच्छी तरह प्रशिक्षित किया है,' कुलशेखर ने पद्मसेन की ओर मुड़कर कहा।

'मेरे पास और कोई विकल्प नहीं था,' पद्मसेन ने जवाब दिया। '157वें द्वैतलिंगम रक्षक के रूप में, मेरी जिम्मेदारी है कि अगली पीढ़ी के रक्षकों को तैयार करूं, चाहे वे मेरे अपने वंशज हों या किसी और के। सुरिरत्ना और भद्रकेतु दोनों में समान क्षमता है। मैंने कभी किसी एक को दूसरे से ऊपर नहीं रखा।'

कुलशेखर हंस पड़ा, उसकी हंसी में सच्चाई थी। उसके सादे कपड़े और सादगी भरे स्वभाव के पीछे उसकी तेज़ व्यापारिक समझ छिपी थी। अपने साथी चेलियन के साथ मिलकर वो पांड्य देश के सबसे सफल व्यापारिक संस्थान को नियंत्रित करता था। 'रामायण हमें सिखाता है कि मां सीता की शक्ति राम के समान है,' उसने धीमे स्वर में कहा। 'वे एक सिक्के के दो पहलू हैं।' उसका चेहरा गंभीर हो गया। 'द्वैतलिंगम अपरिहार्य है। हमें इसकी सुरक्षा सुनिश्चित करनी होगी।'

'अभी तो यह सुरक्षित है,' पद्मसेन ने उसे आश्वस्त किया। 'हमेशा की तरह गुप्त। लेकिन हाल की घटनाएं... मुझे चिंता में डाल रही हैं। कुजुला कडफाइसिस और विदुषिका एक गंभीर खतरा पैदा कर रहे हैं। मैं इसे दूसरी जगह ले जाने की सोच रहा हूं।'

'द्वैतलिंगम स्वयं की रक्षा करने में सक्षम है,' कुलशेखर ने कहा। 'क्या तुम इसकी यात्रा और इतिहास भूल गए हो? यह इससे भी बड़े खतरों से बच निकला है।'

'लेकिन कभी भी इतने लोग इसकी लालसा नहीं करते थे,' पद्मसेन ने कहा, उसके कंधे थोड़े झुके हुए थे। 'हम प्राचीन ज्ञान के संरक्षक हैं। उस ज्ञान के लाभ पूरी मानव जाति के साथ बांटे जाने चाहिएं। पर, विडंबना यह है कि फल बांटने के लिए रणनीतिक गोपनीयता बनाए रखना आवश्यक है। अभी, इसकी सुरक्षा मेरी जिम्मेदारी है। और इसलिए,' उसने कुलशेखर की ओर देखते हुए कहा, 'मुझे आपकी सहायता चाहिए...'

'हर सहायता करूंगा,' कुलशेखर ने कहा। 'आपके कहने भर की देर है।'

पद्मसेन पलभर के लिए हिचकिचाया, फिर हल्के स्वर में कहा, 'कुछ ऐसा है जिसकी मुझे आशा है कि आप कर सकते हैं...'

15

अयोध्या, उत्तर प्रदेश, भारत

वर्तमान दिन

क्वीन हियो मेमोरियल पार्क में खासतौर पर बनाए गए छतरियों वाले मंच की सीढ़ियां चढ़ते हुए, सोमी ने आदित्य से हाथ मिलाया, जब प्रेस के कैमरे उनके चारों तरफ तस्वीरें खींचने में लगे थे। एलईडी स्क्रीन पर दोनों कंपनियों के एनिमेटेड लोगो और दोनों देशों के राष्ट्रीय झंडों के मोशन ग्राफिक्स चल रहे थे। सोमी और आदित्य एक बड़े गोथिक डिज़ाइन के डेस्क के पीछे खड़े हुए, तब दक्षिण कोरिया और भारत के राष्ट्रगान बजाए गए। इसके बाद अफसरों ने तेल का एक बड़ा दीपक जलाया। फिर वे सजी हुई कुर्सियों पर बैठे और समझौतों पर दस्तखत किए। कलम की हर चाल पर फ्लैशलाइट चमकी और कैमरों की आवाज़ें गूंजने लगीं। आदित्य का चेहरा खुशी से चमक रहा था। इस समझौते को पक्का करना एक बड़ी सफलता थी।

सोमी के पहले जिस्को का जो भी सीईओ बना था, उसकी उम्र लगभग पचास साल के आसपास थी। लेकिन सोमी को उसकी उम्र के चालीस के दशक में ही सबसे ऊपर का पद मिला था, जब कुछ साल पहले उसने कंपनी को आर्थिक संकट से बाहर निकाला था।

जिस्को, जिसकी स्थापना 1968 में हुई थी, कुछ दशकों में ही स्टील इंडस्ट्री में एक ग्लोबल लीडर बन गई थी, इसकी प्रतिष्ठा बिल्कुल नई तकनीक वाले स्टील वेरिएंट बनाने में थी। इसका मुख्यालय दक्षिण कोरिया के साउथ ग्योंगसांग प्रांत के गिमहे शहर में था। जिस्को एक बड़ी कंपनी थी, जिसकी सब्सिडियरी और ज्वॉइंट वेंचर दुनियाभर में फैले हुए थे।

पिल्लई ग्रुप, जिसका मुख्यालय चेन्नई में था, उतना ही शक्तिशाली था। यह एक बड़ा भारतीय बहुराष्ट्रीय समूह था, जिसके कारोबार ऊर्जा, खनन, धातु और बुनियादी ढांचे के क्षेत्रों में फैले हुए थे। इसकी शुरुआत 1990 के दशक में आदित्य के पिता ने की थी। आदित्य की लीडरशिप में, यह कंपनी तेज़ी से बढ़ी और इसने भारत के प्रमुख व्यापारिक समूहों में अपनी जगह बना ली।

पैंतालीस साल के आदित्य का शरीर दुबले की तरफ था, लेकिन उसकी मांसपेशियों से भरी शरीरिक बनावट उसकी ताक़त का संकेत देती थी। उसकी शहद जैसी रंगत उसके नुकीले चेहरे की विशेषताओं और सहज आकर्षण को और भी निखारती थी। वो जिस तरह खुद को पेश करता था, उससे आसपास के लोगों का ध्यान उसकी तरफ खिंचा चला जाता था। फिर भी, उसकी शांत बाहरी छवि के नीचे एक हल्की उदासी छिपी हुई थी, जो मुश्किल से महसूस की जा सकती थी लेकिन पूरी तरह साफ़ थी। लक्ष्मी, तुम इस दिन को देखती तो कितनी खुश होती, ये सोचते हुए उसके मन में एक जाना-पहचाना दर्द उभर आया।

समारोह के बाद, दोनों सीईओ ने प्रेस के सवालों का सामना किया—उनके जवाब आत्मविश्वास से भरे और संक्षिप्त थे। इसके बाद वे पार्क के भीतर एक भव्य मोबाइल ऑफिस में चले गए, जो इस अवसर के लिए विशेष रूप से तैयार किया गया था। भीतर, भीड़ के शोर और मीडिया की पैनी निगाहों से दूर, वे पहली बार अकेले थे। ऑफिस के दरवाज़े पर पिल्लई ग्रुप की सिक्योरिटी टीम तैनात थी।

बाहर, मेमोरियल पार्क के दूर तक फैले बगीचों में, एक सुनहरे अंडे की मूर्ति धूप में चमक रही थी—कोरिया के छह साम्राज्यों के उस पुराने किस्से की याद में, जिसमें बताया गया था कि उनके शासक ऐसे ही छह अंडों से जन्मे थे। कुछ दूर, एक जहाज़ की आकृति बनी थी—जो उस जहाज़ का प्रतीक था, जो किंवदंती के अनुसार, एक राजकुमारी को दूर देश से समुद्र पार कर उसके भावी देश तक लाया था। पार्क के दक्षिण-पूर्वी कोने में, ज़मीन पर

एक घेरे के भीतर दो मछलियों का चिह्न बना था वही शाही प्रतीक जो प्राचीन काल की उस राजकुमारी का था।

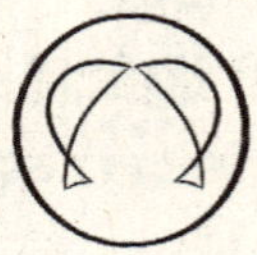

प्रतीक, आदित्य ने सोचा, उसकी निगाहें उस चिह्न पर टिक गईं।

सम्मान के निशान की तरह, जो गर्व से पहने जाते हैं।
लेकिन अक्सर, अपने भीतर गहरे रहस्य छुपाए रखते हैं।

और प्रतीकों को जितनी अच्छी तरह सोमी समझती थी, उतना और कोई नहीं। वो 1970 के दशक के अंत में दक्षिण कोरिया के पोहांग में जन्मी थी और बचपन से ही मुश्किलों का सामना करती आई थी। जब वो केवल पंद्रह साल की थी, तब उसकी मां को ल्यूकेमिया हो गया और कुछ ही समय में उनका निधन हो गया। बाद में, जब उसने अमेरिका में पढ़ाई के लिए स्कॉलरशिप की अर्जी दी, तो उसे पहले तो मंजूरी मिली, लेकिन एशियाई आर्थिक संकट के चलते वो वापस ले ली गई—एक और गहरा झटका। आख़िरकार, जब उसने दो साल की देरी से यूनिवर्सिटी ऑफ शिकागो से ग्रेजुएशन किया, तो एक और त्रासदी आ गई—उसके पिता को स्ट्रोक आया और वे दस महीनों तक कोमा में रहने के बाद चल बसे। इन तमाम मुश्किलों के बावजूद, सोमी कभी टूटी नहीं। उसने हर चुनौती का सामना मज़बूती और अटूट इरादे के साथ किया।

उसने पहली बार आदित्य को यूनिवर्सिटी में देखा था, जब वो बूथ स्कूल ऑफ़ बिज़नेस में एमबीए कर रहा था। उस समय सोमी अंडरग्रैजुएट थी और मैटेरियल्स इंजीनियरिंग की पढ़ाई में डूबी थी। हालांकि उनकी पढ़ाई अलग-अलग थी, लेकिन दोनों को संगीत का एक जैसा जुनून एक-दूसरे के करीब ले आया। वे दोनों शिकागो ब्लूज़ एन्सेम्बल के मेंबर थे—ये एक स्टूडेंट ग्रुप

था जो शहर के जीवंत संगीत जगत को सेलिब्रेट करता था। इस ग्रुप में उनकी दोस्ती सहज थी, लेकिन जब उन्होंने एक बार एक-दूसरे के साथ डेट पर जाने की कोशिश की, तो वो तजुर्बा अजीब रहा—दो घंटे की झिझकभरी चुप्पियों और बेमेल बातचीत के बाद दोनों ने आपसी मंजूरी से तय कर लिया कि उन्हें सिर्फ ग्रुप में ही मिलते रहना चाहिए।

फिर, मिलेनियम पार्क में हुए शिकागो ब्लूज़ फेस्टिवल के एक कॉन्सर्ट में, किस्मत ने दखल दिया। जब बडी गाइ की गिटार की झंकार ने माहौल को रोमांच से भर दिया, तो उन्होंने पाया कि वे अकेले रह गए थे—उनके दोस्त कब भीड़ में गुम हो गए, उन्हें पता ही नहीं चला। संगीत की लय, भीड़ की ऊर्जा और शायद कुछ ज़्यादा ही कूर्स बियर के असर में, वो रात आदित्य ने सोमी के अपार्टमेंट में बिताई। कुछ हुआ नहीं था। कम से कम, ऐसा कुछ नहीं जो एक बिस्तर पर सोने और सुबह एक-दूसरे की बांहों से लिपटने से आगे गया हो। दोनों ने उस रात की घटना को शराब में बहकी हुई एक भूल कहकर हंसी में उड़ा दिया। लेकिन उस पल की याद सोमी के ज़हन में रह गई—'क्या होता अगर' की गूंज बनकर।

कुछ ही वक्त बाद, आदित्य भारत लौट गया, जहां उसने अपने पिता के तेज़ी से बढ़ते व्यापारिक साम्राज्य में काम संभाल लिया। उधर, सोमी ने जिस्को में अपने करियर की शुरुआत एक इंजीनियर की तरह की, और कड़ी मेहनत से आगे बढ़ते हुए ब्राज़ील में कंपनी के कामकाज की प्रमुख बन गई। ये पद उसे बेहद पसंद था—जब तक कि कंपनी एक घोटाले की चपेट में नहीं आ गई। घूसखोरी के आरोपों में देश में बैठे दर्जनों सीनियर अफसरों पर केस दर्ज हुआ, जिससे कंपनी में हड़कंप मच गया। कंपनी के शेयर धड़ाम से गिर गए; और कर्ज़ देने वालों ने तुरंत अपना पैसा वापस मांगना शुरू कर दिया।

हालात ने सोमी को उस पद पर पहुंचा दिया, जिसे लेने की हिम्मत और किसी में नहीं थी—सीईओ के पद पर। उसके सामने की चुनौती लगभग असंभव थी। लगातार दो साल तक वो बिना रुके लगी रही—कंपनी को नए सिरे से खड़ा किया, सरकारी अफसरों और कर्ज़ देने वालों के साथ बातचीत की, और इस डूबते दिग्गज को फिर से खड़ा किया। सोमी की अटूट प्रतिबद्धता

और बिज़नेस की तेज़ समझ का फल आखिरकार मिला। बाज़ार का भरोसा लौट आया, और जिस्को के शेयर नई ऊंचाइयों तक जा पहुंचे।

हालांकि, इस कामयाबी की अपनी कीमत थी—खासतौर पर उसकी निजी ज़िंदगी में। तेज़ी से शुरू हुआ एक प्रेम-प्रसंग जल्द ही खत्म हो गया। इसके बाद के रूमानी रिश्ते, चाहे शुरुआत में जितने भी उम्मीद भरे रहे हों, उसकी व्यस्त दिनचर्या और बढ़ती कामयाबी के बोझ तले टिक नहीं पाए। ऐसा लगता था कि जिन पुरुषों से वो मिलती थी, वे उसकी महत्वाकांक्षा की ताक़त को संभाल नहीं पाते थे। सच कहें तो, सोमी को इस बात से राहत ही मिलती थी। काम ने उसे वो मकसद और अपनी ज़िंदगी के फैसलों पर नियंत्रण दिया था, जो उसकी निजी ज़िंदगी—और उसमें शामिल पुरुष—कभी नहीं दे सके।

सोमी की लीडरशिप में, जिस्को ने दुनियाभर में अपना विस्तार जारी रखा और नए बाज़ारों में कदम रखा—ऑस्ट्रेलिया, फ्रांस, दक्षिण अफ्रीका, कनाडा, स्वीडन और संयुक्त अरब अमीरात। अब कंपनी के पास गिम्हे में दुनिया का सबसे बड़ा स्टील प्लांट था, जो हर साल 85 मिलियन टन स्टील का उत्पादन करता था। लेकिन सोमी सिर्फ उपलब्धियों पर टिककर बैठने वाली नहीं थी। उसने कंपनी के अरबों के मुनाफे को रिसर्च और डेवलपमेंट में झोंक दिया—स्टील टेक्नोलॉजी की नई सीमाएं तैयार करने के लिए। उसकी नज़रें ऑटोमोबाइल, कंस्ट्रक्शन, रक्षा, रेलवे, शिपिंग, पेट्रोकेमिकल्स और एनर्जी जैसे कई क्षेत्रों में नई संभावनाओं पर थीं।

इन सबके अलावा जिस्को के पास एक और प्रोडक्ट था जो अब तक गोपनीय था, और पूरी तरह विकसित भी नहीं हुआ था। लेकिन सोमी को महसूस हो रहा था कि कोई असाधारण चीज़ आकार ले रही थी—कोई ऐसी चीज़, जो शायद सही वक्त और सही शख्स का इंतज़ार कर रही थी। आदित्य—अपने अनोखे विज़न और भरोसे के साथ—इस चीज़ के निर्माता से ज़्यादा एक माध्यम लगता था। सोमी के भीतर एक गहरा, बेचैन कर देने वाला यक़ीन बैठ गया: उन्होंने अभी-अभी एक ऐसा दरवाज़ा खोला था, जिसे अब दोनों में से कोई भी बंद नहीं कर पाएगा।

लाहौर, दिल्ली सल्तनत

आज का अंदरून शहर, लाहौर, पाकिस्तान

लगभग 800 साल पहले

हिंदुस्तान का गवर्नर क़ुतुबुद्दीन ऐबक लाहौर में अपने भव्य सिंहासन पर बैठा था। उसकी आंखों में वैसा ही फौलादी इरादा चमक रहा था, जो उस शख़्स में होता है जिसकी किस्मत में राज करना लिखा हो। दरबार के फ़र्श पर बारीक काम वाली कालीन बिछे थे, और दीवारों पर इस्लामी सुलेख और ज्यामितीय आकृतियों की उत्कृष्ट नक्काशी थी। ऊंचे, मेहराबदार झरोखों से छनकर आती धूप कमरे में सुंदर आकृतियां बना रही थी। हवा में अगरु और गुलाबजल की भीनी-भीनी ख़ुशबू थी—माहौल में सत्ता के साथ-साथ धर्म के लिए निष्ठा का भाव भी घुला था।

मुहम्मद ग़ोरी की हत्या की ख़बर क़ुतुबुद्दीन ऐबक तक बहुत तेज़ी से पहुंची थी। हिंदूकुश के ग़ोर प्रांत में ग़ोरी ने सिन्धु के दोनों ओर फैले बहुत बड़े इलाके पर राज किया था। ग़ोरी साम्राज्य की संदेश-प्रणाली—जो पूरे पंजाब में फैले रिले दूतों के ज़रिए चलती थी—इतनी तेज़ थी कि संदेश उस ज़मीन की नदियों जितनी रफ्तार से चलते थे। इस ख़बर ने जहां ऐबक के मन में दर्द पैदा किया, वहीं दूसरी तरफ जीत की चिंगारी भी जला दी। ग़ोरी की हत्या झेलम नदी के पास धोखाधड़ी में हुई थी। अब, तख़्त पर बैठने की बारी क़ुतुबुद्दीन की थी। और यह ताजपोशी असाधारण होने वाली थी।

मध्य एशिया के एक तुर्क कबीले 'ऐबक' में पैदा हुए क़ुतुबुद्दीन को बचपन में ही उसके परिवार से अलग कर दिया गया और निशापुर के एक भीड़भाड़ वाले बाज़ार में ग़ुलाम की तरह बेच दिया गया। वहां उसे एक

क़ाज़ी—फ़ख़रुद्दीन—ने ख़रीदा। वो एक पढ़ा-लिखा शख्स था, जिसने ऐबक के मन में क़ुरान के लिए मुहब्बत पैदा की, साथ ही तीरंदाज़ी तथा घुड़सवारी की कला भी सिखाई। लेकिन किस्मत ने एक बार फिर करवट ली। ऐबक को दोबारा बेचा गया—इस बार सुल्तान मोहम्मद ग़ोरी को। ऐबक की स्वाभाविक सैनिक प्रतिभा और रणनीतिक चतुराई ने उसे तेज़ी से ऊंचाई तक पहुंचा दिया। अंत में उसे सुल्तान के दरबार में एक भरोसेमंद जनरल और गवर्नर का ओहदा मिला।

ऐबक का वज़ीर, ज़ियाउद्दीन, सिर झुकाए सिंहासन की तरफ धीमे-धीमे बढ़ा। 'हुज़ूर,' उसने आदर के साथ कहा, 'आपके उस्ताद के गुज़रने के बाद अब दिल्ली, अजयमेरू, लाहौर, कन्नौज, ग्वालियर और सिंध—ये सभी इलाके आपके हुक्म का इंतज़ार कर रहे हैं।' ये वे इलाके थे जिन पर कभी राजपूत राजाओं का शासन था, और जिन्हें मुहम्मद ग़ोरी ने अपने लगातार अभियानों में उनसे छीन लिया था। एक चालाक रणनीतिकार के तौर पर, ग़ोरी ने कई जीत हासिल की थीं, जिनमें सबसे निर्णायक जीत तराइन के दूसरे युद्ध में ताक़तवर पृथ्वीराज चौहान पर मिली थी। पृथ्वीराज चौहान, चाहमान वंश का प्रतापी राजा था, जिसका शासन सपादलक्ष, हरियाणा और दिल्ली तक फैला हुआ था। उसकी राजधानी अजयमेरू (जो आगे चलकर अजमेर कहलाया) में थी।

अपने चेहरे पर मज़बूत इरादे के साथ ऐबक ने हां में सिर हिलाया। उसने बुलंद आवाज़ में कहा, 'ऐलान कर दिया जाए कि मैं, क़ुतुबुद्दीन ऐबक, अब उन सभी इलाकों का सुल्तान हूं, जिन पर कभी पृथ्वीराज चौहान का राज था। आज से, दिल्ली, अजयमेरू और हमारे सभी इलाकों में केवल मेरा राज माना जाएगा।'

'ज़फ़र सुल्तान!' उसके दरबारियों की आवाज़ एक साथ पूरे कमरे में गूंज उठी। *सुल्तान की फ़तह!*

ज़ियाउद्दीन, जो हमेशा व्यावहारिक रहा, ने समझदारी से सिर हिलाया और पलभर ठहरने के बाद एक और मुद्दा उठाया। 'मेरे सुल्तान,' उसने धीमी आवाज़ में कहा, 'एक बात है... जो थोड़ी चिंता की बात है। दिल्ली में

लोहे का एक खंभा है, जिसके चारों तरफ हिंदू और जैन मंदिर हैं। कहा जाता है कि जब तक वो खंभा खड़ा रहेगा, दिल्ली पर हिंदू शासन कभी पूरी तरह खत्म नहीं हो सकता।'

ऐबक अपने भव्य सिंहासन पर पीछे की तरफ टिककर बैठ गया, उसके होंठों पर एक हल्की मुस्कान थी। उसकी शख्सियत असरदार थी—उसका ऊंची, नुकीली पगड़ी, जिसमें सोने की कढ़ाई और हीरे जड़े थे, उसके मज़बूत जबड़े और उभरी हुई नाक को और निखार रही थी। घनी, करीने से कटी दाढ़ी उसके चेहरे पर थी, और गले में बड़े पन्ने की माला उसके रेशमी लबादे के ऊपर टंगी थी। 'मैं पिछले तेरह साल से अपने मालिक का क़ाबिल सेनापति और गवर्नर बनकर दिल्ली पर हुकूमत कर रहा हूं,' उसने ज़ियाउद्दीन की बात को खारिज करते हुए कहा, 'उस खंभे ने मेरी हुकूमत में कोई रुकावट नहीं डाली। लेकिन बताओ, वज़ीर, इस खंभे में ऐसा क्या है जो तुम्हें परेशान करता है?'

'खंभे के चारों तरफ जो मंदिर हैं, वे काफिरों के मज़हब की नुमाइंदगी करते हैं,' ज़ियाउद्दीन ने समझाया। 'वे मानते हैं कि उनके भगवान इस शहर की हिफाज़त करते हैं। वे इस जगह को "ढिल्ली" कहते हैं—यानी ढीली, बिखरी हुई—इसलिए इसका नाम धिल्लिका या दिल्ली पड़ा। उनका कहना है कि वो खंभा इस ज़मीन को जोड़े रखने वाली कील है, जो इसे बिखरने से रोकता है। उनका मानना है कि ये सदियों पुराना है, और इसे उनके अनगिनत भगवानों में से एक विष्णु के सम्मान में बनाया गया है। कई लोग मानते हैं कि यह खंभा वक्त की मार से बचा हुआ है क्योंकि इसमें जादू है, और इसे जड़ से उखाड़कर बर्बाद कर देना चाहिए।'

ऐबक ने गहरी हंसी निकाली। 'अगर मंदिरों से उन्हें उम्मीद है, तो हम मंदिरों को ही तबाह कर देंगे। खंभा वहीं रहेगा। इसे हमारी ताक़त की याद दिलाने दो, उनकी हार की निशानी—उनके ताबूत में आखिरी कील।'

'जैसी आपकी इच्छा, मेरे सुल्तान।' ज़ियाउद्दीन ने सिर झुकाया। 'आपके हुक्म क्या हैं?'

ऐबक अपने सिंहासन से, हुक्म देने के अंदाज़ में उठ खड़ा हुआ। 'दिल्ली में संदेश भेजो,' उसने ऐलान किया। 'खंभे के चारों ओर बने सभी मंदिर तोड़ दिए जाएं। उनसे निकले पत्थर, खंभों, दरवाज़ों, शहतीरों और मेहराबें लेकर, हमारी नई राजधानी के बीचों-बीच एक शानदार मस्जिद बनाई जाए। मैं इसे नाम दूंगा क़ुव्वत-उल-इस्लाम–इस्लाम की ताक़त। और उसी मस्जिद के भीतर हम इस देश की सबसे ऊंची मीनार खड़ी करेंगे—जिसका नाम होगा क़ुतुब मीनार। नमाज़ की पुकार पूरी दिल्ली में गूंजने दो। और हर बार जब अज़ान की आवाज़ उठे, तो काफिरों को उनकी हार की चुभन होने दो।'

दरबार में जीत की चीख गूंज उठी, दरबारियों ने गरजते हुए अपने सुल्तान के हुक्म को मंजूरी दी। ऐबक का ख्वाब उनके मन में बस गया और एक इस्लामी दिल्ली की सोच उन्हें साकार होती हुई दिखी। वज़ीर ने तुरंत दूतों को सुल्तान के हुक्म पहुंचाने के लिए रवाना किया। दरबारियों ने जोश भरी बातचीत में भव्य निर्माण कार्य की योजना बनाना शुरू कर दिया।

एक नया युग शुरू हो चुका था—ऐसा युग जिसमें दिल्ली के आसमान पर इस्लाम हावी होने वाला था।

16

साकेत, कोशल

आज का अयोध्या, उत्तर प्रदेश, भारत

लगभग 2,000 साल पहले

साकेत का कारागार—एक ऐसी जेल थी जिसे लेकर कई रहस्य और भविष्यवाणियां जुड़ी थीं। शहर की भीड़-भाड़ वाली गलियों के नीचे बना ये कारागार ऊपर ज़िंदगी की ज़िंदादिली के ठीक उलट था। जैसे ही कोई खुरदरे पत्थरों वाली सीढ़ियों से नीचे उतरता, उसे यहां की हवा भारी और सीलन भरी महसूस होने लगती—इसकी गहराई में अनकहा दर्द बसा हुआ था।

अंदर, ये जेल संकरी और अंधेरी गलियों से बनी थी जिसकी पत्थर की ठंडी ज़मीन पर चलना भी सज़ा जैसा था। धुंधली मशालों की रौशनी दीवारों पर डरावने साए बनाती थी, जो हिलते-डुलते हुए किसी डरावने सपने जैसे लगते। हर सांस के साथ नमी, पसीने, गंदगी और ज़ंग लगे लोहे की तीखी गंध अंदर जाती थी।

तंग, बिना हवा वाली कोठरियां संकरी गली के दोनों ओर बनी थीं, उन पर लोहे की भारी सलाखें लगी थीं—हर पल कैद की याद दिलाती हुईं। अंदर कैदी दुख में दुबके हुए थे। उनके फटे-पुराने कपड़े ठंडी, नम हवा से उन्हें ज़रा भी नहीं बचा पा रहे थे, जो हड्डियों तक उतर रही थी। दूर से आती कराहों की आवाज़ और ज़ंजीरों की खनक मिलकर एक डरावना, दर्द भरा संगीत रचते थे। यहां तक कि सबसे मज़बूत चूहे भी कीचड़ और गंदगी से भरे फर्श पर चलने से बचते थे, और दीवारों की खोखली दरारों को पसंद करते थे। वहां

से उनकी भागदौड़ की आवाज़ कैदियों की दर्द भरी चीखों में एक कांपता हुआ संगीत जोड़ देती थी।

कालकोठरी के बीचों-बीच पूछताछ कक्ष था—एक भयानक जगह जो आत्मा को भी जड़ कर देती थी। आराम या करुणा से रहित, सादे पत्थर की दीवारों पर यातना के औजारों की भरमार थी: कोड़े, दागने की लोहे की सलाखें, बेड़ियां, चिमटे, लोहे की छड़ें और हथकड़ियां। ये सभी औजार ऐसे अनगिनत अपराध-स्वीकृतियों के गवाह थे, जो टूटे शरीरों और बिखरी आत्माओं से बेरहमी से निकलवाई गई थीं।

पद्मसेन का नंगा शरीर दीवार से लटका हुआ था, उसके हाथ-पैर पूरे फैलाए हुए थे, ज़ंजीरों और रस्सियों से बंधे हुए थे। उसके गुप्तांगों को सबके सामने उजागर कर देने से उसका तिरस्कार और बढ़ गया था। मशाल की टिमटिमाती रौशनी में उसका ज़ख्मी शरीर दिख रहा था, जिससे उसकी तनी हुई मांसपेशियां और चेहरे पर थकान साफ़ झलक रही थी।

गहरे बैंगनी और नीले रंग के चोटिल निशान उसकी त्वचा पर थे, जिनके कोनों पर जमा खून सूख गया था। उसके धड़ और पीठ पर खुले घाव थे—कुछ से अब भी रिसाव हो रहा था, जबकि कुछ गहरी, उधरती पपड़ी से बंद हो चुके थे। उसकी उंगलियों के सिरे कच्चे मांस और जमे हुए खून का ढेर बन गए थे—उसके नाखून चिमटे से नोंचकर उखाड़ दिए गए थे, पीछे केवल सूजे हुए, कटे-फटे टुकड़े बाकी रह गए थे। हर सांस उसकी छाती में खड़खड़ाहट के साथ निकलती, हर एक सांस लेना एक संघर्ष था। उसकी चमकती आंखें अब धुंधली हो चुकी थीं, जो उसका दर्द दिखा रही थीं। प्यास और भूख से फटे और सूखे होंठ उसके चेहरे पर दर्द की लकीर बना रहे थे। पसीने और मैल से सने उसके बाल उसके सिर से चिपक गए थे। फिर भी, उस असहनीय दर्द के बीच, संतोष की एक हल्की लौ उसके भीतर जल रही थी। वो कभी उस पवित्र विश्वास को धोखा नहीं देगा, कभी उस रहस्य को प्रकट नहीं करेगा जिसे उसने संभाल रखा था—भले ही इसका अर्थ इस दुर्गंध से भरे नरक में मृत्यु ही क्यों न हो। क्योंकि द्वैतलिंगम रक्षक की शपथ

राजाओं से भी पुरानी थी और रक्त से भी गहरी—जो स्याही से नहीं, कर्तव्य की अग्नि में गढ़ी गई थी।

~

कडफाइसिस का संदेश पहुंच चुका था। उसका असर तुरंत और निर्मम हुआ। जब सैनिकों का एक दल पूरे नगर में पद्मसेन के परिवार और द्वैतलिंगम की खोज में लगा था, दूसरे दल ने उसके घर पर हमला बोल दिया था, उन्हें साफ़ आदेश दिया गया था: पद्मसेन को जीवित पकड़ो।

जब वे पहुंचे घर में सन्नाटा पसरा हुआ था—गहरा सन्नाटा। जैसे ही सैनिक शयनकक्ष का दरवाज़ा तोड़कर भीतर घुसे, उनके कवच गूंज उठे। पद्मसेन झटके से जाग उठा, उसका हृदय ज़ोर-ज़ोर से धड़क रहा था। एक क्षण के लिए घबराहट ने उसे जकड़ लिया—उसका परिवार कहां था? क्या सैनिक पहले ही उन्हें ले जा चुके हैं? तभी उसे याद आया: वे जा चुके थे। उसके सीने में राहत का तेज़ प्रवाह उमड़ आया—पर उसमें गहरी वेदना भी मिली हुई थी। वे इस समय सुरक्षित थे, किंतु उससे बहुत दूर। वो अकेला था।

पद्मसेन तुरंत उठ खड़ा हुआ और अपनी तलवार की ओर झपटा, उसकी आंखों में प्रतिरोध की आग दहक रही थी। एक भीषण संघर्ष छिड़ गया—धातुओं की टक्कर, आहें और चीख उस कमरे की चार दीवारों में गूंजने लगी। अकेले होने के बावजूद, पद्मसेन ने कोने में घिरे हुए बाघ की उग्रता से युद्ध किया—उसकी तलवार वारों को रोकती और जानलेवा सटीक प्रहार करती रही। लेकिन धीरे-धीरे, थकान और आक्रमणकारियों की बड़ी संख्या उस पर हावी होने लगी।

परास्त करने और बांध दिए जाने के बाद, उसे एक रथ में पटक दिया गया, जो तेज़ी से कारागार की ओर दौड़ रहा था। उसके मन में भय और क्रोध का बवंडर उठ रहा था, विचार उसी गति से दौड़ रहे थे, जिस गति से वो रथ ऊबड़-खाबड़ मार्ग पर झटके खाता हुआ भागा चला जा रहा था। हर झटका उसके घायल शरीर में पीड़ा की लहरें फैला देता। पहियों की निरंतर लय जैसे

उसकी असहायता का उपहास कर रही थी। उसे पता था कि सैनिक चार स्थानों में उसके परिवार और द्वैतलिंगम की खोज करेंगे—जन्मभूमि उपवन, हनुमान गढ़ी, त्रेता के ठाकुर, और सीता का महल कनक भवन। लेकिन वो जानता था कि रहस्य सुरक्षित था—कम से कम, अभी।

जब उसे यह समाचार मिला कि पद्‌मसेन सचमुच जीवित पकड़ा गया था, किंतु उसका परिवार हाथ नहीं आया, तो विदुषिका क्रोध से उबल पड़ा। 'उसके परिवार को ढूंढ़ों! उनकी तलाश करो, चाहे जो करना पड़े! और उस कमीने पद्‌मसेन को बोलने पर मजबूर करो। वो रहस्य बताएगा, चाहे मुझे उसकी एक-एक हड्डी ही क्यों न तोड़नी पड़े।'

पद्‌मसेन का शरीर कठोर लोहे की उन सलाखों के सहारे झूल रहा था, जो अब उसके लिए दमनकारी पिंजरा बन चुकी थीं। अंधेरे में वो अपने पूर्वजों की शिक्षाओं और उस पवित्र कर्तव्य से चिपका रहा जो उसे सौंपा गया था। वो उनके विश्वास को कभी धोखा नहीं देगा। वो जानता था कि यह अटल निश्चय उसकी चिता तक उसका साथ देगा। उसके मन को सांत्वना की तलाश थी और उसकी सोच इंदुमती की प्रेम भरी दृष्टि, उसकी कोमल मुस्कान और अपने बच्चों की खिलखिलाहट की ओर चली गई। इन्हीं स्मृतियों ने उसे बचाए रखा था, असहनीय यातना को सहने की शक्ति दी थी।

ऊपर, उसके परिवार और द्वैतलिंगम की खोज अब भी जारी थी।

'हमें बता, वह कहां है!' पूछताछ करने वाले ने भयानक गरज के साथ सवाल किया।

पद्‌मसेन ने अपनी बची-खुची शक्ति को समेटा और फ़र्श पर थूक भरा रक्त उगल दिया। 'तुम उसे कभी नहीं पा सकोगे।' उसकी आवाज़ दर्द से बुझी हुई थी, फिर भी उसमें विद्रोह था। 'वह सुरक्षित है।'

उसे बंदी बनाने वाला और पास झुका, उसकी आंखें क्रोध से सिकुड़ी हुई थीं। 'क्या तुझे लगता है तेरा यह हठ तुझे बचा लेगा?' उसने सांप की

तरह फुफकारते हुए कहा। 'तू टूट जाएगा, पद्मसेन। तू स्वयं मृत्यु की भीख मांगेगा।'

पद्मसेन के होंठों पर थकी हुई मुस्कान का धुंधला साया उभरा। 'तुम मेरा तन तोड़ सकते हो, नीच आदमी,' उसने फुसफुसाते हुए कहा, 'लेकिन मेरी आत्मा... मेरी आत्मा अटूट है।'

17

कोरकाई, तामिरबरणी, पांड्या देशम

आज का थूथुकुडी ज़िला, तमिलनाडु, भारत

लगभग 2,000 साल पहले

'मुझे पिताहा की याद आती है,' सुरिरत्ना ने कहा, उसकी आवाज़ आंसुओं से भरी हुई थी। वो कोरकाई के चहल-पहल भरे बंदरगाह को निहार रही थी—जहां से आ रही मछलियों, नमक और मसालों की खुशबू साकेत की सूखी, मिट्टी जैसी महक से बिल्कुल अलग थी।

'मुझे भी उनकी याद आती है, पुत्री,' इंदुमती ने उत्तर दिया, उसकी आंखें भीग उठीं। 'मैं जानती हूं, उनकी कमी तुम्हारे हृदय पर भारी पड़ रही है। पर क्या तुम मेरी पीड़ा की कल्पना कर सकती हो—उन्हें साकेत में छोड़ आना, जब मुझे पता था कि वो किस संकट से घिरे हैं? उन्होंने ही हमें सिखाया है मज़बूत बनना। हमें उनकी इच्छा का सम्मान करना होगा।'

सुरिरत्ना ने सिर हिलाया, हालांकि उसके हृदय में वेदना उमड़ रही थी। उसे अब भी अपने पिता की आश्वस्त करने वाली आवाज़ सुनाई देती थी, उनकी करुणा से भरी आंखें दिखती थीं, और स्वयं में उनके विश्वास का स्पर्श महसूस होता था। उनमें से कोई भी पद्मसेन को अकेला छोड़ साकेत से निकलना नहीं चाहता था, लेकिन उसका निर्णय अडिग था। चर्चा की कोई गुंजाइश नहीं थी। कुलशेखर को कहा गया था कि वो इंदुमती, सुरिरत्ना और भद्रकेतु को, 1,400 मील दूर सुरक्षित स्थान तक पहुंचाए। आठ घोड़े, दो सहायक और एक बहुमूल्य, भारी धरोहर—सब उसकी देखभाल और उत्तरदायित्व में सौंपे गए थे।

कुलशेखर को साकेत तक की पिछली यात्रा में चार महीने लगे थे। लेकिन इस बार, पद्मसेन के स्पष्ट निर्देश थे कि वापसी आधे समय यानी केवल दो महीने में पूरी हो। रास्ता बेहद कठिन था—दिन रात घुड़सवारी, थोड़ा-सा विश्राम और हर वक्त खतरे का डर।

अधिकतर समय, वे सब चुपचाप चलते। केवल धूल भरी सड़क पर घोड़ों की टापों की आवाज़ गूंजती रहती। जंगली जानवर, डाकू, ज़हरीले सांप या अचानक आने वाले तूफ़ान—ये सब डर भी उतने बड़े नहीं थे, जितना डर विदूषिका के सैनिकों का था। वे लोग हर जगह तलाश में घूम रहे थे—पद्मसेन के परिवार और उस पवित्र वस्तु के लिए। कोशल से बाहर निकलते ही एक और जोखिम इसमें जुड़ गया—कुषाण जासूसों का जोखिम। ये बहुत चालाक और निर्दयी माने जाते थे। वे संदेश बीच में रोक लेते, दूतों का पीछा करते और कभी-कभी शक्ति के बजाय केवल जानकारी के सहारे ही युद्ध का रुख बदल देते। कुलशेखर को उनकी चालें अच्छी तरह पता थीं–बेनाम जासूस, जो छिपकर देखते रहते और कब हमला कर दें, कोई नहीं जान पाता। इसलिए वो चौकन्ना रहता, उसकी आंखें हर वक्त चारों ओर घूमती रहतीं—हर छाया उसे एक संभावित ख़तरा लगती।

इंदुमती को संभाले रखने वाली चीज़ केवल पद्मसेन की यादें थीं। उसे उसके अंतिम शब्द याद आते—संकट के सामने कभी हार मत मानना। पद्मसेन के साहस ने उन्हें आगे बढ़ाया, कोरकाई की ओर भेजा भले ही भय हर कदम पर पीछा करता रहा।

कोरकाई, तामिरबरणी नदी के किनारे बसा एक रणनीतिक महत्व वाला व्यस्त बंदरगाह शहर था। इसके प्राकृतिक बंदरगाह में दूर-दराज़ से आए जहाज़ रहते थे—रोम, यवन, सुवर्णभूमि, पारसिका, हप्रिता और चीन तक से। मोती और धातुओं का लाभदायक व्यापार इस नगर को आकर्षण का केन्द्र बनाता था। इसकी गलियां हमेशा जीवंत रहतीं, जहां स्थानीय और विदेशी व्यापारी एक साथ भीड़ लगाए मिलते थे।

शहर जीवन से भरपूर था। गलियों में समुद्र की गंध घुली हुई थी और व्यापार की आवाज़ें लगातार गूंजती थीं—अलग-अलग भाषाएं और बोलियां,

हथौड़ों की खनक, और मंदिरों की घंटियों की मधुर झंकार। बाज़ार की दुकानों पर हर ओर बहुमूल्य वस्तुएं सजी थीं, और रंग-बिरंगे वस्त्रों में व्यापारी उत्साह के साथ मोलभाव कर रहे थे। कोरकाई की पहचान उसका प्रसिद्ध मोती हाट था। खजूर की पत्तियों से ढके छायादार तंबुओं के नीचे, व्यापारी अपने चमचमाते मोती सजाकर रखते थे—विभिन्न आकारों और रंगों के, सावधानी से छांटे और बारीकी से परखे गए। लोहे की सिल्लियां भी यहां बहुत क़ीमती मानी जाती थीं, जिनका कच्चा माल उत्तर से आयात किया जाता था। बंदरगाह पर विशाल जहाज़ रुकते और उनके माल की लदाई-उतराई होती रहती, जिनमें होते थे मसाले, शराब, रेशमी कपड़े, इत्र, मोती, धातु की सिल्लियां, लोहे और कांसे के औज़ार, रत्न—कुछ सामान स्थानीय स्तर पर बने तो कुछ दूरस्थ देशों से लाए गए।

पद्मसेन को पीछे छोड़ने का दुख मन में होते हुए भी, इंदुमती ने जैसे ही अपने बचपन के घर के पास कदम रखे, उसने एक अपनापन महसूस किया। वो घर इस क्षेत्र के सबसे भव्य आवासों में से एक था—जिसकी दीवारें हमेशा पारिवारिक जीवन के संगीत से गूंजती रहती थीं। बच्चों के लिए, जो साकेत में पले-बढ़े थे, समुद्र का दृश्य किसी जादू से कम नहीं था—एक विशाल, फैला हुआ संसार, जिसने उनकी आंखों में विस्मय भर दिया।

'देखो, भद्रकेतु!' सुरिरत्ना ने उत्साहित होकर पुकारा, एक जहाज़ की ओर इशारा करते हुए, जिस पर जुड़वां मछलियों का चिह्न अंकित था। 'यह कितना विशाल है!'

'यह पांड्या जहाज़ है,' भद्रकेतु ने रोमांच से फैली आंखों के साथ कहा। 'मैंने इनके बारे में पढ़ा है!'

इंदुमती अपने बच्चों के उत्साह को देखकर मुस्कुराई, हालांकि उसके दिल में अपने प्रिय पति की चिंता का बोझ था। विवाह के बारह वर्षों में वो कभी अपने मायके कोरकाई नहीं लौटी थी—पद्मसेन और अपने दोनों बच्चों के साथ जीवन इतना व्यस्त रहा कि लंबी यात्राओं का अवसर ही न मिला। उसका कोरकाई से एकमात्र संबंध उसका भाई कुलशेखर ही था, जो पद्मसेन

और चेलियन के साथ व्यापार करता था और उसे हर कुछ वर्षों में साकेत आने का अवसर मिलता था।

इंदुमती के पिता गर्म इलाके में पाए जाने वाले किसी विषाणु की चपेट में आ गए और उसकी अनुपस्थिति में ही उनका निधन हो गया। इंदुमती को अपने पिता की अंतिम विदाई का अवसर न मिल सका। किंतु कुलशेखर और उसकी पत्नी विष्णुप्रिया ने घर को संभाले रखा; उसका वही परिचित संगीत उन्हें दुख के बीच भी सहारा देता रहा। दुख की बात यह थी कि उनकी कोई संतान नहीं थी। विष्णुप्रिया का कई बार गर्भपात हुआ और अंत में दोनों ने निर्णय लिया कि अब और प्रयास नहीं करेंगे—वे एक-दूसरे के साथ ही पर्याप्त सुखी थे। इंदुमती जानती थी कि इसी कारण कुलशेखर का प्रेम भद्रकेतु और सुरिरत्ना के प्रति और भी गहरा हो गया था। वो दोनों बच्चों को अपने हृदय में अपनी संतान की तरह बसा चुका था।

उनका आवास अपने-आपमें एक भव्य संरचना थी—स्थानीय बलुआ पत्थर और ग्रेनाइट से बनी, जो पांड्य देश की समृद्ध विरासत को अपने भीतर समेटे थी। प्राकृतिक रंगों से बने मिट्टी के रंगों से रंगी इसकी दीवारें दोपहर की धूप में गर्माहट से चमकती थीं। गेरूआ लाल रंग की मिट्टी की टाइलें आंगन को छाया देती थीं, जो शांति का एक छोटा नखलिस्तान था; फर्श पर बिछी हुई टाइलों पर बारीक काम किया गया था। चमेली की सुगंध और समुद्र की लवणीय गंध मिलकर, एक परिचित और सुकूनभरा माहौल रच रही थी। आंगन में और बाहरी दीवारों पर फैली हरियाली उसकी सौम्य शोभा को और बढ़ा रही थी।

जैसे ही वे पहुंचे, इंदुमती की दृष्टि आंगन के पार अपनी माता पर पड़ी। 'अम्मा!' वो पुकार उठी और आंसू बहाते हुए उनकी ओर दौड़ गई। उसने अपनी मां को इस तरह कसकर बांहों में भर लिया, जैसे कि छोड़ना नहीं चाहती हो।

उसकी मां ने उसे धीरे से छुड़ाया, उनकी आंखों में करुणा थी। उन्होंने बच्चों को पास आने का संकेत किया और उन्हें अपनी बांहों में भर लिया।

यह उनका बच्चों से पहला मिलन था, फिर भी ऐसा लग रहा था जैसे उन्हें बरसों से जानती हों। 'सब ठीक होगा, कन्ना,' उन्होंने इंदुमती से फुसफुसाकर कहा। 'भाग्य ने तुम्हें साकेत पहुंचाया था, और भाग्य ही तुम्हें वापस यहां लाया है। विश्वास रखो। पद्मसेन सुरक्षित रहेगा। हर आंधी के बाद सूरज निकलता ही है।'

बच्चे, समुद्र तट की नई दुनिया से मंत्रमुग्ध होकर, जल्द ही अपने नए परिवेश में ढलने लगे। उनका उत्साह और नई चीज़ों को जानने की जिज्ञासा पिता की अनुपस्थिति का बोझ हल्का कर रहे थे। इंदुमती को भी धीरे-धीरे इस घर में सुकून मिलने लगा—प्रतिदिन के साझा भोजन में, संध्या प्रार्थनाओं की शांति में। कोरकाई के चहल-पहल भरे हाट और मसालों की सुगंध से भरी हवा उसके मन की चिंताओं को कुछ देर के लिए भुला देती थी। कम से कम अभी के लिए, अतीत की छायाएं धुंधली पड़ गई थीं, और भविष्य की चुनौतियां घर वापसी की गर्माहट में ओझल हो गई थीं।

लेकिन जहां किनारे की लहरें शांति का संगीत सुना रही थीं, वहीं क्षितिज के पार कहीं गहरे अंधेरे ज्वार उठने लगे थे।

18

सफ़ेद कोह पर्वत श्रृंखला, अफगानिस्तान

वर्तमान दिन

सफ़ेद कोह के पहाड़ों में एक आधुनिक किला छिपा हुआ था। खलील ग़ज़नवर का ये ठिकाना ऐसी जगह थी जहां प्राचीन रहस्य और आधुनिक तकनीकी चमत्कार एक साथ मौजूद थे। ये जगह पहाड़ी लकड़ी से बनी थी, जिसकी बाहरी बनावट इतनी कुदरती थी कि दूर से देखने पर पहाड़ का ही हिस्सा लगती, लगभग अदृश्य।

लेकिन, भीतर हर तरफ़ नई तकनीक का राज था—बड़े पर्दों पर दुनियाभर की ताज़ा खबरें चल रही थीं, एन्क्रिप्टेड कम्युनिकेशन लाइनों से धीमी आवाज़ आ रही थी और अत्याधुनिक सुरक्षा प्रणालियां लगातार निगरानी बनाए हुए थीं। ज़मीन के नीचे बने जेनरेटर पूरे चौबीस घंटे बिजली सप्लाई करते थे—जो युद्ध से जर्जर हुए अफ़ग़ानिस्तान में लगभग नामुमकिन चीज़ थी। ये सारा इंतज़ाम देश में फैली अफरातफरी से बिल्कुल उलट था।

इस आधुनिक गुफा जैसे ठिकाने का माहौल गंभीर और खतरनाक था। ग़ज़नवर कांच की एक चमकदार मेज़ के पास खड़ा था, जिसके ऊपर हल्की रौशनी जगमगा रही थी। उसके सामने एक प्राचीन ताड़-पत्र पांडुलिपि का एक नाज़ुक, लेकिन पूरी तरह से सुरक्षित पन्ना रखा था। उस पर एक संस्कृत श्लोक लिखा था और साथ में एक गोल प्रतीक था—जिसमें दो मछलियां घड़ी की दिशा में तैर रही थीं। साधारण-सी दिखने वाली ये कलाकृति गहरे रहस्यों की ओर इशारा करती थी।

ग़ज़नवर की निगाह उस प्रतीक पर टिकी रही, जब उसने रौशनी के घेरे से बाहर खड़े हुए एक अकेले शख्स से कहा, जो लबादे में ढका था। 'इसे देख रहे हो?' उसने ताड़ के पत्ते की ओर इशारा करते हुए पूछा। 'ये निशान उस तकनीक का प्रतीक है जो मेरे पास होनी ही चाहिए। एक सदियों पुरानी ताक़त।'

रज़ा, ग़ज़नवर का सबसे भरोसेमंद और कम बोलने वाला आदमी, धीरे से आगे बढ़ा। उसका चेहरा अब भी अंधेरे में था। उसकी जिज्ञासा जागी ज़रूर, लेकिन उसने कुछ नहीं कहा। वहीं ग़ज़नवर की आंखें लालसा और इज़्ज़त से चमक उठीं। उसने धीमी आवाज़ में कहा, 'ये ताक़त हमारी समझ से भी परे है। इसका इस्तेमाल कर हम ऐसा आतंक फैला सकते हैं जिसके बारे में सोचा भी नहीं जा सकता। दुश्मन हमारे सामने आने से पहले ही गिर पड़ेंगे।'

उन दोनों के चारों ओर की दीवारों पर इतिहास की अनमोल धरोहर सजी थीं—पुराने हथियार, प्राचीन ग्रंथ, सभी कांच के अंदर सुरक्षित रखे गए और तेज़ रोशनी में चमकते हुए। ग़ज़नवर का सबसे बड़ा जुनून यही था—ज्ञान इकट्ठा करना और इतिहास के भूले-बिसरे हिस्सों के रहस्यों का इस्तेमाल करना। उसकी उंगलियां उस पुरानी पांडुलिपि पर लिखी पंक्तियों को छू रही थीं, जब उसने क़ुरान की आयत पढ़नी शुरू की। 'अल-बक़रा 2:258 याद रखो।' उसने ज़ोर से पढ़ा, '"मेरा रब वही है जिसके पास ज़िंदगी और मौत देने की ताक़त है।" ये आदिम ताक़त—ये सिर्फ़ अल्लाह की है। और इसके साथ हम सुप्रीम होंगे।'

रज़ा ध्यान लगाकर सुन रहा था, ग़ज़नवर की हर बात को अपने भीतर उतारते हुए। अपने लीडर की उम्मीदों का बोझ महसूस करते हुए उसने आखिरकार धीमी आवाज़ में पूछा, 'आपका हुक्म क्या है?'

ग़ज़नवर की निगाह अब उस काले पत्थर के टुकड़े पर गई जो पांडुलिपि के पास रखा था। उसने अपनी हथेली उसके ऊपर फेरी, और उस छुअन के साथ ही उसके भीतर जैसे ताक़त की नई लहर दौड़ गई। ये सोमनाथ लिंगम का एक टुकड़ा था, एक बीती हुई जीत की निशानी, इख्तियार की ऐसी निशानी

जिसे उसके परिवार ने सदियों से महफ़ूज़ रखा था। गंभीर आवाज़ में ग़ज़नवर बोला, 'चालीस पीढ़ियां बीत चुकी हैं, जब मेरे पूर्वज पहली बार भारत आए थे—उस लिंगम की तलाश में, जिसके बारे में कहा जाता था कि उसमें अनूठी ताक़त छिपी है। मेरे महान पूर्वज महमूद ग़ज़नी ने सत्रह हमले किए, खज़ानों पर कब्जा किया और उन काफ़िरों को रौंद डाला जो उसके सामने खड़े थे। उसने वो पत्थर भी ले लिया जिसकी वे पूजा करते थे—हमारा मनात।'

'मनात?' रज़ा ने सवाल किया।

ग़ज़नवर ने समझाया, 'महमूद के सोमनाथ पर हमला करने की वजह थी। उसका यकीन था कि खुद पैग़म्बर मुहम्मद ने इस्लाम के पहले की तीन देवियों: लात, उज़्ज़ा और मनात—को तबाह करने का हुक्म दिया था। दो मूर्तियां तो तोड़ दी गईं, लेकिन ग़ज़नी के दरबारी कवि फर्रुख़ी सिस्तानी ने लिखा कि मनात को गुजरात में छिपा दिया गया था, उस मंदिर में जिसे काफ़िर सु-मनात या सोमनाथ कहते थे। मज़हब के जुनून में महमूद ने लिंगम को कई टुकड़ों में तोड़ दिया। उसके कीमियागर उस लिंगम की ताक़त के बीज को खोजते रहे, पर वो उनके हाथ नहीं आया। आज भी मेरा ख़ानदान उसी तलाश की विरासत ढो रहा है—हमारा नाम ही उसका सबूत है: ग़ज़नवर, यानी ग़ज़नी के सिपाही।'

ग़ज़नवर की आंखें भयानक इरादे से जल रही थीं जब उसने पत्थर के उस टुकड़े को सहलाया। उसने हुक्म दिया, 'जासूसों को तुरंत भेजो। उन जगहों में घुसपैठ करो जहां ये ताक़त छिपी हो सकती है। हमारे मुखबिरों से बात करो। मुझे हर पल की जानकारी चाहिए। ये कोई आम पुरानी तकनीक नहीं है—ये हमारे भविष्य की चाबी है, हमारे दबदबे की बुनियाद। इसका असली रूप औरों के सामने आए, उससे पहले हमें इसे हासिल करना ही होगा।'

'जैसा आप चाहें,' रज़ा ने सिर झुकाकर जवाब दिया।

जब रज़ा जाने के लिए मुड़ा, ग़ज़नवर का हाथ अब भी पांडुलिपि पर टिका था। उसकी निगाह कमरे में घूमी और खिड़की से बाहर के सुनसान नजारे पर जा ठहरी। उसका ये अड्डा दुनिया की नज़रों से छिपा था लेकिन

बेहद असरदार था और उसी आदिम ताक़त का आईना था जिसे वो काबू में करना चाहता था। चमड़े के कागज़ पर बनी जुड़वां मछलियां मानो उसे देख रही थीं—एक खामोश वादा, उस ताक़त का जिसे वो हासिल कर इंसानियत पर आजमाने के लिए आतुर था।

रज़ा के जाने के बाद उसकी नज़र दीवार पर लगी अनगिनत स्क्रीन की ओर लौटी। उनकी झिलमिलाती तस्वीरें एक बदलती हुई दुनिया दिखा रही थीं—युद्ध, राजनीतिक उथल-पुथल, आर्थिक संकट। अराजकता से भरा यही वो मंच था, जिस पर ग़ज़नवर मुख्य भूमिका निभाने का इरादा बना चुका था। उसका दिमाग़ दुस्साहसी योजनाओं और रणनीतियों के तूफ़ान से भरा था। ये महफ़ूज़ अड्डा उसकी पनाहगार हो सकता था, लेकिन उसके लिए जंग का मैदान तो पूरा संसार था।

महमूद ग़ज़नी की जीत के एक हज़ार साल बाद, खलील ग़ज़नवर भी इतिहास में अपना नाम दर्ज करना चाहता था।

ग़ज़नवर को अपने पूर्वजों की विरासत आगे बढ़ाने का जुनून था। उसके दिमाग़ में उन सल्तनतों की तस्वीरें घूम रही थीं जिन्होंने इस देश को शक्ल दी थी: महमूद ग़ज़नी के राज में फली-फूली इस्लामी तहज़ीब, ग़ोरी खानदान का आना, 1221 में मंगोलों का हमला जिसने ग़ज़नी की चमक-दमक मिटा दी थी और फिर तैमूर सल्तनत की हुकूमत। फिर मुग़ल आए, जो अपने साथ शान-शौकत और केंद्रीकरण लेकर आए, लेकिन अफ़ग़ानिस्तान पर उनके कब्जे को हमेशा स्थानीय क़बीलों की बग़ावतों से चुनौती मिलती रही। उनके बाद दुर्रानी सल्तनत आई, जिसने एक मुत्तहिद अफ़ग़ान पहचान की बुनियाद रखी। दुर्रानियों के बाद बरकज़ाई आए जिन्होंने विदेशी ताक़तों के बढ़ते दखल के बीच देश को एक रखने की कोशिश की।

उस दौर के बाद 1839 में पहले एंग्लो-अफगान युद्ध के दौरान ब्रिटिश हमला हुआ, उसके बाद 1979 में सोवियत फौज का हमला हुआ। फिर

मुजाहिदीन का उभार, 1990 के दशक का खूनी गृहयुद्ध और आखिरकार 2021 में अमेरिकी सेनाओं के लौटने के बाद तालिबान की सत्ता।

ग़ज़नवर की तरक्की 1990 के उथल-पुथल भरे दशक में शुरू हुई। 1994 में जब वो नौजवान उम्र में तालिबान से जुड़ा, तो उसने जल्दी ही अपनी पहचान बना ली। लड़ाई में उसके हुनर और बेखौफ लीडरशिप ने तालिबान को पहले कंधार और बाद में काबुल में जीत दिलाई। तालिबान के सुप्रीम कमांडर मुल्ला उमर ने उसकी काबिलियत को पहचाना और उस पर पूरा भरोसा किया।

आगे चलकर 2020 में ग़ज़नवर ने अमेरिका के साथ दोहा समझौते में भी अहम भूमिका निभाई—वही समझौता जिसने अमेरिकी फौज की वापसी पक्की की और तालिबान के सत्ता में लौटने का रास्ता खोला। देश की पेचीदा कबीलाई राजनीति की उसकी गहरी समझ, रणनीतिक गठबंधन बनाने की उसकी काबिलियत, और तालिबान के मक़सद के लिए उसकी वफादारी—इन सबने मिलकर उसे बेहद असरदार ओहदे तक पहुंचा दिया।

ग़ज़नवर का ख़ानदान, संघर्ष की आग में गढ़ा गया था और कई सदियों की मुसीबतों में तपकर मज़बूत हुआ था। हर पीढ़ी, पिछली लड़ाइयों की राख से उठकर, और भी मज़बूत इरादे वाली बनती गई। अब, खलील ग़ज़नवर का मानना था कि उसका वक्त आ चुका था।

जब उसने जुड़वां मछलियों के निशान को घूरकर देखा तो अब ये किस्मत की ओर इशारा करता नहीं दिखा, बल्कि उसमें ख़तरे की चेतावनी दिखाई दी। क्योंकि निशान की उन खामोश घुमावदार लकीरों में तूफ़ान की छाया छिपी थी—और वो उसका सबसे अच्छा दूत था।

19

अगस्त्यमलाई, पांड्य देशम

आज का अगस्त्यमाला बायोस्फीयर रिज़र्व, केरल, भारत

लगभग 2,000 साल पहले

भद्रकेतु और सुरिरत्ना गुरुकुल के द्वार पर खड़े थे। उनकी आंखें कुलशेखर और चेलियन की दूर जाती आकृतियों को देख रही थीं। पांच दिन पहले उन्होंने ये यात्रा शुरू की थी—एक ऐसी यात्रा जो हमेशा के लिए उनके जीवन को बदलने वाली थी।

वे कोरकाई से उस समय चले थे जब सूरज उग रहा था और बंदरगाह को सुनहरी रोशनी से नहला रहा था। उनका कारवां तैयार खड़ा था, लंबी यात्रा पर निकलने को, ऋषि सत्यमुनि के उस प्रसिद्ध गुरुकुल की ओर, जो अगस्त्यमलाई की शांत पहाड़ियों के बीच गहराई में बसा हुआ था।

दोनों भाई-बहन, अपने-अपने घोड़ों की लगाम थामे कुलशेखर के पास खड़े थे। हवा में समुद्र की नमकीन सुगंध घुली थी और साथ ही मां की चमेली के इत्र की सुगंध भी बची थी। विदाई का मीठा-तीखा दर्द सबके दिल में था। इंदुमती ने सुरिरत्ना के कंधों पर पड़ी हल्की दुशाला ठीक की, उसकी आंखें आंसुओं से चमक रही थीं। उसने बच्चों को एक अंतिम बार गले लगाया और रुंधे गले से कहा, 'याद रखना, ज्ञान का रास्ता ही जीवन का रास्ता है।'

कुलशेखर का पुराना मित्र और कारोबारी साथी, कडलन चेलियन अपने घोड़े के पास खड़ा था। कुछ सप्ताह पहले ही वो एक लड़के सोजु—किम सुरो—को दूर स्थित गारक महासंघ के ग्यूमग्वान से लाया था, ताकि उसे भी

सत्यमुनि की देखभाल में सौंपा जा सके। अब कुलशेखर ने उसे बताया था कि उसकी अपनी भांजी और भांजा भी उसी गुरुकुल में जा रहे थे।

बच्चों ने झिझकते हुए कदम बढ़ाए। उनकी निगाहें बार-बार पीछे जाकर मां की दूर जाती हुई शक्ल को देख रही थीं—जो विशाल समुद्र की पृष्ठभूमि में अकेली खड़ी नज़र आ रही थी। उनके मन का दर्द भांपकर कुलशेखर ने अपना घोड़ा तेज़ी से आगे बढ़ाया और उन्हें जंगल की छाया में ले आया। जैसे-जैसे वे आगे बढ़े, घनी छाया उनके रास्ते पर फैलती गई, बस्तियों की आवाज़ें धीरे-धीरे पिछड़ती गईं और उनकी जगह प्रकृति का संगीत गूंज उठा—पंछियों का मधुर कलरव और पत्तों के खड़खड़ाने की हल्की आवाज़।

चेलियन बच्चों के साथ-साथ घोड़े पर सवार था। वो बच्चों का ध्यान भटकाने के लिए दूर देशों और प्रसिद्ध विद्वानों की कहानियां सुना रहा था। उसने सोजु की लंबी समुद्री यात्रा के बारे में बताया—कई महीनों तक लहरों पर सफ़र—और उस गुरुकुल के बारे में भी, जहां भारतवर्ष के हर कोने से आए बच्चों को शरण और मित्रता मिलती थी। 'हम शिक्षा के एक महान केंद्र की ओर जा रहे हैं,' चेलियन ने कहा। उसकी आवाज़ जंगल की नीरवता में गूंज उठी। 'वहां दुनिया भर से बुद्धि और ज्ञान का संगम होता है। सत्यमुनि का गुरुकुल अलग-अलग संस्कृतियों और विचारों का संगम है। वहां व्यापार मसालों या रेशम का नहीं, बल्कि विचारों का होता है।'

रास्ता उन्हें, हरे-भरे झुरमुटों और चमचमाती धाराओं के पार, एक नए जीवन की ओर ले जाता रहा। हर बीतते घंटे के साथ बिछड़ने का शुरुआती दर्द थोड़ा कम हुआ, और उसकी जगह एक नई उम्मीद और उत्सुकता ने ले ली। कोरकाई से निकलने के पांचवें दिन, आखिरकार गुरुकुल की झलक उनके सामने आई–धूप में तपे गारे और पत्थर से बने लाल छप्पर वाली ढलानदार छत वाले भवन, जिनकी दीवारें हाथ से रंगे मंडलों और पवित्र प्रतीकों से सजी थीं। वो एक सुरम्य संसार की तरह दिख रहा था।

कटहल, आम, केला और साल के पेड़ों की हरियाली से घिरा ये नया घर मानो एक प्राकृतिक स्वर्ग था। हवा में इलायची, हल्दी और चंदन की सुगंध

तैर रही थी, और विद्यार्थियों के मंत्रोच्चार की लयबद्ध ध्वनि उसे पवित्र बना रही थी। प्रवेशद्वार पर ऋषि सत्यमुनि उनकी प्रतीक्षा कर रहे थे। कुलशेखर को वो प्रयाग के उस शुभ दिन जैसे ही लग रहे थे, जब उन्होंने पद्मसेन और इंदुमती को विवाह सूत्र में बांधा था।

सत्यमुनि के झुर्रियों से भरे चेहरे पर नर्म मुस्कान छिटकी हुई थी। दशकों की धूप ने उनकी कांस्य-जैसी त्वचा को सहलाया था, और आंखों और होंठों के किनारे पर झुर्रियों की महीन लकीरें बना दी थीं। उनकी लंबी सफ़ेद दाढ़ी सीने तक लहरा रही थी, ठीक वैसे ही जैसे उनके हिम-से उजले बाल, जिन्हें उन्होंने जटा में बांध रखा था। उन्होंने एक साधारण उजली धोती पहनी थी, उनकी छाती खुली थी, और उनका शरीर सर्दी की ठंड से अछूता सा लग रहा था। उनके गले में रुद्राक्ष की माला थी। उनकी मुद्रा, उनकी उम्र को झुठलाते हुए, सीधी और मज़बूत थी। उनके भीतर एक ऐसे व्यक्ति का शांत आत्मविश्वास था जिसने अपना जीवन ज्ञान की खोज में लगा दिया था।

'स्वागत है, साकेत के बच्चों,' सत्यमुनि ने उनका स्वागत किया। उनकी आवाज़ में गर्माहट थी, बांहें फैली हुई थीं। 'यह अब तुम्हारा नया घर है। यहां तुम्हें शास्त्र और विज्ञान ही नहीं, बल्कि कूटनीति की कला और राजाओं की रणनीति भी सिखाई जाएगी।' बच्चे उनके सामने नतमस्तक हो गए और आदरपूर्वक उनके चरण स्पर्श किए।

सत्यमुनि उन्हें गुरुकुल के भीतर ले गए–खुले आंगन और फूस के अध्ययन कक्षों से भरा एक जीवंत परिसर, जो देशभर से आए युवाओं के मन की ऊर्जा से जीवंत था। प्रवेशद्वार पर हरिहर की विशाल प्रतिमा थी—विष्णु और शिव का दिव्य संगम। सत्यमुनि ने समझाया, 'हरिवंश के विष्णु पर्व में कथा आती है कि विष्णु ने एक बार शिव के सामने मोहिनी रूप धारण किया था। जब शिव ने मोहिनी को आलिंगन में लेने का प्रयास किया, तभी वो फिर विष्णु के रूप में प्रकट हुए। उसी समय दोनों देवताओं का यह मेल हुआ, और हरिहर का यह स्वरूप सामने आया।'

वे अपना भ्रमण जारी रखते हुए, अध्ययन कक्षों में रखी पांडुलिपियों, यंत्रों, खगोलीय गोलों और गणितीय उपकरणों को देखकर अचंभित होते रहे—ये सभी ज्ञान और समझ का एक वादा थे जिनका हासिल होना अभी बाकी था। एक आंगन में विद्यार्थियों का समूह अर्धवृत्त में बैठा था। उनके सामने रेत पर खींचा गया एक खगोलीय नक्शा बिछा था और सब गहन चर्चा में डूबे थे। उसी समूह में एक लड़का था जिसकी जैतूनी रंग की त्वचा और पैनी, चौकस आंखें थीं। उसने ऊपर देखा और मुस्कुराया।

'तुम लोग नए हो,' उसने कहा और उठ खड़ा हुआ। 'मैं मिथ्राडेटस हूं—लेकिन सब मुझे मिथ्रा कहते हैं।' उसकी संस्कृत की बोली मधुर और सुरीली थी, मगर थोड़ी हिचकिचाहट लिए हुए। जैसे हर शब्द उसके होंठों के लिए नया हो, अपरिचित लय और भार के साथ। 'मैं दीमश्क से हूं,' उसने आगे कहा। 'तुम्हें यहां हर चीज़ जल्दी ही सहज लगने लगेगी।'

किसी के जवाब देने से पहले ही मिथ्रा पलटा और थोड़ी दूर बैठे एक और लड़के की ओर इशारा किया। 'वो सोजु है। हाल ही में गारक महासंघ से यहां आया है।' लड़के ने झिझकते हुए सिर हिलाया, उसकी उंगलियां गोदी में बेचैनी से हिल रही थीं। उसकी बड़ी-बड़ी आंखें अनिश्चितता से चमकीं और नए आए बच्चों की ओर मुड़ गईं।

चेलियन आगे बढ़ा, उसके पास झुका और कोमल, परिचित स्वर में गया भाषा में उससे बात करने लगा। इसके बाद सोजु का कंधा ढीला पड़ा और उसके होंठों पर मुस्कान की हल्की छाया उभर आई।

मिथ्रा खिलखिलाया। 'हम सब अलग-अलग जगहों से आते हैं। लेकिन धीरे-धीरे, यह जगह हमें अपनी लगने लगती है—जैसे हमेशा से यही हमारा घर रही हो।'

हमेशा जिज्ञासु रहने वाली सुरिरत्ना ने तुरंत मिथ्रा से पूछा। 'यहां का एक सामान्य दिन कैसा होता है?'

मिथ्रा की मुस्कान गर्मजोशी से भरी थी, आंखों में गर्व की चमक थी। 'हमारे दिन सूर्योदय के साथ शुरू होते हैं—पहले सुबह की प्रार्थना, फिर

पाठ। यहां विषयों की कोई सीमा नहीं है—वेदों के मंत्रों और बौद्ध त्रिपिटक से लेकर गणित और रसायनशास्त्र तक, सबकुछ पढ़ाया जाता है। दोपहर में कला का प्रशिक्षण होता है—चित्रकला, संगीत, युद्धकला और नृत्य। और, हां,' वो हंसकर बोला, 'हमेशा वाद–विवाद का भी समय होता है, जहां हम अपनी दुनिया को आकार देने वाले दर्शन और विज्ञान पर चर्चा करते हैं।'

'हमें यहां कौन पढ़ाएगा?' भद्रकेतु ने पूछा।

'हमारे आचार्य भारतवर्ष और उसके बाहर से आए महान विद्वान हैं,' मिथ्रा ने उत्तर दिया। 'वे अपने साथ ज्ञान का कोष और दूर देशों की कहानियां लाते हैं।'

चेलियन और कुलशेखर के लौटने का समय आ गया था। कुलशेखर ने सुरिरत्ना को अलग ले जाकर, कोमल दृष्टि से देखते हुए कहा, 'यहां जो ज्ञान तुम पाओगी, बेटी, वही तुम्हें कठिन से कठिन समय में राह दिखाएगा। इसे अपनाना, और संजोकर रखना।' उसने उसके कंधे पर स्नेह से हाथ रखा।

द्वार पर खड़े होकर चेलियन ने भद्रकेतु को संबोधित किया। 'यहां ज़ो बंधन तुम बनाओगे, उन्हें हमेशा याद रखना। वे जीवनभर टिकने वाले हैं। वे जीवनभर तुम्हें शक्ति और मार्गदर्शन देंगे।'

अंतिम आशीर्वाद और उत्साहवर्धक शब्दों के साथ दोनों ने अपने घोड़ों की लगाम मोड़ी और कोरकाई की राह पकड़ ली। बच्चे तब तक देखते रहे जब तक उनके धुंधली पड़ती आकृतियां विशाल वन की गहराइयों में विलीन न हो गईं। जैसे ही कुलशेखर और चेलियन दृष्टि से ओझल हुए, सुरिरत्ना और भद्रकेतु अपने नए साथियों से घिरे हुए गुरुकुल के केंद्र की ओर मुड़े। तभी शंख की मधुर ध्वनि ने पूरे परिसर को भर दिया—सभी छात्र शाम के अनुष्ठानों के लिए केंद्रीय सभा-भवन की ओर जाने लगे।

बच्चों के भीतर एक गहरी जागृति का भाव उमड़ आया। प्राचीन वृक्षों की छाया में, ज्ञान के साधकों के बीच खड़े होकर, वे ये समझ गए कि यह स्थल उनके भाग्य को ऐसे रूप में गढ़ेगा जिसकी उन्होंने अभी तक कल्पना भी नहीं की थी।

20

अयोध्या, उत्तर प्रदेश, भारत

वर्तमान दिन

नगाड़े की लोक ताल धीरे-धीरे हल्की होती गई, और माहौल में एक हल्की सी शांति छा गई। मोबाइल ऑफिस के अंदर, एक बर्फ़ भरी बाल्टी में शैम्पेन की एक बोतल रखी थी और दो गिलास एक सफेद कपड़े से ढकी मेज़ पर थे। आदित्य ने ठंडी बोतल निकाली, उसे अपनी उंगलियों पर पानी की ठंडी बूंदें महसूस हुईं। उसने सधे हुए हाथों से बोतल का कॉर्क निकाल दिया, बोतल खुलने की सनसनाहट जश्न की शुरुआत की तरह कमरे में गूंज उठी। उसने सावधानी से दोनों गिलासों में शैम्पेन डाली और एक गिलास सोमी को दिया।

'नई शुरुआत के लिए,' उसकी आवाज़ में गर्व और राहत का मिला-जुला असर था। 'इस चीज़ को मुमकिन बनाने के लिए शुक्रिया।'

उसने रिमोट पर एक बटन दबाया और 'स्वीट होम शिकागो' की जानी-पहचानी धुनें हवा में तैरने लगीं। ये एक साझा यादगार चीज़ थी, जो उन्हें यूशिकागो में साथ बिताए हुए वक्त की याद दिलाती थी। उन्होंने अपने-अपने गिलास हल्के से टकराए और मेज़ के दोनों ओर आरामदायक कुर्सियों पर बैठ गए।

'ये समझौता तो पहले से तय था, आदित्य,' सोमी ने शैम्पेन का घूंट लेते हुए कहा। उसके शब्द हल्के थे, लेकिन उनके पीछे एक गहरी और अनकही भावना छिपी हुई थी।

उन्होंने अपने गिलास नीचे रख दिए। सोमी का हाथ मेज़ के पार गया और उसकी उंगलियां नरमी से आदित्य के हाथ पर टिक गईं। आदित्य के अंदर

गर्माहट की लहर दौड़ गई, और इस एकाएक छुअन से उसका दिल तेज़ी से धड़कने लगा। उसने अपने आपसे कहा कि यह सिर्फ़ दोस्ती का एक इज़हार है, उसने अपनी भावनाओं को संभालने की पूरी कोशिश की। ये ज़िंदगी का सबसे बड़ा कारोबारी सौदा है, उससे ज़्यादा कुछ नहीं। लेकिन, हमेशा की तरह उसका दिल इस बात को सुनने से इंकार कर रहा था।

आदित्य पिल्लई का जन्म एक संपन्न परिवार में हुआ था। उसके पिता, श्रीराम पिल्लई ने शुरुआत एक छोटे सीमेंट डीलर की तरह की थी, लेकिन 1991 में भारत के आर्थिक उदारीकरण के दौरान, उन्होंने खुद को एक ताक़तवर थर्मल पावर प्रोड्यूसर में बदल लिया था। श्रीराम पिल्लई के पास एक अनोखा हुनर था—राजनीति, नौकरशाही और फाइनेंस की जटिल दुनिया में आसानी से रास्ता निकालने की कला। उनकी लुभावनी शख्सियत और लोगों को खुश करने की काबिलियत ने उनके चेन्नई स्थित अपने बिज़नेस ग्रुप के लिए मज़बूत बुनियाद बनाई थी।

'क्या तुम कभी इन सबकी कीमत के बारे में सोचते हो?' सोमी की नरम आवाज़ से आदित्य की सोच का सिलसिला टूटा। वो आदित्य को देख नहीं रही थी; उसका ध्यान अपने गिलास पर था, जिसमें बुलबुले छोटी आकाशगंगाओं की तरह घूम रहे थे।

'कीमत?' आदित्य ने पलभर के लिए चकित होकर दोहराया।

'कामयाबी की,' उसने साफ़ करते हुए कहा, आदित्य की ओर मुड़कर, उसकी आंखों में देखते हुए। 'जो हमें कुर्बानियां देनी पड़ी हैं... यहां तक पहुँचने के लिए।'

यह सवाल, अचानक और मार्मिक, उसके दिल को छू गया। कामयाबी की कीमत आदित्य पिल्लई से बेहतर कोई नहीं जानता था।

लक्ष्मी से उसकी शादी के आठ साल बाद—जिसने उनकी ज़िंदगी को खुशियों से भर दिया था—एक त्रासदी ने चोट की थी। इंटरस्टेट हाईवे पर एक ट्रक ने उनकी कार को पीछे से तेज़ टक्कर मारी, जिसमें पीछे की सीट पर बैठी लक्ष्मी और उनकी छह साल की बेटी, दोनों ने अपनी जान गंवा दी।

नियति के क्रूर खेल में, आदित्य करिश्माई ढंग से बच गया क्योंकि वो आगे की सीट पर था, अपने ड्राइवर के पास। ड्राइवर भी गंभीर रूप से घायल हो गया था क्योंकि कार का दाहिना हिस्सा सीमेंट के डिवाइडर से टकरा गया था।

'मैं इस बारे में सोचता हूं… रोज़,' उसने माना, उसकी आवाज़ बमुश्किल कानाफूसी जैसी थी।

बहुत लंबे वक्त तक, आदित्य अपने ड्राइवर का सामना नहीं कर पाया था। ऐसा नहीं था कि उसे फर्क नहीं पड़ता था, लेकिन उस दिन की हर याद उसके भीतर जैसे छर्रों की तरह चुभती थी। उसने खुद को रोज़मर्रा के काम की ठंडी तसल्ली में दफ़न कर लिया था, ताकि अपराधबोध और यादों से बच सके। लेकिन वे उससे बेरहमी से चिपके रहे। जब वो उस बोझ को और ज़्यादा टाल नहीं सका, तब हादसे के कई महीने बाद आखिरकार वो बाहर निकला।

आदित्य ने जब अपने उस भरोसेमंद सहायक को देखा, जिसका शरीर अब बुरी तरह बिगड़ चुका था, उसका दाहिना हाथ और पैर हमेशा के लिए खो चुका था—तो वो भावुक हो उठा, और उस दुख को दबा नहीं पाया जो उसे सता रहा था। दर्द में होने के बावजूद, ड्राइवर की आंखों में खुशी की झलक थी जब आदित्य उससे मिला और उसने भी उसे प्यार से पुकारने वाले नाम 'आदि-कुट्टी' कहकर संबोधित किया। टूटे दिल के साथ आदित्य ने उस आदमी को कसकर गले लगा लिया। जब वे अलग हुए, तब उसने ड्राइवर के लिए एक मोटी पेंशन पक्की करने का मन बना लिया था—जो उसके परिवार का खर्च ज़िंदगी भर चलाने के लिए पर्याप्त थी।

ये मुलाकात आदित्य की ज़िंदगी में एक अहम मोड़ थी। अब तक, आदित्य अतीत को अपने से दूर रखने की कोशिश करता था, और जो हुआ, उसका सामना करने से बचने के लिए खुद को काम में डुबो देता था। लेकिन वहां खड़े होकर, जब उसने उस शख्स की आंखों में देखा, जिसने इतना कुछ खो दिया था और फिर भी उसके मन में कोई कड़वाहट नहीं थी, बल्कि सिर्फ प्यार और सुकून की ताक़त थी, तो आदित्य के भीतर कुछ बदल गया।

मुलाक़ात के दौरान एक बार, ड्राइवर ने मुस्कुराकर कहा था, 'मुझे याद है तुम्हारी मां तुम्हें जहाज़ों और समुद्री यात्राओं की कहानियां सुनाया करती थीं। हम सभी कर्मचारी इकट्ठा होकर सुनते थे। याद हैं वे बैलस्ट स्टोन्स? जहाज़ों में भारी पत्थर डाले जाते हैं—लेकिन उन्हें डुबाने के लिए नहीं, बल्कि तेज़ लहरों के बीच स्थिर रखने के लिए। ज़िंदगी की कई जिम्मेदारियां भी ऐसी होती हैं, कुट्टी। वे हम पर भारी तो पड़ती हैं, लेकिन वे हमें सीधा भी खड़ा रखती हैं।'

उस मुलाकात ने आदित्य के सारे बहाने और भटकाव दूर कर दिए जिनसे वो खुद को बचाता रहा था। उसे साफ़तौर पर समझ आ गया कि ज़िंदा रहना एक ज़िम्मेदारी थी–सिर्फ़ खुद के लिए नहीं, बल्कि उन खोए हुए लोगों की यादों के लिए भी। अब वो किसी ध्यान भटकाने वाली चीज़ के पीछे छिप नहीं सकता था। उस दिन से उसने भूलने के लिए काम नहीं किया—बल्कि मकसद के साथ काम किया। वो सच्चे अर्थ में एक कर्मयोगी बन गया: जिसकी प्रेरणा महत्त्वाकांक्षा नहीं, बल्कि कर्तव्य और हर पल को महत्व देने की ज़रूरत थी। इसके अलावा और कुछ भी मायने नहीं रखता था।

गाड़ी के इंजन की धीमी आवाज़ ने आदित्य को आज में ला खड़ा किया। उसने अपनी आंखें झपकाईं, और यादों का बोझ धीरे-धीरे हल्का होने लगा। सोमी उसके सामने बैठी थी, और खामोश समझदारी से उसे देख रही थी। 'क्या तुम्हें पछतावा होता है... कुर्बानियों को लेकर?' उसने धीरे से पूछा।

उसने इंकार में धीरे-धीरे अपना सिर हिलाया। 'मुझे पछतावा होता है... उस वक्त उनके साथ नहीं होने का... जब हम परिवार की तरह वक्त बिता सकते थे,' उसकी आवाज़ में भावुकता थी। 'लेकिन मुझे उसके बाद से अपने किसी काम का... पछतावा नहीं है। यही एकमात्र तरीका है... जिससे मैं उनकी याद का सम्मान कर सकता हूं।'

हादसे के कई साल बाद, आदित्य दिल्ली में एक बिज़नेस कॉन्क्लेव में शामिल हुआ था, तब उनकी नज़र एक जाने-पहचाने चेहरे पर पड़ी। सोमी। अब तक आदित्य ने पिल्लई ग्रुप को एनर्जी, माइनिंग, मेटल्स और इंफ्रास्ट्रक्चर

सेक्टर में काम करने वाली भारत की एक मल्टीनेशनल कंपनी में बदल दिया था। उसके व्यापार करने के गैर-पारंपरिक तरीके की वजह से उसे कई लोग अजीब और सनकी मानते थे, लेकिन वो हमेशा अंत में कामयाब होता था, जब उसके आसपास के लोगों को लगता था कि वो नाकाम होने जा रहा था।

जब उस शाम दिल्ली में आदित्य और सोमी डिनर पर मिले, उनके छात्र जीवन के संकोच भरे पल अब गायब थे, उनकी जगह एक सच्चा जुड़ाव आ चुका था। जैसे-जैसे वे संभावित सहयोगों पर बातचीत कर रहे थे, उन्होंने महसूस किया कि उनके व्यापारिक हित मेल खाते थे। लेकिन उन्होंने किसी साझेदारी को अभी पक्का करने की कोशिश नहीं की। उनके साझा अतीत—यूशिकागो में हुई उस छोटी दोस्ती—ने उन्हें भरोसेमंद दोस्तों के रिश्ते में जोड़ दिया था।

फिर डीआरडीओ की डेडलाइन का दबाव आया, और आपसी सहयोग की बातचीत तेज़ हो गई।

अब, क्वीन हियो मेमोरियल पार्क में मोबाइल ऑफिस में बैठी सोमी ने कहा, 'ये समझौता—आज पक्का नहीं हुआ था।' उसकी आंखें आदित्य पर टिकी थीं, और उसकी आवाज़ में एक अजीब सी गहराई थी। 'ये फ़ैसला दो हज़ार साल पहले हो चुका था। हम बस... इसे अब पूरा कर रहे हैं।'

उसके रहस्यमय और अजीब शब्दों का मतलब आदित्य को समझ नहीं आया। वो उत्सुकता के साथ, सोमी की स्थिर निगाहों में जवाब ढूंढ़ने लगा। 'तुम्हारा मतलब क्या है?' उसने पूछा।

'शायद...' सोमी ने धीरे से कहा, 'कुछ चीज़ें समय और स्थान की सीमा से परे होती हैं। हो सकता है... ये उन्हीं में से एक हो।'

आदित्य चाहता था कि वो आगे पूछे, सोमी की रहस्यमय बातों का मतलब समझे, लेकिन वो झिझक गया। किसी चीज़ ने उसे रोक लिया। कुछ बातों का ना कहा जाना बेहतर होता है।

जब 'स्वीट होम शिकागो' के दिल को छू लेने वाले आखिरी सुर मोबाइल ऑफिस में गूंजने लगे, आदित्य को मन में एक सुकून सा महसूस हुआ।

अनिश्चितताओं, कुर्बानियों और कई नाकामियों के बावजूद, जिन्होंने उसकी ज़िंदगी को शक्ल दी थी, उसके मन में उम्मीद की चमक थी—एक उज्जवल भविष्य की उम्मीद की चमक।

'नई शुरुआत के लिए,' उसने अपने गिलास को उठाते हुए कहा।

'नई शुरुआत के लिए।' सोमी ने हल्की मुस्कान के साथ कहा। उनके गिलास फिर से टकराए, एक अनकहे वादे पर मुहर लगाते हुए।

नेल्लई नाडु, पांड्या देशम

आज का तिरुनेलवेली ज़िला, तमिलनाडु, भारत

लगभग 900 साल पहले

राजा कुलोत्तुंग चोल प्रथम ने युद्धभूमि का निरीक्षण किया, उसकी पैनी नज़र दुश्मन की स्थिति का मूल्यांकन कर रही थी। पांड्य सेनाएं, जो अपनी बहादुरी और युद्ध कौशल के लिए मशहूर थी, एक मज़बूत स्थिति में थीं। रहस्यमयी तकनीकों से गढ़ी गई उनकी धारदार तलवारें एक किंवदंती की तरह थीं। दूर से, वे ढालों और भालों के एक झिलमिलाते समुद्र की तरह लग रहे थे, जो तपते सूरज के नीचे लहरा रहा था। युद्धभूमि के उस पार कुलोत्तुंग की अपनी सेना तैयार खड़ी थी, एक विशाल सेना जिसने चोल के प्रतीक बाघ वाले झंडे को ऊंचा उठा रखा था, और सैनिकों की गरज हवा में गूंज रही थी।

युद्ध की आवाज़ें हवा में गूंज रही थीं: तलवारों की टंकार, युद्ध नगाड़ों की गर्जना, आदेशों के नारे और घायलों की दर्द भरी पुकार। कुलोत्तुंग अपने शानदर युद्ध अश्व पर सवार, हर एक हलचल और बदलाव को बारीकी से देख रहा था। सूरज की किरणें उसके कवच पर चमक रही थीं, जिससे उसके चारों ओर शक्ति का एक आभामंडल बन रहा था, एक दिव्य आभा जिसे उसके सैनिकों ने देवताओं की कृपा का संकेत समझा।

कुलोत्तुंग ने अपने मामा की मृत्यु के बाद चोल सिंहासन विरासत में पाया था। उसने आंतरिक विवादों को शांत करके और स्थानीय सरदारों की निष्ठा हासिल करके अपनी शक्ति को तेज़ी से मज़बूत किया था। उसकी अगली चाल–पूर्वी चालुक्य राज्य के साथ रणनीतिक गठबंधन—ने उसके संसाधनों को काफ़ी बढ़ा दिया था। लेकिन उसका आखिरी उद्देश्य पांड्य वंश को पराजित करना था, एक अंतिम और निर्णायक विजय जो उसे दक्षिण के निर्विवाद शासक के रूप में स्थापित कर देती।

चोल पैदल सेना आगे बढ़ी—एक अथक, अजेय शक्ति की तरह। सैनिक पूरे तालमेल में चले, उनके ढाल एक-दूसरे से जकड़े हुए, लोहे और कांसे की एक अभेद दीवार बना रहे थे। वे आगे बढ़े, उनका चलना धातुओं के टकराने के संगीत की तरह था, जो पांड्य सेनाओं से उनकी टक्कर होते ही चरम सीमा पर पहुंच गया।

अपने ऊंचे स्थान से, कुलोत्तुंग ने युद्ध का निर्देशन बड़े सटीक ढंग से किया, उसके आदेश संदेशवाहकों के जाल के माध्यम से शीघ्र और सही जगह पर पहुंचाए गए। अग्रिम पंक्ति के पीछे, चोल के तीरंदाजों ने बाणों की बारिश शुरू कर दी, जो पांड्य सैनिकों पर मृत्यु की तरह बरसी, उनमें भ्रम और भय फैल गया। कुलोत्तुंग, जो एक अनुभवी योद्धा था, समझता था कि निकट युद्ध में उतरने से पहले दुश्मन की हिम्मत तोड़ना कितना आवश्यक था।

वर्षों के युद्ध अनुभव ने उसकी रणनीतिक बुद्धि को निखार दिया था। उसने देखा कि उसके सबसे भरोसेमंद सेनापति ने युक्ति के साथ एक घेराबंदी का नेतृत्व किया, घुड़सवार सेना ने पश्चिम की ओर से तेज़ी से आक्रमण कर पांड्य सेना को चौंका दिया। उनकी तलवारें चमक रही थीं, जैसे लोहे का बवंडर बनकर दुश्मन की पंक्तियों को चीरती हुई चल रही थीं। धूल के बादल ने दृष्टि को धुंधला कर दिया था, लेकिन दूर से ही कुलोत्तुंग को रुख बदलने का एहसास हो रहा था। अपने सैनिकों की बहादुरी और कौशल देख उसका हृदय गर्व से भर उठा। उसकी दृष्टि पांड्य राजा पर टिक गई, जिसका

अलंकारित कवच और दो मछलियों वाला ध्वज उसकी उपस्थिति को दर्शा रहा था।

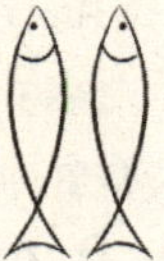

कुलोत्तुंग जानता था कि पांड्य लोगों के पास एक रहस्य था—धातुकला का ऐसा ज्ञान जिसकी सहायता से वे सबसे मज़बूत और सबसे धारदार हथियार बनाते थे। वो रहस्य अब बेहद करीब था, मानो उसकी पहुंच में ही था। उसने अपने युद्ध के अश्व को आगे बढ़ाया, उसकी तलवार चमक रही थी, और वो हंगामे के बीच से निकलते हुए अपने प्रतिद्वंद्वी का सामना करने के लिए दृढ़ था। पांड्य राजा के सामने घोड़े से उतरकर, उसने अपनी तलवार उठाई और उसे द्वंद्वयुद्ध के लिए चुनौती दी।

दोनों राजाओं की तलवारें टकराईं, उनके वारों से चिंगारियां उड़ीं जब वे एक-दूसरे पर प्रहार कर रहे थे। आस-पास के सैनिक रुक गए, और अपने सामने हो रहे उस महायुद्ध को दंग होकर देखने लगे। चतुराई से आगे बढ़ते हुए कुलोत्तुंग ने वारों की बरसात को टाल दिया, उसकी नज़रें अपने प्रतिद्वंद्वी के कवच पर प्रहार करने पर थीं। पांड्य राजा ने मौका देखकर एक प्रचंड हमला किया, उसकी तलवार हवा में सीटी बजाती हुई चल रही थी। कुलोत्तुंग ने एक तरफ झुककर उस जानलेवा वार से अपनी जान बचाई। दोनों एक-दूसरे के चारों ओर घूमते रहे, उनकी नज़रें एक-दूसरे पर जमी थीं, वे अच्छी तरह जानते थे कि कोई भी चूक मौत का कारण बन सकती थी।

पांड्य राजा ने झपटकर अपनी तलवार कुलोत्तुंग की गर्दन की ओर बढ़ाई। चोल राजा ने समय रहते एक तरफ कदम हटाया और जवाबी हमले में तेज़ी से अपने विपक्षी के कंधे पर वार किया। पांड्य राजा दर्द से चीखा और उसने घाव को पकड़ लिया। यही वो मौका था जिसकी कुलोत्तुंग को प्रतीक्षा थी। उसने अपना हमला तेज़ कर दिया, जिससे पांड्य राजा रक्षात्मक मुद्रा में आ

गया। फिर, एक झटके में, कुलोत्तुंग की तलवार ने अपना काम कर दिया, पांड्य राजा के कवच को भेदते हुए उस पर एक लाल धब्बा बना दिया।

पांड्य राजा धराशायी हो गया, उसके होंठों से खून छलक रहा था जब वो घुटनों के बल गिर पड़ा। लड़ाई में उसकी ताक़त खत्म हो चुकी थी, उसकी आंखें आखिरी बार कुलोत्तुंग की आंखों से मिलीं, एक मौन संवाद की तरह। फिर उसकी आंखें जड़ हो गईं और वो पराजित होकर जमीन पर ढेर हो गया।

चोल सेना ने विजय की गर्जना की, उनके राजा की जीत का जयकारा युद्धभूमि में गूंज उठा। पांड्य सेना में दहशत फैल गई। उनकी सेनाएं बिखर गईं, वे भयभीत होकर भागने लगे। कुलोत्तुंग ने अपनी तलवार उठाई और दुश्मन सैनिकों का पीछा करके उन्हें खत्म करने का आदेश दिया। अपने राजा की विजय से प्रेरित होकर, चोल सैनिकों ने पीछे हटती पांड्य सेनाओं का क्रूरता से पीछा किया।

जैसे ही सूरज क्षितिज के नीचे डूबा, मैदान एक भयानक लाल आभा से भर गया, युद्ध की आवाज़ें धीमी पड़ गईं और उनकी जगह मरने वालों की कराह सुनाई देने लगी। खून और धुएं की दुर्गंध से भरी हवा, जीत और हार के बोझ से भारी लग रही थी। जब कुलोत्तुंग ने नरसंहार का अवलोकन किया, उस पर परस्पर विरोधी भावनाओं की लहर दौड़ गई—उसे अपनी सेना की विजय पर गर्व था, लेकिन साथ ही मारे गए लोगों के लिए दुख भी था।

उसके सेनापति, जिनके चेहरे लाल हो चुके थे, उसके चारों ओर इकट्ठा हो गए। 'हम विजयी हैं, महाराज,' उनमें से एक ने झुककर घोषणा की।

कुलोत्तुंग ने सिर हिलाकर विजय को स्वीकार करते हुए उनका अभिवादन किया। 'घायलों की देखभाल करो,' उसने थकी हुई आवाज़ में आदेश दिया, 'और मृत सैनिकों का सम्मान करो। उन्होंने साहस और उत्कृष्टता के साथ अपने देश की सेवा की है।'

वो नरसंहार से राहत महसूस करने के लिए अपने शिविर में लौट गया। जब उसके सेवक उसका कवच हटाकर खून और मिट्टी धो रहे थे, तो उसका मन आज के घटनाक्रमों को दोहरा रहा था—विजय का उत्साह उस सोच से धुंधला

हो रहा था कि इसके लिए कितना मूल्य देना पड़ा। एक दीपक के झिलमिलाते प्रकाश में बैठकर उसने अपने सेनापति को बुलाया। 'पांड्य लोगों के पास एक रहस्य है,' उसने धीरे से कहा, 'जिसे एक ऐसी शक्ति से बनाया गया है जिसे हम अभी तक समझ नहीं पाए हैं। वे इसे द्वैतलिंगम कहते हैं। उस व्यक्ति को ढूंढ़ो जो इसकी रक्षा करता है। उसे मेरे पास लाओ।'

21

अगस्त्यमलाई, पांड्य देशम

आज का अगस्त्यमाला बायोस्फीयर रिज़र्व, केरल, भारत

लगभग 2,000 साल पहले

धूल भरे प्रशिक्षण मैदान में ऊर्जा का एक उत्साहपूर्ण वातावरण था, जहां पचास युवा–जिनमें सुरिरत्ना, सोजू, भद्रकेतु और मिथ्रा शामिल थे–पूरी उत्सुकता के साथ अपने युद्ध कौशल दिखाने के लिए अभ्यास कर रहे थे।

सोजू ने कदम बढ़ाया, बांस के डंडे को मज़बूती से पकड़े हुए। वो एक अन्य छात्र के सामने खड़ा हुआ, दोनों की नज़रें एक-दूसरे पर टिकी थीं जब वे सिलम्बम के अखाड़े में एक-दूसरे के चारों ओर घूम रहे थे। हवा में तनाव महसूस हो रहा था। सोजू ने पहले हमला किया, उसका डंडा उसके प्रतिद्वंद्वी की तरफ़ तेज़ी से घूमा। बचाव की कला में निपुण दूसरे लड़के ने कुशलता से वार को रोक दिया। लगातार वार और जवाबी हमले हुए, बांस के डंडे तेज़, लयबद्ध आवाज़ों के साथ टकरा रहे थे कि तभी एक चतुराई भरे वार के साथ सोजू ने अपने प्रतिद्वंद्वी को असंतुलित कर दिया, जिससे उसे हार मानने पर विवश होना पड़ा। अपने प्रतिद्वंद्वी के कंधे को हल्के से थपथपाते हुए सोजू ने मुस्कुराहट के साथ जीत स्वीकार कर ली। लड़के ने शालीनता से झुककर अखाड़े से बाहर कदम रखा।

'बहुत बढ़िया, सोजू!' सुरिरत्ना ने मैदान के पार से पुकारा जब वो घेरे में प्रवेश कर अपने अभ्यास के लिए तैयार हुई। सोजू ने उत्तर में मुस्कुरा भर दिया, संस्कृत और तमिल की उसकी समझ हर दिन बढ़ रही थी। गुरुकुल के

शुरुआती हफ्ते, जब उसके लिए हर शब्द को समझना कठिन था, अब एक पुरानी याद के समान लगते थे।

सुरीरत्ना का सामना अपनी प्रतिद्वंद्वी—एक मज़बूत, तेज़ नज़रों वाली लड़की—से कलारीपयट्टू के अखाड़े में हुआ। उनकी तलवारें आपस में टकराईं, और हर वार का जवाब तेज़ी से दिया गया। सुरिरत्ना के ज़ोरदार अंदाज़, जिसमें ताक़त और फुर्ती का मेल था, ने उसकी प्रतिद्वंद्वी को पीछे धकेल दिया। हर प्रहार को सफलता के साथ रोकने के बाद उसका उत्साह बढ़ता जा रहा था। लड़ाई के रोमांच से उसका दिल तेज़ी से धड़क रहा था और उसकी इंद्रियां पूरी तरह सजग थीं। तेज़ी से बगल की तरफ कदम बढ़ाते हुए और कलाई के एक झटके से, सुरिरत्ना ने अपनी प्रतिद्वंद्वी को निहत्था कर दिया, जिससे उसकी तलवार ज़मीन पर गिर पड़ी। सुरिरत्ना मुस्कुराई और अपनी प्रतिद्वंद्वी को उठाने के लिए हाथ बढ़ाया। 'तुमने बहुत अच्छा मुकाबला किया,' उसने सच्चाई भरे स्वर में कहा। लड़की भी मुस्कुराई, हार के बावजूद उसकी आंखों में दृढ़ संकल्प की चमक थी।

मिथ्रा और भद्रकेतु के चारों ओर एक घेरा बन गया, अंतिम मुकाबले की उत्सुकता से भरा हुआ। 'आज की कार्यशाला कुश्ती की प्रतियोगिता के साथ समाप्त होगी,' कुश्ती प्रशिक्षक भीमाशंकर ने घोषणा की। 'यह शक्ति और कौशल की परीक्षा होगी, आमने-सामने की परीक्षा।' दोनों लड़कों के चारों ओर भीड़ जमा हो गई, वातावरण अंतिम मुकाबले के लिए उत्साह से भरा हुआ था।

मिथ्रा और भद्रकेतु प्रशिक्षण मैदान की नरम मिट्टी पर आमने सामने खड़े थे, उनके नंगे पैर ज़मीन पर टिके हुए थे। भद्रकेतु, लंबे और बलशाली शरीर के साथ, नर्तक की भांति फुर्ती से दांव चल रहा था। उसकी खुली मुद्रा आरामदायक थी जो किसी को भी धोखा दे सकती थी, लेकिन इसके लिए उसे महीनों की मेहनत लगी थी। मिथ्रा, छोटे कद और सुगठित शरीर का, एक पहलवान की मुद्रा में झुका हुआ था, उसका पूरा ध्यान अपने विपक्षी पर था, और वो हर चाल को गहराई से आंक रहा था।

ऋषि सत्यमुनि बाहर से देख रहे थे, जबकि युवा उनकी स्वीकृति की प्रतीक्षा कर रहे थे, जो प्रतियोगिता शुरू होने का एक मौन संकेत था।

मुकाबला शुरू करते हुए, भद्रकेतु तेज़ी से आगे निकला, उसने अपने हाथ मिथ्रा की ओर बढ़ाते हुए पारंपरिक ढंग से पकड़ बनाने की कोशिश की। वो मिथ्रा का सिर अपनी बांह के नीचे फंसा देना चाहता था। लेकिन मिथ्रा बहुत तेज़ था। एक कुंडली की तरह मुड़ते हुए, उसने भद्रकेतु की कलाइयां पकड़ लीं और उसकी शक्ति को दूसरी दिशा में मोड़ दिया। वे आपस में भिड़ गए, धूल और मांसपेशियों की कसावट से भरी हुई इस प्रतियोगिता में दोनों एक-दूसरे को मात देने की कोशिश कर रहे थे। मिथ्रा, अपनी अनूठी और अप्रत्याशित शैली के साथ, एक कठिन प्रतिद्वंद्वी साबित हुआ। थोड़ी देर के लिए भद्रकेतु ने बढ़त बना ली और दबाव बनाना चाहा, लेकिन मिथ्रा ने उसकी चाल का अंदाज़ा पहले से लगा लिया था। भद्रकेतु की गति का उसके खिलाफ इस्तेमाल करते हुए, मिथ्रा ने तेज़ी से झाड़ू की तरह अपने पैर मारकर उसे गिरा दिया। पलक झपकते ही वो भद्रकेतु के ऊपर चढ़ गया और उसके कंधों को जमीन पर सटा दिया। भद्रकेतु नीचे से संघर्ष कर रहा था लेकिन मिथ्रा की पकड़ मज़बूत थी। दर्शक सांस रोके हुए खड़े थे और समय बीत रहा था। फिर घोषणा हुई—मिथ्रा ने उसे काफी देर तक नीचे दबाए रखा था। प्रतियोगिता मिथ्रा ने जीत ली थी।

मैदान में जयकारों और तालियों की आवाज़ गूंज उठी। मिथ्रा ने हाथ बढ़ाकर भद्रकेतु की मदद की और उसे उठाया।

'शाबाश, दोस्त,' भद्रकेतु ने मिथ्रा के कंधे पर थपकी देते हुए कहा, उसके चेहरे पर एक बड़ी मुस्कान चमक रही थी। 'लेकिन अगली बार जीत मेरी होगी।'

मिथ्रा हंस पड़ा और अपने माथे से पसीना पोंछते हुए कहा, 'कुछ चालाकियां मैंने दीमाश्क में कॉर्नेलियस से सीखी हैं। चूंकि तुम मेरे मित्र हो, मैं उन्हें तुम्हें भी समय आने पर सिखाऊंगा।' वे दोनों साथ-साथ मैदान से बाहर निकले, उनकी सहज मित्रता उनके शक्तिशाली होते बंधन

का प्रमाण था–जो अब उनकी उत्साही प्रतियोगिता से और भी मज़बूत हो गया।

सूरज जैसे ही क्षितिज के नीचे डूबा, आसमान नारंगी और सुनहरे रंगों में रंग गया, चारों दोस्त दिन की तपती गर्मी से बचने के लिए बरगद के एक विशाल पेड़ के नीचे एकत्र हुए। वे एक घेरा बनाकर बैठे, और उनके आस-पास की शांति गंभीर विचारों से नहीं, बल्कि हंसी-ठिठोली से टूट रही थी।

'क्या तुमने उस समय गुरु विशोका का चेहरा देखा था जब सोजू ने घूमते हुए उनके डंडे को गिरा दिया था?' मिश्रा ने पूछा, उसके होंठों पर मुस्कान थी।

सोजू ने आह भरते हुए कहा, 'मुझे याद मत दिलाओ। मैंने उनकी चप्पल में लगभग छेद ही कर दिया था। अब तो मुझे पूरे सप्ताह प्रशिक्षण मैदान की सफाई करना पड़ेगी।'

'तुम इसे ध्यान का एक अभ्यास समझो,' सुरिरत्ना ने मुस्कुराते हुए कहा। 'एक उद्देश्य के साथ झाड़ू लगाने से चरित्र बनता है।'

भद्रकेतु ने मुस्कुराते हुए कहा, 'और मांसपेशियां भी। जो तुम्हें चाहिए होंगी, सुरिरत्ना, जब मैं कल की प्रतियोगिता में तुम्हें हराऊंगा।'

मिश्रा ने चुटकी लेते हुए कहा, 'बड़े बोल उसकी तरफ से आ रहे हैं जिसने अभी-अभी धूल चाटी है।'

हंसी धीरे-धीरे शांति में बदल गई, ऐसी शांति जो केवल उन लोगों के साथ मिलती है जो सच में एक-दूसरे को जानते हों।

सोजू ने अपनी नज़रें क्षितिज पर टिकाए हुए चुप्पी तोड़ी और धीरे से कहा, 'हम सब यहां आने के बाद से बहुत आगे बढ़ गए हैं।'

भद्रकेतु ने गंभीरता के साथ हामी भरी। 'बिल्कुल सही। हम अलग-अलग देशों और संस्कृतियों से आए हैं, ज्ञान और समझ की तलाश में। लेकिन हमने उससे कहीं अधिक शक्तिशाली वस्तु भी हासिल की है—ऐसी मित्रता जो हमारे यहां से जाने के बाद भी बनी रहेंगी।'

मिथ्रा आमतौर पर अपने अतीत के बारे में चुप रहता था, इसलिए बाकी लोग हैरान रह गए जब उसने कहा, 'मैं कभी सोचता था कि मैं इस दुनिया में अकेला हूं—दीमाश्क़ में मेरे पिता के पास मुझसे मिलने का समय बहुत कम होता था। मैंने अपने समय का बड़ा हिस्सा उनके सेनापति कॉर्नेलियस के साथ बिताया। लेकिन यहां, तुम लोगों के साथ, मुझे एक दूसरा घर... एक परिवार मिला है।'

सुरिरत्ना अपनी उंगलियों के बीच घास के एक तिनके को घुमा रही थी। उसने ऊपर देखा और कहा, 'हमें एक वादा करना चाहिए। चाहे भविष्य में कुछ भी हो, चाहे जीवन हमें कहीं भी ले जाए, हम एक साथ खड़े रहेंगे—समानता के साथ, योद्धा के रूप में, मित्र के रूप में।'

सोजू मुस्कुराया। 'योद्धाओं के बीच ऐसा वादा जो देश या वंश से बंधा न हो, बल्कि एक-दूसरे के प्रति हमारी प्रतिबद्धता की शक्ति से जुड़ा हो।' उन्होंने अपने हाथों को बीच में रख दिया, चार हाथ एक के ऊपर एक, एकता का प्रतीक। 'एक साथ,' उन्होंने एक स्वर में कहा।

जब वे अपनी-अपनी कोठरियों की ओर लौटने के लिए उठे, इस वादे पर मुहर लग चुकी थी, और उनके बीच एक गहरा संबंध महसूस किया जा सकता था। उनमें से हरेक को इस बात का यकीन था, जो शब्दों से परे था, कि यह क्षण—यह गठबंधन—हमेशा उनके दिलों में अंकित रहेगा।

सुरिरत्ना की आंखों में भावनाएं चमक रही थीं जब उसने बाकी साथियों को देखा। 'हम साथ में अधिक शक्तिशाली हैं,' उसने दृढ़ विश्वास से भरी आवाज़ में कहा। 'चलो वादा करें कि हम जुड़े रहेंगे।' लेकिन उसे यह एहसास नहीं था कि यह वादा निभाना कितना कठिन होगा।

22

गिम्हे, दक्षिण ग्योंगसांग प्रांत, दक्षिण कोरिया

वर्तमान काल

यह पूरी तरह समझ पाना एक चुनौती थी कि दुनिया के सबसे बड़े स्टील प्लांट का दायरा कितना बड़ा था। ये सिर्फ़ एक प्लांट नहीं था—ये तो मानो पूरा एक शहर था। 5,000 एकड़ में फैला ये विशाल परिसर औद्योगिक और सामुदायिक ज़िंदगी का एक छोटा रूप था। इसमें स्टोरेज यार्ड, भट्टियां, ऑफ़िस ब्लॉक्स, स्टील मिलें, एक पावर प्लांट, एक वॉटर ट्रीटमेंट फेसिलिटी, रेलवे जंक्शन, कार्गो पूल, रिहायशी क्वॉर्टर, एक स्कूल, एक हॉस्पिटल और यहां तक कि मन बहलाने वाली चीज़ों के मैदान भी शामिल थे।

आदित्य दूसरी बार गिम्हे आ रहा था, जबसे उसने जिस्को के साथ ज्वॉइंट वेंचर बनाया था। इतने बड़े प्लांट को देखकर उसके मन में चौंकने वाले जो शुरुआती भाव आए थे, अब वो इस प्लांट को इतनी आसानी से चलाने की कुशलता देखकर सम्मान में बदल गए थे। वो इस बात से चकित था कि इतनी बड़ी व्यवस्था को बिना किसी रोक-टोक के चलाने वाली लॉजिस्टिक क्षमता कितनी असरदार थी।

सुबह का वक्त आदित्य ने कच्चे माल वाले इलाके को देखने में बिताया था—एक बहुत बड़ी खुली जगह, जहां लौह अयस्क, कोयला, चूना पत्थर और धातु के कबाड़ के पहाड़ जैसे ढेर लगे हुए थे। इसके बाद ब्लास्ट फर्नेस का दौरा उसके लिए डूब जाने वाला अनुभव था, जहां की हवा में पिघले इस्पात और जलते कोयले की गंध भरी हुई थी। उस जगह की वास्तविक ऊर्जा

उसके मन में भीतर तक समा गई थी, और उसे धातु-कारीगरी की उस प्राचीन कला से जोड़ रही थी जिसे सदियों से निखारा और बेहतर किया जाता रहा था।

इंडस्ट्रियल ईयरमफ पहनाए जाने के बावजूद वहां का शोर कानों में लगातार गूंज रहा था—धातु पर पड़ते हथौड़ों की चोट, भाप की सीटी जैसी आवाज़ें और भट्टियों का शोर, सब मिलकर एक कोलाहल पैदा कर रहे थे। अगर कान ढकने वाले मफ न होते तो ये शोर सहना नामुमकिन होता। यहां तक कि प्रोटेक्टिव गियर, भारी हेलमेट, सेफ़्टी गॉगल्स और स्टील की नोक वाले जूते—भी इस माहौल में नाकाफ़ी लग रहे थे। कर्मचारी इधर-उधर चींटियों की तरह तेज़ी से भाग-दौड़ कर रहे थे—ऐसा लग रहा था जैसे एक कभी ना थकने वाला समूह सीढ़ियों और ऊंचे-नीचे बने रास्तों की भूलभुलैया में रास्ता खोजता चल रहा हो। बड़े कन्वेयर बेल्ट्स टनों कोयला और लौह अयस्क को भट्टियों तक पहुंचा रहे थे। सिर के ऊपर देखने पर लगता था कि जैसे अदृश्य हाथों से नियंत्रित बड़ी-बड़ी क्रेन भारी बोझ को एक खूबसूरत लय से उठा और गिरा रही थीं। हमारा अंगुल संयंत्र तो इसकी तुलना में हल्का लगता है, आदित्य ने सोचा, वो इस प्लांट के कामकाज के स्तर के सामने खुद को बौना महसूस कर रहा था।

प्लांट का उत्पादन चौंकाने वाला था—इतना स्टील कि हर दिन एक छोटा शहर बनाया जा सके। फिर भी, लगातार हलचल और भारी शोर-शराबे के बीच कहीं न कहीं एक अनुशासन भरी व्यवस्था मौजूद थी। आदित्य ने मज़दूरों को देखा—झुलसाने वाली गर्मी और शोरगुल के बावजूद उनके काम में सटीकता और तालमेल दिखता था। मज़दूरों की दृढ़ता और चुपचाप काम करने के बावजूद उनकी महारत देखकर उसके मन में तारीफ के भाव आए। हर मज़दूर अपने काम पर गंभीरता से ध्यान लगाए, घड़ी की मशीन की तरह सटीक ढंग से काम कर रहा था—मानो एक बहुत बड़ी और जटिल मशीन का पुर्जा हो। इस मुश्किल माहौल में जो सामंजस्य उन्होंने कायम किया था, उसे देखकर आदित्य को दांते के इन्फर्नो की याद आ गई। इस व्यवस्थित अराजकता में एक अजीब-सी खूबसूरती थी, किसी *ज़ेन जैसी खासियत थी–जो इंसान* की रचनात्मकता और दृढ़ता का सुबूत था।

भट्टियों के पास खड़े होकर, उनकी भीषण गर्मी को चेहरे पर लहर की तरह महसूस करते हुए, आदित्य जैसे उसके प्रभाव में आ गया। हर भट्ठी आकार में किसी बहुमंज़िला इमारत जितनी बड़ी थी और उसकी दहाड़ में अद्भुत ऊर्जा थी। अंदर पिघला हुआ स्टील, संकरी दरारों से झांककर, चकाचौंध कर रहा था—एक छोटे सूरज की तरह, अपनी ताक़त से मंत्रमुग्ध कर देने वाला। कुशल कारीगर दूर से विशाल चम्मच जैसे पात्र को नियंत्रित कर रहे थे, जो बड़ी सहजता से उस तरल धातु को एक सधे हुए तालमेल से ले जा रहे थे।

भट्टियों के इलाके से निकलकर वे स्टील बनाने वाले सेक्शन की ओर बढ़े, जहां पिघले लोहे को स्लैब, बिलेट और ब्लूम में बदला जा रहा था। आगे रोलिंग मिल में, इन्हें चादर, छड़ें, सरिया और तार के रूप में ढाला जाता था। आखिरी चरणों—फिनिशिंग, कोटिंग और कड़े गुणवत्ता परीक्षण—में ये तय किया जाता था कि हर प्रोडक्ट सबसे ऊंचे स्टैंडर्ड पर खरा उतरे।

फैक्ट्री से निकलकर, आदित्य और सोमी एक इलेक्ट्रिक शटल में सवार हुए जो लोगों को कॉम्प्लेक्स में एक जगह से दूसरी जगह ले जाती थी। कॉन्फ्रेंस रूम में जब वे वापस आए तो भुनी हुई जौ की चाय, शहद-अदरक की कुकीज़ और बोतलबंद पानी उनका इंतज़ार कर रहा था। उनके साथ दौरे पर आए अधिकारियों ने विदा ली और एक आरामदायक शांति वहां छा गई। शोर और गर्मी से राहत महसूस करते हुए, आदित्य अपने मन में विचारों को इकट्ठा कर रहा था और आगे की बातचीत की तैयारी कर रहा था। उसने सोमी की ओर देखा, जो अपने नोट्स देख रही थी, उसकी भौंहें एकाग्रता से सिकुड़ी हुई थीं।

अपने रिमोट के एक क्लिक के साथ, सोमी ने अपना प्रेज़ेंटेशन शुरू किया। 'तुम्हें एक ऐसा पदार्थ चाहिए जो अभी तक वजूद में नहीं है,' उसने साफ़ शब्दों में कहा। 'अभी तक, सबसे एडवांस्ड स्टील बनाने वाली कंपनियां–चीन, जापान, भारत और अमेरिका में जिस्को की कंपिटिटर्स ऐसा कोई पदार्थ बनाने में नाकाम हैं, जो तुम्हारी ज़रूरत के आस-पास भी हो।'

आदित्य के मन में निराशा की एक लहर दौड़ हुई। सोमी ने उसके मूड को भांपते हुए जल्दी से कहा, 'हम कोई रास्ता निकाल लेंगे।' उसने कोई हल ढूंढ़ने और उसके सपने को साकार करने में आदित्य की मदद करने का पक्का इरादा बनाया था।

आदित्य सोमी के आत्मविश्वास को, उस उत्साह को महसूस कर सकता था जिससे उसने इस नामुमकिन सी लगने वाली चुनौती को स्वीकार किया था। दिल्ली में उनके डिनर के दौरान उसने सोमी की आंखों में यही जुनून देखा था। उसके साथ पार्टनरशिप करने के आदित्य के फैसले में यही एक अहम कारक था।

'क्या तुम्हारे पास कोई... शुरुआती आइडिया हैं?' आदित्य ने पानी का घूंट लेते हुए पूछा। उसका मन उम्मीद की नाज़ुक डोर को थामे हुए, संभावनाओं की तलाश में तेज़ दौड़ लगा रहा था।

'अल्ट्रा-हाई मॉलिक्यूलर पॉलीइथिलीन फ़ाइबर-रीइन्फोर्स्ड स्टील शायद इसका समाधान दे सके,' सोमी ने कहा, 'हालांकि इसके लिए हमें हीट-ट्रीटमेंट के पूरे प्रोसेस पर नए सिरे से सोचना होगा। पॉलीइथिलीन फ़ाइबर ज़्यादा तापमान पर टूट जाते हैं, इसलिए ट्रेडिशनल एनीलिंग या सर्फेस हार्डेनिंग इस कंपोज़िट को खत्म कर देगा। हमें कोई दूसरा तरीका अपनाना होगा। शायद क्रायो-प्रोसेसिंग, या फिर बनाने के बाद लेयरिंग की मदद से मज़बूती लाना। इसमें कामयाबी की संभावनाएं कम हैं, लेकिन इसे आजमाया जा सकता है।'

'क्या ये सब करने के बाद इससे डीआरडीओ की ज़रूरतें पूरी हो पाएंगी?' आदित्य ने पूछा। उसे वे गरमा-गरम बहसें याद आ गईं, जो उसने डीआरडीओ अधिकारियों के साथ की थीं—साथ ही उनके बेहद कठोर मानक और नज़दीक आती अंतिम तारीख का दबाव भी।

'एक वेरिएंट पहले से ही बॉडी आर्मर और बुलेटप्रूफ जैकेट्स में इस्तेमाल होता है,' सोमी ने जवाब दिया। 'उन पर किए गए वार की एनर्जी को फाइबर अपने भीतर सोख लेते हैं और उसे हल्का करके चारों ओर फैला देते हैं, जिससे उन्हें भेद पाना मुमकिन नहीं होता। हमें बस उन्हीं खासियतों को कई गुना और

बढ़ाने का तरीका खोजना होगा।' आदित्य देख रहा था कि सोमी का दिमाग़ पहले से ही रणनीति बनाने और संभावित मज़बूती सोचने में डूब चुका था।

'लेकिन...? कोई दिक्कत है, है न?' आदित्य ने पूछा, उसे सोमी की आवाज़ में छिपी अनकही हिचकिचाहट महसूस हो गई थी। उसने गौर किया कि सोमी की भौंहें सिकुड़ गई थीं और उसका ध्यान दूर की किसी सोच पर लगा था।

'अभी के एडिशन, भले ही अविश्वसनीय रूप से मज़बूत है, लेकिन ऐसा नहीं कि उनका तोड़ नहीं हो,' उसने स्वीकार किया। 'मुझे लगता है कि एक और वेरिएंट मौजूद है जो उसे भेदने वाले हमले का सामना और भी असरदार ढंग से कर सके, यहां तक कि उस पर हमला करने वाले प्रोजेक्टाइल को तबाह करने की क्षमता भी उसमें हो सकती है।' उसने आदित्य की ओर देखा, सोमी की आंखों में एक आत्मविश्वास झलक रहा था। 'हमें बस उसकी तलाश करनी है।'

'तलाश?' आदित्य ने दोहराया, उसे समझ नहीं आया—यह शब्द एक चुनौती और दुस्साहस भरा एक वादा बनकर सामने आया था।

'हां,' सोमी ने एक गर्मजोशी और भरोसे से भरी मुस्कान के साथ उत्तर दिया। 'वो यहीं कहीं है। हमें बस उसे ढूंढ़ना है।'

'लेकिन कैसे?' आदित्य ने पूछा, उसकी आंखें सोमी की आंखों में झांक रही थीं, उनकी गहराई में जवाब ढूंढ़ रही थीं। आगे का रास्ता अनिश्चितता से घिरा हुआ लग रहा था, लक्ष्य दूर और समझ से परे।

'हमारे पास थोड़ा वक्त है,' सोमी ने धीमे स्वर में कहा। 'आओ। एक जगह है जो मैं तुम्हें दिखाना चाहती हूं। एक बार तुम उसे देख लोगे, तो समझ जाओगे।' वो रुकी, उसकी निगाहें स्थिर थीं। 'याद रखो, कभी-कभी, जिन समाधानों की हम वर्तमान में तलाश करते हैं, उनके बारे में सपने कहीं पहले अतीत में देखे जा चुके थे।'

23

साकेत, कोशल

आज का अयोध्या, उत्तर प्रदेश, भारत

लगभग 2,000 साल पहले

कालकोठरी की हवा में सीलन और जंग खाए लोहे की दुर्गंध भरी हुई थी। पद्मसेन की कोठरी—कालकोठरी की गहराइयों में बनी एक तंग अंधेरी दरार—हमेशा अंधकार में डूबी रहती थी। यहां रोशनी शायद ही कभी पहुंच पाती थी, और आशा तो उससे भी कम।

पद्मसेन सड़े हुए घास के बिछौने पर पड़ा था, जिसका खुरदरापन घावों से भरी उसकी देह में चीरे लगा रहा था। बार-बार की पिटाई की वजह से उसका शरीर हमेशा दर्द में डूबा रहता था। हर दिन अगले दिन में बदल जाता, अत्याचार की एक जैसी दिनचर्या को और तकलीफदेह बनाता नाम भर का भोजन—घटिया स्वाद वाला पानी जैसा पतला दलिया, जो अक्सर तिरस्कार के साथ धकेलकर या गालियां बड़बड़ाते हुए थमा दिया जाता। उसके साथी थे अकेलापन और घुटन से भरी स्थिरता। हां, वो दर्द भी उसका साथी था, जो बार-बार होने वाली पूछताछ के साथ लौट आता था।

एक बेहद ठंडी सुबह, जैसे ही चाबियों की जानी-पहचानी खनखनाहट ने उसका नाश्ता आने का संकेत दिया, उसे हवा में एक बदलाव-सा महसूस हुआ। पहरेदार के बर्ताव में आए हल्के से फर्क ने कैदी के मन में अनायास ही उम्मीद की हल्की लहर जगा दी। दरवाज़े पर एक नया पहरेदार खड़ा था—लंबी-चौड़ी देह वाला, जिसकी परछाई सी आकृति मशालों की मंद

रोशनी में दिख रही थी। उसके कदम नपे-तुले थे, हर हरकत सोच-समझकर की जा रही लगती थी।

उसने थाली फर्श पर रखी—उसके स्पर्श में आश्चर्यजनक ढंग से नरमी थी। वहां से जाने के बजाय वो रुक गया। 'पद्मसेन...' उसकी आवाज़ मुश्किल से सुनाई दे रही थी। 'ध्यान से सुनिए। मुझे कुलशेखर ने भेजा है। हम आपको यहां से निकालने वाले हैं।'

पद्मसेन का दिल धड़क गया। लगभग दो वर्षों की कैद में भुला दी गई आशा की भावना उसके भीतर धीमे-धीमे जाग उठी। 'कैसे...?' वो किसी तरह बोल पाया, उसकी आवाज़ लंबी चुप्पी और कमज़ोरी के कारण भर्रा रही थी।

'आज रात नहीं,' उस आदमी ने फुसफुसाकर कहा, उसकी आंखें घबराहट से बार-बार प्रवेश-द्वार की ओर जा रही थीं। 'तीन दिन बाद—अमावस्या की रात। तैयार रहिएगा। मैं आपको लेने आऊंगा।'

'तुम मेरे लिए अपने प्राण संकट में क्यों डाल रहे हो?' पद्मसेन ने धुंधली रोशनी में पहरेदार के चेहरे को पहचानने की कोशिश करते हुए पूछा। उसे इस अप्रत्याशित रक्षक की नीयत समझनी थी।

प्रहरी की आवाज़ धीमी लेकिन दृढ़ता से भरी थी। 'मैं सोमदत्त हूं। वर्षों पहले, महा माघमेला में, जब मैं भूख से व्याकुल था तब आपकी पत्नी के भाई कुलशेखर ने मुझे भोजन दिया था। जब मैं ठंड से कांप रहा था, आपने मुझे एक अतिरिक्त कंबल दिया था। आपके परिवार ने उस समय मेरे ऊपर दया दिखाई, जब मुझे उसकी सबसे अधिक आवश्यकता थी। अगर वो सहारा न मिला होता, तो मैं जीवित न बचता। मैं आपका ऋणी हूं—यह कर्म से संबंधित दायित्व है।' इतना कहकर वो मुड़ा और चला गया, उसके कदमों की आहट धीरे-धीरे दूर होती चली गई।

पद्मसेन, फिर से अकेला, उस सन्नाटे में प्रहरी के शब्दों पर विचार करने लगा। साधारण-सी करुणा भरे एक कर्म, दयालुता दिखाने के एक साधारण से काम—इतने पुराने कि उसे धुंधली-सी याद भर थी—उसने आज सबसे अप्रत्याशित रूप में फल दिया था।

~

आगामी दिन यातना जैसे थे—हर आहट बढ़ी हुई प्रतीत होती, हर अनुभूति उसकी कोठरी की सीमाओं के भीतर और भी तीव्र हो उठती। गीली छत से टपकता पानी समय बीतने का मापक लगता—हर बूंद उसकी घायल नसों पर किसी हथौड़े की चोट जैसी लगती। चूहे इधर-उधर दौड़ते, उनकी मोती जैसी छोटी आंखें मंद प्रकाश में चमचमाती थीं। हर आवाज़, हर हलचल उसे उसकी नाज़ुक हालत की याद दिलाती रहती।

उसने बासी खाना खाने के लिए अपने को समझाया, और बची-खुची ताक़त के साथ बेड़ियों की सीमा में अपने अकड़ी हुई मांसपेशियों को कसरत कराया। उसके मन में संभावनाओं और आकस्मिकताओं का बवंडर उठता रहा, जब उसने सोमदत्त की योजना के लिए स्वयं को तैयार किया। जब समय आएगा, वो तैयार रहेगा।

अमावस्या की रात आ गई, ऐसी रात जिसमें हर तरफ घोर अंधकार था। पद्मसेन प्रतीक्षा कर रहा था, उसका हृदय तीव्र गति से धड़क रहा था, सभी इन्द्रियां पूरी तरह सजग थीं। अंत में उसे पैरों की आहट सुनाई दी—धीमी, नपी-तुली। ताले में चाबी के खड़खड़ाने की आवाज़ आई; भारी कोठरी का द्वार चरमराते हुए खुला।

'क्या आप तैयार हैं?' सोमदत्त ने फुसफुसाकर कहा जब उसने पद्मसेन की बेड़ियां खोलीं। उसका चेहरा एक छोटे ढके हुए दीपक के प्रकाश में मुश्किल से दिख पा रहा था।

'हां,' पद्मसेन ने उत्तर दिया, उसकी आवाज़ कांप रहा थी, उसे अपने पैरों पर खड़े होने में दिक्कत आ रही थी।

सोमदत्त ने उसे जल्दी आगे बढ़ने को कहा। 'शीघ्र! हमें शीघ्रता से निकलना होगा!'

टिमटिमाते दीपक के प्रकाश में वे दोनों चुपचाप भूलभुलैया जैसे गलियारों में आगे बढ़ते रहे। जैसे-जैसे वे बाहर निकलने के करीब पहुंचे, कालकोठरी की घुटन भरी दुर्गंध की जगह मिट्टी और चमेली की सुगंधित महक लेने

लगी—उस दुनिया की याद दिलाते हुए, जो सीलन भरी दीवारों से परे था। हर कदम के साथ हवा और स्वच्छ, और हल्की होती गई। लेकिन अब पद्मसेन की साथी बन चुकी चिंता उसके सीने में जकड़न पैदा कर रही थी।

अचानक, एक तेज़ आवाज़ रात के सन्नाटे को चीरती हुई आई। 'ठहरो! महाराज विदुषिका के नाम पर!' अंधेरों से प्रकट होते हुए पहरेदारों के एक दल ने, तलवारें लहराते हुए उनके बाहर जाने का रास्ता रोक दिया।

सोमदत्त ने पलभर गंवाए बिना प्रतिक्रिया दी। उसने पद्मसेन को एक पतले रास्ते की ओर धक्का देकर फुसफुसाते हुए कहा और अपनी तलवार निकाल ली। 'जाइए! ये रास्ता आपको सरयू तक ले जाएगा। वहां एक नाविक प्रतीक्षा कर रहा है। उसे ये संदेश दीजिएगा: "*धर्मो रक्षति रक्षित।*" धर्म उनकी रक्षा करता है, जो उसकी रक्षा करते हैं।'

पद्मसेन ने थोड़ा भी संकोच नहीं किया। वो अंधेरे रास्ते पर चल पड़ा, उसके कमज़ोरी भरे कदम अब तेज़ी से चल रहे थे, उसके फेफड़े जैसे जल रहे थे। वो दौड़ता रहा—कंठ से फुफकारती सांसों की आवाज़ निकल रही थी—जब तक पीछा करने वालों की आहट हल्की नहीं हो गई और वो जंगल की सीमा तक नहीं पहुंच गया। ठंडी रात की हवा ने उसके फेफड़ों को भर दिया, जब उसके कदम थमे और उसे कैद से मुक्त होने का भार महसूस हुआ। उसने सोमदत्त की कुशलता के लिए मौन प्रार्थना की और कुलशेखर का कृतज्ञतापूर्वक स्मरण किया—जिसकी निष्ठा और साहस ने इस पलायन का रास्ता तैयार किया था।

हालांकि नदी अभी आगे थी और रास्ता अभी भी अनिश्चित तथा संकटों से भरा था, पद्मसेन के मन में आशावाद की एक लहर उठी। उसने स्वतंत्रता का स्वाद ले लिया था। वो जीवित रहेगा। वो अपने परिवार को ढूंढ़ेगा। और वो उस पवित्र रहस्य की रक्षा करता रहेगा, जिसे उसके संरक्षण में सौंपा गया था—द्वैतलिंगम की विरासत।

उसकी नसों में भय, आशा और अग्नि और सबसे अधिक, एक उद्देश्य दौड़ रहा था।

24

गिम्हे, दक्षिण ग्योंगसांग प्रांत, दक्षिण कोरिया

वर्तमान काल

आदित्य और सोमी उस शांत पूजा स्थल के द्वार से गुज़रे, उन्हें अपने सामने समाधि और पैगोडा दिख रहे थे। प्रवेशद्वार पर लगे एक बोर्ड पर ये जानकारी लिखी थी कि यह रानी हियो ह्वांग-ओक का अंतिम विश्राम स्थल है, जो उस राजा की रानी और पत्नी थीं जिन्होंने प्राचीन कोरिया के गारक महासंघ को एकजुट किया था।

बोर्ड पर रानी के बारे में और विस्तार से बताया गया था—वो अयुता के सुदूर साम्राज्य की एक राजकुमारी थीं, जिन्हें उनके माता-पिता ने गारक में ग्यूमग्वान के एक राजकुमार से विवाह करने के लिए ईश्वरीय आदेश पर भेजा था। 48 ईस्वी में, वो समुद्र पार करके गारक महासंघ में राजकुमार से विवाह करने पहुंची थीं। ईश्वर के आशीर्वाद से हुए इस मिलन से दस पुत्र और दो पुत्रियां पैदा हुईं।

सोमी ने श्रद्धा भरी आवाज़ में बताया, 'कहा जाता है कि साठ लाख कोरियाई लोग इस राजसी दंपत्ति के वंशज हैं। इनमें गिम्हे किम, गिम्हे हियो और इंचियोन ली वंश भी शामिल हैं—जो कोरिया के कुछ सबसे प्रमुख परिवार हैं।'

तख्ती पर लिखी जानकारी को पूरा पढ़ने के बाद, आदित्य सोमी की ओर मुड़ा। 'ये कल्पना करना मुश्किल है कि दो हज़ार साल पहले एक राजकुमारी का मन किस वजह से इतने लंबे और मुश्किल सफर के लिए बना होगा,'

उसने सोचा, उसका मन इस यात्रा की अहमियत को समझने के लिए संघर्ष कर रहा था—4,300 समुद्री मील से ज़्यादा की यात्रा, ऐसे समय में जब बहुत कम लोग घर से इतनी दूर जाने की हिम्मत करते थे।

'शायद... प्रेम,' सोमी ने कहा, उसकी आंखों में उस भावना की शाश्वत शक्ति में अटूट विश्वास झलक रहा था।

'प्रेम प्रेरणा तो ज़रूर बन सकता है,' आदित्य ने माना—उसके मन में अपनी बीवी लक्ष्मी की यादें उभर आईं। 'लेकिन किसी बिल्कुल अजनबी से शादी करने के लिए समुद्र पार करके ऐसा सफ़र करना? इसमें कुछ... अलग बात तो है।' उसे अपनी शादी याद आई—लक्ष्मी से उसका रिश्ता तय हुआ था, पर शादी से पहले उन्हें एक साल का वक्त मिला था, जब दोनों ने एक-दूसरे को समझा और अपने रिश्ते को मज़बूत बनाया। 'तो रानी हियो ने कैसे इतनी हिम्मत और भरोसा जुटाया होगा कि बिना जाने इतना बड़ा क़दम उठा लिया?'

'शायद भारतीय राजकुमारी हमारी सोच से कहीं ज़्यादा मज़बूत इरादों वाली थीं,' सोमी ने कहा। 'आगे चलें?'

वे कंकड़-पत्थरों से बने रास्ते से चलते हुए एक हरे-भरे टीले पर पहुंचे, जो पत्थर की नीची दीवार से घिरा हुआ था। टीला अपने आपमें साधारण ही था—16 फीट ऊंचा और 50 फीट दायरे में फैला हुआ—लेकिन यहां की हवा में एक गहरी शांति महसूस की जा सकती थी। यह एक पूजा स्थल था, जो जिस्को की भट्टियों की लगातार गड़गड़ाहट और गर्मी से बिल्कुल अलग था। यहां बहती हवा ताज़ी और साफ़ थी, जिसमें ओस और जंगल के फूलों की महक घुली थी। पत्तों की हल्की सरसराहट दूर से आ रहे पंछियों के गीत और कीड़े-मकोड़ों की धीमी गुनगुनाहट के साथ मिलकर एक मीठा संगीत रच रही थी। समय जैसे धीमा पड़ गया था, अतीत और वर्तमान मानो एक-साथ, संतुलन में, यहां मौजूद थे। आदित्य ने इस शांति को अपनी हड्डियों तक उतरते हुए महसूस किया। उसने सोमी की ओर देखा—वो भी इस शांत सौंदर्य में उतनी ही डूबी हुई लग रही थी।

टीले के पास सुशोभित छत वाला एक मंडप था। भीतर, खुरदुरे पत्थरों का एक ढेर था, जिन्हें छह स्तरों में सजाकर एक अनोखी रचना बनाई गई थी। समीप लगी एक तख्ती पर इसे पासा स्टोन पैगोडा बताया गया था—स्थानीय किस्सों के मुताबिक ये उन्हीं 'दिव्य पत्थरों' से बना था जिन्हें राजकुमारी अपने साथ लाईं थीं, ताकि कोरिया की यात्रा के दौरान समुद्र की उथल-पुथल को शांत किया जा सके।

बैलेस्ट स्टोन्स, आदित्य ने सोचा, उसे अपनो मां से सुनी प्राचीन नाविकों की कहानियां याद आ गईं। उसे पता था कि कुशल नाविक बड़े पत्थरों का इस्तेमाल जहाज़ों को स्थिरता देने के लिए किया करते थे। 'क्या तुम्हें लगता है ये कोई वास्तविक ऐतिहासिक विवरण है?' उसने सोमी से पूछा। 'या फिर केवल कल्पना की उड़ान?'

'ये बात अयुता की लोकेशन पर निर्भर करती है,' सोमी ने जवाब दिया। 'क्या वो राम की नगरी अयोध्या थी? या शायद दक्षिण भारत का कोई इलाका, जैसे कन्याकुमारी, जिसे भी अयुता कहकर पुकारा जाता था? या फिर क्या ये थाईलैंड का अयुथ्या साम्राज्य हो सकता था?' बौद्धिक जिज्ञासा से भरी उसकी आवाज़ में इतिहास के लिए लगाव और उसके अनसुलझे रहस्यों के प्रति आकर्षण झलक रहा था।

'तुम्हारा क्या मानना है?' आदित्य ने वास्तविक उत्सुकता से पूछा।

सोमी मुस्कुराई। 'क्या तुम्हें कोरियाई भाषा में *पिता, माता* और *बहन* के लिए इस्तेमाल होने वाले शब्द मालूम हैं?' उसने बिना उसके जवाब का इंतज़ार किए कहा—'अप्पा, अम्मा और अन्नी।'

'तुम मज़ाक कर रही हो!' आदित्य चौंक गया, उसका चेहरा आश्चर्य से चमक उठा। 'क्या ये वाकई तमिल शब्दों जैसे हैं?'

सोमी ने समझाते हुए कहा, 'दोनों भाषाओं में काफ़ी समानताएं हैं। दो हज़ार से ज़्यादा शब्द ऐसे हैं, जो या तो एक जैसे सुनाई देते हैं या काफ़ी हद तक एक जैसे अर्थ रखते हैं। जैसे, तमिल और कोरियाई दोनों में "*पुल*" का अर्थ होता है "घास"। दोनों में "*नाल*" का अर्थ है दिन। और दोनों ही भाषाओं में "*ओन्नु*" का मतलब है एक।'

'कमाल है,' आदित्य ने कहा, उसका उत्साह बढ़ता जा रहा था। 'तो... राजकुमारी अवश्य ही दक्षिण भारत से आई होंगी?' वो भाषाई जुड़ाव के बारे में जानकर, और भाषा और संस्कृति की यात्रा को समय की विशाल सीमाओं में खोज पाने की संभावना को देखकर मोहित हो गया था।

'ज़रूरी नहीं है,' सोमी ने कहा। 'इन भाषाई समानताओं की वजह प्राचीन व्यापार मार्ग भी हो सकते हैं, और वो सांस्कृतिक आदान-प्रदान भी हो सकते हैं जो दक्षिण भारत के चेर, चोल, पांड्य और पल्लव साम्राज्यों और चीन और दक्षिण पूर्व एशिया के बीच होता रहा। इतिहास शायद ही कभी इतना सीधा होता है। ये रिश्ते अक्सर जटिल और बहुआयामी होते थे।'

'क्या और कोई ऐसे सुराग हैं जो राजकुमारी के जन्मस्थान की तरफ इशारा कर सकें?' आदित्य ने रहस्य की गहराई में उतरने के इरादे से पूछा।

'यहां पास ही एक और समाधि है,' सोमी ने कहा। 'राजा सुरो का अंतिम विश्राम-स्थल। उनकी समाधि पर उनका राजसी प्रतीक अंकित है। क्या तुम्हें याद है, उनका प्रतीक क्या था?'

आदित्य ने नहीं जानने की बात मानते हुए सिर हिलाया।

तुरंत ही सोमी ने अपने फ़ोन पर एक तस्वीर दिखाई। 'जुड़वां मछलियों वाला प्रतीक,' उसने तस्वीर की तरफ इशारा करते हुए कहा। 'इसे सांगियोमुन कहते हैं। क्या ये प्रतीक तुम्हें कुछ जाना-पहचाना लगता है?'

उसे पहचानते हुए आदित्य की आंखें फैल गईं। 'अरे! यही प्रतीक तो हमने अयोध्या में क्वीन हियो मेमोरियल पार्क में देखा था!' जो जुड़ाव अब तक धुंधला था, वो उसके मन में साफ़ होने लगा।

'बिल्कुल ठीक,' सोमी ने कहा। 'जुड़वां मछलियों वाला ये प्रतीक अयोध्या के कई ऐतिहासिक राजसी भवनों पर अंकित है। ये पक्के तौर पर माना जा सकता है कि यह प्रतीक भारत से कोरिया पहुंचा हो। लेकिन क्या तुम्हें पता है, सुरो को अक्सर किस नाम से पुकारा जाता था?'

'क्या?'

'आयरन किंग—लौह सम्राट,' सोमी ने उत्तर दिया। 'अब समझे, हमें अतीत की जांच क्यों करनी चाहिए?'

आदित्य ने हां में सिर हिलाया, उसका मन प्रतीकों और कथाओं की सदियों लंबी यात्रा पर विचार करने लगा था। उसे इस स्थान से एक अनोखा जुड़ाव महसूस हुआ—मानो अतीत अपने हाथ बढ़ाकर वर्तमान से जुड़ गया हो। इस पवित्र स्थल का शांत सौंदर्य, उसकी शांत ऊर्जा, उसके मन में गहरी कृतज्ञता भर रही थी।

उसने अपने-आपको रास्ता दिखाने के लिए मन ही मन प्रार्थना की।

दो नाचती मछलियां, सागर की लहरों में उलझी हुईं।
धाराओं के साथ लहराती हुईं, उन्मुक्त और स्वतंत्र।

25

गोरयोंग, गारक महासंघ

आज का सांगजू शहर, दक्षिण कोरिया

लगभग 2,000 वर्ष पूर्व

सियोंगसान की सेना की छावनी में उत्सुकता भरी हुई थी। अलाव धीमे-धीमे सुलग रहे थे, उनकी हल्की-सी रोशनी बस तंबुओं के किनारों तक पहुंच रही थी। सैनिक चुपचाप युद्ध की तैयारी में लगे थे। तलहे अभी कच्ची उम्र का था, लेकिन उसका बर्ताव किसी अनुभवी योद्धा जैसा था। वो बड़ी सावधानी से उस तलवार को चमका रहा था, जिसे कभी सियोंगसान के एक शहीद सेनापति ने इस्तेमाल किया था। ये तलवार उसके पिता जंगसू ने उसे सौंपी थी—जो भरोसे और अधिकार का प्रतीक था। हालांकि तलहे ने अभी तक किसी बड़े युद्ध में सेना का नेतृत्व नहीं किया था, लेकिन अब उसके युवा और जोश से भरपूर हाथों में आई इस तलवार ने जैसे नया जन्म लिया था, जिसके साथ खून और युद्ध की यादें जुड़ी थीं।

उसने जोगोरी पहना था—कई तहों वाली ऊपरी पोशाक, जो सुरक्षा का आभास देती थी। बिना बांहों वाला गद्देदार बख़्तर वार से उसका अतिरिक्त बचाव करता। उसकी बाजी पैंट कमर पर कसकर बंधी थी, ताकि चलने-फिरने में मुश्किल न हो। उसके घिसे, सिलवटों से भरे जूते दूर तक चलने के लिए बने थे, शान के लिए नहीं। उसकी कमर पर लटकती तलवार का मणियों से जड़ा हुआ हत्था मशाल की रोशनी में चमक रहा था।

तीन वर्ष बीत चुके थे, जब उसने अपने गुरु, ह्वान, के साथ पहली बार लड़ाई का अभ्यास किया था। अब सोलह साल के तलहे का व्यक्तित्व प्रभावशाली बन चुका था—लंबा और दुबला शरीर, जिसे लगातार कसरत और गोरयोंग के निष्ठावान गुटों से सीमा पर हुई झड़पों ने तराश दिया था। उसकी कांसे जैसी त्वचा पर तलवार के घावों और कड़ी मेहनत के निशान थे, लेकिन सबसे बड़ा बदलाव उसकी आंखों में आया था। उनकी गरमाहट गायब हो चुकी थी—अब वहां एक कठोरता झलकती थी। उनके भीतर ठंडी, सोची-समझी गुस्से की आग जल रही थी—ऐसी विरासत जो रक्त से नहीं, बल्कि विश्वासघात की थी।

वो ह्वान को पसंद करता था—उसका गुरु, उसका मार्गदर्शक, सियोंगसान में अकेला व्यक्ति जो उससे हमेशा सच और साफ़ बात करता था। लेकिन इस बंधन को क्रूरता से तोड़ दिया गया था। जंगसू ने आदेश दिया था कि ह्वान को मृत्युदंड दिया जाए, उसे तलहे के लिए तय किए गए मार्ग पर सवाल उठाने के लिए देशद्रोही घोषित कर दिया गया था। इसके साथ ही तलहे ने अपना अंतिम रक्षक खो दिया था।

तलहे ने उस सबक को अच्छे से सीख लिया था। स्नेह व्यक्ति को असुरक्षित बना देता है। लगाव एक कमजोरी है। इन वर्षों में उसने अपने दुःख को अनुशासन और तिरस्कार की परतों तले दफ़न कर दिया था। जहां सोजू, काफ़ी दूर अगस्त्यमलाई में, मित्रता और प्रशंसा के प्रकाश में खिल रहा था, वहीं तलहे और भी गहरे अकेलेपन में डूबता चला गया, उसकी जवानी के ज़ख्म क्रूरता में बदल गए। उसे भुलाया नहीं जाएगा, उसे फिर कभी नज़रअंदाज़ नहीं किया जाएगा।

'कल, हम कूच करेंगे,' जंगसू की गूंजती, गहरी आवाज़ पूरे शिविर में फैल गई। लोहे और चमड़े की पोशाक पहने सरदार के चेहरे पर विश्वास की चमक थी। 'हम गोरयोंग से अपनी नियति वापस छीन लेंगे,' उसने कहा। 'हम इस बिखरे हुए गारक महासंघ का सबसे मज़बूत स्तंभ बनेंगे।'

गारक महासंघ—जो कभी सहयोगी क़बीलों का आशाजनक संघ था—काफ़ी पहले टूटकर आपस में लड़ने वाले गढ़ों में बंट गया था, जिनमें हर

सरदार अपने स्वायत्त अधिकार का दावा करता था। उत्तर में स्थित प्रतिद्वंद्वी क़बीला गोरयोंग हाल ही में तटीय व्यापारियों से जुड़कर अपनी शक्ति बढ़ाने लगा था—और सियोंगसान के प्रभाव को क्षेत्र में चुनौती देने लगा था। जंगसू के लिए यह अभियान मात्र प्रतिशोध नहीं था—यह उसके अधिकार की वापसी थी। उसे मिला दैवी आदेश था। वो स्वयं को गारक के एकीकरण में प्रमुख भूमिका निभाने वाला और वैध उत्तराधिकारी मानता था।

सैनिकों की कतारों में धीरे-धीरे सहमति की आवाज़ गूंज उठी। लेकिन तलहे अलग खड़ा रहा। उसकी चुप्पी डर की नहीं थी, बल्कि एक उद्देश्य की थी—एक ऐसे लड़के की, जिसे हालात ने एक हथियार बना दिया था।

आग की रोशनी के उस पार जंगसू की नज़र उससे मिली और उसने धीरे से सोच-समझकर सिर हिलाया। तलहे ने भी जवाब में सिर हिला दिया—चेहरे पर कोई भाव नहीं जिसे पढ़ा जा सके। उसका इंतज़ार अब ख़त्म हो चुका था।

जैसे ही अंधेरा फैला, पूरे शिविर सन्नाटे में डूब गया। तलहे को इस काम के लिए नेता बनाया गया था और वो तंबुओं के बीच एक प्रेत की तरह अंधेरे में घूम रहा था। उसने अपनी वफ़ादारी और छिपकर काम करने की क्षमता के लिए चुने गए आदमियों का एक छोटा दस्ता इकट्ठा किया था। सब रात में गुम हो गए, बस हल्की चांदनी उन्हें रास्ता दिखा रही थी। तलहे के हर कदम के पीछे एक उद्देश्य था, हर काम ज़्यादा से ज़्यादा नुकसान पहुंचाने के लिए डिज़ाइन किया गया था। उसके होंठों के कोनों पर एक निर्दयी मुस्कान उभर आई।

वे धीरे-धीरे और चुपचाप चलते हुए गोरयोंग गांव के बाहर पहुंच गए। थोड़ी दूरी पर, एक किसान अपने मवेशी लेकर गांव लौट रहा था। उसे बिल्कुल अंदाज़ा नहीं था कि उसकी नज़रों से छिपा एक ख़तरा मंडरा रहा था। तलहे और उसके आदमी अचानक उसे घेरकर खड़े हो गए और उसके भागने का रास्ता बंद कर दिया।

'मुझे छोड़ दो! मैं तुमसे विनती करता हूं...' किसान घुटनों पर गिर पड़ा। डर से उसका चेहरा बिगड़ गया था, और वो चारों ओर खड़े भयानक योद्धाओं को देखने लगा।

तलहे उसके सामने खड़ा था, उसकी तलवार चांदनी में चमक रही थी। 'हमारी मदद करो,' उसने बेहद शांत लेकिन डराने वाले स्वर में कहा, 'और तुम ज़िंदा रहोगे। अगर हमें धोखा दिया, तो तुम्हारी खाल उधेड़ दी जाएगी।' उसने तलवार की नोक किसान के गाल पर फेर दी—जो उसके वादे की एक ठंडी याद थी।

किसान ने डर के मारे चुपचाप सिर हिलाया, उसकी आवाज़ बंद हो चुकी थी।

तलहे ने नरम लेकिन धमकी भरे लहजे में कहा, 'तुम इस किलेबंद शहर में आते-जाते हो। ज़रूर कोई रास्ता होगा, जो मुख्य द्वार से होकर नहीं जाता होगा।'

कुछ देर बाद, किसान के होंठ डर से कांपते हुए हिले। उसने पहाड़ियों की ओर इशारा किया, जो उनके और शहर के बीच पड़ती थीं। उसने फुसफुसाते हुए कहा, 'वहां एक पुराना रास्ता है, जिसे लोग अब भूल चुके हैं। प्राचीन काल में शमन संन्यासी उस रास्ते का इस्तेमाल करते थे। यह सीधे उस दीवार तक ले जाता है, जिसका हिस्सा कमज़ोर है और जहां पहरा भी कभी-कभार रहता है।'

तलहे मुस्कुराया, उसकी आंखों में विजय की चमक थी। 'हमें रास्ता दिखाओ,' उसने आदेश दिया।

डरे-सहमे किसान की रहनुमाई में वे टेढ़े-मेढ़े पहाड़ी रास्तों से गुज़रने लगे। उनके हल्के कदम रात की खामोशी में भी मुश्किल से सुनाई दे रहे थे। जैसे-जैसे वे शहर की दीवारों के पास पहुंचने लगे, पुराने पत्थरों के बीच एक अंधेरा सा सुराख दिखाई देने लगा। तलहे ने अपने एक आदमी को तेज़ी से वापस छावनी की ओर भेजा, ताकि वो उसके पिता को ख़बर दे सके।

धीरे-धीरे आसमान में उजाला होने लगा। ढलानों पर चांदी जैसी हल्की रोशनी छा गई। क्षितिज पर धुंधली चमक फैलते ही गोरयोंग की ऊंची किलेबंदी

की आकृति दिखने लगी। और फिर अचानक—जिसने मानो सांसें रोक दीं—आकाश तांबे और गुलाबी रंग में जगमगा उठा, नए दिन का इशारा करते हुए। सुबह की पहली किरण जैसे ही किले पर फैली, जंगसू के योद्धा आगे बढ़े और मुख्य द्वार पर भीषण हमला बोल दिया। यह सोच-समझकर रची गई चाल थी—ताकि रक्षकों का ध्यान दीवार के उस टूटे हिस्से से हट जाए। फिर खामोशी टूट गई—धातु की टक्कर गूंजने लगी, युद्धघोष होने लगे, और युद्ध शुरू हो गया।

उधर, तलहे और उसके आदमी परछाइयों की तरह चुपचाप उस दरार से किले में घुस गए और भीतर फैली संकरी गलियों की भूलभुलैया में गायब हो गए। तलहे ने अपने दस्ते को छोटे-छोटे दलों में बांट दिया था, हर दल का अलग लक्ष्य तय था। वो स्वयं अपने दल को लेकर महल की ओर बढ़ा। रास्ते में जो भी पहरेदार मिले, उसने उन्हें निर्ममता से मार गिराया। महल के फाटकों तक पहुंचते-पहुंचते तलहे की नसों में उत्तेजना दौड़ने लगी थी। उसने अपने आदमियों को आदेश दिया कि वे चारों ओर फैल जाएं और बाहर निकलने के सभी दरवाज़ों को घेर लें। फिर अपनी तलवार निकालकर वो सीधा अंदर घुस गया। अचानक हुए हमले से घबराए महल के सैनिक उसके दस्ते की मार झेल न सके और एक-एक कर धराशायी होते गए।

गोरयोंग का सरदार अपने शानदार सभा-भवन में खड़ा था, डरे-सहमे मंत्रियों से घिरा हुआ। तलहे आगे बढ़ा—उसकी चाल में रौब था, और उसकी दृष्टि ठंडी और स्थिर थी। 'अब तुम्हारा राज खत्म होता है,' उसने घोषणा की, उसकी आवाज़ पत्थर की दीवारों से टकराकर गूंज रही थी।

~

सावधानी से योजना बनाकर किए गए इस हमले की कामयाबी ने गारक महासंघ की पहले से ही कमज़ोर एकता को पूरी तरह तोड़ दिया। जंगसू और तलहे की चालाकी और निर्ममता के कारण अब सियोंगसान उस संघ का सबसे शक्तिशाली सदस्य बन चुका था।

थकान के साथ-साथ उत्साह की भावना से सराबोर तलहे महल की प्राचीर पर खड़े होकर उस शहर को देख रहा था जिस पर उसने विजय प्राप्त की थी। जंगसू उसके पास आया और उसके कंधे पर हाथ रखकर गर्व से बोला, 'तुमने अच्छा काम किया है, बेटे। तुमने हमारा भविष्य सुरक्षित कर दिया है।' उसके चेहरे पर सख्ती आ गई। 'अब हम पूरे महासंघ पर एक-एक करके कब्जा करेंगे।'

'यह तो बस शुरुआत है,' तलहे ने जवाब दिया, उसकी आंखों में महत्वाकांक्षा की आग जल रही थी। 'हमारी नियति इससे कहीं बड़ी है।'

जब डूबते सूरज की सुनहरी रोशनी में गोरयोंग नहा रहा था, और लुटे शहर पर लंबी परछाइयां पसर रही थीं, उसके पतन की ख़बर सियोंगसान पहुंची, जहां जश्न की लहर दौड़ गई। लेकिन वहां से दूर, ग्यूमग्वान में, *किम सियोक* ने ये समाचार भारी मन से सुना। वो ईश्वर का आभारी था कि उसने *सोजू* को वहां से दूर भेज दिया था, लेकिन उसका मन इस डरावनी संभावना को जानता था कि अब एक युद्ध—जो पूरे प्रायद्वीप को अपने घेरे में ले लेगा—अनिवार्य हो चुका था।

कारने हैटिन, येरुशलम साम्राज्य

आज का हॉर्न्स ऑफ़ हैटिन, इज़रायल

लगभग 900 साल पहले

पहाड़ी की चोटी से सुल्तान सलाउद्दीन नीचे फैले सूखे मैदानों को निहार रहा था। नीचे, कारने हैटिन के पास क्रूसेडर सेना ने अपना डेरा डाला हुआ था, उनके झंडे सूखी हवाओं में फड़फड़ा रहे थे। उस ऊंचाई पर माहौल तनाव से भरा हुआ था—जैसे तूफ़ान के आने से पहले की भारी खामोशी। नीचे भारी बख्तर पहने हुए क्रूसेडर घुड़सवार और थके-हारे पैदल सैनिक बेचैनी से करवटें बदल रहे थे। वे इस भीषण धूप और झुलसा देने वाली गर्मी के लिए तैयार नहीं थे। सुल्तान की नज़र में वे ऐसे लग रहे थे जैसे शतरंज की झुलसी हुई बिसात पर प्यादे बिखरे हों, और वे ऐसी लड़ाई की तैयारी कर रहे थे जिसमें उनकी हार पहले से तय थी।

सलाउद्दीन की आवाज़ धीमी, ठहरी हुई, लेकिन जुनून से भरी थी। उसने अपने भरोसेमंद सिपहसालार की तरफर मुड़कर कहा, 'उनकी हेकड़ी ही उनकी बर्बादी बनेगी।' उसने पलभर के लिए आंखें मूंदी, फिर बोला, 'यह रेगिस्तान हमारा साथी है। हम आज रात हमला करेंगे।'

क्रूसेड्स—यानी धर्मयुद्ध—जो पोप अर्बन द्वितीय के आह्वान पर शुरू हुए थे, असल में सभ्यताओं का टकराव थे। ये ईसाई और इस्लाम के बीच सत्ता की खूनी जंग थी। उनका एक ही मक़सद था—पवित्र भूमि में येरूशलम और दूसरे पवित्र स्थलों पर फिर से कब्जा करना, जो मुस्लिम शासन में आ चुके थे। क्रूसेडर सेना में अलग-अलग तरह के लोग थे—अनुभवी सैनिक, महत्वाकांक्षी सामंत, कट्टर पादरी, बेहतर ज़िंदगी की तलाश में आए किसान

और हुनरमंद कारीगर। सभी धार्मिक उत्साह से प्रेरित थे, और हमेशा के लिए मुक्ति और धन-दौलत का लालच उन्हें खींच लाया था।

सलाउद्दीन का सिपहसालार अनुभवी योद्धा था जो अपने मालिक के साथ कई सालों से था। वो जानता था कि उसका सुल्तान एक चालाक रणनीतिकार था, जिसकी तारीफ दुश्मन भी करते थे। वो सलाउद्दीन के पास खड़ा था, और उत्सुकता से जबरदस्त रणनीति के साकार होने का इंतज़ार कर रहा था। उसने मुस्कुराते हुए कहा, 'तीरंदाज तैयार हैं, हुजूर। वे आपके हुक्म का इंतज़ार कर रहे हैं।'

जैसे ही सूरज डूबा, पूरे इलाके पर अंधेरे का पर्दा छा गया। नीचे क्रूसेडर खेमे से हल्की-हल्की हलचल की आवाज़ आ रही थी। प्यास की वजह से शरीर के कमज़ोर होने की बात जानने वाले सलाउद्दीन ने अपनी सेना को इस तरह आगे बढ़ाया कि उन्होंने दुश्मनों को घेर लिया और उनकी पहुंच उस झरने तक रोक दी, जो उनके लिए पानी का अकेला स्रोत था।

क्रूसेडर सैनिकों का भारी बख्तर, जो यूरोप की लड़ाइयों में उनकी रक्षा करता था, अब हैटिन के रेगिस्तान की तपती धूप में बोझ बनता जा रहा था। हर सैनिक ने लोहे के जंजीर वाले बख़्तर और गद्देदार कपड़े के ऊपर वो कुर्ता पहना था, जिस पर बना क्रॉस उनके 'पवित्र मिशन' का प्रतीक था। लेकिन यहां, हैटिन की इस रेगिस्तानी भट्टी में, उनकी पोशाक का बोझ उनका दम घोंटने लगा। हेलमेट के नीचे पसीना भर गया था। सूखे होंठों पर छाले पड़ रहे थे। सैनिक अपनी सूखी गर्दनों को हाथ से पकड़ते जैसे उससे भीतर की जलन कम हो जाएगी। घोड़े थकान से लड़खड़ा रहे थे, उनकी सांसें तेज़-तेज़ चल रही थीं। क्रूसेडरों का रसद बहुत पहले खत्म हो चुका थाऔर सलाउद्दीन ने उन्हें झरनों से दूर रखकर पानी का एकमात्र स्रोत भी उनसे छीन लिया था।

'सब्र करो, भाइयों,' सलाउद्दीन ने अपने सैनिकों को कहा। 'रेगिस्तान को उन्हें कमज़ोर करने दो। प्यास और गर्मी को हमारा साथी बनने दो।'

तीरों का पहला तूफ़ान हवा को चीरता हुआ निकला और प्यास से बेहाल, थके हुए क्रूसेडरों पर बरस पड़ा। अचानक हुए हमले से वे घबराकर ढालों के पीछे छिपने लगे—लेकिन उन ढालों को पास की लड़ाई के लिए बनाया गया था, लगातार आती बौछार को रोकने के लिए नहीं। तीरों की बौछार ने आसमान को काला कर दिया, जैसे घातक कीड़ों का झुंड मंडरा रहा हो। नुकीले तीर क्रूसेडरों के बख़्तर की दरारों में से भीतर घुसने लगे। सूखे गले और चकराती हालत में सैनिक लड़खड़ाने लगे। उनका समन्वय खत्म हो गया। घोड़े बेकाबू होकर उछल-कूद करने लगे।

सलाउद्दीन चेहरे पर संतोष के भाव के साथ देख रहा था—दुश्मनों की कभी अभेद मानी जाने वाली कतार धीरे-धीरे बिखर रही थी। सिर्फ लोहे से नहीं, बल्कि रेगिस्तान की मार से भी।

उसके घुड़सवार दमिश्क की उन तलवारों से लैस थे जो बेहद सावधानी से गढ़ी गई थीं। हर तलवार पर लहरों जैसी अनोखी सजावट चमक रही थी, और मूठ के पास चार तलवारों के एक-दूसरे को पार करने का निशान अंकित था—जो उनकी बेहतरीन गुणवत्ता का प्रतीक था।

ये तलवारें दिमाश्क़ में भारत की मशहूर वूट्ज़ अयस्क से गढ़ी गई थीं, और अपनी ताक़त व धार के लिए दुनिया भर में मशहूर थीं। वे सिर्फ़ हथियार नहीं थीं—वे सलाउद्दीन की ताक़त की निशानी थीं, अल्लाह की इच्छा को पूरा करने का साधन।

दुश्मन के टूटते हौसलों को भांपकर सलाउद्दीन ने अपना हाथ उठाया—यह उसका ख़ामोश इशारा था। तीरंदाजों ने और तेज़ी से तीर चलाने शुरू किए, जिससे थके-हारे क्रूसेडर आख़िरी कोशिश में उसकी सैनिक-पंक्तियां तोड़ने के लिए टूट पड़े। मगर उनका सामना लोहे की अडिग दीवार से हुआ।

सलाउद्दीन ने अपने सिपहसालार की ओर मुड़कर कहा, 'वक्त आ गया है। घुड़सवारों को हमले के लिए छोड़ दो।'

हुक्म जैसे ही सेना तक पहुंचा, उनमें गरज गूंज उठी। सलाउद्दीन के घुड़सवार तेज़ी से आगे बढ़े—उनके खुर सूखी ज़मीन पर आंधी की तरह गरजते हुए पड़ रहे थे। उनका शोर ऐसा था, मानो कोई तूफ़ान उमड़ रहा हो, और जल्द ही वो आवाज़ धातु की टकराहट, घायल सैनिकों की पुकार और मरने वालों की चीख में दब गई।

सलाउद्दीन अपनी सेना के आगे-आगे चलता हुआ सीधे युद्ध के बीच में घुसा। उसकी तलवार चमकी, जैसे धूल से भरी हवा में चांदी की घातक लकीर खिंच गई हो। उसकी आंखें एक थके हुए क्रूसेडर योद्धा से मिलीं–वो बेशक बहादुर था, लेकिन उसकी ताक़त अब जवाब देने लगी थी। योद्धा ने अपनी भारी तलवार चलाई लेकिन सलाउद्दीन ने आसानी से वार रोक दिया। उसकी तलवार मौत की आहट की तरह आगे बढ़ी—योद्धा के कवच को चीरती हुई, उसकी तलवार को तोड़ती हुई। अंत में, रहम से भरे एक तेज़ झटके के साथ सलाउद्दीन ने उस योद्धा की तकलीफ खत्म कर दी।

उसके चारों ओर, युद्ध का रुख बदल चुका था। क्रूसेडर अपनी टुकड़ियां तोड़कर, बुरी तरह से गिर चुके हौसले की वजह से, बिखरकर पीछे हट रहे थे। सलाउद्दीन की नज़र जंग के मैदान पर गई और उसने लुसिगनन के राजा गाइ को देखा, जो अपने बचे-खुचे अंगरक्षकों से घिरा हुआ था। सुल्तान ने घोड़े को एड़ लगाई और हताश सैनिकों की भीड़ को चीरते हुए आगे बढ़ा। उसे साफ़ महसूस हो रहा था—गाइ थक चुका था, उसका गला प्यास से सूख गया था, और भारी बख्तर उसके शरीर को और बोझिल कर रहा था। 'अब तुम्हारा अभियान खत्म हुआ, राजा,' सलाउद्दीन की आवाज़ युद्ध-गर्जना के बीच भी गूंज उठी। 'हथियार डाल दो, शायद अल्लाह अब भी तुम पर रहम कर दे।'

गाइ की सांसें तेज़ चल रही थीं, चेहरा थकान से पीला पड़ा था, लेकिन उसने ललकार की दहाड़ भरी। वो आगे बढ़ा, लेकिन उसके वार सुस्त और गलत समय पर हो रहे थे। सलाउद्दीन की तलवार फिर चमकी—और उसने

एक ही वार में गाइ को निहत्था करते हुए उसकी तलवार ज़मीन पर गिरा दी। सुल्तान ने अपनी तलवार की नोक हल्के से गाइ की गर्दन पर टिका दी और हुक्म देते हुए बोला—'हार मान लो।'

क्रूसेडर पवित्र भूमि में ऐसे आए थे मानो यह उनका दैवी अधिकार हो। अपने उद्देश्य की धार्मिकता की आड़ में वे मान बैठे थे कि उनकी जीत पहले से तय थी—ईश्वर और इतिहास दोनों ने उस पर मुहर लगा दी थी। उनके झंडों पर क्रॉस का निशान बना था, लेकिन आंखों में विजय की चमक थी। मगर उन्होंने रेगिस्तान को कम आंका, अपने दुश्मन को गलत आंका, और अहंकार की कीमत को अनदेखा किया। सलाउद्दीन हफ़्तों तक उनकी चालों पर नज़र रखता रहा—कैसे वे बिना सोचे-समझे आगे बढ़ते, कैसे वे स्थानीय चेतावनियों की अनदेखी करते, और कैसे वे मान बैठे थे कि केवल इच्छाशक्ति से रेगिस्तान को अपने क़दमों पर झुका देंगे।

अब, रेगिस्तान की रेत एक अलग कहानी कह रही थी।

सलाउद्दीन की दृढ़ता से भरी नज़रें जैसे ही राजा गाइ पर टिकीं, उसके भीतर का विरोध धीरे-धीरे टूटने लगा। गर्मी, प्यास और लगातार होते हमलों ने उसके अभिमान को वैसे ही घिस दिया जैसे पानी पत्थर को घिस देता है। वो घुटनों पर गिर पड़ा—ये हार मानने का इशारा था। उसके चारों ओर खड़े बाकी क्रूसेडर भी अपने राजा का पतन देखकर हथियार गिराने लगे, और उन्होंने एक साथ आत्मसमर्पण कर दिया।

सलाउद्दीन ने हाथ उठाया—और युद्ध थम गया। जंग के मैदान पर भारी सन्नाटा छा गया। हवा में धूल तैर रही थी, मानो हारे हुए लोगों की सांसें हों। उसने कभी ताक़तवर रहे राजा को देखा—उसकी आंखों में दया भी थी और सम्मान भी।

'तुमने अच्छी लड़ाई लड़ी,' सलाउद्दीन ने तलवार नीचे करते हुए कहा। 'लेकिन अभिमान... अभिमान ही तुम्हारी हार का कारण बना। तुमने सोचा कि ये ज़मीन झुक जाएगी क्योंकि तुम्हारे भगवान ने ऐसा चाहा था। मगर ये रेगिस्तान अहंकार के आगे कभी नहीं झुकता।'

फिर वो अपनी सेना की ओर मुड़ा और अपनी तलवार ऊंची उठाई—धूप में तलवार ऐसे चमकी मानो मशाल हो। 'आज हमने अपना संकल्प साबित कर दिया है!' उसकी आवाज़ गूंज उठी। 'ईसाई हमारे प्रतीक पर नज़र गड़ाए थे। लेकिन मछली—और तलवार—हमारी है। और येरूशलम? वो भी जल्द हमारा होगा!'

26

जिनेवा, स्विट्ज़रलैंड

वर्तमान काल

सर्न (CERN) के गलियारे हमेशा नई वैज्ञानिक खोजों से गुलज़ार रहते थे। सर्न के सबसे सम्मानित वैज्ञानिकों में एक थे चेन्नई में जन्मे भौतिकशास्त्री डॉ. बाला रामास्वामी। उनका प्रसिद्ध शोध, *फॉरगॉटन साइंस ऑफ़ द वैदिक ऐज,* कैलाश जैसी ऐतिहासिक जगहों की उनकी यात्राओं से प्रेरित था। जब डॉ. रामास्वामी सर्न के गलियारों से गुज़रते, उनके साथी अक्सर उन्हें रोक लेते और अलग-अलग विषयों पर उनकी राय जानना चाहते, क्योंकि सब जानते थे कि उनका नज़रिया अनमोल था।

डॉ. रामास्वामी के ऑफ़िस में किताबें, रिसर्च पेपर्स, उपकरण और पुराने ग्रंथ सब एक-दूसरे से जगह के लिए होड़ करते थे। वहां आधुनिक मशीनों की हल्की आवाज़ आती रहती थी। रामास्वामी अपनी लैब के बीचों-बीच कैमरे के सामने खड़े थे। रिकॉर्डिंग का लाल बल्ब लगातार टिमटिमा रहा था जब उन्होंने कैमरे का फ़ोकस ठीक किया। 'गुड आफ्टरनून,' उन्होंने अपनी शांत और आत्मविश्वास से भरी आवाज़ में शुरू किया, जो दुनियाभर की साइंस लैब में दूर-दराज बैठे दर्शकों के बीच पहुंच रही थी। लैब में करीब दस कुर्सियों पर स्थानीय वैज्ञानिक बैठे थे।

'आज हम एक ऐसे अद्‌भुत पदार्थ के गुणों के बारे में जानने की कोशिश कर रहे हैं, जिसके बारे में माना जाता है कि यह क्वांटम स्तर पर आकर्षण और विकर्षण दोनों को उत्प्रेरित कर सकता है। इस पदार्थ को प्राचीन भारतीय ग्रंथों

में कई नामों से पुकारा गया है। इसमें कुछ ऐसे खास गुण हैं, जो क्वांटम स्तर पर होने वाली घटनाओं को प्रभावित कर सकते हैं। हमने इस पदार्थ के कुछ अंश कैलाश की चट्टानी सतह पर पाए हैं। ऐसे ही अंश कोणार्क, अंगकोर, पेट्रा—यहां तक कि दमिश्क की तलवारों में भी मिले हैं।'

वो एक बेंच की तरफ बढ़े जहां एक जटिल उपकरण लगाया गया था। 'यहां हमारे पास कैलाश की चट्टान से निकाला गया सैंपल है। हम इसका असर क्वांटम एन्टैंजलमेंट और सुपरपोजिशन अवस्थाओं पर मापने की कोशिश कर रहे हैं।' डॉ. रामास्वामी ने सैंपल को सावधानी से क्रायोस्टेट में रखा और उसे ठंडा करना शुरू किया, तकि वो पूर्ण शून्य तापमान तक नहीं पहुंच गया। 'तापमान घटाने से थर्मल नॉइज़ कम होता है, जिससे क्वांटम इफेक्ट्स हावी हो सकते हैं। सुपरकंडक्टिंग मैग्नेट एक कंट्रोल्ड मैग्नेटिक फ़ील्ड बनाएगा, और हमारे सेंसर्स एन्टैंजल्ड पार्टिकल्स की क्वांटम अवस्था में होने वाले किसी भी बदलाव को दर्ज करेंगे।'

उन्होंने कैमरे की तरफ देखा। 'हमारा हाइपोथेसिस ये है कि यह पदार्थ गेज फ़ील्ड्स को मॉड्यूलेट कर सकता है, कपलिंग कॉन्स्टैंट्स पर असर डाल सकता है और पार्टिकल्स की इंटरैक्शन स्ट्रेंथ को असरदार ढंग से बदल सकता है।'

जैसे ही उपकरण चालू हुआ, कंप्यूटर स्क्रीन पर इमेज और डेटा की एक सीरीज़ आ गई।

'हम इस मैग्नेटिक फ़ील्ड में क्यूबिट्स के व्यवहार की निगरानी कर रहे हैं,' रामास्वामी ने समझाया। फिर, हल्की सी मुस्कान के साथ उन्होंने कहा, 'क्यूबिट्स क्वांटम इन्फॉर्मेशन के बेसिक यूनिट हैं—इन्हें ऐसे बिट्स समझें जो एक साथ दो अवस्थाओं में हो सकते हैं। आसान शब्दों में कहें तो, ये हवा में घूमते सिक्कों की तरह हैं, न कि केवल सपाट पड़े हुए सिक्कों की तरह जिनका हेड्स या टेल्स में केवल एक दिखाई देता है।'

डॉ. रामास्वामी ने कंट्रोल्स में बदलाव किए, उनका पूरा ध्यान रियल-टाइम डेटा पर था। उन्होंने कहा, 'अगर उनके एन्टैंजलमेंट या कोहेरेंस समय में कोई

बड़ा बदलाव होगा, तो इसका मतलब है कि यह पदार्थ उत्प्रेरक की तरह काम कर रहा है।' वो पलभर रुके, फिर कैमरे की तरफ देखा और समझाया, 'मैं ये कहना चाहता हूं कि अगर क्यूबिट्स अलग तरीके से व्यवहार करने लगें—जैसे कि वे बेहतर तरीके से एक साथ नाच रहे हों या ज़्यादा देर तक तालमेल बनाए रखें—तो इसका मतलब है कि यह पदार्थ कुछ ताक़तवर कर रहा है।'

उन्होंने कहा, 'हमारे शुरुआती नतीजे बताते हैं कि यह पदार्थ क्वांटम एन्टैंजलमेंट एंट्रॉपी को बढ़ाता है, जिससे क्वांटम अवस्था ज़्यादा मज़बूत बनती है।' फिर लगभग सहज भाव से उन्होंने कहा, 'दूसरे शब्दों में, सिस्टम और ज़्यादा जटिल हो रहा है—लेकिन साथ ही ज़्यादा स्थिर भी। यह ऐसा है जैसे सिर्फ़ एक बांसुरी से पूरे ऑर्केस्ट्रा में अपग्रेड करना, जहां दूर-दराज होते हुए भी हर वाद्ययंत्र दूर पूरी ताल में बज रहा है।'

उनके माथे पर एक सिकन आई। 'प्राचीन भारतीय ग्रंथ शुरुआती वैज्ञानिक सोच की आकर्षक झलकियां देते हैं—ऐसी सोच जो अपने समय के लिए बहुत उन्नत थी। इसलिए ये चौंकने वाली बात नहीं है कि नील्स बोर और एर्विन श्रोडिंगर जैसे वैज्ञानिकों को उपनिषदों से प्रेरणा मिली।'

विषय में गहराई से बात करते हुए उन्होंने कहा, 'सच कहूं तो ये प्राचीन ग्रंथ प्राचीन भारत की वास्तुकला और स्थापत्य चमत्कारों को समझने की चाबी हो सकते हैं।' वो धीरे से हंसे। 'आसान शब्दों में कहें तो शायद हमारे पूर्वज क्वांटम कोहेरेंस के साथ प्रयोग कर रहे थे, तब भी जब हमारे पास उसे समझाने वाली भाषा तक नहीं थी।'

उन्होंने बात खत्म करते हुए कहा, 'हम एक बड़ी खोज के कगार पर हैं। अगर हम इस पदार्थ के गुणों का सही उपयोग कर पाएं, तो हम क्वांटम दुनिया को समझने के नए रास्ते खोल सकते हैं—प्राचीन ज्ञान और आधुनिक विज्ञान के बीच की खाई को पाट सकते हैं।'

जब उन्होंने अपना लेक्चर खत्म किया और अपनी मेज़ की ओर बढ़े, उनका मन उन जटिल संस्कृत श्लोकों पर चला गया, जो उन्होंने पढ़े थे। ये प्राचीन ग्रंथ उन पदार्थों और तकनीकों के बारे में थे जो अपने समय से बहुत

आगे थे—खोया हुआ ज्ञान जिसे अब वो फिर से ज़िंदा करने की कोशिश कर रहे थे। प्रयोगशाला, जिसमें आमतौर पर हलचल रहती थी, धीरे-धीरे खाली हो गई क्योंकि दूसरे रिसर्चर्स शाम होने की वजह से चले गए। घंटों बाद, रामास्वामी अब भी अपने काम में तल्लीन थे, इमारत में बढ़ते सन्नाटे से बेखबर।

~

एक चमकदार काली वैन सर्न फेसिलिटी के बाहर आकर रुकी। अंदर खलील ग़ज़नवर का एजेंट रेज़ा बैठा था, उसकी काली आंखें इमारत के प्रवेश द्वार पर टिकी थीं। उसने अपनी घड़ी देखी, उसकी हर हरकत से ख़तरा टपक रहा था। उसका मिशन साफ़ था। 'हम अपनी जगह पर हैं,' उसके ईयरपीस से एक आवाज़ कड़कती हुई आई। 'सिक्योरिटी सिस्टम्स को अपने बस में कर लिया गया है। तुम्हारे पास दस मिनट हैं।'

'समझ गया,' रेज़ा ने जवाब दिया।

वो अपने गुर्गों की टीम के साथ वैन से बाहर निकला, जो मेंटनेंस वर्कर्स के वेश में थे और उसके पीछे-पीछे चल रहे थे। घंटों की सावधानीपूर्वक योजना के बाद ये पल आया था। वे घड़ी की मशीन की तरह चल रहे थे, उनके पहले से प्रोग्राम किए गए बायोमेट्रिक्स ने उन्हें अंदर जाने का एक्सेस दे दिया था।

अपनी प्रयोगशाला के अंदर, रामास्वामी ने अपनी घड़ी पर नज़र डाली और अपनी थकी हुई आंखें मलते हुए ठंडी सांस ली। वो अपना काम खत्म ही करने वाले थे कि अचानक दरवाज़ा खुल गया। उन्होंने चौंककर रेज़ा और उसके आदमियों के चेहरों की तरफ देखा। 'क्या मैं आपकी मदद कर सकता हूं?' उन्होंने पूछा, उनके मन में आशंकाएं पैदा होने लगी थीं।

रेज़ा हल्के से मुस्कुराया और आगे बढ़ा। 'डॉक्टर रामास्वामी,' उसने नरम आवाज़ में कहा, 'हम चाहते हैं कि आप हमारे साथ चलें।'

रामास्वामी कुछ जवाब दे पाते, इससे पहले ही उनकी नज़र रेज़ा के हाथ में साइलेंस्ड हैंडगन पर पड़ी। 'कोई हरकत नहीं, डॉक्टर,' रेज़ा ने कहा, उसकी

आवाज़ धीमी मगर धमकी भरी थी। 'हममें से कोई भी... कोई दिक्क़त पैदा नहीं करना चाहता।'

ज़ोर से धड़कते दिल के साथ, रामास्वामी ने आत्मसमर्पण में अपने हाथ ऊपर उठा दिए। 'तुम्हें क्या चाहिए?'

'आप,' रेजा ने साफ़ जवाब दिया। 'और आपका अपार ज्ञान।' उसके आदमी तेज़ी से आगे बढ़े, रामास्वामी की कलाइयां बांध दीं और उनके सिर को हुड से ढक दिया।

रामास्वामी की दुनिया में अंधेरा छा गया।

वे लोग तेज़ी से आगे बढ़े, इमारत के उन हिस्सों से बचते हुए जहां कुछ बचे हुए कर्मचारी काम करते थे। कुछ ही मिनटों में, वे गायब हो गए। उन पर किसी की नज़र नहीं पड़ी और वे एक साइड के दरवाज़े से बाहर निकल गए। इंतज़ार कर रही वैन ने रफ्तार पकड़ ली और रात के आगोश में समा गई।

वे लोग सुनसान गलियों से होते हुए चेने-बूगेरीज़ के शांत उपनगर में बसे दूरदराज के एक सुरक्षित घर की तरफ बढ़े। रामास्वामी, उस हुड के घुटन भरे अंधेरे में फंसे हुए, अपने डर से जूझ रहे थे, उनके मन में परस्पर विरोधी विचारों का बवंडर चल रहा था। उनका काम—ज्ञान की उनकी आजीवन खोज—हमेशा सार्थक लगता था, लेकिन अब एक भयानक अहसास हुआ।

इसने गलत काम करने वाले लोगों का ध्यान भी खींचा था।

वैन तेज़ आवाज़ करते हुए झटके से रुकी, उसकी अचानक ख़ामोशी रामास्वामी के सिर में थरथराहट को और तेज़ कर रही थी। जैसे ही उन्हें बाहर खींचा गया, वो ढीली बजरी पर लड़खड़ा गए। जब उनका हुड हटाया गया, तो उन्होंने अपने सामने इकलौता विला देखा, जिसकी खिड़कियां अंधेरी थीं, और अंदर ज़िंदगी के कोई निशान नहीं थे। रेज़ा, जिसने रामास्वामी की बांह मज़बूती से पकड़ रखी थी, उन्हें आगे धकेलता रहा।

विला के अंदर का माहौल भी उतना ही डरावना था, उसकी सादी दीवारें और एकाध फर्नीचर अकेलेपन और आने वाले खतरे की भावना को बढ़ा रहे थे। रामास्वामी को एक कुर्सी पर धकेलकर बैठा दिया गया, उनकी कलाइयों की रस्सियां बेतरतीब ढंग से खोली गईं। उन्होंने अपने घिसी हुई चमड़ी को रगड़ा, और कमरे का जायज़ा लिया। वो भागने का कोई रास्ता खोज रहे थे। हालांकि वहां कोई रास्ता दिख नहीं रहा था।

रेज़ा ने बेचैन करने वाली नज़र से उन्हें देखा, जैसे कोई शिकारी अपने शिकार का जायज़ा ले रहा हो। रेज़ा ने एकदम ठंडी आवाज़ में कहा, 'डॉ. रामास्वामी, आपके रिसर्च ने मेरे एंप्लॉयर की दिलचस्पी जगा दी है।'

रामास्वामी ने समय टालने के लिए कहा, 'तुम्हें पता नहीं कि तुम किस ख़तरे से खेल रहे हो। मेरा काम ख़तरनाक है। अगर इसका गलत इस्तेमाल किया गया, तो यह विनाशकारी हो सकता है।'

रेज़ा ने ठंडी नज़रों से जवाब दिया, 'को-ऑपरेट कीजिए, डॉक्टर। वरना मैं आपके लिए विनाशकारी हो सकता हूं।'

उसकी हल्की मुस्कान में धमकी साफ़ दिख रही थी।

27

अगस्त्यमलाई, पांड्य देशम

आज का अगस्त्यमाला बायोस्फीयर रिज़र्व, केरल, भारत

लगभग 2,000 साल पहले

जंगल जीवंत था, धीमी बह रही हवा में प्राकृतिक ध्वनियां घुली थीं—पक्षियों का गाना और पत्तों की सरसराहट। धूप से जगमग एक खुले मैदान में, पेड़ों की छाया के नीचे, कई बच्चे अर्धवृत्ताकार में बैठे थे, उनकी दृष्टि अपने गुरु पर टिकी थी।

हिमालय की बर्फ़ जैसी उजली दाढ़ी वाले पूज्य ऋषि सत्यमुनि एक ऊंचे मंच पर बैठे थे और उनके सामने एक ताड़पत्र पर लिखी पांडुलिपि खुली हुई थी। *अर्थशास्त्र*—राजनीति, विधि और अर्थशास्त्र पर एक प्राचीन ग्रंथ—उस दिन के लिए उनका पाठ था। उनकी ओजस्वी वाणी खुले स्थान में गूंज रही थी।

'ध्यान से सुनो, बच्चों,' उन्होंने बोलना शुरू किया। 'आज हम कौटिल्य के *अर्थशास्त्र* में बताए गए राजा के कर्तव्यों के बारे में जानेंगे। कहा जाता है कि एक सच्चे राजा को बुद्धिमान, न्यायप्रिय और सदैव सतर्क रहना चाहिए।' उनकी पैनी, तेज़ और अनुभवी आंखें अपने सामने युवा चेहरों पर टिकी थीं।

'राजधर्मेण धर्मज्ञः, नीतिज्ञः विनयन्वितः,' उन्होंने प्राचीन ग्रंथ से एक संस्कृत श्लोक पढ़ा। बच्चों ने श्लोक दोहराया, उनकी आवाज़ जंगल की आवाज़ों के साथ सुर में सुर मिला रही थी, और वे एकाग्रता से आंखें बंद करके याद किए गए हर शब्द को अच्छी तरह दोहरा रहे थे।

'एक राजा को अपने कर्तव्यों का ज्ञान होना चाहिए, नैतिकता में निपुण होना चाहिए और विनम्रता से युक्त होना चाहिए,' सत्यमुनि ने समझाया।

पालथी मारकर बैठी सुरिरत्ना ने विचारों में डूबी भौंहें सिकोड़ते हुए अपना हाथ ऊपर उठाया। 'आचार्य, ये तो नेक गुण हैं। लेकिन एक शासक के कर्तव्य क्या हैं?' उसकी ज्ञान की प्यास साफ़ दिखाई दे रही थी, उसका मन उनकी शिक्षाओं को आत्मसात करने के लिए उत्सुक था।

सत्यमुनि मुस्कुराए, उनकी आंखों में चमक थी। 'एक शासक को अपने राज्य की समृद्धि सुनिश्चित करनी चाहिए, कानून-व्यवस्था बनाए रखनी चाहिए और अपनी प्रजा को बाहरी खतरों से बचाना चाहिए, और हमेशा नैतिक शासन को बढ़ावा देना चाहिए।' वो छात्रों के समूह की ओर देखते हुए पलभर के लिए रुके। 'उसे कूटनीति में महारथी, बातचीत में कुशल, गठबंधन का निर्माता होना चाहिए। उसे शक्ति और धर्म के बीच संतुलन बनाने का प्रयास करना चाहिए।'

सुरिरत्ना ने एक बुद्धिमान राजा की कल्पना की जो चहल-पहल भरे हाट और शांत गांवों पर शासन कर रहा हो। ध्यान से सारी बातें सुन रहे भद्रकेतु ने अपनी भौंहें ऊपर कीं। 'आचार्य,' उसने पूछा, 'यदि एक राजा के पास इतनी शक्ति है, तो वह अत्याचार के प्रलोभन से कैसे बच सकता है? क्या पूर्ण शक्ति अनिवार्य रूप से भ्रष्ट करती है?'

सत्यमुनि ने उत्तर दिया, 'पुत्र, इसलिए *अर्थशास्त्र* में आत्म-अनुशासन और बुद्धिमान सलाहकारों पर बल दिया गया है। राजा को अपने आसपास ऐसे सलाहकार रखने चाहिएं जो सच बोलने से न डरें, चाहे वह सच कितना भी अप्रिय क्यों न हो। याद रखो, एक अकेला पहिया रथ को नहीं चला सकता।' फिर उन्होंने बच्चों को एक और श्लोक सुनाया।

'अप्राप्तानि च कार्याणि, प्राप्यानि च विशेषतः, कर्तव्यानि मनुष्यैश्च, भिद्यन्ते रक्षाने वा,' उन्होंने मंत्रोच्चार किया और समझाना शुरू किया। 'जो कार्य अभी तक पूरे नहीं हुए हैं—खासकर वे जो पहुंच में हैं—उन्हें ऐसे लोगों को सौंपना चाहिएं जो निष्ठावान हों और असहमति से सुरक्षित हों।'

मिश्रा ने सीधे बैठते हुए कहा, 'मेरे देश में रोमन ही शासक चुनते हैं। जब दीमास्क़ में संकट आया, तो शहर के सबसे शक्तिशाली व्यापारी—बरकत नाम के एक नबातियन व्यापारी—ने मेरे पिता पर रोमन कठपुतली होने का आरोप लगाया। शासन के लिए नियुक्त व्यक्ति के क्या गुण होते हैं?'

'एक राजा की शक्ति कोई मायने नहीं रखती भले ही उसे राज विरासत में मिला हो, वह निर्वाचित या नियुक्त किया गया हो या उसका राज्याभिषेक हुआ हो,' सत्यमुनि ने उत्तर दिया। 'एक सच्चा राजा न्याय को कायम रखता है, चाहे उसमें शामिल लोगों की सामाजिक स्थिति कुछ भी हो। उसे उदाहरण प्रस्तुत करते हुए यह दिखाना चाहिए कि कोई भी कानून से ऊपर नहीं है—यहां तक कि स्वयं राजा भी नहीं। यह विशेष रूप से तब महत्वपूर्ण होता है जब एक शासक को एक बाहरी व्यक्ति, एक नियुक्त व्यक्ति के रूप में देखा जाता है।'

एक जीवंत बहस छिड़ गई, विचारों के उत्साह भरे आदान-प्रदान में शामिल युवाओं के चेहरे प्रसन्नता से भरे थे। भद्रकेतु ने एक दयालु शासक की जोश के साथ वकालत की, जो वंचितों के कल्याण को प्राथमिकता देता हो। हालांकि, सुरिरत्ना ने इसका प्रतिवाद किया कि करुणा आवश्यक तो है, लेकिन संघर्ष के समय में शक्ति और निर्णायकता सर्वोपरि हैं।

सत्यमुनि मुस्कुराते हुए सुन रहे थे। वो बीच-बीच में बोलते, छात्रों के विचारों का मार्गदर्शन करते, उनकी समझ को पोषित करते। खुले मैदान में गूंजती उनकी आवाज़ें विचारों की एक समृद्ध श्रृंखला को प्रदर्शित कर रही थीं—यह गुरुकुल की विविधता का एक ज्वलंत प्रदर्शन था।

सत्यमुनि ने नम्रतापूर्वक लेकिन दृढ़ता से कहा, 'याद रखो, बच्चों, तुममें से कुछ शासक बन सकते हैं, जबकि अन्य व्यापारी, भिक्षु, विद्वान या योद्धा बनेंगे। सत्ता का मार्ग चुनौतियों से भरा है। लेकिन हमारे ग्रंथ मार्गदर्शन देते हैं, वे मार्ग दिखाते हैं।'

पाठ समाप्त होते ही सत्यमुनि ने एक अंतिम विचार साझा किया। 'चाहे तुम सलाहकार बनो या शासक, इन शिक्षाओं को अपने साथ रखो, और तुम

अपना मार्ग स्वयं ढूंढ़ लोगे।' उनके ये शब्द छात्रों के मन में बहुत देर बाद तक भी बने रहे।

सुरिरत्ना ने अपनी पुआल की चटाई समेटते हुए अपने मित्रों की ओर देखा। 'एक बुद्धिमान राजा को,' उसने कहा, 'एक कुशल माली की तरह शासन करना चाहिए—अपने राज्य की देखभाल सावधानी से करनी चाहिए, उसकी वृद्धि का पोषण करना चाहिए।'

'लेकिन एक माली को भी,' मिश्रा ने प्रतिवाद किया, 'यह जानना चाहिए कि कब छंटाई करनी है, कब उस वस्तु को काट देना है जो बगीचे को फलने-फूलने से रोकती है।'

जैसे ही वे अपने शयन-गृह की ओर बढ़े, सत्यमुनि की आवाज़ ने उन्हें रोक दिया। 'याद रखो, बच्चों,' उन्होंने गंभीर स्वर में चेतावनी दी, 'सबसे बुद्धिमान शासक को भी हमेशा सतर्क रहना चाहिए। अंधकार में अदृश्य ख़तरे छिपे होते हैं। सतर्क रहो। तुम्हारी यात्रा अभी शुरू हुई है।'

युवाओं ने घबराई हुई नज़रों से एक-दूसरे की तरफ देखा, गुरु के शब्दों का भार वे महसूस कर पा रहे थे। वे चलते रहे, उनकी युवा ऊर्जा की आंच इस नई जागरूकता से थोड़ी कम हो गई कि जीवन में उनका मार्ग चुनौतियों से भरा होगा।

वन शांत और सतर्क था, मानो उन्हें अपने में समा रहा हो, उनके सपनों का अभिभावक हो और उनकी यात्रा का मौन साक्षी। जब वे आगे बढ़ रहे थे तब पत्तियां फुसफुसा रही थीं जैसे वे कुछ रहस्य छिपाए हों। वे इस बात से अनजाने थे कि अगली परीक्षा किसी ग्रंथ से नहीं होनी थी, बल्कि उन अंधेरों में होनी थी जो साकेत से कोरकाई तक फैल रहे थे।

28

कोरकाई, तामिरबरणी, पांड्य देशम

आज का थूथुकुडी ज़िला, तमिलनाडु, भारत

लगभग 2,000 साल पहले

जैसे ही सूरज क्षितिज के नीचे डूबा, तामिरबरणी नदी सुनहरी रोशनी में झिलमिला उठी। मज़बूत पांड्य जहाज़ के बाहरी हिस्से से टकराती हल्की लहरें शाम की लय का संकेत दे रही थीं। जहाज़ पर, थका हुआ मगर सतर्क पद्मसेन, अपने आस-पास नज़रें दौड़ा रहा था। कभी गठीले रहे उसके शरीर पर घावों के निशान थे, और उसकी कलाइयां लगातार बेड़ियों की जकड़ में रहने की वजह से खरोंचों से भरी थीं। साकेत के कारागार से भागने के बाद नाव उसकी शरणस्थली बन गई थी, उस पीड़ा के विरुद्ध आशा का एक भंगुर नाज़ुक वादा बन गई थी, जिस पीड़ा को पद्मसेन पीछे छोड़कर आया था।

कोरकाई की यात्रा सरयू नदी के एक छोटे से बंदरगाह से शुरू हुई थी। नाविक पद्मसेन को मुक्त करने वाले सोमदत्त का एक विश्वसनीय मित्र था और वो घुमावदार जलमार्गों, शांत गांवों और घने जंगलों से तब तक गुज़रता रहा था, जब तक कि नदी पवित्र गंगा के संगम पर नाटकीय रूप से चौड़ी नहीं हो गई। उसी गंगा के साथ मिलकर, जिसका जल कई साम्राज्यों के लिए जीवन रेखा था। हालांकि आगे का सफ़र ख़तरनाक था, नाविक ने ख़तरनाक धाराओं और नदी के किनारे बसे हलचल भरे कस्बों को कुशलता से पार कर लिया था। जैसे-जैसे वे पूर्व की ओर बढ़े, घंटे दिनों में बदलते गए, आस-पास के दृश्य उपजाऊ मैदानों से बदलकर दूर तक फैले डेल्टा के किनारे तक पहुंच गए।

ताम्रलिप्त के व्यस्त बंदरगाह पर, पूरी तरह से गोपनीय ढंग से, पद्मसेन को दक्षिणी राज्य की ओर जाने वाले एक पांड्य समुद्री जहाज़ में स्थानांतरित कर दिया गया था।

एक-एक दिन कर कई सप्ताह बीत गए। हालांकि समुद्र का फैलाव डराता था लेकिन जैसे-जैसे जहाज़ लहरों पर चलता रहता, नमकीन हवा के हर झोंके के साथ पद्मसेन के फेफड़ों में आशा की किरणें भरती जा रही थीं। हर रात, तारों भरे आकाश के नीचे, वो सोचता था कि क्या वो कभी इंदुमती और अपने बच्चों को दोबारा देख पाएगा। राशन में डिब्बाबंद भोजन और पानी ने उसके लिए दिन और रातों को लंबा बना दिया था, लेकिन अपने परिवार के बारे में सोचकर उसे हिम्मत मिलती रही।

आखिरकार, क्षितिज पर भूमि दिखाई दी—कोरकाई का जीवंत बंदरगाह। बच्चे पानी के किनारे मस्ती कर रहे थे, व्यापारी ग्राहकों से वस्तु-विनिमय कर रहे थे और मछुआरे अपनी मछलियां पकड़ रहे थे। हंसी और जीवन की जीवंत धुन सीगल की दूर से आती चीख़ों के साथ घुल-मिल गई थी। अपनी बची हुई ताकत जुटाते हुए पद्मसेन उठ बैठा, उसका दिल तेज़ी से धड़क रहा था। वो किनारे पर चेहरों को ढूंढ़ रहा था, उस परिवार की एक झलक पाने के लिए बेताब, जिसका उसने इंतज़ार किया था। जैसे ही कप्तान ने जहाज़ को बंदरगाह की ओर मोड़ा, कुलसेखर के मुख़बिरों ने उसमें सवार व्यक्ति को देख लिया और तुरंत बंदरगाह से कुछ ही गज़ की दूरी पर स्थित घर में समाचार भेज दिया।

इंदुमती घर से बंदरगाह की ओर भागी। अविश्वास से उसकी आंखें फैल गईं, उसका हाथ कांपता हुआ अपने मुंह की ओर चला गया। पद्मसेन, हालांकि थका-हारा और घायल था, घर पहुंच गया था! जैसे ही जहाज़ गोदी से टकराया, वो मुश्किल से खड़ा हुआ। ठोस ज़मीन पर पैर रखते ही उसके पैर लगभग लड़खड़ा गए, लेकिन कुलशेखर की मज़बूत बांहों ने उसे ठीक

समय पर थाम लिया। इंदुमती ने उसे कसकर गले लगा लिया, उसके चेहरे पर राहत के आंसू बहने लगे थे।

'मेरे प्रिय,' वो भावुक होकर बुदबुदाई। 'आखिरकार आप घर आ गए।'

पद्मसेन उससे लिपट गया, इंदुमती की उपस्थिति से उसे शक्ति मिल रही थी। 'ईश्वर की शपथ, इंदुमती... मुझे हर दिन तुम्हारी याद आती थी।'

फिर, मानो उसके स्पर्श ने किसी बांध के पीछे बहुत देर से बंधी किसी चीज़ को खोल दिया हो, उसकी सांस अटक गई। एक सिसकी निकली—स्वाभाविक, अनैच्छिक। उसके कंधे कांपने लगे, और वो उसकी बांहों में गिर पड़ा, वर्षों की सतर्कता, दर्द और अस्तित्व की लड़ाई का भार उस कवच को चीरता जा रहा था जिसे बरकरार रखने के लिए पद्मसेन ने इतनी सावधानी से काम किया था।

इंदुमती ने उसे और कसकर पकड़ लिया, उसका हाथ पद्मसेन के सिर के पिछले हिस्से पर था और वो उसके कंधे से लिपटकर रो रहा था। 'अब आपको मज़बूत होने की ज़रूरत नहीं है,' उसने धीरे से कहा। 'आप सुरक्षित हैं। आप घर पहुंच गए हैं।'

वो थोड़ा पीछे हटी, उसकी नज़रें उसके घायल शरीर पर घूम रही थीं, उसकी चोटों को देख रही थीं। 'आप घायल हैं। हमें आपको अंदर ले जाना होगा।'

'तुम्हें फिर से देखने की, अपने बच्चों को देखने की उम्मीद ने मुझे जीवित रहने की प्रेरणा दी,' पद्मसेन ने कृतज्ञता से कांपती आवाज़ में जवाब दिया। 'और साथ में कुलशेखर की सहायता ने। सुरिरत्ना और भद्रकेतु कहां हैं?'

'यहां से कुछ दिनों की दूरी पर एक गुरुकुल में,' इंदुमती ने समझाया। 'वे सुरक्षित हैं, मेरे प्रिय। डरने की कोई बात नहीं है।'

कुलशेखर और इंदुमती उसे अपने घर ले गए, बंदरगाह पर स्थित सबसे भव्य घर, जहां हमेशा चहल-पहल रहती थी। मसालों की खुशबू और चूल्हे की गर्माहट ने उसका स्वागत स्नेह से भरे एक आलिंगन की तरह किया।

इंदुमती की मां ने उसे एक कोमल और दृढ़ स्पर्श के साथ आसन पर बिठाया। विष्णुप्रिया जल्दी से उसके लिए ठंडा पानी और घावों के लिए ताज़ा पट्टियां लेकर आई।

'तुम हमारे पास वापस आ गए,' कुलशेखर ने भावुक स्वर में कहा। 'हमें सबसे बुरे की आशंका थी।'

'हमें सबकुछ बताइए,' इंदुमती ने आग्रह किया, उसकी उंगलियां कुशलता से उसके घाव और चोट के निशान साफ़ कर रही थीं। 'आप कैसे भागे?'
पद्मसेन दर्द से सिहर उठा, लेकिन उसने अपनी दर्दनाक कहानी सुनानी शुरू की।

'मैं मुश्किल से बच पाया। पहरेदार पास ही थे, लेकिन सोमदत्त—कुलशेखर के मित्र—की बदौलत मैं उनसे बचकर नदी तक पहुंचने में कामयाब रहा। नाव, वादे के मुताबिक, इंतज़ार कर रही थी। उन मुश्किल लहरों का सामना करना डरावना था, लेकिन मैं यहां पहुंच गया।'

ध्यान से सारी बात सुन रहे कुलशेखर ने कहा, 'अब यही बात मायने रखती है कि तुम यहां हो। पद्मसेन, तुम्हारी रक्षा की जाएगी। हम तुम्हें सुरक्षित रखेंगे।'

विष्णुप्रिया ने पद्मसेन को सुगंधित रसम का एक कटोरा दिया। उसके माथे पर चिंता की लकीरें थीं जब उसने पद्मसेन से कहा, 'आपको भूख लगी होगी। थोड़ा खा लीजिए। आपको अपनी ताक़त वापस पाने की ज़रूरत है।'

खाना खाते हुए, पद्मसेन के मन में संतोष की भावना छा गई। भागने की उथल-पुथल और संकट के बाद, इंदुमती और उसके परिवार की स्नेहमयी उपस्थिति और घर के बने खाने के स्वाद ने उसे सहारा दिया।

'हम बहुत चिंतित थे,' इंदुमती ने स्वीकार किया। 'हर घंटे, मैं हरिहर से आपकी सकुशल वापसी की प्रार्थना करती थी।'

पद्मसेन ने उसका हाथ थाम लिया, उसका स्पर्श आश्वस्त करने वाला था। 'तुम्हारी प्रार्थनाएं मुझे वापस लेकर आईं। यह तुम्हारा प्रेम और हरिहर का आशीर्वाद ही था जिसने मुझे घर पहुंचाया।'

शाम गहरा गई। ऊपर तारे टिमटिमा रहे थे, जो पद्मसेन की वापसी और कोरकाई में एक नए अध्याय की शुरुआत के साक्षी थे। लेकिन दिल में राहत के साथ-साथ बेचैनी भी बनी रही। वापसी का सफ़र जोखिम भरा था, जिन खतरों से वो बाल-बाल बचा था, वे अब भी कायम थे। सतर्कता रखना बेहद अहम था।

'हमें सावधान रहना होगा,' उसने गंभीरता से कहा, उसकी नज़र कुलशेखर से मिली। 'विदुषिका और कडफाइसिस आसानी से नहीं डिगेंगे। हमें जो भी हो, उसके लिए तैयार रहना होगा। बताओ, क्या तुमने द्वैतलिंगम के लिए कोई सुरक्षित स्थान ढूंढ़ लिया है?'

29

दीमास्क़, रोमन साम्राज्य

आज का दमिश्क, सीरिया

लगभग 2,000 साल पहले

चांद, जो अभी तक दीमास्क़ के आसमान पर पूरी तरह से नहीं उगा था, पुराने शहर की पत्थरों से बनी गलियों पर लंबी परछाइयां डाल रहा था। रोमन सैनिकों की नज़रों से दूर, एक आंगन में कुछ लोगों की एक गुप्त सभा चल रही थी। मेज़ के सिरहाने बैठे बरकत के चेहरे पर एक गंभीर भाव था जो माहौल की गंभीरता, उसके लोगों के ख्वाबों के बोझ और उनके डर को दर्शा रहा था।

'हम अब और नहीं सह सकते,' उसने सख्त और दमदार आवाज़ में बोलना शुरू किया। 'रोम के लगाए गए टैक्स हमारे कारोबारों को नुकसान पहुंचा रहे हैं। गवर्नर के रोमन आका कई साल पहले किए गए वादों से मुकर गए हैं। हमारे लोग भूखे मर रहे हैं जबकि रोमन हमारी मेहनत से मोटे हो रहे हैं। रक़्मू में खज़ाने का काम रुक गया है क्योंकि मेरे जैसे नबातियन कारोबारियों के पास घर भेजने के लिए एक सिक्का भी नहीं बचा है। लोबान से वसूले जाने वाले शुल्क की एक सीमा होती है।' उसने बोलना बंद कर दिया और अपने साथियों के चेहरों की तरफ देखा जिन पर दर्द और निराशा झलक रही थी।

कारोबारियों, कारीगरों और स्थानीय समुदाय के प्रभावशाली सदस्यों से बने समूह में सहमति की आवाज़ें गूंजने लगी थीं। हर कोई रोमन शासन की

सख्ती की तकलीफ़ झेल चुका था, हर कोई बदलाव के लिए बेताब था। उनके चेहरों पर चिंता की लकीरें उन अनगिनत रातों की गवाही दे रही थीं, जो उन्होंने रोम की लगातार कसती पकड़ के चलते अपनी रोज़ी-रोटी खोने के खतरे में गंवाई थीं।

'हम क्या कर सकते हैं?' एक नौजवान कपड़ा कारोबारी ने, घबराहट भरी आंखों से इधर-उधर देखते हुए, अपने डर को ज़ाहिर करते हुए कहा। 'रोमन ताक़तवर हैं, उनके सैनिक हर जगह हैं।'

बरकत ने उसे चुप कराने के लिए हाथ उठाया। 'हमें रणनीति बनानी होगी। खुली बग़ावत आखिरी उपाय है। सबसे पहले, हमें उनके नियंत्रण को कमज़ोर करने और उन्हें अपनी नीतियों पर दोबारा सोचने के लिए मजबूर करने का एक रोडमैप चाहिए।' वो अपने दाहिनी ओर बैठे एक पूर्व सैनिक, नोआम की ओर मुड़ा। 'यहां मौजूद सभी लोगों को हमारी योजना समझाओ, नोआम।'

नोआम ने हामी भरी और दीमास्क़ का एक बड़ा सा नक्शा मेज़ पर खोल दिया। मशालों की टिमटिमाती रोशनी में, नक्शे में उनके प्यारे शहर का हर गली-कूचा दिखाई दे रहा था। 'हम उनकी सप्लाई लाइनों को रोककर शुरुआत करेंगे। रोमन हमारे बाज़ारों में आने वाले सामान पर बहुत ज़्यादा निर्भर हैं। अगर हम इन सप्लाई को रोक सकें तो हम शहर पर उनकी पकड़ कमज़ोर कर देंगे।'

'लेकिन कैसे?' एक और आदमी आगे झुका, उसकी भौंहें जिज्ञासा से सिकुड़ी हुई थीं, और उसके हाथ गुस्से से भिंचे हुए थे।

'व्यापारी संघों में हमारे साथी हैं,' नोआम ने जवाब दिया। 'वे माल को कहीं और भेजने और अड़चनें पैदा करने में हमारी मदद कर सकते हैं। इसके अलावा, हम अराजकता और भ्रम फैलाने के लिए मुख्य बुनियादी ढांचे—चेकपॉइंट, गोदाम, सड़कें—को नुकसान पहुंचाएंगे। हम खून-खराबे के बिना भी काफ़ी कुछ हासिल कर सकते हैं।' उसकी आवाज़ में स्थिरता थी, उसकी आवाज़ में एक ऐसे शख्स का आत्मविश्वास था, जिसने काफ़ी लड़ाइयां देखी थीं।

'और गवर्नर का क्या?' किसी ने आंगन के पिछले हिस्से से पूछा, उसकी शक्ल अंधेरे में दिखी नहीं। 'हम बरूचस फिलिपिडीज़ से कैसे निपटेंगे? उस आदमी से, जिसने हमसे किया अपना वादा तोड़ दिया?'

बरकत ने अपनी आंखें कुछ देर के लिए बंद कीं। उसने जैतून के तेल के नौजवान कारोबारी यित्ज़ाक को पहचान लिया था। 'फिलिपिडीज़ एक चालाक आदमी है, लेकिन ऐसा नहीं कि उसे हराया नहीं जा सकता,' उसने कहा। 'हम उसकी कमज़ोरियों का फायदा उठाएंगे। वो पहले से ही डर में जी रहा है। उसने अपने बेटे मिथ्रादेट्स को भी उसकी हिफाजत के डर से दूर भेज दिया हैं। हमें लोगों के बीच कहानियां फैलानी होंगी, उसके सैनिकों के बीच फूट डालनी होगी। दबाव में आकर, वो या तो हमारी बात मान लेगा या कोई ऐसी गलती कर बैठेगा जिसका हम फायदा उठा सकें। हालांकि,' बरकत ने चेतावनी दी, 'हमें ये खेल सावधानी से खेलना होगा। हम शहर को भीड़तंत्र में नहीं बदलने दे सकते। फिलिपिडीज़ रोम से बंधा हो सकता है, लेकिन उसके इरादे नेक हैं—'

'मैं कहता हूं कि हम गवर्नर की हवेली पर कब्ज़ा कर लें,' यित्ज़ाक ने बीच में ही कहा। 'हमारी तादाद उनसे ज़्यादा है। एक बार जब हमारा कब्जा हो जाएगा तो फिर किसी चीज़ के मायने नहीं रह जाएंगे।'

बरकत ने उसकी बात बीच में टोकते हुए कहा, उसके लहजे से साफ़ था कि इस मामले में बहस की गुंजाइश नहीं है। 'हिंसा से रोमन सत्ता की बेरहम सख्ती ही आएगी—ये कोई विकल्प नहीं है। हिंसा की बहुत बड़ी कीमत चुकानी पड़ेगी। इसे याद रखो।'

यित्ज़ाक चुप हो गया, लेकिन उसके चेहरे के हाव-भाव से साफ़ था कि उसे बरकत और नोआम की रणनीति पर संदेह था।

बरकत ने अपनी मज़बूती भरी आवाज़ में आगे कहा, 'इस योजना को हमें अपने लोगों में फैलाना होगा। हम उनकी आज़ादी के लिए लड़ रहे हैं—इसलिए उन्हें हर चीज़ जानने का हक़ है। अपने मकसद को पाने के लिए हमारा ध्यान नाफ़रमानी पर रहना चाहिए, न कि हिंसा पर।'

मौजूद लोगों ने हामी भरी, उनका इरादा साफ़ था, उन सभी के कंधे एक साथ तकलीफ़ों का बोझ उठा रहे थे। हालांकि योजना चुनौतियों से भरी थी, लेकिन इसमें उम्मीद की रोशनी थी।

'हमारे समर्थकों को बताएं,' बरकत ने गुज़ारिश की। 'संदेश दूर-दूर तक फैलाएं। ये निर्णायक मोड़ साबित हो सकता है।'

बैठक खत्म होते ही, हर शख़्स को विकसित हो रही योजना में एक खास भूमिका सौंपी गई। वे अपने साझे मकसद के साथ, अंधेरों में गायब हो गए हालांकि उनका मन उत्सुकता से इंतज़ार कर रहा था कि आगे क्या होने वाला था।

बरकत आंगन में ही खड़ा रहा, ऊपर अंधेरे आसमान को देखते हुए। आगे का रास्ता ख़तरनाक था, लेकिन उनके पास कोई और चारा नहीं था। काफ़ी लंबे वक्त से, दीमास्क़ के लोग रोमन शासन में तकलीफ़ सह रहे थे। अब आखिरकार उन्हें जवाबी कार्रवाई करने का मौका मिला था। वो जाने के लिए मुड़ा, लेकिन उसके कंधे पर एक हाथ ने उसे रोक लिया।

वो, तेज़ धड़कते दिल के साथ, पीछे मुड़ा तो उसे नोआम दिखाई दिया, उसकी आंखों में गंभीरता थी। 'क्या तुम्हें यकीन है कि हम कामयाब हो सकते हैं?' उसने पूछा। 'हर कोई पूरी तरह से साथ देने नहीं आता।'

बरकत ने उसकी आंखों में झांका। 'नोआम,' उसने कहा, उसकी आवाज़ मज़बूत और स्थिर थी, उसकी इच्छा अटल थी, 'हमारे पास कामयाब होने के अलावा कोई चारा नहीं है। अपने लोगों के लिए। दीमास्क़ के लिए।' और इसी के साथ, वे रात में बाहर निकल गए, रोम के खिलाफ बग़ावत की आग भड़काने के लिए तैयार।

30

कोरकाई, तामिरबरणी, पांड्य देशम

आज का थूथुकुडी ज़िला, तमिलनाडु, भारत

लगभग 2,000 साल पहले

हथौड़ों के लोहे पर पड़ने की आवाज़ हवा में गूंज रही थी, जब पद्मसेन और कुलशेखर अपनी नई लोहे की कार्यशाला के निर्माण की देखरेख कर रहे थे। उन्होंने तामिरबरणी नदी के किनारे एक स्थान चुना था, ताकि नदी के पानी का उपयोग गर्म लोहे को ठंडा करने में किया जा सके। मज़दूरों ने ज़मीन साफ़ की, भट्टियां बनाईं और पहली गलन भट्टी स्थापित करना शुरू कर दी। तामिरबरणी का पानी मानो इस उद्देश्य के महत्व को रेखांकित करता हुआ कलकल कर रहा था, वहां की हवा भी जैसे उत्साह से गूंज रही थी।

पद्मसेन हर छोटी-बड़ी चीज़ को ध्यान से देख रहा था जब कुलशेखर ने मज़दूरों के एक दल को मालवाहक वाहनों से लौह अयस्क उतारने के निर्देश दिए। 'सुनिश्चित करो कि अयस्क गुणवत्ता के अनुसार छांटा जाए,' उसने शांत लेकिन अधिकारपूर्ण स्वर में कहा। 'पहली खेप के लिए सबसे उत्कृष्ट किस्म की आवश्यकता है।' माथे पर पसीने की बूंदों के साथ, कुलशेखर ने हामी भरते हुए सिर हिलाया, उसकी आंखों में पद्मसेन के अटूट संकल्प की झलक दिखाई दे रही थी।

पद्मसेन के विचार उस कठिन मार्ग की ओर मुड़ गए जो उसने तय किया था, पीढ़ियों से चली आ रही तकनीक में महारत हासिल करने के लिए

अनगिनत घंटे लगाए थे। अब, अपनी लोहे की कार्यशाला स्थापित कर, एक नए युग के कगार पर खड़े पद्मसेन के मन में गर्व की एक लहर उठी।

ढलाईघर के दूसरे छोर पर, मज़दूर पलाश के पत्ते और खदीरा की छाल पीस रहे थे। काफ़ी पहले याद किए गए अनुपातों को बताते हुए पद्मसेन ने कुलशेखर से कहा, 'लौह अयस्क की प्रत्येक इकाई के लिए, हमें पलाश के पत्तों के चूर्ण के रूप में उसके वज़न का चार गुणा, खदीरा की छाल के रूप में उसके वज़न का आठवां हिस्सा और पकी हुई ईंटों के रूप में उसके वज़न का सोलहवां हिस्सा चाहिए।' ये साधारण दिखने वाले तत्व उत्कृष्ट लौह-निर्माण के उनके रहस्य का अहम हिस्सा थे—साथ ही एक विशेष घटक, जिसे कुलशेखर ने सावधानीपूर्वक एक गुप्त स्थान पर रखा था; एक अंतिम स्पर्श जो उनके उत्पाद को अनुपम बनाने वाला था: द्वैतलिंगम।

'जब अंतिम घटक मिला दिया जाएगा,' पद्मसेन ने समझाया, 'तब हम मिश्रण को काले चमड़े से सील करके उसे घड़िया (क्रूसिबल) में रखते हैं।'

अगला चरण घड़ियों को भट्टी में डालने का था, जहां उन्हें तीन दिन और तीन रात तक जलाने के लिए कोयले की आग में रखा जाता। थोड़ा ठंडा होने के बाद उन्हें फोड़ा जाता, जब मिश्रण अभी भी द्रव अवस्था में होता। ऊपर की सतह पर जमा स्लैग को हटाकर पिघले धातु की जांच की जाती। सावधानी से भरी इस प्रक्रिया को सात बार दोहराया जाता ताकि धातु की असाधारण गुणवत्ता सुनिश्चित हो सके। काम कठिन था, लेकिन कर्मचारी जानते थे कि पूर्णता के लिए सटीकता और धैर्य दोनों ज़रूरी थे।

अगले दिन, पद्मसेन और कुलशेखर नई बनी भट्टी के पास मज़दूरों के साथ इकट्ठा हुए। उद्घाटन पूजा के बाद, पूरे समूह पर एक गहरा मौन छा गया, जो किसी महत्वपूर्ण घटना के आगमन का संकेत था। अचानक, भट्टी एक तेज़ आवाज़ के साथ जली, उसकी गर्मी एक दमनकारी, अडिग शक्ति की तरह थी। भट्टी में जलती आग से निकलती नारंगी आभा उन सभी के चेहरों पर नाच रही थी। हालांकि वे थके हुए थे, फिर भी मज़दूर उत्साह से भरे हुए थे, और उन्हें आने वाली सफलता का पूरा विश्वास था।

पद्मसेन ने पिघले हुए धातु की जांच की और एक छोटे थैले से कुछ असामान्य दाने निकाले जो चट्टान के छिलकों की तरह दिखते थे। लोग आंखें फाड़कर देखते रहे जब उसने सावधानी से एक चुटकी इस मिश्रण में मिलाया। पद्मसेन ने घोषणा की, 'यह अंतिम सामग्री हमारे लोहे की गुणवत्ता को बढ़ाएगी, जिससे यह ताक़त और लचीलापन दोनों में असाधारण हो जाएगा।' कुलशेखर ध्यानपूर्वक देख रहा था कि कैसे ये दाने अंगार (कार्बन) और लोहे के साथ पिघले हुए मिश्रण में घुल-मिल रहे थे। उसे पता था कि यह एक निर्णायक क्षण था। उनकी आजीविका और आकांक्षाएं इस महत्वपूर्ण कदम पर टिकी हुई थीं।

मानो उनमें जीवन भर गया हो, ये दाने उस तेज़ आंच वाले मिश्रण के साथ प्रतिक्रिया करने लगे। छोटे-छोटे, चमकते बिंदु—लघु सूर्य की तरह—पिघली हुई धातु में घूमने लगे, और झिलमिलाते हुए छोटे-छोटे भंवर दिखने लगे।

द्वैतलिंगम में पाए जाने वाले उस शक्तिशाली पदार्थ के बारे में केवल रक्षक ही जानते थे, जिसमें कई खनिज शामिल थे जैसे अग्निधरक (फॉस्फोरस), आयह संश्रय (सिलिकॉन), गंधक (सल्फर), माणिक्य (मैंगनीज़), पिंडरजत (निकेल), चित्रक (क्रोमियम) और कई अन्य। जैसे-जैसे दाने अपना जादू बिखेरने लगे, मंत्रमुग्ध होकर कामगार पास आते गए। पिघली हुई धातु जीवंत हो उठी, उसकी सतह पर घूमते हुए प्रकाश की आकृतियां बन गईं, जो एक रहस्यमय ऊर्जा से चमक रही थीं। यह कायापलट जो कोई भी देखता, उसका मन मोहित हो जाता।

लेकिन ये तमाशा खत्म होने के बाद कड़ी मेहनत के कई दिन आए। दुनिया के सबसे बेहतरीन लोहे को गढ़ने के लिए आवश्यक तीव्र आंच बनाए रखते हुए, लोग अथक परिश्रम करते रहे। पद्मसेन पूरी एकाग्रता से उनके बीच घूमता, हर कार्य सावधानी से करता। वो तापमान की निगरानी करता, हवा के प्रवाह को नियंत्रित करता और कभी-कभार पकी हुई ईंटें भी मिलाता, ताकि मिश्रण एकदम सही बन सके। कई घंटों के बाद, घड़ियों की सामग्री

असाधारण चमक छोड़ने लगी। पद्मसेन और कुलशेखर ने एक दूसरे को देखा, और महसूस किया कि सफलता उनकी पहुंच में थी।

तीन दिन बाद, पिघली हुई धातु, ठंडी हवा के संपर्क में आने पर फुफकारती और उछलती हुई, गोलाकार सांचों में डाली गई। पद्मसेन और कुलशेखर ने सांस रोककर पहला पिंड निकलते देखा। धातु पर एक अनोखा, घुमावदार पैटर्न बना हुआ था, जो उसमें मिलाए गए रहस्यमय तत्व की निशानी था।

पद्मसेन जानता था कि द्वैतलिंगम की फिर से ज़रूरत पड़ेगी जब पिंडों को तलवारों या छेनी में ढाला जाएगा—लेकिन केवल धारदार किनारों पर। उनकी इस धातु से बने शस्त्र और उपकरण न केवल मज़बूत और लचीले होंगे, बल्कि उनमें एक और महत्वपूर्ण गुण भी होगा: अतुलनीय धार का गुण।

कुलशेखर ने पिंड को उठाया, उसका वज़न और बनावट महसूस की। अंत में, गर्व से भरे स्वर में, उसने घोषणा की, 'यह एकदम सही है।' पद्मसेन के चेहरे पर एक दुर्लभ मुस्कान फैल गई। कुलशेखर से पिंड लेते हुए, उसने कहा, 'यह तो बस शुरुआत है। हमने वही गुणवत्ता दोहराई है जो कभी पुराने ढलाईघरों से मिला करती थी। चेलियन को सूचित करें कि हम अंतर्राष्ट्रीय व्यापार फिर से शुरू करने के लिए तैयार हैं। और इस पर अपनी छाप छोड़ दें।'

सर्वोच्च शक्ति और स्थायी गुणवत्ता की निशानी, यह प्रतीक चिह्न पिंड पर तुरंत अंकित कर दिया गया।

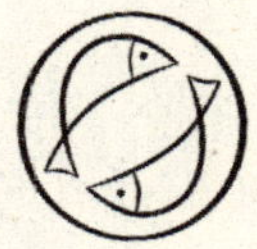

पद्मसेन अपनी लंबी और कठिन यात्रा के बारे में सोच रहा था जिसने इस पल तक उसे पहुंचाया था, उसके मन में संतोष का एक गहरा भाव था। उन लोगों ने केवल लोहे को नहीं बल्कि एक भविष्य को आकार दिया था जो संभावनाओं से भरा था।

कुलशेखर भी इस विजय नें साझेदार था। उनके श्रेष्ठ धातु के साथ, वो अब साकेत में सोमदत्त के विद्रोह का पूरा समर्थन कर सकता था। कभी अनिश्चितता और ख़तरे से भरा भविष्य अब समृद्धि और शक्ति के वादे के साथ चमक रहा था।

फिर भी, पद्मसेन एक बेचैनी से छुटकारा नहीं पा सका—जो भट्टी की गहराइयों से फुसफुसाते हुए बाहर आ रही थी। क्योंकि वो जानता था कि धातु के घुमावदार पैटर्न के भीतर एक ऐसा रहस्य छिपा था, जो उसकी रक्षा करने वालों से कहीं अधिक पुराना था।

व्रह विष्णुलोक, खमेर कंबुजा

आज का अंगकोर वाट, कंबोडिया

लगभग 900 वर्ष पूर्व

खमेर साम्राज्य के राजा सूर्यवर्मन, अंगकोर वाट के केंद्रीय मीनार के आधार पर खड़े थे, उनकी आंखें उस भव्य संरचना को निहार रही थीं। उनकी कांसे जैसी त्वचा, गठीला शरीर और चौकोर जबड़ा उनकी दृढ़ता दिखा रहे थे। उनकी पैनी आंखों में बुद्धिमत्ता और दृढ़ संकल्प झलकता था; एक ऐसा शासक जो शासन करने के लिए जन्मा था। उनके सिर पर एक स्वर्ण मुकुट था।

उनके विश्वसनीय सलाहकार, दिवाकरपंडित, राजा के पास पहुंचे, उनकी पोशाक शाम की हवा में धीरे-धीरे लहरा रही थे। 'यह भव्य है,' सूर्यवर्मन ने विस्मय से भरे स्वर में कहा।

'यह आपकी भक्ति का प्रतिबिंब मात्र है, महाराज,' दिवाकरपंडित ने उत्तर दिया। 'देवता प्रसन्न हैं। यह मंदिर आपके शासन और विष्णु की महिमा, दोनों को एक श्रद्धांजलि के रूप में खड़ा रहेगा।'

सूर्यवर्मन ने हां में सिर हिलाया, उनका मन गर्व से भर उठा। उनका मन चंपा के तट पर बिताये एक दिन की तरफ चला गया, जो खमेर के पड़ोस में था और जिसके पूर्व में वियतनामी कबीले थे।

~

उस दिन समुद्र में बहुत उथल-पुथल मची हुई थी, उसकी लहरें उनके जहाज़ से टकरा रही थीं। सूर्यवर्मन अपने जहाज़ के ऊपरी हिस्से पर खड़े होकर,

आते हुए दुश्मन पर नज़र रख रहे थे और उनकी अगली चाल का अंदाज़ा लगाने की कोशिश कर रहे थे।

खमेर नौसेना बल, जो अत्यंत शक्तिशाली था, सूर्यवर्मन के मित्र और पांड्य सम्राट के भेजे हुए युद्धपोतों से सुदृढ़ था। चोल के नौसेना सेनापति सूर्यवर्मन के पास खड़े थे, उनकी संयुक्त नौसेना चंपा की नौसेना का सामना करने के लिए तैयार थी।

सूर्यवर्मन ने आंखें सिकोड़कर क्षितिज पर दुश्मन जहाज़ों के आकार उभरते देखे। उनके जहाज़ के बाहरी हिस्से से लहरों का टकराना और खमेर झंडे का हवा में फड़फड़ाना मिलकर एक संगीतमय स्वरलहरी बना रहे थे। खमेर के ध्वज पर विष्णु के दिव्य वाहन गरुड़ की छवि अंकित थी। चोल के जहाज़ों पर उनका अपना झंडा फहरा रहा था, जिस पर पांड्य मछली और उनके अपने बाघ प्रतीक का संयोजन था, जो हाल के विजय की याद दिलाता था।

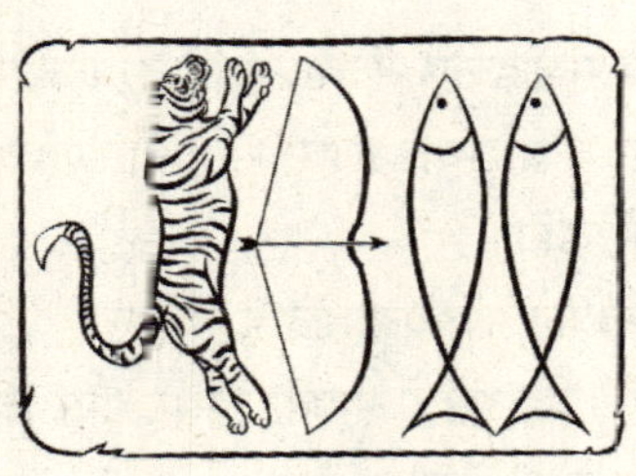

'आराम से, साथियों,' सूर्यवर्मन ने आदेश दिया था, उसकी आवाज़ जहाज़ के अगले हिस्से पर गूंज उठी। 'हम गौरव के लिए लड़ रहे हैं—और विष्णु के लिए!'

युद्ध अचानक शुरू हो गया था, हवा में युद्ध का शोर भरने लगा था। खमेर और चोल जहाज़ों पर रणनीतिक रूप से तैनात गुलेल जलते हुए अग्निपात्र छोड़ रहे थे। ये अग्निपात्र दूर-दूर तक फैले वियतनामी दुश्मनों के डेक पर विस्फोट कर रहे थे, जिससे हर तरफ आग और अराजकता फैल गई थी।

खमेर तीरंदाज़ इस हमले को और तेज़ करते हुए चंपा के जहाज़ों पर जलते हुए तीर बरसा रहे थे।

समुद्र में एक-दूसरे से टकराते जहाज़ों और लड़ते सैनिकों ने उथल-पुथल सी मचा दी थी। लेकिन अपने हमले की प्रचंडता के बावजूद, सूर्यवर्मन को जीत हाथ से दूर जाती हुई लग रही थी। चंपा सेनाएं, पूरी तैयारी और अथक सैनिकों के साथ, पूरी ताक़त से लड़ रही थीं, उनके फुर्तीले जहाज़ और आक्रामक रणनीति खमेर और चोल सेनाओं को पीछे धकेल रही थीं। रेंगती हुई किसी परछाई की तरह संदेह ने सूर्यवर्मन के संकल्प को कुतरना शुरू कर दिया था।

तभी, सूर्यवर्मन के प्रधान पुरोहित दिवाकरपंडित वहां आए, उनकी उपस्थिति से हवा में आई शांति उनके चारों ओर की उथल-पुथल के बिल्कुल विपरीत थी। उनके केसरिया वस्त्र हवा में लहरा रहे थे, उनकी दृष्टि स्थिर थी, उन्होंने कहा था, 'महाराज, इस संघर्ष का ज्वार हमारे पक्ष में नहीं है। देवता एक बड़ी भेंट की मांग कर रहे हैं... आपसे आपकी भक्ति के एक और गहन प्रदर्शन की मांग कर रहे हैं।'

थकान और आशंकाओं से धड़कते हृदय के साथ, सूर्यवर्मन ने पुजारी की ओर रुख किया था। 'क्या करना होगा?' उन्होंने धीमी आवाज़ में पूछा था।

दिवाकरपंडित की आंखें तीक्ष्ण और अविचल थीं। 'हमें एक प्रतिज्ञा करनी होगी, महाराज,' उन्होंने कहा। 'विष्णु के सम्मान में एक मंदिर बनाने की प्रतिज्ञा, एक ऐसा स्मारक जो दुनिया ने पहले कभी नहीं देखा है। तभी देवता हमें विजय प्रदान करेंगे।'

सूर्यवर्मन ने जवाब देने के पहले सोचा, निर्णय का भार उन्हें अनुभव हो रहा था। उन्होंने एक ऐसे मंदिर की कल्पना की जो आसमान की ऊंचाई छूता हो, जिसके शिखर बादलों को भेदते हों, जिसकी दीवारें विष्णु की महिमा की कहानियों से सजी हों। उनका संकल्प दृढ़ हो गया। 'मैं ऐसा मंदिर बनाने की प्रतिज्ञा करता हूं,' उन्होंने एक नए विश्वास के साथ घोषणा की। 'एक ऐसा मंदिर जो सदा-सर्वदा बना रहेगा, विष्णु की शक्ति का प्रतीक होगा!'

मानो देवताओं ने स्वयं उनके सैनिकों में शक्ति का संचार कर दिया हो, उनकी सेनाओं में एक प्रचंड वेग दौड़ गया। खमेर और चोल योद्धा, नए उत्साह से भरकर, भयंकर तरीके से लड़ने लगे। युद्ध का रुख पलट गया। चंपा की सैन्य-पंक्तियां पहले डगमगाईं, फिर टूट गईं, उनके जहाज़ों को पकड़ लिया गया और जब्त कर लिया गया, कई को आग लगा दी गई। पराजितों के रक्त से समुद्र लाल हो गया था; जलती हुई लकड़ी और मांस की गंध हवा में भर गई थी।

खमेर ध्वज पराजित चंपा बेड़े पर विजयी होकर लहरा रहे थे। जैसे ही समुद्र की उथल-पुथल शांत हुई, सूर्यवर्मन, गर्व और राहत से फूले हुए हृदय के साथ दिवाकरपंडित की ओर मुड़े। 'हम विजयी हुए हैं,' उनकी आवाज़ खुशी से गूंज रही थी। 'विजय का अमृत हमारा है! और हमें बिना देर किए अपनी प्रतिज्ञा का पालन करना चाहिए।'

उस विजय के बाद, भव्य मंदिर के निर्माण की योजना तुरंत ही शुरू हो गई थी। सूर्यवर्मन ने इस कार्य का जिम्मा दिवाकरपंडित को सौंपा। लेकिन परियोजना का दायरा बहुत विशाल और चुनौतीपूर्ण था।

सहायता की आवश्यकता को समझते हुए, दिवाकरपंडित ने चोल साम्राज्य के समकक्षों से संपर्क किया, उन्होंने कुशल शिल्पकारों और कारीगरों की मदद मांगी। इन कारीगरों में परांतक भी था, जो चोल राजधानी गंगइकोंडा चोलपुरम में सबसे प्रतिभाशाली मूर्तिकार था। बहुत कम लोगों को पता था लेकिन परांतक 191वां द्वैतलिंगम रक्षक भी था। यह कर्तव्य उसे चोलों के हाथों पांड्यों के पतन के बाद सौंपा गया था।

परांतक अपने साथ बेहतरीन लोहे से बनी अनोखी छेनी का एक सेट लेकर अंगकोर वाट आया था, इन उपकरणों में उसके परिवार की कई पीढ़ियों से चली आ रही शक्ति समाहित थी। ये उपकरण, उसके अद्वितीय ज्ञान के साथ मिलकर, कारीगरों को वैसी कुशलता देते थे जो पत्थर को अभूतपूर्व सटीकता से आकार देना संभव बनाता था।

दिवाकरपंडित की देखरेख में मंदिर ने आकार लेना शुरू कर दिया था। परांतक की विशेषज्ञता से प्रेरित होकर, कुशल कारीगरों ने रामायण और महाभारत के दृश्यों को दर्शाते हुए हल्के उभरे हुए चित्र उकेरे थे, और उनके हर प्रहार से पत्थरों में जीवन का संचार हो रहा था। दीवारें जल्द ही बारीक विवरणों और सुंदर आकृतियों से सज गईं और मानो उनमें दिव्य ऊर्जा का स्पंदन होने लगा हो।

एक शाम दिवाकरपंडित ने उभरती हुई संरचना का अवलोकन करते हुए घोषणा की थी, 'हमें समुद्र मंथन को अवश्य शामिल करना चाहिए। यह एक महत्वपूर्ण कथा है, यह याद दिलाएगा कि समुद्र अगर अशांत नहीं हुआ होता तो शायद यह मंदिर कभी नहीं बन पाता।'

परांतक की आंखें उत्साह से चमक उठीं। 'एक बुद्धिमानी भरा निर्णय, प्रभु। इससे हमें अपनी नक्काशी में विभिन्न जलीय जीवों को शामिल करने का अवसर मिलेगा—जिसमें जुड़वां मछलियां भी शामिल हैं।'

दिवाकरपंडित मुस्कुराए। 'तो ऐसा ही हो। हमारा मंदिर सांसारिक और दिव्य शक्तियों के मिलन का प्रतीक होगा—पत्थरों में एक ऐसी संगीत रचना जिसे सभी देख सकेंगे।'

~

अब, जब सूर्यवर्मन पूर्ण हो चुके उस चमत्कार के सामने खड़े थे, तो उन्हें उस प्रतिज्ञा और उसके फलस्वरूप अपनी विजय के महत्व का गहरा एहसास हुआ। उस भव्य संरचना को निहारते हुए, उन्हें आश्चर्य हो रहा था कि क्या परांतक की पवित्र छेनी ने केवल पत्थर के आकार को बदला था, या उसमें अपनी शक्ति का संचार भी किया था।

31

कोरकाई, तामिरबरणी, पांड्य देशम

आज का थूथुकुडी ज़िला, तमिलनाडु, भारत

लगभग 2,000 साल पहले

गुरुकुल में तीन वर्ष की शिक्षा पूरी कर लौटते समय जब चारों किशोर कोरकाई में कुलशेखर के घर पहुंचे तो उनके मन उत्साह और उमंग से भरे हुए थे। कुलशेखर ने सोजू और मिथ्रा का ऐसा आत्मीय स्वागत किया कि उनके हृदय में छिपी अपने घर की याद तुरंत धूमिल हो गई। इंदुमती ने अपनी बेटी सुरिरत्ला और बेटे भद्रकेतु को बांहों में भर लिया। पास खड़ी विष्णुप्रिया के होंठों पर कोमल मुस्कान तैर रही थी।

भद्रकेतु, मिथ्रा और सोजू अब पंद्रह वर्ष के हो चुके थे और सबसे छोटी सुरिरत्ला चौदह वर्ष की थी। वे उस सीमा पर खड़े थे जहां बचपन की मासूमियत पीछे छूट रही थी लेकिन पूर्ण यौवन अभी सामने नहीं आया था–जैसे समय स्वयं उन्हें गढ़ने के लिए थम गया हो। 'स्वागत है बच्चों,' विष्णुप्रिया ने कहा, उसकी आवाज़ में नरमी और स्नेह घुले-मिले थे। 'इसे अपने घर जैसा ही समझो। यह जितना मेरा है उतना ही तुम्हारा भी।' सभी किशोर उत्साह के साथ शीघ्र ही घर में घुल-मिल गए। कुलशेखर का विशाल आवास मानो किसी रहस्यमय ख़ज़ाने से भरा पड़ा था। शयनकक्ष की पेटी में गुप्त खाने बने थे, बैठक में सुंदर कारीगरी वाली वीणा सजी थी, अध्ययनकक्ष में चतुरंग का पट बिछा था और बाहर छोटे से मंदिर के पास सुरों से सजी घंटियों का संग्रह लटक रहा था, जो किसी भी आगंतुक का स्वागत करती हुई मधुर ध्वनि में झूम उठती थीं।

सुरिरत्ना और भद्रकेतु मगर किसी और से मिलने के लिए आतुर थे। लंबे विरह के बाद पिता से मिलने की उत्कंठा उनके भीतर इस कदर उमड़ रही थी कि मानो हृदय की धड़कन ही किसी अनजाने वाद्य का तेज़ स्वर बन गई हो। 'मातालु,' सुरिरत्ना ने लगभग फुसफुसाते हुए पूछा, 'क्या हम आज पिताह को देख पाएंगे?'

कुलशेखर का चेहरा नरम पड़ गया। 'अवश्य, पुत्री,' उसने हल्के स्वर में कहा–'वो शीघ्र ही यहां होंगे। धातुशाला में बहुत कार्य संभालना पड़ा है। उन्हें कई तैयारियां पूरी करनी थीं, पर चिंता मत करो... उन्हें तुम्हारे आगमन का समाचार मिल गया है।'

मानो बच्चों की उत्कट चाह से पुकारे जाने पर ही द्वार खुला और पद्मसेन चौखट पर खड़ा दिखा। उसकी उपस्थिति उतनी ही आश्वस्त करने वाली थी जितनी हमेशा हुआ करती थी। लेकिन उसके पीछे एक असामान्य व्यक्ति खड़ा था–पीछे की ओर चिपके बाल, त्वचा पर तेल जैसी चमक और व्यवहार उतना ही संदेहास्पद जितना उसका रूप। पद्मसेन ने हल्की-सी कठोरता से सिर हिलाया और वो आदमी अंधेरे में विलीन हो गया।

'पिताह!' सुरिरत्ना और भद्रकेतु एक साथ पुकार उठे। उनकी उल्लासभरी आवाज़ पूरे घर में गूंज गई। चेहरे पर दमकती मुस्कान के साथ दोनों दौड़कर उनसे लिपट गए। फिर अपनी परंपराओं की याद आने पर झुककर उसके चरण छुए। लेकिन पद्मसेन ने उन्हें फिर से अपने सीने से लगा लिया। उसका हृदय खुशी से भरा हुआ था। 'मैंने तुम दोनों को बहुत याद किया,' उसने आंसुओं को रोकते हुए भर्राए स्वर में कहा।

सुरिरत्ना ने भौंहें सिकोड़कर पिता की ओर देखा। 'वो आदमी कौन था जो आपके साथ आया था?' उसने पूछा। 'उसका शरीर तेल जैसा चिकना लग रहा था!'

'वो तो बस एक व्यापारिक सहयोगी है,' पद्मसेन ने टालने वाले अंदाज़ में उत्तर दिया। 'ऐसे कई लोग हैं।' क्षणभर ठहरकर उसने जोड़ा, 'उसने नई धातुशाला के लिए ज़मीन दिलाने में मदद की थी।' भीतर छिपे किसी सच को भांपकर भी सुरिरत्ना ने आगे कुछ पूछना उचित नहीं समझा।

इधर परिवार मिलन के इन पलों का आनंद ले रहा था, उधर सोजू और मिथ्रा उत्सुकतावश घर के आंगन में निकल आए। वहां स्थानीय पकवानों की मन लुभा देने वाली थाली सजी थी। 'इसे चखो,' मिथ्रा ने आग्रह करते हुए सोजू को गुड़ का एक टुकड़ा थमाया। 'यह बहुत स्वादिष्ट है।'

सोजू मुस्कुराया और झिझकते हुए एक कौर लिया। मुंह में घुलते ही गाढ़ी, चीनी जैसे स्वाद ने उसे चौंका दिया। 'यह तो अद्‌भुत है,' उसने प्रसन्नता से कहा और मिठास का आनंद लेने लगा। दोनों ने अन्य पकवान भी चखे, जैसे, इमली की खट्टी-मीठी और चटपटी गोलियां, जो जीभ पर मानो स्वाद का धमाका करती थीं।

~

पुनर्मिलन की खुशियों और नई खोजों से भरे हुए दिन तेज़ी से बीतने लगे। खाली समय में चारों किशोर-किशोरी कोरकाई की गलियों में निकल पड़ते। चहल-पहल से भरा, बंदरगाह वाला ये नगर अनेक संस्कृतियों का संगम था। हर नया अनुभव–स्थानीय व्यंजनों के अनोखे स्वाद, अनजान खेलों की रोचकता और दूर देशों से आए नाविकों की दास्तानें–उनके रोमांच को और गहराई देते और संसार के प्रति उनका ज्ञान बढ़ाते।

एक दोपहर सोजू और सुरिरत्ना एक शांत बगीचे की ओर खिंचते चले गए। वहां की हवा फूलों की सुगंध से महक रही थी। वे छायादार पगडंडियों पर टहल रहे थे, मधुमक्खियों की धीमी गुनगुनाहट एक कोमल सा संगीत वातावरण में बिखेर रही थी।

'यह जगह कितनी सुंदर है,' सुरिरत्ना ने फुसफुसाकर कहा, उसकी दृष्टि अग्निकमल और चंपा के खिले गुच्छों पर टिकी थी।

'हां, जैसे कोई गुप्त आश्रय हो,' सोजू ने सहमति जताई।

बगीचे के भीतर और आगे बढ़ते हुए वे एक छोटे, शांत सरोवर तक पहुंचे। दोनों किनारे पर बैठ गए और कंकड़ उठाकर पानी में उछालने लगे। तभी सुरिरत्ना ने पूछा, 'सोजू, क्या तुम कभी यह सोचते हो कि हम बड़े होकर क्या करेंगे?'

सोजू ने उसकी ओर देखा, चेहरे पर असमंजस के भाव थे। 'कभी-कभी,' उसने धीमे स्वर में कहा, 'पिता कहते हैं कि मुझे गारक का लौह शासक या कोई बड़ा व्यक्ति बनना है। पर अभी इस बारे में सोचना कठिन लगता है। फिलहाल तो मैं बस अपनी शिक्षा पूरी करना चाहता हूं।'

सुरिरत्ना घास के एक तिनके से खेलती रही। 'कितना कुछ करना है मुझे... पर समझ नहीं आता कहां से शुरू करूं। सबकुछ बहुत दूर लगता है।'

'हम सब समझ लेंगे,' सोजू ने दृढ़ स्वर में कहा। 'हम सब करेंगे... जो भी करेंगे... साथ मिलकर करेंगे।'

सुरिरत्ना मुस्कुराई। सोजू के शब्दों ने उसके मन को शांति दी। जिन संघर्षों से वे साथ गुज़रे थे, उनसे गढ़ा हुआ उनका बंधन पहले से कहीं अधिक मज़बूत हो गया था। समय के साथ उनके साझा अनुभवों ने एक ऐसा रिश्ता रच दिया था जो मित्रता से भी ऊपर उठ चुका था।

एक शाम वे जलते अलाव के पास बैठे थे और शकरकंदी सेंक रहे थे। तभी भद्रकेतु ने बहन की ओर मुड़कर पूछा, 'सुरिरत्ना, क्या तुम्हें कोरकाई की वे कहानियां याद हैं जो मातलु कुलशेखर हमें साकेत में आकर सुनाया करते थे?'

'बिल्कुल,' सुरिरत्ना ने उत्तर दिया। 'वो हमेशा कहते थे कि यह स्थान इतिहास में डूबा हुआ है।'

कुलशेखर, जो अब तक शांत बैठा सुन रहा था, मुस्कुराया। 'मुझे विश्वास है सत्यमुनि तुम्हें *शिलप्पतिकारम्* से परिचित कराएंगे,' उसने कहा। 'यह तमिल महाकाव्य यहीं कोरकाई की पृष्ठभूमि पर रचा गया है। इसमें कोवलन नामक एक व्यापारी की कथा है, जो एक नर्तकी के मोह में पड़कर अपना मन और धन दोनों खो बैठता है। टूटे हृदय के साथ कोवलन अपनी पत्नी कन्नगी के पास लौटता है और वे दोनों मदुरई चल पड़ते हैं। वहां कोवलन पर चोरी का झूठा आरोप लगाकर उसे मृत्युदंड दिया जाता है। शोक और क्रोध से भरी कन्नगी, अंत में उसे निर्दोष सिद्ध करती है और फिर नगर पर ईश्वरीय क्रोध की बारिश ला देती है।'

'कितनी दुखद कथा है,' सुरिरत्ला बोली। 'विश्वासघात के कितने घातक परिणाम हो सकते हैं। अच्छा हुआ कि खामियाजा मदुरई को भुगतना पड़ा, कोरकाई को नहीं।'

'निश्चय ही,' पद्मसेन ने सहमति जताई और वो वार्तालाप में शामिल हो गया। 'कोरकाई का बड़ा महत्व है, यह पांड्य साम्राज्य की शक्ति और समृद्धि का प्रतीक रहा है।'

मिथ्रा, जो हमेशा जिज्ञासु रहता था, आगे झुक आया और उसकी आंखों में चमक आ गई। 'क्या आप हमें इसके बारे में एक और कहानी सुनाएंगे, अन्ना?'

पद्मसेन हल्के से हंस दिया। 'बिल्कुल, लेकिन आज रात नहीं। आज देर हो चुकी है। तुम सबको विश्राम की आवश्यकता है।' युवाओं ने असहमति जताते हुए धीमी आह भरी, लेकिन वे भलीभांति जानते थे कि पद्मसेन से बहस करना व्यर्थ था।

चांदनी की सफेद किरणें सोए हुए नगर पर बिखरी थीं, जब सोजू और सुरिरत्ला अलग-अलग अपने कक्षों की ओर बढ़े। सुरिरत्ला अपनी मां के कक्ष में सोती थी, जबकि तीनों लड़के दूसरे कक्ष में थे।

'शुभ रात्रि, सोजू,' सुरिरत्ला ने फुसफुसाकर कहा। जब वो अपने कक्ष की ओर मुड़ी तो उसका हृदय तेज़-तेज़ धड़कने लगा था। कदम केवल पलभर को ठिठके थे।

'शुभ रात्रि, सुरिरत्ला,' सोजू ने उत्तर दिया। उसने क्षणभर के लिए सुरिरत्ला का हाथ थामा और उसके होंठों पर एक कोमल मुस्कान तैर गई।

32

चेन्नई, तमिलनाडु, भारत

वर्तमान काल

आदित्य और सोमी ने अंगुल की अपनी संक्षिप्त यात्रा के बाद जब गल्फस्ट्रीम जी200 से चेन्नई में कदम रखा, तो विमान में ही आदित्य ने उसे डीआरडीओ की मांगों की अहमियत के बारे में विस्तार से बताया था। दोनों कंपनियां मिलकर नए स्टील प्लांट के निर्माण को रफ्तार देने में दिन-रात लगी हुई थीं, लेकिन सबसे अहम चीज़, डीआरडीओ के टैंक के लिए ज़रूरी वो मिश्रधातु अब भी पहुंच से दूर थी।

सोमी भारत लौटी थी अंगुल प्लांट के आधुनिकीकरण की देखरेख के लिए–जो जिस्को और पिल्लई ग्रुप के इस ज्वॉइंट वेंचर का फोकस था। उस सुबह उन्होंने प्लांट का दौरा किया था, जहां इस समय गतिविधियां काफी तेज़ हो गई थीं। कहीं पुरानी मशीनें खोली और हटाई जा रही थीं, तो कहीं नई मशीनरी लगाई जा रही थी। इंजीनियर और तकनीशियन मिलकर कंप्यूटर सिस्टम का नेटवर्क बना रहे थे, जो उत्पादन को बढ़ाने के लिए डिज़ाइन किया गया था। चारों ओर कंक्रीट के ऊंचे खंभे लगाए जा रहे थे। अव्यवस्था और कोलाहल के बीच भी हवा में साफ़तौर पर रोमांच और उम्मीद महसूस की जा सकती थी।

'हम हल ढूंढ़ लेंगे,' सोमी ने पूरे आत्मविश्वास से कहा।

'मुझे इस पर कोई संदेह नहीं है,' आदित्य ने जवाब दिया। 'पर सवाल है कि कब?'

उस शाम वे आदित्य के यॉट पर खाना खा रहे थे, जिसने बंदरगाह के किनारे लंगर डाल रखा था। जब उनके नौकर उनके लिए पेय परोस रहे थे, जहाज़ की हल्की थरथराहट, नमकीन हवा की महक और कॉकटेल ग्लासों की खनकती आवाज़, सबकुछ आराम और सुकून का माहौल रच रही थी। लेकिन आदित्य की भौंहें तनी हुई थीं, उसके चेहरे की सहजता तनाव में बदल चुकी थी।

'तुम्हें क्या चिंता खाए जा रही है?' सोमी ने पूछा, जब उसने आदित्य के झुके हुए कंधों पर ध्यान दिया।

'अगर मैं डीआरडीओ की समयसीमा में डिलीवर नहीं कर पाया, तो मेरी प्रतिष्ठा धूल में मिल जाएगी,' आदित्य ने स्वीकार किया। 'सोमी, इस नए स्टील की मांग... सीधे प्रधानमंत्री की तरफ से आई है। मुझे लगने लगा है कि शायद यह काम मेरी क्षमता से बाहर है। उन्होंने मुझे इसलिए चुना क्योंकि मैं कुछ इनोवेट कर सकता हूं, लीक से हटकर सोच सकता हूं। शायद वे गलत थे... और अब किसी और को ये जिम्मेदारी सौंपनी चाहिए। हमारा ज्वॉइंट वेंचर तो वैसे भी उन वेरिएंट्स पर फोकस कर सकता है, जिनकी ज़रूरत इंडस्ट्री को पड़ती रहती है।'

'दुनिया के किसी और स्टील मैन्युफैक्चरर के पास वो तकनीक नहीं है जो तुम्हें चाहिए,' सोमी ने कहा। 'डीआरडीओ यह बात अच्छी तरह जानता है। और यह भी जानता है कि उसने तुम्हें लगभग असंभव-सी समयसीमा दी है। सच कहूं, आदित्य, तुम्हारे लिए इस काम को सफल बनाने की सबसे बड़ी उम्मीद मैं ही हूं।'

'लेकिन तुम्हें क्या चीज़ प्रेरित कर रही है, सोमी?' आदित्य ने पलटकर पूछा। 'हमारे हित... आखिर क्यों पूरी तरह मेल खाने चाहिएं?'

सोमी हंस पड़ी, उसकी आंखों के किनारों पर हंसी की लकीरें उभर आईं। 'यूं समझ लो कि अगर हम दोनों मिलकर इसे सुलझा पाए तो जिस्को के लिए संभावनाओं की एक नई दुनिया खुल जाएगी। ये कोई परोपकार नहीं है, आदित्य... ये बिज़नेस है।'

'ठीक है,' आदित्य ने मान लिया। 'पर अभी तक हम उस समाधान के करीब भी नहीं पहुंच पाए हैं जिसकी डीआरडीओ को ज़रूरत है।'

'हम उसे ढूंढ़ लेंगे,' सोमी ने आत्मविश्वास से कहा। 'मुझे आभास हो रहा है कि इसका रास्ता भारत से ही निकलेगा।'

आदित्य ने भौंहें सिकोड़ लीं। 'क्या मतलब?'

'तुम्हें याद है दिल्ली की वो बिज़नेस कॉन्फ्रेंस, जब बरसों बाद हमारी फिर से मुलाकात हुई थी? उसी सफर के दौरान मैं कुतुब मीनार परिसर में बने लौह स्तंभ को देखने गई थी। अविश्वसनीय संरचना है वो।'

इतिहासकार मानते हैं कि दिल्ली का यह लौह स्तंभ–प्राचीन भारतीय धातुकला का भव्य प्रमाण–गुप्त काल में, संभवत: चौथी या पांचवीं शताब्दी में बना। चूंकि इसे मूल रूप से भगवान विष्णु को समर्पित किया गया था, कुछ विद्वानों का अनुमान है कि यह उससे भी पुराना हो सकता है।

'वैज्ञानिक सदियों से इसके रहस्य पर बहस करते आए हैं,' सोमी ने अपनी बात जारी रखी। 'कुछ का दावा है कि लोहे में फॉस्फोरस की ऊंची मात्रा के कारण यह जंग से बचा रहा। कुछ इसे सीसे की सुरक्षात्मक परत से जोड़कर देखते हैं। पर सच्चाई यह है कि आज तक कोई पक्के तौर पर नहीं जान पाया कि आखिर किस वजह से यह इतनी सदियों तक जंग से अछूता रहा।'

आदित्य के चेहरे पर उलझन दिखी। 'तो तुम कहना क्या चाहती हो?'

'तुमने जिस्को से साझेदारी इसलिए की क्योंकि तुम्हें कोरियाई तकनीक की श्रेष्ठता पर विश्वास था,' सोमी ने चंचल स्वर में कहा। 'पर मैं इस वेंचर के लिए इसलिए राज़ी हुई क्योंकि मुझे भरोसा है कि हमारे सवालों के जवाब प्राचीन भारतीय तकनीक में छिपे हैं।'

~

अगले दिन वे द लीला पैलेस में मिले। जैसे ही दोनों कॉन्फ्रेंस रूम में बैठे, सोमी ने कहा, 'मैंने किसी को अपने साथ बातचीत के लिए बुलाया है।' उनकी मेज़ पर रखी कॉफ़ी के कप से भाप उठ रही थी। 'मुझे लगता है उस शख्स

का नज़रिया तुम्हें... कुछ नया रास्ता दिखाएगा।' आदित्य के मन में उत्सुकता तो जगी लेकिन वो चुप रहा। उसे सोमी की समझ पर भरोसा था।

कुछ ही पलों बाद कमरे का दरवाज़ा खुला और एक शख्स भीतर आया। उसका पहनावा सीधा-सादा था–एक पुरानी सफ़ेद शर्ट और खाकी पैंट–काफ़ी कुछ फकीरों जैसा। उसके चेहरे पर मोटे चश्मे थे, जो उसे गंभीर विद्वान-सा रूप दे रहे थे। उसके सिर पर बिखरे सफ़ेद बाल मानो आइंस्टाइन जैसी छवि रचते थे। जब उसने बोलना शुरू किया, तो आवाज़ नरम थी लेकिन आत्मविश्वास से भरी, 'सतीश जयरामन,' उसने अपना परिचय दिया। मोटे लेंसों के पीछे से उसकी नज़रें स्थिर और पैनी थीं।

सोमी ने मेज़ पर एक कागज़ आगे बढ़ाया। आदित्य ने उस पर जयरामन के शानदार बायो के हाइलाइट किए गए बिंदुओं पर नज़र डाली: मशहूर भारतीय पुरातत्वविद् और इतिहासकार... मुंबई विश्वविद्यालय से पुरातत्वशास्त्र में पीएचडी... मुज़िरिस और कोरकाई में क्रांतिकारी खोज... इंडियन हिस्टॉरिकल रिव्यू *और* जर्नल ऑफ़ साउथ एशियन स्टडीज़ में शोध-प्रकाशन... चेरा और पांड्य वंशों पर कार्य के लिए पद्मश्री सम्मान... ऑक्सफ़ोर्ड में प्राचीन भारतीय कला और वास्तुकला पर व्याख्यान... कैलाश मंदिर और कोणार्क सूर्य मंदिर पर विशेषज्ञता... सर्न के डॉ. बाला रामास्वामी के साथ सहयोग।

इस बीच, अकादमिक दुनिया की आम आडंबर भरी आदतों से बिलकुल दूर रहने वाले जयरामन ने तुरंत अपना लैपटॉप प्रोजेक्शन सिस्टम से जोड़ा और पहली स्लाइड पर पहुंच गए–एक विशाल पुरातात्विक खुदाई का पैनोरैमिक नज़ारा। उन्होंने एक-एक कर कुछ तस्वीरें दिखाईं–मिट्टी के लंबे घड़े, लोहे के औज़ार, सीसा और तांबे की बनी चीज़ें, खोदी हुई नावें, प्राचीन ईंटों के ढांचे के अवशेष, एक पुराना जर्जर डॉक–हर तस्वीर एक खोई हुई दुनिया की झलक थी।

'मैं क्या देख रहा हूं?' आदित्य ने भौंहें सिकोड़ते हुए पूछा।

'कोरकाई,' जयरामन ने जवाब दिया। 'थूथुकुडी में बंदरगाह वाला एक पुराना शहर, बंगाल की खाड़ी से पांच मील से भी कम दूरी पर। यह

तामिरबरणी से कुछ ही मील उत्तर में बसा था। हालांकि पिछली कुछ सदियों में समुद्र पीछे हट गया है, अपने समय में कोरकाई अंतरराष्ट्रीय व्यापार का प्रमुख केंद्र हुआ करता था।' उन्होंने चमड़े का एक छोटा सा ट्रे उठाया और सोमी और आदित्य की ओर बढ़ाया।

'यह क्या है?' सोमी ने पूछा।

'धातु का टुकड़ा–संभवत: किसी तलवार का–जो कोरकाई की खुदाई से मिला है।'

'इन सबका हमारी बातों से क्या संबंध है?' आदित्य ने बेसब्री से पूछा। हमारे पास डीआरडीओ की डेडलाइन है। हम ये बेकार की बातें क्यों कर रहे हैं?

'क्योंकि कोरकाई पांड्य साम्राज्य का सबसे महत्वपूर्ण बंदरगाह था, लगभग दो हज़ार वर्ष पहले,' जयरामन ने शांत स्वर में जवाब दिया। 'यहां से जहाज़ नियमित रूप से अरब प्रायद्वीप की तरफ जाते थे–जिसे उन दिनों अरवा नाडु कहा जाता था। मेरी टीम ने वहां रोमन अवशेष भी खोज निकाले हैं। यह असामान्य बात नहीं है कि मिट्टी की कुछ ही परतों की खुदाई करने पर अलग-अलग युगों के सिक्के निकल आएं। कोरकाई का महत्व लगभग पंद्रह सौ वर्ष पहले घटने लगा, जब पांड्य राजधानी मदुरई स्थानांतरित हुई। लेकिन इसका महत्व, इसका ऐतिहासिक गौरव, स्पष्ट है। आखिरकार "अयुत" नाम, जो कन्याकुमारी तक पूरे क्षेत्र को दिया गया था'–वो अपनी बात पर ज़ोर देने के लिए पलभर रुके–उसी "अयुत" का जिक्र प्राचीन कोरियाई ग्रंथों में भी है।'

आदित्य की आंखें सिकुड़ गईं। बिखरे टुकड़े अब जुड़ने लगे थे। 'और वे किन चीज़ों का कारोबार करते थे?' उसने पूछा।

'काली मिर्च, हाथी दांत, मोती, रत्न, रेशम, सुगंधित द्रव्य... और लोहे की सिल्लियां,' जयरामन ने जवाब दिया। 'वापस लौटने वाले जहाज़ सोना, मूंगा, कांच के बर्तन, मदिरा, जैतून का तेल और मछली की चटनी लेकर आते थे। इस कारोबार की रोमन साम्राज्य के वार्षिक व्यापार घाटे में महत्वपूर्ण भूमिका थी। एक रोमन नौसैनिक कमांडर, प्लिनी द एल्डर ने करीब 77 ईस्वी में अपनी

किताब नेचुरल हिस्ट्री में इसका जिक्र किया है। उसका अनुमान था कि यह घाटा सालाना लगभग 10 करोड़ सेस्टरसीज़ तक होता था।'

सोमी ने आदित्य की ओर देखा, उसके होंठों के कोने पर एक मुस्कान तैर रही थी। 'तुम्हें याद है, गिम्हे में क्वीन हियो की समाधि पर हमारी वो बातचीत? तुम सोच रहे थे कि आखिर कोई शख्स क्यों हज़ारों मील समुद्र पार करके एक अजनबी से विवाह करने पहुंचेगा...'

'हां, बिल्कुल याद है,' आदित्य ने कहा।

'कोरकाई पूरी दुनिया से जुड़ा हुआ था,' सोमी बोली। 'व्यापार मार्ग रोम, यूनान, दक्षिण-पूर्व एशिया, फारस, अरब, अफ्रीका और यहां तक कि चीन तक फैले हुए थे। और बताओ, दो हज़ार साल पहले कोरकाई पर किसका नियंत्रण था?'

'पांड्यों का,' जयरामन ने जवाब दिया, साथ ही पहले से अंदाज लगाते हुए अगला सवाल भी पूछ लिया, 'और उनका प्रतीक चिह्न क्या था?'

'जुड़वां मछलियां,' सोमी ने उत्तर दिया, उसकी आवाज़ में रोमांच था।

दो नाचती मछलियां, सागर की लहरों में उलझी हुईं।
धाराओं के साथ लहराती हुईं, उन्मुक्त और स्वतंत्र।

33

दीमास्क़, रोमन साम्राज्य

आज का दमिश्क, सीरिया

लगभग 2,000 साल पहले

डूबते सूरज की लपटों ने दीमास्क़ को गहरे सुर्ख रंग में रंग दिया था–जैसे कि आने वाले खून-खराबे का अपशकुन हो।

बरकत छत पर खड़ा था, जहां से मुख्य चौक साफ़ दिखाई देता था। उसके अंदर बेचैनी बढ़ती जा रही थी। शांतिपूर्ण असहमति की उम्मीद अब धुंधली हो चुकी थी। आंदोलन पर यित्ज़ाक जैसे उग्र नेताओं का कब्ज़ा हो गया था। नीचे गलियों में हज़ारों निराश और गुस्साए लोग उमड़े थे। उनकी आवाज़ें हर पल और तीखी, और डरावनी होती जा रही थीं। जो चौक कभी अनुशासन और व्यवस्था का प्रतीक था, अब अराजकता में डूब गया था। भूख और रोमन अत्याचार से पीड़ित भीड़, गलियों में पागलपन की हद तक हिंसा करने लगी। घरों को आग के हवाले किया जा रहा था, दुकानों को लूटा जा रहा था। जो आंदोलन इंसाफ की पुकार से शुरू हुआ था, अब निराशा और सुलगते गुस्से से भरी हुई शैतानी ताक़त में बदल चुका था। डूबे दिल के साथ बरकत देख रहा था कि उसके अपने नगर के लोग एक विनाशकारी उन्माद में डूबते जा रहे थे। अमन बनाए रखने की उसकी महीनों की मेहनत, उसकी योजनाएं सब ढह गई थीं। हवा में धुएं और जलती लकड़ियों की गंध की घुटन थी। गलियों में बदहवास भागते नागरिकों की चीखें गूंज रही थीं।

'बरकत!' नोआम की फिक्र से भरी और तेज़ आवाज़, उस शोर को चीरती हुई पहुंची। बरकत ने मुड़कर देखा। उसका दोस्त और पूर्व सैनिक, जिसने आंदोलन की पहली रणनीति गढ़ने में मदद की थी, उसकी ओर आ रहा था। नोआम का चेहरा चिंता की लकीरों से भरा था। 'हमें यहां से निकलना होगा,' उसने बरकत की बांह थामते हुए कहा। 'अब यह विरोध-प्रदर्शन नहीं रहा। यह पूरी तरह से दंगा बन गया है।'

अचानक एक विस्फोट ने चौक को हिलाकर रख दिया, जिससे भीड़ में हंगामा मच गया। रोमन शस्त्रागार से आग की लपटें उठीं, राल के भंडार, पिच और गंधक एक भयानक आग में धधक उठे। बरकत ने देखा और उसका मन घबरा उठा, जब भीड़ गवर्नर के घर पर टूट पड़ी। संख्या में कम रोमन सैनिक फाटक पर भीड़ को रोकने की कोशिश कर रहे थे। लेकिन जनता की बेकाबू लहर, जो हताशा और उन्माद से भरी थी, रुकने वाली नहीं थी। बरकत के मन में दहशत उमड़ पड़ी। सबकुछ नियंत्रण से बाहर जा रहा था।

नोआम के रोकने से पहले ही वो तेज़ी से सीढ़ियां उतर गया और भीड़ को चीरता हुआ आगे बढ़ा। 'रुको! ये पागलपन है! ये तरीका नहीं है!' पर उसकी आवाज़ उस बढ़ते हुए शोर में तिनके जैसी डूब गई और उसके शब्द हंगामे में गुम हो गए। उसे आगे यित्ज़ाक दिखा–वही उग्र युवक जो आक्रामक तरीकों की वकालत करता था–वो भीड़ में सबसे आगे चल रहा था, उसने अपने सिर के ऊपर एक गदा उठा रखा था।

'यित्ज़ाक, नहीं!' बरकत ने झपटकर उसकी बांह पकड़ ली, उसे ऊंचाई से पीछे खींचने की कोशिश की। 'इससे तकलीफ और बढ़ेगी!'

'हमने बहुत तकलीफ सही है!' यित्ज़ाक दहाड़ा, उसकी आंखें अंगारों जैसी जल रही थीं। 'अब उन्हें हमारे दर्द का एहसास होना चाहिए!' वो बरकत की पकड़ से बांह झटककर निकल गया और लहर की तरह आगे बढ़ा, उसके पीछे भीड़ उमड़ पड़ी। उन्हें देखते हुए बरकत पर निराशा की लहर छा गई। वो उनकी हताशा समझता था, उनकी बेबसी भी, लेकिन उसे मालूम था कि ये रास्ता आगे सिर्फ़ ज़्यादा खून-खराबे तक ले जाएगा।

गवर्नर के फाटक लगातार हमले के सामने आखिर ढह गए। बचे-खुचे रोमन सैनिक, जो संख्या में बहुत कम थे, या तो मारे गए या भाग खड़े हुए। बदले की आग में धधकती भीड़ बाढ़ की तरह आंगन में घुस आई। बरकत का दिल धड़क रहा था और उसे पता था कि उसे इसे रोकना होगा, इससे पहले कि यह और ज़्यादा पागलपन और कत्लेआम में बदल जाए।

वो भीड़ को चीरता हुआ महल की सीढ़ियों तक पहुंचा, तभी दरवाज़े चरमराकर टूट गए। भीतर गवर्नर फिलिपिडीज़ खड़ा थे, चेहरा पीला पड़ा हुआ, पर संकल्प अटल, और उसके साथ था उसका वफ़ादार लेफ्टिनेंट कॉर्नेलियस। उन दोनों की आंखों में आतंक तैर रहा था–वही डर, जो बरकत के भीतर भी था। 'कृपया रुक जाएं!' बरकत ने हाथ उठाते हुए पुकारा, उसकी आवाज़ में हताशा भरी गुज़ारिश थी। 'यह इंसाफ नहीं है! यह कत्ल होगा!'

कुछ पलों के लिए आंगन में सन्नाटा छा गया। आंगन में उमड़ी भीड़, हांफती हुई, आंखों में खौफ़नाक चमक लिए, थम-सी गई। उसका गुस्सा पलभर के लिए रुक गया। अवसर का लाभ उठाते हुए फिलिपिडीज़ आगे बढ़ा। उसके हाथ कांप रहे थे, लेकिन आवाज़ में अब भी दृढ़ता थी, उसने गूंजती आवाज़ में कहा, 'दीमास्क़ के लोगों, मैं तुम्हारा गुस्सा समझता हूं। पर हिंसा समाधान नहीं है। हम बात करते हैं। मिलकर रास्ता ढूंढ़ते हैं।'

पर विवेक कहीं खो चुका था। उसकी जगह ले ली थी प्रतिशोध की प्यास ने। 'जैसे तुमने बरसों पहले हमसे बात की थी?' यित्ज़ाक चिल्लाया। 'अब बातचीत का समय खत्म हो चुका है।' खून जमा देने वाली एक चीख के साथ वो झपटा। भीड़ भेड़ियों के झुंड की तरह उसके पीछे दौड़ी। फिलिपिडीज़ को सीढ़ियों से खींचकर नीचे गिरा दिया गया। रहम की उसकी गुहारें भीड़ के शोर में डूब गईं। देखते ही देखते उस पर घूंसों और तलवारों की बारिश होने लगी। कॉर्नेलियस को वापस महल में जाने के लिए मजबूर होना पड़ा क्योंकि गवर्नर की आखिरी पुकार उसके कानों में गूंज रही थी: 'कॉर्नेलियस, मिथ्रादेट्स की रक्षा करना! मेरे इकलौते बेटे की रक्षा करना...'

बरकत ने असहाय खड़े देखा, भीड़ ने फिलिपिडीज़ को घेर लिया था। उनका उन्माद रक्तपिपासा में बदल गया था और पत्थर की सीढ़ियां खून से लाल हो उठीं। दिमश्क़–वह शहर जिससे वह प्रेम करता था, जिसकी रक्षा के लिए उसने संघर्ष किया था–अब अजनबी हो चुका था, एक ऐसे अंधकार में डूबा शहर जिसे वो समझ नहीं पा रहा था। उसके गले में मिचली-सी उठी। हिंसा की छवियां और आवाज़ें उसकी इंद्रियों पर घातक चोट कर रही थीं। अहिंसक विरोध का उसका सपना, जिसे इतने लोगों ने साझा किया था–नफ़रत के बोझ तले कुचलकर अब चूर-चूर हो चुका था।

दीमास्क़ पर रात का अंधेरा छाने के साथ ही आग की लपटें आसमान को चूम रही थीं, गवर्नर की मौत रोम के बदले की शुरुआत का इशारा थी। बरकत का दिल दुख और निराशा से घुट चुका था। उसे भलीभांति मालूम था कि अब क्या होने वाला था। रोमन इसकी सज़ा दिए बिना नहीं छोड़ेंगे, उनका प्रकोप भयानक होगा। दीमास्क़ की सड़कों की नई सजावट अब सूली पर चढ़े हुए लोग होंगे।

धधकती आग के बीच उसे नोआम दिखाई दिया। उसके दोस्ते के चेहरे पर निराशा और हताशा की वही गहरी लकीरें थीं। 'हमें निकलना होगा,' नोआम ने तुरंत कहा। 'रोमन बदला लेने के लिए लौटेंगे। यहां रुकने का कोई मतलब नहीं है।'

बरकत ने हामी भरते हुए सिर हिलाया। उसने जलते शहर पर आख़िरी नज़र डाली, उसका दिल टूट चुका था। दोनों अंधेरे में गुम हो गए, पर बरकत नाकामी के उस एहसास से नहीं उबर पाया, वो जानता था कि यह... यह तो बस शुरुआत थी।

34

कोरकाई, तामिरबरणी, पांड्य देशम

आज का थूथुकुडी ज़िला, तमिलनाडु, भारत

लगभग 2,000 साल पहले

भद्रकेतु के कदम उसे कोरकाई के हरे-भरे जंगलों में और अंदर तक ले जा रहे थे। पत्तों की सरसराहट और पक्षियों के चहकने की आवाज़ ही वहां की शांति को भंग करने वाली इकलौती आवाज़ें थीं। एकांत और रोमांच की खोज में उसका जिज्ञासु मन उसे घर से और दूर खींचता चला गया। आज की यह यात्रा उसके जीवन को हमेशा के लिए बदल देने वाला कारण बनने वाली थी।

चलते-चलते वो एक छोटे से खुले स्थान पर पहुंचा, जहां सूर्य की किरणें छनकर पड़ रही थीं। उसके बीचों-बीच गेरुए वस्त्र पहने एक पुरुष एक विशाल वृक्ष की छाया तले ध्यान लगाकर बैठा था। भद्रकेतु के भीतर कौतूहल जागा और वो सावधानी से आगे बढ़ा, उसके कदम मुलायम घास पर बिना किसी आहट के बढ़ रहे थे। उस व्यक्ति ने उसकी उपस्थिति भांप ली। धीरे-धीरे अपने ध्यान से बाहर आया, अपने पांव फैलाए और सहजता से उन्हें सीधा किया। फिर भद्रकेतु को अपने पास छायादार जगह पर बैठने के लिए बुलाया।

'स्वागत है, बालक,' संन्यासी ने कहा। 'मैं नाडिकश्यप हूं। तुम यहां किस कारण से आए हो?'

'मैं भद्रकेतु हूं,' उसने हिचकिचाते हुए उत्तर दिया। 'मैं अक्सर यूं ही भटकता रहता हूं... किसी चीज़ की... तलाश में।'

नाडिकश्यप के होंठों पर एक परिचित सी मुस्कान उभरी। 'कभी मैं भी ऐसा ही था,' उन्होंने कहा। 'तुम ज्ञान और शांति की खोज में हो। आओ, मेरे पास बैठो। हम बातचीत करेंगे।'

भद्रकेतु ज़मीन पर पद्मासन में बैठ गया और उसकी दृष्टि संन्यासी पर स्थिर हो गई। नाडिकश्यप ने बोलना शुरू किया, उनकी शांत वाणी ज्ञान के सूत्र पिरो रही थी। वो बुद्ध की शिक्षाओं के बारे में बता रहे थे–करुणा, सजगता और आत्मबोध के बारे में। भद्रकेतु मंत्रमुग्ध होकर घंटों सुनता रहा। सत्य से जुड़ी सरल बातें और संन्यासी के भीतर से फूट रही गहरी शांति उसे भीतर तक छू रही थी।

आने वाले दिनों में भद्रकेतु स्वयं को बार-बार उसी मैदान की ओर खिंचता पाता। वो घंटों तक गायब हो जाता और नाडिकश्यप की शिक्षाओं में डूबा रहता। मिथ्रा, सोजू और सुरिरत्ना ने उसकी लंबी अनुपस्थिति पर ध्यान दिया और धीरे-धीरे उनकी चिंता बढ़ने लगी।

'वो कहां जाता है?' सुरिरत्ना ने एक शाम पूछा, जब परिवार के लोग और मित्र सभी आंगन में एकत्र थे। उसकी भौंहों पर चिंता की लकीरें उभर आई थीं।

'मैंने उसे वन की ओर जाते देखा है,' मिथ्रा ने उत्तर दिया। 'जब लौटता है तो विचारों में खोया रहता है, मानो... बदल गया हो।'

पद्मसेन ने एक गहरी सांस भरी। 'कोरकाई में तुम्हारा समय अब समाप्ति की ओर है,' उन्होंने बच्चों को याद दिलाया। 'दो सप्ताह बाद तुम्हें सत्यमुनि के गुरुकुल लौटकर अपनी शिक्षा पूरी करनी होगी। भद्रकेतु का ध्यान उसकी शिक्षाओं में होना चाहिए। यह... भटकाव उसे वो पुरुष नहीं बनाएगा जो बनना उसका भाग्य है।'

अपने पुत्र को पुराने रास्ते पर वापस लाने के संकल्प से पद्मसेन ने अपने एक आदमी को–वही विचित्र व्यक्ति जिसके बाल पीछे चिपके रहते थे–भद्रकेतु पर नज़र रखने के लिए भेजा। प्रतिदिन उसे सूचना मिलती। लेकिन उसकी फटकार और समझाने के बावजूद भद्रकेतु नाडिकश्यप की शिक्षाओं से स्वयं

को अलग नहीं कर पाया। और जब वो एक रात देर से घर लौटा, तो उसके चेहरे पर नए ज्ञान का प्रकाश था। उसके माता-पिता और मित्र प्रतीक्षा में थे; उनके मन में भय और आशंका भरी हुई थी।

'भद्रकेतु, तुम कहां थे?' इंदुमती ने पूछा, उसकी आवाज़ में चिंता की नरमी थी।

'एक बौद्ध भिक्षु से शिक्षा ले रहा था,' उसने उत्तर दिया। 'उनके शब्द... उनमें गहरी अंतर्दृष्टि है।'

'तुम्हारी शिक्षा महत्वपूर्ण है, पुत्र,' पद्मसेन ने अपने क्रोध को छिपाने की भरसक कोशिश करते हुए कहा। 'मैं तुमसे विनती करता हूं, पहले अपनी पढ़ाई पूरी करो, फिर ऐसे रास्ते पर जाना।'

भद्रकेतु ने अपने पिता की आंखों में झांककर देखा, उसकी दृष्टि अडिग थी। 'मैं समझता हूं, पिताह, पर यह... यह जीवन की पुकार है। मेरा हृदय कहता है कि यही मार्ग सही है, गुरुकुल नहीं।'

उसके माता-पिता ने एक-दूसरे की ओर चिंतित दृष्टि से देखा। इंदुमती तनाव सह न सकी और उसने बेटे के कंधे पर हाथ रखा। 'हम तो बस तुम्हारे लिए सर्वोत्तम चाहते हैं,' उसने विनती करने के अंदाज़ में कहा। 'अपने भविष्य पर ध्यान से विचार करो।'

भद्रकेतु ने हां में सिर हिलाया, पर उसका निश्चय अटल हो चुका था। भीतर से उठी उस पुकार की शक्ति माता-पिता के दबाव से कहीं अधिक प्रबल थी। अब उसे कोई डिगा नहीं सकता था।

अगले कुछ दिनों तक भद्रकेतु भीतर ही भीतर डूबा रहा, मौन और आत्ममंथन में लीन। नाडिकश्यप ने उसकी मन:स्थिति भांप ली और एक दिन मार्गदर्शन किया, 'तुम्हारा परिवार तुमसे प्रेम करता है। उनका भय उनके प्रेम से उपजा है। लेकिन जो राह तुम चुनोगे... वो तुम्हारी अपनी होनी चाहिए।'

'मैं उलझन में हूं,' भद्रकेतु ने स्वीकार किया। 'मैं उन्हें निराश नहीं करना चाहता। पर मेरा हृदय... क्या यह यहीं का है?'

'धर्म का मार्ग–जिसे हम बुद्ध के अनुयायी धम्म कहते हैं–आसान नहीं है,' नाडिकश्यप ने कहा। 'यह समझ और करुणा मांगता है। अपने परिवार से बातचीत करो। उन्हें वह प्रकाश देखने दो जो तुम्हारे भीतर चमक रहा है।'

उस शाम भद्रकेतु ने अपने परिवार को एकत्र किया। गहरी सांस लेकर उसने कहा, 'माताह और पिताह, मैंने आपकी बातों पर विचार किया है। मैं आप दोनों से अत्यंत प्रेम करता हूं और जानता हूं कि आपकी चिंता केवल मेरे प्रति आपके स्नेह से उपजी है। परंतु मुझे अपना सच्चा मार्ग मिल चुका है। मैं बुद्ध का मार्ग अपनाना चाहता हूं।'

पद्मसेन का चेहरा सख्त हो गया। क्रोध से भरे स्वर में उसने कहा, 'ऐसा निर्णय लेने के लिए तुम बहुत छोटे हो। तुम्हारी शिक्षा अधूरी है। अपना जीवन इस तरह व्यर्थ मत करो!'

भद्रकेतु ने दृढ़ स्वर में कहा, 'मैं सीखूंगा, पर संसार से, पुस्तकों से नहीं। गुरुकुल की दीवारों के बाहर भी ज्ञान का अथाह भंडार है।'

पद्मसेन ने सिर हिलाया और बिना एक शब्द कहे पीछे मुड़ गया। उसके कंधे क्रोध से अकड़ गए थे। वो रात के अंधेरे में बाहर निकल गया, अपने पीछे तनाव से भरा माहौल छोड़ते हुए।

माता-पिता की असफल कोशिशों को भांपते हुए सुरिरत्ना ने हस्तक्षेप किया। 'यदि इसी से तुम्हें प्रसन्नता मिलती है, भद्रकेतु, तो हमें तुम्हारा साथ देना चाहिए,' उसने कहा। उसके शब्द सोच-समझकर चुने गए थे, उसकी मां के मन का प्रतिरोध पिघलने लगा और वो सहमति की ओर बढ़ गई।

इंदुमती ने जब अपने बेटे को बांहों में भरा तो उसकी आवाज़ कांप उठी। उसने कहा, 'तुम हमारे प्रिय पुत्र हो, हम तुम्हें हमेशा प्रेम करेंगे। पर एक वचन दो... तुम सुरक्षित रहोगे। और हमसे संपर्क बनाए रखोगे।'

उस रात देर से, जब पद्मसेन आंगन के कुएं के पास चुपचाप खड़ा था, भद्रकेतु संकोच भरे कदमों से उसके पास आया।

'मैं विदा लेने आया हूं,' भद्रकेतु ने कहा। 'और आपका आभार व्यक्त करने–हर उस चीज़ के लिए जो आपने मेरे लिए की।'

पद्मसेन तुरंत नहीं बोला। उसका जबड़ा कसा हुआ था और उसकी आंखें अंधेरे में पानी पर टिकी थीं। अंततः उसने खामोशी तोड़ी। आवाज़ भारी और धीमी थी। 'यदि यही तुम्हारा सच्चा मार्ग है, तो मेरा आर्शीर्वाद तुम्हारे साथ है।' वो मुड़ा, चेहरे पर थकान थी लेकिन क्रोध अब मिट चुका था। 'पर याद रखना, यह घर हमेशा तुम्हारा रहेगा। और तुम हमेशा मेरे पुत्र रहोगे।'

भद्रकेतु के भीतर राहत की एक लहर दौड़ गई। 'धन्यवाद, पिताह,' उसने कहा। 'और मैं वचन देता हूं कि आपसे संपर्क बनाए रखूंगा।'

सुबह होते ही सोजू और मिथ्रा ने उसे गर्मजोशी से गले लगाया। 'क्या हमारा साथ इतना नीरस था कि तुम्हें भिक्षु बनना पड़ा?' मिथ्रा ने उसे छेड़ा।

पर सुरिरत्ना का दर्द अलग था। उसकी आंखों से आंसू बह निकले। उसे अब पूरी तरह एहसास हो चुका था कि उसका भाई, उसका साथी, उसका संबल, अब एक अलग जीवन की ओर जा रहा था। बचपन की यादें–उनकी नोकझोंक, साथ-साथ होने वाली हंसी-ठिठोली, कठिन प्रशिक्षण सत्र–सब एक झलक में उसके मन में कौंध गए।

भद्रकेतु फिर उस मैदान में पहुंचा। 'तुमने अपना मार्ग चुन लिया है,' नाडिकश्यप ने कहा, उनकी आंखों में परिचित मुस्कान झलक रही थी।

'हां,' भद्रकेतु ने उत्तर दिया। 'मैं वही राह अपनाना चाहता हूं जो आपने चुनी है।'

'सभी मार्ग, चाहे वे हरिहर तक ले जाएं या बुद्ध तक, अंततः एक ही सत्य तक पहुंचते हैं, पुत्र,' नाडिकश्यप ने उत्तर दिया। 'वे बस अलग-अलग राहें हैं, पर मंज़िल एक ही है।'

भद्रकेतु ने उनके शब्दों पर विचार किया। 'तो मैं धम्म का मार्ग चुनता हूं,' उसने दृढ़ स्वर में कहा।

'तो फिर तुम्हारी यात्रा आरंभ हो,' नाडिकश्यप ने उसके कंधे पर नरमी से अपने हाथ रखते हुए कहा।

दोनों साथ-साथ वन में प्रवेश कर गए। सामने का पथ अनिश्चित था, पर भद्रकेतु का हृदय आशा से भरा हुआ था। पेड़ों के पार की दुनिया उसे पुकार

रही थी, एक अज्ञात विशाल संसार खोजे जाने की प्रतीक्षा में था। जैसे-जैसे वन ने उन्हें अपने आंचल में समेट लिया, बाहरी दुनिया की आवाज़ें धीमी होती गईं और उनकी जगह भर आई पत्तों की सरसराहट और आत्मज्ञान का वचन।

35

ग्यूमग्वान, गारक महासंघ

(आज का गिम्हे, दक्षिण कोरिया)

करीब 2,000 साल पहले

विशाल कक्ष भीतर ही भीतर सुलगती वैमनस्यता से भरा हुआ था। लकड़ी की पुरानी शहतीरों पर प्राचीन कथाओं के पशुओं की बारीक नक्काशियां उकेरी गई थीं, जो झिलमिलाती मशालों की रोशनी में लंबी परछाइयां डाल रही थीं। उस विशालकाय मेज़–जो गहरी, चमकदार लकड़ी से बनी थी–के चारों ओर गारक महासंघ के नेता बैठे थे। उनकी मुख-मुद्राएं मशालों की डगमगाती लौ से आलोकित थीं, जिनमें सत्ता और चिंता का नाजुक संतुलन साफ झलक रहा था। मेज़ पर उनके नियंत्रण वाले प्रांतों के नक्शे और उन्हें दर्शाने वाले चिह्न बिखरे पड़े थे। एक दीवार पर महासंघ का ध्वज टंगा था, जिस पर उनके शाश्वत प्रतीक कछुए की छवि, मानो मूक प्रहरी की तरह सबको निहार रही थी।

सियोंगसान का मुखिया जंगसू एकत्रित सरदारों के बीच प्रभावशाली अंदाज़ में खड़ा था। उसके बगल में उसका पुत्र तलहे बैठा था–होंठों पर कुटिल

मुस्कान, आंखों में हाल की विजय की गहरी चमक। उसकी उपस्थिति ही एक मौन चेतावनी थी, जो दूसरे सरदारों को यह याद दिला रही थी कि सत्ता का संतुलन अब बदल रहा था।

किम सियोक, महासंघ का लंबे समय से अध्यक्ष, मेज़ पर दूसरी तरफ बैठा था। उसकी उंगलियां एक-दूसरे में भिंची हुई थीं और आंखें बेचैनी से इधर-उधर घूम रही थीं। तलहे को देखकर उसके हृदय में अपने पुत्र–किम सुरे, यानी सोजू–की अनुपस्थिति की कसक उठी। जब उसने कमरे का जायजा लिया, उसका चेहरा गंभीर हो गया और उसने सरदारों की वफादारी का अंदाज़ा लगाने की कोशिश की। डेगया, बिहवा, बंगाम और आरा के सरदार चुपचाप बैठे थे, उनके चेहरे भावहीन थे। गोरयोंग का सरदार अनुपस्थित था, जंगसू और तलहे की हालिया जीत में उसकी हत्या हो चुकी थी। उसकी जगह एक नए प्रतिनिधि की नियुक्ति हुई थी, एक युवा जिसे तलहे की कठपुतली माना जाता था। लेकिन उसे इस सभा में आमंत्रित नहीं किया गया था–वो अभी तक इस ऊंचे आसन पर बैठने योग्य नहीं समझा गया। किम सियोक के कंधे झुक गए थे, उसकी उंगलियां कांप रही थीं और आंखें घबराहट में डोल रही थीं। वो महासंघ की एकता को बिखरते देख रहा था–हार और विश्वासघात की भावना उसके पूरे अस्तित्व पर भारी पड़ रही थी।

तभी जंगसू की गहरी और अधिकारपूर्ण आवाज ने सन्नाटे को चीर दिया। 'हम यहां महासंघ के भविष्य का निर्णय लेने के लिए इकट्ठा हुए हैं,' उसने घोषणा की। 'समय बदल रहा है और हमें अपना अस्तित्व बचाए रखने के लिए ढलना होगा। सियोंगसान और गोरयोंग अब मेरे नेतृत्व में एकजुट हैं। इस गठबंधन के भीतर हम सबसे शक्तिशाली बन चुके हैं। मैं प्रस्ताव रखता हूं कि मुझे महासंघ का नया अध्यक्ष चुना जाए।'

सभा में हलचल बढ़ गई। किम सियोक खड़ा हुआ। उसकी आवाज़ दृढ़ थी, हालांकि उसके मन में गुस्सा सुलग रहा था। उसने कहा, 'यह महासंघ, आपसी सम्मान और सहयोग के सिद्धांतों पर स्थापित हुआ था। हम अपने ही भाइयों पर आक्रमण नहीं करते। सियोंगसान की गोरयोंग पर किए गए आक्रमण ने उस संधि को तोड़ दिया है। तुम्हारा प्रस्ताव नेतृत्व नहीं, निरंकुश शासन का है।'

जंगसू की आंखें सिकुड़ गईं। 'यह समय खतरों से भरा हैं, किम सियोक। तीन साम्राज्यों से आने वाले संकट का सामना करने के लिए हमें भावुकता नहीं, शक्ति चाहिए। महासंघ को निर्णायक नेतृत्व की आवश्यकता है। मेरे कदम बिना कारण नहीं उठाए गए। गोरयोंग ने बार-बार अपने पशु-आक्रमण से हमारी सीमाओं का उल्लंघन किया।'

किसी सहयोगी चेहरे की तलाश में किम सियोक ने मेज़ के चारों ओर नज़र दौड़ाई। 'क्या तुम इतनी आसानी से उन आदर्शों को त्याग दोगे जिन पर यह महासंघ खड़ा किया गया था?' उसने कहा, उसकी आवाज़ निराशा से भरी थी।

डेगया का अनुभवी सरदार मुनमु आगे झुका, जिसका चेहरा झुर्रियों से भरा था। उसकी आवाज़ गरजती हुई थी, 'जंगसू का प्रस्ताव ठोस है। उसके नेतृत्व में डेगया को गोरयोंग की समृद्ध लौह खदानों तक पहुंच मिलेगी। यह अवसर हम गंवा नहीं सकते।'

बिहवा का धूर्त सरदार जिनह्योक बोला, 'जंगसू ने हमारे व्यापारिक अधिकार दोगुने करने का वादा किया है। सोचो, हमारे खजाने धन से भर जाएंगे, हमारी जनता समृद्ध हो जाएगी।'

बंगाम का सरदार वोंसिक अपनी उत्तेजना छिपा नहीं पा रहा था। उसने भी स्वर में स्वर मिलाया। 'जंगसू की सैन्य शक्ति हमारे पीछे होगी, तो बंगाम आखिरकार अपनी सीमाएं बढ़ाने के लिए तैयार होगा। हमारी सेनाएं तैयार हैं और विजय निश्चित है।'

आरा का सम्मानित सरदार योंघो अब तक मौन बैठा था। उसके चेहरे पर झुर्रियां तब तक बनी रहीं जब तक उसने आखिरकार अपनी चुप्पी नहीं तोड़ी। उसने कहा, 'जंगसू ने हमारे शत्रुओं से सुरक्षा का वादा किया है। इस अनिश्चित समय में हमारा अस्तित्व केवल शक्ति पर निर्भर है। हमें एक सक्षम नेता के अधीन एकजुट होना होगा।'

किम सियोक का हृदय बैठ गया। जंगसू ने शक्ति और समृद्धि के वादों से बाकी सरदारों को मोहित कर लिया था। उसे एहसास हो गया कि महासंघ अब खत्म हो गया था। उस पर उदासी की गहरी लहर छा गई। उसने कांपती आवाज़ में कहा, 'लगता है, महासंघ अब मर चुका है। हम शक्ति के खेल

में मोहरे बन चुके हैं और हमने अपनी एकता का महत्वाकांक्षा की वेदी पर बलिदान कर दिया है।'

अब तक पूरे नजारे को ध्यान से देख रहे तलहे ने मन ही मन संतोष की एक लहर महसूस की। ये सब उसी की योजना थी, उसने सरदारों की महत्वाकांक्षाओं को भड़काया, उन्हें धीरे-धीरे इस अपरिहार्य निष्कर्ष तक पहुंचाया। वो पीछे की ओर झुक गया, और अपनी जीत के मीठे स्वाद का सुख लेने लगा।

अपनी विजय को करीब भांपकर जंगसू आगे बढ़ा। 'किम सियोक,' उसने कहा, 'तुम्हारे नेतृत्व ने हमें लंबे समय तक दिशा दी है। लेकिन ये समय अशांत है और हमें एक नए नेता की आवश्यकता है–ऐसा व्यक्ति जो आने वाली चुनौतियों से निपट सके।' फिर उसने एकत्र सरदारों की ओर मुड़कर घोषणा की, 'मैं मतदान की मांग करता हूं।'

सभी सरदार, जिनका निर्णय पहले ही तय हो चुका था, सहमति में सिर हिलाने लगे। किम सियोक अपनी कुर्सी पर वापस बैठ गया। महासंघ के प्रति उसकी वर्षों की निष्ठा, समर्पण और सेवा अब उसे ऐसे लग रहे थे जैसे हवा में बिखरती धूल। उसने नज़र घुमाई और देखा, होंठों पर विजय की तिरछी मुस्कान लिए, तलहे उसे देख रहा था। कमरा जयघोषों से गूंज उठा। मशालों की झिलमिलाती लौ लंबी परछाइयां डाल रही थीं–मानो उसके दुख का उपहास कर रही हों। किम सियोक फिर खड़ा हुआ। हार के दर्द के बावजूद उसकी आवाज़ दमदार थी।

'आज का दिन याद रखना, सरदारों,' उसने कहा, उसकी दृष्टि कक्ष के हर कोने में घूम गई। 'याद रखना कि हमने क्या खो दिया है। इसे एक सबक की तरह याद रखना–एक चेतावनी की तरह।' फिर उसने उस जश्न में डूबे दृश्य से मुंह मोड़ा और बाहर निकल गया।

तलहे उसे जाते देखता रहा, उसके मन में भविष्य की योजनाएं तेज़ी से आकार ले रही थीं, एक ऐसा भविष्य जिसमें महासंघ उसकी सत्ता की सीढ़ियों का पहला पायदान भर था।

धिल्लिका, हरियाणा, तोमर साम्राज्य

आज का महरौली, दिल्ली, भारत

करीब 1,000 साल पहले

धिल्लिका के तोमर शासक राजा अनंगपाल संगमरमर के एक ऊंचे मंच पर विराजमान थे। मोटा रेशमी गद्दा पत्थर के ठंडेपन से उन्हें सुरक्षित रख रहा था। उन्होंने प्रश्न किया, 'विष्णु स्तंभ के बारे में क्या समाचार है?'

उनके महामंत्री ने, जो भव्य सभागृह में उनके सामने खड़ा था, सिर झुकाकर उनके प्रति सम्मान प्रकट किया। लौह स्तंभ को स्थानांतरित करने का निर्णय एक बड़ी चुनौती था। लेकिन इससे भी महत्वपूर्ण बात थी कि यह एक प्रतीकात्मक कदम भी था, जिसका उद्देश्य अनंगपाल के अधीन आए बिखरे क्षेत्रों को एक सूत्र में बांधना था।

विष्णु स्तंभ–जिसे चंद्रगुप्त द्वितीय, अर्थात विक्रमादित्य ने विष्णुपदगिरि में प्रतिष्ठित किया था–उसे पांडवों की प्राचीन नगरी इंद्रप्रस्थ की नींव पर बसी अनंगपाल की राजधानी धिल्लिका लाना, महीनों से योजना में था। साम्राज्य के सबसे कुशल अभियंताओं को बुलाया गया और उनकी विशेषज्ञता को परखा गया। गहन विचार-विमर्श के बाद यह निर्णय लिया गया था कि स्तंभ को विशाल लकड़ी के लट्ठों पर लुढ़काते हुए स्थानांतरित किया जाएगा। यह भले ही अत्यधिक पुराना तरीका प्रतीत होता था, परंतु इतनी भारी और पूज्य वस्तु को ले जाने के लिए सबसे व्यावहारिक उपाय यही माना गया था।

महामंत्री ने उत्तर दिया, 'महाराज, यात्रा आरंभ हो चुकी है। चंदेल शासक ने विष्णु स्तंभ भेज दिया है। आपने उनके साथ जिस सैन्य-संधि का आश्वासन दिया था, उसे भी क्रियान्वित किया जा चुका है।'

'बढ़िया,' अनंगपाल ने अपनी मूंछों को सहलाते हुए विचारपूर्ण स्वर में कहा। 'हम अपने प्रिय नगर धिल्लिका में स्तंभ की प्रतिष्ठा कब तक होने की अपेक्षा कर सकते हैं?'

महामंत्री ने गहरी सांस छोड़ी। 'यह यात्रा अत्यंत कठिन है, महाराज। विष्णुपदगिरि से धिल्लिका तक का मार्ग 448 मील लंबा है। स्तंभ को पहले घने वनों और खतरनाक पहाड़ियों से होते हुए घुमावदार रास्तों के बीच से विंध्य पर्वत श्रृंखला पार करनी होगी। फिर उसे यमुना के उपजाऊ मैदानों को लांघना होगा–भले ही मैदान समतल है, किंतु अक्सर जलमग्न हो जाता है। यह यात्रा धीमी रहेगी। हम स्तंभ को किसी तरह की क्षति पहुंचाने का जोखिम नहीं ले सकते। यह इलाका मनुष्य और पशु दोनों के लिए दुष्कर है।'

जिस दिन स्तंभ को उसके मूल स्थान से विदा किया गया, उसके आधार पर पुरोहितों ने विधिपूर्वक पूजा संपन्न की। फूल, धूप, गुड़, चावल, गंगाजल और चंदन अर्पित किए गए और भगवान विष्णु की स्तुति में मंत्रोच्चार हुए थे। उसके बाद मंत्रोच्चार और ढोल-नगाड़ों की गूंज के बीच, जिससे रस्सियों के तानने और लट्ठों के चरमराने की आवाज़ छिप जाए, स्तंभ को सावधानी से उखाड़ा गया और विशाल लकड़ी के लट्ठों पर धीरे-धीरे उतारा गया।

सैकड़ों पुरुष, रस्सियों और चरखियों के जाल से तालमेल बिठाकर, उस महाकाय धरोहर को हिलाने में जुट गए थे। उस दिन विष्णुपदगिरि की गलियों में भीड़ उमड़ आई थी। अपने नगर को विक्रमादित्य के युग से अलंकृत करते आए प्रतीक से विदा लेते हुए चेहरों पर विस्मय और दुख के भाव एक साथ थे। लठ्ठों की छाल उतारकर उन्हें अधिक गोल और चिकना किया गया था। घर्षण कम करने के लिए उन पर निरंतर तेल और पानी डाला जा रहा था। फिर भी स्तंभ का बोझ इतना ज़्यादा था कि लकड़ी की चरमराहट बार-बार गूंज उठती। बैलों और हाथियों का दल रस्सियों की मदद से धीरे-धीरे स्तंभ को आगे खींच रहा था। तेल और पानी से गीला हुए रास्ते पर फिसलन हो गई थी, जिससे पुरुष और पशु अक्सर फिसल पड़ते। कई बार कार्य रुक गया–पैर टूटे, हड्डियां चटकीं–पर स्तंभ आगे बढ़ता रहा, धीरे-धीरे, सावधानीपूर्वक।

महामंत्री ने बताया, 'यात्रा का आरंभ तो सुगमता से हुआ था महाराज, परंतु वर्षा ऋतु ने मार्ग को संकटमय बना दिया। रास्ते में एक पुल बाढ़ में बह गया। हमारे अभियंताओं ने अपनी सूझ-बूझ से बड़े लठ्ठों और रस्सों की सहायता से नाव-जैसी तरणियां तैयार कीं। लगातार तीन दिन के अथक परिश्रम के बाद स्तंभ को सुरक्षित नदी पार कराया गया। अब हम विंध्याचल में प्रवेश कर चुके हैं। ऊबड़-खाबड़ स्थल ने लठ्ठों पर लुढ़काने की प्रक्रिया और कठिन कर दी है। हाथियों को भी अपने पांव जमाए रखना भारी पड़ रहा है।'

'मैं इन कठिनाइयों को समझता हूं, पर मुझे स्तंभ की प्रतिष्ठा के लिए अनुमानित तिथि चाहिए।' अनंगपाल ने गंभीर स्वर में कहा।

'शीघ्र ही, महाराज,' महामंत्री ने सावधानी से उत्तर दिया, क्योंकि वो ऐसा वचन नहीं देना चाहता था जिसे निभाना कठिन हो जाए।

कई सप्ताहों बाद, काफिला अंत में यमुना की तराई में उतर आया। थके-हारे श्रमिक, जिनका कार्य अब पूर्णता की ओर था, दूर क्षितिज पर लाल कोट की दीवारें और धिल्लिका के मंदिरों के ऊंचे शिखर देख सकते थे। अनंगपाल ने वर्षों के परिश्रम से धिल्लिका को समृद्ध नगरी में परिवर्तित कर दिया था—मंदिर, सड़कें, धर्मशालाएं और दुर्गबद्ध प्राचीरें उसकी महत्वाकांक्षा को दर्शाती थीं। प्राचीन शक्ति और अटूट आस्था के प्रतीक रूप में विष्णु स्तंभ की प्रतिष्ठा उसके प्रयासों की पराकाष्ठा सिद्ध होने वाली थी।

यात्रा के अंतिम दिन धिल्लिका के नागरिक उत्साह से भरे हुए मुख्य मार्ग पर पंक्तिबद्ध खड़े थे। पुष्पवर्षा में नहाता हुआ स्तंभ रेशमी पताकाओं से सुसज्जित था और नगर की सड़कों से धीरे-धीरे, समारोहपूर्वक खींचकर ले जाया जा रहा था। अनंगपाल, रेशमी उत्तरीय और अंतरीय से विभूषित, नगर के मध्य स्थित एक विशाल प्रांगण में उसकी प्रतीक्षा कर रहे थे।

चारों ओर गूंजते मंत्रोच्चार और धातु पर धातु की लयबद्ध टंकार के बीच, विष्णु स्तंभ को सावधानी से लट्ठों से उतारकर उसके पूर्वनिर्मित आधार पर प्रतिष्ठित किया गया।

पुरोहितों ने आशीर्वाद के मंत्रोच्चार किए। पवित्र गंगाजल और चंदन का लेप प्राचीन लोहे पर छिड़का गया। स्तंभ गरिमा के साथ आकाश को छूता खड़ा था, शक्ति और स्थिरता का प्रतीक। किंतु उसका शिरोभाग–गरुड़–अनुपस्थित था, जो यात्रा के दौरान एक नदी पार करते समय खो गया था।

वहां उपस्थित लोगों को संबोधित करते हुए अनंगपाल ने घोषणा की, 'राजपुरोहित हमें बताते हैं कि धिल्लिका, जो पांडवों की नगरी इंद्रप्रस्थ की नींव पर बसी है, वास्तव में शेषनाग के फन पर टिकी है। परंतु अब,' उन्होंने उस विराट स्तंभ की ओर संकेत करते हुए कहा, 'हमने धरती में यह कील ठोंक दी है, जिसने हमारे नगर को शेषनाग की कुंडलियों से जकड़ दिया है। अब्र धिल्लिका ढीली या "धिल्लि" नहीं रहेगी।'

जनता के जयघोषों से आकाश गूंज उठा। प्रजा का उल्लास उनके राजा की विजय का प्रतिबिंब था। विष्णु स्तंभ प्रहरी की भांति खड़ा था, एकता और अडिग शक्ति का प्रतीक, इस वचन का प्रतीक कि अनंगपाल के शासन में धिल्लिका काल के प्रवाह के विरुद्ध अडिग खड़ी रहेगी।

36

पोथिगई वन, पांड्य देशम

आज का अगस्त्यमाला बायोस्फीयर रिज़र्व, केरल, भारत

लगभग 2000 वर्ष पूर्व

पांड्य देशम के राजा, पलयगसलै मुदुकुडुमि पेरुवझुडी, अपनी सवारी पर उस गरिमा और शिष्टता के साथ आरूढ़ थे जो उनके पद को शोभा देती थी। उनके नेतृत्व में पांड्य देशम समुद्री व्यापार, भव्य मंदिर निर्माण और साहित्य का समृद्ध केंद्र बन चुका था। पेरुवझुडी का शासन तमिल संस्कृति का स्वर्ण युग बन चुका था।

घने वन की छत्रछाया ज़मीन पर धूप और छांव का खेल रच रही थी। पेरुवझुडी की कांसे के रंग की देह, अनगिनत शिकारों की धूप और हवा से निखरी हुई, स्वयं एक आभा बिखेर रही थी। उनके लंबे काले बाल खुले लहरा रहे थे, और उनके आकर्षक, करुणामय चेहरे पर चौकस और पैनी आंखें अनुभवी शिकारी की तीक्ष्णता के साथ चारों ओर के वातावरण का निरीक्षण कर रही थीं। उन्होंने कमर पर पारंपरिक अंतरीय, सुंदरता से बुना रेशमी वस्त्र, बांधा था, जो टखनों तक आता था और उन्हें पूर्ण लचीलापन देता। कंधों पर उत्तरीय, एक मोटा अंगवस्त्र, जिसे हवा से बचाव के लिए रत्नजड़ित ब्रोच से कसकर बांधा गया था। उनके पैरों में चमड़े की मज़बूत चप्पल थी। कमर से एक कीमती रत्नजड़ित मूठ वाला खंजर लटक रहा था। पीठ पर तीरों से भरा तरकश टंगा था। उनके हाथ में चंदन की लकड़ी से गढ़ा हुआ लंबा धनुष था–सुंदरता और शिल्प का अद्भुत नमूना–जिसकी

प्रत्यंचा तनी और तैयार थी। उनकी शैली बिना किसी संदेह के सुरुचिपूर्ण थी।

पेरुवझुडी का शिकार दल सम्मानपूर्वक पीछे-पीछे चल रहा था, किसी भी तरह की आहट पर सतर्क। वन की निस्तब्धता केवल कभी-कभी पत्तों की सरसराहट या दूर से आती किसी पक्षी की पुकार से टूट रही थी। तभी कोने में हलचल भांपकर पेरुवझुडी ने बाईं ओर सिर घुमाया। और ठीक उसी क्षण उन्होंने देखा–एक बाघ, जिसकी धारियां सुनहरी धूप में चमक रही थीं, झाड़ियों में से चुपचाप निकल रहा था। 'अद्भुत प्राणी,' उन्होंने धीरे से बुदबुदाया और इस शिकार को साधने के लिए अपने घोड़े को ऐड़ लगाई।

अपना पीछा होते भांपते ही बाघ जंगल के और अंदर घुस गया। हर छलांग के साथ उसकी पेशियां लहरों की तरह उभर रही थीं। झाड़ियों और गिरे हुए लट्ठों को लांघता हुआ, पेरुवझुडी का घोड़ा तेज़ रफ्तार से दौड़ा। शिकार का रोमांच उनकी इंद्रियों को और पैना कर रहा था–उस क्षण उनके लिए उस अकेले बाघ के सिवा किसी चीज़ का अस्तित्व नहीं था। उन्होंने निशाना लगाकर बाण छोड़ा। बाण हवा को चीरता हुआ गया, पर बाघ की बगल से टकराकर फिसल गया–मात्र एक हल्की चोट देकर। बाघ दर्द से दहाड़ा, उसकी चाल क्षणभर के लिए लड़खड़ाई, फिर और भी तेज़ हो गई। सुनहरी देह पर लाल रक्त की धार बह निकली, लेकिन इस चोट ने उसकी बेचैनी और बढ़ा दी।

पेरुवझुडी ने घोड़े को फिर से ऐड़ लगाई। शिकारी और शिकार के बीच की दूरी तेज़ी से घट रही थी। वो जानते थे कि घायल बाघ और भी घातक होता है; उसका दुख उसकी जीवित रहने की प्रवृत्ति को और प्रचंड बना देता है। शिकार की आवाज़ें पूरे वन में गूंज रही थीं: इंसान और जानवर की हांफती सांसें, खुरों की गर्जना, कीचड़ की फिसलन और टहनियों के टूटने की आवाज़।

पीछा करने में डूबे हुए पेरुवझुडी ने यह तक न देखा कि उनका दल पीछे छूट चुका है। बाघ उन्हें जंगल के उस हिस्से में ले गया था जहां पेड़-पौधे

इतने घने और उलझे हुए थे कि राह पहचानना भी कठिन था। अचानक राजा का घोड़ा लड़खड़ाकर आगे गिर पड़ा। उसके आगे के पैर धरती में धंस गए। पेरुवझुडी की चीख निकल गई जब वो घोड़े से उछलकर गिरे और सीधा उसी छिपे हुए गड्ढ़े में आ धंसे–ये शिकार के लिए बनाया गया एक पुराना गड्ढा था जो अब लताओं और खरपतवार से ढक चुका था।

पलभर के लिए वो वहीं पड़े रहे, सांसें थमी हुईं। फिर कोहनियों का सहारा लेकर उठने की कोशिश की। गड्ढा उनकी सोच से कहीं गहरा था। उसकी दीवारें काई और कीचड़ से ढकी हुई थीं, जिन पर हाथ टिकाना भी मुश्किल था। उनका घोड़ा पास ही पड़ा था–कांपता हुआ, लेकिन सुरक्षित। धीरे-धीरे जब उनकी आंखें मंद प्रकाश के अनुकूल हुईं, तो डूबते दिल के साथ उन्हें एहसास हुआ कि वो अपने दल से बिछड़ चुके थे, और इस निर्जन जंगल में, इस गहरे गड्ढे में, संभवतः उन्हें कभी ढूंढ़ा नहीं जा सकेगा।

राजा पेरुवझुडी को यह आभास भी न था कि उसी समय तीन किशोर पास के एक नाले की ओर जा रहे थे, यह उनकी रोज़ की दिनचर्या का हिस्सा था। घने वन में चलते हुए उनके कदम इतने अभ्यस्त थे कि वे जड़ों और गिरे हुए तनों को सहजता से पार कर रहे थे।

सुरिरत्ना, जो समूह में सबसे सजग थी, वो सबसे पहले हल्की-सी आहट सुनकर ठिठकी। उसने हाथ उठाकर सबको शांत रहने का संकेत दिया। 'ध्यान से सुनो,' उसने धीमे स्वर में कहा। बाकी दोनों ने कान लगाए और जल्द ही उन्हें भी घोड़े की दबे स्वर में आती हिनहिनाहट सुनाई दी।

'आवाज़ उधर से आ रही है,' मिथ्रा ने इशारा किया, उसका स्वर धीमा था।

सावधानी से आवाज़ की ओर बढ़ते हुए वे झाड़ियों को चीरकर आगे बढ़े और आखिरकार गड्ढ़े के किनारे आ पहुंचे।

'हे भगवान!' सोजू चौंक पड़ा। उसकी आंखें फैल गईं जब उसने देखा कि एक आदमी और एक घोड़ा गहरे गड्ढे में फंसे हुए थे।

'हमें इन्हें बाहर निकालना होगा,' सुरिरत्ना ने तुरंत कहा।

तीनों मित्रों ने झटपट योजना बनाई। सुरिरत्ना, जो सबसे छोटी और फुर्तीली थी, गड्ढे में उतर गई ताकि घोड़े को शांत कर सके और उस व्यक्ति को धीरज बंधा सके। इस बीच सोजू और मिथ्रा ने मज़बूत बेलों को इकट्ठा किया और उन्हें पास के एक विशाल वृक्ष से कसकर बांधा।

गड्ढे के भीतर सुरिरत्ना सावधानी से घोड़े के पास पहुंची। उसके नरम शब्दों से घोड़े का भय धीरे-धीरे शांत होने लगा। पेरुवझुडी आश्चर्य से देख रहे थे–कैसे यह किशोरी उस बेकाबू पशु को सांत्वना दे रही थी। उसके धैर्य और आत्मविश्वास की चमक इस मुसीबत भरी परिस्थिति में भी साफ़ झलक रही थी।

बेलों को मज़बूती से बांधने के बाद सोजू और मिथ्रा ने घोड़े के लिए एक अस्थायी लगाम तैयार किया और सावधानी से उसे गड्ढे के किनारे की ओर खींचा। दोनों ने मिलकर घोड़े को बाहर निकाला, जब तक कि उसके पैर फिर से ठोस ज़मीन पर मज़बूती से टिक नहीं गए। इसके बाद उनका ध्यान सुरिरत्ना और उस व्यक्ति को बाहर निकालने पर गया।

पेरुवझुडी ने उन दोनों के द्वारा नीचे फेंकी गई बेल पकड़ी, और कसकर थामते ही उन्हें लगा कि उनकी शक्ति लौट रही थी। ज़मीन पर पहुंचकर वो गहरी सांस लेने के लिए रुके और अपने रक्षकों की ओर आभार और जिज्ञासा से देखा। हालांकि, गिरने की वजह से उनकी इंद्रियां सुस्त हो गई थीं और वो आस-पास मंडरा रहे ख़तरे पर ध्यान नहीं दे सके।

अचानक झाड़ियां ज़ोरों से हिलीं और घायल बाघ, जो चक्कर लगाकर वापस आ गया था, एक गगनभेदी गर्जना के साथ उन पर झपटा। किशोर जड़ हो गए, एक साथ उनके गले में आवाज़ जैसे अटक गई। उसी क्षण सोजू ने निर्णायक कदम उठाते हुए तलवार निकाली और छलांग लगाकर खुद को बाकी लोगों और बाघ के बीच में ले आया। उसका दिल सीने में ज़ोर-ज़ोर से धड़क रहा था, और उसकी तलवार की धार छनछनाती धूप में चमक रही थी। इस बीच, मिथ्रा ने ज़मीन से एक मज़बूत शाखा उठा ली और सोजू के साथ

कंधे से कंधा मिलाकर खड़ा हो गया। दोनों की सांसें तेज़, उखड़ी हुई थीं, पर उनकी आंखों में अदम्य संकल्प चमक रहा था। बाघ ने अपने प्रतिद्वंद्वियों को घूरा, उसकी मांसपेशियां क्रूरता से तन गईं।

सोजू और मिथ्रा धीरे-धीरे उसे दोनों ओर से घेरने लगे, दोनों इसी उम्मीद में थे कि एक की तरफ से ध्यान बंटे तो दूसरा वार कर सके। फिर सोजू ने प्रहार किया। तलवार हवा को चीरती हुई निकली और बाघ के कंधे से टकराई। घायल बाघ ने भयंकर गर्जना की और झपटते हुए अपने विशाल पंजे का प्रहार उस पर किया। सोजू बिजली-सी तेज़ी से झुका और पंजे की मार से बाल-बाल बच गया। मौक़ा देखते ही मिथ्रा ने पूरी ताक़त से शाख को घुमाया। यह अस्थायी हथियार बाघ के सिर पर जा लगा और कुछ पल के लिए वह स्तब्ध हो गया। दोनों लड़कों ने एक-दूसरे की ओर देखा, उनकी आंखों ने बिना बोले एक-दूसरे के भाव समझ लिए।

लेकिन उनका आत्मविश्वास समय से पहले था। क्रोधित और उन्मत्त बाघ ने नए जोश के साथ छलांग लगाई। उसने मिथ्रा के हाथ से शाख छीन ली जिससे मिथ्रा ज़मीन पर गिर गया। मिथ्रा किसी तरह उठने की कोशिश कर ही रहा था कि बाघ उस पर बादलों जैसी गरज के साथ टूट पड़ा।

तब तक राजा पेरुवझुडी संभल चुके थे। उन्होंने सहज प्रतिक्रिया देते हुए खंजर निकाला और बाघ को देखकर गर्जना की, उनकी आवाज़ भी बाघ की आवाज़ जितनी ही आदिम और भयंकर थी।

बाघ घूमकर उनकी ओर झपटा और अपने पूरे वज़न के साथ उन्हें दबोच लिया। पेरुवझुडी ज़मीन पर गिर गए। उनकी आंखों के सामने केवल बाघ का फैला हुआ मुंह और उसकी गुस्से भरी नज़र थी। उसके पंजों ने उनके कंधों को छील दिया था। उसी क्षण, पूरी ताक़त जुटाकर पेरुवझुडी ने खंजर बाघ की बगल में गहरा उतार दिया। बाघ की दहाड़ें दर्द भरी चीत्कारों में बदल गईं, पर उसने अभी भी हार नहीं मानी थी। दांत भींचकर पेरुवझुडी ने खंजर को बाघ के शरीर के भीतर ही मोड़ा और अपनी पूरी इच्छाशक्ति से उसे थामे रखा। बाघ का उछलना-पटकना धीरे-धीरे थमता गया। उसकी

मज़बूत बांहें ढीली पड़ गईं। एक अंतिम हांफ के साथ वो उन्हीं पर ढह पड़ा। उसके रक्त की धारा चारों ओर फैल गई, वन की भूमि गहरे लाल रंग से रंगने लगी।

कुछ देर तक सबकी सांसें थमी हुई थीं। फिर तीनों किशोरों की मदद से पेरुवझुडी ने खुद को उस मृत पशु के नीचे से बाहर निकाला। उन्होंने गहरी सांस ली और उन तीनों की ओर देखा। 'तुम्हारा साहस प्रशंसनीय है, मैं तुम लोगों का ऋणी हूं।' उन्होंने कहा, उनकी आवाज़ में सम्मान था।

'यह तो कुछ भी नहीं था, महाराज,' तलवार म्यान में रखते हुए और अपने कांपते हाथों को स्थिर करने की कोशिश करते हुए सोजू ने कहा। 'यदि आप न होते तो...' उसने आगे के शब्द अधूरे ही छोड़ दिए।

'तुम लोग कौन हो?' तीनों किशोरों की ओर आभार और कौतूहल भरी दृष्टि डालते हुए पेरुवझुडी ने पूछा।

'हम अगस्त्य पहाड़ियों के पास स्थित सत्यमुनि के गुरुकुल के विद्यार्थी हैं,' सुरिरत्ना ने आदरपूर्वक झुककर उत्तर दिया। 'ज़रूरतमंद की सहायता करना हमारा कर्तव्य भी है और हमारा सौभाग्य भी।'

'सत्यमुनि,' पेरुवझुडी के होंठों से यह नाम निकला और उनके चेहरे पर मुस्कान फैल गई। 'मुझे उनके पास ले चलो।'

गुरुकुल तक की यात्रा लंबी नहीं थी। जैसे ही वे पहुंचे, सत्यमुनि स्वयं बाहर आए और सबका अभिवादन किया। एक पैनी दृष्टि से उन्होंने सबकुछ भांप लिया और फिर पेरुवझुडी के सामने झुककर प्रणाम किया। पेरुवझुडी तुरंत आगे बढ़े और ऋषि के चरणों को छूने के लिए झुक गए।

'महाराज,' सत्यमुनि ने कहा, उनका स्वर स्नेह से भरा था, 'आपकी उपस्थिति से हमारा आश्रम धन्य हुआ।'

तीनों किशोर विस्मय से एक-दूसरे को देखने लगे: अब उन्हें आभास हुआ कि उन्होंने जिस व्यक्ति की रक्षा की थी, वो और कोई नहीं, बल्कि उनके अपने राजा थे। पेरुवझुडी ने बड़े स्नेह से सत्यमुनि के हाथ थामे। 'गुरुदेव, सम्मान तो मेरा है। आज आपके शिष्यों ने असाधारण साहस दिखाया है।'

सत्यमुनि ने गर्व भरी आवाज़ में उनकी ओर देखते हुए कहा, 'आओ, उस राजा को प्रणाम करो, जिसकी कृपालु छत्रछाया में पांड्य देशम फला-फूला है। अपने ज्ञान, न्याय और अडिगता के लिए प्रसिद्ध हमारे सम्राट ने अपनी प्रजा को हर संकट से निकाला है।'

तीनों ने एक बार फिर झुककर राजा को प्रणाम किया, इस बार नए सम्मान और गहरी श्रद्धा के साथ। इस बीच वन की छाया और आंगन से अन्य छात्र तथा गुरुकुलवासी बाहर आने लगे, उस कहानी से आकर्षित होकर जो आश्रम में फैलने लगी थी–राजा, बाघ और तीन युवाओं के साहस की कहानी।

37

मुचिरी पट्टिनम, चेरल

आज का मुज़िरिस, कोडुंगल्लूर, केरल, भारत

लगभग 2000 वर्ष पूर्व

चेलियन और कुलशेखर के मुचिरी पट्टिनम पहुंचने का उद्‌देश्य मात्र एक था: पांड्यों और चेरों के बीच व्यापारिक संधि स्थापित करना। वे भली-भांति जानते थे कि ये काम आसान नहीं होगा, क्योंकि दोनों राज्यों के नरेश एक-दूसरे की उपस्थिति तक सहन नहीं कर पाते थे। परंतु पद्‌मसेन की ज़िद थी वे दोनों इस यात्रा के लिए जाएं, यह संधि हर हाल में करनी ही थी।

मुचिरी पट्टिनम का यह बंदरगाह—रोमन इसे मुज़िरिस कहते थे—इतना समृद्ध था कि उसने रोम की अपार स्वर्ण-संपदा को मानो अपने भीतर समेट लिया था। और इसका कारण था, काली मिर्च। रोमन जनता उसकी दीवानी थी और उसे पाने के लिए सोने के ढेर लगा देती थी। काली मिर्च के साथ-साथ यहां से रत्न, रेशमी वस्त्र, हाथी-दांत और सुगंधित धूप भी रोम जाती थी। बदले में रोम से मदिरा, जैतून का तेल, मूंगा, कांच की वस्तुएं और मछली का तेल आता था। इस अद्‌भुत व्यापारिक संबंध का संचालन कर रहे थे चेरा नरेश—उथियान चेरलाथन—जिन्हें उनके राज्य में वनंवरुबवन कहा जाता था, अर्थात ऐसा राजा 'जिसका साम्राज्य आकाश को छूता है'।

चूर्णी नदी के किनारे बसे मुज़िरिस में गोदी और गोदाम खचाखच भरे थे। उसकी संकरी और घुमावदार गलियां ईंट के घरों और चहल-पहल से भरे बाज़ारों की भूलभुलैया थीं। बंदरगाह अपने-आपमें एक अनुपम दृश्य था,

जहां दूर-दूर के देशों से आए जहाज़ कतार में ऐसे खड़े रहते थे जैसे किसी भव्य प्रदर्शनी में सजे हों। चारों ओर ताड़ के पेड़ों के झुंड, प्राकृतिक झीलें और शांत जलराशियां इस नगर को आर्थिक शक्ति और प्राकृतिक सौंदर्य का अद्वितीय संगम बना देती थीं।

हालांकि चेरलाथन की राजधानी कुट्टनाड में थी, जो यहां से लगभग साठ मील दूर था, फिर भी उन्होंने मुज़िरिस में अपना विश्राम-आवास बनवाया था, जो नगर की महत्ता का स्पष्ट प्रमाण था। कुट्टनाड निस्संदेह चेरा राज्य का राजनीतिक केंद्र था, किंतु मुज़िरिस उसकी आर्थिक धुरी था। यदि मुज़िरिस से अपार राजस्व ना मिल रहा होता, तो न चेरलाथन का भव्य राजमहल संभव होता, न ही उनकी विशाल गज-सेना।

चेलियन और कुलशेखर ने मुज़िरिस की एक गोदी के पास एक सराय में ठहरने की जगह ली। चेरलाथन से मिलने का अवसर पाने में उन्हें पूरे दो दिन लग गए। यह कार्य तभी संभव हुआ जब एक चेरा व्यापारी, जिससे चेलियन के पहले संबंध रहे थे, ने मध्यस्थता की। निर्धारित दिन, चेलियन बड़ी सावधानी से एक भेंट लेकर चला—शिकार का एक खंजर, जिसकी मूठ पर दुर्लभ सितारा माणिक्य जड़े हुए थे। ये ऐसे रत्न थे जिन पर प्रकाश पड़ते ही तारे जैसा प्रकाश झिलमिलाता था। चेरा नरेश माणिक्य के प्रेमी माने जाते थे और विशेष रूप से उन्हें मोहित करने के लिए इन रत्नों का चयन किया गया था।

चेरलाथन का विश्राम-आवास कई भवनों से मिलकर बना था, जो अलग-अलग प्रांगणों से जुड़ते थे। इन प्रांगणों में बारीक नक्काशी किए हुए स्तंभ थे, जो मिट्टी की टाइलों से बनी छतों को सहारा देते थे। पूरा परिसर मानो एक स्वर्ग था—चारों ओर नारियल, केले, कटहल और आम के पेड़ थे। यहां राजा और उनके परिवार के लिए निजी क्षेत्र थे, और प्रशासन और दरबार के लिए अलग-अलग प्रकोष्ठ।

एक प्रहरी चेलियन और कुलशेखर को सभा-भवन तक ले आया। वातावरण में चंदन की गाढ़ी महक तैर रही थी। चेरलाथन सागौन की लकड़ी से बने राजसिंहासन पर विराजमान थे। उन्होंने रेशमी धोती पहन रखी थी

जिस पर सुनहरी जरी से बारीक कढ़ाई की गई थी। उनके वक्ष और भुजाएं स्वर्णमालाओं, बाजूबंदों और कंगनों से शोभित थीं। जब दोनों पुरुषों ने प्रवेश कर राजा के चरणों में झुककर प्रणाम किया तो चेरलाथन ने पूछा, 'पांड्य देशम् के सबसे विख्यात व्यापारी मेरे राज्य में किस उद्‌देश्य से पधारे हैं?'

चेलियन घुटनों के बल झुक गया और दोनों हाथों से खंजर आगे बढ़ाया। 'यह एक छोटी-सी भेंट है, महाराज, साधारण व्यापारियों की ओर से आपके प्रति सम्मान का प्रतीक,' उसने सहजता से कहा।

राजा ने खंजर स्वीकार किया। उनकी दृष्टि तुरंत उस धार की ओर गई जिस पर अद्वितीय घुमावदार आकृतियां दिख रही थीं। माणिक्य से जड़े मूठ पर प्रकाश पड़ते ही रत्नों की सतह पर उभरता तारों जैसा भ्रम उन्हें मंत्रमुग्ध कर रहा था। 'अद्‌भुत शिल्प है,' उन्होंने कहा। 'मैंने आपके लोहे के कार्य की कहानियां सुनी हैं। आपकी ख्याति आपसे पहले पहुंच चुकी है।'

'आपके शब्द हमें गौरवान्वित करते हैं, महाराज,' कुलशेखर ने उत्तर दिया। 'हमें विश्वास है कि हमारे बीच एक ऐसा समझौता संभव है जो दोनों पक्षों के लिए लाभकारी हो। चेरल की समुद्र पर प्रभुता निर्विवाद है और मुचिरी पट्टिनम की काली मिर्च का आकर्षण पूरी दुनिया में प्रसिद्ध है। उसी प्रकार हम भी एक ऐसा उत्पाद बनाते हैं जिसकी मांग उतनी ही व्यापक है—हमारे धातु की सिल्लियां और उनसे बने अस्त्र-शस्त्र और उपकरण।'

चेरलाथन की रुचि जाग उठी थी, उन्होंने आदेश दिया, 'विस्तार से बताइए।'

चेलियन ने कहा, 'एक व्यापारिक संधि, महाराज, मुचिरी पट्टिनम और कोरकाई के बीच स्थल मार्ग का उपयोग कर, हम सुनिश्चित कर सकते हैं कि चेरल की सारी उपज पांड्य जहाज़ों पर पहुंचे। इसके बदले में, आप अपने जहाज़ों पर पांड्य उत्पादों का व्यापार करवा सकते हैं।'

'हम तो पहले ही अपने अधिकांश व्यापारिक साझेदारों के साथ व्यापार अधिशेष का लाभ उठाते हैं,' चेरलाथन ने उत्तर दिया। 'फिर ऐसी संधि से हमें और क्या लाभ होगा?'

'दुनिया बदल रही है, महाराज,' चेलियन ने गंभीर स्वर में कहा। 'हर राज्य के लिए यह अनिवार्य है कि वह अपने व्यापार में विविधता लाए। किसी एक वस्तु पर अत्यधिक निर्भरता हमेशा जोखिम से भरी होती है।'

चेरलाथन ने ठुड्डी पर हाथ फेरते हुए गंभीर स्वर में कहा, 'आपकी बातें बुद्धिमत्तापूर्ण हैं, इसमें संदेह नहीं। पर जब हमारे राज्य अक्सर एक-दूसरे के विरोध में खड़े रहते हैं, तो ऐसी संधि कैसे संभव हो सकती है? और ऊपर से चोल नरेश की उपस्थिति हमारे राजनीतिक परिदृश्य को और उलझा देती है।'

कुलशेखर ने जवाब दिया, 'महाराज, दो राज्यों के बीच व्यापार का होना युद्ध की संभावना को अपने-आप कम कर देता है। मेरा अनुभव भले सीमित हो, पर मुझे विश्वास है कि महाराज भी इस सत्य को मानते होंगे।'

चेरलाथन हंसे, उनकी हंसी गहरी और गूंजती हुई थी। 'आप दोनों बड़े चतुर हैं, आपके राजा के प्रति मेरी श्रद्धा अधिक नहीं है, परंतु मैं इस प्रस्ताव पर विचार करने को तैयार हूं। बताइए, क्या आपको अपने राजा की सहमति मिली है? पेरुवझुडी अपनी विनम्रता के लिए नहीं जाने जाते हैं।' उन्होंने कहा।

'आश्वस्त रहें, महामहिम, महाराज पेरुवझुडी ने हमें अपना आशीर्वाद दिया है। हमें आशा है कि आप इस समझौते को अनुकूल दृष्टि से देखेंगे,' चेलियन ने सहजता से झूठ बोल दिया।

कुछ क्षण बाद चेलियन और कुलशेखर राजप्रासाद से बाहर निकले, चेरलाथन की स्वीकृति मिल चुकी थी। बाहर आते ही कुलशेखर ने अविश्वास से अपने मित्र की ओर देखा। 'तुमने राजा की सहमति का उल्लेख कर दिया? पेरुवझुडी को तो इसकी बिल्कुल जानकारी नहीं है!'

चेलियन मुस्कुराया, उसकी आंखों में शरारती चमक थी। 'राजाओं की प्रकृति प्रायः अनुमान लगाने योग्य होती है' उसने कहा। 'उनका अभिमान यह चाहता है कि वो कभी पहला जोखिम स्वयं न उठाएं। यदि चेरलाथन को हमारे राजा की सहमति पर संदेह होता, तो वो कभी तैयार न होते। अब जब उनकी स्वीकृति हमें मिल चुकी है, तो अपने राजा को मनाना आसान होगा।'

38

दीमास्क़, रोमन साम्राज्य

आज का दमिश्क, सीरिया

लगभग 2000 वर्ष पूर्व

कॉर्नेलियस एक तंग गली में और अंदर तक चलता गया। उसके पीछे भीड़ के गुस्से भरे नारे गूंज रहे थे। धधकती इमारतों से उठता धुआं दीमास्क़ के आसमान पर अराजकता की कालिख पोत रहा था। नगर में रोमन शासन के खिलाफ हिंसक विद्रोह शुरू हो चुका था—ये अराजकता का बवंडर था, जिससे कॉर्नेलियस किसी तरह बच निकला था। शुरुआती उन्माद में वो भीड़ की पकड़ से बचकर निकल आया था, पर वो जानता था कि उसका यह सौभाग्य अधिक देर तक नहीं टिकेगा।

उसने सांस रोकी, कानों को चौकन्ना किया, पीछा करने वालों की आहट कहीं थी तो नहीं। भीड़ रोमन शासन से जुड़े किसी भी व्यक्ति पर दया नहीं दिखा रही थी—लोगों का गुस्सा निराशा और बदले का ख़तरनाक मिश्रण था। कॉर्नेलियस भली-भांति जानता था कि समय उसके पक्ष में नहीं था।

वो हर कदम अंधेरे में सावधानी से रखते हुए, फुर्ती से टेढ़ी-मेढ़ी गलियों से आगे बढ़ता रहा। जो गलियां और चौक आम दिनों में व्यापारियों और उनके माल से गुलज़ार रहते थे, वे अब डर से फुसफुसाते लग रहे थे। हवा में उठती हर दर्दभरी चीख उसकी धड़कनों को तेज़ कर रही थी। उसका मन लगातार उस रात की घटनाओं को दोहरा रहा था—सुलगता असंतोष, अचानक भड़की

भीड़ का उन्माद, गवर्नर फिलिपिडीज़ की अप्रत्याशित हत्या और उसके नतीजे में रोम का कठोर, निष्ठुर प्रतिशोध।

गवर्नर के महल का नज़ारा उसकी यादों में अब भी ताज़ा था—खून की गंध और भीड़ के हाथों में चमकती तलवारें और खंजर। कॉर्नेलियस मुश्किल से अपनी जान बचाकर भागा था। अब उसके लिए केवल एक ही उद्‌देश्य बचा था—जीवित रहना। पर फिलिपिडीज़ की अंतिम विनती उसके दिल में लगातार गूंज रही थी: 'मिथ्रादेट्स की रक्षा करना... वो मेरा इकलौता बेटा है।'

उसे दीमास्क़ से जितना मुमकिन हो सके, उतनी दूरी बना लेनी थी। उसका लक्ष्य था एलाना, बंदरगाह वाला एक नगर, जो याम सुफ़ (सरकंडों का सागर) के किनारे बसा था। उसका जल शैवाल की परतों की वजह से जंग की तरह लाल-भूरा दिखाई देता था। एलाना से वो सरकंडों को पार कर यूडेमन पहुंचेगा और वहां से कोरकाई या मुज़िरिस जाने के लिए जहाज़ पकड़ेगा। रास्ता ख़तरों से भरा था, लेकिन उसके पास कोई और चारा नहीं था।

वो केवल रात के अंधेरे में यात्रा करता, मुख्य सड़कों और बाग़ी गश्तों से बचता हुआ, पेड़ों के बीच शरण लेता और कभी-कभी सुनसान गुफाओं में थोड़ी नींद चुरा लेता। आखिरकार, कॉर्नेलियस रात की आड़ में एलाना में दाख़िल हुआ। भीड़भाड़ वाले बाज़ार में वो व्यापारियों और नाविकों के झुंडों के बीच से गुज़रता हुआ उस जहाज़ की तलाश करने लगा, जो उसे सरकंडों के सागर के पार पहुंचा सके। बड़े जहाज़ों की भीड़ में उसकी नज़र एक छोटी नाव पर पड़ी। उसने नाविकों से सौदा किया और यूडेमन तक का सफर पक्का कर लिया। वो छोटी नाव दिखने में मामूली थी, लेकिन मज़बूत और तेज़ रफ्तार वाली थी—ख़तरनाक सरकंडों को चीरने के लिए बिल्कुल सही।

कई दिन बाद वो यूडेमन पहुंचा। वहां समुद्र की गंध मसालों की जानी-पहचानी खुशबू में घुली हुई थी और वातावरण एक सुरीले संगीत की तरह अलग-अलग भाषाओं की आवाज़ों से गूंज रहा था। कॉर्नेलियस ने नाविकों के एक दल को देखा जो जल्दी-जल्दी माल चढ़ा रहे थे। जिस जहाज़ पर वे

काम कर रहे थे, उसके किनारे पर दो मछलियों का प्रतीक उकेरा था—यह पांड्य जहाज़ की पहचान थी।

'कप्तान!' कॉर्नेलियस ने पुकारा। उसकी नज़र एक गठीले आदमी पर पड़ी, जिसका चेहरा मौसम की मार से झुलसा हुआ था। 'मुझे यात्रा करनी है। मैं अच्छा दाम चुकाऊंगा। आप लोग कहां जा रहे हैं?'

कप्तान ने उसे शक भरी नज़र से देखा। कॉर्नेलियस की बिखरी हुई दशा और चेहरे पर उभरी बेचैनी ने उसकी निगाहें और पैनी कर दीं। 'कोरकाई,' कप्तान ने उत्तर दिया। उसकी बोली में कन्याकुमारी का लहज़ा था। 'हम एक घंटे में रवाना हो जाएंगे। अगर तुम्हारे पास सिक्के हैं, तो तुम्हारा स्वागत है।'

कॉर्नेलियस ने सिर हिलाकर हामी भरी और एक छोटा सा बटुआ कप्तान को सौंप दिया। कप्तान ने उसे हाथ में तौलते हुए स्वीकार किया। उसकी संदेह भरी नज़रें कॉर्नेलियस पर टिकी रहीं, जिससे वो असहज होकर थोड़ा खिसक गया। उसके मन में डर उमड़ा—क्या पता यह कप्तान उसे धोखा दे, बीच समुद्र में छोड़ दे या उससे भी भयानक कुछ कर बैठे? 'क्या ये जहाज़ कदालन चेलियन का है?' उसने सावधानी से पूछा।

कप्तान के चेहरे पर चौड़ी और टूटे दांतों वाली हंसी चमक उठी। 'हां, बिल्कुल! तुम उन्हें जानते हो?'

'हमारा पुराना नाता है,' कॉर्नेलियस ने जवाब दिया। 'एक बार दीमास्क़ में जब रोमन सैनिकों ने उन पर कर-चोरी का झूठा शक किया था, तब मैंने उन्हें गिरफ्तारी से बच निकलने में मदद की थी। सफ़र के दौरान मैं तुम्हें वो कहानी सुनाऊंगा।'

आख़िरकार, जहाज़ रवाना हुआ, यूडेमन के किनारे धीरे-धीरे पीछे छूट गए। कोरकाई तक की यात्रा लगभग एक माह की थी–इतना समय कि कॉर्नेलियस अपने मन में योजना गढ़ सके और उस भारी उत्तरदायित्व से जूझ सके जो उस पर बोझ की तरह था।

तीसरी रात, एरिथ्रियन सागर में एक तूफ़ान आया। जहाज़ लहरों से बुरी तरह उछलने लगा, ताक़तवर लहरें डेक पर आ-आकर टकरा रही थीं। उस

पल कॉर्नेलियस का मन दीमास्क़ के उस काले दिन की ओर लौट गया। उसे फिलिपिडीज़ के बेटे मिथ्रादेट्स की याद आ गई, वो लड़का जिसे समय से कहीं पहले सत्ता की मुश्किलों में उतार दिया गया था। अब उसे नेतृत्व की उन ख़तरनाक लहरों का सामना करना था, जिनसे अनुभवी लोग भी कांप जाते हैं।

~

समुद्र में एक महीना बिताने के बाद, म्लेच्छदल के विराट विस्तार से टकराते हुए—भारतवर्ष को अरवनाडु से अलग करने वाला विशाल पश्चिमी महासागर—जहाज़ ने आखिरकार कोरकाई में लंगर डाला। कॉर्नेलियस जल्दी से उतरा, उसकी नज़रें हलचल भरे बंदरगाह पर टिकी थीं, जहां अफ़रा-तफ़री और चहल-पहल का रंगीन दृश्य फैला था। पर उसका एक ही उद्देश्य था, उसे चेलियन को ढूंढ़ना था।

उसी समय संयोग से, कप्तान को भीड़ में एक परिचित चेहरे ने अभिवादन किया–वो चेलियन का भरोसेमंद आदमी था। कुछ ही देर में कॉर्नेलियस भीड़ और गलियों की भूलभुलैया से होते हुए उसके साथ चल पड़ा। चारों ओर भीड़ का धक्का लगना स्वाभाविक था, लेकिन वो लगातार आगे बढ़ता रहा।

आख़िरकार वे एक सादी सी इमारत में पहुंचे। चेलियन ने जैसे ही कॉर्नेलियस को देखा, वो अपनी जगह से उठ खड़ा हुआ। 'मित्र, तुम यहां? और इस दशा में?' उसने आश्चर्य से पूछा।

'संक्षेप में सुनना चाहोगे या विस्तार से?' कॉर्नेलियस ने बैठते हुए थकान भरे स्वर में कहा।

'मुझे सबकुछ बताओ,' चेलियन ने कहा।

'दीमास्क़ अब अराजकता में डूब चुका है,' कॉर्नेलियस ने कहना शुरू किया। 'फिलिपिडीज़ मारा जा चुका है, भीड़ ने उसकी हत्या कर दी। रोमन शासन ने सैनिक कानून लागू कर दिया है, फिर भी गलियां अब भी बगावत की आग से धधक रही हैं। स्वशासन की कोई झलक तक नहीं बची। बरकत और उसके साथी तक छिपने को मजबूर हैं। उन्हें बहुत देर से समझ आया

कि फिलिपिडीज़ ही उनकी इकलौती ढाल था जो उन्हें रोम के पूर्ण प्रकोप से बचाए हुए था।'

चेलियन एकाग्र होकर सुनता रहा, उसके चेहरे पर हर नए विवरण के साथ छाया गहराती गई। 'यह समाचार बेहद गंभीर है। बताओ, तुम्हें मुझसे क्या मदद चाहिए? समझ लो कि वो काम पूरा हो गया।'

कॉर्नेलियस आगे झुके, उनकी आवाज़ में बेचैनी और तीखापन था। 'मिथ्रादेट्स—उसे दीमास्क़ लौटना होगा। जनता को एक ऐसे नेता की ज़रूरत है जिसके पीछे वे एकजुट हो सकें, कोई ऐसा जो रोमन सत्ता के सामने खड़ा हो और शांति बहाल करे। उसके बिना शहर और गहरी अराजकता में डूब जाएगा।'

चेलियन ने गंभीरता से सिर हिलाया। परिस्थिति की गहराई वो समझ चुका था। 'मिथ्रा सत्यमुनि के गुरुकुल में है। उसकी पढ़ाई अब खत्म होने को है। उसे यह समझना होगा कि दीमास्क़ लौटना उसके लिए कितना महत्वपूर्ण है। पर याद रहे, वो अभी केवल सोलह वर्ष का है।'

'अलेक्ज़ेंडर सोलह साल की उम्र में ही रीजेंट बना था,' कॉर्नेलियस ने पलटकर कहा, 'और उसने माएदी विद्रोह को कुचल डाला था। क्लियोपेट्रा सोलह की होते-होते राजनीति में पूरी तरह रम चुकी थी और अठारह साल की उम्र में सह-शासक बनी। और ऑक्टेवियन, जो आगे चलकर ऑगस्टस कहलाया, अठारह साल की उम्र में जूलियस सीज़र का उत्तराधिकारी घोषित हुआ। उम्र केवल एक संख्या है, इसका असली काबिलियत से कोई लेना-देना नहीं है।'

कॉर्नेलियस के शब्दों के सच को मानते हुए चेलियन ने धीरे-धीरे सिर हिलाया। लेकिन मिथ्रा की रक्षा करना, यह सुनिश्चित करना कि उसका हश्र उसके पिता जैसा न हो—यह सबसे ज़रूरी था। और तभी उसके मन में यह विचार कौंधा: *क्या हो अगर मिथ्रा की दीमास्क़ वापसी एक सुनहरा अवसर बन जाए?*

39

अगस्त्यमलाई, पांड्य देशम्

आज का अगस्त्यमाला बायोस्फीयर रिज़र्व, केरल, भारत

लगभग 2,000 वर्ष पूर्व

सोजू और सुरिरत्ना गुरुकुल के किनारे एक पुराने वटवृक्ष की जटाओं से टिके बैठे थे। उनके सिर झुके हुए थे और आंखें एक प्राचीन ताड़पत्र पर टिकी थीं। चारों ओर गेंदे के फूलों की महक फैली थी, उनकी सुनहरी पंखुड़ियां पास ही कलकल बहती धारा के दोनों ओर लहलहा रही थीं। वही धारा एक छोटे तालाब में समा रही थी, जिसके उस पार अगस्त्य पर्वत श्रृंखला अपने विराट स्वरूप के साथ खड़ी थी, मानो मौन प्रहरी क्षितिज पर निगाहें गड़ाए हों। यह स्थल प्राचीन ज्ञान से ओतप्रोत था। कहा जाता था कि यहीं ऋषि अगस्त्य ने तमिल भाषा को पहली बार शब्दों का रूप दिया था। यही कारण था कि यहां की वायु भी एक अदृश्य ऊर्जा से धड़कती प्रतीत होती थी—असंख्य पीढ़ियों के विद्वानों की साधना और ज्ञान की विरासत इस भूमि में गूंजती रहती थी।

दोनों किशोर अपनी पढ़ाई में डूबे हुए थे। 'तो इस श्लोक का अर्थ यह हुआ,' सोजू ने गंभीरता से भौंहें चढ़ाते हुए कहा, 'कि धर्म स्थिर और कठोर नियम नहीं, बल्कि परिस्थितियों के अनुसार ढलने वाला मार्गदर्शन है।'

सुरिरत्ना ने सिर हिलाया। 'यह बात तो सही है। धर्म हमें बांधने के लिए नहीं, मार्ग दिखाने के लिए है।' उनकी बातचीत सहजता से आगे बढ़ रही थी, हर शब्द के साथ दोनों के बीच का बंधन और गहरा हो रहा था। इसी दौरान

सुरिरत्ना ने अनजाने में एक छोटा सा कंकड़ उठाया और झाड़ियों की ओर उछाल दिया। वहां से हल्की-सी सरसराहट उठी—फिर अचानक सब शांत हो गया। सोजू ने चौंककर सिर उठाया, उसकी इंद्रियां सतर्क हो गईं। 'तुमने सुना?' उसने धीमी पर चिंतित आवाज़ में पूछा।

सुरिरत्ना सतर्क हो गई, उसकी आंखें झाड़ियों की छाया टटोलने लगीं। 'आवाज़ वहीं से आई थी,' उसने भी फुसफुसाते स्वर में कहा।

कुछ ही क्षणों बाद झाड़ियों के भीतर से एक विशाल भारतीय नाग निकला। उसकी चमड़ी धूप में ऐसे दमक रही थी मानो पिघला हुआ कांस्य हो। उसका फन तन चुका था और वह ख़तरनाक ढंग से फुफकार रहा था। शायद वह कंकड़ से चौंक गया था, या उसे लगा था कि उसके क्षेत्र में अतिक्रमण हुआ है। भय से जड़ हुई सुरिरत्ना हांफ रही थी, उसका शरीर हिल भी नहीं रहा था।

एक पल में सोजू खड़ा हो गया। उसकी नज़र पास खिले गेंदे के ऊंचे गुच्छों पर पड़ी। उसने तुरंत उन्हें तोड़ा और सुरिरत्ना और नाग के बीच खड़ा हो गया, मानो इन सुगंधित फूलों का घेरा बना रहा हो। 'शांत रहो,' उसने स्थिर और आश्वस्त स्वर में कहा। 'कोई अचानक हरकत मत करना। नाग गेंदे की गंध को सहन नहीं करते।'

एक पल को समय ठहर गया सा लगा। नाग ने रुककर अपनी दोमुंही जीभ हवा में फड़फड़ाई और सोजू पर ध्यान केंद्रित किया। सोजू का दिल ज़ोरों से धड़क रहा था, पर वह अपने स्थान पर अडिग खड़ा रहा। उसने नाग की लयबद्ध डोलती गति की नक़ल की, उसके हाथों में गेंदों की चमकीली पंखुड़ियाँ उस खतरनाक फन के सामने जैसे जीवन और मृत्यु का रंगीन अंतर खींच रही थीं। आख़िरकार, नाग ने अपना फन झुका लिया और फिर झाड़ियों में विलीन हो गया। सोजू ने मुड़कर सुरिरत्ना की ओर देखा, उसके चेहरे पर गहरी राहत उभर आई थी। 'तुम ठीक हो?' उसने कोमल स्वर में पूछा।

सुरिरत्ना ने सिर हिलाया, पर भय अभी भी उसकी देह में सिहरन की तरह भरा हुआ था। उसके घुटने कांप रहे थे। वो उठने की कोशिश में लड़खड़ा

गई। सहज प्रवृत्ति से सोजू ने हाथ बढ़ाकर उसे थाम लिया। उसकी बांहों का घेरा सुरिरत्ना को ढंकता हुआ सुरक्षात्मक ढाल बन गया। सुरिरत्ना ने कसकर उसे थाम लिया। उसका हृदय सोजू की छाती पर तेज़ी से धड़क रहा था। न तो किसी ने कुछ कहा, न ही कोई शब्द उस पल को भंग कर सका। वातावरण में केवल राहत का कंपन और अचानक उपजी उस बिजली-सी अनुभूति की गूंज थी। चारों ओर की दुनिया जैसे धुंधली हो गई थी, बची थी तो केवल उनके आलिंगन की गर्माहट और गेंदे के फूलों की सुखदायक सुगंध।

धीरे से सोजू ने उसके माथे पर चुंबन किया, एक कोमल स्पर्श जिसमें आश्वासन था, स्नेह था और कुछ ऐसा गहन भाव था जिसे वो स्वयं भी अभी पूरी तरह समझ नहीं पाया था। जैसे ही वे अलग हुए, उनकी आंखें मिलीं। उस क्षण कुछ बदल चुका था। बचपन की निश्चिंत सहजता एक नई तीव्रता में ढल गई थी, एक तड़प, जो भीतर ही भीतर गूंज रही थी।

'सोजू,' सुरिरत्ना ने फुसफुसाते हुए कहा, उसकी आवाज़ कांप रही थी। 'मुझे... मुझे लगता है...'

'मुझे पता है,' सोजू ने बीच ही में कहा। उसका स्वर भावनाओं से भारी था, उसकी दृष्टि अब भी सुरिरत्ना से हट नहीं रही थी। 'मैं भी तुमसे प्रेम करता हूं।'

उसने झुककर उसके चेहरे से एक बिखरी लट को हटाया। उसकी उंगलियों का हल्का-सा स्पर्श सुरिरत्ना के भीतर सिहरन की लहर दौड़ा गया। उसकी आंखों में आंसू उमड़ आए, भावनाओं का बांध जैसे टूट गया हो। उसने हमेशा सोजू की दृढ़ता और शांत आत्मविश्वास की प्रशंसा की थी। पर आज उसने उसे एक नए रूप में देखा—अपने रक्षक, अपने विश्वासपात्र, अपने प्रेमी के रूप में।

सोजू का हृदय कसक से भर उठा। उसने उसके आंसू पोंछे और धीमे स्वर में कहा, 'सुरिरत्ना, मैं वचन देता हूं—मैं सदा तुम्हारे साथ रहूंगा। तुम्हारी रक्षा करने, तुम्हारा सहारा बनने... और तुम्हें प्रेम करने के लिए।'

सुरिरत्ना आंसुओं के बीच मुस्कराई। सोजू के शब्दों की गर्माहट ने उसके मन से हर तरह का डर मिटा दिया। 'और मैं भी हमेशा तुम्हारे साथ रहूंगी,

सोजू,' उसने धीमे से कहा। 'मैं तुम्हें चाहती हूं। साथ मिलकर हम हर चुनौती का सामना कर सकते हैं।'

दोनों हाथों में हाथ डाले, गुरुकुल की ओर लौटने लगे। डूबते सूरज की सुनहरी आभा उन पर बरस रही थी। वे धीरे-धीरे चल रहे थे, मानो उस जादुई पल को तोड़ना नहीं चाहते हों। उनके बीच का मौन, अब प्रेम और आशा की भाषा, बन चुका था। गुरुकुल की ओर बढ़ता हर कदम मानो एक नई यात्रा की शुरुआत था, एक ऐसी यात्रा जिसमें आशा भी थी और अनिश्चितता भी।

40

गिम्हे, दक्षिण ग्योंगसांग प्रांत, दक्षिण कोरिया

वर्तमान काल

आदित्य एक बार फिर दक्षिण कोरिया में था। इस बार वो जिस्को के चीफ़ मेटलर्जिस्ट डॉ. जंग ताए-ह्युन के पास आया था, जो काफ़ी अड़ियल स्वभाव के थे। कंपनी के कई बेहतरीन प्रोडक्ट इनोवेशन उनकी लीडरशिप में ही मुमकिन हुए थे।

जंग की मेटलर्जी लेबोरेट्री बहुत बड़ी थी। एक पूरी कतार में इंडक्शन फर्नेस, रेज़िस्टेंस फर्नेस, इलेक्ट्रिक आर्क फर्नेस और ओवन लगे थे। प्रयोगशाला की पूरी लंबाई में एक विशाल काउंटरटॉप फैला हुआ था, जिस पर खास माइक्रोस्कोप, स्पेक्ट्रोमीटर, टेंसिलिटी जांच मशीनें, हार्डनेस और इंपैक्ट टेस्टर्स रखे थे। दीवार भर की अलमारियों में अम्ल, क्षार, विलायक, फ्लक्स और तमाम प्रकार के रसायन भरे थे।

फिलहाल, जंग का ध्यान केवल धातु के उस टुकड़े पर था जिसे चेन्नई में सोमी को जयारामन ने दिया था। सोमी और आदित्य लैब की ऊंची स्टूलों पर बैठे थे, जंग की चुप्पी से असहज, पर खामोश। कई बार सोमी को उससे राय पूछने की तेज़ इच्छा हुई, लेकिन उसने अपने-आपको रोके रखा। वो जंग को बहुत अच्छी तरह जानती थी, वो केवल तभी बोलेगा जब बोलने के लिए तैयार होगा।

आख़िरकार उसने मौन तोड़ा, 'यह वूट्ज़ है,' उसने घोषणा की।

'आप इतने भरोसे के साथ कैसे कह सकते हैं?' सोमी ने पूछा।

'इस स्टील की सतह पर एक विशिष्ट पैटर्न है,' जंग ने समझाया। 'काले बैकग्राउंड पर हल्के, घूमते हुए धब्बे। यह कार्बन और स्टील के विशेष मिश्रण का परिणाम है।'

'वूट्ज़?' आदित्य ने जो लेख इस पर पढ़े थे उन्हें याद करते हुए दोहराया।

'भारतीय क्रूसिबल स्टील,' जंग ने साफ़ किया। 'उत्तर भारत में इसे "उत्स" या "उत्तमम" कहा जाता था, जबकि दक्षिण में "उक्कु"। इसका सबसे पुराना रूप दिल्ली के लौह स्तंभ में देखा जाता है—वही स्तंभ जिसमें कभी जंग नहीं लगती। पहली सहस्राब्दी में इस विधि को और परिष्कृत किया गया और तब एक नया रूप सामने आया जिसे "नव उत्स" कहा गया। अंतरराष्ट्रीय व्यापारी इसके उच्चारण में अटकते थे और यह धीरे-धीरे "वुत्स" या "वूट्ज़" कहलाने लगा। इसे लगभग पांच पाउंड की अर्धगोलाकार सिल्लियों में दुनियाभर में निर्यात किया जाता था।'

'दुनियाभर में?' आदित्य ने आश्चर्य से पूछा।

'हां,' जंग ने उत्तर दिया। 'दुनिया इसे मुख्यत: दमिश्क की तलवारों के संदर्भ में जानती है। वे मशहूर धारदार अस्त्र इन्हीं वूट्ज़ सिल्लियों से बनाए जाते थे, जो भारत से दमिश्क़ भेजी जाती थीं। वहां सीरियाई कारीगरों ने इन्हें ऐसी तलवारों में ढालने की कला में महारत हासिल कर ली थी, जो ताक़त और सुंदरता दोनों में बेजोड़ थीं।'

'तो कच्चा माल भारत से आता था?' आदित्य ने पूछा।

'बिल्कुल,' जंग ने बिना हिचके जवाब दिया।

आदित्य कुछ देर चुप रहा, फिर धीरे से बोला, 'लेकिन क्यों?'

जंग ने समझाया, 'क्योंकि भारतीय ढलाईघरों ने उच्च-कार्बन इस्पात बनाने के विज्ञान में महारत हासिल कर ली थी—दुनिया के किसी भी दूसरी जगह पर बनी धातु से कहीं ज़्यादा बेहतर। प्राचीन वूट्ज़ की सूक्ष्म संरचना में कार्बन नैनोट्यूब्स और सीमेंटाइट नैनोवायर्स मौजूद हैं। सोचिए, यह तकनीक भारत में 2000 साल पहले से इस्तेमाल में लाई जा रही थी!'

इतना कहकर जंग अपने दफ्तर से सटे कमरे में रखी बेतरतीब किताबों की अलमारी की ओर बढ़ा। वो कई मिनटों तक इधर-उधर खोजता रहा, कभी किताबें खींचता, कभी दराज़ें उलटता, कभी ऊंचे शेल्फ तक पहुंचने के लिए स्टूल पर चढ़ता। अचानक उसकी जीत भरी आवाज़ गूंजी—उसे वो चीज़ मिल गई जिसकी उसे तलाश थी। उसने एक बिना लेबल वाला फ़ोल्डर निकाला, जो हाथ से लिखे नोट्स, फोटोकॉपी किए गए लेखों और तस्वीरों से भरा था। उनमें से उसने एक तस्वीर निकाली और आदित्य और सोमी को दिखाई।

'इसे देखो,' उसने कहा।

तस्वीर में एक भव्य तलवार थी, जिसकी सूक्ष्म नक्काशियां पूरी तरह स्पष्ट थीं। जंग ने बताया, 'यह चौदहवीं शताब्दी की उस्मान की तलवार है, जो दमिश्क़ में गढ़ी गई थी। आज यह इस्तांबुल के तोपकापी पैलेस म्यूज़ियम में रखी हुई है। ब्लेड पर बनी विशिष्ट लहरदार आकृतियों को ध्यान से देखो।'

आदित्य और सोमी झुककर तस्वीर को देखने लगे। उनकी आंखें उस सतह पर उकेरे गए लहरदार पैटर्न पर टिक गईं।

'सीरियाई कारीगरों ने इन तलवारों को गढ़ने की कला में महारत हासिल की थी,' जंग आगे बोला, 'लेकिन कच्चा माल—वूट्ज़ इस्पात—हमेशा भारत से ही जाता था। आगे जाकर दमिश्क़ के तलवारसाज़ों ने इस प्रक्रिया को और परिष्कृत कर लिया और ऐसी तलवारें गढ़ीं जिनके पैटर्न लगभग जादुई लगते थे।'

'इन तलवारों को इतना ख़ास क्या बनाता है?' आदित्य ने पूछा।

जंग ने जवाब दिया, 'वूट्ज़, लेकिन केवल यही नहीं। दमिश्क के ब्लेड बनाने वाले अपने हुनर के उस्ताद थे। उन्होंने एक तकनीक विकसित की—वूट्ज़ की परतों को बार-बार गर्म करना, पीटना और मोड़ना—जिससे बेजोड़ मज़बूती और अद्भुत निशानों वाला ब्लेड तैयार होता था।'

'और वे वूट्ज़ में ऐसी कठोरता कैसे ला पाते थे?' आदित्य ने जिज्ञासा से पूछा। यह प्रश्न अज्ञानता से नहीं, बल्कि उस प्राचीन तकनीक की बारीकियों को समझने की इच्छा से उपजा था, शायद यही उसके अपने चैलेंज का हल साबित हो सके।

'क्वेंचिंग की मदद से, गरम की हुई तलवार को अचानक ठंडा करना—ज़्यादातर पानी या तेल में। पर वूट्ज़ के साथ यह प्रक्रिया बेहद सटीक होनी चाहिए। ठंडा करने की दर बिल्कुल सही होनी चाहिए ताकि उसकी सूक्ष्म संरचना—वे कार्बन नैनोट्यूब्स और सीमेंटाइट की तंतु जैसी लकीरें—सुरक्षित रह सकें। बहुत तेज़ ठंडा किया तो वो चकनाचूर हो जाती और बहुत धीमी दर से ठंडा किया तो उसकी ताक़त खत्म हो जाती।' जंग ने जवाब दिया।

'तो आपने तलवार का जो टुकड़ा देखा था—वह भी वूट्ज़ का ही था?' सोमी ने पूछा।

'हां,' जंग ने पुष्टि की, 'लेकिन दमिश्क़ की तलवार का नहीं। ज़्यादा संभावना है कि यह गारक की तलवार का हिस्सा हो—प्राचीन कोरिया का। और यह कोरकाई में मिला—इसमें आश्चर्य ही क्या!'

'तो भारतीय क्रूसिबल स्टील हर जगह था? यहां तक कि कोरिया में भी?' सोमी की आंखें फैल गईं। 'क्या इसे फिर से बनाया जा सकता है? क्या इसके निर्माण के रहस्यों को फिर से खोजा जा सकता है?'

'कई लोगों ने कोशिश की है।' जंग कुछ पल रुका, जैसे शब्दों का चुनाव कर रहा हो। 'पर सच्चाई यह है कि वो ज्ञान खो चुका है। हम उसके तरीकों का अनुमान भर लगा सकते हैं, पर कोई भी अब तक उस मूल प्रक्रिया को पूरी तरह दोहरा नहीं पाया है।'

'पर निश्चित ही कहीं न कहीं कोई लेख, कोई संकेत होगा जो हमें राह दिखा सके,' आदित्य ने कहा, उसकी हताशा अब साफ़ झलक रही थी।

जंग ने उसकी बेचैनी भांप ली। उसने एक फ़ाइल निकाली जो प्राचीन ग्रंथ की फोटोकॉपी किए हुए पन्नों से भरी थी। 'शायद इससे तुम्हारी मदद हो,' उसने कहते हुए फ़ाइल आदित्य को थमा दी।

हिचकते हुए, आदित्य ने धुंधले संस्कृत श्लोक ज़ोर से पढ़ने शुरू किए:

'सुष्णातं लोहम् उत्तमं समं
च कृष्णतोल्यं पलाशपत्रकं
चतुर्गुणं श्रीशाखेन द्विगुणं
खदिर-चूर्णं शर्णकारांश्च योजयेत् ... '

हकलाते हुए आदित्य ने सिर उठाकर जंग से पूछा, 'यह क्या है?'

'*रसरत्नाकर,*' जंग ने उत्तर दिया। 'भारतीय धातुकर्म पर एक ग्रंथ संभवतः नागार्जुन ने आठवीं शताब्दी में लिखा था। इसी प्रक्रिया का उल्लेख केरल के पंद्रहवीं शताब्दी के ग्रंथ *तंत्रसमुच्चय* में भी मिलता है।'

'तो इसमें लिखा क्या है?' आदित्य ने जिज्ञासा से पूछा।

'इसमें क्रूसिबल स्टील बनाने की विधि बताई गई है,' जंग ने समझाया। 'इसमें कहा गया है, "शुद्ध लोहे को लो—जिसमें जंग न हो—और उसमें उसके भार से चार गुना पलाश के पत्तों का चूर्ण, आठवां हिस्सा खदिर की छाल और सोलहवां हिस्सा जली हुई ईंट का चूर्ण मिलाओ।"'

'और उसके बाद?' आदित्य ने बेसब्री से पूछा।

'फिर इसमें लिखा है, "इस मिश्रण में विशेष तत्व मिलाओ और उसे काले चमड़े से ढककर क्रूसिबल में रखो। उसे लगातार तीन रातों तक तपाओ। इसके बाद क्रूसिबल तोड़कर धातु की जांच करो। अगर मनचाही गुणवत्ता न मिले, तो प्रक्रिया दोहराओ। सात बार दोहराने पर सर्वोत्तम इस्पात मिलेगा।"'

'यकीन करना मुश्किल है,' सोमी ने धीमी आवाज़ में कहा। 'सत्रहवीं शताब्दी तक यूरोप इस रहस्य से अनजान रहा। और यहां... यह सूत्र तो इस प्राचीन ग्रंथ में साफ़तौर पर मौजूद है।'

'बिल्कुल,' आदित्य ने कहा। 'सिवाय उस एक विशेष तत्व के नाम के।'

सोमी ने सोचते हुए कहा, 'ऐसा लगता है कि जितना हम अतीत में झांकते हैं, भविष्य उतना ही स्पष्ट दिखाई देने लगता है।'

आदित्य ने उसके शब्दों पर विचार किया, फिर सिर हिलाया। 'इससे मुझे कैम्ब्रिज के एक इतिहासकार की कही बात याद आ गई,' उसने दूसरों की

ओर देखते हुए कहा। 'वह सभ्यताओं के उत्थान और पतन को तरंगों की तरह देखता था, मानव ज्ञान और नवाचार के शिखर और घाटियों की तरह। त्रासदी यह है कि कभी-कभी... हम एक चक्र में अर्जित ज्ञान खो देते हैं, और कई चक्रों बाद उसे फिर से खोज पाते हैं।'

'कितनी सधी हुई बात है,' जंग ने सहमति जताई।

आदित्य ने आगे कहा, 'चौदहवीं शताब्दी के विद्वान सायण का उदाहरण लीजिए, उन्होंने प्रकाश की गति की गणना ओले रोमर से कई शताब्दियाँ पहले की थी। वे कैसे जानते होंगे? यह साफ़ है कि प्राचीन भारत के पास ऐसा ज्ञान और तकनीक थी, जिसकी हम आज कल्पना भी नहीं कर सकते। उनके अभिलेख खो चुके हैं, पर उनकी उपलब्धियां निर्विवाद हैं। जैसे लौह स्तंभ। या शायद... जैसे क्रूसिबल स्टील।'

'बिल्कुल,' सोमी ने सहमति जताई। 'हमें प्राचीन भारतीय धातुकर्म के रहस्यों को फिर से खोजना होगा—शुरुआत इस वूट्ज़ स्टील से। और यह ग्रंथ... इसमें जिन घटकों का उल्लेख है, वे विशिष्ट नहीं हैं। पलाश वृक्ष—जिसे वन की ज्वाला भी कहा जाता है और खदिर वृक्ष, जिससे कत्था मिलता है।' वो पलभर रुकी मानो विचारों में खो गई हो, फिर उत्साह से बोली, 'हमें इन पदार्थों के गुणों को समझना होगा—यह जानना होगा कि वे इस अद्वितीय इस्पात के निर्माण में किस प्रकार योगदान करते हैं। और फिर शायद हम उन्हीं गुणों को और प्रबल कर सकें... ताकि हम पुरानी उपलब्धियों को न केवल दोबारा हासिल करें, बल्कि उन्हें पार भी कर जाएं।'

'लेकिन अब भी वो अनाम तत्व बाकी है,' आदित्य ने याद दिलाया।

जंग कुछ सोचते हुए बोले, 'प्राचीन भारतीय विज्ञान से जुड़ी किसी भी बात पर, मैं केवल एक ही व्यक्ति पर पूरा भरोसा करता हूं। अगर तुम तैयार हो, तो हम उनसे सलाह ले सकते हैं। शायद उन्हीं के पास वो कुंजी हो, जो इन रहस्यों को खोल सके।'

'कौन हैं वो?' आदित्य ने पूछा।

'उनका नाम है डॉ. बाला रामास्वामी,' जंग ने जवाब दिया। 'वे जिनेवा में सर्न में काम करते हैं।'

प्रभास पाटन, चालुक्य साम्राज्य

आज का सोमनाथ, गुजरात, भारत

लगभग 1000 वर्ष पूर्व

मैदानों में नगाड़ों की गूंजती हुई आवाज़ दूर तक फैल रही थी—एक डराने वाली आवाज़ जो महमूद ग़ज़नी की सेना के आने का संकेत दे रही थी। यह वही आवाज़ थी जो मीलों तक सुनने वालों के दिल में डर की लहरें दौड़ा देती थी। मंदिर की प्राचीरों के भीतर भक्तजन शिव की आराधना में लीन थे। उनके स्वर, प्रार्थनाओं का अथाह ज्वार बनकर, आने वाले विनाश के विरुद्ध किसी असहाय पुकार की तरह गूंज रहे थे। दूर से मंदिर के ऊंचे शिखर ऐसे लगते थे मानो आकाश को छू रहे हों, जैसे स्वयं देवभक्त अपने हाथ फैलाकर विनाश से बचाने की याचना कर रहे हों।

महमूद ग़ज़नवी साम्राज्य का सुल्तान था। सत्ताईस साल की उम्र में गद्दी पर बैठने के बाद उसने अपने राज्य को एक विशाल सैन्य साम्राज्य में बदल दिया था, जो फ़ारस से पंजाब तक फैला हुआ था। हिंदुस्तान के मंदिर वाले नगरों पर उसके लगातार हमलों ने उसे बहुत बड़ा खजाना दिलाया था, जिससे उसने अपनी राजधानी ग़ज़नी को सुंदर और भव्य बना दिया था। उसकी राजधानी उत्तर-पश्चिमी सीमाओं के उस पार, ऊबड़-खाबड़ पहाड़ियों के बीच बसी थी। धार्मिक उन्माद से प्रेरित, अनुशासन में बंधी, और अपने भीतर किसी दैवी उद्देश्य का विश्वास संजोए उसकी सेनाएं बेरहमी से आगे बढ़तीं। हिंदुस्तान का सबसे धनी मंदिर, सोमनाथ, उनकी कोशिशों का एक इनाम था। यह मंदिर दस हज़ार गांवों से मिलने वाले राजस्व की वजह से संपन्न था। यहां एक हज़ार ब्राह्मण नित्य अनुष्ठान संपन्न करते थे और पांच

सौ नर्तकियां प्रतिदिन अपने नृत्य से देवता का सम्मान करती थीं। बेशक, ये निशाना सबको लुभाने वाला था।

महमूद अपने जंगी घोड़े पर सवार होकर दूर से मंदिर प्रांगण को निहार रहा था। सोमनाथ किसी दुर्ग से कम नहीं था, तीन ओर से समुद्र उसकी प्राकृतिक रक्षा कर रहा था। उसे भीतर छिपे खजानों की कहानियां कई सालों से सुनाई देती रही थीं और मुखबिरों की फुसफुसाहटें उसकी महत्वाकांक्षा को भड़काती रहतीं। एक दिन उसकी मुलाकात एक बूढ़े कबीलाई व्यक्ति, इब्न अल-कक़ाया से हुई। उसके नाम से ही साफ़ था कि उसकी जड़ें उस प्राचीन केकय कबीले से जुड़ी थीं, जिससे रानी कैकेयी आई थीं। अल-कक़ाया ने जो कहानी सुनाई, उसने महमूद को मोहित कर लिया। उसने द्वैतलिंगम का जिक्र किया, वो पवित्र पत्थर जिसकी आराधना लाखों लोग करते थे और जिसके बारे में कहा जाता था कि उसमें अपार शक्तियां छिपी थीं। महमूद आमतौर पर ऐसी मान्यताओं को अंधविश्वास मानकर ठुकरा देता था, पर इस बार कहानी ने उसकी जिज्ञासा और महत्वाकांक्षा दोनों को उकसा दिया। उसके भीतर आस्था नहीं, बल्कि जिज्ञासा और महत्वाकांक्षा जाग उठी थी। ऐसी पूजनीय वस्तु को तोड़ना उसके अनुयायियों की भावना को कुचल देता, और यदि कहानी में थोड़ा भी सच हुआ तो वो ताक़त उसके हाथ में होती। तर्क यही कहता था कि उस वस्तु को छिपाने का सबसे स्पष्ट और सुरक्षित स्थान सोमनाथ ही होगा।

यह उसका हिंदुस्तान पर सत्रहवां हमला था। कल ही उसका सामना हुआ था प्रचंड प्रतिद्वंद्वियों, चालुक्य राजपूतों से, जिन्हें गुजरात के सोलंकी भी कहा जाता था। उनके राजा भीम के नेतृत्व में राजपूतों ने उसकी सेना को चारों ओर से घेर लिया था, हालात काफ़ी मुश्किल हो गए थे।

लेकिन तभी महमूद के एक सिपहसालार ने अपने सैनिकों के भीतर धार्मिक उन्माद की ज्वाला भड़का दी, उसने यह ऐलान किया कि जो भी राजपूतों का घेरा तोड़ेगा, उसे जन्नत में बहत्तर हूरों का इनाम मिलेगा। इस दैवी पुरस्कार की लालसा से प्रेरित होकर उसकी सेना ने शत्रु पंक्तियों को चकनाचूर कर दिया और उनकी टुकड़ियों को हराकर एक निर्णायक जीत हासिल की, जिसमें

पचास हज़ार राजपूत सैनिक मारे गए थे। आज, महमूद ने उसी जीत से हौसला हासिल किया और आने वाली जंग के लिए खुद को तैयार किया।

मंदिर के रक्षक वीर तो थे, लेकिन महमूद की अनुभवी और संगठित सेना के सामने टिक न सके। तलवारों के टकराने की आवाज़, घायल सैनिकों की करुण चीत्कार और पुजारियों के व्याकुल मंत्र, सभी मिलकर हिंसा और भक्ति का एक असंगत परंतु भयावह संगीत रच रहे थे। मंदिर के द्वार, जो अब तक सुरक्षा और पवित्रता के प्रतीक माने जाते थे, निरंतर आघात के सामने टूट-फूटकर धराशायी हो गए।

भीतर, भक्तगण झूलते हुए लिंगम की दिव्यता और उसकी कथित अद्भुत शक्ति में आश्रय ढूंढ़ते हुए उसके चारों ओर सिमट आए। महमूद की क्रूरता की कहानियां, मंदिरों के विध्वंस और नगरों को राख में बदलने के समाचारपहले ही हिंदुस्तान में भय फैला चुकी थीं। लोग चमत्कार की प्रार्थना कर रहे थे कि उनकी आस्था उन्हें इस तूफ़ान से बचा ले। लेकिन उनकी भावपूर्ण प्रार्थनाएं भी महमूद की कट्टरता और मूर्तिभंजक दृढ़ संकल्प के सामने फीकी पड़ गईं।

महमूद ने घोड़े से उतरकर गर्भगृह की ओर कदम बढ़ाए। उसका हर कदम सोच-समझकर उठाया गया और नपा-तुला था। उसकी नज़रें लगातार लिंगम पर टिकी थी—एक ओर तो यह उसके लिए "काफ़िरों" की भक्ति का स्मारक था, और दूसरी ओर शायद किसी रहस्यमय शक्ति का प्रतीक। वो उस डर का मज़ा ले रहा था जो उसने पैदा किया था, उस डर का जो उन पवित्र दीवारों से चिपका हुआ था। रत्नों से जड़ा और दीपशिखाओं से आलोकित लिंगम उसके लिए एक इनाम था जिसे हासिल किया जाना था—चाहे उसके प्रतीकात्मक वज़न की वजह से या गुप्त रहस्यों के लिए।

महमूद ने इशारा किया और उसके सैनिक कुल्हाड़ियां और हथौड़े उठाकर मूर्ति पर टूट पड़े। पुजारियों के चेहरों पर आंसुओं की धार बह रही थी, वे आक्रांताओं को कोस रहे थे और दैवी दंड का शाप दे रहे थे। कुछ अन्य भक्त, अपने प्रिय देव को बचाने के लिए, धन-दौलत का लालच देकर रहम की भीख मांग रहे थे। परंतु महमूद निर्विकार रहा। उसे दोनों चाहिए था, खजाना

और वह संतोष, जो किसी ऐसी मूर्ति को मिटाने से मिलता था जिसकी पूजा उसे इस्लाम से पहले के मक्का के ईश्वर "सु-मनात" की याद दिलाती थी।

पहला प्रहार हुआ तो पत्थर से गूंजता खोखला स्वर उठा। बार-बार प्रहार हुए। अंततः एक कड़कड़ाहट के साथ लिंगम टूट गया, उसके टुकड़े फर्श पर बिखर गए। महमूद ने संतोष से दृश्य देखा और आदेश दिया, 'टुकड़े समेट लो, और बांधकर रख लो।'

'अल-बरूनी से कहो कि इस घटना को इतिहास में दर्ज करे,' महमूद ने कहा। 'उसे यह भी लिखना चाहिए कि इन टुकड़ों को पीसकर मेरी महान मस्जिद की सीढ़ियों पर बिखेरा जाएगा।' कुछ अंश उसके रसायनज्ञों को दिए जाने थे- ताकि वे उसकी कथित शक्ति का रहस्य तलाश सकें।

सुबह होते-होते सोमनाथ खंडहर में बदल चुका था, उसकी संपदा लूटी जा चुकी थी, उसकी पवित्रता रौंदी जा चुकी थी। धुएं और धूल की धुंध ने नरसंहार को ढक लिया था।

ग़ज़नी लौटती हुई महमूद की सेना युद्ध की लूट से लदी थी। उसकी विजय की कहानियां लोगों के हृदय में भय अंकित करती हुईं चारों दिशाओं में फैल गईं, जो अब भी अपनी प्राचीन आस्थाओं से चिपके थे। लेकिन शिव भक्तों के लिए यह शोक का समय था, उनका मन इस सच्चाई को जानकर भारी हो रहा था कि सबसे पवित्र स्थल, सबसे शक्तिशाली देवता भी असहिष्णुता का सामना नहीं कर सके।

~

ग़ज़नी लौटकर, लिंगम के टुकड़ों को पीसकर महमूद की भव्य मस्जिद की सीढ़ियों में जड़ दिया गया; वह उसके प्रभुत्व की एक प्रतीकात्मक घोषणा थी। परंतु उसके रसायनज्ञ उलझन में थे। महीनों के कठिन परिश्रम और परीक्षणों के बावजूद पवित्र धूल से कोई रहस्य उजागर न हो सका।

महमूद अपने कक्ष में टहल रहा था, हाथ पीठ के पीछे बंधे, चेहरे पर नियंत्रित शांति और भीतर उबलता हुआ आक्रोश। उसने जिस मूर्ति को चूर-चूर

किया था—जिसका इतना महिमामंडन किया जाता था—क्या वास्तव में उसमें कोई शक्ति नहीं थी? क्या उन कहानियों को बढ़ा-चढ़ाकर कहा गया था? या उससे भी बुरा, क्या उसने एक निरर्थक वस्तु पर विजय पाई थी? तभी उसकी नज़र उस ताड़पत्र पर पड़ी, जिसे मंदिर के खंडहरों से पाया गया था। उस पर अंकित दो मछलियों का प्रतीक उसके मन में एक बेचैन कर देने वाली हलचल जगा गया। उसकी आंखें सिकुड़ गईं। *क्या वह संभव है कि असली द्वैतलिंगम सोमनाथ में था ही नहीं?*

उसके गले से गुस्से से भरी गरज निकली। यह सोचकर कि उसे धोखा दिया गया है—कि वास्तविक शक्ति का स्रोत अब भी उसकी पकड़ से बाहर है—उसके अहंकार को कुतर रहा था, उसके जुनून की आग को और भड़का रहा था। द्वैतलिंगम अब भी एक रहस्य था, एक ऐसा वादा जो कानाफूसी की तरह उसके सामने आया और उसकी उंगलियों से फिसल गया। नष्ट नहीं हुआ। पकड़ा नहीं गया। अभी तक नहीं।

लेकिन महमूद हार मानने वालों में से नहीं था। उसने कसम खाई कि वो इसे ढूंढ़ निकालेगा। पर्वतों को चीरकर, रेगिस्तानों को पारकर, महासागरों को लांघकर, अगर ज़रूरत पड़ी तो। अभी यह केवल एक किंवदंती था। पर दुनिया को इसकी हक़ीक़त दिखाने वाला वही होगा।

41

सफ़ेद कोह पर्वत, अफ़ग़ानिस्तान

वर्तमान काल

डॉ. बाला रामास्वामी अचानक झटके से जाग उठे जब हेलीकॉप्टर ने ज़मीन छुई। जिनेवा से लंबी यात्रा—पहले निजी विमान से काबुल अंतरराष्ट्रीय हवाई अड्डे तक और फिर हेलीकॉप्टर से ग़ज़नी के पास दुर्गम सफ़ेद कोह पर्वतों तक—ने उन्हें चकरा और थका डाला था। खलील ग़ज़नवर पहाड़ की ढलान पर बनी एक आश्चर्यजनक रूप से आधुनिक इमारत के दरवाज़े पर खड़ा था। उसकी आवाज़ में गर्मजोशी तो थी, पर भीतर कहीं छिपी धमकी भी साफ़ झलक रही थी। 'स्वागत है, डॉ. रामास्वामी,' उसने कहा। 'मुझे यकीन है कि आपकी यात्रा... सुखद रही होगी?'

जवाब में, अब भी उनींदे, रामास्वामी ने बस सिर हिला दिया। उनका दिमाग इस अपहरण की असलियत को समझने की कोशिश कर रहा था। आखिर यह आदमी उनसे चाहता क्या था? ग़ज़नवर उन्हें भीतर ले गया। बाहर की ऊबड़-खाबड़ प्राकृतिक चट्टानों और भीतर की आधुनिकता के बीच का विरोधाभास चौंकाने वाला था। गलियारों में अत्याधुनिक सुरक्षा प्रणालियां लगी थीं और दूर से मशीनों की गुनगुनाहट लगातार सुनाई दे रही थी।

वे एक विशाल, सुसज्जित प्रयोगशाला में पहुंचे। वहां कंप्यूटर, प्रयोगात्मक यंत्र, क्रायोजेनिक उपकरण तैयार थे और कई अलमारियों में नवीनतम शोध-पत्रों के साथ-साथ प्राचीन ग्रंथ भी सजे थे। किसी वैज्ञानिक के लिए यह किसी सपने जैसी जगह होती—लेकिन रामास्वामी के लिए यह एक दुःस्वप्न था।

'अभी के लिए, यही आपका कार्यस्थल होगा,' ग़ज़नवर ने घोषणा की। 'आपकी हर ज़रूरत यहां पूरी होगी। लेकिन इंटरनेट की पहुंच सीमित है। हमारे पास नॉन-जियोफेंस्ड स्टारलिंक है लेकिन कम्युनिकेशन चैनल—मैसेजिंग, ईमेल वगैरह बंद हैं। इन नियमों को तोड़ने की कोशिश मत कीजिएगा।'

रामास्वामी ने इस प्रभावशाली व्यवस्था को देखा और उनके मन में संदेह और गहरा गया। 'आप मुझसे चाहते क्या हैं?' उन्होंने पूछा, जबकि जवाब उनके मन में पहले से ही साफ़ था।

ग़ज़नवर की आंखें सिकुड़ गईं। 'वो पदार्थ जिसका जिक्र प्राचीन ग्रंथों में है,' उसने जवाब दिया, 'मुझे उसकी ताक़त चाहिए। और ये कैसे होगा... आप ही ढूंढ़ेंगे।'

रामास्वामी ने गहरी सांस ली और अपने सफ़ेद होते बालों में हाथ फेरते हुए कहा— 'मिस्टर ग़ज़नवर, जिस पदार्थ की आप तलाश कर रहे हैं, उसे दुबारा गढ़ पाना आसान नहीं है। इस विषय पर मेरा शोध अभी प्रारंभिक स्तर पर ही है। उसे ढूंढ़ना और फिर से गढ़ना कई साल या फिर शायद दशकों का काम हो सकता है। और उसकी खासियतों को पूरी तरह से समझना... उसके लिए तो पूरी ज़िंदगी भी कम पड़ेगी।'

ग़ज़नावर का चेहरा सख़्त हो गया। 'कई साल?' उसकी आवाज़ बर्फ़ जैसी ठंडी थी। 'मुझे डर है, डॉक्टर, आपके पास इतना वक़्त नहीं है। आपकी प्रगति आपकी आज़ादी तय करेगी। अगर आप कामयाब हुए तो घर लौट जाएंगे। नाकाम रहे तो... यही जगह हमेशा के लिए आपका घर बन जाएगी।'

रामास्वामी की रीढ़ में सिहरन दौड़ गई। वो एक ख़तरनाक खेल का मोहरा थे, जिसमें उनका भाग्य ताक़त की लालसा में डूबे एक आदमी की सनक पर टिका था। उन्होंने धीमे स्वर में कहा— 'मैं पूरी कोशिश करूंगा।' वो जानते थे कि उनकी पूरी कोशिश भी शायद काफ़ी न हो।

'बढ़िया,' ग़ज़नावर बोला, उसकी आवाज़ में इस्पात जैसी सख्ती थी। 'काम शुरू कीजिए। मेरी टीम आपकी हर ज़रूरत पूरी करेगी। हम मेहमाननवाज़ मेज़बान हैं। आपको पूरा सम्मान मिलेगा।'

रामास्वामी ने सिर हिलाया और सामने रखे उपकरणों की ओर मुड़ गए। पर उनके हाथ कंट्रोल-पैनल पर पहुंचकर ठिठक गए। मशीनों की लगातार गड़गड़ाहट उनके चारों ओर थी—जैसे सुकून भरा संगीत हो—लेकिन उनके भीतर एक तूफ़ान उठ रहा था। अब वो सिर्फ़ एक वैज्ञानिक नहीं थे—वो एक कैदी थे, किसी और के युद्ध में एक हथियार। यह सोचकर ही उनकी आत्मा कांप उठी कि कहीं वह ग़ज़नवर की महत्वाकांक्षा में योगदान तो नहीं कर रहे? यह आदमी सचमुच में चाहता क्या है? दुनिया पर कब्जा? अमरत्व? या फिर खोज के नाम पर आधिपत्य?

उन्होंने प्रयोगशाला में नज़र दौड़ाई। एक ओर प्राचीन ग्रंथों के गट्ठर, दूसरी ओर क्वांटम प्रोसेसर। दोनों का मेल उन्हें चकराने लगा। यहां मामला सिर्फ़ विज्ञान का नहीं था—यह विचारधारा थी, जुनून था और जिज्ञासा की आड़ में छिपी सत्ता की भूख थी। पल भर के लिए उनके मन में प्रतिरोध का विचार आया। इनकार करना, काम बिगाड़ देना या जानबूझकर देर करना—ये सब विकल्प उनके मन में कौंध गए। लेकिन फिर उन्हें ग़ज़नवर के अंतिम शब्द याद आए—'अगर आप कामयाब हुए तो घर लौट जाएंगे। नाकाम रहे तो... यही जगह हमेशा के लिए आपका घर बन जाएगी।'

उन्होंने एक और गहरी सांस ली और क्रायोस्टेट के नॉब घुमाने लगे। पैरामीटर सेट किए। हर गतिविधि आदत से हो रही थी, विश्वास से नहीं। जैसे ही मशीनों की आवाज़ आने लगी, उन्हें जिनेवा के सर्न में दिया अपना लेक्चर याद आया—वही परिकल्पना, जो तब केवल सिद्धांत थी, अब एक भयानक सच्चाई के रूप में उनके सामने थी। उनके मन में अनगिनत सवाल उमड़ पड़े—क्या ये प्राचीन शास्त्र सचमुच ब्रह्मांड की मूल शक्तियों से खेलने की कुंजी समेटे हैं? क्या ये पदार्थ—ये काल्पनिक-सा 'दिव्य तत्व'—वास्तव में अस्तित्व में था?

दिन बीतते गए। वो पांडुलिपियों में डूबे रहे, आंकड़ों का मिलान करते, प्रयोग करते। उनका संसार केवल कणों का नृत्य था—क्वांटम उलझनों का जटिल जाल, जहां नियम मानवीय समझ से कहीं परे थे। ग़ज़नवर बार-बार

प्रयोगशाला में आता। कभी लंबे समय तक बिना कुछ कहे खड़ा रहता, रामास्वामी के काम को ऐसी निगाहों से देखता जो जिज्ञासा से ज़्यादा निगरानी जैसी लगती थीं।

लेकिन प्रगति धीमी थी। हर बार जब समाधान की झलक मिलती, तो वो लाखों जटिलताओं में खो जाती। और हर गुज़रते दिन के साथ ग़ज़नवर की बेसब्री और बढ़ती गई।

'कोई प्रगति हुई, डॉक्टर?' ग़ज़नवर अक्सर पूछता।

'थोड़ी-बहुत,' रामास्वामी जवाब देते हुए आंकड़े दिखाते और छोटी-मोटी प्रगति की ओर इशारा कर देते। 'पर हम अब भी कारगर समाधान से बहुत दूर हैं।'

ग़ज़नवर की झुंझलाहट और बढ़ गई। 'आपको और तेज़ काम करना होगा,' उसकी आवाज़ एक भयानक गरज में बदल गई। 'मेरा सब्र अब टूट रहा है।'

थके-हारे रामास्वामी ने उसकी आंखों में आंखें डालकर कहा, 'मिस्टर ग़ज़नवर, विज्ञान किसी समय-सीमा का पालन नहीं करता। सच अपने समय पर ही प्रकट होता है।'

'तो आपको ऐसा उपाय ढूंढ़ना होगा जिससे वह समय जल्दी आए,' ग़ज़नवर ने गरजते हुए कहा। 'वरना मैं किसी और को ढूंढ़ लूंगा। याद रखिए, डॉक्टर, यहां आपका समय सीमित है।'

हालांकि रामास्वामी जानते थे कि इस रहस्य को सुलझाने के लिए उनके जैसे ज्ञान और कौशल वाला कोई दूसरा वैज्ञानिक तलाशना करीब-करीब नामुमकिन है, फिर भी यह धमकी साफ़ थी—उनकी नाज़ुक उम्मीद पर काले बादल छा रहे थे। अब उनके पास केवल एक ही विकल्प था—कामयाब होना। उनकी ज़िंदगी, उनकी आज़ादी उसी पर टिकी थी।

अपने रिसर्च पर लौटते हुए उनके मन में एक नया विचार आया, शायद इस रहस्य की कुंजी केवल ग्रंथों को समझने में नहीं, बल्कि उन मनीषियों के मस्तिष्क और दृष्टिकोण को समझने में है जिन्होंने उन्हें लिखा था। वो प्राचीन

काल के दर्शन, आस्थाओं, विश्वदृष्टि को समझने में डूब गए—संकेत ढूंढ़ने के लिए, पैटर्न खोजने के लिए, कोई ऐसा सूत्र पाने के लिए जो उन्हें रास्ता दिखा सके।

एक शाम, ग़ज़नवर प्रयोगशाला में आया। उसके हाथ में एक नाज़ुक ताड़पत्र-पांडुलिपि थी। उसने उसे सावधानी से मेज़ पर रखा, उसका चेहरा गंभीर था। 'डॉक्टर,' उसने कहा, 'इसमें शायद आपकी दिलचस्पी हो।'

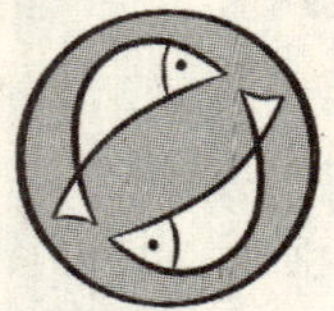

द्वौ मत्स्यौ नर्तनासक्तौ संपृक्तौ वरुणालये।
उच्छृङ्खलौ स्वतन्त्रौ च लुलितौ वारिणो रये ॥
नारायणमहादेवौ द्वावेकात्मस्वरूपिणौ।
परस्परं समायान्तौ पूर्णैकात्मत्वकारिणौ ॥
हस्तयो रक्षकस्यास्ति द्वैतलिङ्गं प्रतिष्ठितम्।
दृढं प्रतिष्ठमानेन बलेनैकेन रक्षितम् ॥
अयोध्यासन्धिराप्नोतु वर्धनं शौर्ययुतम्।
भाग्यानि ह्यत्र बद्धानि यथास्थाने यथोचितम् ॥

द्वौ मत्स्यौ नर्तनासक्तौ संपृक्तौ वरुणालये।
उच्छृङ्खलौ स्वतंत्रौ च लुलितौ वारिणो रये॥
नारायणमहादेवौ द्वावेकार्थस्वरूपिणौ।
परस्परं समायान्तौ पूर्णैकात्मत्वकारिणौ॥
हस्तयो रक्षकस्यास्ति द्वैतलिङ्गं प्रतिष्ठितम्।
दृढं प्रतिष्ठमानेन बलेनैकेन रक्षितम्॥

अयोध्यासन्धिराप्नोतु वर्धनं शौर्यसंयुतम्।
भाग्यानि ह्यत्र बद्धानि यथास्थानं यथोचितम्॥

रामास्वामी ने चश्मा ठीक किया। पांडुलिपि संस्कृत में थी। लेखनी समय की मार से धुंधली पड़ चुकी थी, परंतु ऊपर अंकित जुड़वां मछलियों का प्रतीक—स्पष्ट और निर्विवाद था। इस विचित्र और भयावह स्थान में उनका होना संयोग से अधिक, नियति का संकेत प्रतीत हो रहा था।

'अद्‌भुत,' रामास्वामी बुदबुदाए। 'यह आपको कहां से मिली?'

'यह हमारी पारिवारिक धरोहर है,' ग़ज़नवर ने उत्तर दिया। 'पीढ़ियों से चली आ रही है, सटीक तौर पर कहूं तो चालीस पीढ़ियों से। यह धरोहर मेरे पूर्वज—महमूद ग़ज़नवी से जुड़ी है। वही महमूद, जिसने सत्रह बार भारत पर आक्रमण किया था, एक ऐसे लिंगम की तलाश में जिसके बारे में कहा जाता था कि उसमें अविश्वसनीय शक्ति है, वास्तविकता के मूल स्वरूप को नियंत्रित करने की शक्ति।' उसने पांडुलिपि की ओर इशारा किया। 'यह किताब, हालांकि पहेलियों से भरी है, शायद हमें उस शक्ति तक पहुंचने का रास्ता दिखा सके।'

रामास्वामी के भीतर सिहरन दौड़ गई। महमूद ग़ज़नवी—यह नाम भारतीय स्मृतियों में आग और विनाश का पर्याय था। मंदिरों की अपवित्रता, पवित्र मूर्तियों की लूट—इतिहास ने उसे विजेता के रूप में दिखाया था, पर रामास्वामी और करोड़ों भारतीयों के लिए वोहिंसा और सांस्कृतिक विनाश का प्रतीक था। और अब वो उसकी विरासत की छाया में काम कर रहे थे। उनकी उंगलियां हल्की कांपते हुए नाज़ुक ताड़पत्र को छू गईं। क्या वो उस शक्ति को फिर से जगा रहे हैं, जिससे उनके पूर्वज कभी पीड़ित हुए थे? क्या वो किसी लंबे समय से गायब, आदिम शक्ति की कुंजी एक ऐसे शख्स को सौंपने जा रहे हैं, जो इतिहास को सीख के तौर पर नहीं, बल्कि जीत के अधिकार के तौर पर देखता था?

उन्होंने थूक निगला और अपनी आवाज़ को तटस्थ बनाने की कोशिश की। 'यह... निश्चय ही प्राचीन है।'

हालांकि उनके भीतर एक आवाज़ चीख रही थी—तुम किसी ख़तरनाक शक्ति के कगार पर खड़े हो... और उसके जागने में सहभागी बनने वाले हो। लेकिन उन्होंने

अयोध्यासन्धिराप्नोतु वर्धनं शौर्यसंयुतम्।
भाग्यानि ह्यत्र बद्धानि यथास्थानं यथोचितम्॥

रामास्वामी ने अपनी कांपती आवाज़ को स्थिर करने की कोशिश करते हुए कहा, 'यह जुड़वां मछलियों का प्रतीक—द्वैत और अद्वैत—दोनों का प्रतिनिधित्व करता है। विरोधी शक्तियों के बीच सामंजस्य। यह अवधारणा अनेक प्राचीन परंपराओं में पाई जाती है।' 'यह उस वस्तु का प्रतीक है,' ग़ज़नवर ने कहा, उसकी आवाज़ में विस्मय था, 'जिसके बारे में विश्वास है कि वो वास्तविकता को बदलने की शक्ति रखती है। तत्वों की शक्ति को बढ़ाने, बुद्धि को प्रखर करने और प्रकृति की शक्तियों पर पूर्ण अधिकार पाने की शक्ति।'

'किंवदंतियां,' रामास्वामी ने अपने वैज्ञानिक मस्तिष्क को इन अद्‌भुत दावों से जोड़ने की कोशिश करते हुए उत्तर दिया। 'इनका आधुनिक ढांचे में अर्थ निकालना कठिन है।'

'फिर भी आप यहां हैं, डॉक्टर,' ग़ज़नवर ने स्वर बदलते हुए कहा। 'विज्ञान के व्यक्ति होकर भी प्राचीन रहस्यों की ओर आकर्षित। आप ही वो शख्स हैं जो इन दोनों दुनियाओं को जोड़ सकते हैं। आप ही इन्हें उजागर करेंगे।'

रामास्वामी ने धीरे से सांस छोड़ी, बढ़ती उम्मीदों के बोझ तले। 'मुझे समय चाहिए,' उन्होंने कहा। 'इस ग्रंथ को गहराई से समझने के लिए। प्रयोगों के संदर्भ में इसके अर्थों को टटोलने के लिए।'

'समय,' ग़ज़नवर की आवाज़ में अब बर्फ़ीली सख्ती थी। 'डॉक्टर, यह विलासिता आपके लिए नहीं है। कितनी बार कह चुका हूं मैं? आपकी

सफलता... और आपकी ज़िंदगी—दोनों आपकी गति पर निर्भर हैं। इसे मत भूलिए।'

एकांत में समय ने अपना अर्थ खो दिया था। रामास्वामी अपनी परिकल्पना में डूब गए—उस प्राचीन पदार्थ के रहस्य में, जिसका प्रतीक यह जुड़वां मछलियां थीं। सृजन और संहार—दोनों का वादा समेटे हुए।

उन्होंने एक बार फिर अंतिम पंक्तियों पर नज़र डाली—

'अयोध्यासन्धिराप्नोतु वर्धनं शौर्यसंयुतम् ।
भाग्यानि ह्यत्र बद्धानि यथास्थानं यथोचितम् ॥'

अयोध्या संधि मज़बूती से फले-फूले,भाग्य वहीं बंधे रहें, जहां उन्हें होना चाहिए।

अयोध्या संधि क्या थी, वो सोच रहे थे।

42

अगस्त्यमलाई, पांड्य देशम

आज का अगस्त्यमला बायोस्फीयर रिज़र्व, केरल

लगभग 2000 वर्ष पूर्व

चेलियन, कॉर्नेलियस, पद्मसेन और कुलशेखर गुरुकुल के विशाल प्रांगण में पहुंचे। हवा में चंपा की मादक सुगंध घुली हुई थी, जो दूर से आती छात्रों की पाठ-ध्वनि के साथ मिल रही थी।

जैसे ही वे लोग पास आए, मुख्य कक्ष से बाहर आते मिथ्रा की आंखें चमक उठीं। सामने कॉर्नेलियस को देखकर उसके चेहरे पर खुशी की लहर दौड़ गई। 'अंकल कॉर्नेलियस!' उसने पुकारा और दौड़कर उस व्यक्ति के गले लग गया, जो उसके लिए सदैव दूसरे पिता समान था। 'आप यहां? घर से इतनी दूर?' लेकिन उसकी मुस्कान पल भर में फीकी पड़ गई, जब उसने अन्य तीनों के उदास और गंभीर चेहरे देखे।

कॉर्नेलियस ने भी उसे गले लगाया, उसकी आंखों में नमी थी। कांपते स्वर में उसने कहा, 'मिथ्रादेट्स... हम एक गंभीर समाचार लेकर आए हैं। तुम्हारे पिता...'

उसके अधूरे शब्द एक बोझिल सच्चाई की तरह, हवा में लटके रहे। मिथ्रा के पैर मानो ज़मीन छोड़ बैठे। वो घुटनों के बल गिर पड़ा, चेहरा पीला पड़ गया। 'नहीं... ये नामुमकिन है...' उसकी टूटी हुई आवाज़ में अविश्वास और पीड़ा घुली थी। उसकी आंखें किसी आश्वासन की तलाश में भटक रही थीं, कोई तो कह दे कि यह झूठ है।

इतने में गुरुकुल के पूज्य आचार्य, सत्यमुनि, तेजी से आगे बढ़े। उन्होंने उसके कंधे पर हाथ रखकर मधुर और स्थिर स्वर में कहा, 'शांत हो जाओ, पुत्र। तुम्हारे पिता की आत्मा तुम पर नज़र रख रही है। तुम्हें मज़बूत होना होगा। क्या मैंने वर्षों से यही शिक्षा नहीं दी कि आत्मबल ही सबसे बड़ा सहारा है?'

इस बीच सुरिरत्ना भी अपने पिता और मामा को देखकर आगे बढ़ आई थी। वो मिथ्रा के पास घुटनों के बल बैठ गई। उसकी आंखों में करुणा थी। 'हम सब तुम्हारे साथ हैं,' उसने धीरे से कहा। 'तुम अकेले नहीं हो।'

कॉर्नेलियस का स्वर शोक से टूटा हुआ था। उसने धीरे से कहा, 'मिथ्रा... तुम्हारे पिता की मृत्यु स्वाभाविक नहीं हुई। दीमास्क़ में बगावत भड़क उठी थी। नगर का एक गुट उनके खिलाफ हो गया था। उन्होंने तब हमला किया जब तुम्हारे पिता को इसकी ज़रा भी उम्मीद नहीं थी। उनके साथ धोखा किया गया, उनके ही महल में घात लगाकर हमला किया गया।' उसकी ज़ुबान लड़खड़ा गई। 'मैंने मदद करने की कोशिश की, लेकिन नाकाम रहा।'

मिथ्रा का चेहरा मुरझा गया। 'उनकी... उनकी हत्या कर दी गई?'

कॉर्नेलियस ने धीरे से सिर हिलाया, उसकी आंखों में आंसू छलक आए। 'हां, और अब दीमास्क़ बिखर चुका है। अराजक हो गया है। व्यापार मार्ग खतरे में हैं और शहर उन्हीं के कब्ज़े में है जो कभी तुम्हारे पिता के आगे घुटने टेकते थे। जनता को एक नेता चाहिए, कोई ऐसा जिसके पीछे वे एकजुट हो सकें। तुम्हारे पिता की विरासत के योग्य कोई व्यक्ति, और मुझे लगता है कि वो तुम हो, मिथ्रा।'

समूह पर एक तनावपूर्ण सन्नाटा छा गया। फिर पद्मसेन आगे बढ़े। उनकी आवाज़ स्थिर थी, भावनाओं के तूफ़ान में सहारा देती हुई। 'यह केवल शोक का समय नहीं है, बल्कि कर्म का भी समय है। तुम्हारे पिता तुम्हारे भीतर जीवित हैं। अब समय आ गया है कि तुम अपना कर्तव्य निभाओ और दीमास्क़ का नेतृत्व करो। तुम्हारी शिक्षा, तुम्हारे कौशल—सबने तुम्हें इसी क्षण के लिए तैयार किया है। उनके बलिदान को व्यर्थ मत जाने दो।'

मिश्रा की दुख से भरी आंखों में उम्मीद की हल्की-सी लौ जगमगाई। 'पर कैसे? मैं तैयार नहीं हूं। यह बोझ मैं अकेले नहीं उठा सकता। और वैसे भी, गवर्नर का पद विरासत से नहीं बल्कि कर्म से अर्जित होता है। दिल कहता है मैं तैयार हूं, पर दिमाग नहीं मानता।'

कुलशेखर ने उसे भरोसा दिलाया, 'तुम खुद को जनता का योग्य नेता सिद्ध करोगे। और हम तुम्हारे साथ होंगे। हम महाराज पेरुवझुडी की सहायता मांगेंगे। वो न्यायप्रिय और बुद्धिमान शासक हैं। वे तुम्हारे मिशन का महत्व समझेंगे—दीमास्क़ में स्थिरता लौटाना, उन व्यापार मार्गों को सुरक्षित करना जो हमारी समृद्धि की रीढ़ हैं। हम उनसे सैनिक और रसद की सहायता का निवेदन करेंगे।'

चेलियन ने जोड़ा—'और जिन हथियारों की तुम्हें आवश्यकता होगी, वे कोरकाई में पद्मसेन की भट्टी में गढ़े जाएंगे। कुलशेखर अपने श्रेष्ठ लौहकारों को भी दीमास्क़ भेजेंगे ताकि तुम्हारी सेना को भविष्य के लिए सुसज्जित किया जा सके। तुम्हारे पास सबसे मज़बूत और सबसे धारदार तलवारें होंगी।'

मिश्रा की आंखें इस बड़ी योजना को सुनकर फैल गईं। 'पर क्या इतना पर्याप्त होगा? और बरकत तथा नबातियनों का क्या? उनका समर्थन अत्यंत आवश्यक है। उनके बिना...' उसकी आवाज़ धीमी पड़ गई, संदेह उसकी नई जगी आशा पर हावी होने लगा। उसे अपने बचपन से याद था—नबातियनों की ताक़त और वो सुलगता असंतोष—जिसने आखिरकार दीमास्क़ को निगल लिया था।

'उसका उपाय भी हमारे पास है,' पद्मसेन ने मुस्कराते हुए कहा, 'कॉर्नेलियस समझाएंगे।'

कॉर्नेलियस ने आत्मविश्वास से कहा, 'रक़मू, वो नबातियन शहर जो रेगिस्तान के बीचों-बीच बसाया जा रहा है, कुंजी वहीं छिपी है। हमें विश्वास है कि पांड्य उन्हें कुछ ऐसा दे सकते हैं... जिसे वे ठुकरा नहीं पाएंगे।'

मिश्रा की नज़रें चेलियन से कुलशेखर और फिर पद्मसेन की ओर घूम गईं। 'क्या है वो चीज़?' उसने पूछा, उसके चेहरे पर उभरता तनाव उसकी बेचैनी को उजागर कर रहा था।

तीनों पुरुषों ने एक-दूसरे की ओर संक्षिप्त दृष्टि डाली, पर कुछ कहा नहीं। पद्मसेन ने आगे बढ़कर मिथ्रा के कंधे पर हाथ रखा। 'समय आने पर तुम स्वयं समझ जाओगे।'

मिथ्रा की भौंहें सिकुड़ीं, फिर धीरे-धीरे ढीली पड़ गईं। जो भी था, उन्हें उस पर गहरा विश्वास था। 'क्या सच में आपको लगता है कि हम सफल होंगे?'

पद्मसेन ने उसके कंधे को और मज़बूती से थामा। 'मुझे तनिक भी संदेह नहीं। हमारी सम्मिलित शक्ति और सहयोगियों के साथ, दीमास्क़ फिर उठ खड़ा होगा। तुम्हारे पिता का स्वप्न... तुम्हारे कर्मों से और सशक्त होगा, न कि कमज़ोर। हम तुम्हारे साथ हैं, मिथ्रा। हर पल, हर कदम।'

मिथ्रा के भीतर संकल्प का एक नया दीप जल उठा। उसे महसूस हुआ कि वो अकेला नहीं है। उसके पास मित्र हैं, सहयोगी हैं, और एक उद्देश्य है, जो उसकी गहन पीड़ा से कहीं बड़ा है। उसे अपना बचपन याद आया—जब वो राजमहल के आंगन में पिता के साथ बैठा सूर्यास्त देख रहा था। पिता ने उसके कंधे पर हाथ रखकर कहा था, 'सच्चा नेता भय या बल से शासन नहीं करता। वो सुनता है, वो रक्षा करता है, और उनके लिए भविष्य गढ़ता है जो स्वयं अपना भविष्य नहीं गढ़ सकते।'

उस समय मिथ्रा ने स्वयं को एक शांति-प्रेमी मार्ग पर देखा था—शायद एक विद्वान, व्यापारी, न्यायाधीश या राजनयिक के रूप में—न कि एक शासक के रूप में, जैसे उसके पिता रहे थे। लेकिन परिस्थितियां बदल चुकी थीं। अब उसका नगर टूट चुका था, उसकी आत्मा बिखर चुकी थी। उसके पिता का सपना खंडहर में तब्दील हो चुका था—और अब, उसे फिर से बनाने की ज़िम्मेदारी उसी की थी।

वो उस स्मृति का सम्मान केवल दीमास्क़ को वापस जीतकर नहीं, बल्कि उसे फिर से गढ़कर करेगा—एक ऐसे नगर के रूप में जो शक्ति, न्याय और एकता का प्रतीक बने। एक ऐसा नगर जो टिके, जो भविष्य को संजोए।

गुरुकुल में हलचल मच गई। अभियान की तैयारियां ज़ोरों पर थीं। फिर भी इस हलचल के बीच, सोजू और सुरिरत्ना अपने शोक में डूबे मित्र के पास बैठने के लिए समय निकालते, उसे दिलासा और हिम्मत देते।

'मिथ्रा,' सोजू ने कहा, उसकी आवाज़ गर्मजोशी से भरी हुई थी, 'तुम कहते हो न कि तुम्हारे पिता हमेशा तुम्हारी क्षमता, तुम्हारे स्वाभाविक नेतृत्व की बात करते थे। वो जानते थे कि तुम महान कार्यों के लिए जन्मे हो। इसी कारण उन्होंने तुम्हें यहां भेजा था, सीखने, बढ़ने और तैयार होने के लिए।'

'वो सही थे,' सुरिरत्ता ने जोड़ा। 'कभी-कभी हमें अपने माता-पिता का अधूरा काम पूरा करना पड़ता है। उनके सपनों को आगे ले जाना पड़ता है। तुम ये कर सकते हो, मिथ्रा। तुम्हें ये करना ही होगा।'

'मैं उन्हें निराश नहीं करूंगा,' मिथ्रा ने कहा, उसका संकल्प साहस से भरा था। 'मैं उन्हें गौरवान्वित करूंगा। मैं दीमास्क़ को गौरवान्वित करूंगा।'

और तभी सोजू ने कुछ ऐसा कहा जिसने सुरिरत्ता को भी चौंका दिया। 'मैं तुम्हारे साथ चलूंगा,' उसने एलान किया। 'हमने वचन दिया था, याद है? हर परिस्थिति में साथ खड़े रहने का। मैं तुम्हें अकेले इसका सामना नहीं करने दूंगा।' उसकी आवाज़ कांपी, लेकिन उसकी दृष्टि अटल रही।

मिथ्रा की सांस थम-सी गई। उसने अपने मित्र को सीने से लगा लिया। जब दोनों ने एक-दूसरे को गले लगाया, सुरिरत्ता उन्हें देखती रही, उसका दिल भारी हो गया, उसकी भावनाएं उलझन की शिकार हो गईं।

43

कोरकाई, तामिरबरणी, पांड्य देशम

आज का थूथुकुडी ज़िला, तमिलनाडु, भारत

लगभग 2,000 वर्ष पूर्व

पेरुवझुडी के महल के भव्य द्वारों ने चेलियन, कुलशेखर, पद्मसेन, मिश्रा और सोजू का स्वागत किया। यह पांड्य साम्राज्य की उनकी यात्रा का अंतिम पड़ाव था। महल अपने-आप में द्रविड़ शिल्पकला का अद्वितीय नमूना था—इसकी दीवारें गहरे रंग के प्राचीन सागवान से बनी थीं, जिसे उसकी मज़बूती और गरिमा के लिए चुना गया था। स्वर्ण-पत्र और हाथी-दांत की नक्काशी से सजी ये दीवारें अद्भुत आभा बिखेर रही थीं। विशाल भित्तिचित्रों में देवता और योद्धा जीवंत दिखाई देते थे—मानो चित्रकार की तूलिका ने उन्हें समय से बाहर ला खड़ा किया हो। मंदिरों की तरह पत्थर पर अमरत्व का दावा करने के बजाय यह महल जीवंत बनाया गया था—जंगलों और चंदन की गंध से सांस लेता, ऋतुओं और उस महल में रहने वाले लोगो के साथ बदलता हुआ।

प्रवेश द्वार पर नक्काशीदार लहरों के एक मेहराब से पत्थर से गढ़ी गई दो विशाल मछलियां आकाश की ओर उछलती दिखती थीं। यात्रियों ने उन नक्काशीदार द्वारों को पार किया और एक हरे-भरे उपवन में प्रवेश किया। वहां दुर्लभ पुष्प खिले थे, जिनकी मादक सुगंध चंदन के वृक्षों की महक से घुल-मिल गई थी। शांत सरोवर सुसज्जित झाड़ियों से घिरे थे, जिनके दर्पण जैसे जल में नीला आकाश झलकता था। महल की हर बारीकी चाहे वह सबसे छोटा फूल हो या सबसे विशाल शिल्प, पांड्य साम्राज्य की वैभवगाथा कह रही थी।

महल की दीवारों के भीतर एक विशाल सभा-भवन था, जिसमें आकाश को छूते सागवान के खंभे थे, हर खंभा एक ही सागौन के तने से तराशा गया था और उनमें नीलम और पन्ने जड़े हुए थे। ऊपर की छत पर बने भित्तिचित्र शिव और पार्वती के दिव्य तांडव को दर्शाते थे, और ऐसा लगता था कि वाकई उनमें ऊर्जा धड़क रही हो। छत से लटके स्वर्ण दीपक एक उज्ज्वल आभा बिखेर रहे थे, जो इकट्ठे दरबारियों और उनके पैरों के नीचे की चमकीली फर्श को रोशन कर रहे थे। पांड्य वंश का द्विमत्स्य-चिह्न वहां प्रतिष्ठित था—सत्ता और समृद्धि का शाश्वत प्रतीक।

सभा-गृह के दूर छोर पर एक भव्य काष्ठ सिंहासन पर पांड्य राजा पेरुवझुडी विराजमान थे। उनका व्यक्तित्व ही मन में सम्मान का भाव भर देता था। उनके मस्तक पर राजमुकुट सुशोभित था, जिसे माणिक्य और पन्नों से सजाया गया था। उनकी रेशमी वेष्टि पर सुनहरी जरी की बुनाई हर हरकत के साथ झिलमिलाती थी। उनकी दृष्टि पैनी और विवेकपूर्ण थी, पर उनकी नज़र जब सोजू और मिथ्रा पर गई तो उसमें स्नेह झलक उठा। उन्हें उनका साहस याद था।

'मैं इन युवा वीरों का ऋण नहीं भूला हूं,' उन्होंने अपने आसन से उठते हुए घोषणा की। दरबारियों ने विस्मय से सांस रोक ली—यह अद्भुत सम्मान था, एक राजा का उन लोगों का अभिवादन करने के लिए उठना जो राजपरिवार के नहीं थे। 'तुम दोनों, और युवा सुरिरत्ना ने, मेरे प्राण बचाने के लिए अपना जीवन दांव पर लगा दिया था,' पेरुवझुडी ने आगे कहा, उनकी दृष्टि मिथ्रा और सोजू पर स्थिर थी। 'तब मैंने प्रण लिया था कि इस ऋण का प्रतिदान अवश्य दूंगा। कहो, जो चाहो, वह तुम्हें मिलेगा।'

मिथ्रा आगे बढ़ा, उसका स्वर सम्मानपूर्ण था परंतु कदमों में दृढ़ता झलक रही थी। 'महाराज, हमें किसी प्रतिदान की अपेक्षा नहीं है। हमारी प्रार्थना केवल आपका सहयोग है। हमारा उद्देश्य पश्चिम की व्यापार मार्गों की सुरक्षा सुनिश्चित करना है, ताकि सबके लिए शांति और समृद्धि बनी रहे।'

उसने विस्तार से समझाया कि दीमास्क़ किस प्रकार उथल-पुथल में फंसा हुआ है, और किस तरह वहां की नाजुक शक्ति-संतुलन पर संकट मंडरा रहा

है। पेरुवझुडी ने सारी बात ध्यान से सुनी। फिर गंभीर स्वर में कहा, 'पांड्य देशम व्यापार पर फलता-फूलता है, विजय और विस्तार पर नहीं। हमारे व्यापारी दूर-दराज़ की धरती तक जाते हैं और उनकी समृद्धि ही हमारी ताक़त है। किंतु उन मार्गों की सुरक्षा सर्वोपरि है। यदि तुम्हारी सहायता करने से वे सुरक्षित रहते हैं, तो यह उद्देश्य हमारा भी बनता है।'

उन्होंने अपने प्रधानमंत्री अमाईचर की ओर रुख किया। 'अमाईचर, हमारे श्रेष्ठ सैनिकों का एक दल तैयार करो,' उन्होंने आदेश दिया। 'वे मिथ्रा के साथ जाएंगे और उन व्यापार मार्गों की सुरक्षा के साथ-साथ हमारे हितों की रक्षा भी करेंगे।' दरबार में स्वीकृति की लहर दौड़ गई। दरबारियों ने अपने राजा के निर्णय की बुद्धिमत्ता को समझा। मिथ्रा की सहायता करके, पेरुवझुडी न केवल अपना ऋण चुका रहे थे, बल्कि अपने राज्य की भविष्य की समृद्धि को भी सुरक्षित कर रहे थे।

'आपका आभार, महाराज,' मिथ्रा ने झुककर कहा। 'आपका सहयोग हमारे लिए अनमोल है।'

पेरुवझुडी ने उसके कंधे पर हाथ रखा, जिसमें सौहार्द और सम्मान का संकेत झलका। 'तुम्हारी यात्रा सफल हो, और शांति का वास बना रहे।'

जब वे अपनी योजनाओं पर आगे चर्चा कर रहे थे, महाराज उन्हें महल के भीतर एक छोटे, निजी कक्ष में ले गए। सोने की परत चढ़ी मूर्तियां और रत्नजड़ित फूलदान, दुनिया भर के खजाने, कमरे में सजे हुए थे। पेरुवझुडी रेशमी गद्दों पर टिकते हुए बोले, 'मुझे इस दीमास्क़ के बारे में और बताओ। मैं इस परिस्थिति की गहराई समझना चाहता हूं।'

चेलियन ने बोलना शुरू किया, उसका स्वर नपा-तुला परंतु गंभीर था। 'राजन, वहां की राजनीतिक स्थिति अत्यंत अस्थिर है। दीमास्क़ कभी पश्चिम के व्यापार जाल का स्तंभ था, नबातियन व्यापारियों, रोनन राजनयिकों और स्थानीय संघों का एक गठजोड़। परंतु पिछले दशक में तनाव बढ़ते गए। रोमन प्रभाव दिनों-दिन कठोर होता गया—वे स्थानीय शासन में हस्तक्षेप करने लगे, अनुचित कर लगाने लगे और शासक परिवारों की फूट का लाभ उठाने लगे।'

वो पल भर के लिए रुका, ताकि ये सारा इतिहास उपस्थित लोगों के मन में बैठ सके।

'इसके उत्तर में एक जनपक्षीय गुट खड़ा हुआ जिसका मूल उद्देश्य स्वायत्ता की रक्षा था... परंतु समय के साथ वह भी अनेक गुटों में बंट गया, हर किसी का अपना स्वार्थ। मिथ्रा के पिता, गवर्नर फिलिपिडीज़, ने संतुलन साधने की चेष्टा की—दीमास्क़ की स्वतंत्रता बचाते हुए रोम को भी संतुष्ट करने का प्रयास किया। पर यह संतुलन दोनों पक्षों को खल गया। रोमनों ने उन्हें विद्रोही माना, विद्रोहियों ने उन्हें बिका हुआ समझा। और अंत में उनके साथ धोखा हुआ और उनकी हत्या कर दी गई।'

पेरुवझुडी की भौंहें तन गईं। 'और जनता—इस अशांति में उसका हाल कैसा है?'

मिथ्रा ने मुट्ठियां भींचते हुए कहा, 'मेरे लोग पीड़ा झेल रहे हैं। क़ानून व्यवस्था टूट चुकी है। बाज़ार वीरान पड़े हैं। व्यापारिक कारवां अक्सर लुट जाते हैं। जो कभी समृद्ध नगर था, अब ढहने की कगार पर खड़ा है।'

चेलियन ने सहमति में सिर हिलाया। 'यदि हमने शीघ्र कार्यवाही न की, तो यह अस्थिरता केवल दीमास्क़ तक सीमित नहीं रहेगी, बल्कि पूरे पश्चिमी गलियारे को प्रभावित करेगी, वही मार्ग जो हमारे राज्यों को रोम और उससे आगे तक जोड़ता है।'

मिथ्रा की आवाज़ चिंता से भरी थी, 'जनता कष्ट में है, महाराज। इस उपद्रव ने अन्न और आवश्यक वस्तुओं की आपूर्ति रोक दी है। हमें स्थिरता बहाल करनी होगी, पीड़ितों को राहत पहुंचानी होगी। उन्हें यह विश्वास दिलाना होगा कि हम उनके साथ खड़े हैं और उनकी भलाई ही हमारी प्राथमिकता है।'

'एक प्रतिष्ठित लक्ष्य,' पेरुवझुडी ने सहमति जताई। 'जो धर्म के सिद्धांतों के अनुरूप है। हम अपना सहयोग देंगे—सैनिक, रसद, जो भी आवश्यक हो—ताकि दीमास्क़ को राहत मिल सके।'

राजा ने नज़र पद्मसेन की ओर घुमाई। 'तुम्हारे कौशल के बारे में मैंने बहुत सुना है, पद्मसेन। मेरा राज्य उन अस्त्रों की गुणवत्ता पर फल-फूल रहा

है जिन्हें तुम गढ़ते हो। हमारे व्यापारी, कुलशेखर और चेलियन, तुम्हारी धातु की सराहना करते नहीं थकते। उसकी मज़बूती और टिकाऊपन की चर्चा हमारी सीमाओं से कहीं दूर तक पहुंच चुकी है। इतना कि हम जुड़वां मछलियों के प्रतीक को—स्वयं देवी मीनाक्षी की आंखों की तरह उस उत्कृष्टता से जोड़ने लगे हैं। जो कभी एक भट्टी की पहचान भर था, वह आज हमारे शौर्य और शिल्प का प्रतीक बन गया है, पांड्य देशम की श्रेष्ठतम तलवारों पर अंकित एक सम्मान की मुहर।' पद्मसेन झुककर भूमि को माथे से स्पर्श करते हुए बोला, 'आपके शब्द मेरे लिए गौरव हैं, महाराज। मैं आपकी आज्ञा का पालन करने को प्रस्तुत हूं—*जब तक मैं द्वैतलिंगम रक्षक के रहस्यों की रक्षा करता रह सकूं।'*

फिर पेरुवझुडी ने कुलशेखर की ओर रुख किया—'क्या आपकी भट्टी—पद्मसेन की विशेषज्ञता की बदौलत अब चालू हो गई है?'

'हां, महाराज,' कुलशेखर ने आदरपूर्वक झुककर उत्तर दिया। 'हम अब इतना निर्माण कर रहे हैं कि स्थानीय और वैश्विक, दोनों ही मांग पूरी हो सके।'

'तो सुनिश्चित करो,' राजा ने आदेश दिया, 'कि इन युवकों को तुम्हारे शस्त्रागार से सर्वश्रेष्ठ शस्त्र प्राप्त हों। किसी भी खर्च की चिंता मत करना, हमारा कोष वो खर्च उठाएगा। और हमारी नौकाएं, खज़ानों से लदी हुई, निर्बाध यात्रा करें, ताकि हमारे तटों पर समृद्धि आती रहे।'

44

नई दिल्ली, भारत

वर्तमान काल

आदित्य ने अपनी गाड़ी से उतरकर संसद मार्ग पर खड़े सरदार पटेल भवन की भव्य सफ़ेद दीवारों को निहारा। दिल्ली के केंद्र में स्थित यह भवन उस दफ़्तर का ठिकाना था जहां देश के राष्ट्रीय सुरक्षा सलाहकार देवेंद्र ठकुराल कार्यरत थे। भारत के सबसे प्रभावशाली व्यक्तियों में से एक।

लॉबी गतिविधियों से गूंज रही थी। काग़ज़ों की सरसराहट, लगातार बजती फ़ोन की घंटियां, तेज़ क़दमों से भागते सहयोगी, सब ओर फुसफुसाहट और गंभीरता का माहौल था। प्रधानमंत्री कार्यालय की नपी-तुली खामोशी की तुलना में यह जगह ऊर्जा से भरी हुई प्रतीत हो रही थी। आदित्य को घुमावदार गलियारों से ले जाया गया, पर भीतर उठ रहे तूफ़ान को तेज़ क़दम और उस जगह की हलचल भी शांत न कर सकी। बाहर की चहल-पहल ने उसकी बेचैनी और बढ़ा दी। अंततः वो एनएसए के दफ़्तर पहुंचा, एक ऐसा कमरा जो अधिकार और सतर्कता की आभा से भरा था।

ठकुराल, तीखे नैन-नक्शों वाले अनुभवी रणनीतिकार, जिनका व्यक्तित्व अडिग संकल्प और अटूट दृढ़ता से गढ़ा हुआ था, आदित्य के भीतर आते ही खड़े हो गए। उन्होंने सामने रखे सोफ़े की ओर संकेत किया। 'मि. पिल्लई, बैठिए,' उन्होंने कहा। फिर अपनी मेज़ का चक्कर काटकर आदित्य से हाथ मिलाया और कुर्सी पर बैठ गए।

'धन्यवाद, सर,' उनकी आंखों में सीधी नज़र डालते हुए, आदित्य ने जवाब दिया।

'मुझे पता चला है कि आपको एक ज़रूरी बात पर चर्चा करनी है—कुछ डॉ. बाला रामास्वामी से जुड़ी हुई,' ठकुराल ने बिना भूमिका बांधे सीधे मुद्दे पर आते हुए कहा। वो काम पर फोकस करने वाले शख्स थे, जिनमें औपचारिकताओं के लिए सब्र नहीं था। उनका अतीत ही उनकी कार्यकुशलता के बारे में काफ़ी कुछ कहता था—नेशनल डिफ़ेंस अकादमी में पहला स्थान प्राप्त किया, वर्षों तक एक सम्मानित पुलिस अधिकारी रहे, ढाका में एक अंडरकवर ऑपरेटिव रहे और अनेक आतंकवाद-निरोधी अभियानों का सफल संचालन किया।

आदित्य ने सिर हिलाया और शब्दों को सोच-समझकर कहा, 'पिछले कई दिनों से मैं डॉ. रामास्वामी से संपर्क नहीं कर पा रहा हूं। उनका नाम मेरे साथ हुई चर्चाओं में डॉ. सतीश जयरामन और डॉ. जंग ताए-ह्यून दोनों ने लिया था, वे दोनों हमें बीपीबीटी अलॉय तैयार करने की कोशिश में मदद कर रहे हैं। पहले तो मुझे लगा कि शायद डॉ. रामास्वामी छुट्टी पर गए होंगे। लेकिन अब तो सर्न भी उनसे संपर्क करने की कोशिश कर रहा है और स्विस पुलिस तक इसमें शामिल हो चुकी है। वो मानो पूरी तरह गायब हो गए हैं।'

ठकुराल ने सपाट स्वर में पूछा, 'और इस बात की मुझे क्यों चिंता करनी चाहिए, मिस्टर पिल्लई? हालांकि रामास्वामी भारतीय मूल के हैं, लेकिन वे आधिकारिक रूप से स्विस नागरिक हैं। स्विट्ज़रलैंड ने उन्हें लगभग एक दशक पहले ही नागरिकता दे दी थी।'

आदित्य आगे झुका, मन में चल रही झुंझलाहट के बावजूद आवाज़ में दृढ़ता थी— 'आपने डीआरडीओ प्रमुख और रक्षा मंत्री के साथ मिलकर—मुझे जो अविश्वसनीय समयसीमा दी है, उसे पूरा करने की मैं हर संभव कोशिश कर रहा हूं। लेकिन बिना सहयोग के असंभव को संभव नहीं कर सकता। बीपीबीटी के लिए इस नए स्टील वेरियंट का विकास रामास्वामी की विशेषज्ञता पर निर्भर है। उनके बिना यह परियोजना विलंब का शिकार हो जाएगी।'

ठकुराल की उंगलियां कॉफी टेबल पर एक लयबद्ध थाप देती रहीं। वो सोच रहे थे, कितना उजागर किया जाए और कितना परदे में रखा जाए। फिर

उन्होंने धीमी और नपी-तुली आवाज़ में कहा, 'अगर मैं आपसे कहूं कि हम... रामास्वामी की परिस्थिति के बारे में जानते हैं तो आपकी प्रतिक्रिया क्या होगी?'

आदित्य की आंखें अविश्वास से फैल गईं। 'आपको पहले से पता है?'

ठकुराल ने पुष्टि की, 'हमारे खुफ़िया सूत्रों का कहना है कि खलील ग़ज़नवर के लोगों ने उनका अपहरण किया है। उन्हें अफ़ग़ानिस्तान के एक सुरक्षित ठिकाने पर रखा गया है—जो ग़ज़नवर के नियंत्रण में है।'

'तो आपने कार्रवाई क्यों नहीं की?' आदित्य की झुंझलाहट उसकी आवाज़ में फूट पड़ी। अचानक वो अपनी ऊंची आवाज़ को महसूस करता हुआ रुक गया।

ठकुराल के होंठों पर एक हल्की-सी मुस्कान आई, 'जानकारी रखना मेरी ज़िम्मेदारी है, मिस्टर पिल्लई, ज़रूरी नहीं कि मैं मिलने वाली हर जानकारी पर अमल करूं।'

'मुझे उनकी ज़रूरत है, सर,' आदित्य ने लगभग विनती की। 'मैं आपसे हाथ जोड़कर कह रहा हूं, कृपया मदद कीजिए।'

ठकुराल ने भौंहें सिकोड़ने हुए कहा, 'आपकी मांग परिस्थिति को जटिल बना देती है। रामास्वामी को अफ़ग़ानिस्तान से निकालना होगा तो इसमें तालिबान को शामिल करना होगा। और उनसे सहयोग लेना... आसान नहीं।'

'लेकिन ग़ज़नवर... वो तो बेशक तालिबान के लिए ही काम करता है ना?' आदित्य ने पलटकर पूछा।

ठकुराल ने सिर हिलाया, 'खलील ग़ज़नवर एक अवसरवादी है। जो उसके हित में हो, वो उसी के साथ खड़ा हो जाता है, चाहे तालिबान हो या कोई और गुट। वो कट्टर है, अपनी तरह से अल्लाह की मर्ज़ी की व्याख्या करता है। इस्लामी उद्देश्य को आगे बढ़ाना... वही उसके लिए सब कुछ है। लेकिन...' उनकी आंखों में एक चमक उभरी, 'उसके अंतरराष्ट्रीय संबंध... हमारे लिए काम के साबित हो सकते हैं।'

'कैसे?' आदित्य ने पूछा।

'वर्तमान तालिबान सरकार... अगर हम उसे सरकार मानें तो... पाकिस्तानी हुक्मरान को पसंद नहीं करती,' ठकुराल ने समझाया। 'अगर हम

यह साबित कर दें कि ग़ज़नवर पाकिस्तान के इशारे पर काम कर रहा है... तो उनका नज़रिया बदल सकता है। या फिर,' उनकी आवाज़ फुसफुसाहट में बदल गई, 'अगर हम... शिर्क का सबूत दिखा दें '

'शिर्क?' आदित्य ने दोहराया, जैसे यह शब्द उसके लिए नया हो।

'मूर्तिपूजा, मिस्टर पिल्लई,' ठकुराल ने साफ़ किया। 'इस्लाम में एक घोर पाप।'

'और आप यह कैसे साबित करेंगे?'

ठकुराल की भौंहों पर शिकन आई, 'ऐसी अफ़वाहें हैं कि ग़ज़नवर के पास सोमनाथ लिंग का एक टुकड़ा है।'

आदित्य के मन में उथल-पुथल मच गई। उसे याद आया कि तालिबान और पाकिस्तान का पुराना गठजोड़ अब टूट चुका है। पाकिस्तान की दख़लंदाज़ीसे तालिबान सतर्क हो चुका है, और तहरीक-ए-तालिबान पाकिस्तान की आतंकी कार्रवाइयों ने दोनों के बीच अविश्वास की खाई और चौड़ी कर दी है।

'तो रणनीति क्या है?' आदित्य ने पूछा।

ठकुराल कुर्सी पर पीछे टिककर बैठ गए।' हम राजनयिक चैनलों के ज़रिए संदेह के बीज बोएंगे और ग़ज़नवर की निष्ठा पर सवाल खड़ा करेंगे। इस बीच, मैं कुछ और सीधे विकल्पों की भी पड़ताल करूंगा। रामास्वामी को वापस लाना आसान नहीं होगा। लेकिन निश्चिंत रहिए, मिस्टर पिल्लई, हम हर संभव प्रयास करेंगे।'

'और अगर ये राजनयिक प्रयास नाकाम हो गए तो?' आदित्य ने दबाव डाला।

ठकुराल ने धीमी लेकिन दृढ़ आवाज़ में कहा, 'तब... इस स्थिति को सुलझाने की ज़िम्मेदारी दूसरों पर होगी। ग़ज़नवर के कई दुश्मन हैं, और उनमें से कुछ पारंपरिक कूटनीति की सीमाओं से बाहर काम करते हैं।'

उनकी नज़रें आदित्य से मिलीं, मानो उनके सुझाव की भयावह गंभीरता पूरे माहौल पर छा गई हो।

45

द्वारवती, सुवर्णभूमि

वर्तमान बैंकॉक, थाईलैंड

लगभग 2000 वर्ष पूर्व

भद्रकेतु, द्वारवती से होकर बहने वाली तीन नदियों में से एक के किनारे स्थित अपनी फूस की छोटी-सी कुटिया में बैठा था। सामने रखा सादा भोजन करते हुए उसका मन अतीत की उस यात्रा में लौट गया जिसने उसे इस दूरस्थ भूमि तक पहुंचाया था।

वह यात्रा नीलगिरि के घने वन के बीच फैले एक विशाल वटवृक्ष की छाया में शुरू हुई थी। अनेक दिनों तक आचार्य नाडिकाश्यप के मार्गदर्शन में गहन ध्यान ने उसे बदल दिया था। उसका कभी सुदृढ़ शरीर अब तपस्वी जीवनशैली के कारण दुबला-पतला हो गया था। सिर के घने बाल, जो कभी अभिमान और वैभव का प्रतीक थे, अब साधारण जूड़े में बंधे थे, ये धम्म के प्रति उसकी निष्ठा का स्पष्ट संकेत था। नियत दिन की सुबह, जैसे ही वनों की छतरी को चीरकर पहली किरणों ने धरती को छुआ, वो उठा, उसे अपने भीतर गहरी शांति का अनुभव हुआ। समीप की कुटिया में उसके सहपाठी और गुरु नाडिकाश्यप प्रतीक्षा कर रहे थे। वे छह लोग एकत्र हुए और मौन भाव से चावल की मांड का सादा भोजन किया। हर कौर संयम और संकल्प का प्रतीक था, संयमित जीवन के प्रति उनकी नई प्रतिज्ञा का।

भोजन के बाद नाडिकाश्यप ने करुणा भरी लेकिन दृढ़ आवाज़ में कहा था, 'समय आ गया है। अब तुम्हें बुद्ध के उपदेश इन परिचित वनों से दूर ले

जाने होंगे, जीवन का पोषण करने और जन-जन को दिशा देने के लिए। तुममें से हरेक का अपना मार्ग है, अपना गंतव्य है, जहां तुम्हारा प्रकाश पहुंचना चाहिए।'

फिर एक शिष्य की ओर मुड़कर वो बोले, 'मंजूश्री, तुम श्रीविजय जाओगे और जयकार्ता के लोगों तक बुद्ध की ज्योति पहुंचाओगे।' दूसरे की ओर देख कर कहा, 'कुण्डलकेशा, चंपा तुम्हारी प्रतीक्षा कर रहा है। वहां वियत की जनता को धम्म की राह दिखाना।' इस प्रकार हर शिष्य को उसकी साधना और सामर्थ्य के अनुरूप स्थान सौंपा गया।

अंत में उनकी दृष्टि भद्रकेतु पर ठहरी। 'भद्रकेतु,' उन्होंने मृदुल लेकिन अधिकारपूर्ण स्वर में कहा, 'तुम्हें सुवर्णभूमि के द्वारवती जाना होगा। तुमने मेरे मार्गदर्शन में मॉन भाषा का अभ्यास किया है। मॉन और ताई बोलने वाले लोग तुम्हारी सीख और उपचार की प्रतीक्षा कर रहे हैं।' भद्रकेतु ने झुककर उन्हें प्रणाम किया, और कृतज्ञता के साथ अपने भाग्य को स्वीकार किया।

अगली सुबह वे अपनी यात्रा पर निकल पड़े और पांच दिन तक पैदल चलते हुए कोरकाई की ओर बढ़ते रहे। जैसे-जैसे वे उसके घर के करीब पहुंचते गए, भद्रकेतु का हृदय माता-पिता से मिलने, उनके स्नेहिल आलिंगन में समाने की लालसा से भर उठा। परंतु उसे नाडिकश्यप के वे शब्द याद आए: *सच्ची शांति त्याग में है। जब हम आसक्ति छोड़ देते हैं, तभी ब्रह्मांड के साथ सामंजस्य बना पाते हैं।* भारी मन से उसने दूर से ही अपने घर को मौन प्रणाम किया। उसे याद आया कि उसने माता-पिता से संपर्क बनाए रखने का वादा किया था और आज वह उस वचन को धम्म के लिए तोड़ रहा था।

कोरकाई पहुंचकर उसने पांड्य व्यापारियों के जहाज़ पर सवार होकर सुवर्णभूमि के द्वारवती की ओर प्रस्थान किया। समुद्र यात्रा कठिन और जोखिमपूर्ण थी। पंद्रह दिनों तक जहाज़ आंधी और ऊंची-ऊंची लहरों से जूझता रहा। पर भद्रकेतु अडिग रहा ध्यान और प्रार्थना में डूबकर, अपने गुरु की शिक्षाओं से मन को स्थिर किए हुए।

अंततः द्वारवती उसके सामने था, मानो बीते युगों का जीवित अभिलेख। यह नगर विरोधाभासों से भरा था—जहां झीलें थीं और हरे-भरे उपवन थे, वहीं भव्य मंदिर और कोलाहल से भरे बाज़ार भी थे। शांति और शोर मानो साथ-साथ नृत्य करते थे। अनजान भूमि पर पहला क़दम रखते ही भद्रकेतु कई भाषाओं के शोर से घिर गया—मॉन, संस्कृत, खमेर, तमिल, ताई और पाली—स्वरों का ऐसा मिश्रण जो इस भूमि की विविधता का परिचायक था।

कोलाहल की ओर खिंचता हुआ वो बाज़ार के बीचोबीच जा पहुंचा, जहां भीड़ किसी को घेरे खड़ी थी। एक युवती, जिसकी आंखों में क्रोध की ज्वाला जल रही थी, एक विक्रेता पर धोखा देने का आरोप लगा रही थी। उसकी ऊंची आवाज़ अन्याय के खिलाफ़ पुकार बन गई थी। विक्रेता भी उतना ही उत्तेजित था और अपने ऊपर लगे आरोपों से इनकार कर रहा था।

भद्रकेतु ने अवसर भांपकर आगे कदम बढ़ाया। मॉन भाषा में उसने धीरे से पूछा, 'क्या मैं सहायता कर सकता हूं?' विक्रेताऔर युवती दोनों उसके शांत और अधिकारपूर्ण स्वर से प्रभावित होकर सहमत हो गए। 'ज्ञानीजन,' युवती ने विनती की, 'कृपया बताइए, सच कौन बोल रहा है।'

भद्रकेतु ने ध्यानपूर्वक बाट और तराजू की जांच की। मुस्कुराते हुए बोला, 'चलिए, एक सरल प्रयोग करते हैं। मुझे पानी से भरा एक कटोरा लाकर दीजिए।'

जिज्ञासा से भरी भीड़ ने देखा कि उसने एक-एक कर बाट पानी में डाले। उनमें से एक बाट लकड़ी का बना था और ऊपर से सीसे की परत चढ़ाई गई थी, पहले तैरता रहा और फिर धीरे-धीरे डूबा। बाकी तुरंत डूब गए।

भद्रकेतु ने स्पष्ट स्वर में कहा, 'सत्य उतना ही हल्का है जितना यह तैरता हुआ बाट।' फिर उसने पीले पड़े चेहरे वाले विक्रेता की ओर इशारा किया—'यह व्यक्ति झूठे बाट का उपयोग करता रहा है।'

भीड़ हतप्रभ रह गई। युवती का चेहरा विजय की चमक से दमक उठा। उसने भद्रकेतु से कहा, 'आपने इसका छल उजागर कर दिया है। लेकिन इसका दंड क्या होना चाहिए?'

भद्रकेतु के होंठों पर कोमल मुस्कान उभरी। 'न्याय प्रतिशोध में नहीं, सुधार में है,' उसने उत्तर दिया। 'इसने अब तक जितना लाभ अनुचित तरीके से कमाया है, वो लौटा दे और प्रतिज्ञा करेकि आगे केवल सच्चे बाट ही उपयोग करेगा। और देवी, आप इसे क्षमा कर दें। क्योंकि क्षमा ही वह मार्ग है जहां से सच्ची शांति मिलती है।'

इसी बीच भद्रकेतु की करुणा और बुद्धिमानी की चर्चा राजा जयसेन तक पहुंची। शीघ्र ही राजकीय सैनिक आए और उन्हें महल ले गए।

द्वारवती के राजा जयसेन का महल भव्यता और सरलता का अनोखा संगम था। स्थानीय सागवान की लकड़ी से निर्मित स्तंभों पर रामायण के दृश्य उकेरे गए थे। विशाल प्रांगण में उद्यान फैले थे, ऊंचे पीपल और वटवृक्ष, और स्थिर तालों में खिले कमल। मुख्य सभा में नक्काशीदार स्तंभों ने अलंकृत छत को संभाल रखा था और खुली खिड़कियों से आती धूप पूरे कक्ष में एक सौम्य आभा भर देती थी।

राजा ने भद्रकेतु का स्नेहपूर्वक स्वागत किया और उत्सुकता से पूछा, 'आप अपने बारे में बताएं। मेरे राज्य में आपको क्या चीज़ खींच लाई है?'

भद्रकेतु ने खिड़कियों से छनकर आती रोशनी की ओर देखते हुए कहा, 'महाराज, आपका नगर मुझे मेरे बचपन का साकेत स्मरण कराता है, वह पावन भूमि जहां श्रीराम का वास रहा। संभवत: इसे अयोध्या के नाम से पुकारा जाना चाहिए। और यह भूमि, जो स्वर्णिम प्रकाश से नहाई हुई—मानो स्वयं राम के श्याम वर्ण की छाया हो...'

जयसेन ने तत्काल घोषणा की, 'तो ऐसा ही होगा। आज से मेरा नगर अयुत्थया कहलाएगा और मेरा राज्य स्याम।'

आज, जब भद्रकेतु अपनी साधारण कुटिया में बैठा उस यात्रा को याद कर रहा था जिसने उसे द्वारवती तक पहुंचाया, तो मन में प्रश्न उठा, क्या इस दूर देश ने उसे संयोगवश बुलाया था, या यह नियति का आह्वान था?

कैलाशनाथ, एलापुर

वर्तमान: एलोरा, महाराष्ट्र, भारत

लगभग 1,200 वर्ष पूर्व

तपते सूर्य की किरणें कैलाशनाथ मंदिर के विशाल निर्माण स्थल पर बरस रही थीं। हज़ारों श्रमिकों के पसीने से भीगे शरीर धूप में चमक रहे थे। कसकर लपेटी गई धोती उनके शरीर को सहज गति देती थीं, जबकि हल्के साफ़े उन्हें तेज़ धूप से बचा रहे थे। वे सीधी चढ़ाई वाले चट्टानों पर सावधानी से चलते, छेनी-हथौड़ों की लयबद्ध ठक-ठक एक अनोखा गीत रचती, मानव श्रम और आस्था का गीत। ऐसा लगता था मानो स्वयं चट्टान इस सृजन की प्रक्रिया से कंपन कर रहा हो।

एलापुर का विशाल परिसर चरणंद्री पहाड़ियों की काली बेसाल्ट शिला से तराशा गया था। यहां सौ से अधिक गुफाएं थीं, शिव, विष्णु, बुद्ध और महावीर को समर्पित। ये गुफाएं केवल पूजा-अर्चना के स्थल ही नहीं, बल्कि प्राचीन व्यापारिक मार्गों पर चलने वाले सौदागरों और तीर्थयात्रियों के लिए विश्राम-स्थल भी थीं।

भीषण गर्मी से राहत पाने के लिए राजा कृष्ण—जिन्हें आगे चलकर कृष्ण प्रथम—के नाम से जाना गया, हवा में धीरे-धीरे लहराते रेशमी परदों से घिरे एक शीतल मंडप में बैठे थे। भूमिगत कक्षों में सहेजकर रखी गई हिमालय की बर्फ़ उस जगह को ठंडक प्रदान कर रही थी। बाहर की झुलसती गर्मी के बिल्कुल विपरीत थी भीतर की शीतलता। राजा ने अपने प्रधान वास्तुकार कोकास से कहा, 'यह मंदिर हमारी शिवभक्ति का प्रतीक बनेगा। पर बताइए, इसे पूरा होने में कितना समय लगेगा? रानी का व्रत...

अनंतकाल तक नहीं चल सकता। जब तक—शिखर—दृष्टिगोचर न हो, वो अन्न ग्रहण नहीं करेंगी।'

राजा की बीमारी से परेशान रानी ने शिव से प्रण किया था कि अगर उनके पति ठीक हो गए, तो वो न केवल एलापुर में पवित्र कैलाश पर्वत की प्रतिकृति, एक भव्य मंदिर बनवाएंगी, बल्कि तब तक व्रत भी रखेंगी जब तक मंदिर का विशाल शिखर सबके दर्शन में न आ जाए।

कोकास ने माथे का पसीना पोंछा और झुककर कहा, 'महाराज, इसी कारण हमने ऊपर से नीचे की दिशा में तराशने की अनोखी पद्धति अपनाई है। सबसे पहले शिखर तराशा जाएगा, ताकि रानी का संकल्प पूर्ण हो सके।'

तीन विशाल खाइयां बेसाल्ट में काटी जा चुकी थीं। रस्सियों से लटकते शिल्पकार और कारीगर रात-दिन परिश्रम कर रहे थे। छेनी की हर चोट कच्चे पत्थर को देवालय की आकृतियों में ढाल रही थी। शिखर, स्तंभ, मूर्तियां और उपमंदिर धीरे-धीरे शिला से प्रकट हो रहे थे—हर प्रहार भक्ति और सटीकता से ओत-प्रोत था, हर कारीगर उसे दिए गए पवित्र कार्य के प्रति सजग था।

राजा ने संतोष से सिर हिलाया। 'सुनिश्चित करो कि हमारे श्रमिकों का पूरा ध्यान रखा जाए। यह कोई साधारण कार्य नहीं। हम कैलाश का स्वरूप रच रहे हैं, स्वयं महादेव का निवास। ऐसी परियोजना हमारी परम श्रद्धा और समर्पण मांगती है। बताइए कोकास, समय-सीमा क्या होगी?'

कोकास ने उत्तर दिया, 'महाराज, अनुमान है कि लगभग दो लाख टन शिला हटानी होगी। सात हज़ार श्रमिक चौबीसों घंटे बारी-बारी से काम करेंगे। तब भी पारंपरिक औज़ारों से यह कार्य पूरा होने में अठारह वर्ष लगेंगे।'

'और आपकी... उन्नत पद्धति से क्या परिणाम होगा?' कृष्ण ने अपनी भौंह ऊपर करते हुए पूछा। राजा भली-भांति जानते थे कि कोकास 182वें द्वैतलिंगम रक्षक हैं।

'हम अपनी भट्ठी में ढलवाए विशेष छेनी का उपयोग कर रहे हैं,' कोकास ने समझाया। 'इनमें एक विलक्षण गुण है।' उसने ऊपर कार्यरत नक्काशीकारों की ओर संकेत किया, जो शिखर पर जटिल आकृतियों को आकार दे रहे

थे। 'इन औजारों के सहारे हम पांच वर्षों में संपूर्ण मंदिर खड़ा कर सकते हैं। किंतु आपको मेरा वचन है शिखर पहले ही पूरा होगा... ताकि रानी अपना व्रत तोड़ सकें।'

राजा कृष्ण मुस्कराए, उनकी दृष्टि शिल्पियों पर टिक गई। 'प्रत्येक प्रहार एक प्रार्थना है,' उन्होंने कहा। 'क्योंकि हम केवल पत्थर नहीं गढ़ रहे, देवताओं का निवास रच रहे हैं।' उनकी नज़र नीचे के श्रमिकों पर गई, जिनकी मांसपेशियां तन रही थीं जब वे विशालकाय बेसाल्ट के टुकड़े हटाते। रंग-बिरंगे वस्त्रों से सजे बैल और हाथी भारी लकड़ी के रथ खींचते, उनकी गति धीमी किन्तु अडिग थी।

'आज सौ टन और हटाए गए,' कोकास ने राजा के अवलोकन को ध्यान में रखते हुए बताया।

'देखना कि श्रमिकों को पर्याप्त भोजन, जल और विश्राम मिले,' कृष्ण ने आदेश दिया। 'उनका कल्याण सर्वोपरि है। कोई भी जन-हानि हमारे मंदिर की शक्ति को कम कर देगी। मैं ऐसा स्थापत्य चाहता हूं जो इतना भव्य, इतना अद्वितीय हो कि स्वयं शिव उसकी महिमा से अभिभूत हो उठें।'

'और मंदिर के हृदय में कौन-सा दृश्य अंकित होगा?' कोकास ने पूछा। 'क्या आपने तय कर लिया है, महाराज?'

राजा कृष्ण ने ऊपर चढ़ते शिल्पियों को देखा। रस्सियों और चरखियों की मदद से वे सहजता से शिला पर चढ़ते-उतरते। काम करते हुए वे भक्ति-गीत गा रहे थे, जिनकी ध्वनि छेनी की लयबद्ध चोटों के साथ एक अद्भुत संगीत रच रही थी।

'रावणानुग्रह,' कृष्ण ने घोषित किया। 'यह शक्ति और भक्ति दोनों का संगम है। हम जानते हैं कि रावण ने, अपने अहंकार में, कैलाश पर्वत को ही उखाड़ने का प्रयास किया था। किंतु शिव उसके दम्भ से क्रुद्ध हुए और पर्वत को वापस धकेल रावण को उसके नीचे दबा दिया। कैद में पड़े रावण ने गहन भक्ति से प्रार्थना की, और अंततः शिव ने प्रसन्न होकर उसे मुक्त किया और आत्मलिंग प्रदान किया। यह स्मरण कराता है कि सबसे शक्तिशाली प्राणी भी

सच्ची भक्ति से विवश हो सकता है।' उनकी दृष्टि क्षितिज पर ठहर गई। 'यह प्रसंग हमारे मंदिर के केंद्र को शोभायमान करे। हर आकृति शिव की शक्ति और अनुग्रह का दर्पण बने।'

'ऐसा ही होगा, महाराज,' कोकास ने आश्वासन दिया। 'रावणानुग्रह सर्वश्रेष्ठ विकल्प है।'

मुख्य शिल्पी की ओर मुड़कर कोकास ने कहा, 'रावण की पराजय की यह कथा शिला पर उतारो। हर प्रहार हमारी भक्ति का प्रतीक हो, शिव के आशीर्वाद की प्रार्थना हो।' शिल्पी ने झुककर प्रणाम किया और अपने पवित्र कार्य पर अग्रसर हो गया।

'निश्चिंत रहें, महाराज,' कोकास बोला। 'यह दृश्य आने वाली पीढ़ियों के लिए आस्था का दीप बनेगा।' *आख़िरकार, उस विशेष घटना के बिना, रक्षक वंश का क्या होता?*

46

म्लेच्छदल, पश्चिमी महासागर

आज का अरब सागर

लगभग 2000 वर्ष पूर्व

जहाज़ जब विशाल म्लेच्छदल में पहुंचे—वो पश्चिमी महासागर जो भारतवर्ष को गर्म और रेत से ढके अरव नाडु से अलग करता था—सोलह वर्षीय मिथ्रा अपने भीतर भावनाओं के तूफ़ान से जूझ रहा था। हज़ारों पांड्य सैनिकों को संगठित कर उनका नेतृत्व करने का विचार ही उसके लिए असहनीय बोझ-सा प्रतीत हो रहा था, मानो उसके अब तक के दृढ़ निश्चय को चुनौती मिल रही हो।

फिर भी, इतनी कम उम्र में मिथ्रा के भीतर एक स्वाभाविक गरिमा झलकती थी। उसकी आंखें पन्ने-सी चमकतीं, अनुभव से कहीं अधिक परिपक्व, क्षितिज को टटोल रही थीं। उसकी वंश परंपरा का गाढ़ा जैतूनी रंग, उसके गुरुकुल में बिताए दिनों की धूप से दमक रहा था। उसके गहरे भूरे बाल, सदैव हवा में लहराने वाले, एक ऐसे चेहरे को घेरे हुए थे जिसमें सौंदर्य और संकल्प दोनों का अद्‌भुत सम्मिश्रण था। कद-काठी में सुदृढ़, उसने सादे लिनन का अंगरखा पहन रखा था, जो कमर पर बंधा था और पैरों में चमड़े की मज़बूत चप्पलें थीं। उसकी पूरी देह-भंगिमा कह रही थी कि वो तैयार है। तैयार, अपने कर्तव्य का भार उठाने के लिए, अपने पिता की विरासत निभाने के लिए और अपने लोगों को हर उस कठिनाई से पार ले जाने के लिए, जो उनके सामने आने वाली थीं।

प्रस्थान से ठीक पहले कोरकाई का बंदरगाह जीवंत हो उठा था। चारों ओर अफ़रा-तफ़री और जोश की गूंज थी। नाविक रस्सियां कस रहे थे, सैनिक अपने परिवारों से आंसू भरी विदाई ले रहे थे और भंडार में युद्ध-सामग्री भरी जा रही थी। दस जहाज़ों का पांड्य बेड़ा लहरों पर हल्के से डोल रहा था, उनकी मस्तूलें आकाश को भेदती हुई खड़ी थीं, पाल बंधे और सजग, मानो हवाओं के आह्वान की प्रतीक्षा कर रहे हों। भोर में, पांड्य बेड़े के चमकदार जहाज़ों पर जब सूरज की किरणें गिरीं, उन पर बने जुड़वां मछली के प्रतीक चिह्न सुनहरी किरणों में दमकने लगे। हर जहाज़ पांड्य निर्माण का एक चमत्कार था। मजबूत सागौन से निर्मित, उनके मज़बूत पतवार लंबी यात्राओं को सहन करने के लिए बनाए गए थे। हर जहाज़ के अग्रभाग पर विस्तृत नक्काशी की गई थी, और मज़बूत कपास से बुने पाल हवा में शानदार ढंग से लहरा रहे थे।

यह क्षण महीनों की तैयारी का परिणाम था। केवल मिथ्रा ही नहीं, बल्कि सैनिकों, कारीगरों, नाविकों और दूतों तक ने लंबी पश्चिमी यात्रा के लिए प्रशिक्षण पाया था। परंतु जैसे-जैसे प्रस्थान समीप आता गया, मिथ्रा की अधीरता बढ़ती गई। वो तुरंत निकल पड़ना चाहता था। किंतु अनुभवी व्यापारी चेलियन ने संयम की सलाह दी थी। 'तैयारी ही विजय का आधार है,' उसने कहा था। 'ध्वज कोई भी उठा सकता है, परन्तु बिना तैयारी की सेना केवल पराजय लेकर आती है।'

फिर भी, संदेह मिथ्रा को भीतर ही भीतर कचोट रहा था। वो इन तटों के लिए विदेशी था—वो तो दीमास्क़ का पुत्र था, न कि पांड्य देशम का। एक विदेशी होकर हज़ारों पांड्य योद्धाओं का नेतृत्व करना, ऐसे योद्धा जिन्होंने अपनी निष्ठा किसी अनजान राजकुमार को सौंपी थी, यह बोझ उसके युवा कंधों पर भारी पड़ रहा था।

उसकी व्याकुलता भांपकर, राजा पेरुवझुडी ने प्रस्थान की पूर्वसंध्या पर उसे महल के उद्यानों में बुलाकर शांत स्वर में आश्वस्त किया, 'मिथ्रा, मेरे पुत्र,' उन्होंने कहा, 'मेरे सैनिक केवल आदेश से तुम्हारा अनुसरण नहीं करेंगे। मैंने उन्हें बताया है कि तुम्हारा उद्देश्य न्यायपूर्ण है। तुम अपने पिता की आशा ही

नहीं, बल्कि एक नए गठबंधन की उम्मीद भी लेकर चल रहे हो, एक ऐसा गठबंधन जो हम दोनों की जनता को सशक्त करेगा। वे यह जानते हैं। और समय के साथ वे तुम्हारा अनुसरण इसलिए नहीं करेंगे कि मैंने आदेश दिया, बल्कि इसलिए करेंगे कि तुम उनके विश्वास के अधिकारी बनोगे।'

राजा के ये शब्द मिथ्रा के मन को स्थिर कर गए थे। और जब बेड़ा म्लेच्छदल की ओर रवाना हुआ, तब भी ये शब्द उसके कानों में गूंजते रहे। इस बीच सदैव सतर्क रहने वाला, कॉर्नेलियस, अपने सहयोगियों के भेजे गए कबूतरों से प्राप्त संदेश के माध्यम से दीमास्क़ की स्थिति पर नज़र रख रहा था। 'रोमन अब केवल नगर के एक छोटे हिस्से पर क़ाबिज़ हैं,' उसने बताया। 'सड़कें विद्रोही गुटों के नियंत्रण में हैं। धैर्य ही हमारा सबसे बड़ा हथियार है, मिथ्रा।'

पद्मसेन और कुलशेखर ने यह सुनिश्चित किया था कि सेना सबसे श्रेष्ठ शस्त्रों से सुसज्जित हो। उनकी भट्ठियों में गढ़ी गईं तलवारें और भाले, न केवल प्राणघातक थे, बल्कि उनकी जटिल नक्काशियां पांड्य कौशल की सजीव गवाही देती थीं।

~

मिथ्रा की व्याकुलता भांपकर सोजू ने उसके कंधे पर हाथ रखा। 'सैनिक चिंतित हैं,' उसने धीमे स्वर में कहा। 'उन्हें भय है कि वे किसी और की लड़ाई लड़ने जा रहे हैं। तुम्हें उन्हें आश्वस्त करना होगा।'

मिथ्रा के मन पर बेचैनी छा गई। 'मैं उनसे क्या कहूं?' उसने हिचकिचाते हुए पूछा। 'उन्हें पांड्य व्यापार की याद दिलाओ,' सोजू ने सलाह दी। 'उनकी समृद्धि इन्हीं समुद्री मार्गों से जुड़ी है। दीमास्क़ में शांति केवल वहां के लोगों के लिए नहीं, बल्कि उनके अपने भविष्य के लिए भी अनिवार्य है। उन्हें कर्तव्य और सम्मान का स्मरण कराओ। अभी वे राजा के आदेश से तुम्हारा अनुसरण कर रहे हैं, पर तुम्हें उन्हें यह विश्वास दिलाना होगा कि वे तुम्हारे नेतृत्व में चल रहे हैं।'

मिथ्रा ने गहरी सांस ली और अपना मन पक्का किया। 'और यदि मैं असफल हो गया तो?'

सोजू की आंखें अटल रहीं। 'तुम असफल नहीं होगे। यही तुम्हारा समय है। अपने पिता को गौरवान्वित करो।'

सोजू के शब्दों से बल पाकर मिथ्रा ने उसका कंधा थपथपाया और आगे की ओर बढ़ा। वहां खड़े सैकड़ों चेहरों की प्रतीक्षारत नज़रें उस पर टिक गईं। उसका हृदय तेज़ी से धड़क रहा था, पर उसने भय को परे धकेल दिया और अपने पिता की स्मृतियों और सोजू की प्रेरणा से शक्ति पाई।

'पांड्य देश के वीरों!' उसने तमिल में गरजते हुए कहा, उसकी आवाज़ पूरे जहाज़ पर गूंज उठी। 'पांड्य राजाओं की शक्ति विजय-यात्राओं में नहीं, व्यापार में है। हमारी ताक़त उन बंधनों में है जो समृद्धि लाते हैं। ये समुद्री मार्ग हमारी जीवन-रेखा हैं और इन्हें हमें हर हाल में सुरक्षित रखना होगा।'

उसने एक पल ठहरकर सबके चेहरे देखे। 'हम विजय के लिए नहीं, व्यवस्था बहाल करने के लिए यह कदम उठा रहे हैं। हमारा महत्वपूर्ण बाज़ार—दीमास्क़—विद्रोह से जकड़ा हुआ है। हमारे व्यापार के मार्ग अवरुद्ध हो चुके हैं। हमारा कर्तव्य है कि हम शांति स्थापित करें ताकि पांड्य जहाज़—जो धन-दौलत, मोती, काली मिर्च, इलायची, रत्न, लोहा, हाथी दांत और रेशम लेकर चलते हैं, उनके आने-जाने में कोई रुकावट ना हो।' सैनिकों की कतारों में सहमति की आवाज़ें उठीं।

'इस बात के लिए सावधान रहो,' मिथ्रा ने चेताया। 'हर कोई हमारा स्वागत नहीं करेगा। दीमास्क़ के बाग़ी विरोध करेंगे, पर रोमन दमन उससे भी बड़ा संकट है। हमें दोनों का सामना करना होगा और सुनिश्चित करना होगा कि दीमास्क़ कम करों के साथ फलता-फूलता रहे जिससे सभी को लाभ हो।'

उसका भाषण पूरा होते ही चारों ओर गहरी निस्तब्धता छा गई। हर योद्धा अपने अभियान की गंभीरता समझ चुका था। तभी चेलियन ने हुंकार भरी–'वेत्रि नमते!' विजय हमारी होगी! योद्धाओं ने, उनकी आशंका अब प्रबल निश्चय में बदल चुकी थी, जवाब में गर्जना की: 'वेत्रि नमते!'

जैसे ही वे रवाना हुए, डेक पर रखे पाषाण-गोलों को—नाविक लगातार इधर-उधर सरकाते रहे—ताकि समुद्र की बदलती लहरों और पाल की स्थिति के अनुसार जहाज़ संतुलित रहे। सबसे आगे चल रहे जहाज़ पर मिथ्रा, कॉर्नेलियस और चेलियन के साथ खड़ा था। सोजू भी पास ही था, सदा की तरह अडिग और निष्ठावान। एक हज़ार योद्धा दस जहाज़ों में फैले, चुनौती का सामना करने को तैयार थे। हवा से भरे पाल गर्व से तने हुए थे और अनुकूल हवा जहाज़ों को तेज़ी से पश्चिम की ओर ले जा रहा था।

मिथ्रा ने अकेले खड़े होकर कोरकाई को पीछे छूटते देखा। हवा उसकी पोशाक खींच रही थी और उसमें उसके पिता की आवाज़ की धुंधली प्रतिध्वनि थी—उन आदर्शों पर जीने का आह्वान जिनके साथ वो पला-बढ़ा है। उसने ठान लिया—वो अपने लोगों का सच्चा सेवक साबित होगा—वो नेतृत्व करेगा क्योंकि समय उससे यही मांग रहा है।

सप्ताह बीतते गए। समुद्र की अनवरत लय और अनंत आकाश उसे सुकून देने वाले साथी बन गए। मिथ्रा ने सैनिकों के साथ अभ्यास किया, अपनी कला निखारी और सोजू, कॉर्नेलियस और चेलियन के साथ रणनीति गढ़ी। इस साझा उद्देश्य और गहरी होती मित्रता ने सबका हौसला और मज़बूत कर दिया।

एक शाम, जब पश्चिमी आकाश डूबते सूरज की अग्निमय आभा में रंगा था, मिथ्रा रेलिंग से टिककर सोजू के पास खड़ा था। 'क्या कभी तुम्हें हमारी सफलता पर संदेह होता है?' उसने पूछा।

सोजू ने स्थिर और आत्मविश्वास से भरी नज़रों से उसकी ओर देखा। 'हम अवश्य सफल होंगे, मिथ्रा। हमें सफल होना ही होगा—तुम्हारे लोगों के लिए, दीमास्क़ के लिए... क्योंकि अब उनका नेतृत्व तुम कर रहे हो।'

मिथ्रा का हृदय कृतज्ञता से भर उठा। 'मैं तुम्हारा ऋणी हूं, सोजू,' उसने कहा।

'क्यों?' सोजू ने भौंहें चढ़ाईं।

'क्योंकि तुम मेरे साथ आए,' मिथ्रा ने धीरे से कहा, 'और उस स्त्री को छोड़कर आएजिससे तुम प्रेम करते हो।'

47

अगस्त्यमलाई, पांड्यदेश

आज का अगस्त्यमाला बायोस्फ़ीयर रिज़र्व, केरल, भारत

लगभग 2000 वर्ष पूर्व

प्रातःकाल ने गुरुकुल को कोमल, सुनहरी आभा से आलोकित कर दिया था, जब पद्मसेन अपनी पुत्री को घर ले जाने पहुंचे। द्वार पर स्वयं सत्यमुनि ने उसका अभिवादन किया,उनके शांत मुख पर सुबह की ताज़गी झलक रही थी। 'पद्मसेन, तुम्हें देखकर हर्ष होता है,' उन्होंने कहा, उनकी वाणी उतनी ही कोमल थी जितनी वृक्षों की पत्तियों को छेड़ती मंद पवन।

'प्रणाम, आचार्य,' पद्मसेन ने विनम्रता से नमन किया। 'मैं अपनी पुत्री को ले जाने आया हूं। उसकी शिक्षा पूर्ण हो चुकी है और हम आपके मार्गदर्शन से प्राप्त ज्ञान के लिए कृतज्ञ हैं।'

'तुम्हारी पुत्री मेरी श्रेष्ठतम शिष्यों में रही है—उसका भाग्य उसे महानता की ओर ले जाएगा। मैं उसे यहां बुलाता हूं।' उनके संकेत पर एक शिष्य मुख्य कक्ष के भीतर चला गया और कुछ ही क्षणों बाद सुरिरत्ना वहां आई। उसके चेहरे पर मिली-जुली भावनाएं थीं। वो आचार्य के समीप पहुंची, उनके चरणों में झुककर प्रणाम किया और बोली, 'आचार्य, मैं आपको क्या दक्षिणा दे सकती हूं?'

सत्यमुनि ने स्नेह से उसके सिर पर हाथ रखा, 'सुखी भव।' फिर गंभीर स्वर में आशीर्वचन दिए, 'सर्वदा विजयी भव, विद्यावती भव, आयुष्मती भव, सर्वसम्पदाम् सम्पन्न भव, धन्यताम् गच्छ।' (सदैव विजयी रहो, ज्ञान से

परिपूर्ण रहो, दीर्घायु बनो, धन और समृद्धि से युक्त रहो, और जीवन में पुण्य एवं गौरव प्राप्त करो।) स्नेह से भरे उनके आशीर्वचनों की बारिश ने सुरिरत्ना को भिगो दिया।

सुरिरत्ना उठी। उसकी आंखों में चमक थी। 'धन्यवाद, आचार्य,' उसने कहा, 'लेकिन दक्षिणा का क्या, आचार्य? मैं पाप की भागीदार बनूंगी अगर मैं यह नहीं...'

सत्यमुनि मुस्कराए, 'पुत्री, तुम्हारा भविष्य उज्ज्वल है। यहां तुम्हें जो शिक्षाएं मिली हैं, जिन मूल्यों को तुमने अपनाया है, उन्हें याद रखना। वही तुम्हारा मार्गदर्शन करेंगे। और संदेह के क्षणों में, हरिहर को याद करना। तुम्हारी सफलता ही मेरी दक्षिणा है।'

फिर उन्होंने मंत्रोच्चार किया:

शिवाय विष्णुरूपाय शिवारूपाय विष्णवे।
शिवस्य हृदयं विष्णुः विष्णोश्च हृदयं शिवः॥

'मैं यहां बिताए हर क्षण को सदा संजोकर रखूंगी,' सुरिरत्ना ने कहा। 'और आचार्य, आपके दिए हुए ज्ञान का सम्मान करने का हर संभव प्रयास करूंगी।'

पद्मसेन ने स्नेहपूर्वक उसके कंधे पर हाथ रखा। 'चलो, सुरिरत्ना,' उसने कहा। 'अब घर लौटने का समय आ गया है।'

कोरकाई लौटते समय पद्मसेन ने बेटी में एक बदलाव महसूस किया— एक शांत चिंतन, जो पहले नहीं था। मौन तोड़ते हुए उसने कहा, 'तुम्हारी माता तुम्हारे भविष्य के बारे में सोच रही हैं। उन्होंने कुछ योग्य वरों पर विचार किया है।'

सुरिरत्ना हिचकिचाई। 'पिताह... मुझे आपसे कुछ कहना है।'

पद्मसेन ने उसकी ओर देखा, भौंहें हल्की सिकुड़ गईं। 'तुम जानती हो, तुम मुझे कोई भी बात बता सकती हो।'

'मैं... मैं सोजू को प्रेम करने लगी हूं।'

पद्मसेन के चेहरे पर तनाव आ गया। आश्चर्य धीरे-धीरे चिंता में बदल गया। 'सोजू? गारक महासंघ से आया तुम्हारा मित्र?'

'हां, पिताह,' सुरिरत्ना ने धीमे पर दृढ़ स्वर में कहा। 'मुझे पता है यह आपको व्यथित कर सकता है। पर मैंने सदैव आपके सामने सच ही रखा है। आपसे कोई रहस्य नहीं रखा।'

कुछ क्षण चुप रहकर पद्मसेन ने गहरी सांस ली। 'बात बस इतनी है कि तुमने मुझे चौंका दिया। प्रेम एक शक्तिशाली बल है, सुरिरत्ना। उसका अनुसरण करना ही उचित है। लेकिन... क्या सोजू लौटेगा? वो तो दूर दीमास्क़ में युद्ध लड़ रहा है।'

सुरिरत्ना के चेहरे पर दृढ़ता थी और उसकी मुद्रा में संकल्प की कठोरता। 'वो लौटेगा। हमने एक-दूसरे से निष्ठा की प्रतिज्ञा ली है।'

'आशा है तुम सही सिद्ध हो,' पद्मसेन ने कहा, स्वर में हल्की उदासी झलक रही थी। 'पर क्या तुमने यह भी सोचा है कि इसके परिणाम क्या होंगे? पांड्य देशम उसका घर नहीं है। उससे विवाह का अर्थ है कि एक दिन तुम्हें अपने परिवार और यहां का जीवन छोड़ना पड़ेगा।'

'आपकी चिंता का कारण बनने का मुझे दुख है पिताह,' सुरिरत्ना की आवाज़ में सच्चाई थी। 'पर माता ने भी तो कोरकाई छोड़कर आपके साथ साकेत का जीवन अपनाया था। और भ्राता भद्रकेतु... उसका जीवन तो यात्रा ही है, उसका हृदय लंबे समय तक कहीं टिकता ही नहीं। दूरी प्रेम के बंधन नहीं तोड़ सकती, पिताह। हमारे हृदय सदा जुड़े रहेंगे।'

पद्मसेन ने उसकी अटल दृढ़ता में अपना ही प्रतिबिंब देखा और धीरे-धीरे सिर हिलाया। 'ठीक है, पुत्री। मैं तुम्हारे तर्कों पर विवाद नहीं कर सकता। हम धैर्य से प्रतीक्षा करेंगे कि यह... सोजू... अपनी प्रतिज्ञा निभाता है या नहीं। इस बीच, मेरे मन में एक योजना है।'

'कौन-सी योजना, पिताजी?' सुरिरत्ना की आंखों में उत्सुकता भरी चमक आई।

'हम इंदुमती से कहेंगे कि हमारे ढलाईघर में तुम्हारे कौशल की आवश्यकता है,' उसने आंखों में शरारत भरी चमक के साथ कहा। 'लौह निर्माण की शिक्षा जब तक पूरी न हो, विवाह की बात आगे नहीं बढ़ेगी।'

'और... क्या माताह मान जाएंगी?'

'यह मुझ पर छोड़ दो। मैं उसे मना लूंगा,' पद्मसेन ने शरारत से आंख मारते हुए कहा। 'आख़िर 157वें द्वैतलिंगम् रक्षक का वचन कुछ तो महत्व रखता ही है?'

सुरिरत्ना ने राहत की सांस ली और मुस्कराई। 'धन्यवाद, पिताह। आपको इसका पश्चाताप नहीं होगा।'

पद्मसेन का चेहरा कोमल पड़ गया। 'मुझे पता है, तुम मुझे कभी निराश नहीं करोगी। तुम सदैव मुझे हमारी गौरवशाली महिलाओं—गार्गी, मैत्रेयी, लोपामुद्रा... की याद दिलाती हो। अब, स्वयं को तैयार करो। हमें नगर लौटने से पहले कुलशेखर से भी चर्चा करनी है।'

~

घर लौटने के अगले ही दिन, सुरिरत्ना ने ढलाईघर में अपना प्रशिक्षण शुरू कर दिया जो इंदुमती को तनिक भी रास न आया।

बचपन में वो अक्सर अपने पिता की कार्यशाला में उनके पीछे-पीछे घूमती थी। तब उसे उन धधकती भट्टियों में किसी जादुई अग्नि का आभास होता था। लेकिन आज, जब वह कोरकाई की उस भट्ठी में प्रशिक्षु के रूप में खड़ी थी, तो वही स्थान एकदम भिन्न प्रतीत हो रहा था—गर्मी कहीं अधिक तीव्र लग रही थी और मांगें कहीं अधिक वास्तविक।

वातावरण में हथौड़ों के निहाई पर पड़ने की गूंज, भट्ठी की गर्जन जैसी ध्वनि और पिघलते धातु की गंध भरी हुई थी। पद्मसेन धैर्यपूर्वक उसका मार्गदर्शन कर रहा था—धातुओं का विज्ञान बताते हुए, साथ ही अपने पूर्वजों की गौरवगाथाएं भी सुनाता, जो महान लौहकार और अपने कौशल के अप्रतिम आचार्य थे। उसने उसे भट्ठी की जटिलताओं, ऊष्मा और धातु के सूक्ष्म नृत्य के बारे में बताया।

उसने समझाते हुए कहा, 'हर अयस्क का अपना स्वभाव होता है, उसकी अलग खूबियां और कमज़ोरियां। लोहिताक्ष, जिसनें लोहा प्रचुर होता है, सहज ही गल जाता है। चुंबकशिला, अपनी चुंबकीय विशेषताओं के कारण अलग तरह की ज़रूरत रखती है। पीतमृदा, हालांकि अशुद्धियों से भरी होती है, पर उससे बने मिश्रधातु अद्वितीय निकलते हैं। लेकिन असली कसौटी है क्रौंचशिला—दुर्लभ और कठिन। उसी से ऐसे धातु बनते हैं जिनमें विशेष गुण निहित रहते हैं।'

सुरिरत्ना ने सारी बातें ध्यान से सुनीं। उसकी गति संभली हुई, उसके हाथ नपे-तुले, उसका संकल्प केवल धातु को आकार देने का नहीं था, बल्कि उद्देश्य को गढ़ने का था।

वो जानती थी—वो लोहे को केवल आग और हथौड़े से नहीं, बल्कि अपने मनोबल से गढ़ेगी। और जब समय आएगा, तो वही धातु उसकी नियति का रूप लेगा—कठोर, अडिग और अजेय।

48

दीमास्क़, रोमन साम्राज्य

आज का दमिश्क, सीरिया

लगभग 2,000 वर्ष पूर्व

डूबते सूर्य की आभा दीमास्क़ पर बिखरी हुई थी। जब मिथ्रा और उसके सैनिक नगरद्वार के पास पहुंचे तो पैरों के नीचे धूल के गुबार उठे। सन्नाटे में उनके कदमों की आहट भयावह गूंज की तरह सुनाई दे रही थी।

सबसे पहला दृश्य ही रोंगटे खड़े कर देने वाला था, उन्हें लकड़ी के कई सलीब दिखे, जिन पर बगावत करने वालों के शव लटकाए गए थे। उनके मृत शरीर अंधेरे आसमान में परछाईं की तरह खड़े थे। मृतकों के विकृत चेहरे, पीड़ा में जमे हुए भाव, इस बात का सुबूत कि रोम ने बागियों के साथ किस तरह क्रूरता से बदला लिया था। मिथ्रा को येरूशलम की उस कहानी की याद आ गई—जहां एक यहूदी क्रांतिकारी को इसी तरह सूली पर चढ़ाया गया था। सामने का यह भयानक दृश्य उसकी रीढ़ में सिहरन दौड़ा गया। उसने मुट्ठियां भींच लीं, मन को कड़ा किया और आगे आने वाली जंग के लिए खुद को तैयार किया।

कोरकाई से यूडेमन तक और वहां से एलाना तक की समुद्री यात्रा लंबी और कठिन थी—भंवरों से भरे तूफानी सागर को पार करना, फिर तपते सूरज और बंजर ज़मीन के बीच एलेना से दीमास्क़ तक का स्थल मार्ग, जहां हर मोड़ पर घात लगाए डाकू और दुश्मन थे। लेकिन अंत में वे यहां पहुंच गए थे, हज़ारों की तादाद में, ताकि मिथ्रा को उसकी नियति पूरी करने में मदद कर सकें।

पांड्य सम्राट पेरुवझुडी के संरक्षण में, मिथ्रा, सोजू, कॉर्नेलियस और चेलियन के नेतृत्व में पांड्य सेना दीमास्क़ में प्रवेश करने के लिए तैयार खड़ी थी। वातावरण में तनाव बिजली की तरह चमक रहा था—उत्तरी पहाड़ियों में विद्रोही सेना के इकट्ठा होने और दक्षिण से रोमन सेना की टुकड़ियां आने की ख़बरें गूंज रही थीं। अचानक एक गुप्तचर की तीखी चीख ने खामोशी तोड़ दी। 'वे आ रहे हैं!' वो उत्तरी पहाड़ियों की ओर इशारा करते हुए चिल्लाया।

किलेबंदी को तोड़ते हुए, बागी लड़ाकों की एक लहर ढलान से नीचे की ओर उमड़ पड़ी, उनके युद्ध-घोष घाटी में गड़गड़ाहट की तरह गूंज उठे। उसी वक्त, दक्षिण दिशा से रोमन सेना की तुरही बज उठी, जो अनुशासित रोमन टुकड़ियों के आने का इशारा था। मिथ्रा जानता था कि वे एक भयंकर चक्रव्यूह में फंसने वाले हैं, दो विरोधी ताक़तों के जाल में।

'अपनी सीमा पर डटे रहो!' उसने दहाड़ते हुए आदेश दिया, उसकी आवाज़ युद्ध के शोर को चीरती हुई हर सैनिक तक पहुंची। उसका दिमाग तेज़ी से दौड़ रहा था, कहां है निकलने का रास्ता? क्या है बचने का उपाय?

रेगिस्तान के अनुभवी योद्धा, कॉर्नेलियस को इस इलाके की बारीकियां मालूम थीं। उसने अचानक थोड़ी दूरी पर एक जीर्ण-शीर्ण ढांचे की ओर इशारा करते हुए ज़ोर से कहा, 'वो पुराना नहर-मार्ग! यह नगर की दीवारों के नीचे से होकर गुज़रता है। अगर हम वहां तक पहुंच पाएं तो अब भी हमारे पास एक मौका हो सकता है!'

कॉर्नेलियस की तेज़ रणनीतिक सोच की सराहना करते हुए मिथ्रा ने आदेश दिए— 'सोजू, तुम अपनी टुकड़ी लेकर सामने खड़े होकर उन्हें भ्रमित करो, उन्हें लगना चाहिए कि हम यहीं लड़ने वाले हैं। अंकल कॉर्नेलियस, चेलियन—मेरे साथ आएंगे! बाकी सब, हमारे पीछे आओ!'

सोजू तनकर खड़ा हो गया। उसकी आवाज़ में दृढ़ता थी, 'ऐसा ही होगा।' उसने फौरन अपने योद्धाओं को संगठित किया और विद्रोही सेना की ओर बढ़ चला। उन्होंने मोर्चा ऐसे संभाल लिया, मानो निर्णायक युद्ध वहीं लड़ा जाएगा।

उधर, मिथ्रा, कॉर्नेलियस और चेलियन पुरानी नहर की ओर दौड़े। सांझ के गहराते अंधकार में उसकी टूटी हुई मेहराबें मुश्किल से दिख रही थीं। वे प्राकृतिक चट्टानों और झाड़ियों का सहारा लेते हुए छिपते-छिपाते आगे बढ़े। टूटते मेहराब घाटी में फैले हुए थे, उनके पुराने पत्थर ही किलेबंद शहर में जाने का इकलौता रास्ता देते थे।

उधर, युद्धभूमि पर हथियारों की टकराहट गूंज रही थी, जब सोजू के सैनिक बागो सेनाओं से भिड़ रहे थे आंधी की तरह, सोजू बेहद आसानी से आगे बढ़ रहा था। संख्या में कम होने के बावजूद, उसके योद्धा भयंकर उग्रता से लड़े। उनके पांड्य लौह-शस्त्रों की धार ने अपना कमाल दिखाया। पद्मसेन और कुलशेखर की भट्ठियों से निकली तलवारों ने अपनी अहमियत साबित की। हर तलवार मज़बूत, लचीली और घातक रूप से तेज़ थी, जो मांस और हड्डियों को ऐसे चीर रही थीं मानो मोम में गर्म चाकू उतर रहा हो।

इधर मिथ्रा और उसके साथी नहर के मुहाने तक पहुंच गए। अंदर की ठंडी और नम हवा ने उनका स्वागत किया, जो युद्धभूमि की तपती गर्मी के बिल्कुल विपरीत थी। रास्ता संकरा और घुटन भरा था, जिसमें उनके दौड़ते की आवाज़ और भी ज़्यादा गूंज रही थी। मानो अनंत काल के बाद, वे नगर की प्राचीर के भीतर निकल आए, लेकिन उनका सामना हैरान रोमन सैनिकों के एक समूह से हुआ। तुरंत, मिथ्रा की तलवार चमकी और पास खड़े सैनिक का गला चीर गई, इससे पहले कि वो चेतावनी दे पाता। कॉर्नेलियस और चेलियन ने भी पल भर में अपने प्रहारों से बाकियों को धराशायी कर दिया। कुछ ही पलों में सभी रोमन सैनिक बेजान पड़े थे, अपने चेहरों पर हैरानी के भाव के साथ।

'दरवाज़ों को सुरक्षित करो!' मिथ्रा ने धीमी आवाज़ में आदेश दिया। 'लेकिन पहले सोजू और उसके सैनिकों को भीतर आने दो। हमें रोमन हमले के लिए तैयार होना होगा।'

कॉर्नेलियस और चेलियन आगे बढ़े और द्वार की ओर धावा बोल दिया। विशाल फाटक चरमराते हुए खुले और सोजू अपनी घायल किंतु विजयी टुकड़ी के साथ नगर में प्रवेश कर गया।

अपने नए सुविधाजन स्थान से, उन्होंने देखा कि सुसज्जित रोमन सेना कतार में आगे बढ़ रही थी। अनुशासन और संगठन का वो दृश्य डरावना था। मिथ्रा समझ गया था कि उनके पास समय बहुत कम है। उसने आदेश दिया। 'दीवारों पर फैल जाओ! हमले के लिए तैयार हो जाओ!'

हमेशा रणनीति बनाने में आगे रहे चेलियन ने मोर्चा संभाला और गरजते हुए कहा, 'धनुर्धारियों, प्राचीर पर तैनात हो जाओ! हर द्वार को मज़बूती से थामो। दुश्मन को हर इंच की क़ीमत चुकानी होगी।' पांड्य सैनिक, हाल की जीत से उत्साहित, बिजली-सी फुर्ती से अपने स्थान पर जा डटे। तीर कमानों पर चढ़ाए गए, लकड़ी और पत्थर से बनी अस्थायी रुकावटें खड़ी की गईं और सब युद्ध की तैयारी में लग गए।

पूर्व दिशा से जब पहली रोशनी आकाश पर फैली, रोमन सेना ने हमला बोल दिया। जब विशालकाय दुरमुट (दरवाज़ों को तोड़ने के लिए काम आने वाला युद्ध-उपकरण) के प्रहार नगर के द्वार पर लगातार होने लगे, ज़मीन थरथरा उठी। हवा में धातुओं के टकराने की आवाज़ और घायल सैनिकों की दर्द भरी चीखें भर गईं। मिथ्रा प्राचीर पर खड़ा सब देख रहा था। सामने रोमन सैनिक बढ़ रहे थे और उनका सेनापति ऊंची आवाज़ में आदेश दे रहा था। 'दुरमुट चलाने वालों को निशाना बनाओ!' उसने अपने सैनिकों को पुकारकर आदेश दिया। तीरों की बारिश से रोमन लड़खड़ा गए, लेकिन एक सैनिक गिरता तो दूसरा तुरंत उसकी जगह आ जाता। दरवाज़े ज़्यादा देर तक टिक नहीं सकते थे।

इतने में धूल भरा चेहरा लिए कॉर्नेलियस पास आया। 'उनका सेनापति... वही महत्वपूर्ण है। उसे मार गिराना होगा।'

मिथ्रा ने आंखें सिकोड़कर भीड़ में उस सेनापति को तलाश लिया। 'एक धनुष दो' उसने मांगा।

तुरंत एक धनुष उसके हाथ में थमा दिया गया। 'मुझे घेरकर सुरक्षित करो!' उसने आदेश दिया और तीर चढ़ा कर खड़ा हो गया।

तीरों के परदे ने उसके चारों ओर सुरक्षा की दीवार बना दी। मिथ्रा ने सांस रोक कर निशाना साधा। जैसे ही रोमनों का आगे बढ़ना पल भर के लिए थमा,

उसने धनुष की डोरी छोड़ी। तीर सीधा उड़ा और जाकर सेनापति की गर्दन में गहरा धंस गया। सेनापति की आंखें सदमे से फैल गईं। उसने कांपते हाथों से पंखदार तीर पकड़ा, लेकिन उसके गले से खून की धारा फूट निकली।

रोमन सेना लड़खड़ा गई, उनका नेतृत्वविहीन दल बिखर गया। मिथ्रा ने इस मौके का फ़ायदा उठाया। 'आक्रमण करो!' उसने गर्जना की।

उसके शब्दों से नए जोश के साथ सैनिक झपट पड़े और बिखरे रोमन दल से भिड़ गए।

घंटों तक मृत्यु और साहस का क्रूर नृत्य, रक्त-लाल आकाश के नीचे चलता रहा। लेकिन अब बाज़ी पलट चुकी थी। मिथ्रा, सोजू, कॉर्नेलियस और चेलियन की तलवारें रक्त से नहा रही थीं, उनकी गर्जनाओं ने सैनिकों की हिम्मत बढ़ा दी। धीरे-धीरे, खून और पसीने से लथपथ, रोमन सैनिक पीछे जाते गए। अंत में वे हारकर भाग गए, रणभूमि पर शव और सन्नाटा छोड़कर। दीमास्क़ अब मिथ्रा का था।

थकान से टूटा सोजू पास आया और उसने मिथ्रा के कंधे पर हाथ रखा। 'बहुत करीबी लड़ाई थी,' उसने कहा।

विनाश का जायजा लेते हुए मिथ्रा ने हां में सिर हिलाया। 'दीमास्क़ की जंग अभी खत्म नहीं हुई, मेरे मित्र। आज हमने जीत हासिल की है। पर हमें आने वाले हर तूफ़ान के लिए तैयार रहना होगा। विद्रोही नेताओं को बुलाओ। बातचीत शुरू करते हैं। रोमन राजनयिक... वे एक अलग किस्म की चुनौती होंगे।'

49

सफेद कोह पर्वत, अफ़ग़ानिस्तान

वर्तमान काल

चांदनी में सफेद कोह की नुकीली चोटियां थोड़ी डरावनी-सी लग रही थीं। उसकी चांदी जैसी चमक में कुछ परछाइयां चुपचाप सरक रही थीं मानो अंधेरे में गायब हो रही हों। ये आम लोग नहीं थे, बल्कि इस्लामिक स्टेट ऑफ़ ख़ुरासान (ISIS-K) के तजुर्बेकार लड़ाके थे। यह संगठन, सीरिया स्थित मूल आईएसआईएस का क्षेत्रीय संगठन था और उसी की तरह सलाफ़ी जिहाद की कट्टर विचारधारा का अनुयायी था। ये एक सुन्नी इस्लामी विचारधारा थी, जो अपने अनुयायियों को इस्लाम के 'शुद्ध और मौलिक स्वरूप' में लौटने की बात करती थी। इसके लिए वे लोग हिंसक संघर्ष—या जिहाद—को जायज मानते थे, ताकि एक वैश्विक इस्लामी ख़िलाफ़त की स्थापना हो सके। राजनीतिक मतभेदों के बावजूद, कभी-कभी तालिबान और आईएसआईएस-के कुछ मुद्दों पर एक साथ खड़े नज़र आते थे। इस समय ग़ज़नवर और उसके काम उन्हीं मुद्दों में शामिल थे।

ग़ज़नवर का मानना था कि उसके पूर्वज, महमूद ग़ज़नवी ने, सोमनाथ पर आक्रमण किसी विशेष कारण से ही किया था। दरअसल, ग़ज़नवी का मानना था कि पैग़ंबर मोहम्मद ने इस्लाम-पूर्व अरब में पूजित तीन देवियोंलात, उज़्ज़ा और मनात, को नष्ट करने का आदेश दिया था। लात और उज़्ज़ा की मूर्तियां तो ध्वस्त कर दी गईं, लेकिन अविश्वसनीय शक्तियों वाले एक काले शिलाखंड मनात को कथित तौर पर गुजरात में छिपाकर सु-मनात नामक

मंदिर में प्रतिष्ठित कर दिया गया था। आईएसआईएस-के और तालिबान, दोनों को रहस्यमयी तरीके से ख़बर मिली थी कि ग़ज़नवर के पास अभी भी उस शिलाखंड का एक टुकड़ा है—और वो उसका सम्मान करता है। यह मूर्तिपूजा थी—जो दोनों ही समूहों को अस्वीकार्य थी। लेकिन वरिष्ठ तालिबान नेताओं के साथ ग़ज़नवर के मधुर संबंधों का मतलब था कि इस मिशन को अंजाम देने का जिम्मा आईएसआईएस-के को लेना पड़ा था।

उनकी योजना अनोखी थी—न कोई आधुनिक यंत्र, न बिजली से चलने वाला कोई उपकरण या वाहन। खानाबदोश क़बीलों के वेश में, ख़तरनाक पहाड़ी रास्तों से अच्छी तरह वाकिफ लड़ाके, रसद और हथियारों से लदे गधों का ही इस्तेमाल करते थे। कई दिनों की कड़ी तैयारी ने उन्हें इस मुक़ाम पर पहुंचाया था। उनके जासूस पहले ही ग़ज़नवर के अड्डे की सुरक्षा-व्यवस्था को बारीकी से देख-परखकर उसकी कमजोर कड़ियों और कमियों की पहचान कर चुके थे।

ग़ज़नवर का ठिकाना अपने आप में पुरातन और आधुनिकता का अनोखा संगम था। पर्वत की भीतरी चट्टानों को काटकर बना यह अड्डा बाहर से लगभग अदृश्य था, मानो चट्टान में ही घुल गया हो। लेकिन भीतर प्रवेश करते ही आधुनिक तकनीक का संसार खुलता था: मोशन सेंसर, एन्क्रिप्टेड कम्युनिकेशन सिस्टम और सुरक्षा कैमरों का एक नेवटर्क। ख़लील ग़ज़नवर ने अपने ठिकाने को सुरक्षित करने में कोई कसर नहीं छोड़ी थी।

भाड़े के सैनिक भोर होने से ठीक पहले बाहरी सीमा तक पहुंच गए। काफ़ी नीचे झुककर, उन्होंने गश्त कर रहे पहरेदारों को देखा, साथ ही समय का हिसाब रखते हुए, पहरेदरी में होने वाले बदलाव और उसकी ढिलाई को भी नोट किया। वे पहरे के अदला-बदली के पल का इंतज़ार करने लगे—जब सावधानी थोड़ी घट जाती हैं। और फिर घातक सटीकता से उन्होंने हमला किया। पहरेदार चुपचाप गिर गए—उनका गला रेत दिया गया, गर्दन मरोड़ दी गई। दूसरी टोली ने सही निशाने से गुलेलों की मदद से सुरक्षा कैमरे नाकाम कर दिए। चट्टानी ज़मीन पर खून जमा होने लगा और सुबह का सन्नाटा केवल ज़मीन से टकराने वाली लाशों की धीमी आवाज़ से टूट रहा था।

हमला इतना सटीक था कि अड्डे की अत्याधुनिक सुरक्षा व्यवस्था भी उनकी मौजूदगी दर्ज न कर सकी। इलेक्ट्रॉनिक उपकरणों से बेखबर, वे भूतों की तरह परिसर के भीतर सरकते गए। ग़ज़नवर की परियोजना पर काम कर चुके एक असंतुष्ट ठेकेदार से हासिल नक्शे ने उनकी राह आसान कर दी। वे अपने साधारण ऐक्रिलिक ढालों से सेंसर की गर्मी को मोड़ते हुए इन्फ्रारेड घेरे को पार कर गए। गीले कपड़ों और ऊष्मा-नियंत्रक लेप ने इस बात की संभावना भी खत्म कर दी कि वे अपने शरीर के तापमान से पहचान लिए जाएं। जब उन्होंने मोलोटोव कॉकटेल तैयार किए, हवा में मिट्टी के तेल की गंध घुल गई। ये कॉकटेल—देसी लेकिन असरदार हथियार थे।

पहला धमाका सुबह को चीरता हुआ गूंजा, और देखते-ही-देखते लपटें लकड़ी की दीवारों को निगलने लगीं। अड्डे के भीतर अफरा-तफरी मच गई। तकनीक पर भरोसा किए बैठे ग़ज़नवर के आदमी अब बिखर गए, उनका बचाव असंगठित और अराजक था। हमलावर एक सधे हुए दस्ते की तरह आगे बढ़े, हर निशाना पहले से तय था। हवा घने धुएं से भर गई, आंखें जलने लगीं, और हर छाया में मौत का आभास होने लगा।

दल का सरदार एक हट्टा-कट्टा आदमी था, जिसके गाल पर एक तिरछा घाव का निशान था। वो अंदरूनी कक्ष की ओर दौड़ते हुए गरजा, 'इभसु अन-अल-अलीम! इन्नहु ला युक़द्दर बिथमन! "वैज्ञानिक को ढूंढो! वो अनमोल है!'

उन्होंने रामास्वामी को प्रयोगशाला में पाया, जो अपनी शोध-सामग्री से घिरे काम में तल्लीन थे। दरवाज़ा जब ज़ोर से खुला तो वो चौंककर ऊपर देखने लगे। गाल पर निशान वाले सरदार ने लाल आंखों के साथ उन्हें अपने साथ आने का इशारा किया। रामास्वामी झिझके, वो डर और भ्रम के बीच जकड़े थे। अगले ही पल उस आदमी ने झपटकर उनकी गर्दन पर एक घूंसा जड़ दिया। 'तुम मेरे साथ चलोगे,' उसने गुर्राकर कहा, उसकी बोली अजनबी जैसी थी। रामास्वामी के कानों में सनसनाहट भर गई। उन्होंने झटपट हाथ बढ़ाकर ताड़पत्र वाली पांडुलिपि पकड़ ली, इस अस्त-व्यस्त दुनिया में उनके लिए यही सबसे मूल्यवान वस्तु थी।

नेता ने झुंझलाते हुए रामास्वामी का हाथ पकड़ा और खींचते हुए बाहर ले गया। 'चलो!' वो गरजा। रामास्वामी घबराए, डगमगाते कदमों से उसके साथ चलने लगे।

'कहां है वो मूर्तिपूजक? उस कुत्ते को ढूंढ़ो!' गाल पर निशान वाले सरदार की गूंजती आवाज़ धधकते गलियारों में फैल गई। उसके आदमी चारों ओर बिखर गए, ख़लील ग़ज़नवर की तलाश में।

लेकिन ग़ज़नवर तो पहले ही भाग चुका था।

ऊंचे-ऊंचे पेड़ों के बीच सावधानी से छिपाया हुआ एक लैंडिंग एरिया था, जो हमलावरों की नज़र से बचा रहा। वहीं पर गंभीर चेहरे वाला ख़लील ग़ज़नवर एक चमकदार काले हेलीकॉप्टर में सवार हुआ। उसके रोटर की तेज़ गड़गड़ाहट हवा को चीरती चली गई। कुछ ही मिनटों में, हेलीकॉप्टर ऊपर उठा और तेज़ी से रौशन होते आकाश में गायब हो गया, ग़ज़नवर को उसके जलते हुए अड्डे से दूर ले गया।

भाड़े के सैनिक, जिनका मिशन अधूरा रह गया था, अपने पीछे विनाश की एक लकीर छोड़ते हुए पहाड़ों में ग़ायब हो गए। लकड़ी की इमारत आग की लपटों में घिरकर राख और धधकते अंगारों में बदल गई। इस बीच, आईएसआईएस-के के लड़ाके अपने क़ैदी को साथ लेकर पीछा करने वालों से बचते हुए कम इस्तेमाल में आने वाले पहाड़ी दर्रों से आगे बढ़ने लगे।

डॉ. रामास्वामी के लिए ये एक नए बुरे सपने की शुरुआत थी। एक क़ैद से निकले ही थे कि दूसरी क़ैद में धकेल दिए गए। अब उनका भाग्य उन अजनबियों के हाथों में था, जिनके इरादे उतने ही अबूझ थे जितने कि ये ऊंचे-ऊंचे पहाड़।

50

सियोंगसान, गारक महासंघ

आज का सियोंगजू काउंटी, दक्षिण कोरिया

लगभग 2,000 वर्ष पूर्व

सियोंगसान किले के अंधेरे, लंबे गलियारों में तलहे बेचैन होकर टहल रहा था। हाल की घटनाओं ने निर्णायक कदम उठाने की ज़मीन तैयार कर दी थी। गोरयोंग पर जीत ने पहले ही गारक महासंघ के नाज़ुक संतुलन को बिगाड़ दिया था। अब जबकि किम सोक ने अध्यक्षता छोड़ दी थी और जांगसू बागडोर संभाल चुका था, समय बिल्कुल सही लग रहा था।

वो पिता के कमरे में पहुंचा। रिपोर्ट पर ध्यान दे रहे जांगसू ने सिकुड़ी हुई आंखों से तलहे को आते देखा। 'अबोजी,' तलहे ने आदरपूर्वक झुकते हुए कहा, 'समय आ गया है। डेगया कमज़ोर और असुरक्षित है। गोरयोंग पहले से हमारे नियंत्रण में है। एक तेज़ और निर्णायक आक्रमण हमें पूरे संघ पर वर्चस्व दिला देगा।'

जांगसू ने गहरी सांस छोड़ी और रिपोर्ट्स को एक ओर रख दिया। 'तलहे, मैं तुम्हारा उत्साह समझता हूं,' उन्होंने शांत लेकिन दृढ़ स्वर में कहा। 'पर धैर्य ही सबसे बड़ा गुण है। गोरयोंग के अभियान से हमारे सैनिक थक चुके हैं। उन्हें आराम और पुनर्संगठन की ज़रूरत है। इस स्थिति में डेगया पर हमला करने से हमारे संसाधन बिखर जाएंगे।'

तलहे ने झुंझलाहट से कहा, 'लेकिन अबोजी, गति ही निर्णायक होती है। अगर हमने देर की, तो डेगया अपनी सुरक्षा मज़बूत कर लेगा, हमारे खिलाफ़ गठबंधन बनाएगा। मिली हुई बढ़त हमारे हाथ से निकल जाएगी।'

जांगसू ने इनकार में सिर हिलाया। 'सेना सिर्फ महत्वाकांक्षा से नहीं, भोजन से चलती है, बेटे। हमें अपनी रसद की आपूर्ति को मज़बूत करना होगा, पक्का करना होगा कि हमारे सैनिक तैयार हों। स्थिरता का दौर महासंघ के भीतर हमारी स्थिति मज़बूत करेगा। किम सियोक चला गया है। दूसरे सरदार हमारे साथ हैं। अभी हमला करना लापरवाही और मूर्खता होगी।'

'लापरवाही?' तलहे ने पलटकर कहा, उसकी मुट्ठियां भिंच गईं। 'या ज़रूरी? क्या आप देखना चाहते हैं कि हमारी कड़ी मेहनत से हासिल की गई सारी जीत बेकार चली जाए?'

जांगसू उठ खड़ा हुआ, चेहरा कठोर, आवाज़ निर्णायक। 'बस, तलहे! मेरा निर्णय अंतिम है। डेगया पर अभी हमला नहीं होगा। हम इंतज़ार करेंगे। हम पहले तैयारी करेंगे।'

तलहे ने मुंह बनाया, उसके अंदर गुस्सा और निराशा उमड़ रही थी। उसने रूखेपन से झुककर, रुखी आवाज़ में कहा, ' 'जैसा आप आदेश दें, अबोजी।'

वो कमरे से बाहर निकल गया। पर उसके दिमाग में पहले से ही एक काली योजना आकार ले चुकी थी। धुंधले गलियारे में चलते हुए उसने अपने सबसे भरोसेमंद सहयोगी को बुलाया। पिता की सावधानी, उनकी प्राचीन परंपराओं से जुड़ी सोच तलहे के लिए ये उनकी सबसे बड़ी भूल थी। तलहे उस मौके का फायदा उठाएगा जिसे उसके पिता ने इतनी लापरवाही से गंवा दिया था।

~

अगली शाम, जब अंधकार ने सियोंगसान के किले को अपने आगोश में ले लिया, तलहे ने अपनी योजना को अंजाम देना शुरू किया।

गलियारे लगभग सूने थे। कुछेक सैनिक अपने नियमित पहरेदारी के काम में लगे हुए थे, उन्हें यह आभास भी न था कि किले पर कोई ख़तरा आने वाला है। तलहे दबे पांव आगे बढ़ रहा था, उसके कदमों की आहट ना के बराबर थी। उसकी मंज़िल थी: जांगसू का कमरा।

हाथ में पकड़े खंजर का एक तेज़ वार और उसके पिता के दरवाज़े पर तैनात पहरेदार बेजान होकर ज़मीन पर गिर पड़ा। तलहे कुछ क्षण रुका, कान लगाकर भीतर की आहट सुनी उसे बस अपने पिता की गहरी, स्थिर सांसों की आवाज़ सुनाई दी। उसने सावधानी से दरवाज़ा खोला और भीतर चला गया, उसका दिल तेज़ी से धड़क रहा था।

खिड़की से छनकर आती चांदनी बिस्तर पर सोए जांगसू के शांत चेहरे को रोशन कर रही थी। छाती का ऊपर-नीचे होना उसकी गहरी नींद का सबूत था। तलहे धीरे-धीरे पास पहुंचा। उसके हाथ में वो खंजर था—कोई साधारण नहीं, बल्कि डेगया के एक दूत से चुपचाप चुराया गया राजचिह्न वाला खंजर। लाजवर्द और ज्वालाकांच जैसे कीमती पत्थरों से सजे खूबसूरत मूठ वाले इस खंजर पर डेगया के राजघराने का प्रतीक अंकित था: उड़ान में फैले पंखों वाला दोमुंहा बाज़। यही खंजर गलतफहमी फैलाएगा, शक बाहर के आदमी की तरफ जाएगा और तलहे के घातक उद्देश्य की पूर्ति करेगा।

उस खंजर का बोझ केवल धातु का नहीं था—वह उसकी महत्वाकांक्षा का बोझ था—रोमांच और भय एक साथ उसकी रगों में दौड़ रहे थे। उसने अपने पिता को देखा, वही व्यक्ति जिसने उसे पाला था, पर अब उसके रास्ते की सबसे बड़ी बाधा था। प्रेम, शोक और लालसा का विचित्र संग्राम उसके भीतर मचल उठा। और फिर, एक निर्णायक झटके में, उसने खंजर पिता के हृदय में उतार दिया।

जांगसू हांफता हुआ हड़बड़ाकर जागा। सदमे और दर्द से उसकी आंखें फैल गईं। उसने अपने सामने खड़े अपने प्यारे दत्तक पुत्र को देखा। उसके चेहरे पर दर्द और विश्वासघात की झलक दिखाई दी—और फिर उसकी आंखों की रोशनी धुंधली हो गई, बस एक खाली निगाह रह गई।

तलहे कुछ क्षण निश्चल खड़ा रहा, देखता रहा कि उसके पिता के शरीर से प्राण धीरे-धीरे कैसे निकल रहे हैं। भीतर का तूफ़ान अब ठंडी शून्यता में बदल चुका था। उसने अपनी महत्वाकांक्षा की भारी क़ीमत चुका दी थी, किंतु अब सत्ता का मार्ग उसके लिए निर्विघ्न था। बिना कोई आवाज़ किए उसने

खंजर वहीं छोड़ दिया, जांगसू के सीने में धंसा हुआ, एक मौन संदेश, एक छलपूर्ण प्रमाण। दरवाज़ा बंद कर वो अपने कक्ष की ओर लौट गया, पहरेदारों की नज़रों से बचते हुए। उसके मन में पहले से ही अगली चाल की योजना शुरू हो चुकी थी। सुबह होते ही जांगसू की हत्या की ख़बर जंगल की आग की तरह फैल जाएगी। और वो तैयार रहेगा।

सुबह की पहली किरण क्षितिज पर झलकी ही थी कि एक भयावह चीख ने किले की खामोशी भंग कर दी। पल भर में अफरा-तफरी मच गई। सैनिक और सेवक भागते हुए जांगसू के कक्ष की ओर दौड़े। तलहे भी भीड़ में शामिल हो गया, हत्या के दृश्य को देखते हुए सदमे में होने का नाटक करते हुए। जल्द ही, कक्ष गुस्से से भरे आरोपों से गूंज उठा, और बदले की आवाज़ तेज़ होने लगी।

तभी तलहे आगे बढ़ा, अपने चेहरे पर पक्के इरादे के मुखौटे के साथ। उसकी आवाज़ में गुस्सा था, 'भाइयों!' वो गरजा। 'हमारे साथ विश्वासघात हुआ है! हमारे नेता, मेरे प्यारे अबोजी, जांगसू की हत्या कर दी गई, वो भी उनके ही घर में!' वो पल भर रुका, ताकि उसके शब्द सुनने वालों पर ज़्यादा असर कर सकें। 'यह सिर्फ़ मेरे परिवार पर हमला नहीं है। यह सियोंगसान के हर नागरिक पर हमला है!'

उसने जांगसू के सीने से ख़ून से सना खंजर निकाला और सबको दिखाने के लिए उसे ऊपर उठाया। 'देखो!' वो गरजा। 'डेगया की मुहर! यही है उनके विश्वासघात का प्रमाण। वे हमें बांटकर हमारी शक्ति छीनना चाहते हैं। लेकिन हम उन्हें सफल नहीं होने देंगे। हम अपने अबोजी की मौत का बदला लेंगे। हम डेगया को कुचल देंगे!'

दुख और गुस्से में भरी भीड़ ने उसकी बात पर मुहर लगाते हुए गर्जना की, उनकी शंका और भय तुरंत बदला लेने की प्यास में बदल गए। 'अपनी तलवारें उठाओ!' तलहे ने हुंकार भरी। 'मेरे साथ चलो! हम डेगया को घुटनों पर ला देंगे!'

जोश से भरे, सियोंगसान लड़ाके अपने नए नेता के पीछे एकजुट हो गए। कवच पहने जाने लगे, तलवारों की धार तेज़ की जाने लगी, घोड़ों की पीठ पर काठी कसी जाने लगी। तलहे संतोष से सब देखता रहा, उसका हृदय गर्व से भर उठा। जिस ताक़त की उसे लालसा थी वो आखिरकार उसकी मुट्ठी में थी।

दोपहर तक सेना इकट्ठी हो चुकी थी, युद्ध के लिए तैयार योद्धाओं के सागर की तरह। तलहे सबसे आगे खड़ा हुआ। दूर क्षितिज पर उसकी दृष्टि टिकी थी। 'आज हम न्याय के लिए कूच कर रहे हैं' वो गरजा। 'आज हम सियोंगसान के लिए कूच कर रहे हैं! आज हम जीत के लिए कूच कर रहे हैं!'

ढोल की गड़गड़ाहट और योद्धाओं की गूंजती गर्जना से ज़मीन थर्रा उठी। सेना डेगया की ओर बढ़ चली। होंठों पर गूढ़ मुस्कान ओढ़े तलहे घोड़े पर आगे-आगे था। उसके लिए ये तो केवल शुरुआत थी। जब तक पूरा गारक महासंघ और उसके पार के तीनों साम्राज्य उसके चरणों में नतमस्तक न हो जाएं, वो चैन से बैठने वाला नहीं था।

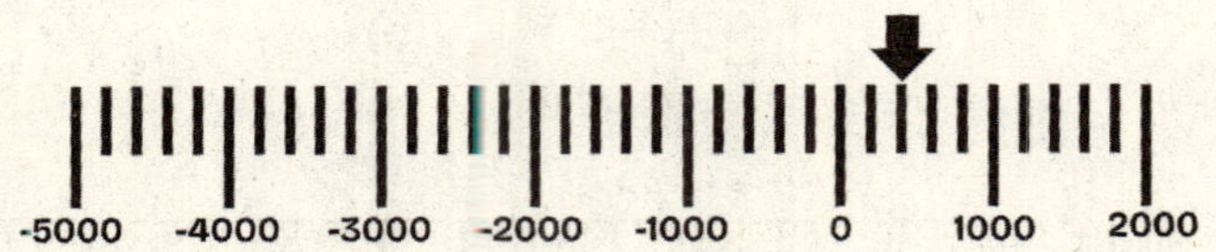

विष्णुपदगिरि, अवंति, गुप्त साम्राज्य

आज की उदयगिरि गुफाएं, मध्य प्रदेश, भारत

लगभग 1600 वर्ष पूर्व

क्षितिज पर फैली कोमल आभा ने जैसे ही धरती को आलोकित किया, विष्णुपदगिरि जीवंत हो उठा। हवा में आशाएं भरी थीं। आज का दिन इतिहास में अमिट होने वाला था—अयोध्या (साकेत) से लाया गया पवित्र स्तंभ, जो आगे चलकर धिल्लिका पहुंचेगा, आज यहां नए तीर्थ स्थल पर प्रतिष्ठित होने वाला था।

सम्राट चंद्रगुप्त द्वितीय—विक्रमादित्य—श्रमिकों को उनकी तैयारियां पूरी करते देख रहे थे। मार्गों पर पुष्पमालाएं सजाई जा रही थीं, बाजे-गाजे सुर-लय साध रहे थे। आसपास के वनों की मिट्टी की खुशबू, चमेली और गेंदे की खुशबू के साथ मिलकर हवा में घुल-मिल गई थी।

विष्णुपदगिरि एक पवित्र स्थान था, जो पिछली पीढ़ियों की भक्ति और सरलता का प्रमाण था। बलुआ पत्थर की पहाड़ियां शिव, विष्णु और बुद्ध को समर्पित जटिल नक्काशीदार गुफाओं और तीर्थों से भरी थीं। प्रत्येक गुफा, शिल्पियों की तपस्या का दर्पण थी, जिनमें देवकथाएं पत्थरों पर जीवित कर दी गई थीं।

इनमें से सबसे प्रसिद्ध विष्णु का मंदिर था, जिसके केंद्र में एक भव्य मूर्ति थी जिसमें उनके वराह अवतार को पृथ्वी को ब्रह्मांडीय महासागर से बचाते हुए दर्शाया गया था। अपने पहले के राजाओं की तरह, विक्रमादित्य ने ज्ञान और आस्था के इस समृद्ध केंद्र का उदारतापूर्वक समर्थन किया था और विष्णुपदगिरि को आध्यात्मिक और बौद्धिक खोज के एक प्रकाश स्तंभ में बदल दिया था।

अभी, विक्रमादित्य अपने विश्वस्त सेनापति रुद्रसिंह और राजपुरोहित महादेव के साथ गुफाओं के समीप खड़े होकर आयोजन का निरीक्षण कर रहे थे। 'प्रत्येक व्यवस्था निर्दोष होनी चाहिए,' सम्राट ने दृढ़ स्वर में कहा। 'यह विष्णु स्तंभ केवल लोहे का खंभा नहीं, यह पवित्र कर्तव्य और दैवी अधिकार का प्रतीक है।'

'ऐसा ही होगा, महाराज,' महादेव ने दोनों हाथ जोड़कर उत्तर दिया। 'हमें विश्वास है कि देवता स्वयं इस दिन आशीर्वाद देने आएंगे। हमारे आज के अनुष्ठान पूर्वजों का सम्मान करेंगे और ईश्वर को प्रसन्न करेंगे।'

जब वे लोग बातचीत कर रहे थे, तभी श्रमिकों ने विशाल स्तंभ को सावधानीपूर्वक नवनिर्मित चबूतरे पर स्थापित कर दिया। उस स्थान से दूर क्षितिज तक फैला एक विस्तृत दृश्य दिखाई देता था। इस शुभ घड़ी के साक्षी बनने आम जनता और कुलीन वर्ग दोनों उमड़े थे।

सोने के धागों से जड़ी रेशमी अंतरीय और उत्तरीय पहने सम्राट मंच पर पहुंचे। उनके अनुचर उनके साथ थे। जैसे ही उन्होंने सीढ़ियां चढ़ीं, जनसमूह में शांति छा गई। विक्रमादित्य ने लोगों की तरफ मुड़कर घोषणा की, 'आज हम अपने गौरवशाली ध्वज के नीचे संगठित खड़े हैं, समृद्धि और शांति के युग का उत्सव मनाने। यह विष्णु स्तंभ, गरुड़ से अलंकृत, हमारे आदर्शों की शक्ति और पवित्रता का प्रतीक है। यह साकेत की विरासत को यहां विष्णुपदगिरि तक लाया है। शीघ्र ही साकेत में, जहां प्रभु राम का जन्म हुआ था, नए भव्य मंदिर का निर्माण होगा। यह स्तंभ वहां तक का पथ प्रशस्त करेगा।'

उनके शब्द जनसमूह में गूंज उठे। उनके संकेत पर पुरोहितों ने वैदिक मंत्रोच्चार शुरू किए। धूप और हवन की सुगंध मंद पवन के साथ लहराई। स्वर लहरियों ने पूरे वातावरण को अलौकिक बना दिया। लयबद्ध मंत्रोच्चार, किसी सम्मोहक शक्ति के समान वहां जमा भीड़ को मंत्रमुग्ध कर रहा था, उन्हें समारोह के केंद्र में खींच रहा था।

महादेव स्वर्ण कलश में पवित्र जल लेकर आगे बढ़े। उन्होंने इसे विक्रमादित्य को भेंट किया, जिन्होंने प्रार्थना के उपरान्त जल को स्तंभ की वेदी

पर चढ़ाया। इस अनुष्ठान ने भूमि को पवित्र किया, वर्तमान क्षण को कालातीत क्षेत्र से जोड़ दिया। 'यह विष्णु स्तंभ शक्ति और एकता का दीप बने,' सम्राट ने उद्घोष किया। 'जितने दिन सूर्य और चंद्र आकाश को आलोकित करते रहेंगे, यह भूमि उतने दिन गौरव से आलोकित होगी।'

उन्होंने आगे कहा, 'यह पवित्र स्थल, जो विष्णुपदगिरि और उदयगिरि दोनों नामों से जाना जाता है, शिव और विष्णु दोनों की महिमा का प्रतीक है। इस स्तंभ का लाया जाना इस समन्वय का प्रतीक है—*शिवाय विष्णुरूपाय, शिवरूपाय विष्णवे।*'

और तब राजसी आदेश से स्तंभ पर एक नया शिलालेख अंकित किया गया:

> *'राजा के पराक्रम ने ऐसा अमिट निशान छोड़ा, जो अंधकार को बुझा देने वाली अग्निज्वाला की तरह था और जिसकी आभा आज भी वन की अग्नि में सुलगते अंगारों की भांति प्रज्वलित है।'*

विक्रमादित्य अपनी विरासत की कल्पना करते हुए उस ऊंचे स्तंभ को निहा रहे थे। वो जानते थे कि यह विष्णु स्तंभ, उनके शासन और उनके गौरवशाली युग का अमर साक्षी बनकर शताब्दियों तक अडिग खड़ा रहेगा।

अनुष्ठानों के पूर्ण होते ही संगीतकारों की बांसुरी और नगाड़ों की मंगलध्वनि वातावरण में गूंज उठी। रंग-बिरंगे रेशमी वस्त्र पहने नर्तकियां मंच पर उतरीं। उनके लचीले अंग संगीत की लय पर थिरक उठे। पायल और कंगनों की झंकार, जटिल मुद्राओं और सहज भावों के साथ एक अद्‌भुत छटा बिखेर रही थी।

उत्सव को देखते हुए, सेनानायक रुद्रसिंह अपने राजा की ओर झुका। उसने कहा, 'महाराज, जनता आपके दृष्टिकोण को अपनाती है। विष्णु स्तंभ उन्हें प्रेरित करता है। यह सिर्फ़ लोहे से कहीं बढ़कर किसी महान चीज़ का प्रतीक है।'

विक्रमादित्य मुस्कुराए, उनकी आंखों में गर्व भरी चमक थी। उन्होंने कहा, 'यह हमारे इतिहास, हमारी आस्था और हमारे साझा भाग्य का प्रतीक है। इस स्तंभ को स्थापित करके, हमने एक उज्ज्वल भविष्य का बीज बोया है।'

जैसे ही सूरज पहाड़ियों के पीछे डूबा, स्तंभ पर छाया पड़ गई, राजा को हवा में ठंडक महसूस हुई। एक क्षण के लिए, ऐसा लगा जैसे विष्णुपदगिरि की भूमि धड़क उठी हो, धरती ने फुसफुसाते हुए एक चेतावनी दी है जो केवल उन्होंने सुनी।

51

ख़ैबर पख़्तूनख़्वा, पाकिस्तान

वर्तमान काल

बाला रामास्वामी की आंख खुली तो उन्हें क़ैद में बीते एक और दिन की कड़वी सच्चाई का एहसास हुआ, उनकी इंद्रियां धीरे-धीरे गुफ़ा की धुंधली रोशनी में ढलने लगीं। पत्थरों की ख़ुरदरी दीवारों में कोई सुकून नहीं था और हवा नम मिट्टी की ठंडक से भरी थी। वो एक पतली चटाई पर लेटे थे, जिसकी खुरदरी सतह ज़मीन से रिसती ठंड से कुछ खास बचाव नहीं कर पा रही थी। खुरदुरी रस्सियों ने उनकी कलाइयों और टखनों को जकड़ रखा था, जिसकी लगातार रगड़ और जलन उन्हें अपनी बेबसी महसूस करा रही थी।

ख़ैबर पख़्तूनख़्वा की ऊबड़-ख़ाबड़ पहाड़ियों की गहराई में वो गुफ़ा एक प्राकृतिक क़ैदख़ाना थी—वीरान और गुप्त—एक ऐसी भूलभुलैया जिसका पता सिर्फ़ उनका अपहरण करने वालों को ही था। यह इलाक़ा, जिसे दुनिया कभी फेडरली एडमिनिस्टर्ड ट्राइबल एरियाज़ (एफएटीए) के नाम से जानती थी, हमेशा से ख़तरों से भरा रहा है। पहाड़ी की सख़्त ज़मीन और परंपरागत रंजिशों ने इस ज़मीन को ऐसा बारूद बना दिया था, जहां टकराव और हिंसा की चिंगारी कभी भी भड़क सकती थी। पाक-अफ़ग़ान सीमा पर स्थित यह इलाक़ा क़बायली विद्रोहों और पाकिस्तानी सेना की कार्रवाइयों के लिए हमेशा से पहला विकल्प रहा है।

रामास्वामी के दिमाग में इस अभिशप्त स्थान तक लाने वाली घटनाओं की कड़ियां एक-एक कर उभरने लगीं, हर याद एक नई चोट की तरह थी,

जो उनकी सोच को झकझोर देती। सब कुछ उस दिन से शुरू हुआ था, जब ग़ज़नवर ने उन्हें सर्न से अगवा किया था और फिर अफ़ग़ानिस्तान में गहरे छिपे हुए उसके ठिकाने में बीते वे तनाव भरे दिन, जहां हर पल ख़तरा मंडराता रहता था। फिर अचानक हमला हुआ, धमाकों की गूंज, गोलियों की बौछार और अरबी में चीख़ते हुए हुक्म। आंखों पर पट्टी बांधकर, उन्हें घसीटते हुए बाहर लाया गया और एक गाड़ी में पीछे धकेल दिया गया।

उसके बाद शुरू हुई एक लंबी, झकझोर देने वाली यात्रा, घंटों तक पहाड़ी रास्तों पर गाड़ी डगमगाती रही, लेकिन उनकी आंखों पर बंधी पट्टी एक बार भी नहीं हटाई गई। घात लगाकर हमला शायद एफएटीए की सीमा के आसपास कहीं हुआ था। एक और भीषण मुठभेड़ हुई, गोलियां चलीं, बम फटे और जब धूल छंटी तो उन्होंने खुद को किसी तीसरे गिरोह की गिरफ़्त में पाया। इस नए गिरोह की भाषा पश्तो थी। वे लड़ाके जैसे कहीं से अचानक निकल आए थे, तादाद में बहुत ज़्यादा, हथियारों से लैस और बेरहमी से मारने के इरादों वाले। उनकी अनमोल ताड़पत्र वाली पांडुलिपि, एक ग्रेनेड धमाके में हमेशा के लिए खो गई। आंखों पर पट्टी और शरीर पर बंधी रस्सियों के बीच वो बिल्कुल बेबस थे, उनकी हर विनती अनसुनी कर दी गई।

धीरे-धीरे उनके आसपास की आवाज़ें बदलने लगी थीं। कड़क पश्तो अब अलग-अलग बोलियों में घुलने लगी और फिर उनके कानों में उर्दू के कुछ वाक्य पड़े जिनमें रावलपिंडी का ज़िक्र भी आने लगा। जल्द ही ये साफ़ हो गया कि अब वो जिन लोगों की गिरफ़्त में हैं, वे खुद को तहरीक़-ए-तालिबान पाकिस्तान यानी टीटीपी से जुड़ा बताते हैं—एक ऐसा संगठन जो आईएसआईएस-के और पाकिस्तान, दोनों से दुश्मनी रखता है। उनकी बोली का लहजा अलग था, आवाज़ में सख़्ती थी और धमकियां सीधे दी जा रही थीं। भले ही वो देख नहीं पा रहे थे लेकिन रामास्वामी को महसूस होने लगा था कि अब वो सरहद पार करके पाकिस्तान में आ चुके हैं। एक के बाद एक, उन्हें अलग-अलग गिरोहों को सौंपा जाता रहा और हर बार वो इस बिखरे, हिंसक और अंधेरे इलाक़े की और गहराई में धकेले जाते रहे।

गुफ़ा के मुहाने पर रोशनी की एक हल्की झलक दिखी और साथ ही दबे-दबे स्वर सुनाई दिए। उन्होंने सुनने की कोशिश की, लेकिन सिर्फ़ कुछ आधे-अधूरे शब्द ही पकड़ सके। अनजानी ज़बान में होती बातचीत उनके अकेलेपन को और बढ़ा रही थी। सालों की लड़ाई ने उनके अपहरणकर्ताओं को सख्त बना दिया था, उनके चेहरे भावहीन थे, और उनकी हर हरकत जैसे किसी ख़तरनाक इरादे का हिस्सा हो। उनके कंधे पर एके-47 राइफलें ऐसे टंगी थीं जैसे शरीर का ही कोई अंग हों।

केरोसिन के लैंप दीवारों पर कांपती परछाइयां बना रहे थे, जो गुफ़ा की ऊबड़-ख़ाबड़ सतह पर थरथरा रहे थे। उनका पीला, डगमगाता उजाला कभी-कभी ही पूरी जगह तक पहुंचता था। जलते तेल की गंध और भीतर बसी नमी ने गुफ़ा में सांस लेना मुश्किल बना रखा था। उस हल्की रोशनी में उन्हें लकड़ी के ढेर सारे बक्से और लोहे के ड्रम दिखाई दिए—उन लोगों के लिए खाने-पीने की चीज़ें जिन्होंने इस जगह को अब अपना घर बना लिया था।

उनमें से एक आदमी उनके पास आया—लंबा, दुबला-पतला, चेहरे पर बेतरतीब दाढ़ी और उस पर झलकते हुए वर्षों के संघर्ष के निशान। उसकी ठंडी और पत्थर-सी सख़्त आंखें सीधी रामास्वामी पर टिकी थीं। उसने रामास्वामी के हाथ-पैरों में बंधी रस्सियां परखी और एक झटके में उन्हें और कस दिया। उस कसाव से रामास्वामी के पूरे शरीर में दर्द की एक लहर दौड़ गई। फिर वो आदमी उनके पास घुटनों के बल बैठा और एक थाली ज़मीन पर रख दी। थाली में बहुत ही मामूली खाना था: सूखा मटन, चपाती और पानी से भरा एक कप।

शाकाहारी रामास्वामी मांस की गंध से सिहर उठे। लेकिन इतने दिनों की क़ैद में, अलग-अलग गिरोहों के बीच वक़्त बिताकर, वो जान चुके थे कि इन हालातों में इनकार करना किसी ख़तरे को बुलावा देना है। उन्होंने बस हल्के से सिर हिलाया, गला इतना सूखा था कि बोलना भी मुमकिन नहीं था। वो आदमी लौट गया, रामास्वामी को फिर से उनके ख़्यालों के साथ अकेला छोड़कर। उन्होंने खुद को जबरन सीधा किया और बासी रोटी उठाकर खाने

की कोशिश की, बंधे हाथों से उस सख़्त रोटी को तोड़ना कड़ी मशक्कत थी। ठंडे पानी में किसी धातु जैसा स्वाद था लेकिन कुछ पल के लिए उन्हें प्यास से राहत दे गया। मांस वैसा ही पड़ा रहा।

ऐसे भी दिन आए थे जब वे उन्हें बस उतनी देर के लिए खोलते थे कि वो शौच कर सकें, सूजे हुए अंगों और आसपास खड़े बेरुखे पहरेदारों की मौजूदगी में ऐसा करना और भी मुश्किल हो जाता। कुछ दिनों में तो ये राहत भी नसीब नहीं होती और क़ैद में अब शर्म भी एक बोझ की तरह हो गई थी। खाना खाते हुए, वो हर दिन की तरह, बाहर निकलने का रास्ता ढूंढ़ने पर ध्यान लगाने की कोशिश करते थे। लेकिन वो जानते थे कि यह गुफ़ा, जो पहाड़ों की भूलभुलैया में छिपी थी और पहरेदारों से घिरी हुई थी, यहां से निकलने का रास्ता कोई आसान नहीं था। उन्होंने कई बार अपहरणकर्ताओं से बात करने की कोशिश की, शायद कुछ सुराग़ मिले, उनके इरादों की कोई हल्की सी भनक मिल जाए, लेकिन हर बार उन्हें बस चुप्पी मिली। साथ ही वो ये भी सोचते कि अगर किसी चमत्कार से वो इस गुफ़ा से निकल भी जाएं, तो फिर क्या वो इस ख़तरनाक इलाक़े में रास्ता तलाश पाएंगे, जो टीटीपी के खूंखार गुटों से भरा पड़ा था?

वक्त धीरे-धीरे बीतता गया, हर दिन को पिछले दिन से अलग करना मुश्किल होता। वो खुद को व्यस्त रखने के लिए अपनी रिसर्च की यादें ताज़ा करते रहते, बार-बार उस ताड़पत्र पांडुलिपि से मिले निष्कर्षों को दोहराते, जिसे ग़ज़नवर ने साझा किया था। उसमें 'द्वैतलिंगम' नाम के एक रहस्यमय तत्व का उल्लेख था और कुछ गूढ़ श्लोक, जो किसी शक्तिशाली 'अयोध्या संधि' की ओर संकेत करते थे। उन्हें इस बात की, हल्की सी ही सही, उम्मीद भी थी कि शायद कहीं कोई उनकी तलाश कर रहा हो।

~

एक दिन गुफ़ा में एक नया आदमी आया। कद छोटा लेकिन मज़बूत शरीर और चेहरे पर मेहंदी लगी दाढ़ी—सिर पर रेशमी साफ़ा, पहाड़ की ठंड के

लिए बिल्कुल उपयुक्त ऊनी चपन, गले में सोने की मोटी चेन, पैरों में नर्म सैंडल—इससे उसकी अमीर और रौबदार होने की झलक साफ़ दिख रही थी। वो सीधा रामास्वामी के पास आया, बिना रुके, बिना इधर-उधर देखे। उसकी चाल में पूरा आत्मविश्वास था, जैसे यहां वही तय करता हो कि किसे क्या कहना है। उसने रामास्वामी की आंखों में आंखें डालकर शुद्ध अंग्रेज़ी में कहा, 'मैं रहीमुल्ला हूं। और आप शायद साइंटिस्ट हैं?' उसकी आवाज़ बहुत सधी हुई थी।

सावधान रामास्वामी ने हामी भरी। 'बाला रामास्वामी।'

रहीमुल्ला ने पास रखी लकड़ी की एक खुरदुरी पेटी की ओर इशारा किया और एक गार्ड से कहा, 'पैर खोलो इनके'। फ़ौरन रस्सियां ढीली कर दी गईं। जैसे ही खून वापस दौड़ा, रामास्वामी की टांगों में सुइयों-सी चुभन उठी। 'बैठ जाइए, डॉ. रामास्वामी,' रहीमुल्ला ने कहा।

रामास्वामी ने बात मानी और धीरे से पेटी पर आकर बैठ गए। उनके हाथ अब भी बंधे थे, जोड़ों में दर्द लगातार बना हुआ था। 'मैं बस अपना काम दोबारा शुरू करना चाहता हूं,' उन्होंने कहा। 'मैं यहां क्यों हूं?'

रहीमुल्ला ने रुखे अंदाज़ में ठहाका लगाया। 'ये अजीब दुनिया है, है न, डॉक्टर?' उसने कहा। 'आप सूक्ष्म कणों की गति समझा सकते हो, लेकिन ये नहीं समझ पा रहे कि आप क़ैद क्यों हैं?' वो फिर हंसा, उसकी खोखली सी आवाज़ गुफ़ा की दीवारों से टकराकर गूंज उठी। रामास्वामी की रीढ़ में एक ठंडी सिहरन दौड़ गई।

रहीमुल्ला ने अपने चपन की तहों में हाथ डाला और एक चमचमाती, बेहद धारदार छुरी निकाली। उसने उसे रामास्वामी के चेहरे के पास लाकर रोशनी में हल्का घुमाया- ब्लेड की धार हल्के उजाले में चमक उठी। 'मैं आपको आज़ाद करने आया हूं, डॉक्टर, हमेशा के लिए,' उसने धीमी, धमकी भरी फुसफुसाहट में कहा।

52

कोरकाई, तामिरबरणी, पांड्य देशम

आज का थूथुकुडी ज़िला, तमिलनाडु, भारत

करीब 2000 साल पहले

एक नाव गहरी काली रात को चीरती हुई आगे बढ़ रही थी, उसका आकार क्षितिज पर मुश्किल से दिखाई दे रहा था। कोरकाई के चारों ओर की जलधारा असामान्य रूप से शांत थी, एक ऐसी ख़ामोशी, जो शहर के भीतर उठते हलचल को छिपा रही थी। अदृश्य हाथों के मार्गदर्शन में, नाव चुपचाप बंदरगाह के पास पहुंची। ऊपर आकाश में अनगिनत तारे टिमटिमा रहे थे, लेकिन उनका उजाला इतना हल्का था कि डेक पर खड़े लोग मुश्किल से दिखाई देते थे। नाव एक हल्की सी आवाज़ के साथ बंदरगाह से टकराई। दो पुरुष उतरे, दोनों ने गहरे नीले रंग की धोती, उत्तरीय और पगड़ी पहन रखी थी, जो रात के अंधेरे में घुल-मिल जा रही थी। उनकी हरकतें सहज थीं।

दोनों की गर्दन में एक मामूली दिखने वाला ताबीज़ लटका था, लेकिन उसके भीतर छुपा था, ज़हरीला 'बिख़'—यानी एकोनाइट पाउडर—की एक जानलेवा खुराक, जो अगर पकड़े जाते तो उन्हें तुरंत और ख़ामोशी से मौत की ओर ले जाती। उनके कपड़ों की तहों के भीतर दो कटारें छुपी थीं, एक कमर पर बंधी हुई, दूसरी जांघ पर बंधी हुई, दोनों ऐसी जगह कि एक झटके में बाहर निकल सकें।

'हम अपने आदमी को पहचानेंगे कैसे?' एक ने धीमे स्वर में पूछा, उसकी आंखें अंधेरे में डूबे बंदरगाह का जायजा ले रही थीं।

'वो हमें ढूंढ़ लेगा,' दूसरे ने फुसफुसाहट जैसी आवाज़ में जवाब दिया। 'लेकिन पहचान के लिए संकेत शब्द ज़रूरी है। हम उससे शिव मंदिर के पास मिलेंगे- वहीं।' उसने बंदरगाह के किनारे एक छोटे पत्थर के ढांचे की तरफ इशारा किया। 'उसके बाद हमारा अगला क़दम तय होगा।'

मंदिर की प्राचीन दीवारें टिमटिमाते तारों की रोशनी में चमक रही थीं, उनमें एक ऐसी शाश्वत शांति थी, जो कोरकाई की समृद्ध आध्यात्मिक विरासत की याद दिला रही थी। दोनों आदमी ख़ामोशी से पत्थर बिछी पगडंडी पर आगे बढ़े, जैसे सोती हुई नगरी में कोई प्रेतात्मा तैर रही हो।

वे मंदिर पहुंच गए। रात पूरी तरह शांत थी—हर आवाज़, चाहे वो किसी टहनी की चरमराहट हो या पत्तों की सरसराहट—इस सन्नाटे में गूंजती लग रही थी। सिर्फ़ किनारे से टकराती लहरों की हल्की थाप इस ठहराव को तोड़ रही थी, और एक लगभग अलौकिक शांति का एहसास करा रही थी। एक विशाल बरगद के पेड़ के नीचे, एक अकेला व्यक्ति खड़ा था, बिल्कुल स्थिर, जैसे उसी अंधेरे का हिस्सा हो।

'अंधकार' पहले व्यक्ति ने खामोशी तोड़ते हुए फुसफुसाते हुए कहा।

वो आकृति हल्की सी हिली और पेड़ के नीचे से बाहर निकली। 'अंधकार' उसने जवाब दिया, उसकी आवाज़ धीमी थी लेकिन कर्कश। 'विदूषिका के आदमी हो, है न?'

'हां,' दूसरे ने कहा।

'मैं वेंकटेशन हूं। मेरे साथ चलो।'

वेंकटेशन का हुलिया उतना ही असहज करने वाला था जितना उसका व्यवहार। उसकी त्वचा पसीने से भीगी थी और मंद रोशनी में चमक रही थी। तेल लगे बाल पीछे की ओर चिपके हुए थे, जैसे किसी सांप की चमड़ी हो। उसकी आंखें लगातार इधर-उधर घूम रही थीं, हर चीज़ को पैनी नज़र से परख रही थीं। वो बिना समय गंवाए उन्हें तंग गलियों से ले जाने लगा, रास्ते इतने घुमावदार और उलझे हुए कि पीछा करने वाला कोई भी भटक जाए। कुछ देर बाद वो एक साधारण से घर के सामने रुका, जिसकी दीवारें अंधेरे में मुश्किल

से दिख रही थीं। उसने दरवाज़ा खोला और उन्हें भीतर ले गया। यह सुरक्षित ठिकाना बेहद सामान्य था, एक कम ऊंचाई वाली मेज़ और सोने के लिए कुछ चटाइयों के अलावा वहां कुछ नहीं था, लेकिन जगह सुरक्षित लग रही थी।

'पानी यहां है,' वेंकटेशन ने कोने में रखे मिट्टी के दो घड़ों की तरफ इशारा करते हुए कहा। 'और खाना—सूखे मेवे, गुड़, नींबू-चावल। अपनी तरफ़ किसी का ध्यान मत खींचना। खाओ, आराम करो और आगे की योजना बनाओ।'

टेबल पर खुला हुआ एक नक्शा रखा था, जिसमें करकाई के प्रमुख स्थानों को चिन्हित किया गया था। वेंकटेशन ने एक उंगली से गलियों और रास्तों के जाल पर निशान खींचा। 'इन इलाक़ों से बचकर रहना,' उसने चेताया। 'यहां के लोग सतर्क हैं और उनका समर्पण पद्मसेन के प्रति बहुत गहरा है। एक भी चूक तुम्हारा काम बिगाड़ सकती है।'

विदुषिका के आदमी नक्शे पर ध्यान से नज़रें दौड़ाते रहे, फिर धीरे से सिर हिलाया। 'इससे मदद होगी,' उनमें से एक ने कहा। 'हमें द्वैतलिंगम तक पहुंचना है और उसकी सुरक्षा का जायज़ा लेना है लेकिन किसी को शक न हो।'

दूसरे ने अपनी कटार की मूठ पर हाथ रखते हुए पूछा, 'और पद्मसेन? उसकी दिनचर्या क्या है? क्या वो अक्सर द्वैतलिंगम के पास जाता है?'

'मैं लगातार उसकी निगरानी कर रहा हूं,' वेंकटेशन ने जवाब दिया। 'मैंने ही उसे लोहे की भट्ठी के लिए ज़मीन दिलवाई थी, इसलिए मैं अक्सर उसके आसपास ही रहता हूं। वो मंदिर, बाज़ार, अपने ससुराल और अपनी भट्ठी तक जाता है लेकिन द्वैतलिंगम इन जगहों में से कहीं नहीं है। और, अगर कोई पांचवां, गुप्त स्थान है, तो वहां वो हमारी निगरानी शुरू होने के बाद से नहीं गया।' वो रुका और हल्की रोशनी में उसका जबड़ा तनता हुआ साफ़ दिखा। 'उसकी बेटी, सुरिरत्ना, हर वक्त उसके साथ रहती है। वो उसी के साथ काम करती है, उसका शिल्प सीख रही है। वही तुम्हारी सबसे मज़बूत कड़ी है।'

'और उसकी भट्ठी?'

'कुछ समय पहले तक दिन-रात काम चल रहा था,' वेंकटेशन ने कहा। 'वो दमिश्क भेजे जाने वाले सैनिकों के लिए हथियार बना रहे थे। अब रफ़्तार धीमी हो गई है। फिलहाल सिर्फ़ व्यापार के लिए धातु की ईंटें ढाली जा रही हैं।'

'हम सुबह से निगरानी शुरू करेंगे,' पहले आदमी ने कहा। 'हम सही सनय तय करेंगे हमला करने का। सतर्क रहना, वेंकटेशन। हो सकता है तुम्हारी ज़रूरत फिर पड़े।'

वेंकटेशन ने थोड़ा झुककर कहा। 'जैसी आपकी इच्छा। विदूषिका की इच्छा पूरी हो।'

दोनों ने जल्दी से खाना खाया और चटाइयों पर लेट गए। नींद हल्की थी और बेचैनी से भरी। उनके अगले क़दम पर सब कुछ टिका था–मिशन की सफलता, पद्मसेन और उसके परिवार का भविष्य। जैसे ही भोर की पहली हल्की रोशनी बंद खिड़कियों की दरारों से भीतर आने लगी, वे उठ बैठे, उनका संकल्प पूरी तरह दृढ़ था।

'विदूषिका का आदेश साफ़ है। द्वैतलिंगम—किसी भी क़ीमत पर।'

'अगर इसके लिए पद्मसेन को मारना पड़े?'

'अगर इसके लिए उसके पूरे परिवार को भी ख़त्म करना पड़े, तब भी।'

53

अयुत्थया, स्याम, सुवर्णभूमि

आज का बैंकॉक, थाईलैंड

करीब 2000 साल पहले

भद्रकेतु अपनी छोटी सी कुटिया में मिट्टी की ठंडी सतह पर पद्मासन में बैठा था। यह कुटिया अयुत्थया से बहने वाली तीन नदियों में से एक के किनारे बसी थी। उसके धम्म-पाठ अब लोकप्रिय हो चुके थे, समाज के हर वर्ग के लोग उससे आध्यात्मिक मार्गदर्शन पाने आते थे। जैसे-जैसे दिन ढलता गया, आसपास का वातावरण चंपा के पेड़ों की सुगंध से भर गया और आग की लपट जैसे रंग वाले आकाश के नीचे नदी धीरे-धीरे कलकल करती रही।

जब सूरज क्षितिज के पीछे डूबने लगा, राजा जयसेन भद्रकेतु की कुटिया तक पहुंचे। उनका राजसी दल थोड़ी दूरी पर ठहरा रहा। राजा ने साधारण वस्त्र पहन रखे थे। धीमी होती रोशनी में उनके चेहरे पर एक रहस्यमय भाव था।

भद्रकेतु ने शांत मुस्कान के साथ उनका अभिवादन किया। 'स्वागत है, महाराज,' उसने कहा। उसका स्वर उतना ही शांत था जितना पास बहती नदी का बहाव।

जयसेन सामने बिछी एक चटाई पर बैठ गए। 'आचार्य भद्रकेतु,' उन्होंने कहा। आवाज़ में कुछ अनकहे प्रश्न थे। 'मेरे मन को कुछ समस्याएं परेशान कर रही हैं, उन्हीं का समाधान खोजने आया हूं। मुझे आपके ज्ञान की ज़रूरत है।'

'सच्चा ज्ञान अंदर से आता है, महाराज,' भद्रकेतु ने कहा, स्वर कोमल था लेकिन दृढ़। 'लेकिन मैं आपकी सहायता कर सकता हूं। अंतर्दृष्टि का मार्ग उन सभी के लिए खुला है जो इसे खोजते हैं।'

जयसेन की नज़र कुटिया में घूमी—मिट्टी की साधारण दीवारें, हल्की सजावट और एक कोने में छोटा सा पूजा-स्थल, जहां टिमटिमाता दीपक दीवार पर लहराती छायाएं रच रहा था। उन्होंने गहरी सांस ली—धूप की सुगंध उनके बेचैन मन को सुकून दे रही थी। 'महल में हर सुख-सुविधा है,' उन्होंने धीरे से कहा, स्वर में भीतर की अशांति साफ़ झलक रही थी। 'लेकिन चैन नहीं है। आपका योगी जीवन... कहीं ज़्यादा पूर्ण लगता है।'

'लेकिन आप भी तो एक योगी हैं, महाराज,' भद्रकेतु ने शांत स्वर में कहा। 'कुछ लोग मेरी तरह ध्यान योग अपनाते हैं—ध्यान और आत्मचिंतन के माध्यम से ईश्वर से जुड़ते हैं। कुछ भक्ति योग के मार्ग पर चलते हैं—प्रेम और समर्पण के माध्यम से आत्मज्ञान को पाते हैं। कुछ लोग अध्ययन और आत्मपरीक्षण के माध्यम से ज्ञानयोग का अनुसरण करते हैं और अंत में, कुछ लोग ऐसे होते हैं जो अपने कर्तव्य का पालन करते हैं—जिनकी राह कर्म से संचालित होती है। आप उसी मार्ग के यात्री हैं—कर्मयोग के।'

'लेकिन मैं दुखी हूं,' जयसेन ने स्वीकार किया।

भद्रकेतु ने समझाया, 'महाराज, संतोष इच्छाओं के पीछे भागने से नहीं, उन पर नियंत्रण करने से मिलता है। जो व्यक्ति प्यास लगने पर खारे पानी से अपनी प्यास मिटाना चाहता है, उसकी प्यास कभी नहीं बुझती। इच्छाएं भी वैसी ही हैं—एक अंतहीन चक्र, जो तृप्ति का भ्रम देता है।'

जयसेन ने कहा, 'मेरी दो रानियां हैं, लेकिन कोई संतान नहीं। कोई उत्तराधिकारी नहीं।' स्वर में गहरी निराशा थी।

'ब्रह्मांड रहस्यमय तरीके से काम करता है, महाराज,' भद्रकेतु ने कहा। 'कुछ संतानें माता-पिता के जीवन में केवल दुख लाती हैं, इतना कि वे मन ही मन निःसंतान होने की कामना करने लगते हैं। वहीं कुछ लोगों के जीवन में ऐसी कृपा उतरती है जिसकी वे कभी कल्पना भी नहीं करते। इसलिए जो

नहीं है, उस पर ध्यान ना दें। जो है, उसका सदुपयोग करो, अपनी शक्ति को भलाई में लगाएं, विवेक, न्याय और करुणा से राज्य चलाएं। आपके कर्म, आपके अच्छे कार्य, वही आपकी असली विरासत बनेंगे।'

जयसेन ने विचार करते हुए सिर हिलाया। भद्रकेतु की बातों में एक सच्चाई थी जिसे वो शायद कहीं भूल गए थे।

'और शक्ति का क्या?' जयसेन ने पूछा, चिंता उनकी भौंहों पर साफ़ झलक रही थी। 'राजा होने के नाते, मेरे पास पूर्ण शक्ति है। मैं इससे भ्रष्ट हुए बिना इसका उपयोग कैसे कर सकता हूं?'

'शक्ति दोधारी तलवार होती है, महाराज', भद्रकेतु ने शांत स्वर में जवाब दिया। 'इसका उपयोग निर्माण या विनाश, रक्षा या दमन दोनों के लिए किया जा सकता है। असली रहस्य इसका उपयोग दया और बुद्धिमत्ता से करने में है। अपनी शक्ति का उपयोग अपने लोगों की सेवा, उत्थान और मार्गदर्शन के लिए करें।'

'आप निस्वार्थता और करुणा की बात करते हैं,' जयसेन ने कहा, 'लेकिन दुनिया तो क्रूरता और अन्याय से भरी है। ऐसे में खुद को अंधकार से, इस पीड़ा से कैसे बचाए रखूं जो हमें चारों ओर से घेरती है?

भद्रकेतु ने होंठों पर एक शांत मुस्कान के साथ कहा, कमल को देखिए, महाराज। वो कीचड़ में जड़ें जमाकर भी पूर्ण सौंदर्य में खिलता है। उसी तरह करुणा, दया और न्याय जैसे गुण सबसे अंधेरे समय में भी पनप सकते हैं। अंधकार, और कुछ नहीं, बस प्रकाश की अनुपस्थिति है।' उसने पास टिमटिमाते दीपक की ओर इशारा किया। 'एक छोटी सी लौ भी अंधेरे को हटा सकती है।'

जयसेन चुपचाप बैठे रहे, विचारों में डूबे हुए। उनके चारों ओर हल्की हवा में पत्तों की सरसराहट थी, कहीं दूर एक रात्रि-पक्षी की पुकार गूंज रही थी।

'आपकी बातों ने मुझे एक नया दृष्टिकोण दिया है, आचार्य भद्रकेतु,' जयसेन ने कहा। 'एक ऐसा मार्ग, जिस पर मैंने विचार नहीं किया था। मैं आपसे एक निवेदन करना चाहता हूं।'

'आदेश करें, महाराज। लेकिन एक साधु जैसा मैं एक राजा को क्या दे सकता हूं?'

'आप हमारे राजगुरु बनना स्वीकार कर लीजिए—मेरे और मेरे राज्य के आध्यात्मिक मार्गदर्शक। क्या आप यह स्वीकार करेंगे?'

'यह मेरे लिए सम्मान की बात होगी, महाराज,' भद्रकेतु ने सिर झुकाते हुए उत्तर दिया। 'लेकिन मेरी दो शर्तें होंगी।'

'कहिए,' जयसेन ने तुरंत कहा।

'आपने इस भूमि का नया नाम अयुत्थया रखा है,' भद्रकेतु ने कहा। 'लेकिन साकेत को अयोध्या यूं ही नहीं कहा गय। वह *अ-युद्ध* है, अजेय, क्योंकि वह रामराज्य के सिद्धांतों पर चलता है। मैं आपसे वचन चाहता हूं कि आप न्याय और करुणा के साथ शासन करेंगे और धर्म के सिद्धांतों का पालन करेंगे।'

'मैं आपको वचन देता हूं, कि आपके मार्गदर्शन में मैं अपने लोगों का नेतृत्व बुद्धि और करुणा से करूंगा।' जयसेन ने कहा।

भद्रकेतु ने सिर हिलाया। 'और यदि मैं कभी जाना चाहूं, तो आप मेरे प्रस्थान में बाधा नहीं डालेंगे।'

'ऐसी बात सोचना भी मुझे व्यथित करता है,' जयसेन ने कहा, 'लेकिन मैं आपको वचन देता हूं। जब भी आप जाना चाहें, आप स्वतंत्र होंगे।'

'आपका आभार, महाराज,' भद्रकेतु ने कहा। 'मैं आपको एक नया प्रतीक देता हूं—गौरमत्स्य।' वो ज़मीन पर झुका और खड़िया के एक टुकड़े से प्रतीक उकेरने लगा। 'यह सौभाग्य और शुभ शुरुआत का प्रतीक है। आठ पवित्र प्रतीकों में से एक—अष्टमंगल।'

ये हमारे स्याम देश की बिल्लियों की आंखों जैसा है?' प्रतीक को ध्यान से देखते हुए जयसेन ने पूछा।

भद्रकेतु मुस्कराया और कहा, 'और पास से देखिए, महाराज। मुझे इसमें दो मछलियां दिखती हैं—सभी जीवों का प्रतीक, जो निर्भय होकर तैर रही हैं, जन्म-मरण के चक्र से मुक्त। मेरी कामना है कि आपका शासन ऐसा ही एक युग लाए, शांति और समृद्धि से भरा, सभी के लिए।'

जयसेन ने विनम्रता से उसका आशीर्वाद स्वीकार किया।

उनका यह साथ अयुत्थया के लिए एक नए युग की शुरुआत थी—ऐसा युग जो शाश्वत सिद्धांतों से संचालित था और भद्रकेतु के ज्ञान से आलोकित। उसका प्रभाव सीधा नहीं, लेकिन गहरा था—पूरे राज्य में धीरे-धीरे व्याप्त हो रहा था। वो प्राचीन वटवृक्षों की छाया में बैठकर शिक्षा देता और उसकी बातें उन सभी के भीतर उतर जातीं जो मार्गदर्शन या शांति की तलाश में आते। 'जीवन एक नदी की तरह है,' वो धीमी मुस्कान के साथ कहता। 'यह निरंतर बहती है, न रुकती है, न वापस आती है। आज जिसे तुम छूते हो, वह पानी कल जैसा नहीं होता—और तुम भी वैसे नहीं रहते। बहाव को अपनाओ, परिवर्तन को स्वीकार करो। उसी में तुम्हें स्थिरता मिलेगी।'

उसे अंदाज़ा भी नहीं था कि जिस तरह की शांति वो वर्षों से खोजता आया था, और जिसे वो अभी-अभी महसूस करने लगा था, वो जल्द ही बिखरने वाली है।

54

दोहा, क़तर

वर्तमान काल

हमाद इंटरनेशनल एयरपोर्ट के रनवे पर एक ख़ूबसूरत गल्फ़स्ट्रीम जी200 विमान उतरा। आदित्य और सोमी उतरे, और एक ड्राइवर जो उनके नाम की तख्ती लिए खड़ा था, उन्हें तुरंत एक काली एसयूवी तक ले गया।

कुछ ही मिनटों में उनकी गाड़ी रास अबू अब्बूद एक्सप्रेसवे पर रफ़्तार पकड़ चुकी थी। सोमी ने खिड़की से बाहर देखा, दोहा का अनोखा मेल, जहां आधुनिकता और इतिहास साथ चलते हैं। आसमान को छूती मीनारें, कांच की चमचमाती दीवारों से सूरज की रोशनी को लौटातीं और उन्हीं के बीच पुराने सूक़ और हलचल भरे बाज़ार। पेड़ों से सजी सड़कें भव्य चौकों तक जाती थीं। कैफ़े लोगों से भरे थे, स्थानीय, पर्यटक, सब अपने-अपने रंग में और इन सबके बीच दूर चमकती अरब सागर की शांति।

वाल्डॉर्फ़ एस्टोरिया तक का सफ़र छोटा था, लेकिन तनाव से भरा। सोमी ने एक नज़र आदित्य पर डाली। वो अपनी सोच में खोया खिड़की से बाहर देख रहा था, मानो महानगर की हलचल से बेखबर हो। वो जानती थी कि उसका मन कहीं और था।

एसयूवी दोहा के डिप्लोमैटिक क्वार्टर में 44 मंज़िला आर्ट-डेको गगनचुंबी इमारत के सामने आकर रुकी। आदित्य ने चारों ओर की भव्यता पर ध्यान नहीं दिया, न झूमर, न संगमरमर की चमक, न दीवारों पर सजी कलाकृतियां। वो अब भी अपनी सोच में डूबा था। स्वागत अधिकारी ने नम्रता से उन्हें भीतर

आने का इशारा किया और लिफ़्ट तक पहुंचाया। लिफ़्ट के भीतर कुछ पल सन्नाटे में बीते।

लिफ्ट एक गलियारे में खुली जो आकर्षक डेकोर और आलीशान कालीनों से सजा था। स्वागत अधिकारी उन्हें एक शांत सुइट में ले गया, जहां भारत के राष्ट्रीय सुरक्षा सलाहकार, देवेंद्र ठकुराल उनका इंतज़ार कर रहे थे।

'फिर मिलकर अच्छा लगा, मिस्टर पिल्लई,' ठकुराल ने कहा। ठकुराल ने हाथ मिलाया, पकड़ मज़बूत थी, चेहरा गंभीर। सोमी की ओर मुड़कर वो बोले, 'मिस किम, बहुत वक़्त हो गया। आखिरी बार शायद वर्ल्ड इकोनॉमिक फोरम में मिले थे?'

'बिल्कुल,' सोमी ने स्वीकार किया।

'बैठिए,' ठकुराल ने सामने रखे सोफे की ओर इशारा किया। स्वर शांत था, लेकिन उसमें एक अनकहा दबाव था, जैसे वक़्त कम हो और बातें बहुत।

वे सोफे पर बैठे ही थे कि ठकुराल ने औपचारिकताओं को किनारे रखकर सीधे मुद्दे पर बात शुरू की। 'कुछ दिन पहले, सफ़ेद कोह पहाड़ियों में खलील ग़ज़नवर के ठिकाने पर आईएसआईएस-के ने हमला किया। डॉ. रामास्वामी को वहां से उठा लिया गया।'

'आईएसआईएस-के?' आदित्य की भौंहें तन गईं। 'इस्लामिक स्टेट?'

'सीरियाई आईएसआईएस का ही एक गुट है,' ठकुराल ने समझाया, 'लेकिन अफ़ग़ानिस्तान में सक्रिय है। इनके निशाने पर कई हैं: अफ़ग़ानिस्तान की तालिबान सरकार, अमेरिका, शिया मुसलमान, हज़ारों अल्पसंख्यक... कोई भी जिसे ये अपनी टेढ़ी सोच का दुश्मन मान लें। इनका मकसद? मौजूदा तालिबान शासन को गिराकर एक कट्टर ख़िलाफ़त की स्थापना।'

'तो डॉ. रामास्वामी को ढूंढ़ना अब... और मुश्किल हो गया है?'

'किसी अपराधी गिरोह—या आतंकवादी संगठन—से बात करना कई बार दुष्ट राष्ट्रों से निपटने से भी आसान होता है,' ठकुराल ने शांत स्वर में कहा। 'यही वजह है कि मैंने आपको दोहा बुलाया। यह शहर ऐसे संवादों और सौदेबाज़ियों का केंद्र है।'

आदित्य की आंखें फैल गईं, जैसे सारी कड़ियां अचानक जुड़ गई हों। 'ये सब आपने रचा है,' उसने कहा, आवाज़ में अविश्वास और आरोप का मिला-जुला भाव था।

ठकुराल का जवाब रुखा था, जिसमें हल्का-सा मज़ाक भी था। 'यूं कह लीजिए, मैं हालात का इंतज़ार करने से बेहतर सक्रिय रहना पसंद करता हूं। भारतीय ख़ुफ़िया एजेंसी...चुपचाप काम करती है। अक्सर हम अपने लक्ष्य दूसरों के हाथों से पूरे कराते हैं, बस सही प्रोत्साहन देकर।'

आदित्य ने चेहरे पर बिना किसी भाव के हां में सिर हिलाया। 'और आईएसआईएस-के से हैंडओवर?'

'स्थिति चेक करता हूं,' ठकुराल ने कहा। उन्होंने सुरक्षित सैटेलाइट फ़ोन उठाया, एक नंबर मिलाया और कुछ पल इंतज़ार किया। ध्यान से सुनने के बाद बोले, 'मै आपसे बाद में बात करूंगा।'

आदित्य आगे झुक गया, उसकी आंखें सिकुड़ गईं। 'अब क्या हुआ?'

ठकुराल ने गहरी सांस ली और खिड़की से बाहर देखते हुए कहा, 'कुछ दिक्कतें आई हैं,' उनकी आवाज़ भारी होगई थी। 'लेकिन अब भी स्थिति काबू में है।'

'कौन सी दिक्कतें?'

'टीटीपी—तहरीक़-ए-तालिबान पाकिस्तान। उन्होंने आईएसआईएस-के पर घात लगाकर हमला कर दिया। अब रामास्वामी उनकी गिरफ़्त में हैं।'

'टीटीपी इसमें क्यों पड़ेगा?' सोमी ने पूछा, उसकी आवाज़ धीमी थी, पर चिंता साफ़ झलक रही थी।

'आईएसआईएस-के और टीटीपी,' ठकुराल ने समझाया, 'दोनों के मक़सद बिल्कुल अलग हैं।आईएसआईएस-के अफ़ग़ानिस्तान पर क़ब्ज़ा चाहता है। वे मौजूदा तालिबान शासन से नफ़रत करते हैं। लेकिन टीटीपी पाकिस्तान में दबदबा चाहता है और इसके लिए तालिबान पर निर्भर है। यहां एक की जीत का मतलब दूसरे की हार है।'

आदित्य का जबड़ा कस गया, गुस्से की एक लहर उसके चेहरे पर साफ़ दिखी। 'तो रामास्वामी बस इनके पेचीदा खेल का मोहरा हैं?' *या फिर मिस्टर ठकुराल, ये टीटीपी का खेल भी आपका है?'*

वो कुर्सी से उठा और खिड़की की ओर चला गया, नज़र नीचे फैले शहर पर टिक गई। दोहा, आधुनिकता की चमक से भरा, ज़िंदगी से गुलज़ार, उसकी ऊर्जा कमरे में छाए सन्नाटे के बिल्कुल उलट थी।

'हमारे पास क्या विकल्प हैं?' आदित्य ने पूछा। वो अब भी खिड़की की ओर देख रहा था, आवाज़ में झुंझलाहट साफ़ थी।

'दो,' ठकुराल ने जवाब दिया। 'या तो टीटीपी से सीधी बातचीत। या... एक गुप्त अभियान जिससे रामास्वामी को निकाला जा सके। लेकिन जोखिम बहुत बड़ा है। हम किसी भी क़ीमत पर जान का नुकसान नहीं झेल सकते।'

'और कोई रास्ता नहीं?'

'शायद,' ठकुराल ने धीमे स्वर में कहा, 'एक और रास्ता हो सकता है।'

'और वो रास्ता है...?'

ठकुराल की आवाज़ मुश्किल से सुनाई दी। 'क़तर के अमीर।'

आदित्य तुरंत समझ गया। उसने जो कहानियां सुनी थीं और अंतरराष्ट्रीय हलकों में जो कानाफूसी होती थी, उससे यह साफ़ था कि क़तर एक दोहरा खेल खेल रहा है—इस्लामी गुटों के साथ संबंध बनाए रखते हुए पश्चिमी ताक़तों से भी तालमेल साध रहा है। यह संतुलन कठिन था, लेकिन इसी ने इस छोटे खाड़ी देश को क्षेत्रीय राजनीति में बेहिसाब ताक़त दे दी थी।

'हमें बेहद सावधानी से आगे बढ़ना होगा,' ठकुराल ने कहा, उनकी आवाज़ में फिर से वही मज़बूती लौट आई। 'कूटनीति एक नाज़ुक कला है। इस प्रकार की बातचीत के लिए दोहा सबसे उपयुक्त जगह है। हमें अपने हर साधन का इस्तेमाल करना होगा ताकि डॉ. रामास्वामी को सुरक्षित वापस लाया जा सके।'

'और इस मामले में साधन क्या हैं?'

'एक आदमी है रहीमुल्ला, जो तनख्वाह क़तर से लेता है लेकिन टीटीपी से भी करीबी रिश्ते रखता है।'

55

कोरकाई, तामिरबरणी, पांड्य देशम

आज का थूथुकुडी ज़िला, तमिलनाडु, भारत

करीब 2000 साल पहले

भट्ठी से लहराती आग की लपटें पूरी कार्यशाला को नारंगी रोशनी में डुबो रही थीं। सुरिरत्ना आग की लपटों के सामने खड़ी थी, माथे पर पसीने की बूंदें, लेकिन निगाहें स्थिर। उसने सावधानी से पिघली हुई धातु का करछुल उठाया और उसे तैयार सांचे में उड़ेल दिया। उसके हाथों की हर हरकत नपी-तुली और सधी हुई थी—हफ़्तों की मेहनत और अभ्यास का नतीजा थी। जो कभी आग की गरज, भट्ठी की खनक और पिघली धातु की गर्मी का डरावना मेल लगता था, अब उसकी अपनी इच्छा का विस्तार बन चुका था। उसकी हर क्रिया सहज प्रतिक्रिया बन गई थी—जैसे सृजन की आदिम नृत्य-लीला उसके भीतर उतर आई हो।

करछुल को एक ओर रखकर सुरिरत्ना ढलाईखाने में चली गई, उसकी पैनी नज़रें हर काम को परख रही थीं। आदेश देते वक्त उसकी चाल में एक सधी हुई शांति और अधिकार झलक रहा था। कुछ दूरी से पद्मसेन अपनी बेटी को देख रहा था, उसके मन में गर्व की लहर उठ रही थी। 'बहुत बढ़िया काम कर रहे हैं आप सब!' सुरिरत्ना की आवाज़ शोरगुल से ऊपर उठी। 'यही रफ़्तार बनाए रखिए। हमें समय पर काम पूरा करना है।'

कुलशेखर हाथ में एक बहीखाता लिए उसके पास आया। 'कोंगु नाडु से आया नया लौह अयस्क पहुंच गया है,' उसने कहा। 'क्या हम इसकी जांच करें?'

सुरिरत्ला ने सिर हिलाया। 'ज़रूर, मातलु। चलो, इसे देख लेते हैं।'

'हमें पक्का करना होगा कि यह हमारे मानकों पर खरा उतरे,' कुलशेखर ने कहा, उसकी भौंहें सिकुड़ गईं। 'इस बार कोई समझौता नहीं। पिछली खेप की अशुद्धियां याद हैं न?'

सुरिरत्ला ने सहमति में सिर हिलाया और वे भंडार क्षेत्र की ओर बढ़े। पूरी कार्यशाला सक्रिय थी, हर कर्मचारी इस जटिल प्रक्रिया का अहम हिस्सा था। सुरिरत्ला ने उनका गर्मजोशी से अभिवादन किया, कई को उनके नाम लेकर पुकारा। उसकी सहज आत्मीयता और आस-पास के लोगों के प्रति सच्चा सम्मान ही था, जिसने कर्मचारियों के साथ उसका गहरा रिश्ता बना दिया था।

भंडार क्षेत्र में, मोटे कपड़ों से ढंके लकड़ी के विशाल बक्सों की कतारें लगी थीं,यही कच्चा माल उनकी पूरी कारीगरी की नींव था। सुरिरत्ला ने कपड़ा हटाकर एक बक्सा खोला। अंदर गहरे रंग का, खुरदुरी बनावट वाला अयस्क भरा था। कुलशेखर ने एक मुट्ठी उठाई, उसके वजन, बनावट और रंग को परखा। उसने उसकी हल्की चमक और अशुद्धियों की अनुपस्थिति पर ध्यान दिया। 'उम्मीद जगाता है,' उसने धीमे स्वर में कहा और अयस्क को अपनी हथेलियों के बीच रगड़ा। 'गुणवत्ता बेहतरीन है। ये नए आपूर्तिकर्ता हमारे मानक समझते हैं। वे प्रभावित करना चाहते हैं।'

'तो हमें सही तापमान बनाए रखना होगा, ताकि धातु अच्छे से पिघल सके,' सुरिरत्ला ने कहा, उसके मन में पहले से ही ज़रूरी बदलावों की गणना चल रही थी। 'मैं भट्ठी के कर्मचारियों को कहूंगी कि इस खेप को प्राथमिकता दें।'

जैसे ही वे लौटने लगे, सुरिरत्ला अचानक रुक गई। उसकी निगाह गोदाम के एक अंधेरे कोने पर टिक गई। उसे लगा, जैसे वहां कोई हल्की सी हलचल हुई हो, एक झिलमिलाहट सी। लेकिन शायद यह बस रोशनी का धोखा था। मन की अपनी बेचैनी झटककर वो फिर कार्यशाला की चहल-पहल में लौट आई।

सुरिरत्ला, उसके पिता और उसके मातलु ने मिलकर एक दमदार टीम बनाई थी, और हर कोई इस काम में अपनी अनूठी विशेषज्ञता लेकर आया था। पद्मसेन, धातुकला के माहिर कारीगर, अपने वर्षों के अनुभव से सुरिरत्ला का

मार्गदर्शन करते, उसकी कला को निखारते, सिखाते कि पिघली हुई धातु से कैसे उसका रहस्य बाहर निकलवाना है। कुलशेखर, अपनी पैनी व्यावसायिक समझ और अद्वितीय कारोबारी कौशल के साथ रसद प्रबंधन, कच्चे माल की व्यवस्था, व्यापार मार्गों पर सौदे तय करने का काम करता। और सुरिरत्ना, अपने दृढ़ संकल्प के साथ, रोज़मर्रा के कामों की देखरेख करती, उत्पादन की हर धारा को सुचारु बनाए रखती।

उनकी सामूहिक कुशलता और तालमेल ने इस छोटे उद्यम को लौह उत्पादन की दुनिया में एक प्रतिष्ठित शक्ति बना दिया था। लेकिन उनकी सफलता सिर्फ़ प्रतिभा और रणनीति पर नहीं टिकी थी। इसके पीछे एक गुप्त तत्व था—पीढ़ियों से चला आ रहा एक विरासत में मिला ज्ञान—जो उनकी धातु को बाकी सब से अलग बनाता था।

दिन भर का कोलाहल धीरे-धीरे थम गया। अब सिर्फ़ सफाई करते और अगले दिन की तैयारी करते कर्मचारियों की आवाज़ें गूंज रही थीं। रात के लिए धीमी कर दी गई भट्ठी अब मंद नारंगी आभा में सुलग रही थी। सुरिरत्ना ने रुककर उस क्षण का आनंद लिया–उसे चारों ओर छाई शांति में एक गहरी तृप्ति का अहसास हुआ, जब उसने आसमान की ओर देखा, जहां अंधेरे आसमान में शुरुआती तारे उगने लगे थे।

उसने प्राचीन चक्र डिज़ाइनों पर अपने नोट्स से भरा एक चर्मपत्र लपेटा—अंधेरे में छिपी दो आकृतियों से बेखबर, उनकी आंखें उसकी हर हरकत पर नज़र रख रही थीं।

कई दिनों से विदूषिका के जासूस उसे देख रहे थे–उसकी दिनचर्या का बारीकी से ख़ाका तैयार कर रहे थे, उसकी हर आदत दर्ज कर रहे थे, उसकी किसी भी कमज़ोरी या अवसर की तलाश में। उन्हें साफ़ आदेश था, पद्मसेन के रहस्यों की चाबी वही है। द्वैतलिंगम हासिल करने के लिए उन्हें सुरिरत्ना चाहिए थी। इसी बीच पद्मसेन कार्यशाला में आया और अपनी बेटी के पास खड़ा हो गया। 'आज का दिन भी सफल रहा, पुत्री,' उसने कहा, कंधे पर हाथ रखते हुए, स्वर में गर्व की गर्माहट थी।

'धन्यवाद, पिताह,' सुरिरत्ला ने थकी लेकिन सच्ची मुस्कान के साथ कहा। 'लेकिन एक बात है... जो मुझे आपसे कहनी है।'

पद्मसेन ने चिंता से उसकी ओर देखा। 'तुम्हें क्या परेशानी है, पुत्री?'

'द्वैतलिंगम,' सुरिरत्ला ने धीरे से कहा, आवाज़ में हल्की हिचक थी। 'मैं जानती हूं कि मातलु कुलशेखर इसे किसी गुप्त स्थान पर सुरक्षित रखते हैं। लेकिन क्या यह यहां, भट्ठी में ज़्यादा सुरक्षित नहीं होगा? हम पहरे को दोगुना कर सकते हैं, इसे तहख़ाने की तिजोरी में छिपा सकते हैं। यहां हममें से कोई न कोई हमेशा मौजूद रहता है।'

पद्मसेन का चेहरा सख़्त हो गया, आवाज़ में असहमति की तीखी धार थी। 'कभी नहीं। द्वैतलिंगम वहीं रहेगा जहां वह है। हम यहां केवल उतनी ही मात्रा लाते हैं जितनी ज़रूरत के लिए चाहिए।'

'लेकिन पिताह,' सुरिरत्ला ने दलील दी, 'भट्ठी सुरक्षित है। हम जानते हैं कौन अंदर आता है और कौन बाहर जाता है—'

'भट्ठी में बहुत सी आंखें लगी रहती हैं, पुत्री,' पद्मसेन ने बीच में ही रोक दिया, स्वर चेतावनी से भरा हुआ था। 'बहुत लोग आते-जाते हैं, बहुत हलचल है। द्वैतलिंगम एक पवित्र धरोहर है, एक शक्तिशाली साधन जिसे ग़लत हाथों से बचाकर, छिपाकर रखना ज़रूरी है। यह जहां है, वहीं रहेगा। यही अंतिम निर्णय है।'

सुरिरत्ला ने पिता के संकल्प को समझते हुए लंबी सांस ली। 'मैं समझती हूं, पिताह। मैं बस उसकी सुरक्षा को लेकर चिंतित थी।'

पद्मसेन का चेहरा नरम पड़ा। 'मुझे पता है, पुत्री। और मुझे तुम पर पूरा भरोसा है। यही वजह है कि मैंने तुम्हें इसके उपयोग का अधिकार दिया। लेकिन जहां तक इसके ठिकाने की बात है... वह रहस्य सुरक्षित रहना चाहिए। हमें अपने पूर्वजों की स्थापित परंपराओं और सुरक्षा उपायों का सम्मान करना होगा। बदलाव का समय आएगा, लेकिन अभी नहीं।'

'जी, पिताह।' उसने सिर झुकाकर उनके निर्णय को स्वीकार कर लिया।

'अच्छा। अब चलो,' पद्मसेन ने कहा, स्वर में फिर से गर्माहट लौट आई। 'कुलशेखर और मुझे मुचिरी पट्टिनम की अगली यात्रा से पहले बहुत सी बातें करनी हैं।'

पद्मसेन और सुरिरत्ला घर की ओर चल पड़े, भविष्य की योजनाओं पर चर्चा करते हुए। उन्हें पता नहीं था कि विदूषिका के जासूस उनके पीछे-पीछे चल रहे थे,अंधेरे में एक ख़ामोश ख़तरा छिपा था।

उनकी योजनाएं भी अब तेज़ी से आकार ले रही थीं।

कॉन्स्टेंटिनोपल, पूर्वी रोमन साम्राज्य

आज का इस्तांबुल, तुर्किये

करीब 1,700 साल पहले

पहले बाइज़ैन्टियम के नाम से जाना जाने वाला कॉन्स्टेंटिनोपल—जिसे 330 ईस्वी में सम्राट कॉन्सटेंटाइन के सम्मान में नया नाम दिया गया था—रोमन साम्राज्य का नगीना था, सम्राट की दूरदर्शिता और महत्वाकांक्षा का चमकता हुआ प्रतीक। यह शहर व्यापार, संस्कृति और धर्म के संगम पर फला-फूला। दो महाद्वीपों को जोड़ने वाले, बोस्फ़ोरस जलडमरूमध्य की प्राकृतिक जलधारा पर स्थित होने के कारण यह एक ऐसा रणनीतिक चौराहा बन गया जिसने जल्द ही इसे उभरते हुए धर्म ईसाईयत का केंद्र बना दिया। हालांकि, महल के भीतर, सम्राट के कक्ष में एक अजीब सन्नाटा पसरा था। कभी शक्ति के शिखर पर बैठे कॉन्सटेंटाइन अब अपने विशाल शाही बिस्तर पर निश्चल पड़े थे। उनकी आंखों में अब जीवन की चमक नहीं थी, धुंधली और शून्य में टिकी हुई, मानो टिमटिमाती मोमबत्ती की रोशनी में सजे हुए छत की जटिल नक्काशी को अनमनेपन से देख रही हों। कमरे में औषधीय जड़ी-बूटियों की गंध, धूप और लोबान की हल्की ख़ुशबू के साथ मिलकर फैल रही थी।

कॉन्सटेंटाइन ने अपना निर्णय ले लिया था। वो अपने अंतिम समय को ईसाई धर्म में बपतिस्मा लेने के लिए समर्पित करेगा। कक्ष में पादरी घूम रहे थे, हर एक की गतिविधि एक निश्चित उद्देश्य से निर्देशित थी। उसके सबसे पास खड़ा पुजारी एक स्वच्छ जल से भरा कटोरा थामे था, शुद्धिकरण का प्रतीक, जो इस अनुष्ठान में उपयोग होना था। कॉन्सटेंटाइन की नज़र उस जल

पर ठहर गई और उसके विचार उन घटनाओं की ओर लौट गए जिन्होंने उसे इस लम्हे तक पहुंचाया था।

पच्चीस साल पहले उसका भीषण संघर्ष उस समय के सम्राट मैक्सेंटियस से हुआ था। यह रोमन गृहयुद्धों का समय था—विभाजन और क्रूर प्रतिद्वंद्विता से भरा युग। वह युद्ध पीड़ा और अस्तित्व की जद्दोजहद का तूफ़ान था। लेकिन इसी अराजकता के बीच, क्रॉस अंकित ध्वज तले लड़ने वाले ईसाई सैनिक उसके अप्रत्याशित सहयोगी बने। उनकी अडिग आस्था और दृढ़ता ने युद्ध की दिशा मोड़ दी और कॉन्सटेंटाइन को विजय दिलाई।

उस विजय ने न केवल गृहयुद्ध का एक भयावह अध्याय समाप्त किया, बल्कि कॉन्सटेंटाइन को उस साम्राज्य का एकमात्र सम्राट बना दिया जो बिखरने के कगार पर था। अब, राजनीतिक आवश्यकता से प्रेरित होकर, कभी मूर्तिपूजक रहा सम्राट धर्म परिवर्तन की तैयारी कर रहा था।

'इस नए विश्वास को पुरानी परंपराओं से जोड़े रखें,' उसने धीमी, कांपती आवाज़ में कहा। 'अगर आपका उद्देश्य मेरे लोगों को अपनाना है, तो मेरी बात पर ध्यान दें।'

'आपकी इच्छा क्या है, महाराज?' बिशप आगे बढ़ते हुए बोला।

'विश्राम और पूजा का दिन बदल दें,' कॉन्सटेंटाइन सांस लेने के लिए रुका, हर शब्द उसके लिए संघर्ष जैसा था। 'मेरे लोग सोल इनविक्टस—अजेय सूर्य—की पूजा रविवार को करते हैं। रविवार को ही ईसाइयों का विश्राम दिवस बना दो, शनिवार नहीं। इससे वे इसे आसानी से स्वीकार करेंगे।'

'ऐसा ही होगा,' बिशप ने सिर झुकाते हुए कहा। 'और कुछ?'

'ईसाई... ईसा मसीह के जन्म का उत्सव छह जनवरी को मनाते हैं,' कॉन्सटेंटाइन ने कहा, उसकी आवाज़ लड़खड़ा रही थी। अचानक आई एक तेज़ खांसी ने उसके कमज़ोर शरीर को हिला दिया। 'पच्चीस दिसंबर—*डायस नटालिस सोलिस इनविक्टी*—अजेय सूर्य का जन्मदिन माना जाता है। यही दिन मेरे लोग सबसे शुभ मानते हैं। तारीखों का इस हिसाब से मिलान कर दें। इससे... सबके लिए आसानी होगी।'

बिशप ने गंभीरता से सिर झुकाया और पास खड़े पुजारियों की ओर एक समझदारी भरी नज़र डाली। सब समझ गए थे। इस तरह की रियायतें ही बदलाव के रास्ते को आसान बनाएंगी।

इसके बाद कुछ देर केवल सम्राट की भारी, टूटी सांसों की आवाज़ गूंजती रही। दरबार में लोगों के दिमाग़ में अब एक नया विचार आकार ले रहा था—अगर यह नया धर्म रोमन साम्राज्य में टिकना और विविध नागरिकों को एक सूत्र में बांधना चाहता है, तो केवल एक पैगंबर की शिक्षाएं पर्याप्त नहीं होंगी। इसे ऐसे प्रतीकों, अनुष्ठानों और कहानियों की ज़रूरत होगी जो पहले से गहरे जमे हुए आध्यात्मिक विश्वासों से जुड़ सकें। कुछ सलाहकारों ने धीरे से सुझाव दिया कि ईसा मसीह के जीवन के पहलुओं—दिव्य जन्म, चमत्कारी कार्य और दोबारा जीवित होने—को परिचित मिथकों से जोड़ा जाए। यह उनके संदेश की महत्ता कम करने के लिए नहीं, बल्कि उन्हें उस सांस्कृतिक भाषा में और ऊंचा उठाने के लिए होगा, जिससे लोग परिचित हैं।

कॉन्सटेंटाइन की नज़र बगल की मेज़ पर रखी अपनी दमिश्क तलवार पर टिक गई। उसकी धार पर उकेरे गए चार क्रॉस तलवारों का प्रतीक उसकी शक्ति और अधिकार का चिह्न था। उसने अपनी बची हुई ऊर्जा बटोरकर तलवार की ओर हाथ बढ़ाया। उसकी हथेली में उसका वज़न एक जाने-पहचाने सुकून की तरह लगा। कांपती उंगलियों से उसने उस प्रतीक को छुआ। उसके होंठों पर हल्की-सी मुस्कान उभर आई।

‘तुम ऐसा कहते हो कि... ईसा मसीह ने... अपने अनुयायियों से कहा था कि वे मनुष्यों के मछुआरे बनेंगे?’ कॉन्सटेंटाइन की आवाज़ अब केवल फुसफुसाहट थी। ‘सिर्फ़ मछली पकड़ने से साम्राज्य नहीं बनते। तलवार और जीविका ये दोनों साथ चलते हैं। इसे अपना प्रतीक बना लो, बस इसे थोड़ा

घुमा दो।' उसने थोड़ी मेहनत से तलवार उठाई और धीरे-धीरे घुमाया ताकि वह मोमबत्ती की रोशनी पकड़ सके। चार तलवारों का उकेरा हुआ चिन्ह अब एक अलग कोण से देखने पर दो मछलियों जैसा दिखने लगा।

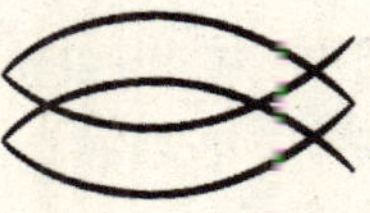

'इएसूस क्रिस्टोस, थिउ योस, सोटेर,' लेखक-पुजारी ने यूनानी भाषा में कहा। 'ईसा मसीह, ईश्वर का पुत्र, उद्धारकर्ता।' उसकी नज़र तलवार के प्रतीक पर पड़ी। यूनानी में इस वाक्यांश का संक्षिप्त रूप ΙΧΘΥΣ था। उसने तेज़ी से नया प्रतीक उकेरा, उसके भीतर यूनानी अक्षर जोड़ दिए और सम्राट को दिखाया। कॉन्सटेंटाइन ने धीरे से सिर हिलाकर उसकी स्वीकृति दी।

'तलवार के बिना,' कॉन्सटेंटाइन फुसफुसाया, 'आस्था का कोई अर्थ नहीं।'

बिशप अब उसके पास आया, हाथ में पानी का कटोरा लिए हुए। उसकी हर गतिविधि योजना के अनुसार, पर सम्मानजनक थी। कमरे में मौजूद बाकी लोग सांस रोके खड़े थे। कॉन्सटेंटाइन की आंखें मृत्यु की धुंध से ढकी थीं, फिर भी उनमें संतोष की एक हल्की चमक थी। जैसे ही ठंडे पानी ने उसके मस्तक को छुआ, बिशप ने धीमे स्वर में कहा, 'मैं तुम्हें पिता, पुत्र और पवित्र आत्मा के नाम पर बपतिस्मा देता हूं।' सम्राट के चेहरे पर एक गहरी शांति उतर आई।

मृत्यु के इतने करीब आकर वो ईसाई बन गया था—किसी दिव्य प्रेरणा से नहीं, बल्कि साम्राज्य की आवश्यकता के कारण। जिस साम्राज्य को उसने एकजुट करने के लिए लड़ाई लड़ी थी, वो अब बिखराव और संशय

से कमजोर हो रहा था। ईसाई धर्म, जो कभी सताया हुआ धर्म था, अब एक विशाल, संगठित शक्ति बन चुका था, जो सीमाओं और भाषाओं से ऊपर उठ चुका था। इस धर्म को अपनाना उसके लिए व्यक्तिगत मुक्ति नहीं थी, बल्कि साम्राज्य के भविष्य को सुरक्षित करने का तरीका था। उसका निर्णय देवदूतों या किसी सपने से प्रेरित नहीं था, बल्कि सिर्फ़ अपना अस्तित्व बचाने की गणना से प्रेरित था।

बाहर शहर अपनी रफ़्तार में व्यस्त था, महल की दीवारों के भीतर घट रही घटनाओं से बेख़बर। डूबते सूरज की सुनहरी रोशनी कॉन्सटेंटिनोपल पर बिखर रही थी। सम्राट, अंतिम सांस लेने की प्रतीक्षा कर रहा था और अपनी विरासत के बारे में सोच रहा था। वो जानता था कि ईसाई धर्म रोमन जीवन का हिस्सा बन जाएगा, उसकी मृत्यु के बाद भी लंबे समय तक बना रहेगा, और उसे भरोसा था कि कॉन्सटेंटिनोपल उसका गढ़ बनेगा, उनके नए ईश्वर ईसा मसीह के लिए एक चमकता हुआ प्रकाश स्तंभ बनेगा।

'ईसा ने कहा था कि विनम्र लोग ही धरती के वारिस होंगे,' उसने सोचा, होंठों पर एक व्यंग्यपूर्ण मुस्कान तैर गई, *'लेकिन असल में हिम्मती लोग ही लोहे की ताक़त से अपनी विरासत बनाते हैं।'*

56

दीमास्क़, रोमन साम्राज्य

आज का दमिश्क, सीरिया

लगभग 2,000 वर्ष पूर्व

महल की सीढ़ियों पर खड़े होकर, मिश्रा ने लोबान की ख़ुशबू से भरी एक सुखद हवा को अपने चेहरे पर महसूस किया। उसकी होने वाली नियुक्ति की ख़बर पहले ही फैल चुकी थी और लोगों में उत्साह की लहर दौड़ गई थी। उसके पीछे गवर्नर का महल था, जहां गणमान्य व्यक्तियों की धीमी फुसफुसाहटें और समारोह की तैयारियों की हलचल गूंज रही थी।

नबातियन समर्थन हासिल करने के लिए चेलियन और कॉर्नेलियस को रक्मू जाना पड़ा था, ताकि राजा अरेटस चतुर्थ को यकीन दिलाया जा सके कि पांड्य साम्राज्य के औज़ार उसकी राजधानी की शेष संरचनाओं को पूरा करने में मदद कर सकते हैं। उस मुलाक़ात के दौरान बरकत भी उनके साथ मौजूद था।

बरकत को मनाना आसान नहीं था। 'हमने ईमानदारी से बातचीत की थी,' बरकत ने कॉर्नेलियस से कहा था। 'आपने और फ़िलिपिडीज़ ने वादा किया था कि रोम से बात करेंगे और कर को तर्कसंगत बनवाएंगे। लेकिन कुछ नहीं हुआ। आपने अपना वचन तोड़ा।'

'तुम्हारे विद्रोह ने मेरे गुरु की जान ले ली,' कॉर्नेलियस ने जवाब दिया था, उस उन्मादी भीड़ को याद करते हुए जिसने फिलिपिडीज़ की हत्या की थी। 'उनका खून तुम्हारे हाथों पर है।'

बरकत का चेहरा नरम पड़ गया। 'मैंने इसे रोकने की कोशिश की थी,' उसने कहा। 'मैं नहीं चाहता था कि हालात बिगड़ें। लेकिन भीड़ को क़ाबू में रखना लगभग नामुमकिन था। मुझे गवर्नर बरुचस फ़िलिपिडीज़ की मौत का अफ़सोस है और मैं इसकी पूरी ज़िम्मेदारी लेता हूं। लेकिन आप भी, उनकी तरह जानते थे कि विद्रोह की चिंगारी भड़क रही थी।'

कॉर्नेलियस ने सिर हिलाया। उसे याद था कि बरकत ने सच में उस उन्मादी भीड़ को रोकने की कोशिश की थी। उसने तुरंत अपनी रणनीति बदली, राजा की ओर मुड़कर उसे कोरकाई की लौह तकनीक की शक्ति का आश्वासन दिया और समझाया कि यह नबातियन निर्माण परियोजनाओं को पूरा करने में कितनी अहम भूमिका निभा सकती है। यह तरीका कारगर साबित हुआ। अरेटस नए छेनी की रफ़्तार देखकर दंग रह गया, जो चट्टानों पर मानो आसानी से फिसलती जा रही थीं। अंत में दीमास्क़, नबातियनों और रोम के बीच एक नया समझौता तय हो गया।

अब रोमन दूत, मार्कस वैलेरियस—एक सख्त मगर सम्मानजनक व्यक्ति, गहरे लाल किनारों वाली टोगा में—औपचारिक समारोह की तैयारी कर रहा था। जैसे ही ग्रैंड हॉल के दरवाज़े खुले, मिथ्र अंदर दाखिल हुआ। उसके चेहरे पर आत्मविश्वास झलक रहा था। उसने पाड्य देशम की बारीक कढ़ाई वाला अंगरखा पहना था, जो चेलियन की भेंट थी। पूरा हॉल एकदम शांत हो गया।

'मिथ्रादेट्स बरुचस फ़िलिपिडीज़,' वैलेरियस ने कहना शुरू किया, उसकी आवाज़ हॉल में गूंज उठी। 'सम्राट क्लॉडियस आपके उन प्रयासों की सराहना करते हैं, जिनसे गठबंधन सुरक्षित हुए और शांति कायम हुई। जैसे सम्राट टिबेरियस ने आपके पिता को सम्मान दिया था, वैसे ही मैं यहां सीरिया के गवर्नर के रूप में आपकी नियुक्ति की पुष्टि करने आया हूं।'

मिथ्रा ने झुककर प्रणाम किया। 'यह मेरे लिए सम्मान की बात है, दूत वैलेरियस। मैं सम्राट और रोम की समृद्धि के प्रति अपनी निष्ठा की शपथ लेता हूं।'

वैलेरियस ने संतोष भरी नज़र से सिर हिलाया। दोनों जानते थे कि सीरिया पर नियंत्रण बनाए रखने के लिए रोम के पास उसे नियुक्त करने के अलावा कोई और विकल्प नहीं था। 'आपका नबातियनों से गठबंधन और पांड्य राज्य के साथ सुरक्षित व्यापार नेटवर्क, रोम के लिए अमूल्य है,' वैलेरियस ने कहा। 'लोहे की सिल्लियों, काली मिर्च, हाथीदांत, रेशम, मोती और धूप की निरंतर आपूर्ति की सराहना की जाएगी।' रोम का व्यापार कोरकाई और मुज़िरिस के साथ पहले से ही असंतुलित था, लेकिन इस नए समझौते के साथ यह अंसतुलन और बढ़ने वाला था।

मिथ्रा ने गहरी सांस ली। 'अपने पांड्य सहयोगियों के समर्थन से रोम को वो सब मिलेगा जिसकी उसे आवश्यकता है। बढ़ा हुआ व्यापार किसी भी कर कटौती की भरपाई कर देगा और इससे सभी के लिए सद्भाव और समृद्धि सुनिश्चित होगी।' सभा में स्वीकृति की धीमी फुसफुसाहट फैल गई। वैलेरियस उत्सुकता के साथ आगे झुका। 'और नबातियन? आपने उनका विश्वास कैसे जीता?' उसने धीरे से पूछा।

मिथ्रा मुस्कराया। 'वे स्थिरता और समृद्धि को महत्व देते हैं। हमने उन्हें लाभकारी व्यापार और शत्रुओं से सुरक्षा का आश्वासन देकर उनका विश्वास अर्जित किया। महत्वपूर्ण परियोजनाओं में मदद करके हमने उनकी निष्ठा पक्की कर दी। वे समझते हैं कि रोम के साथ एक मज़बूत गठबंधन सभी के लिए लाभकारी है।'

वैलेरियस ने खुशी से सिर हिलाया। 'बहुत अच्छा, मिथ्रादेट्स। आपका गवर्नर पद पक्का है। आपका नेतृत्व रोम के गौरव और हमारे सहयोगियों की समृद्धि का कारण बने।'

'विवात मिथ्रादेट्स!' सभा में मौजूद सभी गणमान्यजनों ने एक स्वर में जयघोष किया।

बरकत आगे बढ़ा और मिथ्रा के सामने घुटनों के बल झुक गया। उसने युवा मिथ्रा को एक शानदार तलवार भेंट की। 'एक छोटा सा उपहार,' उसने कहा। आश्चर्यचकित होकर, मिथ्रा ने तलवार स्वीकार कर ली। 'कोरकाई से

लगातार लौह सिल्लियों की आपूर्ति के कारण, हमने चेलेयन के साथ साझेदारी में एक ढलाईखाना स्थापित किया है। यह उसकी पहली कृति है—एक दमिश्क तलवार। नव उत्सा की जुड़वां मछलियों की आकृति से प्रेरित होकर, हमने एक नया चिह्न बनाया है: चार तलवारों जैसी दिखने वाली दो मछलियां।'

मिथ्रा ने तलवार को घुमाकर देखा, उसकी धार पर बनी लहरदार नक्काशी को ध्यान से निहारा—यह नक्काशी धातु की परतों को बारीकी से मोड़ने और गढ़ने की अद्‌भुत कला का परिणाम थी। तलवार की सतह चमक रही थी, जो सीरियाई लोहारों की बेहतरीन कारीगरी का प्रमाण था।

'फ़िलहाल हम केवल तलवारें और औज़ार बना रहे हैं,' बरकत ने कहा, 'लेकिन चेलियन ने वादा किया है कि वो हमें सिल्लियां बनाने की तकनीक भी सिखाएंगे। हम यहां पूरे पैमाने पर काम शुरू करने वाले हैं।'

उस शाम बाद में, मिथ्रा ने चेलियन, सोजू और कॉर्नेलियस से एक निजी कक्ष में मुलाकात की। झिलमिलाती रोशनी में उनके चेहरे रोशन हो रहे थे। हमेशा रणनीतिकार, चेलियन आगे झुका, उसकी आंखों में उत्साह की चमक थी। 'बधाई हो, मिथ्रा। यह वाकई अद्‌भुत है! लेकिन हमें अपने समझौते की शर्तों को निभाना होगा।'

मिथ्रा ने सिर हिलाया। 'बिल्कुल। आपूर्ति मार्ग खुले रहने चाहिए और व्यापारियों को संतुष्ट रखना ज़रूरी है। हमारा कोरकाई नेटवर्क कैसा चल रहा है?'

'मज़बूत,' चेलियन ने जवाब दिया। 'रास्ते सुरक्षित हैं और स्थानीय व्यापारियों के साथ फिर से संबंध स्थापित हो चुके हैं। पद्‌मसेन और कुलशेखर से आने वाली सिल्लियों समेत सभी माल का प्रवाह अब स्थिर रहेगा।'

'नबातियन पूरी तरह हमारे साथ हैं,' कॉर्नेलियस ने जोड़ा। 'हम इन व्यापार मार्गों की सुरक्षा करेंगे और सुनिश्चित करेंगे कि रोम को उसका हिस्सा मिले। लेकिन यह सब स्थानीय समृद्धि की क़ीमत पर नहीं होगा।'

मिथ्रा ने हाथ में पकड़े मदिरा-पात्र को उठाते हुए कहा, 'भविष्य के नाम। हमारे राष्ट्र शांति और समृद्धि हासिल करें।'

'भविष्य के नाम!' बाकी सबने एक साथ आवाज़ मिलाई और अपने पात्र टकराए। शाम का बचा समय उन्होंने मिथ्रा की सफलता का उत्सव मनाते हुए और आने वाले समृद्ध युग की योजनाएं बनाते हुए बिताया।

सांझ गहराने लगी थी। मिथ्रा बालकनी पर खड़ा था और पिता की यादें उसके मन में उभर रही थीं। पीछे से आई एक आवाज़ ने उसके विचारों को तोड़ दिया। सोजू उसके पास आया, उसके चेहरे पर उदासी और दृढ़ संकल्प का मिश्रण था। 'मिथ्रा, हमें बात करनी है।'

मिथ्रा ने मुड़कर देखा, उसका चेहरा नरम पड़ गया। 'बिल्कुल, सोजू। क्या बात है?'

'मुझे कोरकाई लौटना होगा,' सोजू ने धीमे स्वर में कहा। 'यहां मेरा काम पूरा हो चुका है। अब मैं अपने जीवन और सुरिरत्ना के पास वापस जाना चाहता हूं।' मिथ्रा ने सिर हिलाया, हालांकि उसके दिल में उदासी उतर आई। 'तुम मेरे सच्चे मित्र और समर्थक रहे हो, सोजू। मैं तुम्हारे दायित्वों को समझता हूं और तुम्हारी बहुत कमी महसूस करूंगा। मैं तुम्हारा ऋणी हूं। तुम्हारे लिए जहाज़ की तैयारी कर दी जाएगी।'

'किसी और जहाज़ की ज़रूरत नहीं है,' सोजू ने कहा। 'मैं कल चेलियन और बाकी पांड्य जहाज़ों और सैनिकों के साथ ही रवाना हो रहा हूं।'

मिथ्रा ने अपने मित्र को गले लगा लिया। उसकी आंखों में गर्व और उदासी दोनों थे। 'तुम्हारी सुरक्षित यात्रा की कामना करता हूं, किम सुरो! तुम्हारी यात्रा जल्द पूरी हो और सुरिरत्ना से तुम्हारी मुलाकात खुशियों से भरी हो।'

57

कोरकाई, तामिरबरणी, पांड्य देशम

आज का थूथुकुडी ज़िला, तमिलनाडु, भारत

लगभग 2,000 वर्ष पूर्व

दोपहर की सुनहरी धूप जालीदार खिड़कियों से छनकर पत्थर की फ़र्श पर आकृतियां बना रही थी। सुरिरत्ना एक बुनी हुई चटाई पर पद्मासन में बैठी थी। उसकी कोमल उंगलियां प्राचीन चर्मपत्रों की धुंधली लकीरों पर धीरे-धीरे फिर रही थीं।

'कहां व्यस्त हो, सुरिरत्ना?' दरवाज़े से आई एक धीमी आवाज़ ने पूछा। सुरिरत्ना ने ऊपर देखा। उसकी मां, इंदुमती, दरवाज़े पर खड़ी थी। उसके माथे पर चिंता की हल्की लकीरें थीं।

'माताह,' उसने उत्साह से भरी आवाज़ में कहा, 'मैं चक्र का अध्ययन कर रही हूं। यह आचार्य सत्यमुनि का सिखाया गया सिद्धांत है, लेकिन मैंने कभी नहीं सोचा था कि इसका प्रभाव इतने सारे विषयों तक फैला होगा।'

उत्सुकता के साथ इंदुमती भीतर आई। 'समझाओ,' उसने कहा।

सुरिरत्ना ने अपनी मां को पास बैठने का संकेत दिया और दूसरी चटाई खोल दी। 'हमारे प्राचीन ग्रंथ चक्र के उल्लेखों से भरे पड़े हैं,' उसने श्रद्धा भरे स्वर में समझाया। 'विष्णु के सुदर्शन चक्र के बारे में सोचो—वह दिव्य अस्त्र जिसे कृष्ण ने शिशुपाल का सिर काटने के लिए प्रयोग किया था। कहा जाता है कि यह ब्रह्मांड का सबसे शक्तिशाली अस्त्र था।'

इंदुमती ने सिर हिलाया, उसके होंठों पर हल्की मुस्कान उभर आई। 'मुझे याद है, बचपन में मेरी मां भी मुझे यह कहानी सुनाया करती थी,' उसने कहा।

'फिर चक्रव्यूह भी है,' सुरिरत्ला ने आगे कहा, उसकी उंगली एक गोल सैन्य संरचना के रेखाचित्र पर फिसल रही थी। 'यह दुश्मनों को फंसाने की एक चतुर युद्ध-रणनीति थी। अभिमन्यु, अर्जुन का पुत्र, कुरुक्षेत्र की लड़ाई में इसी चक्रव्यूह में फंसकर वीरगति को प्राप्त हुआ।'

अभिमन्यु के दुखद अंत का उल्लेख आते ही इंदुमती सिहर उठी। 'यह एक गहरी क्षति की कहानी है,' उसने धीरे से कहा। 'जिस तरह उसे घेर लिया गया था, कहीं अधिक योद्धाओं द्वारा...'

सुरिरत्ला ने सहमति में सिर हिलाया। 'पर चक्र केवल कोई हथियार या युद्ध की रणनीति भर नहीं है। तंत्र में, कालचक्र का उल्लेख है—समय का चक्र—जो जीवन, मृत्यु और पुनर्जन्म की चक्रीय प्रकृति को दर्शाता है। यह चक्र अनंत काल तक घूमता रहता है, जो निरंतर परिवर्तन का प्रतीक है।'

'तीन सौ वर्ष पहले सम्राट अशोक का धर्मचक्र भी था,' इंदुमती ने याद दिलाया।

'हां,' सुरिरत्ला ने कहा। 'लेकिन मुझे लगता है कि हम अशोक को शांतिप्रिय बताने में कुछ ज़्यादा ही बढ़ा-चढ़ा कर कहते हैं। आखिर वो वही व्यक्ति था जिसने सिंहासन पाने के लिए अपने निन्यानवे भाइयों की हत्या की थी! असल में, मैं सोच रही थी...'

'क्या?'

'ओह, कुछ नहीं,' सुरिरत्ला ने अपनी बात पूरी नहीं की। उसने रुककर बातचीत को एक अलग दिशा दी। 'हमारे पास मानव शरीर और चेतना के चक्र हैं; उपनिषदों का कर्मचक्र, जो कर्म और उनके परिणामों की चक्रीय प्रकृति की बात करता है; ऋग्वेद का रथचक्र, जो रथ के पहियों का वर्णन करता है; और बुद्ध का धर्म चक्र...'

इंदुमती ने हाथ बढ़ाकर अपनी बेटी का हाथ थाम लिया। 'सुरिरत्ला,' उसने कहा, उसकी आवाज़ नरम थी, 'तुम्हारा इन विषयों में ज्ञान वास्तव में

प्रशंसनीय है। लेकिन आखिर किस वजह से तुम्हारा ध्यान इन बातों पर इतना केंद्रित है? मैं तुम्हारे और तुम्हारे पिता के इन कामों को समझने में असमर्थ हूं। काश, तुम एक अच्छे वर को ढूंढ़ने पर ध्यान देतीं। अपने परिवार का सुख पाने से बड़ा आनंद और क्या हो सकता है?'

सुरिरत्ना कुछ पल ठिठकी। उसके विचार सोजू की ओर भटक गए। क्या उसे अभी अपनी मां से यह बात कह देनी चाहिए? वो एक पल रुकी, फिर तय किया कि सोजू के बारे में बात करने के लिए कोई और समय चुनेगी। 'बहुत समय पहले...' उसने धीमे स्वर में कहना शुरू किया, चेहरा रहस्यमयी हो उठा, 'एक ग्रंथ था, जिसमें चक्रों के सभी रूपों का अध्ययन किया गया था, उनकी प्रकृति, उनके असली सामर्थ्य को समझने की कोशिश की गई थी।' उसकी आवाज़ फुसफुसाहट में बदल गई। 'मैं... खुद को उस ज्ञान से सुसज्जित कर रही हूं।'

अपनी बेटी के शब्दों में कुछ अनकहा महसूस कर इंदुमती की नज़रें तीखी हो गईं। 'क्या तुम मुझसे कुछ छुपा रही हो, सुरिरत्ना? कुछ ऐसा, जिसे तुम साझा करने से झिझक रही हो?'

हां माताह, सुरिरत्ना चीखकर कहना चाहती थी। *मैं सोजू से प्रेम करती हूं। वही मेरा सब कुछ है।* लेकिन ये शब्द उसके होंठों तक नहीं आए, और उसने चर्मपत्रों की ओर फिर से ध्यान मोड़ लिया। कुछ देर बाद उसने धीमे स्वर में कहा, 'मुझे इस अवधारणा का ज्ञान है, माताह, पर मैं यह नहीं जानती कि मैं वास्तव में क्या ढूंढ़ रही हूं। *यह बात चक्र पर भी लागू होती है... और प्रेम पर भी।*'

इंदुमती की सांस गले में अटक गई। 'तुम्हारा क्या मतलब है?' उसने पूछा। सुरिरत्ना के माथे पर शिकन उभर आई, उसकी एकाग्रता गहरी हो गई। 'मैंने इसे पूरी तरह नहीं समझा है। चक्र के बारे में बातें टुकड़ों में बिखरी हैं, ग्रंथों की परतों के भीतर छुपी हुई। यह कुछ... एक गहरी, प्रबल ऊर्जा लगती है, जो जीवन और मृत्यु से बंधी है... किसी रहस्य से जुड़ी हुई... कुछ ऐसा, जो परिवर्तनकारी है।'

इंदुमती ने अपनी बेटी के कंधे पर हाथ रखा। 'सावधान रहना, मेरी बच्ची,' उसने फुसफुसाते हुए कहा, उसकी आवाज़ हल्की-सी कांप रही थी। 'ज्ञान कि तलाश सराहनीय है, पर यह राह खतरनाक भी हो सकती है।' सुरिरत्ना की नज़रें अपनी मां की आंखों से मिलीं। 'मैं सावधान रहूंगी, माताह। मैं वचन देती हूं।'

उसने इंदुमती को जाते हुए देखा, मन में भावनाओं और उलझे विचारों का तूफ़ान उठ रहा था। अंत में, वो अकेली फिर से अपनी पांडुलिपियों की ओर लौट आई। आलेख के शीर्ष पर, एक चित्र के पास, एक शब्द स्पष्ट रूप से लिखा था: मृत्युचक्र। एक अजीब-सा खिंचाव महसूस करते हुए उसने अपनी उंगली से उस चित्र की रेखाओं को धीरे-धीरे छूना शुरू किया।

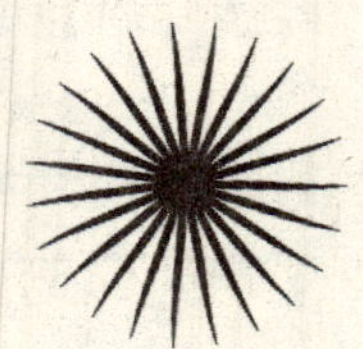

'मृत्युचक्र,' वो बुदबुदाई। 'मृत्यु का चक्र।'

कुछ दूरी पर, विदूषिका के गुप्तचर अपनी निगरानी में लगे थे। वे पद्मसेन और उसके परिवार पर नज़र बनाए हुए थे।

58

अयुत्थया, स्याम, सुवर्णभूमि

आज का बैंकॉक, थाईलैंड

लगभग 2,000 वर्ष पूर्व

घने जंगल के भीतर, प्राचीन वृक्षों की छत्रछाया के नीचे, एक मंद, टिमटिमाती रोशनी अंधेरे को चीर रही थी। हवा में भारीपन था, एक कर्कश मंत्रोच्चार की गूंज, पत्तों की सरसराहट और दूर कहीं उल्लू की आवाज़ ने उस सन्नाटे को और भयावह बना दिया था।

'*मोन काक का थिरा, हान क्रे बिठा नेंग मराक। प्र किम सुनाय, साव ख्योंग राव थू।* प्राचीन वन की आत्मा, मेरी पुकार सुनो और आगे आओ। अंधकार की शक्ति से, छिपी हुई शक्ति को उजागर करो।'

महिडोल का नाम जंगल के लोगों में प्रसिद्ध था—वे एक तांत्रिक था, जो प्राचीन और प्रबल मोन जादू का अभ्यास करता था। उसका वन की आत्माओं से गहरे जुड़ाव और उन पर अधिकार ने, उसे जनजातियों के बीच सम्मान और भय, दोनों का पात्र बना दिया था। दूर-दूर के गांवों के लोग उससे रोज़मर्रा और रहस्यमय, दोनों तरह की समस्याओं में सलाह लेने आते थे। उसकी ख्याति यहां तक पहुंच गई थी कि स्वयं राजा भी समय-समय पर उसे गुप्त रूप से बुलाकर उसकी विद्या से मार्गदर्शन लेते थे।

भद्रकेतु ने उस वन-जादूगर के बारे में कहानियां सुनी थीं—एक प्राचीन शक्ति की कहानियां, जो सभ्यता से दूर, एकांत में रहती थी; ऐसे रहस्यों के रक्षक, जो शास्त्रों और मंदिरों से भी पहले के थे। जिज्ञासा और एक अनकही

आवश्यकता से प्रेरित होकर वो कई दिन पहले ही इस रहस्यमयी व्यक्ति की तलाश में निकल पड़ा था। उसने घुमावदार पगडंडियां पार कीं और डरे-सहमे ग्रामीणों की बताई गई आधी-अधूरी दिशाओं के सहारे यात्रा की। अब, केवल अपनी अंदरूनी समझ और रात की हवा में गूंजते भयावह मंत्रोच्चार के सहारे, वो सावधानी से उस स्रोत की ओर बढ़ रहा था।

सबसे पहले उसकी नज़र एक अजीब-सी चमक पर पड़ी—नीली, टिमटिमाती, मानो बेचैन पानी पर पड़ती चांदनी हो। उसने धीरे-धीरे झाड़ियों को पार किया, उसकी सांसें धीमी थीं, आसपास का जंगल मानो सन्नाटे में डूब गया था। वहां, एक वेदी के सामने, जो मुड़ी हुई लताओं से बंधी हड्डियों से बनी थी, एक अकेला व्यक्ति खड़ा था। भद्रकेतु ने तुरंत समझ लिया कि यह वही महिडोल है, जैसा जंगल के लोग उसका वर्णन करते थे—जानवरों की खोपड़ियों के हार पहने, और खुरदुरे काले वस्त्र में लिपटा। उसके हाथ जटिल मुद्राएं बना रहे थे, जो एक धधकती आग के ऊपर थिरक रहे थे। उसी आग से वो नीली, अजीब चमक उठ रही थी। उसके चारों ओर की मिट्टी पर अजीब निशान बने थे, जो किसी नकारात्मक ऊर्जा से धड़कते प्रतीत हो रहे थे।

भद्रकेतु देखता रहा, उसके भीतर बेचैनी और आकर्षण का एक अजीब मिश्रण उमड़ रहा था। उस अनुष्ठान से निकलती नकारात्मक ऊर्जा इतनी प्रबल थी कि मानो हवा को ही विकृत कर रही हो। सहज ही उसने अपने मंत्रोच्चार शुरू कर दिए, उस फैलते अंधकार के विरुद्ध एक ढाल की तरह। 'ॐ मणि पद्मे हूं...' वो बार-बार फुसफुसाता रहा, महिडोल के मंत्र की बढ़ती गति से ताल मिलाते हुए। तेज़, और तेज़... और अचानक, एक भयावह झटके के साथ नीली लपटें भड़क उठीं, हिंसक लहरों की तरह घूमती हुई। महिडोल की आंखें डर से फैल गईं। उसके मंत्र चीत्कारों में बदल गए, जब वे लपटें वेदी से उछलकर उसके वस्त्रों को पकड़ने लगीं। उसकी चीख जंगल में गूंज उठीं—जैसे किसी यातना झेलते प्राणी की दर्दनाक चीख।

भय को पीछे छोड़ते हुए भद्रकेतु आगे बढ़ा, उसने अपने कंधों से मोटा ऊनी कंबल झटके से खींचा और जलते हुए महिडोल पर फेंक दिया। महिडोल

ज़मीन पर बेतहाशा तड़पते हुए गिर पड़ा, जबकि भद्रकेतु आग बुझाने में जुटा था। जलती त्वचा और कपड़े की तीखी बदबू ने उसे उबकाई से भर दिया, पर उसने ज़रा भी हिचक नहीं दिखाई। वो तब तक दबाव डालता रहा जब तक लपटें पूरी तरह बुझ नहीं गईं। महिडोल अब बेहोश, निश्चल पड़ा था।

भद्रकेतु ने गंभीर रूप से घायल तांत्रिक को अपने कंधे पर उठाया और उसे अपनी झोपड़ी तक ले गया। उसने महिडोल को सावधानी से एक अस्थायी खाट पर लिटाया और कई दिनों तक उसकी जलन का उपचार करता रहा। नाडिकाश्यप से सीखी गई हर जड़ी-बूटी, हर उपचार विधि उसने आजमाई—पौधों से बने लेप, औषधीय काढ़े और सांत्वना भरे शब्द। धीरे-धीरे, कठिनाई और पीड़ा के बीच, महिडोल के घाव भरने लगे। और हर गुजरते दिन के साथ उसकी कृतज्ञता और भी प्रबल होती गई।

अंत में, कई हफ़्तों बाद एक ठंडी सुबह, तांत्रिक पहली बार खुद उठकर बैठ गया। उसने भद्रकेतु की ओर देखा, उसकी आंखों में दर्द और राहत दोनों थी। उसने धीमी आवाज़ में कहा, 'आपने मेरी जान बचाई।'

भद्रकेतु ने हल्की मुस्कान के साथ उत्तर दिया, 'तुम्हारी ठीक होने की यात्रा अभी शुरू हुई है। आराम करो, मेरे मित्र।'

अगले दिन, महिडोल ने पूछा, 'आप किस तरह का जादू करते हैं? आपके मंत्र मेरे मंत्रों से भी अधिक असरदार थे...'

भद्रकेतु हंस पड़ा। 'आंखें बंद कर ध्यान करने से पूरा ब्रह्मांड खुल जाता है, सभी जीवों के बीच का गहरा संबंध दिखाई देता है। मेरा जादू बस उसी में है।'

महिडोल कुछ देर विचार करता रहा। फिर बोला, 'एक और जादू भी होता है, जो अनुष्ठानों, भविष्यवाणियों या ध्यान से भी परे है।'

'और वह क्या है?'

'वह जादू है,' महिडोल ने जवाब दिया, कई दिनों बाद उसके होंठों पर एक हल्की मुस्कान थी, 'दिमाग़ को काबू में करने का जादू।'

59

दुबई, संयुक्त अरब अमीरात

वर्तमान काल

जिस गुफ़ा में डॉ. रामास्वामी को कैद रखा गया था, उसके विपरीत दुबई का गेस्टहाउस, जहां रहीमुल्ला उन्हें लाया था, वैभव से भरपूर था। यह भव्य संपत्ति जुमेराह के शानदार इलाके में थी। चारों ओर हरे-भरे बगीचे, ताड़ के ऊंचेपेड़ और पीछे के लॉन में चमकता स्विमिंग पूल इसे और ख़ास बना रहे थे।

बैठक कक्ष में आलीशान सोफ़े, बारीक नक्काशीदार फ़ारसी कालीन और झिलमिलाते झूमर एक साथ मिलकर आधुनिक सादगी और पारंपरिक अरबी शान को जोड़ रहे थे। बड़ी खिड़कियों से आती धूप पूरे कमरे में फैल रही थी और पूल का सुंदर नज़ारा दिखा रही थी। हाल ही में जिन ख़तरों से रामास्वामी गुज़रे थे, उनसे यह जगह बिल्कुल अलग थी। यह जगह उन्हें सुरक्षा और आराम का अहसास दे रही थी। इस विलासिता और सुकून की अनुभूति उन पर लगभग हावी हो गई थी।

आदित्य पिल्लई और सोमी किम आखिरकार उस व्यक्ति के सामने थे, जिसे ढूंढ़ने के लिए इतने लोगों ने अपनी जान जोखिम में डाली थी। रामास्वामी को पाकिस्तान-अफ़ग़ानिस्तान सीमा पर ख़ैबर पख़्तूनख्वा से निकालने में एक हफ़्ता लग गया था, जिसमें हर दिन नाज़ुक चालों और बेचैनी का दौर रहा।

आदित्य का फ़ोन बजा। स्क्रीन पर संदेश उभरा: देवेंद्र ठकुराल का कॉल, जिसे स्टडी रूम में सुरक्षित लाइन पर लेने के लिए कहा गया था। वो पर्सनल

स्टडी में दाख़िल हुआ, जहां बीच में महोगनी की बड़ी सी मेज़ थी और दीवारों पर चमड़े की जिल्द लगी किताबें कतार में सजी थीं। उसने कॉल रिसीव किया।

'रामास्वामी कैसे हैं?' ठकुराल की आवाज़ नई दिल्ली से सुरक्षित लाइन पर कड़कती हुई आई।

'डरे हुए हैं, लेकिन सुरक्षित,' स्टडी के दरवाज़े से लिविंग रूम की ओर देखते हुए आदित्य पिल्लई ने जवाब दिया। वहां रामास्वामी और सोमी चीनी मिट्टी के कपों से चाय की चुस्कियां ले रहे थे। 'शुक्रिया, सर। आपके बिना हम यह नहीं कर पाते।'

'यह टीम का प्रयास है,' ठकुराल ने ज़ोर देकर कह । 'मैंने वादा किया था कि जो भी करना पड़े, करूंगा। आजकल कूटनीति में... रचनात्मकता ज़रूरी है।'

आदित्य ने मेज़ के सहारे टिकते हुए पूछा, 'आपने ये सब कैसे किया? या यह गोपनीय है?'

ठकुराल हल्के से हंसे। 'जैसा अनुमान था, क़तर ने बेहतरीन मध्यस्थ की भूमिका निभाई। हमने टीटीपी के साथ उनके हस्तक्षेप की मांग की। उनके आदमी, रहीमुल्ला ने रामास्वामी की रिहाई के लिए बातचीत की।'

'क़तर को मदद के लिए कैसे राज़ी किया?' भौंहें सिकोड़ते हुए आदित्य पिल्लई ने पूछा। 'क़तर दुनिया भर में एलएनजी यानी लिक्विफ़ाइड नेचुरल गैस का दूसरा सबसे बड़ा निर्यातक है,' ठकुराल ने समझाया। 'वे एशिया और यूरोप में अपने बाज़ार बढ़ाना चाहते हैं, मुख्य रूप से अमेरिका का मुक़ाबला करने के लिए। भारत अब प्रदूषण से लड़ने के लिए प्राकृतिक गैस पर ज़्यादा निर्भर हो रहा है। हमने पच्चीस साल का सप्लाई कॉन्ट्रैक्ट तय किया है। ये दोनों पक्षों के लिए फ़ायदेमंद हैं।'

'अच्छा। और टीटीपी?' आदित्य ने पूछा।

'क़तर की कुछ इस्लामी चैरिटी संगठनों का पैसा दुनिया भर में कुछ गुटों तक पहुंचता है—शायद टीटीपी तक भी?' ठकुराल ने अपनी बात को एक सवाल की तरह पेश करते हुए कहा। 'लंबी कहानी को छोटा करके कहें तो, पैसा ही सब कुछ है, मिस्टर पिल्लई।'

आदित्य ने धीरे से सीटी बजाई। उसकी नज़र पास वाले कमरे में बैठे रामास्वामी पर जा टिकी। 'एक आदमी के लिए इतनी भू-राजनीतिक चालबाज़ियां।'

'मुझे यह काम पूरा करना ही था,' ठकुराल ने कहा।

'क्यों?' आदित्य पिल्लई ने दबाव डाला। 'आप चाहते तो पीछे हट सकते थे।'

'बस इतना समझ लो,' ठकुराल की आवाज़ अचानक धीमी हो गई, लेकिन उसमें इस्पात जैसी सख़्ती थी, 'मुझे तुम्हें अपने एहसानमंद बनाना था। अब तुम्हारे पास बीपीबीटी प्रोजेक्ट में नाकाम होने का कोई बहाना नहीं है। इस बार हम किस्मत वाले थे, चीनी मिसाइल हमला शायद एक बार ही हुआ था... इसके बाद कोई और उकसावे वाली कार्रवाई नहीं हुई। वे तो दावा कर रहे हैं कि मिसाइल गलती से दागी गई थी। हमारे कोर कमांडर लगातार बैठकें कर रहे हैं ताकि सीमा पर शांति बनी रहे, लेकिन ऐसा दशकों में पहली बार हुआ था। हमें यह भी नहीं पता कि चीन अगला हमला कब कर सकता है। बीपीबीटी प्रोजेक्ट भारत की नंबर वन रक्षा प्राथमिकता है।'

आदित्य ने गहरी सांस छोड़ी और ठकुराल की छिपी चेतावनी समझ ली। एनएसए ऐसे शख्स नहीं थे जिन्हें हल्के में लिया जा सके। उसने सिर हिलाया और धीरे से कहा, 'मैं साफ़-साफ़ बोलने के लिए आपका आभारी हूं, सर। मैं आपको निराश नहीं करूंगा।'

'हम वही करते हैं जो ज़रूरी होता है,' एनएसए ने कहा, उनकी आवाज़ अब फिर से नरम हो गई। 'अहम बात ये है कि रामास्वामी सुरक्षित हैं। उनकी सुरक्षा के लिए मैंने एक टीम तैनात कर दी है। बाकी ज़िम्मेदारी तुम्हारी है। मुझे हर अपडेट देते रहना।'

आदित्य ने कॉल ख़त्म की और लिविंग रूम में लौट आया। वहां रामास्वामी और सोमी पिछले हफ्ते की घटनाओं पर डॉ. जंग ताए-ह्यून से चर्चा कर रहे थे, जो जिस्को के हेड मेटलर्जिस्ट थे और ख़ास तौर पर उनसे सलाह करने के लिए यहां आए थे। दोनों वैज्ञानिक कई सालों से एक-दूसरे

को जानते थे और जंग को पूरा यकीन था कि रामास्वामी ही उनके समाधान की कुंजी हैं।

'मिस्टर ठकुराल कैसे हैं?' सोमी ने पूछा, जब आदित्य पिल्लई कमरे में दाख़िल हुआ।

'हमेशा की तरह शानदार,' उसने मुस्कराते हुए कहा। 'उन्होंने मुझे बताया कि किस तरह भू-राजनीतिक शतरंज खेलकर डॉ. रामास्वामी की रिहाई सुनिश्चित की गई। हम उनके एहसानमंद हैं।'

डॉ. रामास्वामी ने सिर हिलाया, आंखों में सच्ची कृतज्ञता झलक रही थी। 'मैं आप सबका आभारी हूं। आपने जितनी मेहनत की... लेकिन अब भी मुझे समझ नहीं आता कि आपने मेरी रिहाई क्यों करवाई। सच कहूं तो, जो कुछ हुआ, उसके बारे में मुझे बहुत कम समझ है।'

'आपकी विशेषज्ञता की कई लोग मांग कर रहे हैं,' आदित्य ने मुस्कराकर कहा। 'और मुझे आपकी ज़रूरत दूसरे पक्ष से ज़्यादा है।'

'शायद समय आने पर सब समझ जाऊंगा,' डॉ. रामास्वामी ने कहा। 'अब बताइए, मैं किस तरह मदद कर सकता हूं?'

आदित्य पिल्लई, डॉ. रामास्वामी के मानसिक संतुलन और तमाम मुश्किलों के बावजूद काम पर लौटने की उनकी उत्सुकता से प्रभावित हुआ।

'हमें बस ख़ुशी है कि आप सुरक्षित हैं,' सोमी ने नरम स्वर में कहा। 'पहले आपके स्वस्थ होने पर ध्यान देना चाहिए।'

'नहीं, नहीं,' डॉ. रामास्वामी ने सिर हिलाते हुए कहा। 'ज़ाहिर है, ये काम आपके लिए बेहद अहम है। तो बताइए, मैं कैसे मदद कर सकता हूं?'

'बहुत कुछ है जिसमें हमें आपकी मदद चाहिए, बाला,' जंग ने कहा। 'हमें अपनी रणनीति तय करने के लिए आपका नज़रिया चाहिए।' उसने लैपटॉप खोला, जिसकी स्क्रीन पर तलवार के उस टुकड़े की बड़ी तस्वीर दिखाई दे रही थी, जिस पर वो काम कर रहा था। 'वूट्ज़ स्टील से शुरुआत करें, ठीक है?'

60

डेगया, गारक महासंघ

आज का गोरयोंग काउंटी, दक्षिण कोरिया

करीब 2,000 साल पहले

सुबह ने डेगया पर एक छलपूर्ण शांति के साथ दस्तक दी। यहां तक कि पक्षी भी असामान्य रूप से खामोश थे, मानो प्रकृति खुद सांस रोके हुए हो। पिछले कई हफ्तों से तलहे की सेना शहर की सीमाओं पर इकट्ठा थी: चमड़े और लोहे से सजे सैनिकों का विशाल समुद्र, उनके चेहरों पर कठोरता और इरादों में मज़बूती थी।

हालांकि सेना को जल्दबाज़ी में तैयार किया गया था, लेकिन उसने हमले में जल्दबाज़ी नहीं की। डेगया की घेराबंदी करने के बाद उन्होंने कई सप्ताह इंतज़ार किया। तलहे जानता था कि जब वे हमला करेंगे, तब उन्हें कमज़ोर पड़ चुके दुश्मन का सामना करना होगा।

तलहे ने अपने सैनिकों का जायज़ा लिया। उनके चेहरों पर वही दृढ़ निश्चय था जो उसके भीतर था। उसने सैनिकों से गौरव और धन का वादा किया था, और उसे पूरा करने का इरादा रखता था। उसकी सेना अनुभवी योद्धाओं और उत्साही नवयुवकों का मिश्रण थी, जिन्हें एक ही लक्ष्य ने जोड़े रखा था—एक ऐसी एकीकृत महासंघ की स्थापना करना—जो तीन साम्राज्यों को चुनौती दे सके। लूट का वादा भी एक शक्तिशाली प्रेरक था।

जैसे ही सूरज की पहली किरणें उसकी तलवार पर चमकीं, तलहे ने उसे ऊंचा उठा लिया, और गूंजती आवाज़ में पुकारा, 'हमारे शहीद नेता के लिए!

बदला लेने के लिए! सियोनसांग के लिए!' उसकी गरज के साथ ही योद्धा दौड़ पड़े। यह गरज इतनी ताक़तवर थी कि मानो डेगया की बुनियाद हिल गई हो। डेगया की रक्षा करने वाले सैनिक, भूख और सीमित आपूर्ति की वजह से कमज़ोर हो चुके थे लेकिन वे तेज़ी से रक्षा पंक्ति बनाने में जुट गए। लेकिन तलहे की योजना में चतुराई और निर्ममता दोनों थी। उसने कई दिशाओं से हमला करने की रणनीति बनाई थी, जिससे डेगया की रक्षा प्रणाली ध्वस्त हो जाए।

मुख्य द्वार पर हमले की पूरी ताक़त झोंक दी गई। तलहे के सिपाहियों ने भारी शहतीर से लकड़ी के दरवाज़ों पर लगातार हमले किए। शहर की दीवारों से तीरों की बौछार हो रही थी, लेकिन रणनीतिक स्थानों पर तैनात तलहे के तीरंदाज़ों ने घातक और सटीक ढंग से एक-एक कर रक्षकों को ढेर कर दिया। तलहे ने दरवाज़ों को टूटते देख संतोष की एक गहरी सांस ली।

शहर में अफरा-तफरी मच गई। घायल लोगों की चीखों और अपनों को खो चुके लोगों के विलाप से गलियां गूंज उठीं। बाहरी रक्षा दीवार टूटने के बाद, तलहे के योद्धा सड़कों पर बाढ़ की तरह फैल गए। जो भी उनके सामने आया, उसे काट गिराया और इमारतों को आग के हवाले कर दिया। जल्द ही चारों ओर धुएं और खून की बदबू छा गई।

तलहे अपने घोड़े पर सवार सबसे आगे था। उसकी आंखें तेज़ और सोच-समझ से भरी थीं। उसे पता था कि निर्णायक जीत ही उसके नुकसान को कम कर सकती है। तभी उसने एक छोटे बच्चे को देखा, जो पांच साल से ज़्यादा का नहीं होगा, अकेला खड़ा अपनी मां के लिए रो रहा था। एक पल के लिए उसके भीतर दया जैसी कोई भावना उभरी, लेकिन उसने उसे बेरहमी से दबा दिया। *युद्ध में भावनाओं की कोई जगह नहीं होती।* 'आगे बढ़ो!' उसने गरजते हुए आदेश दिया, उसकी आवाज़ अफरा-तफरी के बीच गूंज उठी।

डेगया के बचे हुए सैनिकों ने शहर के बीचों-बीच डटकर मुक़ाबला किया लेकिन तलहे की सेना की क्रूरता के सामने वे टिक नहीं पाए। तलवारों की टकराहट के बीच गिरते शवों की भयानक आवाज़ें और घायल सैनिकों की चीखें गूंज रही थीं। तलहे सबसे आगे लड़ रहा था, उसकी चाल बिजली जैसी

तेज़ और घातक थी, उसकी तलवार विनाश का रास्ता बना रही थी। सड़कों पर खून बह रहा था और उसकी सेना एक-एक कर डेगया की हर रक्षा पंक्ति को ढहा रही थी। यह हमला निर्दयी, क्रूर और ठंडे, सोचे-समझे क्रोध से भरा था। तलहे ने आदेश दे दिया था, पूरे तौर पर बर्बादी की जाए ताकि सियोंगसान की ताक़त और पहुंच सबको दिखाई दे।

लड़ाई के बीच तलहे का ध्यान एक पल को अपने पिता जांगसू की ओर गया। 'ताक़त ही वह भाषा है जिसे दुश्मन समझता है,' उसके बूढ़े सरदार पिता ने उसे सिखाया था। आज तलहे उस सीख को भयानक ढंग से लागू कर रहा था। अफ़सोस कि उसका बूढ़ा पिता खुद इस सलाह पर नहीं चला।

अंतिम टकराव शाही आंगन में हुआ। डेगया के नेता, संख्या में बेहद कम होने के बावजूद, बहादुरी के साथ लड़े। लेकिन तलहे के योद्धा, प्रतिशोध की आग में जलते हुए, उन्हें बेरहमी से काट गिरा रहे थे। महल के फाटक तोड़ दिए गए और तलहे शाही कक्ष में दाखिल हुआ, उसका कवच और तलवार खून से लथपथ थीं।

मुनमु, डेगया का बूढ़ा सरदार, अपने सिंहासन पर धंसा हुआ बैठा था। उसका चेहरा राख-सा फीका पड़ चुका था, और पसीने से तर था। उसने जांगसू को महासंघ में अपना स्थान मजबूत करने में मदद की थी, यहां तक कि किम सियोक को अलग-थलग करने में भी उसका हाथ था। अब वो उसी सांप पर भरोसा करने की कीमत चुका रहा था। धीरे-धीरे वो सिंहासन से उठा और तलहे की ओर बढ़ा। उसके हाथ फैले हुए थे, और उसने आत्मसमर्पण के संकेत में अपनी तलवार आगे बढ़ा दी।

तलहे की आंखों में ठंडी आग चमक उठी। उसने मुनमु की तलवार को दाहिने हाथ में थामा, जबकि अपने बाएं हाथ में अपनी तलवार कसकर पकड़े रखी। उसने मुनमु की तलवार को ऊंचा उठाया और ऐसे घुमाया कि दीपक की रोशनी उसकी धार पर चमक उठी। फिर, एक तेज़ और निर्दयी वार में, उसने उसी तलवार से मुनमु का सिर धड़ से अलग कर दिया। मुनमु का सिर फर्श पर लुढ़कता हुआ खून के फैलते हुए तालाब में जाकर ठहर गया।

'तलहे के राज्य में कमज़ोरी के लिए कोई जगह नहीं है,' मरे हुए सरदार की तलवार को किनारे फेंकते हुए, युवा योद्धा बुदबुदाया। वो अपने गिरे हुए दुश्मनों के बीच विजयी भाव में खड़ा था। तलवार ऊंची उठाकर उसने गर्जना की–'डेगया का पतन हो चुका है! सियोंगसान का राज सर्वोच्च है!' उसके शब्द जैसे ही उजाड़ हो चुके कक्ष में गूंजे, उसकी सेना विजय के उन्माद में चिल्ला उठी, क्रूर विजय का उत्सव मनाते हुए।

तलहे महल की सीढ़ियों पर खड़ा होकर अपनी सेना द्वारा मचाई गई तबाही का जायज़ा ले रहा था। डेगया अब उसका था: यहां की जनता उसके अधीन थी, उसके नेता मारे जा चुके थे, उसकी आत्मा टूट चुकी थी। सियोंगसान, गोरयोंग और डेगया पर अब उसका पूर्ण प्रभुत्व था, उसकी सत्ता निर्विवाद थी। बिहवा, बंगाम, आरा और ग्यूमग्वान बाक़ी थे। वो उन्हें जल्द ही झुकने पर मजबूर करेगा और फिर पूरा महासंघ उसके पैरों तले होगा। जहां तक तीन साम्राज्यों—सिला, बैक्जे और गोगुरियो—की बात है, वो समय आने पर उनसे भी निपटेगा। उसे महसूस हो रहा था कि उसका लक्ष्य अब उसकी पहुंच में है।

फिर भी, कहीं अंधेरे में जांगसू की आत्मा मानो मंडरा रही थी, यह याद दिलाते हुए कि सत्ता की कीमत हमेशा भारी होती है। तलहे ने उस विचार को झटक दिया। फिलहाल, वो जीत का स्वाद चखने के लिए तैयार था। आख़िरकार, वो तलहे था, डेगया का विजेता, अपने सामने फैली हर चीज़ का मालिक।

डोंगडू, पूर्वी हान साम्राज्य

आज का लुओयांग, हेनान प्रांत, चीन

करीब 1,900 साल पहले

धुंध ने खेतों को अपनी सफ़ेद चादर में लपेट रखा था जब दो बौद्ध भिक्षु, कश्यप मतंग और धर्मरत्न, पूर्वी हान साम्राज्य की राजधानी डोंगडू के बाहरी हिस्से में पहुंचे। उन्होंने साधारण वस्त्र पहने थे और वे एक सफ़ेद घोड़े के दोनों ओर चल रहे थे, जिसकी पीठ पर चर्मपत्र और ग्रंथों से भरे संदूक लदे थे। सामने डोंगडू फैला हुआ था, छोटी-बड़ी छतों के बीचोंबीच शाही महल भव्यता से आकाश को छूता प्रतीत हो रहा था।

शहर के सामान्य निवासी, अपनी सुबह की दिनचर्या में व्यस्त, इस अनोखे दृश्य को देखकर रुक गए, दो विदेशी भिक्षु, सफ़ेद घोड़े के साथ दक्षिणी द्वार से प्रवेश करते हुए। उनके चेहरों पर शांति की आभा थी, उनकी उपस्थिति में ज्ञान की चमक थी। भीड़ में फुसफुसाहट फैल गई और जल्द ही उनके आगमन की खबर पूरे शहर में फैल गई।

जैसे-जैसे भिक्षु सड़कों से गुज़रते, लोग उन्हें कौतूहल और श्रद्धा के मिश्रण से देखते। व्यापारी अपना मोलभाव रोक देते, बच्चे उनके साथ-साथ उछलते-कूदते और बुजुर्ग आदर से झुक जाते। तभी शाही पहरेदारों का एक कप्तान आया और सम्मानपूर्वक उन्हें महल तक ले गया, जहां हान के सम्राट मिंग अपने राजदरबार में उनका इंतज़ार कर रहे थे।

सम्राट उनकी यात्रा और पवित्र ग्रंथों के बारे में सुनकर अपने लोगों के साथ बौद्ध ज्ञान साझा करने के बारे में सोच रहे थे। 'स्वागत है, आदरणीय भिक्षुओं,' उन्होंने अधिकार और गर्मजोशी से अभिवादन किया।

'आपने लंबी यात्रा की है और आपका आगमन हमारी भूमि के लिए एक आशीर्वाद है।'

कश्यप मतंग ने झुककर उन्हें प्रणाम किया और शांत विश्वास के साथ सम्राट की ओर देखा। 'आपके आग्रह पर हम बुद्ध के उपदेश लेकर आए हैं, ताकि उनके ज्ञान और करुणा की रोशनी आपके लोगों तक पहुंचा सकें।'

सम्राट ने सिर हिलाया और उन्हें उठने का संकेत दिया। 'आपको रहने की व्यवस्था और संसाधन दिए जाएंगे ताकि आप अपने काम की शुरुआत कर सकें—आपके साथ लाए गए ग्रंथों का अनुवाद और हमारे लोगों को बुद्ध का मार्ग सिखाना। आपकी इस यात्रा और पवित्र ग्रंथों के सम्मान में हम एक मंदिर का निर्माण करेंगे। इसे श्वेत अश्व मंदिर कहा जाएगा, उस सफ़ेद घोड़े की स्मृति में जिसने उन ग्रंथों को यहां तक पहुंचाया।' भिक्षुओं ने आभार से एक-दूसरे की ओर देखा।'आपकी कृपा के हम आभारी हैं सम्राट,' धर्मरत्न ने कहा। 'हमारी आशा है कि यह मंदिर आने वाली पीढ़ियों के लिए ज्ञान का दीप बने।'

'मुझे पूरा विश्वास है कि ऐसा ही होगा,' सम्राट ने कहा, उनकी आवाज में एक दूरदर्शिता झलक रही थी। 'बताइए, किन पवित्र प्रतीकों से इसकी दीवारें सजाई जाएं?'

'आठ शुभ प्रतीक हैं, हे सम्राट,' कश्यप मतंग ने कहा। 'उन्हें अष्टमंगल कहते हैं।'

'उनके बारे में मुझे बताए।'

'पहला है कमल,' कश्यप मतंग ने समझाया, 'जो कीचड़ से उठकर भी निर्मल रहता है—यह अपवित्रता के बीच पवित्रता का प्रतीक है। फिर शंख, जिसकी ध्वनि में धम्म की वाणी, बुद्ध के उपदेश हैं। अंतहीन गांठ, एक पवित्र प्रतिरूप है जो सभी वस्तुओं के आपसी जुड़ाव को दिखाती है। और धर्म चक्र—धम्म का पहिया—जो दर्शाता है कि बुद्ध के उपदेश दुनिया में प्रसार कर रहे हैं।'

सम्राट ने सोच-विचार कर सिर हिलाया। 'और?'

'जुड़वां मछलियां,' धर्मरत्न ने आगे कहा। 'वे स्वतंत्र रूप से तैरती हैं, जो अस्तित्व के विशाल सागर में निडरता का प्रतीक हैं। हमारे देश में उनका एक गहरा अर्थ भी है—पुरानी परंपराओं की गूंज। कुछ परंपराओं में वे संरक्षण और परिवर्तन के बीच संतुलन का प्रतीक हैं, जिन विचारों का प्रतिनिधित्व विष्णु और शिव जैसे देवता करते हैं। व्याख्याएं अलग हो सकती हैं, लेकिन वे सभी एक ही सत्य की ओर इशारा करती हैं: संतुलन, स्वतंत्रता और एकता।'

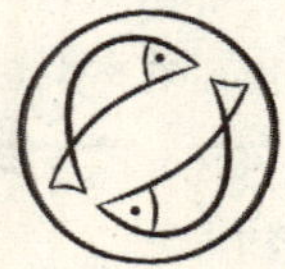

जैसा आप चाहें,' सम्राट ने घोषणा की। 'लेकिन क्या आप हमें इसका अपना चित्रण करने की अनुमति देंगे?'

कश्यप कुछ क्षण सोच में पड़े, फिर तुरंत एक अमूर्त प्रतीक का रेखाचित्र बनाने लगे।

'यह कैसा है, महाराज?' कश्यप ने पूछा। 'अब भी दो मछलियां हैं, लेकिन एक-दूसरे के आगे झुकती हुई।'

'अद्भुत,' सम्राट ने कहा। 'हम इसे ताइजितु कहेंगे—सर्वोच्च परम का प्रतीक—और इसे हमारे सभी भावी मंदिरों में शामिल किया जाएगा। लेकिन मुझे डर है कि हमारे कारीगरों को यह निर्माण कार्य पूरा करने में समय लगेगा।'

'हमारे पास कुछ अनोखे औज़ार हैं,' धर्मरत्न ने उत्तर दिया, 'जो प्राचीन ज्ञान से बनाए गए हैं। यह ज्ञान द्वैतलिंगम रक्षक द्वारा सुरक्षित रखा गया है—जो भारतवर्ष के दक्षिणी प्रदेशों से आए एक संरक्षक हैं। पीढ़ियों से चली आ

रही यह विरासत उन्होंने हमें सौंपी है। उनकी उदारता के कारण हमारे पास ऐसे उपकरण हैं जो असाधारण परिशुद्धता के साथ बनाए गए हैं। यदि आप हमें मंदिर के निर्माण में सहयोग करने और आपके कारीगरों की सहायता देने की अनुमति देंगे, तो हमें विश्वास है कि यह काम काफी तेज़ी से पूरा होगा, महाराज।'

हर नई सुबह के साथ श्वेत अश्व मंदिर का निर्माण तेज़ी से आगे बढ़ने लगा। चुनी गई जगह—डोंगडू के भीतर एक शांत भूखंड—न केवल इस पवित्र अभियान का सम्मान करती थी, बल्कि यहां साधारण आवास भी बनाए जा रहे थे जहां भिक्षु रह सकते थे, ध्यान कर सकते थे और अपने साथ लाए गए ग्रंथों का शांत वातावरण में अनुवाद कर सकते थे। ग्रंथों और पांडुलिपियों को सावधानी से रखा गया था, ताकि उनके सहायक भी उनके साथ मिलकर काम कर सकें।

बाहर मंदिर का ढांचा आकार ले रहा था। हवा में लकड़ी और पत्थर पर छेनी के लयबद्ध प्रहारों की गूंज थी, जिसके बीच कभी-कभी प्रार्थनाओं की धीमी आवाज़ें सुनाई देतीं। पूरे साम्राज्य से आए शिल्पकार और श्रमिक इस दिव्य कार्य में जुटे थे। आशीर्वाद से अंकित पत्थरों ने नींव बनाई और दीवारों पर अष्टमंगल के बारीक शिल्प उकेरे गए। उनमें जुड़ी हुई जुड़वां मछलियां—ताइजितु—भी थीं, जिनके शरीर पूर्ण संतुलन वाले एक सुंदर नृत्य मुद्रा में एक-दूसरे से गुंथे हुए थे।

61

कोरकाई, तामिरबरणी, पांड्य देशम

आज का थूथुकुडी ज़िला, तमिलनाडु, भारत

करीब 2,000 साल पहले

चांद नीचे झुका हुआ था, अपनी हल्की रोशनी से शांत मोहल्ले को नहला रहा था। चारों ओर सन्नाटा पसरा था, हर घर मानो शांति की नींद में डूबा था। अपने घर के अंदर, सुरिरत्ना अपने बिस्तर पर गहरी नींद में सोई थी, उसकी सांसें धीमी और लयबद्ध थीं, बाहरी दुनिया की हलचल से पूरी तरह अनजान।

लेकिन यह शांति सिर्फ़ एक भ्रम थी। दो आकृतियां रात के अंधेरे में चुपचाप पद्मसेन के घर की ओर बढ़ रही थीं, उनके कदमों की आहट धूल भरी ज़मीन पर मुश्किल से सुनाई दे रही थी। उन्की आंखें, किसी भी हलचल का संकेत खोजते हुए, इधर-उधर घूम रही थीं। वे सब्र के साथ इंतज़ार कर रहे थे, जब तक कि पद्मसेन एक और यात्रा पर मुचिरी पट्टिनम के लिए रवाना नहीं हो गया।

वे घर के पिछले हिस्से तक पहुंच गए, जहां एक छोटी खिड़की से अंदर जाने का रास्ता था। उनमें से एक भीतर घुस गया, उसके तुरंत बाद दूसरा भी अंदर दाखिल हो गया। घर में सन्नाटा था, ऐसा सन्नाटा जो बेचैन कर दे। हल्की चांदनी में उनकी परछाइयां दीवारों पर हिल रही थीं। वेंकटेशन के बनाए रेखाचित्रों का सहारा लेते हुए वे अंधेरे गलियारों में आसानी से चलते हुए सीधे सुरिरत्ना के कक्ष की ओर बढ़ने लगे।

एक साथी को दरवाज़े पर पहरा देने के लिए छोड़कर दूसरा शख्स बिस्तर के क़रीब आया। उसके हाथ में तेज़ नशे वाले अजगंध में भीगा हुआ कपड़ा था। उसने देखा कि सुरिरत्ना चुपचाप सो रही हैं, उसकी सांस एक जैसी लय से चल रही थीं। उस शख्स ने कपड़ा उसके चेहरे की तरफ किया, ताकि किसी भी प्रतिरोध को शुरू होने से पहले ही ख़त्म किया जा सके।

अचानक, पहरेदारों ने कमरे में धावा बोल दिया। उनका आगमन तेज़ और बिना किसी आवाज़ के हुआ था। दोनों घुसपैठिए पूरी तरह चौंककर थम गए।'अपने हथियार गिरा दो!' एक पहरेदार गरजा। सुरिरत्ना उठ बैठी, उसकी आंखें सतर्क थीं, चेहरे पर संतोष झलक रहा था। साफ़ था कि वो सोने का अभिनय कर रही थी।

बिस्तर के पास खड़े घुसपैठिये ने अपने धोती में छिपे खंजर को निकालना चाहा, लेकिन एक पहरेदार ने बिजली जैसी तेज़ी से कार्रवाई की। घुसपैठिये की टांग में तीर धंस गया और वो दर्द से कराहता हुआ ज़मीन पर गिर पड़ा। उसका साथी भागने के लिए मुड़ा, लेकिन अंधेरे से एक आकृति उभरी और उसका रास्ता रोक दिया।

'इतनी जल्दी जा रहे हो?' पद्मसेन की ठंडी और तेज़ आवाज गूंज उठी।

घुसपैठिया जानता था कि राजा पेरुझवुडी की कालकोठरी में पूछताछ से बेहतर मौत है। पद्मसेन ने लपककर उसे पकड़ने की कोशिश की, लेकिन तब तक पल भर की देरी हो चुकी थी। घुसपैठिए ने अपने गले में पड़ा ज़हर वाला लॉकेट निकाला और उसे दांतों से कुचल दिया। ज़हर का असर होते ही वो अपनी छाती पकड़कर गिर पड़ा।

'दूसरे को निहत्था करो... हमें वो ज़िंदा चाहिए,' पद्मसेन ने आदेश दिया।

पहरेदारों ने दूसरे घुसपैठिए को काबू में कर लिया, उसके हथियार और जानलेवा लॉकेट छीन लिए। उसके हाथ-पांव बांध दिए गए, वो अपने मिशन में नाकाम होकर क़ैदी बन चुका था। पद्मसेन उसके पास आया, उसकी निगाहें तेज़ और निर्दय थीं।'तुमने सोचा कि मेरे घर में घुसकर जो मेरा है उसे

ले जाओगे?' उसने बेहद धीमी, लेकिन ख़तरनाक आवाज़ में कहा। 'तुमने हमें कम करके आंका।'

घुसपैठिए ने ज़मीन पर थूका, उसका चेहरा विद्रोह की भावना से विकृत हो गया। 'तुम बच नहीं पाओगे। विदुषिका को तुम्हारे विश्वासघात का पता चल जाएगा।'

पद्मसेन के गले से एक बेसुरी हंसी निकली। 'तुम मेरी बेटी को अगवा करने आए, उसे मेरे ख़िलाफ़ ढाल बनाने के लिए। और तुम कहते हो कि अपनी रक्षा करना विश्वासघात है?' उसने पहरेदारों के कप्तान की ओर मुड़कर कहा। 'इसे ले जाओ। यह बहुत चालाक है, इसे कम मत समझना।'

पहरेदार क़ैदी को घसीटते हुए बाहर ले गए। जब उसके साथी का शव हटाया जा रहा था, सुरिरत्ना बिस्तर पर बैठी थी, उसके चेहरे पर राहत की लहरें छा रही थीं। उसके पिता की दूरदर्शिता, हमेशा एक कदम आगे रहने की क्षमता, उसे हमेशा चकित कर देती थी।

इंदुमती अपने कमरे से निकली और दौड़कर बेटी को गले से लगा लिया। पास के कमरे में इंतज़ार कर रहा कुलशेखर भी आ गया। उन्होंने घुसपैठियों को एक सोच-समझकर बनाए गए जाल में सफलतापूर्वक फंसा लिया था।

पद्मसेन ने बेटी की ओर मुड़कर पूछा, 'तुम ठीक हो, पुत्री?' उसने सिर हिलाया, उसकी सांसें अब सामान्य हो रही थीं।

'धन्यवाद, पिताह। मुझे पता था कि आप मेरी रक्षा करेंगे, लेकिन मैंने नहीं सोचा था कि वे इतनी जल्दी हमला करेंगे।'

पद्मसेन ने गंभीरता से मुस्कुराते हुए कहा, 'अपने परिवार और उस रहस्य की रक्षा करना मेरा धर्म है, जिसे हम पीढ़ियों से संभाले हुए हैं। इसलिए अपनी बातचीत के दौरान मैंने मुचिरी पट्टिनम का उल्लेख जानबूझकर किया। मुझे पता था कि हर जगह कान लगे हैं। विदुषिका रुकने वाला नहीं और हम भी नहीं। हमें हर समय सतर्क रहना होगा।'

तभी दरवाज़े पर एक और आकृति दिखाई दी। वो वेंकटेशन था, जिसके तेल लगे बाल दीपक की रोशनी में चमक रहे थे। घबराहट उसकी आंखों में

साफ़ झलक रही थी। 'कै़दी सुरक्षित है,' उसने कहा। 'उसे पूछताछ के लिए तामिरबरणी सिराई ले जाया जा रहा है।'

पद्मसेन ने गर्दन ऊपर-नीचे की। 'शाबाश, वेंकटेशन। तुम्हारा अभिनय बहुत विश्वसनीय था।'

सुरिरत्ना ने उसकी ओर जिज्ञासा भरी आंखों से देखा। 'आपने हमें सतर्क किया था?'

वेंकटेशन ने थोड़ा झुककर कहा, 'जी, देवी। मैं कुछ समय से आपके पिता की सेवा में हूं। उनकी योजनाएं जानने और उनका विश्वास जीतने के लिए यह मुखौटा पहने रखना ज़रूरी था।'

सुरिरत्ना ने प्रशंसा से मुस्कराते हुए अपने पिता की ओर देखा। उसे याद आया कि कोरकाई में अपने पिता से मिलते समय उसने इस तैलीय बालों वाले आदमी को उनके साथ देखा था। जब उसने इस बारे में पूछा, तो उसके पिता ने बस इतना कहा था कि यह संपत्ति प्रबंधक है। उसने तब इस आदमी की चालाक निगाहों को लेकर संदेह भी जताया था।

'तुमने एक खतरनाक खेल खेला है, वेंकटेशन,' पद्मसेन ने स्वीकार किया। 'इसके लिए साहस चाहिए। मैं तुम्हारा ऋणी हूं।'

'द्वैतलिंगम रक्षक की सेवा करना ऐसा सम्मान है जो कुछ ही लोगों को मिलता है,' वेंकटेशन ने झुकाते हुए कहा और चला गया।

पद्मसेन अपनी बेटी की ओर मुड़ा। 'तुमने द्वैतलिंगम को हटाने की बात की थी,' उसने कहा। 'सुरक्षा की दृष्टि से, अब समय आ गया है कि हम इसे अलग स्थान पर रखें। लेकिन उस तरह नहीं, जैसा तुम सोचती हो।'

जैसे ही घर रात के बचे समय के लिए शांत हुआ, सुरिरत्ना तकिए से टिककर लेट गई। उसका मन रात की घटनाओं से बेचैन था, लेकिन उसका संकल्प पहले से कहीं अधिक दृढ़ हो गया था।

उसने आंखें मूंद लीं, लेकिन नींद देर तक नहीं आई। क्योंकि सुरक्षा में रहने के बावजूद उसे एहसास था कि आज की रात बस एक चेतावनी थी; असली तूफ़ान अभी आना बाक़ी था।

62

जिरिसन वन, गारक महासंघ

आज का जिरिसन राष्ट्रीय उद्यान, दक्षिण कोरिया

करीब 2,000 साल पहले

जिरीसन वन के अंदरूनी हिस्से में, गारक महासंघ और बैक्जे की सीमा के पास, एक गुप्त बैठक चल रही थी। हवा में चीड़ और नम मिट्टी की गंध घुली हुई थी, और अंधेरे को केवल मशालों की झिलमिलाती रोशनी चीर रही थी। वहां इकट्ठा सरदारों के चेहरों पर पड़ती परछाइयां उनके मन में उठते डर और बेचैनी को उजागर कर रही थीं।

तलहे को छोड़कर, गारक महासंघ के सभी नेता अंधेरे की आड़ में वहां इकट्ठा हुए थे। यह स्थान एकांत में था, ताकि किसी को भनक न लगे। महासंघ का वरिष्ठ नेता किम सियोक गोल घेरे के बीच खड़ा था। उसका चेहरा ज़िम्मेदारी के बोझ को दर्शा रहा था, जब वो अपने चारों ओर के लोगों को देख रहा था—हर शख्स अपने-अपने क्षेत्र का दिग्गज था लेकिन अब सभी एक साझा डर के कारण एकजुट हुए थे ।

बिहवा के सरदार जिनह्योक ने सन्नाटा तोड़ा, उसकी आवाज़ धीमी लेकिन भारी थी। 'किम सियोक, हम मूर्ख थे जो तलहे पर भरोसा कर बैठे। उसकी महत्वाकांक्षा की कोई सीमा नहीं। वो राजा बनना चाहता है, हम सब पर शासन करना चाहता है।'

कुछ दूरी पर पेड़ों के बीच छिपा जिनह्योक का अंगरक्षक, सबकी नज़रों से दूर, पहरा दे रहा था, चुपचाप बातचीत सुनने के लिए नहीं, बल्कि अपने स्वामी

की सुरक्षा सुनिश्चित करने के लिए। सभी सरदारों ने यह तय किया था कि बैठक स्थल तक का आखिरी पड़ाव वे पैदल और अकेले तय करेंगे। लेकिन जिनह्योक का यह अंगरक्षक, चिंता में डूबकर, उसे बिना बताए, उसके पीछे-पीछे आ गया था। किम सियोक का सेवक, मिनजुन भी पास रहना चाहता था, लेकिन सुरक्षा नियमों के तहत किम सियोक ने उसे मना कर दिया था।

दूसरे सरदार भी सहमति में धीमे स्वर में बुदबुदाए, उनकी आवाज़ों में बेचैनी थी। बंगाम के सरदार वोनसिक ने आगे बोलना शुरू किया। 'तलहे की हरकतें चिंताजनक हैं। गोरयोंग पर हमला... उसके अपने पिता की हत्या की अफ़वाहें... और अब डेगया पर बर्बर हमला... हमारी एकता टूट चुकी है, और हम असुरक्षित हो गए हैं। सिला, बैक्जे या गोगुरयो—तीनों में से कोई भी साम्राज्य अब हम पर हमला कर सकता है। हमारा अस्तित्व दांव पर लगा है।'

किम सियोक ने गंभीरता से सिर हिलाया। मशाल की झिलमिलाती रोशनी, उसके चेहरे की चिंता की लकीर को और उभार रही थी। 'आपकी चिंताएं सही हैं। तलहे की हरकतें न केवल महासंघ को, बल्कि उन सिद्धांतों को भी ख़तरे में डाल रही हैं, जिन पर इसकी नींव रखी गई थी। मुझे इस पर भरोसा ही नहीं हो रहा है कि वो उन्हीं छह अनाथ बच्चों में से एक है जिन्हें हमने गोद लिया था, मेरे अपने बेटे किम सुरो की तरह।'

आरा के सरदार योंगहो ने इतनी ज़ोर से मुट्ठियां भींच लीं कि उसकी उंगलियों की गांठें सफेद पड़ गईं। किसी तरह अपने गुस्से को दबाते हुए उसने कहा, 'हमें तुरंत क़दम उठाना होगा। अगर तलहे को रोका नहीं गया, तो महासंघ बिखर जाएगा और हमारी ज़मीन आक्रमण के लिए खुली रह जाएगी।' वो किम सियोक की ओर मुड़ा। 'आप हमेशा हमारे मार्गदर्शक रहे हैं, किम सियोक, अंधेरे समय में ईमानदारी की मशाल। हमें आपकी बात सुननी चाहिए थी। अब मैं आपसे विनती करता हूं, हमें इस संकट से बाहर निकालिए।'

किम सियोक ने गहरी सांस ली, उसे अपने कंधों पर ज़िम्मेदारी का बोझ और गहरा महसूस होने लगा था। वो जानता था कि आगे का रास्ता ख़तरों से भरा है और फ़ैसले मुश्किल होंगे। 'हमें एकजुट होना होगा, तलहे का सामना

करने की तैयारी करनी होगी,' उसने माना। 'लेकिन हमें सावधानी से आगे बढ़ना होगा और जनता का भरोसा बनाए रखना होगा। हमारी रक्षा के लिए ये ज़रूरी है।'

सरदारों ने हां में सिर हिलाया। सख़्त नज़रों के साथ जिनह्योक ने जोड़ा, 'हमें अपनी सीमाओं के बाहर भी गठबंधन खोजने होंगे। कुछ लोग हमारे मकसद से सहानुभूति रख सकते हैं और तलहे की तानाशाही के ख़िलाफ खड़े होने को तैयार हो सकते हैं। हमारे कुछ व्यापारिक साझेदार—यहां तक कि तीन साम्राज्यों में से कुछ—तलहे को संदेह की नज़र से देखते हैं। सही प्रस्ताव उन्हें हमारे पक्ष में ला सकता है।'

किम सियोक ने हाथ उठाकर सहमति में उठती फुसफुसाहटों को शांत किया। 'सबसे पहले हमें अपना घर सुरक्षित करना होगा। भरोसेमंद लोगों को ढूंढ़ो। तलहे को सचेत किए बिना हमें अपनी सेनाएं जुटानी होंगी। हम तभी हमला करेंगे जब जीतने की ताकत होगी।'

'आपका बेटा, किम सुरो... उसे बुलाना होगा,' योंगहो ने आग्रह किया।

'क्यों?' किम सियोक ने पूछा।

'क्या तुम्हें अदोकान की वो पेंटिंग याद है?' योंगहो बोला। 'जिसमें छह अनाथों की त्रासदी और उनकी दृढ़ता को *योसोत गेई दलग्याल—सिक्स एग्स* में दिखाया गया था।'

'हां, बिल्कुल।'

'अदोकान केवल एक महान चित्रकार ही नहीं थे, वो कवि, दार्शनिक और रहस्यवादी भी थे। उन्होंने बाकी पांच बच्चों को लाल रंग में चित्रित किया, लेकिन किम सुरो को सुनहरे रंग में। वो जानते थे कि सोजू महान कार्यों के लिए बना है। उसकी मौजूदगी हमारे लोगों का मनोबल बढ़ाएगी। हमें अब उसकी पहले से ज़्यादा जरूरत है।'

किम सियोक की आंखों में उम्मीद की हल्की चमक उभरी, उनका चेहरा एक पल के लिए नरम हो गया। 'ज़रूर योंगहो। मैं सोजू को बुलाऊंगा। आखिरी बार सुना था कि वो दीमास्क़ में था। मैं उसे संदेश पहुंचाने का रास्ता

खोजूंगा। लेकिन फिलहाल हमें अपनी सेना को तैयार करने पर ध्यान देना होगा।'

'और अपने हथियारों को मज़बूत करने पर भी,' वोनसिक ने जोड़ा। 'अगर तलहे ने हमला किया, तो हमें लंबे युद्ध के लिए तैयार रहना होगा। यहां तक कि गैर-योद्धाओं को भी हथियारबंद करना होगा।'

हमेशा व्यावहारिक सोच रखने वाले किम सियोक ने सहमति में सिर हिलाया। 'ठीक कहा। मैं नए हथियारों के निर्माण की निगरानी करूंगा। ग्यूमग्वान के लोहार अब तक हमारे भरोसेमंद आपूर्तिकर्ता रहे हैं, लेकिन इस बार मांग पूरी करना उनके लिए मुश्किल हो सकता है। मैं अपने पांड्य मित्र चेलियन की मदद लूंगा। फिलहाल हमें अपनी सुरक्षा को मज़बूत करना होगा और हर स्थिति के लिए तैयार रहना होगा। और किसी अनहोनी से बचने के लिए, मैं चाहता हूं कि आप सभी अपने मुख़बिरों को सक्रिय कर दें। तलहे की हर गतिविधि पर कड़ी नजर रखी जानी चाहिए।'

इसके बाद, सारे नेता अंधेरे में गायब होते गए। आने वाले संघर्ष का बोझ उनके मन पर भारी था, लेकिन किम सियोक के शब्दों और जीत की उम्मीद ने उन्हें हौसला दिया था। धीरे-धीरे मशालें एक-एक कर बुझा दी गईं, और वो खुला मैदान पूरी तरह अंधकार में डूब गया। किम सियोक कुछ पल वहीं खड़ा रहा, अपने कानों में जंगली सन्नाटे को टटोलता, किसी अनहोनी आहट की तलाश करता। उसके मन में उम्मीदके डर से, और रणनीति की अनिश्चितता से युद्ध चल रहा था। 'तलहे...' वो धीरे से फुसफुसाया, 'तुम्हारे दहशत का राज यहीं खत्म होगा। अपने लोगों के लिए, अपनी ज़मीन के भविष्य के लिए, हम लड़ेंगे। और जीतेंगे।'

63

नई दिल्ली, भारत
आज का समय

दिल्ली का लौह स्तंभ दोपहर की धूप में हल्की चमक के साथ अडिग खड़ा था। आदित्य, सोमी, रामास्वामी और जंग उसकी ओर देख रहे थे, उनके चेहरों पर उत्सुकता और चिंता दोनों का मेल दिख रहा था। वे सभी दुबई से आदित्य के निजी विमान से यहां पहुंचे थे। रामास्वामी को यकीन था कि तमाम पुरानी जांच के बावजूद, इस लौह स्तंभ में अब भी ऐसे रहस्य छिपे हैं जिन्हें उजागर किया जाना बाकी है। मशहूर पुरातत्वविद डॉ. सतीश जयरामन, जो कई बार रामास्वामी के साथ काम कर चुके थे, इस बार भी उनके अनुरोध पर चेन्नई से उड़ान भरकर यहां पहुंचे थे।

प्रधानमंत्री कार्यालय की विशेष अनुमति से उन्हें इस प्राचीन धरोहर तक अभूतपूर्व पहुंच मिली थी। पूरे इलाके की घेराबंदी कर दी गई थी और दूसरे सभी पर्यटकों को अस्थायी रूप से परिसर में आने से रोक दिया गया था।

जयरामन ने स्तंभ पर लगे शिलालेखों को ध्यान से पढ़ा। ये शिलालेख गुप्त सम्राट चंद्रगुप्त द्वितीय, जिन्हें विक्रमादित्य के नाम से भी जाना जाता है, की प्रशंसा में हैं। माना जाता है कि उनके शासनकाल में इस स्तंभ को विष्णुपदगिरि में स्थापित किया गया था। एक अन्य शिलालेख में तोमर शासक अनंगपाल का उल्लेख है, जिसे सदियों बाद इस स्तंभ को दिल्ली लाने का श्रेय दिया जाता है। 'अद्भुत,' वो विस्मय से बुदबुदाए। 'सोचिए, यह सदियों से यहां खड़ा है, जंग से पूरी तरह अछूता। यह हमेशा मुझे चकित करता है।' उन्होंने उसकी बारीक कारीगरी को निहारते हुए प्राचीन लिपि पर उंगलियां फिराईं।

सबसे पुराना शिलालेख, जो विष्णु को समर्पित था, उसके साथ अंकित कुछ चित्र भी एक तोप के गोले से नष्ट हो गए थे। ऐतिहासिक विवरणों के अनुसार, यह गोला नादिर शाह ने दागा था—वही क्रूर फारसी सरदार और ईरान का स्वयंभू शाह, जिसने दिल्ली को लूटा था। आदित्य ने हां में सिर हिलाया, उसकी निगाह स्तंभ की सतह पर घूम रही थी। 'कारीगरी तो अद्वितीय है। फिर भी हम इसके रहस्यों को उजागर करने के करीब नहीं पहुंचे हैं।' उसकी भौंहें सोच में सिकुड़ गईं।

जंग आगे बढ़े, उनके हाथ में एक पोर्टेबल LiDAR स्कैनर था। 'हम शुरू करें?' उसने सभी लोगों की ओर देखते हुए पूछा। सभी की सहमति के बाद उन्होंने डिवाइस चालू किया और उसका निशाना स्तंभ के आधार की ओर रखा। स्कैनर से लगातार बीप की आवाज़ आने लगीं, जैसे वह संरचना का नक्शा बना रहा हो और सतह के नीचे किसी भी असामान्य चीज़ की तलाश कर रहा हो। टीम स्क्रीन पर नजर गड़ाए खड़ी थी, जैसे-जैसे डेटा प्रोसेस हो रहा था, उनकी उत्सुकता बढ़ती जा रही थी। कुछ मिनट बीते, लेकिन स्क्रीन पर कोई बदलाव नहीं आया। 'नीचे कुछ भी असामान्य नहीं है,' जंग ने हल्की निराशा के साथ पुष्टि की। 'ज़मीन ठोस है। स्तंभ लगभग तीन फीट तक ज़मीन के भीतर धंसा है, जो इसके लिए लंगर का काम करता है।' उनके मन में छिपे हुए किसी विशेष पदार्थ को खोजने की जो उम्मीद थी, वो पल भर में खत्म हो गई।

रामास्वामी ने बिना विचलित हुए सैंपल किट की ओर इशारा किया। 'अब विश्लेषण की बारी है। इस स्तंभ में अभी भी अनमोल जानकारी है।' उन्होंने सावधानीपूर्वक स्तंभ के आधार से एक छोटा सैंपल खुरचकर कंटेनर में रखा, ताकि आगे इसका अध्ययन किया जा सके। टीम पास में बने अस्थायी लैब-टेंट की ओर बढ़ी, उत्सुकता से यह जानने के लिए कि नमूने की रासायनिक संरचना क्या रहस्य खोल सकती है।

जैसे ही मशीन की आवाज़ आने लगी, आदित्य ने रामास्वामी के कंधे के ऊपर से स्क्रीन पर उभरते डेटा को देखा। 'अट्ठानवे प्रतिशत गढ़ा लोहा है,

जैसा हमने सोचा था,' रामास्वामी बोले। 'कार्बन की मात्रा... खैर, ये कोई दमिश्क स्टील नहीं है। कार्बन अपेक्षाकृत कम है। मैं शर्त लगा सकता हूं कि यहां की प्रक्रिया नव उत्स से पहले की है।' वो डेटा को ध्यान से देखते रहे। 'आह, दिलचस्प।'

'क्या है?' जंग ने पूछा, उनकी उत्सुकता बढ़ गई थी।

'फॉस्फोरस की मात्रा,' रामास्वामी ने जवाब दिया। 'फॉस्फोरस का उच्च स्तर लोहे की सतह पर एक सुरक्षात्मक परत बनाकर उसे जंग लगने से बचाता है। यह *नव उत्स* नहीं है, लेकिन निश्चित रूप से *उत्स* है।'

जंग ने अपनी नोटबुक से नज़रें उठाईं, उनकी आंखों में उत्साह की चमक थी। 'यह हमारे प्राचीन भारतीय धातुकर्म ज्ञान के अनुरूप है। उनकी तकनीकें वाकई अत्यंत उन्नत थीं। और क्या मिला है?'

'सिलिकॉन की मात्रा कम है, सल्फर और मैंगनीज़ की थोड़ी-सी मौजूदगी है,' रामास्वामी ने कहा। 'इन सभी का ज्ञान प्राचीन धातुकर्मियों को था। वे फॉस्फोरस को "अग्निधारक" कहते थे, सिलिकॉन को "अयः संस्रय", सल्फर को "गंधक" और मैंगनीज़ को "माणिक्य"। वे निकल और क्रोमियम के बारे में भी जानते थे "पिंडरजत" और "चित्रक" के नाम से।'

'अद्भुत है, है ना?' आदित्य ने कहा, उसकी नज़रें लौह स्तंभ पर टिकी थीं। 'यह जंग से अछूता रहा है, हज़ारों मील की दूरी तक कई बार स्थानांतरित किया गया, यहां तक कि तोप के सीधे हमले को भी झेल गया। विक्रमादित्य के शासनकाल से लेकर अब तक सोलह सौ सालों से यह टिका हुआ है।'

जयरामन ने धीरे से इन्कार की मुद्रा में सिर हिलाया। 'मुझे यकीन नहीं है कि यह सिर्फ़ सोलह सौ साल पुराना है।'

'आपका मतलब?' आदित्य ने भौंहें सिकोड़ते हुए पुरातत्वविद की ओर देखा।

'चंद्रगुप्त द्वितीय के शिलालेख से हमें यह विश्वास हुआ है कि उसने यह स्तंभ बनवाया,' जयरामन ने समझाया। 'लेकिन पुराने स्तंभों का पुनः उपयोग करना या उन्हें नया रूप देना उस समय आम बात थी। यह मूल रूप से विष्णु

को समर्पित स्तंभ था—विष्णु स्तंभ। इसके शीर्ष पर एक मूर्ति थी। स्तंभ के शीर्ष पर एक गहरा छेद इस बात की पुष्टि करता है। उस छेद में कभी विष्णु के वाहन—गरुड़ की मूर्ति लगी होगी। यह स्तंभ शायद हमारी सोच से कहीं अधिक पुराना है।'

रामास्वामी ने इस बारे में सोचते हुए सिर हिलाया। 'कार्बन डेटिंग यहां संभव नहीं है। सी-14 की मात्रा बहुत कम है और तब भी इससे केवल कार्बनिक पदार्थ की उम्र पता चलेगी, जैसे पिघलाने की प्रक्रिया में इस्तेमाल हुआ चारकोल, यह नहीं पता चलेगा कि इसे मिश्रधातु में कब मिलाया गया था। थर्मोल्यूमिनेसेंस डेटिंग भी बेकार है—हमारे पास कोई अवशिष्ट स्लैग नहीं है। आर्कियोमैग्नेटिक डेटिंग भी सही नतीजे नहीं देगी, क्योंकि रेफरेंस कर्व्स में बड़ी खामियां हैं।'

'इसी वजह से इस स्तंभ की उम्र का अनुमान ज़्यादातर शिलालेखों के आधार पर लगाया गया है,' जयरामन बोले। 'संभव है यह स्तंभ कहीं ज़्यादा पुराना हो।'

अचानक रामास्वामी ने अपने माथे पर थपकी दी, जैसे कोई चौंकाने वाली बात समझ में आ गई हो। 'हम सबसे साफ़ संकेत को नज़रअंदाज़ कर रहे हैं!' उन्होंने उत्साह से कहा।

'क्या?' सोमी आगे झुकते हुए बोली।

'फॉस्फोरस,' रामास्वामी ने जवाब दिया, उनकी आवाज़ उत्साह से भरी थी।

'लेकिन फॉस्फोरस तो गुप्तकालीन *उत्स*—उनके लोहे—में आमतौर पर पाया जाता था,' जंग ने माथे पर शिकन डालते हुए कहा।

'इस रूप में नहीं,' रामास्वामी ने पलटकर कहा। 'इस विशेष सतह पर लोहे-हाइड्रोजन फॉस्फेट हाइड्रेट की एक सुरक्षात्मक परत बन गई है और इसकी ताक़त को देखो। फॉस्फोरस के परमाणु, जब लोहे की संरचना में घुसते हैं, तो वे उस परत में विकृतियां पैदा करते हैं, जिससे लोहा और भी कठोर और मज़बूत हो जाता है।'

'क्या आप कहना चाहते हैं...' जंग ने बात अधूरी छोड़ी, उनकी आंखें सिकुड़ गईं।

'मैं कह रहा हूं कि यह लौह स्तंभ शायद कभी उसी पदार्थ के भंडार के ऊपर खड़ा था जिसकी हमें तलाश है,' रामास्वामी ने कहा। 'क्या हो अगर वो पदार्थ धीरे-धीरे इसमें समा गया हो, और इसकी रासायनिक संरचना बदल गई हो? क्या हो अगर सदियों बाद भी उसके प्रभाव इस स्तंभ में मौजूद हों?'

64

म्लेच्छदल, पश्चिमी महासागर

आज का अरब सागर

करीब दो हज़ार साल पहले

चेलियन के जहाज़ के अगले हिस्से पर खड़ा सोजू, बेचैन लहरों पर सुनहरी धूप को नाचते निहार रहा था—उसके भीतर उठती विचारों की तरंगें भी इन समुद्री लहरों जितनी ही बेतरतीब थीं। यूडेमन से यहां तक का सफर भले ही शांत गुज़रा था, फिर भी उसके सीने में एक अनकहा डर लगातार कसता जा रहा था।

मिथ्रा को पीछे छोड़ने की टीस उसके दिल में चुभ रही थी, लेकिन कोरकाई लौटकर सुरित्ना को फिर देखने की चाह उससे कहीं गहरी थी।

अचानक, मस्तूल पर तैनात सिपाही की ऊंची आवाज़ ने उसके विचारों को तोड़ दिया, 'ओह वरुगिराधु! जहाज़ नज़दीक आ रहा है!'

पूरे दल में खलबली मच गई, सभी की आंखें क्षितिज पर टिक गईं। सोजू की धड़कनें तेज़ हो गईं जब धुंध के पार एक जहाज़ का धुंधला सा आकार उभरने लगा। वो जहाज उनके जहाज़ से छोटा था, लेकिन उसकी फूली हुई पालें हवा में डरावने ढंग से लहरा रही थीं।

'सब युद्ध के लिए तैयार हो जाओ!' चेलियन गरजा, उसका हाथ सहज ही उसकी तलवार की मूठ पर कस गया। 'समुद्री डाकू हो सकते हैं।'

नाविकों ने फौरन हथियार थाम लिए, खुद को हर बुरी स्थिति के लिए तैयार कर लिया। म्लेच्छदल में लुटेरों का खतरा अब रोज़ की बात हो गई

थी—समुद्री लुटेरे व्यापारिक जहाज़ों पर हमला करते, माल लूटते और चालक दल को क़ैद कर लेते। मुठभेड़ें निर्मम होती थीं, और अक्सर बिना तैयारी के लोगों के लिए जानलेवा भी। ऐसे डरावने अनुभवों से बचकर लौटे लोगों की दास्तानों ने उनकी तैयारियों को और भी तेज़ कर दिया।

सोजू के भीतर भी वही तनाव सिर उठाने लगा था, लेकिन तभी उसकी नज़र आते जहाज़ से पतली सफ़ेद धुएं की उठने वाली लकीर की ओर गई। 'रुक जाओ!' उसने पुकारकर कहा, उसकी आवाज़ बढ़ती बेचैनी को चीरती हुई फैल गई, 'ये समुद्री डाकू नहीं हैं। वे सुक जला रहे हैं!' बचपन में उसने गारक महासंघ के जहाज़ों को इसी तरह मुगवर्ट जलाकर शांति का संदेश भेजते देखा था, उस धुएं का रंग बिल्कुल शुद्ध सफेद होता था। 'यह शांति का संकेत है! यह गारक का जहाज़ है!'

चेलियन एक पल को ठिठका, फिर अपनी आंख के पास क्वार्ट्ज़ क्रिस्टल ले गया और ध्यान से देखने लगा। संकेत साफ़ था। 'हथियार नीचे रखो,' उसने नाविकों को आदेश दिया, हालांकि उसका हाथ अब भी तलवार के मूठ पर था। दोनों जहाज़ पास आते गए। गारक जहाज़ के डेक पर कोई आकृति दिखाई दी, उसने कछुए के प्रतीक वाला झंडा ऊंचा लहरा दिया, जो गारक महासंघ की पहचान था।

कुछ ही पलों में दोनों जहाज़ बिल्कुल पास आ गए। उनके बीच एक तख्ती डाल दी गई। एक आदमी साधारण पोशाक, लंबी आस्तीन वाला छोटा जेओगोरी कुरता, ढीले-ढाले बाजी पाजामा, हेडबैंड और पैरों में पुआल की चप्पलें पहने तेज़ी से पांड्य जहाज़ के डेक पर आ गया। उसने सोजू के सामने झुककर प्रणाम किया। 'किम सूरो, मैं जून-गी, आपकी सेवा में आया हूं। मैं ग्यूमग्वान से, अपने स्वामी किम सियोक की ओर से, एक ज़रूरी समाचार लाया हूं।'

सोजू का दिल तेज़ी से धड़क उठा। 'बताओ! अबोजी कुशल तो हैं?' 'आपके पिता कुशल हैं, किम सूरो,' जून-गी ने जवाब दिया। 'लेकिन महासंघ में उथल-पुथल मची है। उन्होंने आपको तुरंत लौटने के लिए बुलाया है।'

सोजू ने चेलियन की तरफ देखा, जिसने उसे इशारे से और जानकारी लेने को कहा। 'ठीक से बताओ, क्या हुआ?' सोजू ने जून-गी की ओर मुड़ते हुए आदेश दिया।

'तलहे ने अराजकता फैला दी है,' जून-गी बोला। 'उसके पिता जांगसू ने गोरयोंग पर जीत हासिल की लेकिन जल्द ही उनकी मौत हो गई। ऐसी अफवाह है कि तलहे ने ही अपने पिता की हत्या कर दी... और फिर डेगया पर हमला करके उसे अपने कब्ज़े में ले लिया। अव उसका नियंत्रण सियोंगसान, गोरयोंग और डेगया पर है। महासंघ के बाकी सदस्य—बिहवा, बंगाम, आरा और आपका ग्यूमग्वान—सब डरे हैं कि वे अगले शिकार बन सकते हैं।'

सोजू के चेहरे पर सर्द गुस्से की परछाई उतर आई। उसे हमेशा से पता था कि तलहे के दिल में उसके लिए जलन थी, मगर वो इतना बड़ा विश्वासघात कर सकता है, इसका अंदाज़ा कभी नहीं लगाया था। 'और तीन साम्राज्य?' उसने होंठ भींचते हुए पूछा।

'सिला, बैक्जे और गोगुरयो ने अभी तक कोई कदम नहीं उठाया है लेकिन गारक महासंघ की फूट उन्हें मौका दे सकती है,' जून-गी बोला। 'मुश्किल दिन करीब हैं। आपके पिता ने मुझे आपको घर वापस लाने के लिए भेजा है। तलहे कभी भी हमला कर सकता है। आपकी मौजूदगी बेहद ज़रूरी है।'

सोजू के दिमाग में विचारों का बवंडर उठ गया। उसने तो हमेशा शांति और समृद्धि वाली अपनी ज़मीन पर लौटने के सपने देखे थे। मगर इतने बरस बाद, आज वे उम्मीदें जैसे बिखर गई थीं। वो अपने मार्गदर्शक और रक्षक चेलियन की तरफ मुड़ा। 'मुझे जाना होगा। गारक को मेरी ज़रूरत है।'

चेलियन का चेहरा गंभीर था, लेकिन उसमें समझदारी झलक रही थी। 'तो फिर तुम्हें जाना ही होगा, सोजू। नियति तुम्हें पुकार रही है।'

सोजू ने अपने मित्र का हाथ मजबूती से थामा, 'धन्यवाद, मेरे मित्र। आपने मुझे ग्यूमग्वान से कोरकाई तक पहुंचाया, आचार्य सत्यमुनि के गुरुकुल में बसाया, दीमास्क़ में मेरा साथ दिया। मैं आपके ये उपकार कैसे चुका पाऊंगा?'

चेलियन मुस्कराया और उसे गले से लगा लिया, 'अपने पिता की सेवा करना, किम सूरो। जिस लगन से उन्होंने तुम्हें मेरे साथ भेजा, उसी तरह समर्पण से उनकी रक्षा करना।'

सोजू की आंखों में उदासी की छाया आ गई। 'मैं तो सुरिरत्ना से मिलने को उत्सुक था,' उसने कुबूल किया। 'वो... शायद बहुत दुखी होगी कि मैं कोरकाई नहीं लौट रहा। उससे कहना, मैं लौटूंगा... उससे कहना... मेरा दिल उसी का है।'

चेलियन ने भरोसे से भरा हाथ सोजू के कंधे पर रखा, 'तुम्हारे सारे शब्द उस तक पहुंचा दूंगा।'

'और चेलियन...' सोजू की आवाज़ बेहद धीमी हो गई। 'उसे कहना, मैं उससे बहुत प्यार करता हूं। हम दोनों का साथ लिखा है, चाहे कुछ भी हो जाए। उसे मेरा इंतज़ार करना होगा।'

इसके बाद सोजू ने अपने थोड़े-बहुत सामान समेटे और गारक के इंतज़ार करते जहाज़ पर चढ़ने की तैयारी करने लगा। छोटे जहाज़ की कमजोरी भांपकर चेलियन ने तुरंत कुछ भारी पत्थर उस पर लदवाने का हुक्म दिया, ताकि उसका संतुलन बेहतर हो सके। जैसे ही आखिरी पत्थर रखा गया, चेलियन की नज़रें आख़िरी बार सोजू से मिलीं।

चेलियन के जहाज़ के चालक दल ने गहरी ख़ामोशी से देखा, किम सूरो, जो कभी उनका साथी था, आज अपने वतन का फर्ज़ निभाने दूर जा रहा था। गारक का जहाज़ धीरे-धीरे मुड़ा और दूर क्षितिज की ओर बढ़ चला। सोजू जहाज़ के पिछले हिस्से में खड़ा रहा, जब तक कि चेलियन का जहाज़ नीले सागर की फैलती चादर पर एक छोटी सी बिंदी बनकर आंखों से ओझल न हो गया।

रात गहराते ही सोजू अपने केबिन में लौट गया, और हिलते-डुलते जहाज़ की वजह से बेचैन नींद में डूब गया। रात भर डरावने सपने उसका पीछा करते रहे, कहीं युद्ध की भयंकर तस्वीरें, कहीं धधकती आग, कहीं तलहे की सेना का डरावना साया। मगर उसी अंधेरे के बीच उसे एक रोशनी दिखी, सुरिरत्ना

का दमकता चेहरा, उसकी आंखों में उम्मीद की चमक, आशा की किरणें। सोजू ने खुद को उसकी ओर दौड़ते, उसे बांहों में भरते देखा, और उसके स्पर्श से सारे डर जैसे गायब हो गए।

सुबह होते ही पानी पर पहली किरणों की सुनहरी राह बन गई। सोजू डेक पर आ खड़ा हुआ, उसका मन बार-बार सुरिरत्ना के पास लौटता रहा। 'मेरा इंतज़ार करना,' उसने बहती हवा से फुसफुसाकर कहा, 'मैं लौटकर आऊंगा।'

जहाज़ आगे बढ़ता रहा, सोजू को उसकी नियति की ओर ले जाता हुआ।

65

कोरकाई, तामिरबरणी, पांड्य देशम

आज का थूथुकुडी ज़िला, तमिलनाडु, भारत

करीब 2000 साल पहले

चेलियन अपने जहाज़ के अगले हिस्से पर खड़ा था, समुद्र की हवा उसके कपड़ों को झकझोर रही थी। आगे, कोरकाई का बंदरगाह चहल-पहल से गुलज़ार था। उसके बेड़े के नज़दीक आते ही गोदी पर उत्सुकता की लहर फैल गई थी। पश्चिमी समुद्र में उसकी जीत की ख़बर पहले ही यहां पहुंच चुकी थी। उसके दल ने न सिर्फ़ नए व्यापारिक रास्ते खोले थे, बल्कि उन समुद्री डाकुओं के बेड़े को भी मात दी थी जो लंबे वक्त से व्यापारियों के लिए ख़तरा बने हुए थे।

भीड़ का शोर इतना बढ़ गया कि लकड़ी के जहाज़ों से टकराती लहरों की आवाज़ भी उसमें डूब गई। उत्सव का तूफ़ान उमड़ पड़ा, चारों तरफ़ खुशियों की लहर दौड़ गई। ढोल नगाड़े गूंज उठे, उनके विजयी ताल ने लोगों के दिलों में नई जान फूंक दी। रंग-बिरंगे फूलों की पंखुड़ियां आकाश में उछाली गईं, जो लौटते नाविकों और सिपाहियों पर आशीर्वाद की बारिश कर रही थीं।

नदी की गोदियों पर उत्सुक चेहरों की कतारें लगी थीं, हर कोई अपने नायकों की एक झलक देखने के लिए उत्साह से आगे बढ़ रहा था। जैसे ही चेलियन ज़मीन पर उतरा, उसके भीतर भावनाओं का ज्वार उमड़ पड़ा। जिस अपनेपन और आदर से उसका और उसके साथियों का स्वागत हुआ, उसके सफर की सारी मुश्किलें जैसे मिट गईं। उसके योद्धा, अनुशासित और गौरव

से भरे, पीछे-पीछे चल रहे थे, उनके कंधों पर विदेशी सामान से भरे बक्से थे, जिनमें चमचमाता सोना, दुर्लभ मूंगे, बेहतरीन मदिरा, गाढ़ा जैतून तेल, नफीस कांच के बर्तन थे। हर चीज़ अपने साथ दूर देशों की कहानियां समेटे हुए थी। देखने वालों की आंखें हैरत और उत्सुकता से फैली हुई थीं। लोग सैनिकों के वस्त्र छूने के लिए हाथ बढ़ा रहे थे, भीड़ आगे खिसकती जा रही थी, ताकि करीब से सब कुछ देख सकें। उस पल माहौल में कई गहरी भावनाएं भरी हुई थीं, सुरक्षित लौट आने पर राहत, उनकी उपलब्धियों पर गर्व और उन वीरों के लिए गहरा आभार, जिन्होंने दूर-दराज के तटों पर ख़तरों का सामना किया था।

गोदी के अंतिम सिरे पर राजा पेरुवझुडी अपने राजसी तेज के साथ खड़े थे। उन्होंने आगे बढ़कर चेलियन को गले लगा लिया। चेलियन ने अपने सम्राट को झुककर प्रणाम किया। 'तुमने हमारी सेवा में महान कार्य किया है,' राजा ने कहा, उनकी आवाज़ में गर्मजोशी भी थी और राजाज्ञा का असर भी। चेलियन के चेहरे पर संतोष की चमक फैल गई, जैसे सफर का सारा बोझ अचानक उतर गया हो। 'महाराज का सहयोग ही हमारी सफलता का आधार रहा,' उसने भीड़ के शोर में धीमे स्वर में उत्तर दिया।

दोनों साथ-साथ फूलों से सजे रथ पर महल की ओर चले, रास्ते के दोनों ओर उत्सव के झंडे लहरा रहे थे। महल का भव्य सभागार उल्लास और कौतूहल से गूंज रहा था। सलाहकार और दरबारी बेसब्री से चेलियन की बात सुनने को तैयार थे। चेलियन ने विस्तार से सारी बात सुनाई, नए गठजोड़ों की बात, व्यापारिक रास्तों की सुरक्षा, रक़मू में चल रहे निर्माण कार्य, दीमास्क़ में बनने वाली नई भट्टी की योजना, जिससे कोरकाई के लोहे की बड़ी मांग पैदा होने वाली थी।

सभा कक्ष में चारों ओर सराहना की हल्की फुसफुसाहटें गूंज उठीं और सहमति में हिलते सिर दिखाई देने लगे। पेरुवझुडी का चेहरा और खिल गया। 'तुम्हारी उपलब्धियां हमारे राज्य की समृद्धि को नई ऊंचाइयों तक ले जाएंगी,' उन्होंने घोषणा की। 'दमिश्क़ में मिथ्रा का गवर्नर बनना हमारे लिए साधारण उपलब्धि नहीं है। वो सिर्फ़ मित्र ही नहीं, बल्कि उस अशांत क्षेत्र में स्थिरता

लाने वाली ताक़त भी है। उसकी मौजूदगी से हमारा विश्वास गहरा होगा, और हमारा व्यापार भी बिना किसी रुकावट के फलता-फूलता रहेगा।'

~

जैसे ही सूरज क्षितिज में डूबने लगा, चेलियन और पद्मसेन उत्सव भोज के लिए कुलशेखर के घर की ओर रवाना हुए। गलियों में भी उत्सव का वही रंग था, जो महल की दीवारों के भीतर महसूस हो रहा था। बंदरगाह के पास बने कुलशेखर के घर में गहमागहमी छाई थी। मिठाइयों और व्यंजनों में डूबे मसालों की सुगंध समुद्री हवा के साथ घुलती जा रही थी।

इंदुमती और सुरिरत्ला ने बड़े प्रेम से भोज की तैयारी की थी। रसोई फूलों से सजी थी, और केले के बड़े पत्तों पर स्वादिष्ट पकवान सजे थे, खुशबूदार चावल, मसालेदार दाल, इमली-नारियल की करी, गरमा-गरम डोसे, फूले-फूले अप्पम, मीठे पायसम और तरह-तरह के अन्य स्वादिष्ट व्यंजन। चेलियन भी बाकी सभी के साथ ज़मीन पर बैठ गया, चारों तरफ़ हंसी-मज़ाक और किस्सों की रौनक बिखर गई। लेकिन इस रौनक के बीच चेलियन ने सुरिरत्ला की आंखों में छिपी चिंता की हल्की परछाई देख ली। उसने मुश्किल से अपना खाना छुआ था। उसकी नज़रें चेलियन की ओर उठीं, उन आंखों में एक अनकहा सवाल था, *सोजू कहां है? वो तुम्हारे साथ क्यों नहीं लौटा?*

बात की नज़ाकत समझते हुए चेलियन थोड़ा झुककर बोला, 'सुरिरत्ला, क्या तुम दीमास्क़ से लाई गई तलवार देखना चाहोगी?' सुरिरत्ला ने हामी भर दी, जिज्ञासा उसके मन की चिंता पर भारी पड़ गई। चेलियन उसे बाकी लोगों से दूर, एक शांत कमरे की ओर ले गया।

जैसे ही दोनों अकेले हुए, बाहर की सारी हंसी-खुशी का दिखावा छूट गया। चेलियन ने नरम स्वर में कहा, 'सुरिरत्ला, सोजू के न लौटने की एक वजह है।' सुनते ही सुरिरत्ला का चेहरा फीका पड़ गया, आंखों में डर घिर आया। उसके मन में सबसे बुरा ख्याल कौंध गया... लेकिन चेलियन ने शांत स्वर में आगे कहा, 'उसे गारक महासंघ से वापस बुला लिया गया।'

ये सुनते ही सुरिरत्ना की आंखों में राहत के आंसू भर आए। 'क्या... क्या वो मुझसे नाराज़ है? क्या मैंने उसे खो दिया?'

चेलियन ने भरोसे से भरा हाथ उसके कंधे पर रखा। 'वो तुमसे बहुत प्यार करता है, बच्ची,' उसने कहा। 'लेकिन गारक में हालात बेहद गंभीर हैं। उसके पिता ने उसे बुला भेजा है। सोजू अपने लोगों और उनके हितों की रक्षा करने गया है। उसने मुझसे खास तौर पर कहा था कि मैं तुम्हें बत दूं कि वो लौटेगा, और वो तुम्हें पूरे दिल से चाहता है।'

सुरिरत्ना के चेहरे पर अचानक दृढ़ता उभर आई, 'तो फिर मुझे उसके पास जाना होगा। वो ये सब अकेले कैसे झेलेगा।'

चेलियन हिचकिचा गया। 'उस रास्ते में बहुत खतरा है, सुरिरत्ना। गारक तक का सफर बेहद जोखिम भरा है। और वहां पहुंचकर तुम सीधे युद्ध के मुहाने पर भी जा सकती हो। सोच-समझकर फैसला लेना।'

सुरिरत्ना एकदम चुप हो गई, उसकी भौंहें सिकुड़ गईं। उसका मन पल भर को अपने परिवार की ओर लौट गया—पिता की सतर्क निगाहें, मां की बेचैनी भरी चाल, वो रहस्य जिसकी रक्षा पूरा घर करता था। द्वैतलिंगम कोई साधारण वस्तु नहीं थी—वो एक विरासत थी, जिसकी वजह से उसका परिवार हमेशा ख़तरे में रहता आया था। क्या वो ऐसे वक्त में सचमुच सबको छोड़ सकती है, जब हर तरफ़ खतरे की आहट है?

'मुझे पता है, मेरे परिवार को भी मेरी ज़रूरत है,' उसने धीमे स्वर में कहा। 'यहां भी ऐसे खतरे हैं—जिन्हें हम शायद ठीक से सनझ भी नहीं पाए हैं। लेकिन दिल कहता है, सोजू का गारक लौटना सिर्फ़ उसके राज्य की बात नहीं है। ये कोई बहुत बड़ी चीज़ है, जिससे हम सब जुड़े हैं—अगर मुझे सचमुच अपनी विरासत और अपनों की रक्षा करनी है—तो मुझे उसके साथ भी खड़ा होना होगा।'

चेलियन ने गौर से उसकी बात सुनी, उसके शब्दों का महत्व उसे समझ में आ गया। सुरिरत्ना की आंखें, चाहे अनिश्चितता से भरी हों, पर उनमें दृढ़ संकल्प की चमक थी। उसके मन में यादों की बाढ़ सी आ गई—सोजू ने उसे

नाग से बचाया था, भद्रकेतु के जाने के बाद उसे दिलासा दिया था, कमल तालाब के किनारे किए गए वादे, हमेशा एक-दूसरे का साथ निभाने की प्रतिज्ञा, सब कुछ जैसे अभी ताज़ा था।

उसने अपने कंधे सीधे किए, आवाज़ में दृढ़ता भरकर बोली, 'मैंने मन बना लिया है। सोजू को मेरी ज़रूरत है, मैं उसे यूं अकेला नहीं छोड़ सकती। हमने हमेशा हर मुश्किल का सामना साथ मिलकर किया है, ये भी कोई अलग बात नहीं है।'

उसकी आंखों में अब संकल्प की चमक थी और चेलियन जान गया था कि अब उसे मना नहीं किया जा सकता। 'ठीक है,' उसने हामी भरी, 'लेकिन सबसे पहले तुम्हारे माता-पिता को राज़ी करना होगा, सब तैयारी करनी होगी। तुम्हारे पिता को तो हम मना लेंगे लेकिन तुम्हारी मां... उनके मामले में कुलशेखर की मदद लेनी पड़ सकती है। पर तुम एक वादा करो, सुरिरत्ना कि तुम सावधानी से काम लोगी।'

सुरिरत्ना ने हां में सिर हिलाया, उसके चेहरे पर आभार और साहस दोनों की चमक थी। फिर दोनों वापस उत्सव में लौट आए, इस बार सुरिरत्ना के चेहरे पर नई चमक थी, उसका उद्देश्य और भी दृढ़ हो गया था। रात गीतों और कहानियों के बीच गुज़रती रही, लेकिन इन सबके बीच चेलियन और सुरिरत्ना के साझा रहस्य ने उत्सव के माहौल में जटिलता की एक नई परत जोड़ दी थी।

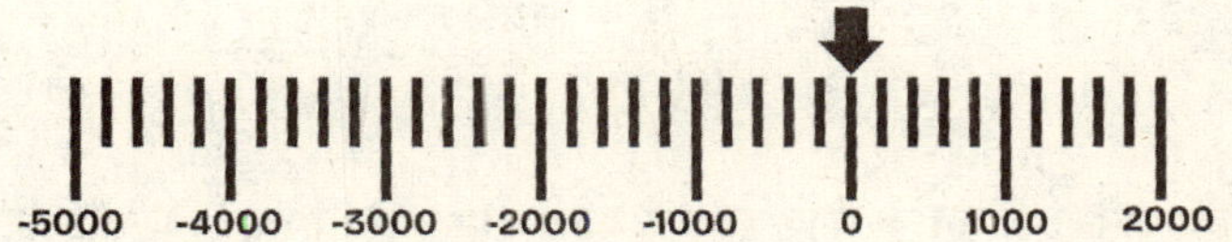

रक़मू, दक्षिणी लेवान्त

आज का पेट्रा, जॉर्डन

करीब 2000 साल पहले

रक़मू—जिसे रोमन पेट्रा कहते थे—पत्थरों की गोद में बसा वह शहर था, जो बीहड़ रेगिस्तानी पहाड़ों में बसा था। इसकी मनमोहक खूबसूरती जितनी मशहूर थी, उतनी ही कमाल की थी इसकी स्थापत्य कला। जलाशयों का जटिल जाल और बारिश का पानी इकट्ठा करने की बेजोड़ व्यवस्था ने इस शहर को सदियों तक पनपने दिया था। रेगिस्तान के गर्म वातावरण के बीच यहां हर एक कीमती बूंद को सहेजकर जमा किया जाता था और फिर शहर के कोने-कोने तक पहुंचाया जाता था, यही इस नगर के अस्तित्व का सबसे बड़ा कारण था। चारों ओर फैली बलुआ पत्थर की ऊंची चट्टानें रक़मू को घेरे रहती थीं, और संकरी, घुमावदार 'सीक'—एक प्राकृतिक घाटी, जो शहर का मुख्य प्रवेश द्वार थी—अपने विशाल दीवारों के बीच से आने वालों को अंदर बुलाती थी, हर मोड़ पर छिपे हुए चमत्कारों की झलक दिखाती हुई। जैसे-जैसे वो रास्ता चौड़ा होता जाता, सामने एक अद्भुत दृश्य खुलता: गुलाबी रंग की चट्टानों में सीधे तराशी गईं अनगिनत हवेलियां और कब्र, जो एक जटिल पहेली की तरह आपस में गुथी हुई थीं।

रक़मू के बीचों-बीच एक परियोजना अधूरी थी। इसे अभी अस्थायी रूप से 'खज़नेह'—यानी खज़ाना—कहा जाता था, लेकिन उसका निर्माण अभी शुरुआती चरण में ही था। यह महत्वाकांक्षी परियोजना इसलिए रुक गई थी क्योंकि दीमास्क़ के प्रमुख नबातियन व्यापारियों का राजस्व घटने लगा था, और राजा अरेटस चतुर्थ अब कोई दूसरा रास्ता खोजने में लगे थे। रक़मू अब

अपने व्यापारिक जीवन के लिए इत्र पर बहुत ज़्यादा निर्भर होता जा रहा था, और यह स्थिति किसी भी तरह संतोषजनक नहीं थी।

भव्य महल के भीतर राजा अरेटस बेचैनी से टहल रहे थे, हालांकि उनके चेहरे पर दृढ़ निश्चय का भाव था। उनकी लंबी, चौड़ी कद-काठी, तीखे नैन-नक्श और गहरे, पैनी आंखों से उनकी उपस्थिति ही राजसी बुद्धिमत्ता और सत्ता का आभास देती थी। उन्होंने अपने लंबे काले बालों को पीछे बांध रखा था, दाढ़ी करीने से संवारी हुई थी। सिर पर सोने का साधारण मुकुट था और हाथ में मणियों से जड़ा हुआ चिकनी लकड़ी का राजदंड। उनके शरीर पर हल्के सफ़ेद और रेतीले रंगों की महीन सूती कपड़े की लहराती हुई पोशाक थी, जिसमें गहरे लाल रंग की कढ़ाई की गई थी। राजनयिक चतुराई और रणनीतिक कौशल के लिए मशहूर, अरेटस को दूर-दूर तक ऐसे सम्राट के रूप में जाना जाता था जिसने व्यापार और कूटनीति के माध्यम से नबातियन प्रभाव को कई दिशाओं में फैलाया था।

खज़नेह सिर्फ़ एक इमारत नहीं थी; एक बार काम पूरा हो जाने पर यह न सिर्फ़ रक़मू की पहचान बनने वाली थी, बल्कि उसके साम्राज्य की व्यापारिक ताकत की भी गवाही देती। रक़मू की रणनीतिक स्थिति से इत्र के काफिलों से मिलने वाले शुल्क लगातार आते रहते थे, लेकिन सिर्फ़ उन्हीं पर निर्भर रहकर शहर की अद्भुत वास्तुकला और ढांचे को ज़िंदा रखना संभव नहीं था। दरअसल, पूरे संसार में फैले नबातियन व्यापारियों का वो जाल—जो परदेस में कमाया धन अपने प्यारे रक़मू में वापस भेजता था—यही इसे सचमुच अनोखा बनाता था।

जब दीमास्क़ के दूत महल में दाखिल हुए, तो हवा में कौतूहल भर गया। राजा अरेटस ने उनका स्वागत किया, उनके सख्त चेहरे पर भी उम्मीद की हल्की झलक दिख रही थी। 'रक़मू में आपका स्वागत है। मुझे बताया गया है, दीमास्क़ और कोरकाई की तरफ से मेरे लिए कोई प्रस्ताव है?'

दूतों ने झुककर अभिवादन किया। 'हमें गवर्नर ने भेजा है,' उनमें से एक बोला। 'हमारे साथ पांड्य देश का एक प्रतिष्ठित व्यापारी भी है। वो दो कारीगर लाया है—ज़रूरी औजारों के साथ—जो आपके निर्माण कार्यों में मदद करेंगे।'

अरेटस ने हल्की हंसी के साथ कहा, 'क्या तुम समझते हो कि दो कारीगर और कुछ छेनी-हथौड़ी मेरी वफ़ादारी खरीद सकते हैं? अभी नक्काशी शुरू होने से पहले ही पंद्रह हज़ार टन से ज़्यादा पत्थर हटाना बाकी है। ऊपर से दीमास्क़ में रोमन करों की मार ने कारोबार ही तबाह कर दिया है। जाकर अपने मालिकों से कह दो, मुझे उनके टुकड़ों की कोई दरकार नहीं।'

'महाराज, मेरी विनती है कि अंतिम निर्णय से पहले एक बार हमारी कारीगरी का नमूना देख लें,' कोरकाई के दूत ने बड़ी विनम्रता से कहा।

राजा अरेटस की जिज्ञासा जाग उठी। उन्होंने पांड्य कारीगरों को इशारा किया कि वे अपना हुनर दिखाएं। दोनों कारीगर आंगन में रखे विशाल बलुआ पत्थर के पास पहुंचे, और अपनी छेनी को ऊपर उठाया। जैसे ही उन्होंने काम शुरू किया, कमरे में सन्नाटा छा गया। चौंकाने वाली बात ये थी कि छेनी पत्थर पर पड़ते ही, वह पिघलता हुआ लगा, हर चोट पर ऊर्जा की छोटी-छोटी चिंगारियां फूटने लगीं। सभी लोग स्तब्ध होकर देखते रह गए, पत्थर के बड़े-बड़े टुकड़े हल्की सी चोट से ही नीचे गिरने लगे। कुछ ही मिनटों में चिकनी सतह और बारीक नक्काशी उभर आई, छेनी बलुआ पत्थर में ऐसे चल रही थी मानो उसमें कोई जादुई ताक़त हो, और जो काम दर्ज़नों मज़दूर कई दिनों में करते, वो कुछ पलों में हो गया।

भीड़ हैरान होकर वाहवाही करने लगी। अरेटस भी रोमांचित हो उठे, और ताली बजाते हुए पत्थर के पास पहुंचे। 'अविश्वसनीय!' उन्होंने कहा। उन्होंने अपने हाथ नई चिकनी सतह पर फिराया। 'यह कैसे संभव है?'

पांड्य व्यापारी ने बोलना शुरू किया, दरबार के अनुवादक ने उसकी बात अरमी भाषा में सुनाई। 'यह प्राचीन तकनीक है—हज़ारों साल पुरानी। इससे हम धातु की अद्वितीय सिल्लियां बनाते हैं, जिनसे सबसे पैनी तलवारें, छुरियां, कटार और छेनी गढ़ी जाती हैं। इन औजारों की धार में ऐसे तत्व होते हैं, जो अस्तित्व के मूल ढांचे को भी बदल सकता है। हालांकि ये कण धातु में जकड़े रहते हैं, लेकिन उनकी धार ऐसी विध्वंसक ऊर्जा पैदा करती है, जो लगभग हर चीज़ को काट सकती है।'

'अगर ऐसे औजार मिल जाएं, तो खज़नेह बेहद कम समय में पूरा हो सकता है,' अरेटस ने बुदबुदाते हुए कहा। फिर वो दीमास्क़ के दूत की ओर मुड़े, 'हमें अपने क्षेत्र में शांति और समृद्धि लानी है। खज़नेह का बनना केवल गर्व का विषय नहीं, ज़रूरत भी है। यह हमारी जिजीविषा की मिसाल बनेगा, हमारी अर्थव्यवस्था को गति देगा। मुझे इसे पूरा करने के लिए आपकी मदद चाहिए।' कुछ पल वो सोचते रहे। 'चलिए, बातचीत शुरू करते हैं,' उन्होंने छेनो की चमकती धार पर नज़रें टिकाते हुए कहा। 'मगर सदियों पुराने रहस्यों से बने औज़ार कभी मुफ्त नहीं मिलते। आप मुझसे क्या चाहते हैं?'

66

प्योंगयांग, उत्तर कोरिया

आज का समय

नाश्ते की मेज़ पर बैठा खलील ग़ज़नवर खिड़की से बाहर देख रहा था, उसकी नज़रें उस बेमिसाल हरे लॉन पर टिकी थीं, जो उसके सामने दूर तक फैला था। ये आलीशान हवेली, प्योंगयांग के नुनसु-डोंग इलाके में बसी थी—एक ऐसी सुरक्षित जगह, जिसकी दीवारें ऊंची थीं और राज्य की मिलिशिया हर वक़्त वहां पहरा देती थी। यह सब किम जोंग उन के ताक़तवर चचेरे भाई, चोई टोक हुन के प्रभाव का सुबूत था।

चोई उत्तर कोरिया की 'नेशनल डिफेंस साइंस अकादमी' का प्रमुख भी था। यह अकादमी 1964 में राष्ट्रीय सुरक्षा मंत्रालय के तहत स्थापित हुई थी और देश के परमाणु और मिसाइल कार्यक्रमों को आगे बढ़ाने में उसकी भूमिका सबसे अहम थी। अमेरिका की तमाम पाबंदियों के बावजूद, इसी अकादमी ने 'ह्वासोंग-14' नामक इंटरकॉन्टिनेंटल बैलिस्टिक मिसाइल बनाने में कामयाबी हासिल की थी। गोपनीयता के साये में काम करने वाले इस संस्थान के वैज्ञानिक उत्तर कोरिया की अंतरराष्ट्रीय हैसियत मजबूत करने के लिए लगातार नई योजनाएं भी बनाते रहते थे।

अफ़ग़ानिस्तान के सफ़ेद कोह की पहाड़ियों में अपने क़िले को निगलती आग से बाल-बाल बचने के बाद, ग़ज़नवर को एक हेलीकॉप्टर में बैठा दिया गया था, जो रडार की पकड़ से बचने के लिए बेहद नीचे उड़ रहा था। वह हेलीकॉप्टर चीन के शिनजियांग इलाके में उतर गया था। वहां उइग़ुर विद्रोही

गुटों ने—जो अपनी इस्लामी पहचान के लिए चीनी सत्ता को चुनौती देते रहते थे—ग़ज़नवर को छुपाया और उसके लिए एक विमान का इंतजाम कर दिया। आखिरकार, चोई टोक हुन की मदद से ग़ज़नवर प्योंगयांग पहुंच गया। अब वो चोई की सख्त पहरेदारी वाली कोठी में एक गुप्त मेहमान था।

डाइनिंग हॉल की सजावट में कोरियाई सादगी की जगह यूरोपीय शानो-शौकत झलक रही थी। दीवारों पर रेशमी टेपेस्ट्री थीं, फर्श पर खूबसूरत कालीन थे, अखरोट की लकड़ी से बनी एक चमकती मेज़ के चारों तरफ सोने की तरह चमकती कुर्सियां रखी थीं, और छत से सोने और कांच के शानदार झूमर की रोशनी बिखर रही थी।

चोई टोक हुन मध्यम कद-काठी और हट्टे-कट्टे शरीर वाला आदमी था जिसके चेहरे पर सत्ता का आत्मविश्वास झलकता था। वो ग़ज़नवर के ठीक सामने बैठा था। दोनों के बीच मेज़ पर चांदी की बड़ी थाली थी, जिसमें मलाईदार अंडों की भुर्जी का ढेर था, ऊपर ढेर सारा काला कैवियार सजाया गया था। अलग-अलग किस्म की विदेशी चीज़ और ठंडी स्लाइसें कलात्मक ढंग से सजी थीं। ताज़े संतरे का रस एक जग में रखा था, बर्फ़ से भरी बाल्टी में रखी पुरानी, उम्दा शैम्पेन की बोतल लंबे-पतले ग्लास में डाले जाने का इंतज़ार कर रही थी, और पास ही नक्काशीदार चांदी की केतली में उबलती कॉफी की खुशबू पूरे कमरे में घुल रही थी। ये हैसिएंडा ला एस्मेराल्डा की खास कॉफ़ी थी। ऐसे माहौल में बैठकर यह यकीन करना मुश्किल था कि इसी उत्तर कोरिया में लाखों लोग भूख से जूझ रहे हैं।

चोई टोक हुन ने अंडा भुर्जी का एक निवाला लिया, फिर शैम्पेन का घूंट पिया। उसने ग़ज़नवर की तरफ देखा, आंखों में जिज्ञासा और रुचि थी। 'मैं अब भी नहीं समझ पा रहा हूं कि आप इस तकनीक को इतना ज़रूरी क्यों मानते हैं। आखिर सुपर-स्ट्रेंथ स्टील में ऐसी क्या खासियत है?'

ग़ज़नवर ने गहरी सांस ली, धर्म के मुताबिक शराब से परहेज़ करते हुए सिर्फ़ कॉफी की चुस्की ली। 'यह सिर्फ़ इस्पात बनाने की बात नहीं है,' उसने समझाना शुरू किया, 'मुद्दा है ऊर्जा को साधने का। अगर यह सही तरीके से

किया जाए, तो हमारे पास सोच से भी ज़्यादा ताक़तवर हथियार आ सकते हैं। यही वजह है कि मैं आपके पास आया हूं, कॉमरेड चोई टोक हुन।'

चोई ने जवाब दिया, 'हमारे पास तो परमाणु हथियार हैं, और ऐसी मिसाइलें भी, जो उन्हें दूर-दूर तक पहुंचा सकती हैं। फिर हमें इसकी ज़रूरत क्यों पड़ेगी?'

ग़ज़नवर ने कॉफी का कप मेज़ पर रख दिया, उसकी भीनी खुशबू अब भी हवा में तैर रही थी। 'द्वैतलिंगम कोई साधारण धरोहर नहीं है। उससे बनी इस्पात इतनी ताक़तवर है, जितना आज तक इंसान ने नहीं देखा। लेकिन बात सिर्फ़ इतनी ही नहीं है, इसके भीतर असीम संभावनाएं छुपी हैं।'

चोई ने भौंहें सिकोड़ लीं, गहराई से सोचते हुए पूछा,'किस तरह की संभावनाएं?'

ग़ज़नवर आगे झुक गया, चेहरा गंभीर था। 'परमाणु हथियारों की ताक़त से कोई इनकार नहीं कर सकता,' उसने कहा, 'मगर उनका असर अंधाधुंध होता है। विस्फोट का दायरा, विकिरण, विद्युत चुंबकीय तरंगें, लंबे समय तक चलने वाला पर्यावरणीय विनाश... हर परमाणु ताक़त रखने वाला देश इस "परस्पर विनाश की गारंटी" के सिद्धांत को जानता है। ये हथियार बेहद असरदार हैं, लेकिन बदले के डर से शायद ही कभी इस्तेमाल किए जाते हैं।'

चोई ने ग़ज़नवर की बात की गंभीरता समझते हुए धीरे से सिर हिलाया। 'आगे बोलिए,' उसने कहा।

'अब ऐसे हथियार की कल्पना कीजिए, जो तबाही मचाने की ताक़त तो रखता हो, पर सटीक निशाने के साथ,' ग़ज़नवर ने आगे कहा। 'जिससे केवल एक इलाका, सिर्फ़ एक मोहल्ला चुनकर तबाह किया जा सके, लेकिन चारों तरफ़ रेडियोधर्मी विकिरण न फैले। ऐसी ताक़त, जो सबसे उन्नत रडार सिस्टम से भी छिपी रह सके। न कोई विकिरण, न कोई पर्यावरणीय तबाही, और जिसकी ताक़त इस तरह अपने हाथ में रहे कि चाहे पूरा इलाका पिघला दो, चाहे एक इमारत... या सिर्फ़ एक घर!'

बात समझते ही चोई की आंखें चमक गईं और उत्साह से चौड़ी हो गईं। 'ऐसा हथियार तो युद्ध की परिभाषा ही बदल देगा। ये हमें इतनी ताक़त देगा...'

'इस वक्त भी एक भारतीय और दक्षिण कोरियाई टीम इसकी तलाश में जुटी है,' ग़ज़नवर ने आवाज़ में गंभीरता लाते हुए कहा, 'सोचिए, अगर आपके प्रिय नेता को पता चले कि सियोल के पास ऐसा हथियार आ गया है? या हमने उसे हासिल करने का मौका गंवा दिया?' उसे अच्छी तरह मालूम था कि किम जोंग उन या उनके दिवंगत पिता का नाम लेना उत्तर कोरियाई नेतृत्व को प्रेरित करने का सबसे असरदार तरीका है।

'यह नतीजा मैं किसी कीमत पर मंज़ूर नहीं कर सकता,' चोई ने ठंडी आवाज़ में कहा और कांटे को चीनी मिट्टी की प्लेट पर ज़ोर से रख दिया।

ग़ज़नवर ने हामी भरी। 'आपके एजेंट पूरी दुनिया में फैले हैं, कॉमरेड। मेरे मुख्यालय पर हालिया हमले ने मुझे महीनों पीछे धकेल दिया है। जो मैं नहीं कर सकता, वह आप कर सकते हैं।'

'तो आपका सुझाव क्या है?' चोई ने पूछा।

'हमें आदित्य पिल्लई और सोमी किम को इस तकनीक तक पहुंचने देना चाहिए,' ग़ज़नवर ने तीखी नज़र से कहा। 'मुझे पूरा यकीन है, वे उसे ढूंढ़ निकालेंगे। उनके साथ वहां वैज्ञानिक—रामास्वामी—भी है।' यह नाम लेते हो ग़ज़नवर की आंखों में गुस्सा उभर आया। रामास्वामी का उसके ठिकाने से भाग निकलना अब भी उसे खल रहा था, खासकर तब जब वो ताड़-पत्र वाली पांडुलिपि की मदद से खोज के बेहद करीब थे।

'उन्हें इसे हासिल करने दें?' चोई ने अविश्वास से पूछा।

'हां, उन्हें सारी मेहनत करने दीजिए। आपके लोग उनकी हर हरकत पर नज़र रखें। और जब वक़्त आएगा, हम उनसे सब कुछ ले लेंगे।'

चोई ने शैंपेन का लंबा घूंट भरते हुए, ग़ज़नवर की योजना पर विचार किया। फिर उसके चेहरे पर धीमी मुस्कान फैल गई, 'जैसे लकड़बग्घे शेर का शिकार लूटते हैं?'

'नहीं,' ग़ज़नवर ने सुधारते हुए कहा, 'लकड़बग्घे तब तक इंतज़ार करते हैं जब तक शेर का पेट ना भर जाए। हम वैसी गलती नहीं करेंगे।'

67

पेरुंगकदल, पूर्व महासागर

आज की बंगाल की खाड़ी

करीब 2000 साल पहले

सुरिरत्ना जहाज़ के जंगले को कसकर थामे थी, नमकीन लहरों की छींटें उसके चेहरे पर चुभ रही थीं, और हिलता जहाज़ उसे भीतर तक हिला जाता था। समंदर में दो हफ्ते भी पूरे नहीं हुए थे, मगर ग्यूमग्वान की यह यात्रा उसकी सोच से कहीं ज़्यादा मुश्किल साबित हो रही थी। हर लहर जब जहाज़ से टकराती, उसकी गूंज उसकी हड्डियों में उतर जाती। वो क्षितिज को एकटक निहारती रही, जैसे समुद्र के उस अनंत विस्तार में ही कोई सुकून मिल जाएगा, जो आखिरकार उसे सोजू तक पहुंचा देगा। लेकिन उसका मन अपने माता-पिता के साथ हुई अपनी आखिरी बातचीत की ओर लौट गया।

कमरे में उस वक्त तनाव पसरा हुआ था, जब सुरिरत्ना उनके सामने खड़ी थी। उसकी मां, इंदुमती, चिंता से भौंहें सिकोड़ते हुए कमरे में चक्कर काट रही थी।'तुम ऐसा सोच भी कैसे सकती हो, सुरिरत्ना?' उसकी मां की आवाज़ कमरे की चुप्पी को चीर गई थी। 'किम सुरो के साथ संबंध? क्या तुम पागल हो गई हो?'

सुरिरत्ना अपनी मां की सुलगती नज़रों का सामना करते हुए अडिग रही। 'माताह, मैं उससे प्यार करती हूं। उसे मेरी ज़रूरत है। हमने एक-दूसरे का हमेशा साथ देने का प्रण लिया था। मुझे ग्यूमग्वान जाना ही होगा।'

इंदुमती का गुस्सा भड़क उठा, चेहरा तमतमा गया, 'ये तो सरासर पागलपन है! तुम्हें हो क्या गया है? उस लड़के ने तो कोरकाई आकर एक बार मिलना भी ज़रूरी नहीं समझा, और तुम... तुम ऐसे लड़के के लिए परदेस भाग रही हो—'

'बस, इंदुमती।' पद्मसेन ने उसकी बात बीच में काट दी, स्वर शांत लेकिन दृढ़ था, जब उन्होंने अपनी पत्नी के कंधे पर हाथ रखा। 'उसे अपनी बात कहने दो।'

इंदुमती के कंधे झुक गए, लेकिन उसकी आंखों में अब भी गुस्से की चिंगारी थी।

सुरिरत्ना ने लंबी सांस ली, उसका संकल्प और भी दृढ़ हो गया। 'सोजू खतरे में है। मैं उसे अकेला नहीं छोड़ सकती, कम से कम अभी तो बिल्कुल नहीं। अगर मैंने ऐसा किया, तो खुद को कभी माफ़ नहीं कर पाऊंगी।'

अब तक चुप रहा कुलशेखर आगे आया, 'कभी-कभी, प्रिय इंदुमती, नियति हमें ऐसे रास्तों पर ले जाती है, जिनके बारे में हम कभी नहीं सोचते। सुरिरत्ना ने अपना मन बना लिया है। हमें उसकी सोच और निर्णय पर भरोसा करना होगा।'

कमरे में सन्नाटा पसर गया, जो बातें नहीं कही गई थीं, उनका बोझ हर किसी पर था। इंदुमती की नज़रें कभी पद्मसेन, कभी कुलशेखर, तो कभी चेलियन पर घूम रही थीं। अब गुस्से की जगह आंखों में दर्द उतर आया था। 'तो ठीक है,' वो आखिरकार बमुश्किल फुसफुसाई, आंखें नम हो गई थीं। 'लेकिन शपथ लो कि... लौटोगी, हमारे पास, मेरे पास।' उसने अपनी बांहें फैला दीं और सुरिरत्ना मां के आलिंगन में समा गई, मन ही मन सोचती रही कि क्या वो कभी फिर से सुकून भरी ऐसी गर्माहट महसूस कर पाएगी?

पद्मसेन आगे बढ़ा और उसने सुरिरत्ना के हाथ अपने हाथों में थाम लिए। 'जाओ, हमारे आशीर्वाद के साथ जाओ, मेरी प्यारी बच्ची। ईश्वर तुम्हारी रक्षा करें और तुम्हें सकुशल लक्ष्य तक पहुंचाएं। याद रखना, असली शक्ति और साहस भीतर से आता है। वे कभी तुम्हारा साथ नहीं छोड़ते, चाहे राह जैसी भी हो।'

चेलियन ने इस मुश्किल समुद्री यात्रा के लिए मजबूत जहाज़ की व्यवस्था की थी, उसमें भरपूर ताज़ा पानी, भोजन और दवाएं रखी गई थीं। उसके दल के हर सदस्य को सूझ-बूझ के साथ चुना गया था—हर सदस्य ख़तरनाक समुद्र की लहरों को साधने में माहिर था।

इंदुमती चाहती थी कि सुरिरत्ना के साथ कुछ महिला साथी भी जाएं। उसके लिए यह कल्पना भी असहनीय थी कि उनकी बेटी अकेली, नाविकों से भरे जहाज़ पर सफ़र करे। लेकिन सुरिरत्ना भी उतनी ही अडिग थी, वो किसी लाव-लश्कर के बिना ही यात्रा करना चाहती थी। आखिरकार, बीच का रास्ता निकाला गया। पद्मसेन के परिवार के प्रति निष्ठा रखने वाले, तेल लगे बालों और झुर्रियों से भरे चेहरे वाले वेंकटेशन को सुरिरत्ना का अंगरक्षक नियुक्त किया गया।

इंदुमती इस व्यवस्था से संतुष्ट नहीं थी, मगर पद्मसेन ने हमेशा की तरह उसे ऋग्वेद में वर्णित तीस ऋषिकाओं की याद दिलाई।

अचानक एक विशाल लहर डेक पर आकर गिरी, सुरिरत्ना पूरी तरह भीग गई और उसके विचार फिर वर्तमान में लौट आए। उसके बगल में वेंकटेशन खड़ा था, मौसम की मार से झुलसे उसके चेहरे पर गंभीरता थी। 'आज समुद्र कोई दया नहीं दिखा रहा है, देवी,' वो गरजती आंधी के बीच आवाज़ बुलंद करते हुए बोला। 'ईश्वर से प्रार्थना कीजिए कि मौसम थोड़ी राहत दे।'

मगर राहत नहीं आई। भयंकर तूफ़ान ने समुद्र को रौद्र बवंडर में बदल दिया, हर लहर समुद्र की गहराई से उठते किसी राक्षस जैसी जान पड़ती। जहाज़ की लकड़ी झटकों में जैसे चीखने लगी थी, उसका ढांचा चरमराहट की आवाज़ के साथ अपने अस्तित्व के लिए लड़ रहा था।

सुरिरत्ना जंगले को कसकर थामे रही, उसका दिल ज़ोर-ज़ोर से धड़क रहा था, हर पल बढ़ती अनिश्चितता उसके भीतर तक सिहरन पैदा कर रही थी।

अचानक, बिना किसी चेतावनी के, एक विशाल लहर उनके सामने उठ खड़ी हुई, मानो भूत जैसा कोई डरावना आकार हो। उसने जहाज़ के मस्तूल को तोड़ दिया, और चालक दल को फिसलती, बरसात में भीगी डेक पर इधर-

उधर पटक दिया। जहाज़ लड़खड़ाया, उसका जर्जर ढांचा चीथड़ों की तरह फटने लगा। 'अपनी जगह पर बने रहो!' वेंकटेशन चिल्लाया, मगर तूफ़ान की गड़गड़ाहट में उसकी आवाज़ खो गई। जैसे ही जहाज़ लड़खड़ाया, सुरिरत्ना ने खुद को लहरों के भंवर में गिरता महसूस किया।

बर्फ़ीला पानी उसके फेफड़ों में भर गया, उसकी सांसें अटकने लगीं। हाथ-पांव मारते हुए वो किसी ठोस चीज़ को पकड़ने की कोशिश करती रही, पानी के ऊपर रहने के लिए संघर्ष करती रही लेकिन उसकी ताक़त तेज़ी से जवाब देने लगी थी। आखिरकार, उसके हाथों को लकड़ी के एक तैरते हुए टुकड़े का सहारा मिला, टूटे मस्तूल का। सुरिरत्ना ने पूरी जान लगाकर उसे कसकर थाम लिया, वो प्रार्थना करती रही कि यही टुकड़ा उसे रात भर सहारा दे।

लेकिन तूफ़ान थमा नहीं और थकी-हारी सुरिरत्ना की पकड़ लहरों के थपेड़ों में ढीली पड़ने लगी। उसकी आंखों के सामने सब धुंधला-सा होने लगा, पूरी दुनिया बोझिल लगने लगी। फिर भी, उसकी अर्धचेतन अवस्था में एक छवि चमक रही थी—सोजू की छवि। उस निराशा और अंधेरे के बीच वही उसकी उम्मीद की लौ था, जैसे कहीं दूर समंदर की गहराइयों से उसकी आवाज़ पुकार रही हो। लहरें लगातार उसे थपेड़े मारती रहीं, ठंड ने उसकी चेतना को सुन्न कर दिया, लेकिन उसने टूटा हुआ मस्तूल नहीं छोड़ा, अपने जीवन की डोर को छोड़ने से इनकार करती रही।

घंटों बीत गए, और सुरिरत्ना को लगने लगा कि शायद यही उसका अंत है। फिर भी, उसके मन से सोजू का चेहरा एक पल के लिए भी नहीं हट रहा था—वही प्यार, जिसने उसे यहां तक पहुंचा दिया था। जैसे-जैसे लहरें उसे नीचे खींचने लगीं, वो पास आते अंधेरे का सामना करने के लिए खुद को तैयार करने लगी, और आखिरकार, उसने खुद को समुद्र के हवाले कर दिया।

68

साकेत, कोसल

आज का अयोध्या, उत्तर प्रदेश, भारत

करीब दो 2000 साल पहले

साकेत के बाहरी इलाके के एक मामूली से घर की धुंधली-सी रोशनी वाला तहख़ाना, सोमदत्त की गुप्त सभा का ठिकाना बना था। उस छोटे से कमरे में बस लकड़ी की एक बड़ी पेटी थी, जो मेज़ का काम कर रही थी। उस पर साकेत और आसपास के इलाकों के नक्शे फैले हुए थे, जिन पर तरह-तरह के चिह्न और टिप्पणियां लिखी हुई थीं।

'मुझे लग रहा है,' सोमदत्त बुदबुदाया, 'बस कुछ और प्रहार और विदूषिका की सत्ता बिखर जाएगी। हमें ये प्रहार बार-बार करने हैं।' उसने कमरे में मौजूद एक आदमी की ओर देखा। 'वत्सधरा—चरागाहों का क्या हुआ?'

'सब हो गया,' वत्सधरा के होंठों पर संतोष की हल्की मुस्कान थी। 'कल रात हमारे लोगों ने विदूषिका की सबसे बेशकीमती गायों को किसानों के खेतों में भगा दिया।'

सोमदत्त ने सिर हिलाया। 'बहुत अच्छा। संसाधनों का सही बंटवारा। किसानों के लिए सुबह होते ही ये बड़ी नेमत साबित होगी।'

'वे हमें पहले से ही अपना उद्धारकर्ता मानने लगे हैं।'

सोमदत्त के तीखे नैन-नक्श और पैनी आंखों में एक ऐसा तेज़ था, जिससे उसकी मौजूदगी में सबके मन में अपने आप ही आदर और अनुशासन का

भाव जग जाता। पद्मसेन को बचाकर निकालने के बाद वो खुद भगोड़ा बन गया था—कभी गुफाओं, कभी जंगलों में छिपता फिरता था।

कुलशेखर और पद्मसेन से मिली मदद- धन और हथियार- के दम पर सोमदत्त ने समर्पित विद्रोहियों की एक टोली खड़ी कर ली थी। वे अब एक ऐसी ताक़त बन गए थे जिसका सामना करना आसान नहीं था।

सोमदत्त अब भगुरायण की ओर मुड़ा। 'रसद का क्या हाल है?' बीती रात एक और कारवां रोक लिया,' भगुरायण के स्वर में विजयी संतोष साफ था। 'सारा सामान पहुंचा दिया गया है। लोग हमें मुक्तिदाता कहने लगे हैं, सोमदत्त।'

सोमदत्त के होंठों पर हल्की मुस्कान आई। 'बहुत बढ़िया। हम लक्ष्य के और करीब पहुंच रहे हैं।'

जैसे-जैसे विद्रोहियों की ताक़त बढ़ती गई, विदूषिका की परेशानी बढ़ती गई। उसकी पूरी व्यवस्था हर हमले के जवाब में बिखरती जा रही थी। सोमदत्त की टोली गुप्त आक्रमण में माहिर थी और शहर की हर गली, हर मोड़ को पहचानती थी। वे अचानक प्रहार करते, और जब तक विदूषिका की सेना कुछ समझ पाती, उससे पहले ही गायब हो जाते। जो साकेत कभी शांत था, अब वह उबलने लगा था। हर तरफ़ विद्रोह की फुसफुसाहटों के साथ डर और अराजकता फैलती जा रही थी।

बाज़ारों में विद्रोहियों ने कभी धावे की, तो कभी जबरन कर वसूली की अफ़वाहें फैला दीं। जिन व्यापारियों ने विदुषिका का साथ दिया था, वे डरकर अपनी दुकानें बंद कर भाग खड़े हुए। कभी गुलज़ार रहने वाले इलाके अब बिल्कुल बदले-बदले नज़र आते- दुकानें बंद, हवा में धुएं की गंध, गलियों में गश्त लगाने वाले लुटेरों का डर। कभी-कभी गलियों में धातु के टकराने और लड़ाई की चीखें गूंज जातीं। बाज़ार अब छोटे युद्धक्षेत्र में बदलने लगे थे। दूसरी ओर, विद्रोहियों के समर्थक बाज़ार फल-फूल रहे थे। नकली सिक्के और जाली दस्तावेज़ चुपचाप प्रशासन में भेज दिए जाते, इससे विदुषिका की पूरी व्यवस्था अस्त-व्यस्त हो गई थी। इन सब के पीछे था एक कुशल

सूत्रधार—सोमदत्त। और जैसे-जैसे विद्रोह बढ़ा, वैसे ही विदुषिका की अपनी सेना में भी असंतोष की आग सुलगने लगी।

लगातार लड़ाई से थके और जिस सत्ता की वे सेवा कर रहे थे, उससे मोहभंग के शिकार ये सैनिक अब फुसलाए जाने के लिए तैयार थे। सोमदत्त के एजेंट नई अफ़वाहें फैलाते, शक का बीज बोते, और लालच देते। उनका अंतिम लक्ष्य था—पूरी तरह से बगावत भड़काना।

विद्रोही मुख्यालय के एक गुप्त कोने में सोमदत्त उन सैनिकों से मिला, जिन्होंने विद्रोहियों का साथ देने की निष्ठा व्यक्त की थी। 'फैसले की घड़ी अब दूर नहीं,' उसकी आवाज़ में दृढ़ विश्वास झलक रहा था। 'अपने सेनापतियों के विरोध उठ खड़े हो। हम तुम्हारे साथ हैं। अत्याचारी सत्ता गिराई जाएगी। फिर 157वें द्वैतलिंगम रक्षक आगे आएंगे।'

सैनिकों ने हां में सिर हिलाया, उनके चेहरों पर डर और संकल्प की मिली-जुली छाया थी। साकेत, पूरा कोसल, अब डगमगाने लगा था।

'बहुत से लोग तैयार हैं,' केशव, एक अनुभवी योद्धा आगे बढ़ा। 'मगर हमारे परिवारों का क्या? विदुषिका उन्हें हमारे ख़िलाफ़ इस्तेमाल करेगा।'

सोमदत्त ने केशव के कंधे पर हाथ रखा। 'उन्हें कहीं और पहुंचा दिया जाएगा, सुरक्षित रखा जाएगा। मेरा वादा है... कुलशेखर और पद्मसेन का भी।'

केशव का चेहरा कुछ नरम पड़ा। 'फिर हम आपके साथ हैं। समय आएगा तो हम उठ खड़े होंगे।'

'अच्छा। सब कुछ सही तालमेल और समय पर निर्भर करेगा। तैयार रहना।' सोमदत्त ने दूसरे सैनिक की ओर रुख किया। 'पद्मसेन को वापस ले आओ। अब उनकी ज़रूरत है।'

'अभी?' भगुरायण की भौंहें सिकुड़ गईं।

'हनुमान रास्ता बनाएंगे। और जिन कारीगरों के साथ पद्मसेन ने काम किया, उनमें से सबसे हुनरमंद लोगों को ले आओ।'

रात ढलते ही साकेत पर अंधेरे की चादर फैल गई। पूरा शहर जैसे सांस रोककर थम गया था। इसी सन्नाटे में सोमदत्त के विद्रोही सधे क़दमों से अपने लक्ष्य की ओर बढ़ रहे थे: विदुष्का का पतन। एक समय शांत रहा यह नगर अब रणभूमि बन गया था, जिसका भाग्य अधर में लटक रहा था।

69

सियोंगसान, गारक महासंघ

आज का सियोंगजू काउंटी, दक्षिण कोरिया

करीब 2000 साल पहले

सियोंगसान किले की भूमिगत कोठरी किसी मकबरे जैसी लग रही थी। मशालों की रोशनी पत्थर की दीवारों पर डरावनी परछाइयों की तरह नाच रही थी, जबकि हवा में भीगी मिट्टी और धीमे जलते तारकोल की तीखी गंध और भी भारी हो चली थी। कमरे के बीचोंबीच, खुरदुरे लकड़ी के तख्त पर बंधा पड़ा था बिहवा के सरदार जिनह्योक का अंगरक्षक, जिसका चेहरा दर्द से बिगड़ चुका था। पास ही खड़ा था तलहे, जिसके चेहरे पर उबलती हुई हताशा का नकाब था, जबकि उसके आदमी कैदी पर वार कर रहे थे।

बिहवा के आदमी की कमीज़ खून से लथपथ होकर लटक रही थी। उसकी हर उखड़ी सांस उस पिटाई की गवाही दे रही थीं, जिसे वो झेल चुका था। जैसे ही तलहे पास आया, पहरेदार पीछे हट गए, जिससे उन्हें थोड़ी राहत मिली। 'तेरी ये ज़िद अब उबाऊ हो गई है,' उसने धीमे स्वर में कहा, 'लेकिन हर किसी की हिम्मत कहीं न कहीं टूटती है।'

बेशक शरीर दर्द से तड़प रहा था, लेकिन बंदी के जबड़े भींचे हुए थे; यह उसके हार ना मानने का संकेत था। तलहे ने इशारा किया, एक सिपाही आगे बढ़ा, हाथ में लाल-गर्म सलाख लिए। बंदी की आंखें डर से फैल गईं, फिर भी जबड़े कसकर बंद रहे। 'ठीक है,' तलहे ने नकली थकावट जताते हुए आह भरी, 'अब देखते हैं, क्या आग तेरी ज़ुबान खोल सकती है।'

जलती हुई सलाख बंदी की छाती से बस कुछ इंच दूर मंडरा रही थी, उसकी तपिश से ही हवा सुलग उठी थी। ऐसा लग रहा था कि वह कुछ बोलेगा ही नहीं, तभी उसने हांफते हुए कहा, 'रुको!'

तलहे ने हाथ उठाया, सलाख़ वहीं थम गई। 'बोल,' उसने हुक्म दिया।

'मुखिया... मिले थे...' बंदी की आवाज़ टूटी और दर्द से भरी थी, 'मैंने कभी उनकी जासूसी नहीं की... बस अपने सरदार का पीछा किया था, उनकी सुरक्षा के लिए।'

'नाम बता,' तलहे ने सख़्त लहजे में पूछा।

'बिहवा के जिनह्योक... बंगम के वोनशिक... आरा के योंघो...' उसने दर्द के साथ थूक गटका, 'और ग्यूमग्वान के किम सोक... वे सब जिरिसन के जंगल में मिले थे।'

तलहे आगे झुक आया, उसकी दिलचस्पी और बढ़ गई, 'आगे बता।'

'उन्होंने... सबने मिलकर साथ खड़े रहने का फैसला किया...' बंदी का स्वर और बिखर गया,'...युद्ध की तैयारी के लिए... तुम्हारे ख़िलाफ़। उन्होंने... किम सोक को अपना नेता चुना...'

कमरे में अचानक सन्नाटा छा गया। तलहे के चेहरे पर सोच की परछाई उभरी। यह ख़बर खतरनाक थी, मगर उसके लिए एक मौका भी था। उसे विरोध की उम्मीद थी, लेकिन यह पक्का गठबंधन महत्वपूर्ण था।

'और किम सुरो?' तलहे की आवाज़ में बनावटी शांति थी।

'ग्यूमग्वान... आ रहा है...' बंदी ने बमुश्किल सांस लेते हुए कहा, 'किसी भी दिन पहुंचने वाला है...'

तलहे के चेहरे पर धीमी मुस्कान फैल गई। उसने जो सुना, वह उसके लिए बेहद अहम था। उसने अपने सिपाहियों को देखा—निर्दयी, प्रशिक्षित, हर आदेश के लिए तैयार। सभी काली पोशाक में, चेहरों पर नकाब, सिर्फ़ बर्फ जैसी ठंडी आंखें झांक रही थीं। हर एक यातना, घात और हत्या में माहिर। लेकिन सबसे बढ़कर, वे तलहे के लिए पूरी तरह वफ़ादार थे। उनकी चाल में शिकारी जैसी शान थी, हथियारों की धार मशाल की रोशनी में चमक रही थी।

'हमें जो चाहिए था, वो मिल गया,' तलहे ने ऐलान किया। उसके आदमियों ने रुखेपन से सहमति दी। तलहे फिर बंदी की ओर मुड़ा, जो अब बेहोश था। उसके चेहरे पर हिकारत और सख़्ती उतर आई। 'ख़त्म कर दो इसे,' उसने हुक्म दिया।

एक सिपाही ने फुर्ती से रस्सी निकाली, उसे बंदी की गर्दन में फंदे की तरह डाला, फिर उसे कसकर खींच दिया। कुछ पलों की जद्दोजहद के बाद सब शांत हो गया। तलहे देखता रहा, अब उसकी सोच अगले कदम पर जा चुकी थी। यह गठबंधन ख़तरा भी था, लेकिन सबसे आसान निशाना भी। अगर अभी वार कर दे, तो एकता चकनाचूर हो जाएगी, जमने से पहले ही। उसके होंठों पर एक हल्की मुस्कान उभर आई।

मुड़ते हुए तलहे ने घुमावदार सीढ़ियों पर चढ़ना शुरू किया, मशालों की हल्की रोशनी के बीच उसके कदमों की आहट गूंज उठी। सीढ़ियों के बीच वो रुका, होंठों पर और चौड़ी मुस्कान फैलाते हुए अपनी टोली से बोला, 'मैंने प्रिय किम सुरो के स्वागत के लिए एक खास तोहफ़ा सोचा है... क्या कहते हो, बिल्कुल उसके लायक़?'

70

अयुत्थया, स्याम, सुवर्णभूमि

आज का बैंकॉक, थाईलैंड

करीब 2000 साल पहले

एक निर्जीव शरीर उतरती लहरों के साथ बहता हुआ किनारे आ लगा। सूरज सिर पर था, पानी की सतह पर पड़ती उसकी किरणें बिखरे रत्नों का भ्रम रच रही थीं। वो महिला निःशब्द, स्थिर, रेत में पड़ी थी; उसके घने, काले बाल गीली ज़मीन पर बिखरे थे, उन पर समंदर की छींटे और रेत चिपकी थी। चारों ओर बस लहरों की हल्की आवाज़ और दूर उड़ते समुद्री पक्षियों की पुकार गूंज रही थीं, और किसी भी तरह की हलचल या आवाज़ नहीं थी। कुछ देर बाद, मछुआरों का एक झुंड तट पर आ गया, जाल उनके तने हुए कंधों पर लटक रहे थे। उनकी पैनी नज़रें दूर तक देखने की आदी थीं, उन्होंने तुरंत रेत पर पड़ी आकृति को देख लिया। उनमें से एक, अनुभवी दयालु चेहरे वाला आदमी, तेज़ी से दौड़ता हुआ उसके पास आ गया, उसका दिल ज़ोर-ज़ोर से धड़क रहा था। वो घुटनों के बल बैठा, और उस महिला के सीने पर कान लगाकर धड़कनों की बहुत धीमी आहट सुनी। 'इधर आओ! ये जीवित है!' उसने पुकारकर कहा।

बाकी मछुआरे चिंतित चेहरों के साथ पास आ गए। सभी ने मिलकर उसे बहुत सावधानी से उठाया, और समुद्र की बेकाबू लहरों से दूर किनारे की तरफ ले गए। उनका मुखिया, गहरी झुर्रियों वाला बुजुर्ग, अनुभव का मानो चलता-फिरता खज़ाना, उसके सीने पर लयबद्ध तरीके से दबाव देने लगा, ताकि नमकीन पानी से भरे उसके फेफड़ों में हवा भर जाए।

आखिरकार, लड़की ने खांसते-खांसते खारा पानी बाहर निकाल दिया, उसके शरीर को पहले एक झटका लगा, फिर वो शिथिल पड़ गया। एक मछुआरे ने फौरन उसे पाल के कपड़े में लपेट दिया।

धीरे-धीरे सुरिरत्ना के पीले होंठों पर थोड़ी लाली लौटने लगी, सांसें भी कुछ सहज हो गईं, मगर वो अब भी बेहोश थी। मछुआरे एक-दूसरे को राहत की नज़रों से देखने लगे, उनकी सारी मेहनत उस लड़की की टूटी-फूटी सांसों में दिख रही थी।

समुद्र तट पर हो रही हलचल किसी की नज़र से बची नहीं थी। कुछ दूरी पर, तेज़ नजरों वाले राजसी सैनिकों ने ये सब देख लिया था। उनके चमकते कवच में सजे सेनापति ने तुरंत अपनी टोली को लेकर तट की ओर कूच किया। 'यह क्या हो रहा है?' उसने पूछा।

'महोदय, एक युवती है, लहरों ने उसे यहां फेंका है,' बूढ़े मछुआरे ने जवाब दिया, 'सांस तो ले रही है, लेकिन अभी होश नहीं आया। हमने जो बन पड़ा, किया।'

सेनापति ने सराहना में सिर हिलाया, 'अब आगे की जिम्मेदारी हमारी है।' फिर अपने सिपाहियों से धीमे स्वर में कहा, 'इसके बढ़िया कपड़े देखो, कढ़ाई पर ध्यान दो। इसे राजसी अतिथिगृह ले चलो।' सैनिकों ने सुरिरत्ना के नाजुक शरीर को उठाया, और उसे एक प्रतीक्षारत बजरे की ओर ले गए, जो उसे नगर की ओर ले जाने के लिए तैयार था।

~

बाद में उस शाम, सुरिरत्ना एक आलीशान बिस्तर पर लेटी थी। विशाल कमरे में रंग-बिरंगे भव्य टेपेस्ट्री और गद्देदार तकिए बिखरे थे। ऊंची खिड़कियों से करीने से संवारे गए बगीचे का नज़ारा दिखता था, हवा में चमेली की महक तैर रही थी।

सुबह की पहली किरण के साथ, सुरिरत्ना की पलकें धीरे-धीरे खुलीं। उसके सामने एक अनजान, बेहद आलीशान दुनिया बिखरी थी। सिर भारी

था, शरीर में दर्द था, मगर जीवन की चमक उसकी आंखों में बाकी थी। धीरे-धीरे उसने कमरे में लकड़ी की बारीक नक्काशी, खूबसूरती से सजाए रेशमी परदे, और ताज़े फूलों से भरे नाज़ुक चीनी मिट्टी के फूलदानों को देखा। सामने, सुबह की हल्की धूप में नहाए हुए, राजसी वस्त्रों में लिपटा एक व्यक्ति बैठा था। चेहरे पर स्नेह और प्रभाव दोनों था, और आंखों में जिज्ञासा और चिंता भी।

'तुम फिर से जीवित लोगों की दुनिया में लौट आई हो,' उस आदमी ने मोन भाषा में धीमी, मधुर आवाज़ में कहा। 'अयुत्थया राज्य में तुम्हारा स्वागत है। मैं जयसेन हूं, स्याम का राजा।'

सुरिरत्ना मुश्किल से उठकर बैठी, रेशमी चादरों की सरसराहट उसके चारों ओर थी। वो उस भाषा को समझ नहीं पाई, जो उससे बोली जा रही थी।

जयसेन ने उसकी उलझन भांप ली, 'भवत्या: संस्कृतं भाषणा अस्ति वा? क्या तुम संस्कृत बोल सकती हो?' जयसेन अपने राजगुरु से संस्कृत सीख रहा था। सुरिरत्ना ने सिर हिलाया। 'अयुत्थया राज्य में तुम्हारा स्वागत है। मैं जयसेन हूं, स्याम का राजा,' जयसेन ने फिर संस्कृत में दोहराया।

'अयोध्या? श्याम?' सुरिरत्ना की फटी, कांपती आवाज़ में निकला।

'बाहर वाले जिसे सुवर्णभूमि कहते हैं,' जयसेन ने उसे आश्वस्त करने की कोशिश की, उसकी दृष्टि में स्नेह था। 'तुम समुद्र की लहरों के साथ हमारे तट पर आई थी, और मेरी प्रजा ने तुम्हें पा लिया। देवताओं की ओर से भेजी गई इस देवी की देखभाल करना मेरा पवित्र कर्तव्य है।'

सुरिरत्ना की आंखों के सामने एक ही छवि आई: सोजू की सुकून भरी बांहें।

'और इस देवी का नाम क्या है?' जयसेन ने कोमल स्वर में पूछा।

'सु... सेम्बवलम,' सुरिरत्ना ने थोड़े हिचकने के बाद उत्तर दिया, क्योंकि उसने अपनी असली पहचान छुपाने का अचानक निर्णय लिया था। संस्कृत में 'सुरिरत्ना' और तमिल में 'सेम्बवलम' दोनों का अर्थ था 'अनमोल रत्न'; सेम्बवलम शब्द तमिल में खासतौर पर लाल मूंगे के लिए या बेशकीमती खजाने के लिए इस्तेमाल होता था।

जयसेन बेहद सहजता से उठे, उनकी पोशाकें घुटनों के इर्द-गिर्द लहराईं, 'अब आराम करें, देवी सेम्बवलम। मेरे सेवकआपकी हर आवश्यकता का ध्यान रखेंगे।' करुण मुस्कान के साथ वो बाहर चले गए, उनके पीछे दरवाज़ा बंद हो गया।

लगभग तुरंत, प्रशिक्षित सेवकों की टोली कमरे में आ गई, हर किसी के हाथ में कुछ न कुछ था। स्वादिष्ट व्यंजनों से भरी थालियां, स्नान के लिए खुशबूदार तेल, और पहनने के लिए नए कपड़े सामने रख दिए गए। सुरिरत्ना सब कुछ हल्की, भ्रमित दृष्टि से देखती रही, लेकिन भीतर से उसे इतनी देखभाल के लिए आभार महसूस हो रहा था। गर्म सूप की चुस्की लेते हुए उसका मन बार-बार इस अनजाने देश और दयालु राजा की ओर लौट रहा था, जिसने उसे समुद्र की ठंडी गिरफ्त से निकाला था।

बाहर, जयसेन अपने पालकी में बैठकर महल की ओर लौट रहे थे, और उनके विचार केवल सुरिरत्ना के इर्द-गिर्द घूम रहे थे। उसकी सुंदरता ने उन्हें भीतर तक प्रभावित कर लिया था, और उन्होंने मन बना लिया था। समुद्र की लहरों से निकली यह अनुपम देवी अब उनकी रानियों में एक बनेगी; उसी के गर्भ से वो उत्तराधिकारी जन्म लेगा, जिसकी उन्हें अरसे से प्रतीक्षा थी।

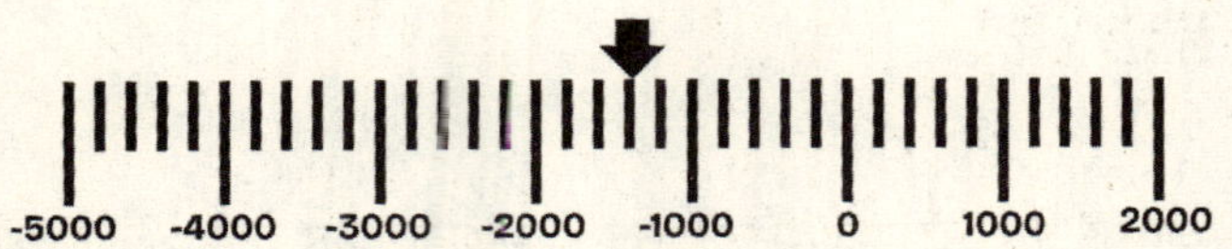

थीब्ज़, केमेट, नया साम्राज्य

आज का लक्सर, मिस्र

करीब 3,400 साल पहले

तपती धूप के नीचे मिस्र की सुनहरी रेत दूर-दूर तक चमक रही थी, और एक भव्य जुलूस रेगिस्तान के विस्तार में लहराता हुआ थीब्ज़ के केंद्र की ओर बढ़ रहा था। यह वो युग था, जब देवता भी मनुष्यों के बीच रहते थे, और पवित्र प्रतिज्ञाओं में बंधे गठबंधन साम्राज्यों के भाग्य का निर्धारण करते थे।

फिरौ अमेनहोटेप तृतीय का रथ, धूप में चमकता हुआ, स्वागत दल का नेतृत्व कर रहा था। राजसी पोशाक में सजे वो दूर से आती मितानी टोली को निहार रहे थे, लेकिन उनका ध्यान एक खास आकृति की ओर आकर्षित था।

मितानी, मिस्र के उत्तर-पश्चिम की ताक़तवर जनजाति थी। अमेनहोटेप का मितानी राजकुमारी तदुखेपा से होने वाला विवाह केवल दिलों का मिलन नहीं था—यह एक रणनीतिक गठबंधन था, साझा दुश्मनों के ख़िलाफ़ एक मज़बूत दीवार।

मितानी जुलूस शान से आगे बढ़ रहा था। उसके केंद्र में, घोड़े पर सवार थी तदुखेपा, सुदूर सफर की धूल के बावजूद उसकी सुंदरता ज़रा भी फीकी नहीं पड़ी थी। वो महीन मलमल में लिपटी थी, उसके बालों में बारीक गहनों की साज-सज्जा थी। जैसे ही जुलूस पास पहुंचा, उसकी चाल धीमी हो गई, और जमा भीड़ पर एक सन्नाटा छा गया। अमेनहोटेप अपने रथ से उतरे, उनकी चाल किसी देव-राजा जैसी थी, और वो तदुखेपा की ओर बढ़े, जो अपनी दासियों के साथ धीरे-धीरे, सोच-समझकर क़दम बढ़ा रही थी। उसके मन में उत्साह और हल्की आशंका दोनों थी। कर्नाक के विशाल

स्तंभों की छाया में, रा और अमुन-रे की भव्य मूर्तियों के नीचे, दोनों पहली बार आमने-सामने थे।

'हे सुंदरी, राजकुमारी तदुखेपा, तुशरत्ता की पुत्री, आपका स्वागत है,' अमेनहोटेप ने गूंजती आवाज़ में कहा, जो पूरे प्रांगण में फैल गई। तदुखेपा के पिता का नाम एक महान राजा—दशरथ—के नाम पर रखा गया था, जो पूर्व के उस सुदूर देश में जन्मे थे, जहां से मितानी वंश की उत्पत्ति हुई थी।

अमेनहोटेप ने स्वागत में हथेली ऊपर कर अपना हाथ आगे बढ़ाया। तदुखेपा ने अपना हाथ उसे पकड़ा दिया, उसका स्पर्श स्थिर था। 'यह मेरे लिए सम्मान की बात है, फिरौ अमेनहोटेप,' उसने उत्तर दिया। पुजारी मंत्रोच्चार करने लगे, मिस्र के सर्वोच्च देवता रा का आह्वान हुआ कि वो इस मिलन को आशीर्वाद दें। पवित्र स्वरों की गूंज में तदुखेपा की निगाहें थोड़ी देर के लिए आकाश की ओर उठ गईं, मन ही मन उसने अपने देवताओं—इंद्र, वरुण, मित्र और अश्विनीकुमारों—को भी प्रणाम किया, जो दस राजाओं के युद्ध के बाद उनके कबीले के साथ रावी नदी के पूर्व और पश्चिम में आए थे। समारोह आगे बढ़ा, जिसमें दोनों संस्कृतियों की परंपराएं थीं—बलि दी गई, और इस मिलन पर आशीर्वाद बरसाया गया।

अंत में, वर को उपहार भेंट करने की रस्म आई। तदुखेपा के सेवकों ने बारीक नक्काशीदार लकड़ी का एक सन्दूक सामने रखा, उस पर युद्ध और विजय के दृश्य उकेरे थे। 'फिरौ, हमारी मित्रता के प्रतीक के रूप में हम आपको उत्सा भेंट करते हैं,' मितानी दूत ने घोषणा की। सन्दूक खोला गया, और उसमें मिस्र में कभी न देखी गई, अद्भुत चमकदार धातु रखी थी। उस सन्दूक के ढक्कन पर दो मछलियों का प्रतीक उकेरा गया था, जिन्हें होरस की आंख जैसा बनाया गया था।

अमेनहोटेप की भौंहें हैरानी से उठ गईं, जब उन्होंने उस वस्तु को ध्यान से देखा। 'यह अद्भुत वस्तु क्या है? क्या यही वह वस्तु है, जिसकी इतनी चर्चाएं सुनी हैं?'

'यह हमारे मेलुहा के बंधुओं का उपहार है, हे फिरौ,' मितानी दूत ने समझाया। 'यह वो धातु है जो सात बहनों (सात नदियों) के तटों पर पाई जाने वाली किसी भी धातु से कहीं अधिक मज़बूत और उपयोगी है। हम इसे आपके साथ अपने संबंध की निशानी के तौर पर साझा करते हैं।'

अमेनहोटेप ने सहमति में सिर हिलाया, उनका मन कल्पनाओं से भर उठा। उनकी नज़रें उसी धातु पर जमी रहीं, जिसकी सतह हवा और नमी में रहने के बावजूद बिना किसी जंग के, चमक रही थी। उन्होंने एक ऐसी धातु के बारे में सुना था जिस पर गर्मी और समय का कोई असर नहीं पड़ता है; जिस पर चोट करने पर अजीब सी गूंज सुनाई देती है; और जो कांसे को ऐसे काट सकती है जैसे वह कोई कागज़ हो। इतनी ताक़तवर चीज़, और उसे अविश्वसनीय रूप से दो मछलियां दर्शा रही थीं!

'मेरा राज्य आपका धन्यवाद करता है,' अमेनहोटेप ने ऐलान किया। 'हम इस उपहार को अपनी एकता की अमूल्य निशानी मानकर सहेजेंगे। ये जुड़वां मछलियां हमारे गठबंधन की शक्ति का प्रतीक बनेंगी। आज से इन्हें "अब्तु" और "अनेत" कहा जाएगा। ये रा के जहाज़ की रक्षा करेंगी।'

भीड़ में उत्सव का शोर, प्राचीन पत्थरों से टकराकर, गूंजने लगा। वे जुड़वां मछलियां, उस क्षण के साथ, मिस्र की गाथाओं में हमेशा के लिए समा गईं।

नील नदी रात्रि के प्रकाश में जगमगा रही थी, उत्सव देर रात तक चलता रहा। संगीत और हंसी की गूंज हर ओर थी, लेकिन महल के शांत कोनों में अमेनहोटेप के सलाहकार नई योजनाओं का ताना-बाना बुनने में लग गए थे। आखिरकार, यह विवाह मिस्र को मज़बूत बनाने की महान रणनीति का पहला कदम था।

हज़ारों कंदीलों की रोशनी में वे दो मछलियां चुपचाप आराम कर रही थीं। अभी के लिए।

71

दीमास्क़, रोमन साम्राज्य

आज का दमिश्क़, सीरिया

करीब 2000 साल पहले

मिश्रा अपने महल परिसर के उत्तर-पश्चिम कोने में बनी विशाल पक्षीशाला की ओर बढ़ रहा था।

बारीक नक्काशी का काम किए पत्थर के खंभे बांस और लकड़ी की शहतीरों से बनी छत को सहारा दे रहे थे, जो रोमन वास्तुकला का बेजोड़ नमूना था। छत से लटकती लताओं और खिले हुए पौधों की फैली हुई छाया भीतर बसे पक्षियों को सुकून और सुरक्षा देती थी। कई पक्षी खूबसूरती से बनाए गए लकड़ी और महीन लोहे के पिंजरों में थे।

पक्षीशाला में हर तरफ़ पंखों की फड़फड़ाहट गूंज रही थी, रंग-बिरंगे पंखों ने पूरे माहौल को और भी जीवंत बना दिया था। सेवक पिंजरों के बीच घूम रहे थे, पक्षियों की देखभाल कर रहे थे: यात्रा के लिए उनकी स्थिति का अंदाज़ लगा रहे थे, पानी के बर्तन बदल रहे थे, दाना डाल रहे थे। कबूतरों की गुटर-गूं,गौरैया की चहचहाहट और विदेशी प्रजातियों के पक्षियों की आवाज़ पूरे परिसर में गूंज रही थीं।

मिश्रा सीधा एक युवा सेवक अराश के पास पहुंचा, जो बहुत सावधानी से एक कबूतर की टांग में छोटा सा संदेश बांध रहा था। कबूतर धूप की छाया में पंख फड़फड़ाते हुए गुटर-गूं कर रहा था। पास के पिंजरों में दूसरे पक्षी अपने

पंख फड़फड़ा रहे थे, उनके चलने-फिरने और उड़ने से सरसराहट की हल्की आवाज़ आ रही थी।

'अराश।' मिथ्रा की आवाज़ पक्षीगृह की शांति में गूंज उठी।

अराश ने ऊपर देखा, उसके चेहरे पर आदर और जिज्ञासा का मिश्रण था। 'महाराज?'

'नए संदेश?'

अराश ने हामी भरी, पास की मेज़ से एक छोटी सी चिट्ठी उठाई, 'अभी-अभी आया, महाराज। चेलियन ने भेजा है।'

मिथ्रा ने संदेश खोला। जल्दी-जल्दी लिखे शब्द थे, 'सोजू ग्यूमग्वान लौट चुका है। सियासी उथल-पुथल है। आपकी भट्टी से तुरंत मदद चाहिए।'

उसका जबड़ा कस गया। संदेश की गंभीरता ने उसकी मुठ्ठी में उस कागज़ को और भी भींच दिया। वो तेज़ी से पक्षीशाला से बाहर निकला, बगीचा पार कर सीधे भव्य सभा कक्ष में पहुंचा। उसकी चप्पलें संगमरमर के फर्श पर खट-खट कर रही थी। वहां बरकत था, जो अब उसका भरोसेमंद सलाहकार था और कुछ व्यापारियों के साथ चर्चा में लगा था। मिथ्रा के चेहरे की गंभीरता भांप कर वे लोग तुरंत वहा से हट गए।

'बरकत, बात करनी है।'

'महाराज।'

बरकत आगे आया, चिंता उसकी झुर्रियों में और गहरी हो गई। उसकी गर्दन में चार तलवारों के मिलन से बने फूल जैसे निशान वाली लॉकेट लटक रही थी। यह दीमास्क़ की भट्टी का निशान था, हालांकि बहुत कम लोग जानते थे कि उसे पलटने पर वही प्रतीक पांड्य राजवंश की जुड़वां मछलियों जैसा भी दिखता। अब वो हर तलवार पर यही निशान अंकित करने लगा था।

बरकत ने समय-समय पर अपनी काबिलियत साबित करके मिथ्रा का सबसे विश्वस्त सलाहकार बनने का सम्मान पाया था। उसने दीमास्क़ के भीतर और बाहर, गठबंधनों और दुश्मनियों के जटिल जाल को बेमिसाल हुनर से साधा था, व्यापारियों को संभालना हो या रोमनों और रक़मू के राजा अरेटस चतुर्थ से संबंध बनाए रखना, बरकत हर चुनौती को समझदारी से निभाता था। प्रशासन में माहिर और चालाक कूटनीतिज्ञ, बरकत जानता था कि दोस्तों और दुश्मनों, दोनों से कैसे निपटना है।

मिथ्रा ने उसे वो मुड़ी-तुड़ी चिट्ठी पकड़ा दी। 'सोजू को हथियार चाहिए—हम जितना दे सकें। कोरकाई और ग्यूमग्वान की भट्ठियां काफ़ी नहीं होंगी। हमें यहां उत्पादन बढ़ाना होगा और ग्यूमग्वान को एक खेप भेजनी होगी।'

बरकत ने संदेश पढ़ते हुए भौंहें सिकोड़ लीं। 'हम उत्पादन बढ़ा सकते हैं, महाराज, लेकिन हमें और सिल्लियां चाहिए। हमारे पास जितना भंडार है, वह पर्याप्त नहीं है।'

मिथ्रा ने हामी भरते हुए सिर हिलाया, उसके मन में एक योजना बन रही थी। 'हम और सिल्लियों का इंतजाम करेंगे। मैं चेलियन से संपर्क करता हूं।'

'चेलियन के संसाधन भट्ठी और ढलाईखाने में बंटे हुए हैं। अगर वो सारे संसाधन भट्ठी में लगा दे और सिल्लियां हमें भेज दे, तो हम यहां उत्पादन में काफी बढ़ोतरी कर सकते हैं।'

बरकत के मार्गदर्शन में दीमास्क़ की भट्ठी अब बेहतरीन गुणवत्ता की तलवारें तैयार कर रही थी। लेकिन जब लोहा गलाने के उनके प्रयोगों की बात आई, तो गुणवत्ता के मामले में वह पद्मसेन और कुलशेखर की कोरकाई वाले कारखाने में बने नव-उत्सा सिल्लियों के सामने फीका पड़ जाता था। व्यावहारिक सोच रखने वाला बरकत कच्चे माल की नकल करने की जगह, बेहतरीन तलवारें और औज़ार गढ़ने पर ही केंद्रित रहा। नई नुकीली छेनी-छुरियां रक़मू भेजी गई थीं, जहां खज़नेह का काम लगातार चल रहा था। कम टैक्स दरों के बावजूद दीमास्क़ में अब पहले से ज़्यादा राजस्व इकट्ठा हो रहा था।

मिश्रा ने अराश की तरफ देखा, जो उनके पीछे-पीछे अंदर आया था। 'चेलियन के लिए संदेश तैयार करो। लिखो कि हम उत्पादन बढ़ा रहे हैं और हमें तुरंत अतिरिक्त सिल्लियों की आवश्यकता है।'

अराश ने हामी भरते हुए सिर हिलाया, झटपट संदेश लिखा और जल्दी से वापस पक्षीशाला की ओर दौड़ गया। मिश्रा ने महल से देखा एक कबूतर आसमान में उड़कर कोरकाई की ओर बढ़ रहा है। उसने मन ही मन प्रार्थना की कि वह जल्द से जल्द मंज़िल तक पहुंचे।

फिर वो बरकत की ओर मुड़ा, चेहरा दृढ़ता से भरा था। 'ढलाईखाने को बिना रुके काम करना होगा। सोजू की कामयाबी हम पर निर्भर है। यह इज़्ज़त का क़र्ज़ है, जो हर हाल में चुकाना ही होगा।'

72

नई दिल्ली, भारत

वर्तमान काल

नई दिल्ली के ओबेरॉय होटल के आलीशान सुइट की बड़ी-बड़ी खिड़कियों से शहर का गोल्फ कोर्स दिखाई दे रहा था। विशाल बैठक कक्ष में, कांच की कॉफ़ी टेबल के चारों ओर आधे घेरे में बैठने की शानदार व्यवस्था थी। आदित्य, सोमी, रामास्वामी, जंग और जयरामन सभी एक बेहद अहम चर्चा के लिए इकट्ठा थे।

आदित्य की नज़र कमरे में घूम-घूमकर अपने सहयोगियों के हाव-भाव भांप रही थी। वो जंग की ओर मुड़ा, जो चाय की चुस्की ले रहे थे। 'डॉ. जंग, आपने पिछली मीटिंग में वुट्ज़ स्टील के महत्व का ज़िक्र किया था। क्या आप इसकी उत्पत्ति के बारे में विस्तार से बताएंगे?' आदित्य ने पूछा।

जंग ने कप मेज़ पर रखा। 'वुट्ज़ स्टील, यानी भारतीय क्रूसिबल स्टील, दो हज़ार साल से भी पुराना है। भारत में इसे "नव उत्स" कहा जाता था, जिसे विदेशी व्यापारी "वुत्सा" बोलते थे—और वही आगे चलकर वुट्ज़ नाम से मशहूर हुआ।'

सोमी उत्सुकता से आगे झुकी। 'तो उन मशहूर दमिश्क़ तलवारों का कच्चा माल भी भारत से ही जाता था?'

'बिल्कुल,' जंग ने पुष्टि की। 'वुट्ज़ सिल्लियां भारत से दमिश्क़ भेजी जाती थीं, और वहां के हथियारसाज़ इन्हें जानलेवा तलवारों में बदलते थे।'

रामास्वामी, जो अब तक चुपचाप सुन रहे थे, बोले। 'कितना अद्भुत है कि इतनी उन्नत धातुकला तकनीकें भारत में इतनी पहले विकसित हो गईं... लेकिन हमारा ध्यान वुट्ज़ के रहस्य पर होना चाहिए। वही एक रास्ता है जिससे हम इसे फिर से बना सकते हैं—वही स्टील जिससे दमिश्क़ की तलवार बनती थी या फिर पत्थर को पिघलाने वाली वो छेनी, जो पेट्रा, कोणार्क, कैलाश और यहां तक कि अंगकोर के लिए बनाई गई थी। सोचिए, अगर इन गुणों को आज की प्रयोगशालाओं में और बढ़ाया जा सके तो क्या होगा।'

'क्या कोई लिखित स्रोत हैं, जो हमारी मदद कर सकें?' आदित्य ने पूछा।

'*रसरत्नाकर* बारह सौ साल पुराना है,' रामास्वामी ने बताया। 'उससे भी पुराना चाणक्य का *अर्थशास्त्र* है, जो तेईस सौ साल पहले लिखा गया। उसमें इस प्रक्रिया का ज़िक्र है। मैं देखता हूं...' उन्होंने अपने नोटबुक के कंप्यूटर पर कुछ कुंजियां दबाईं। 'हां, ये रहा वो हिस्सा।' वो पढ़ने लगे।

'इस्पात कई तरीकों से बनाया जा सकता है। एक तरीका है- लोहे को बारीक कोयले के चूर्ण के साथ, मिट्टी के बने अग्निरोधक पात्र में बंद करके गर्म करना। कई घंटे तक गर्म रखने पर, लोहा कोयले से कार्बन सोख लेता है और पिघल जाता है, जिससे इस्पात बनता है। फिर इस्पात को ठंडा किया जाता है, और तैयार सिल्लियों को छोटे टुकड़ों में तोड़कर, फिर से गर्म कर पीटा जाता है, ताकि अंतिम उत्पाद बनाए जा सकें।'

सोमी ने गहरी सांस ली। 'शायद यही सबसे शुरुआती कार्बन-स्टील है,' उसने आदित्य की ओर देखते हुए धीमे स्वर में कहा। 'हमें बस उस गुप्त मिश्रण और अनुपात को समझना है। फिर हमें पता चल जाएगा कि प्राचीन भारत ने बेहद ताक़तवर स्टील कैसे बनाया। उस प्रक्रिया को रिवर्स-इंजीनियर करने के बाद, और आगे बढ़ाकर शायद तुम्हारी डीआरडीओ की समस्या हल हो जाए।' वाकई, भविष्य की चाबी अतीत में छुपी थी।

'समस्या यह है,' रामास्वामी बोले 'कि हमें इतिहास से आगे, किंवदंतियों की दुनिया में जाना होगा, अगर हमें नव उत्स को सही मायने में समझना है।'

'बताइए,' आदित्य ने कहा।

'क़ैद के दौरान ग़ज़नवर ने मुझे एक ताड़पत्र पांडुलिपि दी थी,' रामास्वामी ने बताया। 'उसका मानना था कि यह मेरी वैज्ञानिक खोज में मदद करेगा। यह पांडुलिपि एक हज़ार साल पहले ग़ज़नी के समय से चली आ रही थी, लेकिन शायद यह उससे भी हज़ार साल पुरानी थी, जैसे कोई चार्टर।'

'ग़ज़नी के पास वह कैसे पहुंची?' आदित्य ने पूछा।

'शायद अल-बरूनी ने इसे हासिल किया था, जो ग़ज़नी के साथ मथुरा, कन्नौज और सोमनाथ के हमलों में आया था। बाद में यह ग़ज़नी के वारिसों के पास चली गई।'

'अब वह ताड़पत्र कहां है?' जयरामन ने पूछा।

'आईसिस-के और टीटीपी की झड़प के दौरान गोलाबारी में वह नष्ट हो गया। लेकिन मैंने उसकी सबसे ज़रूरी बातें याद कर ली थीं। ग़ज़नवर के पास भी बस एक पत्ता था।'

'क्या आपको पता है कि वह ताड़पत्र कहां से लाया गया था?' आदित्य ने जिज्ञासा से पूछा।

'कहना मुश्किल है,' रामास्वामी ने जवाब दिया। 'अनगिनत प्राचीन हिंदू ग्रंथ लुप्त हो चुके हैं। ऋग्वेद कम से कम चार हज़ार साल पुराना है, शायद उससे भी दोगुना पुराना। मूल ऋग्वेद में इक्कीस शाखाएं थीं, अब एक ही बची है। प्रतिशाख्य, अनुक्रमणियां, पुराण, उपनिषद, स्मृति, इतिहास, आगम, तंत्र, ब्राह्मण—ये सब समय के साथ, खासकर नालंदा पर बख़्तियार खिलजी के हमले के बाद, खो गए।'

आपने कहा कि आपने वह ताड़पत्र याद कर लिया था?' जयरामन ने पूछा।

रामास्वामी ने हां में सिर हिलाया। 'उस ताड़पत्र पर दो मछलियों की आकृति बनी थी, जो एक वृत्त के भीतर घड़ी की सुई की दिशा में तैर रही थीं। उसके नीचे आठ पंक्तियों का श्लोक था।' उन्होंने वह श्लोक शुद्ध संस्कृत में पढ़ा, जो उन्होंने मदुरै में पारंपरिक शिक्षा के दौरान सीखा था:

द्वौ मत्स्यौ नर्तनासक्तौ संपृक्तौ वरुणालये

उच्छृङ्खलौ स्वतन्त्रौ च लुलितौ वारिणो रये।

नारायणमहादेवौ द्वावेकार्मस्वरूपिणौ
परस्परं समायान्तौ पूर्णैकात्मत्वकारिणौ॥
हस्तयोः रक्षकस्यास्ति द्वैतलिङ्गं प्रतिष्ठितम्
दृढं प्रतिष्ठमानेन बलेनैकेन रक्षितम्।
अयोध्यासन्धिराप्नोतु वर्धनं शौर्यसंयुतम्
भाग्यानि ह्यत्र बद्धानि यथास्थानं यथोचितम्॥

'इसका मतलब?' जंग ने पूछा।

'यह एक पहेली है। इसका मोटे तौर पर अनुवाद है...' रामास्वामी ने एक कलम और काग़ज़ लिया और श्लोक का मतलब लिखा।

'समुद्र की लहरों में दो मछलियां उलझी हुई नृत्य करती हैं।
वे धारा में झूमती हैं, पूरी तरह स्वतंत्र और निर्भय हैं।
विष्णु और शिव एक ही आत्मा के दो स्वरूप हैं—
उनका मिलन पूर्णता और अद्वितीय एकता को जन्म देता है।"
द्वैतलिंगम रक्षक के हाथों में है,
उनके मजबूत संरक्षण में।
ईश्वर करें अयोध्या नैत्री फलीभूत हो,
नियति उन्हें मंज़िल तक पहुंचाए।

'अद्भुत।' आदित्य मंत्रमुग्ध था। 'लेकिन इससे हम कहां पहुंच रहे हैं?'

'यहीं से हम इस किंवदंती की पड़ताल करते हैं,' रामास्वामी ने जवाब दिया। 'कहा जाता है, कैलाश पर्वत के नीचे से छूटने के बाद, रावण ने शिव से आत्मलिंगम नामक वस्तु मांगी थी।'

'वह क्या था?' सोनी ने पूछा।

'आत्मलिंगम कोई धार्मिक प्रतीक नहीं था; वह सृष्टि और संहार, सकारात्मक और नकारात्मक, प्रकाश और अंधकार, ऊष्मा और शीत, इन

सबके बीच के ब्रह्मांडीय संतुलन का प्रतीक था। जब उसे सक्रिय किया जाता, तो वही आत्मलिंगम द्वैतलिंगम कहलाता—यानी द्वैत का लिंग।'

सोमी की आंखें फैल गईं। 'तो द्वैतलिंगम ब्रह्मांड के संतुलन को समझने की कुंजी है?'

'मैंने वही चिह्न ग़ज़नवर के ताड़पत्र पर देखा था,' रामास्वामी ने कहा, और पैड पर चित्र बनाते हुए दिखाया—दो मछलियां, जो एक-दूसरे में उलझी हैं, लेकिन आमने-सामने। 'यह प्राचीन तकनीक का प्रतीक है। शास्त्रीय ग्रंथों में इसकी शक्ति का उल्लेख है—सृजन और संहार, फ्यूज़न और फिशन (मिलन और विभाजन)। यह कोई मिथक नहीं, वास्तविकता है। इसे पाने की चाहत में कई पीढ़ियां मिट गईं।'

कमरे में सन्नाटा छा गया, सभी उस रहस्य में डूबे हुए।

'दक्षिण भारत में यही जुड़वां मछलियां, देवी मीनाक्षी की आंखों के रूप में पूजी गईं। यही प्रतीक बौद्ध अष्टमंगल में भी है,' रामास्वामी ने बताया।

'ये मछलियां पहले पांड्य राजवंश के ध्वज पर थीं, फिर चोल विजय के बाद चोल ध्वज पर भी चली गईं,' रामास्वामी ने फोन पर चित्र दिखाते हुए आगे कहा। 'कई प्राचीन सभ्यताओं ने जुड़वां मछलियों का प्रतीक अपनाया। प्राचीन मिस्रवासियों के पास भी दो पवित्र मछली-देवता थे—अब्तु और अनेत—जो सूर्य देवता रा के रक्षक माने जाते थे। इनका प्रतीक हमेशा सुरक्षा से जुड़ा रहा, ठीक वैसे ही जैसे अयोध्या या कोरकाई के प्रतीक।' उन्होंने सभी लोगों को अब्तु और अनेत का प्रतीक भी दिखाया। 'दो मछलियों का यह प्रतीक प्राचीन सिंधु घाटी की मुहरों पर भी था और शायद बेबीलोन तक पहुंचा होगा।'

जयरामन बोले। 'जुड़वां मछलियां ब्रह्मांड के भीतर संतुलन और द्वैत का प्रतीक हैं। यहां तक कि चीन के सोंग और मिंग राजवंशों ने भी इस प्रतीक को अमूर्त रूप में अपनाया था।' उन्होंने एक और चित्र दिखाया। 'ताइजितु, जिसे आम तौर पर यिन-यांग प्रतीक के नाम से जाना जाता है।'

'और दक्षिण कोरिया ने इसे अपने राष्ट्रीय ध्वज में शामिल किया है,' सोमी ने कहा, उसे इस बात का एहसास हो रहा था।

'द्वैतलिंगम कोई साधारण पदार्थ नहीं है,' रामास्वामी ने स्पष्ट किया। 'यह वही द्वैत समेटे है, जो प्राचीन मान्यता में विष्णु और शिव का द्वंद्व है। हम इन्हें "देवता" मानते हैं, पर असल में ये ऊर्जा के प्रतीक हैं—जैसे चुंबकीय ध्रुव, बैटरी के टर्मिनल, वायुदाब में अंतर से उठती हवाएं, या महासागरों की धाराएं। विष्णु और शिव दोनों ही छोर हैं, जिनके कारण प्रवाह संभव होता है। द्वैतलिंगम दोनों ध्रुवों को एक साथ बांध देता है।'

'यही वजह है कि हमारी दार्शनिक परंपरा में हरिहर पर इतना ज़ोर दिया गया है,' जयरामन बोले, 'परिपूर्ण संतुलन।'

'यानी एक देवता, जो दो देवताओं का मेल है?' आदित्य ने पूछा।

'असल में यह ऊर्जाओं का मेल है,' रामास्वामी ने स्पष्ट किया। 'हर व्यक्ति में दोनों ऊर्जाएं अलग-अलग अनुपात में होती हैं। जिनमें शिव की ऊर्जा अधिक होती, वे शिव के अवतार माने गए—जैसे हनुमान या भैरव। जिनमें विष्णु की ऊर्जा अधिक थी, वे विष्णु के अवतार माने गए—जैसे राम या कृष्ण। हरिहर संतुलन का प्रतीक है। और चूंकि विष्णु का पहला अवतार मत्स्य था, यानी मछली, इसलिए हरिहर का प्रतिनिधित्व भी दो मछलियों को ही करना चाहिए।'

'और इंजीनियरिंग के संदर्भ में?' आदित्य ने पूछा।

'इसे चुंबक की तरह सोचिए,' रामास्वामी बोले। 'उत्तर और दक्षिण ध्रुव एक-दूसरे के साथ एक बंधन की तरह संतुलन में रहते हैं। अब सोचिए, लोहे

और कार्बन के वंधन के बारे में, जहां कोई एजेंट कार्वन में "शिव" चार्ज और लोहे में "विष्णु" चार्ज डाल दे- दोनों चुंबकीय ध्रुवों की तरह एक-दूसरे से मज़बूती से जुड़ जाएंगे। यही है द्वैतलिंगम का मूल विज्ञान—मज़बूत, टिकाऊ धातु बनाना।'

'मगर ऐसी धातु की तलवारों की विध्वंसक धार के बारे में क्या कहेंगे?' आदित्य ने पूछा। 'आपने कहा था, वुट्ज़ की छेनी पत्थर को पिघला देती थी।'

'ऐसा सोचिए कि ब्लेड के धार के सारे आवेशित कण एक ही दिशा में हों—जैसे भीड़ एक साथ एक दिशा में बढ़ रही हो। इससे अत्यंत केंद्रित बल पैदा होता है। ऊर्जा अस्थिर होती है, इसलिए उसका स्पर्श मोम में गर्म छुरी की तरह असर करता है। इसी तकनीक में भारत के प्राचीन धातुविदों और आगे चलकर दमिश्क़ तलवार बनाने वालों ने महारत हासिल की थी।'

आदित्य और सोमी इन रहस्यों को समझकर स्तब्ध से रह गए थे। रामास्वामी का तर्क मज़बूत था, लेकिन वे अभी भी उस रहस्यमय तत्व तक नहीं पहुंच पाए थे, जिसकी बीपीबीटी के लिए ज़रूरत थी।

'तो हम उस पदार्थ—द्वैतलिंगम—को कैसे हासिल करें, जो भारतीय क्रूसिबल स्टील में इस्तेमाल होता था?' सोमी ने आखिरकार पूछा। 'क्या प्राचीन ग्रंथ हमारी मदद कर सकते हैं?'

'नहीं,' जयरामन बोले। 'मगर कोई और चीज़ मदद कर सकती है।'

'क्या?' आदित्य ने पूछा।

'अयोध्या का प्राचीन नगर।'

73

अयुत्थया, स्याम, सुवर्णभूमि

आज का बैंकॉक, थाईलैंड

करीब 2000 साल पहले

सुरिरत्ला रेशमी चादर से सजे दीवान पर लेटी थी, उसकी उंगलियां चादरों की बारीक कढ़ाई पर फिर रही थीं। कमरे में खिड़कियों से आती सुनहरी रोशनी पसरी थी, और हवा में चंदन की सुगंध फैली थी। उसके सामने नीची मेज़ पर ताज़े व्यंजनों की थाली सजी थी और सेविकाएं चुपचाप उसकी हर इच्छा पूरी करने में लगी थीं—उसका प्याला बार-बार अलग-अलग फलों के शरबत से भर देतीं, जिसमें ठंडक, मिठास और हल्की सी मसालेदार सुगंध घुली थी।

गुलाब-जल से स्नान के बाद उसके बालों को अच्छी तरह संवारा गया था, वे चमक रहे थे। उसे बढ़िया रेशमी वस्त्र पहनाए गए थे और ऐसे आभूषणों से सजाया गया था, जो उसकी हर शारीरिक हलचल के साथ चमक उठते थे। मगर इस वैभव में उसका डूबना केवल दिखावा भर था, भीतर उसके मन में तूफ़ान उठ रहा था।

तभी कक्ष के द्वार हल्की सी सरसराहट के साथ खुले, और जयसेन भीतर आए। उनका व्यक्तित्व ऐसा था कि सबका ध्यान बरबस उन्हीं पर टिक गया। सुरिरत्ला को देखकर उनके चेहरे पर हल्की सी मुस्कान उभरी।

'महाराज,' उसने शालीनता से सिर झुकाते हुए अभिवादन किया।

राजा ने एक इशारे से सभी सेविकाओं को बाहर जाने का इशारा किया, वे सिर झुकाकर चुपचाप बाहर चली गईं, और अब कक्ष में सिर्फ वे दोनों रह

गए। जयसेन आगे बढ़े, और प्रशंसा से भरी दृष्टि से सुरिरत्ना को देखा। 'देवी शेम्बवलम,' उन्होंने मृदुल, गर्माहट भरे स्वर में कहा, 'मुझे विश्वास है कि आपको किसी वस्तु की कमी नहीं है?'

'आपका आतिथ्य अत्यंत उदार है, महाराज।' सुरिरत्ना की आवाज़ अपने भीतर की हलचल के बावजूद पूरी तरह संयत थी। 'मैं दिल से आभारी हूं।' राजा का चेहरा और भी कोमल हो गया। 'यह जानकर प्रसन्नता हुई। आप इससे कम की हकदार नहीं हैं।'

सुरिरत्ना थोड़ी रुकी, सांस लेकर खुद को संभाला और झिझकते हुए कहा, 'फिर भी, एक बात है...'

'खुलकर बोलिए, देवी,' जयसेन ने कहा।

'आपके महल की सुरक्षा में मुझे स्वास्थ्य लाभ का सौभाग्य मिला है और आपकी कृपा मेरी दृष्टि से कभी ओझल नहीं रही। मेरे आगमन को अब दो सप्ताह हो चुके हैं और मुझे लगता है कि अब मुझे अपनी यात्रा पर निकलना ही होगा...' उसने राजा की आंखों में देखते हुई कहा, 'मुझे... गारक महासंघ तक पहुंचना है। मैं विनम्रता से निवेदन करती हूं कि आप मेरे लिए वहां तक पहुंचने का प्रबंध कराने की कृपा करें। आपने जो उपकार किया, उसके बाद और मांगना मेरे लिए कठिन है।'

राजा की भौंहों के बीच एक शिकन उभर आई। 'गारक? आप स्याम क्यों छोड़ना चाहती हैं? देवी शेम्बवलम, आपका यहां आना तो जैसे विधि का विधान था। स्वयं देवताओं ने आपको मेरे पास पहुंचाया है। आपका स्थान यही है।''

'महाराज, यह मेरे लिए सम्मान की बात है, लेकिन मेरे मन में एक और उद्देश्य की तीव्र चाह है,' सुरिरत्ना ने संयत स्वर में उत्तर दिया। 'उस दुर्भाग्यपूर्ण यात्रा का भी एक बड़ा प्रयोजन था, जिसे मुझे हर हाल में पूरा करना है।'

जयसेन ने एक कदम आगे बढ़ाया, उनकी मुद्रा अचानक शिकारी जैसी हो गई। 'और भला कौन-सा उद्देश्य इससे बड़ा हो सकता है, जो आपके सामने है?'

सुरिरत्ना का चेहरा और ठुड्डी हल्की-सी उठ गई। 'मैं उस व्यक्ति की तलाश में हूं, जो मेरे हृदय में बसता है। वो संकट में है और मुझे उसके साथ रहना ही होगा। कोरकाई से मेरी यात्रा का वास्तविक उद्‌देश्य भी यही था।'

कमरे में भारी और तनावपूर्ण सन्नाटा छा गया। राजा के चेहरे की गर्मजोशी चली गई, अब उस पर एक कठोरता आ गई। 'और वो कौन है, जिसके लिए आप इतनी अंधनिष्ठा जता रही हैं?'

सुरिरत्ना ने अपने वस्त्र की झालरें मरोड़ीं। 'उसका नाम किम सुरो है—एक सम्माननीय और साहसी व्यक्ति, जिसने अनगिनत कठिनाइयां झेली हैं। मैं उसे ढूंढ़ने के अपने संकल्प से पीछे नहीं हट सकती।'

'आप जो प्रस्ताव पा रही हैं, उसे अस्वीकार कर रही हैं—मेरी रानी बनना, विलासिता के साथ रहना और प्रेम पाना? क्या यह सब पर्याप्त नहीं है?' राजा के स्वर में अविश्वास और कड़वाहट घुल गई।

सुरिरत्ना थोड़ा पीछे हट गई, उसका दिल तेज़ी से धड़क रहा था। 'आपका प्रस्ताव मेरे लिए गौरव की बात है, महाराज। लेकिन मेरे हृदय को कोई और पुकार रहा है। दुनिया की सारी संपत्ति और शक्ति भी मुझे उस भावना से नहीं मोड़ सकती।' राजा के जबड़े की एक मांसपेशी फड़क उठी, 'आप मुझे ठुकरा रही हैं? यह जानते हुए भी कि मैंने आपके लिए क्या-क्या किया है?'

सुरिरत्ना दृढ़ रही, उसकी आवाज़ एक पल को भी नहीं डगमगाई। 'आपकी उदारता के लिए मैं इस जीवन में ही नहीं, अनगिनत जन्मों तक ऋणी रहूंगी। कौन जाने, आपके बिना मेरा भाग्य क्या होता। लेकिन जो मेरे हृदय में है, वह कभी बदला नहीं जा सकता। मुझे उसी राह पर चलना है, जहां मेरा हृदय ले जाता है।'

जयसेन के चेहरे पर भीतर चल रही उथल-पुथल साफ झलक रही थी। वो मन ही मन कहना चाहते थे, 'मैं तुम्हें तब तक कैद कर दूंगा, जब तक यह मूर्खता न निकल जाए।' परंतु उन्होंने शांत स्वर में बस इतना कहा, 'मैं आपको सोचने के लिए अकेला छोड़ता हूं।'

उन्होंने एक बार ज़ोर से ताली बजाई। दो गंभीर चेहरे वाले पहरेदार प्रकट हो गए, उन्हें सोने के इस पिंजरे के बाहर तैनात होना था। एक भी शब्द और बिना बोले, जयसेन घूमकर बाहर चले गए, और सुरिरत्ना को उसकी सोच और अकेलेपन में छोड़ गए। अब वो एक कैदी थी

वो डूबते मन से फिर से दीवान पर बैठ गई। सारा वैभव, सारी साज-सज्जा अब उसका मज़ाक़ उड़ा रहे थे, उनसे मिलने वाले सुख उसकी एकमात्र इच्छा के सामने फीके थे। खिड़की के पार देखते हुए, सुरिरत्ना का मन उस व्यक्ति तक चला गया, जिसके कारण वो इस रास्ते पर थी, जिसके लिए वो हर कठिनाई झेलने को तैयार थी। 'मज़बूत रहना,' उसने खुद से बुदबुदाते हुए कहा, और मन ही मन प्रार्थना की, 'हरिहर हमें शक्ति दें।'

जयसेन उसका शरीर तो कैद कर सकते थे, मगर उनका हृदय अब स्याम की दीवारों में नहीं था, वो तो पहले ही ग्यूमग्वान पहुंच चुका था।

74

अयोध्या, उत्तर प्रदेश, भारत

वर्तमान काल

पुलिसकर्मियों ने भीड़ को किनारे करते हुए आदित्य, सोमी, रामास्वामी, जंग और जयरामन को मंदिर के गर्भगृह तक पहुंचाया। उत्तर प्रदेश के मुख्यमंत्री ने खास तौर पर सुरक्षा व्यवस्था भेजी थी, ताकि उनकी शोध यात्रा में कोई रुकावट न आए।

जैसे ही वे नवनिर्मित राम मंदिर के निकट पहुंचे, उसकी भव्यता देखकर सब अभिभूत रह गए। दोपहर की धूप में मंदिर के सुनहरे शिखर मानो आकाश को छू रहे थे। दीवारों पर बनी बारीक नक्काशी, प्राचीन युगों की गाथाएं कह रही थी। जयरामन एक पल रुके, आंखों में विस्मय के साथ मंदिर के परिवेश को निहारते रहे।

आदित्य ने चारों ओर देखा, उस स्थल के महत्व को महसूस करते हुए। 'यहां पर कितनी घटनाएं घटी हैं... ऐसा लगता है, जैसे हम किसी शाश्वत वस्तु के केंद्र में खड़े हैं।'

'दरअसल, अयोध्या माहात्म्य नामक ग्रंथ में इस स्थान का उल्लेख खास तौर पर है,' जयरामन ने पुष्टि की। 'यह ग्रंथ स्कंद पुराण का हिस्सा है।' उनकी दृष्टि मंदिर पर ही टिकी थी।

'यही स्थान?' आदित्य ने पूछा।

'उस ग्रंथ में मंदिर को लोमश आश्रम के पश्चिम और वशिष्ठ कुंड के उत्तर में बताया गया है,' जयरामन ने समझाया। 'ऐतिहासिक स्रोतों से पता

चलता है कि बाबर के सेनापति मीर बाक़ी ने 1528 में इन्हीं निर्देशांकों पर एक मस्जिद बनवाई थी, उसने एक पुराने मंदिर के चौदह काले कसौटी पत्थरों का उपयोग किया। फिर भी हिंदू श्रद्धालु हर वर्ष रामनवमी पर यहां आकर पूजा करते रहे, जो श्रीराम का जन्मदिवस है और बेहद शुभ तिथि मानी जाती है।'

फिर आदित्य ने रामास्वामी की ओर मुड़ते हुए पूछा, 'तो क्या आपको लगता है, यहां लौह स्तंभ कभी खड़ा था? वही स्तंभ, जो अब दिल्ली में है?'

रामास्वामी ने हां में सिर हिलाया। 'हम जानते हैं कि चंद्रगुप्त द्वितीय—विक्रमादित्य—ने उस स्तंभ को उदयगिरि में स्थापित किया था और आगे चलकर अनंगपाल तोमर ने उसे दिल्ली पहुंचाया। लेकिन हो सकता है कि वह स्तंभ सबसे पहले यहीं, किसी मंदिर के बनने से पहले, किसी खास स्थल को चिह्नित करने के लिए लगा हो।'

'यह स्तंभ विष्णु को समर्पित है और इसके शीर्ष पर कभी गरुड़ की आकृति थी,' जयरामन ने जोड़ा। 'जैसा कि डॉ. रामस्वामी समझा चुके हैं, इस मामले में परंपरागत काल-निर्धारण विधियां कारगर नहीं हैं। हमारा पूरा कालक्रम शिलालेखीय विश्लेषण पर टिका है, और उससे सटीक उम्र नहीं बताई जा सकती। तो, यह परिकल्पना पूरी तरह संभव है। और वैसे भी, अयोध्या और इंद्रप्रस्थ—आज की दिल्ली—दोनों ही विष्णु से जुड़े रहे हैं।'

'याद रखिए, उस लौह स्तंभ की धातु में ऐसे गुण हैं, जो संकेत देते हैं कि वह नव उत्सा का प्रारंभिक रूप हो सकता है,' रामास्वामी ने जोड़ा, 'सबसे अहम संकेत है ग़ज़नी के ताड़पत्र में अयोध्या का उल्लेख।'

पूरा दल धीमे-धीमे आगे बढ़ा, जैसे वे वहां की पवित्रता को भंग करने से झिझक रहे हों। मंदिर के प्रांगण में श्रद्धालुओं की भीड़ थी–सब अपनी प्रार्थना और अनुष्ठान में लीन–उनकी बुदबुदाहट एक मधुर, शांत स्वर लहरी सी लग रही थी।

'यहां कभी बाबरी मस्जिद खड़ी थी,' जयरामन ने कहा, 'एक प्राचीन मंदिर के अवशेषों के ऊपर।'

'हमें यह कैसे पता?' सोमी ने पूछा।

जयरामन ने उत्तर दिया, 'सबसे पहले, जैसा मैंने पहले बताया था, अयोध्या माहात्म्य में यहां के स्थान का स्पष्ट वर्णन है। फिर, मुस्लिम इतिहासकारों के अपने विवरण हैं। उदाहरण के लिए, औरंगज़ेब की पोती ने 'सहीफा-ए-चिहल नसैह बहादुरशाही' में लिखा है कि मथुरा, वाराणसी और अयोध्या जैसे नगरों के हिंदू मंदिरों को इस्लाम की मज़बूती के लिए गिराया गया। वो रुके। 'सच कहूं तो...'

'क्या?' आदित्य ने कहा।

'सच कहूं तो, हालांकि स्रोतों पर विवाद हैं, लेकिन अगर हम स्रोतों की गहराई में जाएं, तो मुस्लिम संदर्भ बहुत ज़्यादा हैं। मिर्ज़ा जान की 'हदीका-ए-शहादा' में लिखा है कि जन्मस्थान ही राम का असली जन्मस्थान था, जिसके बगल में सीता की रसोई थी, और वहीं बाबर ने मूसा आशिकान की सलाह पर एक भव्य मस्जिद बनवाई। फिर मुहम्मद असगर, मिर्ज़ा रजब अली बेग सूरूर, शेख़ मुहम्मद अजमत अली काकोरवी नामी, हाजी मुहम्मद हसन, मौलवी अब्दुल करीम, डॉ. ज़की काकोरवी, कमालुद्दीन हैदर होस्नी के विवरण हैं... ये सब मानते हैं कि श्रीराम के जन्मस्थान पर मस्जिद बनाई गई थी।'

'और क्या कोई पुरातात्विक साक्ष्य भी मिले, जो इसे प्रमाणित करें?' आदित्य ने पूछा।

'बिल्कुल,' जयरामन ने पुष्टि की। 'भारतीय पुरातत्व सर्वेक्षण (एएसआई) ने प्रोफेसर बी.बी. लाल के नेतृत्व में 1975 से 1980 के बीच खुदाई की थी। खुदाई में पकी ईंटों के स्तंभों के आधार मिले, जिनकी दिशा और क्रम उसी तरह थी, जैसी मस्जिद में लगे कई काले पत्थर के स्तंभों की थी।'

'और?' आदित्य ने पूछा।

'एएसआई की रिपोर्ट के अनुसार, मस्जिद को पुराने मंदिर के काले पत्थर के स्तंभों का दोबारा इस्तेमाल करके बनाया गया था। उन स्तंभों पर यक्ष, देवकन्या, द्वारपाल और गणों की आकृतियां खुदी हैं। पूर्णघट, कमल, हंस, माला—ये सभी पवित्र हिन्दू प्रतीक हैं। ऐसे चिह्न आमतौर पर किसी मस्जिद में नहीं होते। आप चाहें तो अदालत का 2019 का फ़ैसला पढ़ सकते हैं,

जिसमें इन पुरातात्विक तथ्यों का ज़िक्र है... वह फैसला हज़ार पन्नों से भी लंबा है—'

सोमी बीच में बोल पड़ी, 'मगर बाबरी मस्जिद के पहले यहां क्या था?'

'अगर इन सारे ऐतिहासिक स्रोतों पर जाएं, तो यहां राजा दशरथ के निजी कक्ष—महल सराय, एक राम मंदिर और सीता की रसोई नामक रसोईघर था,' जयरामन ने बताया। '1528 में, इन सबको मीर बाक़ी ने एक मुस्लिम फकीर सैयद मूसा आशिकान की देखरेख में गिरवाया।'

आदित्य ने एक स्तंभ के ठंडे पत्थर को छूते हुए सोचा, 'सोचिए, इस जगह ने कितनी बार अपना रूप बदला है...'

मंदिर के घंटे और मंत्रोच्चार की गूंज वातावरण में घुल गई, जब वे इस प्राचीन स्थल में घूमते रहे। मैदान में एक गहरी शांति का भाव था—मंदिर के संघर्षमय इतिहास से बिल्कुल अलग।

वे गर्भगृह तक पहुंचे, जहां बालरूप में राम की भव्य मूर्ति स्थापित थी—रेशमी वस्त्रों में, मालाओं से सजी, और ऐसी लग रही थी मानो सबका स्वागत कर रही हो। पूरा दल निःशब्द खड़ा रहा, हर कोई अपनी सोच में डूबा।

कुछ देर बाद रामास्वामी ने धीरे से कहा, 'बस एक बात सोच रहा हूं...'

'क्या?' आदित्य ने पूछा।

'इस नए मंदिर की पूरी नींव—यहां तक कि पूरी संरचना—बिना लोहे के बनाई गई है,' रामास्वामी ने ध्यान दिलाया। 'इससे मैं सोचने को मजबूर हूं कि ऐसा क्यों?'

'शायद लंबी उम्र के लिए,' जयरामन बोले। 'आधुनिक लोहे की उम्र मुश्किल से सौ साल है। यह मंदिर नागर शैली में ग्रेनाइट, बलुआ पत्थर और संगमरमर से बना है, इसमें ताला-चाबी (लॉक-एंड-की) तकनीक इस्तेमाल की गई है, यह हज़ार साल टिक सकता है।'

रामास्वामी की भौंहों पर सोच की लकीरें गहराने लगीं। 'जहां हम खड़े हैं, यह गर्भगृह है। मुझे लगता है, यही वह स्थान है जहां कभी लौह स्तंभ खड़ा रहा होगा।'

'क्या सोच रहे हो, बाल?' जंग ने उत्सुकता से पूछा।

'यह संरचना—हिमालयन टेक्टोनिक रीजन के नज़दीक होने की वजह से—ज़ोन IV सिस्मिसिटी के लिए डिज़ाइन की गई है,' रामास्वामी ने समझाया। 'भू-तकनीकी जांच में 36 फुट तक की गहराई में ऐतिहासिक सामग्री और कलाकृतियां मिली थीं। भवन निर्माताओं ने वहां की सारी भराई निकालकर इंजीनियरिंग तरीके से भराई की थी।'

'मतलब क्या है इसका?' जंग ने पूछा।

'अगर द्वैतलिंगम कभी यहां—उस लौह स्तंभ के नीचे—दबा हुआ था, जो अब मंदिर है, तो अब वह यहां नहीं है। अगर ऐसा है, तो वह खुदाई में मिली उन पुरातात्विक नमूनों में शामिल होगा, जिन्हें अलग से इकट्ठा किया गया है।'

'बात तो ठीक है,' जयरामन ने स्वीकार किया। 'हमारे पास खुदाई और स्थानांतरित की गई हर चीज़ का दस्तावेज़ी ब्यौरा है। लेकिन इसका नए मंदिर में लोहे की अनुपस्थिति से क्या लेना-देना?'

'यह बस एक कल्पना है...' रामास्वामी ने सावधानी से कहा, थोड़ी हिचक के साथ।

'आगे बताइए,' जयरामन ने ज़ोर देकर कहा।

'क्या हो, अगर वह रहस्यमय पदार्थ वाकई यहीं, लौह स्तंभ के नीचे, कभी दबा था? या दोनों—वह पदार्थ और स्तंभ—हज़ारों साल पहले अलग-अलग जगह ले जाए गए हों?'

'और?' जंग ने पूछा।

'क्या हो, अगर उस पदार्थ की उपस्थिति से ज़मीन ही आवेशित हो गई हो? आखिरकार, लौह स्तंभ में जंग न लगने की विशेषता भी शायद नीचे मौजूद किसी चीज़ से आई थी। क्या पता, इंजीनियरों को डर हो कि अगर नए मंदिर में कहीं भी लोहा इस्तेमाल किया गया, तो ज़मीन में बहुत अधिक आवेश के कारण वह ढह जाए?'

'मगर हमारे इंजीनियरों को तो यह पता नहीं होगा ना?' आदित्य ने शंका जताई।

'पक्का नहीं कह सकता,' रामास्वामी बोले। 'विद्युत-चुंबकीय गतिविधि महसूस की जा सकती थी। जैसे, जो मूर्ति हमारे सामने है, वह तीन अरब साल पुराने काली कृष्ण शिला से बनी है—एक ऐसा पत्थर, जो बेहद टिकाऊ और लगभग निष्क्रिय है। क्या यह संभव है कि यहां की ज़मीन की स्थिति देखकर ही इन पत्थरों का चुनाव हुआ हो?'

पूरे समूह पर गहरी चुप्पी छा गई। यह सब अनुमान था, लेकिन असंभव नहीं था।

'अगर विष्णु स्तंभ यहां से ले जाया गया, तो उसके नीचे दबे द्वैतलिंगम को पहले ही हटाया गया होगा,' जयरामन ने तर्क दिया। 'स्तंभ तो संरक्षक भूमिका का प्रतीक था, और उसे सोलह सौ साल पहले उदयगिरि ले जाया गया था। द्वैतलिंगम को उससे भी पहले, शायद सदियों पहले, यहां से हटाया जा सकता था।'

'इसलिए, मंदिर की नींव की खुदाई से जो भी पुरातात्विक अवशेष मिले हों, उनसे हमें उस काल के बारे में कुछ खास नहीं पता चलेगा, जब लौह स्तंभ यहां स्थापित था,' रामास्वामी ने निष्कर्ष निकाला, उनका ध्यान अचानक उनके सुरक्षाकर्मियों के बैज पर गया।

'अभी मुझे एहसास हुआ, हमें एक और पहलू पर सोचना चाहिए,' रामास्वामी ने कहा।

'क्या?' जयरामन ने पूछा।

'ये जुड़वां मछलियां जो सुरक्षा कर्मचारियों के बैज पर बनी हैं। अयोध्या में और कहां-कहां ये प्रतीक दिखता है?'

'ये तो हर जगह है,' जयरामन ने माथे पर बल डालते हुए जवाब दिया। 'यूनिवर्सिटी, सरकारी इमारतें, पुलिस हेलमेट, ट्रांसपोर्ट दफ्तर, यहां तक कि नगर निगम की मुहर पर भी। अक्सर इसे बस राजसी प्रतीक के तौर पर नज़रअंदाज़ कर दिया जाता है। मगर ये मछलियां... ये मिश्र वंश की राजचिह्न हैं।'

रामास्वामी थोड़ा आगे झुके। 'मिश्र वंश ने कब से अयोध्या पर शासन करना शुरू किया?'

'मेजर जनरल सर विलियम हेनरी स्लीमन, जो 1800 के दशक में लखनऊ में ब्रिटिश रेजिडेंट थे, उन्होंने अवध की यात्रा के दौरान लिखा कि ब्राह्मण शासकों—मिश्र—के अधीन अयोध्या क्षेत्र उस समय की सबसे समृद्ध जागीरों में से एक था। अकेले इस रियासत के तहत पंद्रह सौ से ज़्यादा गांव आते थे।'

'तो क्या ये जुड़वां मछलियों का प्रतीक उन्नीसवीं सदी की देन है? यानी मिश्र वंश के जरिए अयोध्या में आया?' आदित्य ने पूछा।

'कहना मुश्किल है,' जयरामन ने उत्तर दिया। 'यह भूमि तो इक्ष्वाकु वंश के राम से लेकर न जाने कितने राजाओं का काल देख चुकी है। यह मौर्य साम्राज्य का हिस्सा थी। फिर पुष्यमित्र शुंग का शासन आया, उसके बाद स्थानीय देव और दत्त वंश। करीब दो हज़ार साल पहले कुषाण—जो युएज़ी जनजातियों के वंशज थे—ने सत्ता पाई, सम्राट कनिष्क ने अयोध्या तक नियंत्रण कर लिया था। बाद में यह क्षेत्र गुप्त साम्राज्य में भी सम्मिलित हुआ, जो हिंदू पुनरुत्थानवाद का स्वर्णकाल था।'

'और गुप्त साम्राज्य के बाद?' आदित्य ने पूछा।

'गुप्त वंश के बाद, कई क्षेत्रीय राजवंशों ने यहां राज किया—मध्यकाल तक, जब तुर्क और अफ़गान आक्रमणकारियों ने इसे दिल्ली सल्तनत के अधीन कर लिया। 1528 ईस्वी में बाबर के सेनापति मीर बाक़ी ने मुग़ल

साम्राज्य के शुरुआती दौर में बाबरी मस्जिद बनवाई। जब अठारहवीं सदी में मुग़ल शासन कमज़ोर पड़ने लगा, तो सत्ता फिर क्षेत्रीय हाथों में चली गई।

'किसके पास?' आदित्य ने पूछा।

जयरामन बोले, 'अवध के नवाब उभरे, जिन्होंने बाद में अपनी राजधानी अयोध्या से लखनऊ कर ली। नवाबों को कलाओं के संरक्षण, किलों के निर्माण और जुड़वां मछलियों के प्रतीक के इस्तेमाल के लिए जाना गया—ये चिह्न लखनऊ में रूमी गेट, बड़ा और छोटा इमामबाड़ा जैसे स्मारकों पर भी दिखते हैं। बाद में ब्राह्मण ज़मींदार और वैष्णव बैरागी प्रभावशाली हो गए, जिन्होंने स्थानीय मंदिरों और अखाड़ों पर नियंत्रण कर लिया। मिश्र शासकों का आगमन इसी कालखंड से मेल खाता है। तो हां, जुड़वां मछलियों का यह प्रतीक मिश्र राजाओं के बहुत पहले से चलता आ रहा है, भले आज यह उनका राजचिह्न माना जाता हो—खासकर एक जगह पर, जहां इसका संबंध मूल अयोध्या की कथा से है।'

'तो फिर हमें वहीं जाना चाहिए,' रामास्वामी ने शांत स्वर में कहा। 'क्योंकि अगर यह प्रतीक राजवंश बदलने, साम्राज्य उठने-गिरने के बावजूद टिका रहा, तो यह सिर्फ विरासत नहीं था—यह सुरक्षा थी। एक गुप्त संकेत, जो सामने रहने पर भी छिपा रहा।'

75

ग्यूमग्वान, गारक महासंघ

आज का गिम्हे, दक्षिण कोरिया

करीब 2000 साल पहले

जैसे ही गारक जहाज़ नाकडोंग नदी में उतरा और ग्यूमग्वान की झलक सुबह की धुंध में उभरी, सोजू के भीतर अचानक एक गहरी खुशी का ज्वार उमड़ आया। वो जहाज़ के अगले सिरे पर खड़ा था, हवा उसके कानों में गूंज रही थी, चप्पू लयबद्ध अंदाज़ में पानी चीर रहे थे। वो सुरक्षित यात्रा के लिए कृतज्ञ था, घर लौटने की राहत उसके मन में थी, लेकिन जैसे-जैसे जहाज़ घाट के करीब पहुंचा, उसके भीतर भावनाओं का एक तूफ़ान उमड़ पड़ा और यादें उसके मन के किनारे से टकराती लहरों की तरह फिर से उभर आईं।

उसे वह दिन याद आया जब वो चेलियन के साथ ग्यूमग्वान से कोरकाई के लिए निकला था। घाट पर खड़े अपने पिता किम सियोक की छवि, उसके मन पर अंकित हो गई थी—उसके पिता के चेहरे पर गर्व और उदासी थी, साथ ही उम्मीद और अपेक्षा भी—जब वो एक अनमोल शिक्षा पाने के लिए रवाना हुआ था। मगर आज ग्यूमग्वान बदला-बदला-सा लग रहा था; हवा में एक तनाव-सा तैर रहा था।

जैसे ही जहाज़ किनारे लगा, सोजू ने देखा कि सैकड़ों लोग चुपचाप किनारे पर खड़े थे। उनके चेहरे गंभीर थे, शरीर स्थिर। न तो कोई रंग-बिरंगा झंडा हवा में लहरा रहा था, न कहीं उत्सवी संगीत या ढोल-नगाड़ों की गूंज थी। बस एक घना, बोझिल सन्नाटा, जो उसकी हड्डियों में गहराई तक उतरता

जा रहा था। गारक कप्तान जून-गी, जो अनगिनत यात्राओं के अनुभव वाला दृढ़ व्यक्ति था, वो आगे बढ़कर सोजू की मदद के लिए आया। जून-गी ने ही किम सियोक का संदेश सोजू तक पहुंचाया था।

ग्यूमग्वान अब भी सुंदर था, हरी-भरी घाटी में बसा, सीढ़ीदार खेतों से सजा। इस मायने में कुछ नहीं बदला था। मगर सोजू ने इसे जब छोड़ा था, तब यह जगह कहीं ज़्यादा खुशहाल थी। अब वो भीड़ को गौर से देख रहा था, हर चेहरे पर चिंता की लकीरें थीं, उसके भीतर डर धीरे-धीरे गहरा रहा था। और उसके पिता कहां थे? आखिर उसे इतनी दूर से बुलाने के बाद, वो ख़ुद सामने क्यों नहीं आए?

एक याद कौंध गई—पिता के साथ अभ्यास की याद सियोक ने हथौड़ा उठाकर उसे पकड़ाया था। उनके शब्द अब भी कानों में गूंज रहे थे, 'अब तुम कोशिश करो, सोजू। कसकर पकड़ो, कलाई को लचीला रखो। जब हथौड़ा धातु पर पड़े और उसकी थाप में लय आ जाए, तब तुम्हें पता चल जाएगा कि वह कब प्रतिक्रिया देता है।'

सोजू ने पूछा था, 'क्या मैं कभी वह सब कर पाऊंगा, जो आप करते हैं?'

और सियोक ने जवाब दिया था, 'मुझे पूरा विश्वास है कि तुम्हारे भीतर सिर्फ तलवार नहीं, बल्कि एक साम्राज्य गढ़ने की भी क्षमता है, मेरे बेटे। लेकिन याद रखना—शक्ति के साथ हमेशा करुणा रहनी चाहिए। मैं चाहता हूं कि तुम "आयरन किंग" बनो, पर एक नरम दिल के साथ।'

लेकिन क्या सचमुच उसके पास एक साम्राज्य गढ़ने के लिए ज़रूरी गुण थे?

सोजू की स्मृतियों में उसकी दत्तक मां—किम ह्वा, उसकी इओमोनी का चेहरा उभर आया और उसे एक गहरा दर्द सा महसूस हुआ। छौंक वाले चावल और किमची की खुशबू—वो हमेशा उसका पेट भरती थी, कभी उसे अकेला या अनचाहा महसूस नहीं होने देती थी। हर चोट पर पट्टी, हर हार पर हौसला, हर दर्द में उसकी ममता—इओमोनी हमेशा उसके लिए मौजूद रहती थी। अगर वो न होती, तो अनाथालय में लगी आग में वो कभी बच नहीं पाता।

सोजू ने फिर भीड़ की ओर देखा, हर पल उसके दिल की धड़कन और तेज़ हो रही थी। और तभी उसने उस महिला को देखा।

वो बाकी सब से अलग, एक ओर बैठी थी- भीड़ के बीच लगभग अदृश्य, मगर मिट्टी में वैसे घुटनों के बल कोई और नहीं बैठा था। उसके कंधे झुके थे, रीढ़ दुख से टेढ़ी, उसका दुबला शरीर सिसकियों से कांप रहा था। वही थी। उसका सादा हानबोक, उसकी चिमा जोगोरी के रंग अब उम्र के साथ फीके पड़ गए थे। उसके सामने एक लकड़ी का बक्सा रखा था, जिसकी उपस्थिति में अजीब-सा बोझ जैसा महसूस हो रहा था। 'इओमोनी...' सोजू के होंठों से कांपती पुकार निकली। वो तेज़ी से उसकी ओर बढ़ा, हर कदम जैसे भारी पड़ रहा था।

किम ह्वा का चेहरा, जिस पर दुख और वक्त बीतने की गहरी लकीरें थीं, ऊपर उठा। सोजू को देखते ही वो फिर से रो पड़ी, उसकी चीखें सन्नाटे को चीरने लगीं।

सोजू उसके सामने घुटनों के बल बैठ गया, उसे देखती भीड़ की परवाह किए बिना। उसने मां के गाल से आंसू पोंछना चाहा, पर हर बार नया आंसू उसकी जगह ले लेता। 'सोजू, अच्छा हुआ कि तुम आ गए,' उसने भरे गले से कहा।

सोजू की उलझन गहराती गई। 'क्या हुआ, इओमोनी?' उसके स्वर में डर घुल गया था। वो भीड़ के चेहरों को टटोलने लगा, दिल बेकाबू होकर धड़क रहा था, भय की एक ठंडी लहर उसकी रगों में उतर गई।

तभी उसकी नज़र उस बक्से पर गई। वह महीन नक्काशीदार लकड़ी से बना था, जिस पर भारी रोगन लगा था, ढक्कन पर धातु की कीलें जड़ी थीं, किनारों पर रेशम की हल्की झलक थी। सोजू ने कांपती हुई सांस ली और ढक्कन उठा दिया।

अगला दृश्य उस पर बिजली की तरह गिरा। वो लड़खड़ाकर पीछे हटा, मानो किसी ने भीतर से सब कुछ निचोड़ लिया हो। 'नहीं...' उसके होंठों से टूटी-सी फुसफुसाहट निकली। वो ज़मीन पर ढह गया, अंदर गहरे दुख की

लहरों में डूबता हुआ, और सारा नगर उसकी बेबसी देखता रहा, जैसे शोक की कोई चुप, ठहरी हुई तस्वीर हो।

बक्से के भीतर उसके पिता का सिर रखा था, जो आंशिक रूप से खून से भीगे कपड़े और तेज़ गंध वाली जड़ी-बूटियों में लिपटा था, ताकि उसे कुछ दिन संभाला जा सके। कफ़न हल्का-सा हटा हुआ था, जिससे वह चेहरा दिख रहा था। वे आंखें, जिनमें कभी जीवन और ज्ञान झलकता था, अब शून्य थीं। पीली, खिंची त्वचा पर चोट और सूखे रक्त के निशान थे। गला बीच से टूटा-सा था जिससे भद्दा घाव झलक रहा था। वे होंठ जो कभी उसे हंसी, हिम्मत और स्नेह की बातें सुनाते थे, आज दर्द के भाव में जम गए थे।

ग्यूमग्वान के लोग चुपचाप देख रहे थे, हर चेहरे पर ऐसा गहरा दुख था, जैसे सिर्फ नेता नहीं, उम्मीद और एकता का प्रतीक ही उनसे छीन लिया गया हो।

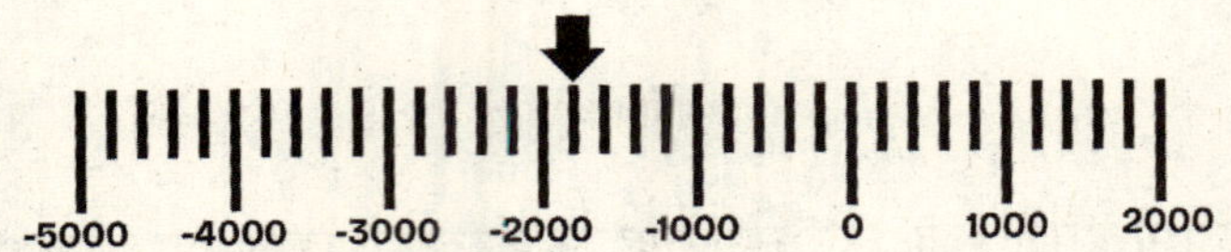

बेबीलोन, अक्क़दी साम्राज्य

आज का अल-हिल्ला, बगदाद, इराक़

करीब 3,800 साल पहले

सुनहरी धूप में नहाया विशाल बेबीलोन नगर, उसके ऊंचे ज़िगुरात सड़कों पर लंबी परछाइयां डाल रहे थे। राजमहल के भव्य दरबार में राजा हम्मूराबी अपने सिंहासन पर विराजमान थे, दरबार की दीवारें बारीक नक्काशीदार पत्थरों से सजी थीं। आज वो मेलूहा से व्यापारियों के एक प्रतिनिधिमंडल के आने की प्रतीक्षा कर रहे थे।

हम्मूराबी, बेबीलोन के छठे सम्राट, ने एक मामूली नगर-राज्य को ताक़तवर साम्राज्य में बदल डाला था। न्यायप्रियता के लिए विख्यात, उन्होंने 'हम्मूराबी संहिता' बनाई—एक ऐसी विधि संहिता, जो जीवन के सभी पहलुओं को नियंत्रित करती थी। उनके रणनीतिक दिमाग ने सहयोग और विजय, दोनों के बल पर बेबीलोन की सीमाएं बढ़ाईं। वो दूरदर्शी और दृढ़ शासक थे, जिन्होंने कानून, रणनीति और ज्ञान के माध्यम से इतिहास की धारा बदल दी।

दरबार के भारी लकड़ी के द्वार खुले और व्यापारियों का दल भीतर आया। उनका नेता, जो साफ़ तौर पर ऊंचे ओहदे वाला शख्स था, राजा के पास पहुंचा। उसके पहनावे के उत्तम रंग और रूपांकन उसकी प्राचीन संस्कृति की विरासत को उजागर कर रहे थे। उसके हाथ में बड़ी कलाकारी से गढ़ी हुई एक मुद्रिका थी जिसकी सतह पर रहस्यपूर्ण चमक थी, मानो अभी अनकहे राज़ छुपे हों। 'महाराज हम्मूराबी, हम सरस्वती नदी की पुण्यभूमि से आपके लिए भेंट लाए हैं,' उसने कोमल लेकिन साफ़ आवाज़ में कहा और मुद्रिका राजा के सामने रख दी।

हम्मूराबी ने ध्यान से उस मुहर को देखा, उनकी उंगलियां उस मुहर की सतह की महीन नक्काशी पर फिसलने लगीं: एक सींग वाला एक पशु, और फिर दो सीधी खड़ी मछलियां–जैसे दो रहस्यमयी शक्तियों का प्रतिनिधित्व कर रही हों। ऐसा प्रतीक उन्होंने आज तक कभी नहीं देखा था।

'इस मुहर में, हे राजन, हमारे देवताओं विष्णु और शिव के प्रतीक हैं,' नेता ने समझाया। 'हमारे संसार में—मानव, पशु, पौधे, स्थान या वस्तुएं—कुछ भी इनके बिना अस्तित्व में नहीं रह सकते। हमारे महान विचारक सदैव इन शक्तियों को समझने और साधने का प्रयास करते हैं। आपके साम्राज्य के साथ साझेदारी से हमारी प्रगति को नए पंख मिल सकते हैं।'

हम्मूराबी ने पास खड़े अपने प्रधान ज्योतिषी की ओर देखा, वो असाधारण बुद्धि वाला व्यक्ति था। राजा के इशारे पर वो आगे बढ़ा, और मुहर को ध्यान से देखने लगा। उसकी नज़रों में जिज्ञासा और गणना दोनों झलक रही थीं।

ज्योतिषी ने एक लेखक को बुलाया, जो मिट्टी की तख़्ती और नुकीली छड़ी लेकर आया। उसने लेखन सामग्री ली और मुहर के चित्रों की नकल बनानी शुरू की। उसने जुड़ी हुई मछलियों को एक नए प्रतीक में बदलना शुरू

किया। सारे दरबारियों की निगाहें उसकी ओर थीं, उसका हाथ स्थिर लेकिन आत्मविश्वास से भरा था।

प्रधान ज्योतिषी ने गंभीर स्वर में घोषणा की, 'महाराज, यह प्रतीक हमारे ज्योतिष ज्ञान से मेल खाता है। हम जानते हैं कि 'मीन'—दो मछलियों का राशि चिह्न—द्वैत और एकता दोनों का प्रतीक है, ठीक वैसे ही जैसे हमारे अतिथियों के देवता विष्णु और शिव, द्वैत और एकता के प्रतीक हैं।'

हम्मूराबी की रुचि और गहरी हो गई। ज्योतिषी ने आगे कहा, 'बेबीलोन की परंपरा में भी मीन नक्षत्र का बड़ा महत्व है। यह अनुनितुम और देवी इनाना से जुड़ा है। इन दो मछलियों का द्वैत, विपरीत शक्तियों के सामंजस्य को दिखाता है, जो हम दोनों संस्कृतियों का केंद्र बिंदु है। यहां तक कि यवन में हमारे मित्रों के पूजनीय देवताओं–एफ्रोडाइट और इरोस को एक डोर से बांधा गया है ताकि वे अलग न हो सकें।'

विपरीत शक्तियों की एकजुटता की यह अवधारणा हम्मूराबी के मन को छू गई। उसे लगा, शायद इसी से उसके साम्राज्य की ताकत और बढ़ सकती है। 'क्या इस शक्ति का उपयोग उनके दावे के अनुसार किया जा सकता है?'

ज्योतिषी कुछ पल के लिए सोच में डूब गया। 'हमारे और इनके देवसंघ में इतनी समानताएं हैं, शायद कोई साझा सत्य है। यदि हम एक-दूसरे का ज्ञान साझा करें, अपने तरीकों का अध्ययन करें तो अकल्पनीय सफलताएं संभव हो सकती हैं। अभी व्यावहारिक उपयोग न मिलना इसका अंत नहीं, बल्कि एक शुरुआत है।'

हम्मूराबी ने हां में सिर हिलाया, उनकी आंखों में अब सम्मान और नई उम्मीद थी। उन्होंने मेलूहा के व्यापारियों को संबोधित करके कहा। 'आपका

यह उपहार अनमोल है, और आपका ज्ञान अतुल्य। आपने अपनी खोज में अब तक क्या प्रगति की है?'

नेता ने उत्तर दिया, 'हम एक ऐसे पदार्थ के बारे में जानते हैं, जिसमें चमत्कारी गुण हैं। हमारे पूर्वज लक्ष्मण इसके पहले रक्षक थे। कहते हैं कि उन्होंने इस विषय में एक प्राचीन स्तंभ पर शब्द खुदवाए थे।'

हम्मूराबी मुस्कराए। 'तो फिर इससे हम दोनों राष्ट्रों की साझेदारी की नई शुरुआत हो,' उन्होंने घोषणा की, 'हम भी उन्हीं मछलियों की तरह एक डोर से जुड़े रहें।'

76

ग्यूमग्वान, गारक महासंघ

आज का गिम्हे, दक्षिण कोरिया

करीब 2000 साल पहले

ग्यूमग्वान लौटने पर सोजू का जो भयानक स्वागत हुआ था, वह तलहे की हफ्तों की तैयारी का नतीजा था। उसके आदमियों ने, जो किम सियोक के आवास के चारों ओर पेड़ों में छिपे रहते थे, हफ्तों तक सब्र और कड़ी चौकसी के साथ सरदार की दिनचर्या पर नज़र रखी थी।

ग्यूमग्वान का सरदार और बचे हुए संघ का नेता किम सियोक सुबह जल्दी उठने वाला व्यक्ति था। हर सुबह उसकी दिनचर्या शुरू होती थी कछुआ पहाड़ी की एकांत यात्रा से। वहां, कछुए के आकार की पवित्र शिला के सामने, वो ध्यान में लीन होता, यह प्राचीन अनुष्ठान उसके शासन की स्थिरता और दीर्घायु का प्रतीक था। इसी पहाड़ी से गारक को उनके ध्वज पर कछुए का प्रतीक मिला था।

आत्मचिंतन के इन पलों में किम सियोक आम तौर पर अकेला रहता, और उसका विश्वस्त सेवक, मिंजुन, कुछ दूरी पर रहता। लेकिन जब-जब मिंजुन ग्यूमग्वान के पूर्वजों की स्मृति में अन्न वितरण में व्यस्त होता, किम सियोक सुबह की यह यात्रा पूरी तरह अकेले करता सुबह की धुंध में साये प्रेत की तरह उसका पीछा करते।

योजना के पहले चरण में, तलहे के जासूसों ने मिंजुन के साथ आम लोगों की तरह बर्ताव करते हुए दोस्ती गांठी, फिर उसे सोने का लालच देकर

उसकी वफ़ादारी खरीदने की कोशिश की। उन्होंने 'नए युग' की बातें कीं, उस व्यवस्था का सपना दिखाया जिसमें वफ़ादारों को विशेष सम्मान और अधिकार मिलने वाले थे।

'जब तुम खुद मालिक बन सकते हो, तो सेवक क्यों बने रहना?' तलहे के एक आदमी ने मिंजुन से फुसफुसाते हुए कहा था।

मिंजुन का चेहरा भावहीन बना रहा। उस आदमी ने फिर कहा, 'तलहे जल्दी ही पूरे गारक पर राज करेगा। उसके लिए काम करो, तो सपनों से बढ़कर इनाम पाओगे। सोना, ज़मीन, ताकत...'

मिंजुन ने चुपचाप सुना, उसकी आंखों में कोई भाव नहीं उभरा। जब आखिरकार उसने जवाब दिया, उसकी आवाज़ ठोस और दृढ़ थी, 'मेरी वफ़ादारी बिकाऊ नहीं है। मैं किम सियोक और उनके परिवार की इज्ज़त के साथ सेवा करता हूं।'

वे लोग चुपचाप लौट गए थे, उनका मंसूबा नाकाम हो गया था। लेकिन मिंजुन की अटल निष्ठा ने उसकी किस्मत पर मुहर लगा दी थी। वो अगली सुबह अपने स्वामी को तलहे की साजिश की जानकारी देने वाला था, उसी रात, पूर्णिमा की चांदनी में, उसके पीने के पानी में ज़हर–पिशुआंग–की घातक खुराक मिला दी गई थी। भोर होते-होते, मिंजुन का बेजान शरीर रसोईघर की ज़मीन पर पड़ा था।

मिंजुन की हत्या से बेखबर, किम सियोक ने उसकी अनुपस्थिति का कारण उसके धर्मार्थ कार्य को समझा औरसुबह के ध्यान के लिए निकल पड़ा। वो पहाड़ी पर चढ़ गया और कछुए की शिला के सामने सिर झुका दिया, पत्थरों की घिसी-पिटी सतह को अपनी हथेलियों के नीचे महसूस किया। और शांति पाने की कोशिश में आंखें मूंद लीं।

हमला बिजली की तेज़ी से निर्ममता के साथ आया। तलहे के लोग अंधेरों से निकल पड़े, उनकी हरकतें मौत जैसी सटीक थीं। 'यही है!' एक ने चीखते हुए झपट्टा मारा, किम सियोक के पास बचने के लिए पलक भर का समय था।

अपने पैरों पर खड़े होकर, किम सियोक ने अपनी कमर से तलवार खींची और वार को समय रहते रोक लिया। 'इतना काफी नहीं,' उसने गुर्राकर कहा, उसकी आंखों में चुनौती की आग थी।

उम्र भले बढ़ चुकी थी, पर किम सियोक के युद्ध कौशल में अब भी धार थी। लेकिन परिस्थिति उसके खिलाफ थी। वो एक घिरे हुए जानवर की तरह लड़ रहा था, हर वार सोच-समझकर, हर चाल में ताक़त और नपी-तुली सटीकता थी। लेकिन हमलावर लगातार हमला कर रहे थे, उनकी तादाद बहुत ज़्यादा थी। धीरे-धीरे किम सियोक के वार थमने लगे। तभी एक तलवार उसकी देह चीरती हुई निकल गई। तेज़, दहला देने वाला दर्द उठा। वो लड़खड़ाया, मगर अब भी सीधा खड़ा था, मन अब भी टूटा नहीं था।

'अब वो हमारे कब्जे में है,' हमलावरों में से एक ने हंसते हुए आगे बढ़ते हुए कहा—

किम सियोक ने दांत भींच लिए, उसकी तलवार घातक अंदाज़ में घूम रही थी। 'मैं कायरों और गद्दारों के आगे नहीं झुकूंगा!' लेकिन यह लड़ाई एक हारी हुई लड़ाई थी, और आख़िरकार, एक हांफती हुई सांस के साथ, वो लड़खड़ा कर गिर पड़ा। बंधे हुए और खून से लथपथ, किम सियोक को एक तैयार खड़ी बग्घी में घसीटकर डाला गया। सियोंगसान किले तक का सफर लंबा और तकलीफदेह था, हर झटका उसके घायल शरीर में हार की गूंज दोहरा रहा था। किला सामने आते ही, तलहे के बढ़ते हुए साम्राज्य का डरावना प्रतीक और गहरा हो गया। अंदर, तलहे खुद—एक विषैले सांप की तरह घात लगाकर बैठा था।

जब किम सियोक को उस धुंधले कमरे में लाया गया तो तलहे के चेहरे पर संतुष्टि भरी मुस्कान फैल गई। उसने अपने कैदी को पास लाने का इशारा किया। 'मेरे साथ आ जाओ, किम सियोक,' तलहे ने हल्की आवाज़ में कहा। 'हम मिलकर गारक महासंघ के बाकी सदस्यों को कुचल देंगे। हमारे राज में यह फलेगा-फूलेगा। मैं तुम्हारे साथ सत्ता बांटूंगा। आख़िरकार, मैं तुम्हारे लिए बेटे जैसा हूं।'

किम सियोक की आवाज़ कमज़ोर थी, पर इरादा पत्थर-सा अडिग, 'ऐसा बेटा, जो अपने ही पिता की हत्या कर देगा।' उसने उस नौजवान को घूरा। 'तुम्हें बेटा कहना भी अभिशाप है।' बिना किसी चेतावनी के, उसने तलहे के चेहरे पर थूक दिया।

मुखौटे से छिपे सैनिकों के चेहरे पर हैरानी की झलक उभरी, मगर वे लोग तलहे के लिए अंधी निष्ठा दिखाने के लिए प्रशिक्षित थे। इससे कोई फर्क नहीं पड़ता था कि किम सियोक जैसा एक सम्मानित आदमी बेटे पर पिता की हत्या का आरोप लगा रहा है।

तलहे का चेहरा गुस्से से विकृत हो गया, उसने थूक पोंछा और दांत पीसते हुए गुर्राया, 'इसका पछतावा होगा तुझे, बूढ़े!' 'इसे नीचे गिरा दो!'

सैनिक झपट पड़े और किम सियोक को ज़मीन पर गिराकर दबोच लिया। तलहे ने एक भारी कुल्हाड़ी उठा ली, उसकी धार मशाल की रोशनी में चमक उठी, और एक क्रूर झटके के साथ कुल्हाड़ी का वार किया। किम सियोक का सिर उसके शरीर से अलग हो गया और खून से लथपथ पत्थरों पर लुढ़क गया–सम्मानित योद्धा की यह दर्दनाक विदाई थी।

तलहे की सांसें तेज़ चल रही थीं, वो शव को घूरता रहा। 'इस बूढ़े का सिर किम सोजू के पास भिजवाओ,' उसने बर्फ़-सी ठंडी आवाज़ में कहा। 'मेरी तरफ से एक तोहफा... घर वापसी पर स्वागत के लिए। इसे एक सजे हुए बक्से में भेजो, खर्च की फिक्र मत करना।'

बाहर, एक तूफ़ान आया था जो किले के भीतर की हिंसा का प्रतिबिंब था। तलहे का चेहरा बिजली की चमक में और डरावना हो गया, सत्ता पर अब उसकी पकड़ पूरी तरह से पक्की थी। किम सियोक, जो प्रतिरोध का प्रतीक था, अब मर चुका था। उसका कटा सिर उन सबके लिए चेतावनी बन जाएगा, जो तलहे के सामने सिर उठाने की हिम्मत करेंगे–सोजू भी।

77

अयुत्थया, स्याम, सुवर्णभूमि

आज का बैंकॉक, थाईलैंड

करीब 2000 साल पहले

सुरिरत्ना खिड़की के पास बैठी थी, उसकी निगाहें अतिथिगृह के चारों ओर फैले घने बगीचों की हरियाली में उलझी हुई थीं। लेकिन प्रकृति की सारी खूबसूरती भी उसके बेचैन दिल को राहत नहीं दे पा रही थी। आलीशान परिवेश के बावजूद वो एक कैदी थी। माता-पिता की ममता, सोजू का स्नेह—इन सबकी यादें उसकी आत्मा में घुली हुई थीं, हर पल उसे उसके छूटे हुए संसार की याद दिला रही थीं।

तभी उसकी परिचारिका दबे पांव कमरे में आई, नज़रें झुकाए हुए। 'कोई आपसे मिलना चाहता है, देवी,' उसने धीमे लेकिन दृढ़ स्वर में कहा।

'कौन है वो और मुझसे क्यों मिलना चाहता है?' सुरिरत्ना ने पूछा। 'राजा जयसेन ने भेजा है—आपको उनकी नेक मंशा समझाने के लिए,' दासी ने जवाब दिया। सुरिरत्ना का दिल और बैठ गया। वो कर्तव्य और ऐसे आदमी से शादी करने के बारे में एक और व्याख्यान नहीं सहना चाहती थी जिससे वो प्यार नहीं करती थी। लेकिन उसने हामी भर दी, वो किसी से बहस नहीं करना चाहती थी। जैसे ही परिचारिका गई, सुरिरत्ना ने खुद को उस मुलाकात के लिए तैयार करने की कोशिश की।

दरवाजा चरमराकर खुला, वो ज्यों की त्यों खिड़की की ओर देखती रही और आगंतुक को नज़रअंदाज़ कर दिया। तभी एक मुलायम आवाज़ गूंजी—'नमो बुद्धाय।'

सुरिरत्ना के भीतर एक जाना-पहचाना राग गूंज उठा। *उस आवाज़ में क्या था?* सुरिरत्ना पलटी। दरवाज़े के पास खड़े व्यक्ति को पहचानने की कोशिश की। साधु के गेरुए वस्त्र, मुंडा हुआ सिर, दुबला-पतला, सांवला चेहरा...'भद्रकेतु!'*उसका भाई!*

उसे राहत मिली, और वह अपनी जगह से उछल पड़ी, अविश्वास से उसकी आंखें फैल गईं। 'भद्रकेतु!' उसने हांफते हुए कहा।

भाई का चेहरा भी उसी आश्चर्य से भर गया, 'सुरिरत्ना,' उसने धीरे से पुकारा, आगे बढ़कर। 'मुझे बताया गया था कि 'सेम्बवलम' नाम की एक युवती को मार्गदर्शन चाहिए, पर मुझे क्या पता था... वो तुम होगी।'

सुरिरत्ना की आंखों में आंसू तैर गए। वो भागकर उससे लिपट गई, भाई-बहन दोनों ने एक-दूसरे को कसकर थाम लिया। इस अनपेक्षित मिलन से दोनों को संबल मिल रहा था।

सुरिरत्ना के मन में लाख सवाल उमड़ रहे थे, '*तुम कब, कैसे यहां पहुंचे? एक ऐसे राजा की सेवा क्यों कर रहे हो, जिसने मुझे बंदी बना रखा है?*' लेकिन वो बस इतना कह पाई, 'ईश्वर का शुक्र है, मुझे तुझे फिर से देखने का मौका मिला।'

भद्रकेतु हल्के से मुस्कुराया, उसकी आवाज़ में वही पुरानी गर्मजोशी थी। 'बुद्ध ने हम पर बड़ी कृपा की है कि हमें यह पल मिला,' उसने कहा। 'मैंने कभी नहीं सोचा था कि इस अनजाने देश में परिवार से भेंट होगी।' दोनों कुछ देर तक वैसे ही एक-दूसरे को थामे रहे, जैसे खोए हुए बरसों की दूरी और उन कठिन यात्राओं की भरपाई करना चाह रहे हों, जो उन्हें यहां तक ले आई थीं।

फिर, जैसे एक गहरी सांस ने दोनों को थोड़ा स्थिर किया हो, भद्रकेतु धीरे से पीछे हटा और उसने सुरिरत्ना को गौर से देखा। अब उसके चेहरे पर गंभीरता

थी। 'हमें कोई उपाय निकालना होगा,' उसने धीमे स्वर में कहा। 'जयसेन इतनी आसानी से नहीं मानेगा। अगर उसे पता चला कि तुम मेरी बहन हो, तो वो और भी अड़ जाएगा। आखिर, मैं उसका भरोसेमंद सलाहकार हूं ... और वो चाहेगा कि मैं तुम्हें उसकी बात मानने को राज़ी करूं। लेकिन पहले, मुझे बताओ तुम यहां तक कैसे पहुंची?'

मन में डर के साथ सुरिरत्ना ने सिर हिलाया। फिर जल्दी-जल्दी, उसने ग्यूमग्वान, कोरकाई और दीमास्क़ की सारी घटनाएं बता दीं। उसने यह भी बताया कि उसका और सोजू का रिश्ता क्या है। सारी बातें सुनकर, भद्रकेतु बोला, 'मुझे हमेशा लगता था कि तुम्हारा और सोजू का रिश्ता सिर्फ मित्रता से कहीं गहरा है। मुझे खुशी है कि तुम्हें अपना जीवनसाथी मिल गया। लेकिन यह 'सेम्बवलम' नाम क्यों?'

'मुझे डर था कि जयसेन शायद विदूषिका का साथी हो सकता है,' सुरिरत्ना ने बताया। 'इसलिए अपनी असली पहचान छिपाना ही ठीक लगा। "सुरिरत्ना" का मतलब तुम जानते हो—संस्कृत में अनमोल रत्न; "सेम्बवलम" का तमिल में वही अर्थ है।' वो हंस पड़ी, इतने दिनों बाद उसकी हंसी खुद उसे भी अजनबी-सी लगी।

भद्रकेतु ने सहमति में सिर हिलाया। 'हमें बहुत सावधानी से चलना होगा,' उसने कहा। 'मैं कोई रास्ता निकालूंगा, लेकिन अभी के लिए तुम्हें मेरी बात माननी होगी। कोई विरोध मत करना। जयसेन को लगना चाहिए कि तुम उसके प्रस्ताव पर विचार कर रही हो। वो बुरा इंसान नहीं है ... बस इस समय रास्ता भटक गया है।' हालांकि सुरिरत्ना जानती थी कि भद्रकेतु सही कह रहा हैं, लेकिन छल का विचार उसके गले में फांस-सा अटका रहा। 'मैं कोशिश करूंगी,' उसने आवाज़ को भरसक स्थिर रखने की कोशिश करते हुए कहा।

भद्रकेतु ने आश्वस्त करते हुए उसके हाथ हल्के से दबाए। 'मैं वादा करता हूं कि तुम्हें यहां ज़्यादा दिन क़ैद नहीं रहना पड़ेगा। तुम फिर सोजू से मिलोगी। मज़बूत रहो, और मुझ पर विश्वास करो।'

तभी कक्ष में किसी के कदमों की आहट गूंजी। भद्रकेतु सीधा हो गया, उसके चेहरे पर भिक्षु जैसा शांत भाव उभर आया। 'याद रखना, तुम अकेली नहीं हो,' उसने दरवाज़े की ओर मुड़ते हुए कहा। सुरिरत्ना ने उसे जाते हुए देखा—उसके भीतर उम्मीद और चिंता का युद्ध छिड़ा हुआ था। आगे का रास्ता ख़तरे से भरा था, लेकिन पहली बार उसकी क़ैद के बाद उसे उम्मीद की झलक मिली थी। उसका भाई यहां था, अब दोनों मिलकर रास्ता निकाल लेंगे। परिचारिका फिर कमरे में लौटी, उसकी आंखें दरवाज़े की तरफ गईं। 'क्या राजगुरु ने आपको समझाने में सफलता पाई, देवी?' उसने अत्यंत संयत स्वर में पूछा।

सुरिरत्ना ने सिर हिलाया, जबरन मुस्कराते हुए—'हां, मैं... महाराज के प्रस्ताव पर विचार कर रही हूं।' परिचारिका, जिसका उद्‌देश्य पूरा होता लग रहा था, सिर झुकाकर चली गई। सुरिरत्ना वापस अपने स्थान पर ढह-सी गई, दिल ज़ोर-ज़ोर से धड़क रहा था। उसने आंखें बंद कर लंबी, गहरी सांस ली। अब उसे मज़बूत रहना था—खुद के लिए, और अपने भाई के लिए भी।

भद्रकेतु जंगल में वापस चला गया, अपनी कुटिया के बजाय महिडोल की पसंदीदा खुली जगह ढूंढ़ने। वह ज्योतिषी ज़मीन पर पालथी मारकर बैठा था, उसके होंठों से लगी तंबाकू-नलिका से धुएं की पतली लकीर उठ रही थी। जलती तंबाकू और जंगली जड़ी-बूटियों की मिट्टी जैसी गंध रात की हवा में घुली थी। महिडोल ने गहरा कश खींचा, फिर लंबी सांस छोड़ी, धुआं उसके सिर के चारों ओर अलौकिक लताओं की तरह घूमने लगा।

उसने मुस्कुराते हुए भद्रकेतु का अभिवादन किया और तंबाकू-नलिका उसकी ओर बढ़ाई। भद्रकेतु ने विनम्रता से सिर हिलाते हुए मना कर दिया और उसके पास ज़मीन पर बैठ गया। उसने जादूगर की त्वचा पर अब भी मौजूद उन निशानों को देखा—जो उस आग की निशानी थे, जिससे भद्रकेतु ने ही उसे बचाया था। भिक्षु की लगातार दो महीने की सेवा के बाद महिडोल उसकी कुटिया से बाहर निकल सका था।

'मुझे तुम्हारी मदद चाहिए,' भद्रकेतु ने कहा। महिडोल ने तंबाकू-नलिका एक ओर रख दी, गहरी नज़रों से भद्रकेतु की ओर देखा। धीरे से, उसने होंठों पर उंगली रखी—चुप रहने का इशारा किया।

जब जंगल फुसफुसाते हुए अपने राज़ सुनाने लगा, महिडोल ने सिर थोड़ा झुकाया, मानो अनकहे शब्दों की गूंज सुन रहा हो। भद्रकेतु ने चुपचाप इंतज़ार किया—उसकी नज़र ज्योतिषी के चेहरे पर टिकी रही—उसकी आंखें सिकुड़ रही थीं, जबड़ा हल्के से कस रहा था।

तभी भद्रकेतु को एहसास हुआ—जो भी शक्तियां महिडोल ने महसूस की हैं, वे इस पलायन को आसान नहीं बनने देंगी। अब मुक्ति का रास्ता और भी डरावना और जोखिम भरा हो चुका था।

78

अयुत्थया, स्याम, सुवर्णभूमि

आज का बैंकॉक, थाईलैंड

करीब 2000 साल पहले

महिडोल जयसेन के भव्य महल के अंधेरे कोने में खड़ा था, चेहरे पर एक अटल संकल्प झलक रहा था। उसकी फुर्तीली उंगलियों ने बांस की नली खोली, और उसने उसमें भरी चीज़ को राजसी कुएं में उड़ेल दिया। रक्खम पलक झपकते ही पानी में घुल गया, और उस अराजकता का कोई निशान नहीं छोड़ा जो वह फैलाने वाला था।

महल के भीतर सब कुछ प्रतिदिन की तरह चल रहा था। सेवक-सेविकाएं गलियारों में दौड़-भाग कर रहे थे, दरबारी धीमे स्वर में बातें कर रहे थे। जयसेन की रानियां रेशमी वस्त्रों और गहनों में सजी, मुख्य आंगन में इकट्ठा थीं, उनकी हंसी की गूंज पूरे महल में सुनाई देती थी। मगर सतह के नीचे, सब कुछ वैसा नहीं था—अब महल से होकर बहता पानी एक अदृश्य और प्रबल जोखिम लेकर आ रहा था। हर कोई इस बात से अनजान था कि ख़तरा सिर पर मंडरा रहा है। सबने फलों के शरबत पिए, जो उसी ज़हरीले कुएं के पानी से बने थे। रक्खम ने अपना काम करना शुरू कर दिया, दृश्य बदलने लगा। गुलाबी चेहरों की जगह कर्कश खांसी ने ले ली, खिलखिलाहटों की जगह हांफने और उबकाई की आवाज़ आने लगी। घबराए सेवक इधर-उधर दौड़े, किसी को संभालते, किसी को सहारा देते।

कुछ ही घंटों में महल अस्त-व्यस्त हो गया। जिन लोगों ने पानी पिया था—रानियां, दरबारी, पहरेदार, रसोई कर्मचारी—सभी एक-एक कर गिरने

लगे। कभी चहल-पहल से भरा अयुत्थया का हृदय अब सिर्फ चीखों और तड़प से धड़क रहा था। जैसे-जैसे दर्द और बदहवासी की आवाज़ें दीवारों में गूंजने लगीं, सब समझ गए—यह कोई सामान्य बीमारी नहीं, कुछ अनहोनी यहां घर कर गई है।

राजा जयसेन ने भी वही शापित पानी पिया था। अब वो अपने सिंहासन पर गिर पड़े थे, चेहरा पीला, माथा पसीने से भीगा, हर सांस में बुखार की थरथराहट। कभी जिस राजा की उपस्थिति से पूरा दरबार सिहर उठता था, वो अब खुद उसका एक साया भर रह गया था। महल का चिकित्सक हर कमरे में दौड़ रहा था, पर इस आफत की वजह उसकी समझ से बाहर थी।

मगर रक्खम किसी जानी-पहचानी बीमारी की तरह नहीं था—इसका असर तेज़ और बेरहम था।

जयसेन ने अपने भरोसेमंद सलाहकार भद्रकेतु को अपने पास बुलवाया। जब भिक्षु अपनी स्वाभाविक गंभीरता के साथ वहां पहुंचे, राजा ने कांपती आवाज़ में पूछा, 'हे राजगुरु, यह कौन-सी आपदा आ गई? मेरी रानियां, दरबारी, सेवक सब आंधी में झड़ते पत्तों जैसे गिरते जा रहे हैं।'

भद्रकेतु घुटनों के बल बैठ गया, उसका चेहरा गंभीर था। 'राजन, कोई घातक बीमारी हम पर टूट पड़ी है। मुझे आशंका है, यह ज़हर है। लक्षणों से लगता है यह रक्खम है—एक ज़हरीली घास जिसका रस ज़मीन के पानी में घुल जाए तो विनाश रोकना असंभव है।'

जयसेन की आंखों में घबराहट झलक रही थी। 'अब क्या किया जा सकता है? कैसे बचाएं सबको?'

भद्रकेतु बोलने से पहले हिचकिचाया, फिर बोला, 'वन में एक इस ज़हर की एक मारक औषधि है, राजन—फलाई बूटी। वही इस ज़हर का उपाय है, लेकिन उस पर महिडोल की वन-जातियां कड़ी सुरक्षा करती हैं। हमें उनसे विनती करनी होगी, वही हमारी एकमात्र आशा है।'

बची-खुची शक्ति के साथ जयसेन ने महिडोल को बुलवाया। महिडोल अंदर आया, चेहरे पर बनावटी चिंता लिए। 'आपने बुलाया, महाराज?'

'महिडोल, मेरे लोग ज़हर से मर रहे हैं। भद्रकेतु ने तुम्हारे जंगल की एक औषधि का नाम लिया है, फलाई। मेरा अनुरोध है, हमें उसे इकट्ठा करने दो। अपनी जातियों को आदेश दो, हमें यह अनुमति दें।'

महिडोल का चेहरा थोड़ा सख्त हो गया, लेकिन उसने सहज स्वर में कहा, 'महाराज, मैं सदा आपका निष्ठावान सेवक रहा हूं। मैं आवश्यक आदेश दूंगा, लेकिन वह औषधि तभी असर करेगी जब उसमें एक बूंद रक्त मिलाया जाए।'

'यहां कोई भी अपना रक्त दे देगा,' जयसेन ने कांपती आवाज़ में कहा।

'वह रक्त किसी अविवाहित राजकुमारी का होना चाहिए,' महिडोल ने गंभीर स्वर में जोड़ा, 'वरना जड़ी-बूटी व्यर्थ हो जाएगी। और...'

'और?'

'राजवंश में अब कोई अविवाहित राजकुमारी बची नहीं है,' महिडोल ने अनिच्छा से कहा। 'अगर किसी आम युवती का रक्त मिलाया, तो फलाई देवी का अपमान होगा।'

निराशा ने जयसेन को पूरी तरह जकड़ लिया था, संतानहीन राजा अपने राज्य के विनाश को देखकर लगभग टूट चुका था। तभी भद्रकेतु की शांत, सधी आवाज़ ने उसकी टूटती हिम्मत को थाम लिया। 'राजन, मुझे अपनी बातचीत से ऐसा आभास हुआ है कि देवी सेम्बवलम राजवंश से संबंध रखती हैं। अगर वो तैयार हों, तो इस औषधि को सक्रिय कर सकती हैं।'

गर्व और लाचारी के बीच झूलते हुए अंततः जयसेन ने हामी भर दी। 'ठीक है। देवी सेम्बवलम से अनुरोध करें कि वो आपके साथ वन जाएं। महिडोल, तुम उनका मार्गदर्शन करोगे।'

~

सुरिरत्ना के चेहरे पर उलझन की लकीरें उभर आईं, जब दासी उसे लेने आई और धीमे स्वर में बोली, 'महाराज की हालत बहुत गंभीर है, देवी। और भी कई लोग बीमार हैं—महल में अफरा-तफरी मची है।'

उसके भीतर घबराहट की लहर उठ गई, लेकिन जैसे ही उसने गलियारे में भद्रकेतु को शांत और स्थिर मुद्रा में खड़े देखा, मन थोड़ा शांत हुआ। भद्रकेतु की मौजूदगी उसके लिए संजीवनी के समान थी। अगर वो यहां है, तो अब भी आशा बची है।

उसने ध्यान से भद्रकेतु के फुसफुसाते निर्देश सुने, उसके धैर्य के पीछे छिपी घबराहट को वो भांप सकती थी, और फिर उसके साथ उस खुली जगह की ओर बढ़ गई जहां महिडोल पहले से ही इंतज़ार कर रहा था, उसका दिल ज़ोर-ज़ोर से धड़क रहा था। महिडोल आगे-आगे बढ़ा गहरे जंगल की ओर, उसके हर कदम में सतर्कता और पहले से बनाई योजना की झलक थी।

जैसे-जैसे वे आगे बढ़े, जंगल घना होता गया, पेड़ और ऊंचे, झिलमिलाती छांव और घनी होती गई। सड़ती पत्तियों की गंध हवा में घुल गई थी। रास्ता झाड़ियों के नीचे लगभग गुम हो चला था, लेकिन महिडोल जंगल के बीचों-बीच आत्मविश्वास से बढ़ता गया। पूरे रास्ते भद्रकेतु की चिंतित आंखें सुरिरत्ना से ज़्यादा दूर नहीं गईं।

आखिरकार, वे पवित्र कुंज तक पहुंच गए। मैदान एक अलौकिक चमक में नहाया था, प्रसिद्ध फलाई बूटी छाया में भी दमक रही थी। महिडोल ने सुरिरत्ना से कई अनुष्ठान कराए जिनमें उसकी उंगली से एक बूंद खून लेना भी था। वो जानता था कि इनका कोई महत्व नहीं, लेकिन साथ में वो यह भी जानता था कि जयसेन के जासूस सब देख रहे होंगे। वो यह सुनिश्चित कर रहा था कि उन जासूसों के पास राजा को बताने के लिए पर्याप्त विवरण हों। अनुष्ठान पूरे होते ही महिडोल ने एक छोटी थैली सुरिरत्ना की हथेली में रख दी।

'इसे पीसकर लेप बना लो और बीमारों को दे दो,' उसने घोषणा की, 'मसलने से औषधि की असली शक्ति बाहर आती है।'

सुरिरत्ना ने सिर हिलाया, कांपते हाथों के साथ उसने उस कीमती थैली को थाम लिया। भद्रकेतु ने उसके कंधे पर भरोसे से हाथ रखा, 'तुम यह कर सकती हो,' उसने बुदबुदाते हुए कहा।

जैसे ही सुरिरत्ना महल की ओर मुड़ी, नए संकल्प के साथ वो तन कर चल रही थी। वापसी की राह थोड़ी छोटी लगी, मगर मुश्किलें पहले जैसी थीं। तत्परता उसे आगे बढ़ने के लिए प्रेरित कर रही थी, मुक्ति की उम्मीद अब अंधेरे में दीपक की तरह जल रही थी।

महल लौटते ही वे लोग सीधे राजा के कक्ष में पहुंचे। सुरिरत्ना ने कांपते हाथों से बूटी को पीसा, गाढ़ा और चमकदार लेप बनाया, जिसकी चमक धीरे-धीरे मंद होने लगी। 'महाराज, औषधि तैयार है। हमें इसे तुरंत देना होगा,' भद्रकेतु ने विनती की।

जयसेन ने हल्के से सिर हिलाया। भद्रकेतु ने कमान संभाली और लेप को राजा, उनकी रानियों और बीमार दरबारियों के सूखे होंठों पर लगाया।

धीरे-धीरे उनके चेहरों पर रंग लौटने लगा, सांस लेना आसान हो गया और महल में नई आशा की लहर दौड़ गई।

राज्य जब विनाश के कगार से वापसी की ओर लौट गया, भद्रकेतु ने जयसेन के पास जाकर कहा, 'महाराज, देवी सेम्बवलम ने हम सबकी जान बचाई है। उन्हें अन्यायपूर्ण ढंग से बंदी बनाकर रखा गया, वो चाहतीं तो सबको मरने के लिए छोड़ सकती थीं। अब हमें उनके इस उपकार का बदला चुकाना चाहिए।'

अब तक अपनी शक्ति वापस पा चुके जयसेन ने कृतज्ञता से सुरिरत्ना की ओर देखा। 'राजकुमारी, आपका उपकार चुका पाना मेरे बस की बात नहीं। अपनी इच्छा बताइए।'

'महाराज, मुझे केवल एक वस्तु चाहिए,' सुरिरत्ना ने धीमे स्वर में कहा, 'मुक्ति। ताकि मैं गारक के लिए निकल सकूं और अपने प्रियतम से फिर मिल सकूं।'

जयसेन का चेहरा पश्चात्ताप से भर गया। 'मुझे क्षमा करें, देवी सेम्बवलम। आपको रोकने के लिए मुझे क्षमा करें। इसे एक मूर्ख की सनक समझें।'

सुरिरत्ना मुस्करा दी। 'आपने जो भी दया दिखाई, उसके लिए मैं आभारी हूं, महाराज। आपने हमेशा उदार मेज़बान की भूमिका निभाई।'

'आपकी इच्छा पूरी की जाएगी,' राजा ने कहा। 'मैं आपकी यात्रा की पूरी व्यवस्था करूंगा, और आपको जो चाहिए, सब मिलेगा। मेरी शुभकामनाएं आपके साथ हैं, और आशा है कि आपको आपकी मनचाही खुशी मिले।'

'और मैं भी कुछ दिनों की छुट्टी चाहता हूं, ताकि राजकुमारी के साथ रहकर उनकी सुरक्षा सुनिश्चित कर सकूं,' भद्रकेतु ने अनुरोध किया।

'इसकी कोई आवश्यकता नहीं,' जयसेन ने कहा। 'मेरे सैनिक उन्हें सुरक्षित पहुंचा देंगे।'

'महाराज,' भद्रकेतु ने नम्र किंतु दृढ़ स्वर में याद दिलाया। 'जब मैंने राजगुरु का पद स्वीकार किया था, आपने वचन दिया था कि यदि कभी मैं जाना चाहूं, तो मुझे नहीं रोका जाएगा। आज मैं चाहता हूं कि आप अपना वचन निभाएं।'

राजा ने कुछ क्षण के लिए दूसरी ओर देखा, मानो अपने विचारों को समेट रहे हों। फिर बोले, 'आपके जाने का दुख रहेगा, लेकिन वचन तो वचन है। मैं आपको जाने की अनुमति देता हूं, पर यही आशा करता हूं कि एक दिन आप ज़रूर लौटेंगे।'

सुरिरत्ना की आंखों में कृतज्ञता के आंसू छलक आए। भद्रकेतु ने झुककर राजा को प्रणाम किया, उसका मन हल्का और आशा से भरा था। आगे की राह लंबी थी, पर पहली बार वह स्पष्ट और आशा से प्रकाशित दिख रही थी।

~

बाद में महिडोल ने भद्रकेतु से कहा, 'मैं तो हमेशा यही मानता था कि आप झूठ और छल-कपट से घृणा करते हैं। अब क्या बदल गया, मित्र?'

भद्रकेतु हंस पड़ा। 'लगता है तुमने अभी तक *'कमल सूत्र'* नहीं पढ़ा, महिडोल। उसमें 'जलते हुए घर की उपमा' नामक एक दृष्टांत है—यानी 'उपाय कौशल' की कहानी।'

'और वह क्या है?' महिडोल ने जिज्ञासा से पूछा।

'उस दृष्टांत में एक धनी व्यक्ति का विशाल घर है जिसमें उसके बच्चे खेल में इतने मग्न हैं कि जब घर में आग लगती है, तो वे खतरे को नज़रअंदाज़ कर देते हैं। पिता समझ जाता है कि बच्चे न तो संकट को समझ पाएंगे, न ही डर से बाहर निकलेंगे। तब वो चालाकी से उन्हें बाहर आने के लिए प्रेरित करता है—वो बोलता है कि बाहर बहुत सुंदर नए खिलौने हैं। बच्चे उत्साहित होकर दौड़ते हुए बाहर आ जाते हैं और सुरक्षित बच जाते हैं। अब बताओ, क्या यह छल था—या बुद्धिमानी से निकाला गया समाधान?'

79

यूडेमन, हिम्यार राज्य

आज का अदन, यमन

करीब 2000 साल पहले

कारखाने की चहल-पहल अपने चरम पर थी, धातु की खनक और भट्ठियों की फुंकारें मिलकर एक अनोखा संगीत रच रही थीं। दीमास्क़ से अपने सबसे कुशल लोहारों को लाकर बरकत ने यूडेमन में एक अस्थायी भट्ठी खड़ी कर दी थी, जिससे सोजू की ज़रूरतों को तुरंत पूरा करने के लिए समुद्री परिवहन सुव्यवस्थित हो गया था।

बंदरगाह के पास जगह हासिल करने के लिए हिम्यार के शासक से संभलकर बातचीत करनी पड़ी थी। बूढ़े राजा ने, ज़मीन और समंदर, दोनों के रास्ते होने वाले लाभदायक इत्र व्यापार पर अपनी मज़बूत पकड़ बना ली थी। पहले वो बहुदेववादी था, लेकिन अब यहूदी धर्म अपना लिया था, और अपनी नई ताक़त का इस्तेमाल न केवल भव्य स्मारक बनवाने, बल्कि विरोधियों को कुचलने में भी किया था। मिथ्रा और बरकत ने उसे हथियारों की लगातार आपूर्ति का वादा करके उसका सहयोग हासिल किया था।

पसीने से तर-बतर मज़दूर अभ्यास से भरी कुशलता से काम कर रहे थे। भट्ठी की गर्मी और पिघले लोहे की तीखी गंध हवा में घुलकर उसे उद्देश्य की अनुभूति से भर रही थी। बरकत व्यस्त कार्यशाला में चहलकदमी करते हुए हर पड़ाव को पैनी नज़र से परख रहा था। कभी-कभी वो कोई तलवार, कटार, तीर या ढाल उठाकर उसकी बेहतरीन गुणवत्ता जांचता और सुनिश्चित

करता। हर हथियार पर एक-दूसरे को काटती तलवार-मछली का प्रतीक और लहरदार नव उत्सा की सतह थी।

मिश्रा पास आकर चिंतित स्वर में बोला, 'कोरकाई से कबूतर दुखद संदेश लाया है, बरकत। सोजू ग्यूमग्वान लौट आया है, लेकिन दुश्मनों ने उसके पिता की हत्या कर दी है। सुरिरत्ना उसकी मदद के लिए निकली थी, लेकिन उसका जहाज़ रास्ते में कहीं गायब हो गया। लगता है किस्मत हमारे खिलाफ है।'

बरकत ने इनकार करते हुए सिर हिलाया, उसके चेहरे पर दृढ़ता की रेखाएं गहरी हो गईं। 'हालात बदलेंगे, महाराज। हम बिना रुके दिन-रात किम सूरो की सेना के लिए शस्त्र गढ़ रहे हैं। कोरकाई से आने वाली हर सिल्ली से हमारी मेहनत और तेज़ हो जाती है। हर हथियार परखी गई शिल्पकला के साथ तैयार होता है; हर नई तलवार हमारे मित्र की विजय को थोड़ा और करीब ले जाएगा।'

एक कोने में लोहार, तपते लोहे पर हथौड़े बरसा रहे थे, उनके लयबद्ध प्रहार उसे घातक रूप दे रहे थे। चिंगारियां उछलतीं, क्षण भर के लिए भट्ठी जगमगा उठती। बरकत के पास खड़ा मिश्रा उन्हें देख रहा था, मज़दूरों के कंधों में तनाव और उनकी गतिविधियों में अटूट संकल्प की झलक थी।

'यह यूडेमन भट्ठी अपनी पूरी क्षमता से चल रही है,' बरकत ने अपनी आवाज़ में गर्व और तत्परता के साथ कहा। 'यहां का उत्पादन दीमास्क़ से कारवां के ज़रिए आ रही खेप पर निर्भर है। मैं प्रार्थना कर रहा हूं कि चेलियन ने कोरकाई में सिल्लियों का उत्पादन बढ़ाया हो।'

मिश्रा के चेहरे पर चिंता की लकीर उभर आई। 'कोरकाई के जहाज भरोसेमंद हैं, पर ग्यूमग्वान तक का सफर ख़तरे से खाली नहीं। हमारे जहाज़ रवाना होने को तैयार हैं, लेकिन उनकी सुरक्षित यात्रा सुनिश्चित करना सबसे ज़रूरी है। अगर समुद्री लुटेरे हमारे माल पर कब्जा कर लेते हैं तो सारा समुद्री इलाका और अस्थिर हो जाएगा।'

'मैंने हर संभावित ख़तरे का इंतज़ाम कर लिया है,' बरकत ने भरोसा दिलाया। 'मज़बूत जहाज़, अनुभवी नाविक, दीमास्क़ और कोरकाई के सैनिक।

यहां तक कि रोमन सैनिकों को भी बुलाया है। अनुकूल हवाएं और तेज़ धाराएं हमारा साथ देंगी।'

'और सिल्लियों के स्थानीय उत्पादन की योजना?' मिथ्रा ने पूछा।

'चेलियन और कुलशेखर ने रासायनिक पत्थर भेज दिए हैं,' बरकत ने बताया। 'इनमें से कुछ यहीं रहेंगे, कुछ सोजू को भेजे जाएंगे। जल्दी ही सभी इलाकों में सिल्लियों की गुणवत्ता एक जैसी हो जाएगी।'

इस बीच भट्ठी के दरवाज़े खुले और रात की ठंडी हवा का झोंका अंदर आया। एक हांफता हुआ संदेशवाहक दौड़ता हुआ भीतर आया, उसकी कमीज़ पसीने से चिपकी थी, 'महाराज, जहाज़ रवाना होने के लिए तैयार हैं।'

बरकत ने मिथ्रा की ओर देखा, उसकी आंखों में इस्पाती दृढ़ता की चमक थी। 'समय आ गया है। सूरज निकलते ही हम इन्हें रवाना करेंगे। हमारी सफलता अपनी योजनाओं के बेदाग अमल पर निर्भर है।'

जैसे-जैसे रात ने भोर की शक्ल ली, बरकत और मिथ्रा ने अंतिम तैयारियों की निगरानी की। मज़दूर अंतिम तलवारों को चमका रहे थे, उनकी गतिविधियां तेज़ और चुस्त थी। तैयार हथियार लकड़ी के बक्सों में से भरे गए, हर बक्से पर चार-तलवारों की छाप तपे लोहे से लगाई गई।

भोर से पहले के सन्नाटे में, बरकत और मिथ्रा बंदरगाह के किनारे खड़े थे, क्षितिज पर दो जहाज़ों की परछाई देख रहे थे। सूरज निकला, उसकी किरणें जहाज़ों और बेचैन समुद्र को सुनहरी आभा में रंगने लगीं। वे दोनों देखते रहे, जैसे-जैसे नाविक सवार होते, हर एक की छवि बढ़ती रोशनी में परछाई सी उभरती। नाविक भाग-दौड़ कर माल इकट्ठा कर रहे थे, अंतिम जांच पूरी कर रहे थे।

'क्या उन्हें अपनी ज़िम्मेदारी की गहराई का एहसास है?' मित्रा ने सोचते हुए कहा। 'अपने मिशन की अहमियत समझते हैं?'

बरकत की नज़रें रवाना होते जहाज़ों पर टिकी रहीं। 'उन्हें जितना जानना चाहिए, वे जानते हैं। वे समझते हैं कि उनके पास जो है, वह इतिहास बदल

सकता है। उससे भी बढ़कर वे निष्ठा समझते हैं। जैसे कभी किम सूरो ने तुम्हारी मदद की थी, वैसे ही आज तुम उसकी कर रहे हो।'

मिथ्रा के चेहरे पर मुस्कान उभरी। उसने जहाज़ों की ओर नज़रें टिकाईं। 'यात्रा सुरक्षित हो,' उसने बुदबुदाकर प्रार्थना की।

जहाज़ समंदर की शांत लहरों को चीरते हुए निकल पड़े। अब पीछे मुड़ने का कोई विकल्प नहीं था।

80

अयोध्या, उत्तर प्रदेश, भारत

वर्तमान काल

कारों का एक काफ़िला आदित्य, सोमी, रामास्वामी, जंग और जयरामन को क्वीन हियो मेमोरियल पार्क तक लाया। वे सभी गाड़ियों से उतरे, उनके क़दम नपे-तुले अंदाज़ में थे, और वे दूर तक फैले हुए पार्क का जायज़ा ले रहे थे।

'यहां की इमारतें कोरियाई और भारतीय स्थापत्य शैलियों का सुंदर मिश्रण हैं, जो इन दोनों देशों के प्राचीन और लगभग भूले जा चुके संबंध का सम्मान करती हैं,' रामास्वामी ने रास्ते में समझाते हुए कहा। 'तेरहवीं सदी के कोरियाई इतिहास *समगुक युसा* के अनुसार, 48 ईस्वी में अयोध्या की एक राजकुमारी ने समुद्र पार कर कोरियाई राजा से विवाह किया था। आज भी, बहुत से कोरियाई लोग इस स्थान पर आते हैं और रानी हियो को अपनी पूर्वज माता के रूप में श्रद्धांजलि देते हैं।'

सोमी की सोच कुछ हफ़्ते पहले के उस दिन पर चली गई, जब उसी पार्क में, उसने और आदित्य ने अपनी साझेदारी के समझौते पर दस्तखत किए थे। ऐसा लगा जैसे वो सब जीवन भर पहले की बात हो। वे दृश्य उसकी आंखों में ताज़ा थे—कैमरों के चलने की आवाज़, राष्ट्रगान, दस्तावेज़ों पर हस्ताक्षर। वह दिन उन दोनों के लिए और उनके बिज़नेस के लिए एक महत्वपूर्ण मोड़ साबित हुआ था। उसके किए गए अनगिनत बाकी सौदों के विपरीत, यह सौदा अलग और महत्वपूर्ण लगा।

उसने आदित्य की ओर देखा, वो ध्यान से रामास्वामी की बात सुन रहा था, उसका चेहरा गंभीर था। न जाने क्यों, सोमी उसकी ओर देखती रह गई। आदित्य ने उसकी नज़रें महसूस कर लीं और मुस्कराया। सोमी ने भी मुस्कुराकर तुरंत नज़रें फेर लीं, उसके गालों में हल्की लाली छा गई।

'यह मेमोरियल पार्क केवल भारत-कोरियाई इतिहास का प्रतीक नहीं है,' रामास्वामी आगे बोले। 'यहां भी जुड़वां मछलियों की छवि प्रमुखता से दिखाई देती है, जैसा कि हमने अयोध्या की वास्तुकला, पांड्य प्रतीकों, दमिश्क़ के इतिहास, बौद्ध और मिस्र की परंपराओं, और कोरियाई किंवदंतियों में बार-बार देखा-सुना है। इससे यह अनुमान लगता है कि जो प्राचीन तकनीक भारतवर्ष से निकली, वह दूर देशों- कोरिया और सीरिया- तक अपने निशान छोड़ गई।'

आदित्य ने माथा सिकोड़ते हुए कहा, 'लेकिन यह मेमोरियल पार्क तो 2022 में ही शुरू हुआ था।' उसने सुंदर वास्तुकला की ओर इशारा किया। 'फिर यहां कोई प्राचीन रहस्य कैसे हो सकता है?'

'सही है, पार्क तो आधुनिक है,' रामास्वामी ने सहमति जताई, 'लेकिन सोचिए: एक आठ टन का पत्थर, जो पार्क बनने से बहुत पहले का है, 2001 में दक्षिण कोरिया से भारत लाया गया था, विशेष तौर पर इस स्मारक के लिए।'

'तो?' आदित्य ने पूछा।

'संभव है कि उस पत्थर का कोरिया में उत्पन्न होने का कोई कारण हो,' रामास्वामी बोले। 'कहा जाता है कि भारत से कोरिया गई राजकुमारी अपने साथ कुछ पत्थर ले गई थी। तो अगर आज दो हज़ार साल बाद, कोरियाई लोग भारत को किसी प्राचीन उपकार का बदला चुका रहे हों?'

हमेशा व्यावहारिक सोच रखने वाले जंग ठुड्डी सहलाते हुए बोले, 'यह मुमकिन है। पत्थर और प्रतीक केवल संस्कृति के वाहक नहीं, ज्ञान के भंडार भी हो सकते हैं, खासकर जब वे महाद्वीपों के पार लाए जाएं।'

कोरियाई मंडप, चमकदार लकड़ी और ढलानदार छत के साथ, संगमरमर के सफ़ेद भारतीय गज़ीबो के ठीक सामने था। दोनों को जोड़ने वाला पुल,

एक छोटी झील के ऊपर धनुष के आकार में बना था, जिसमें ढलती शाम की रोशनी झलक रही थी। आगे, एक अंडे के आकार की सुनहरी मूर्ति खड़ी थी, जो छह सुनहरे अंडों से पैदा हुए छह कोरियाई राजाओं की कथा को श्रद्धांजलि थी। केंद्र के पास, एक जहाज़ का मॉडल उस जहाज़ का प्रतीक था जिसने राजकुमारी को विशाल महासागर के पार पहुंचाया था और पार्क के दक्षिण-पूर्व कोने में, जमीन पर एक घेरा बना था, जिसमें जुड़वां मछलियां थीं।

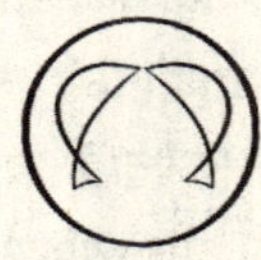

जयरामन उस पत्थर के स्मारक के पास रुके, जिसमें रानी हियो की याद में कोरियाई और संस्कृत दोनों में एक कविता उकेरी थी—वो उसकी सतह पर खुदे शिलालेख को ध्यान से पढ़ते रहे। 'अगर यहां कुछ छिपा है, तो शायद इसी पत्थर के भीतर है,' उन्होंने धीरे से कहा। 'हमें इसकी जांचना करनी चाहिए, शायद कुछ परीक्षण भी करने पड़ें।'

सोमी के भीतर एक उत्साह की लहर दौड़ गई। सदियों से छुपे रहस्यों को पत्थर के भीतर तलाशना उसके लिए रोमांचक भी था और चुनौतीपूर्ण भी।

'यह आसान नहीं होना,' आदित्य ने आवाज़ धीमी रखते हुए सावधान किया। 'कोई भी फ़िज़िकल सैंपलिंग दोनों देशों की अनुमति के बिना संभव नहीं। हमें बेहद गोपनीयता से काम करना होगा। किसी भी तरह का ध्यान आकर्षित करना हमारे लिए नुकसानदेह हो सकता है।'

सोमी की नज़रें उससे मिलीं, सोमी के चेहरे पर पक्के इरादे की झलक थी। 'हमें इसे अंजाम तक पहुंचाना होगा। हो सकता है इसी पत्थर में वे राज़ छिपे हों, जो सदियों से दफ़न हैं। सोचो, क्या यह संयोग है कि कोरिया ने यही पत्थर अयोध्या भेजी?'

रामास्वामी, जंग और जयरामन आपस में अलग-अलग टेस्टिंग तकनीकों पर विचार कर रहे थे। सोमी की नज़र लगातार उस पत्थर पर टिकी थी, उसके

मन में उत्सुकता का भाव पनप रहा था। आदित्य और वो उस अहम दिन से इस राह पर थे जब उन्होंने समझौते पर हस्ताक्षर किए थे, और केवल उनका साझा दृढ़ संकल्प ही उन्हें किसी नतीजे तक पहुंचा सकता था।

'हमारे पास एक योजना है,' रामास्वामी ने कहा। 'हम स्ट्रॉन्शियम आइसोटोप एनालिसिस का इस्तेमाल करेंगे, जिससे इस पत्थर के आइसोटोपिक सिग्नेचर की तुलना दूसरे क्षेत्रों के सैंपल से की जाएगी, ताकि इसकी भू-वैज्ञानिक उत्पत्ति का पता चले।'

'और अगर उससे नतीजा न निकला?' आदित्य ने पूछा।

रामास्वामी की आवाज़ उम्मीद से भरी थी। 'फिर हम दूसरे विकल्प आज़माएंगे, जैसे —फूरियर-ट्रांसफॉर्म इन्फ्रारेड स्पेक्ट्रोस्कोपी, जिससे जैविक यौगिकों का पता चलेगा; पेट्रोग्राफिक एनालिसिस जिससे खनिज संरचना जान सकेंगे; या एक्स-रे डिफ्रैक्शन, जिससे उनके क्रिस्टलीय ढांचे का विश्लेषण किया जा सकेगा।'

पास ही कुछ सैलानी मंदारिन में बातें करते हुए फोटो खींच रहे थे। आदित्य और सोमी, आगे की योजनाओं को ध्यान से सुन रहे थे, लेकिन यह नहीं जानते थे कि उनकी हर गतिविधि पर नज़र रखी जा रही थी और उनके हर कदम की जानकारी प्योंगयांग तक पहुंचाई जा रही थी।

कुरुक्षेत्र, कुरु राष्ट्र

आज का अंबाला ज़िला, हरियाणा, भारत

करीब 5,000 वर्ष पहले

युद्धभूमि में कोहराम मच गया—तलवारें टकराने लगीं, घोड़े चीखने लगे और सैनिक या तो विजय या पीड़ा में चीख रहे थे।

हवा में खून, पसीने और सड़न की गंध भरी थी। घने धूल और धुएं ने कई जगहों पर उस वीभत्स दृश्य को धुंधला कर दिया था। इसी हाहाकार के केंद्र में भीम और दुर्योधन आमने-सामने खड़े थे, दृष्टि एक-दूसरे पर टिकी हुई, दोनों अगले प्रहार की प्रतीक्षा में थे।

महाबली पांडव भीम ने अपनी गदा कसकर थामी थी, उसकी विशाल देह में युद्ध की तपिश और शक्ति साफ़ झलक रही थी। लगातार अठारह दिनों की भयानक लड़ाई की थकान और घाव उसके शरीर पर दिख रहे थे। सामने था दुर्जेय कौरव दुर्योधन, अपनी गदा लिए, आंखों में क्रोध की ज्वाला के साथ। यह द्वंद्व उनकी कटु प्रतिद्वंद्विता का चरम था, युद्ध की नियति इसी अंतिम टक्कर से तय होनी थी।

इस महामुकाबले को देखने के लिए दोनों सेनाओं के बचे हुए सैनिक—पांडव और कौरव दोनों—अपने-अपने हथियार छोड़कर, एक गोल घेरे में आ खड़े हुए। पांडव, युधिष्ठिर, अर्जुन, नकुल और सहदेव—कृष्ण के साथ गंभीर मुद्रा में खड़े थे। दूसरी ओर अश्वत्थामा, कृपाचार्य और कृतवर्मा देख रहे थे, उनके हृदय में आशा और भय का संघर्ष था।

इससे पहले, अपनी बिखरी हुई सेना को फिर से संगठित करने के लिए व्याकुल, दुर्योधन समीप के एक झील में जा छिपा था, उसके शीतल आलिंगन में सांत्वना ढूंढ़ रहा था।

ठंडे जल ने उसके तपते शरीर को कुछ राहत दी। 'विदुर जानते थे कि अंत क्या होगा,' वो बुदबुदाया, 'लेकिन ज्ञान भी देर से मिले तो क्या लाभ?'

युधिष्ठिर और उनके भाई अपने दुश्मन का पीछा करते हुए झील के किनारे पहुंचे। फिर दुर्योधन को ललकारा, 'दुर्योधन! क्या परिवार और कुल का विनाश करके अब तुम इस तालाब में छिपकर मृत्यु से बचना चाहते हो? तुम्हारा अभिमान कहां गया? क्या तुम्हें कोई लज्जा नहीं? बाहर आओ और हमारा सामना करो। एक क्षत्रिय होने के नाते, क्या तुम युद्ध और मृत्यु से डरते हो?'

इन शब्दों से आहत दुर्योधन हाथ में गदा लिए पानी से बाहर आया। उसने कहा, 'मैं यहां भागकर नहीं, अपने भीतर की आग बुझाने आया था। न मुझे जीवन की लालसा है, न मृत्यु का भय। अब युद्ध के लिए बचा ही क्या है? रक्षा करने के लिए भी कुछ बचा नहीं है। जो लोग भी मेरे साथ थे, वे चले गए। साम्राज्य की इच्छा भी नहीं रही। मैं ये संसार तुम्हारे हवाले करता हूं—बिना किसी प्रतिद्वंद्वी के, इसे जैसे चाहो, वैसे चलाओ।'

'क्या उदारता है,' युधिष्ठिर ने तीखे व्यंग्य के साथ उत्तर दिया। 'हमें भूमि का एक टुकड़ा भी न देने की शपथ खाने के बाद, शांति की हमारी विनती ठुकराने के बाद, अब तुम हमें सब कुछ दे रहे हो। मैं तुम्हें याद दिला दूं, हम भूमि या साम्राज्य के लिए नहीं लड़ते। क्या मुझे तुम्हारे अनगिनत अपराधों का वर्णन करना होगा? केवल तुम्हारी मृत्यु ही उन अत्याचारों का प्रायश्चित कर सकती है जो तुमने हम पर और द्रौपदी पर किए हैं।'

'आओ, एक-एक कर मुझसे लड़ो,' दुर्योधन ने ललकारा, 'मैं अकेला हूं, घायल हूं, निरस्त्र हूं। क्या तुम पांचों मिलकर एक थके हुए, अकेले, बिना कवच के योद्धा पर हमला करोगे?'

'बताओ, अभिमन्यु को कैसे मारा गया था?' युधिष्ठिर ने पलटकर पूछा। 'क्या तुमने अकेले खड़े अभिमन्यु की हत्या पर अपनी सहमति नहीं दी थी, जब तुम्हारे पूरे दल ने उसे घेर लिया था? कितनी विडंबना है कि लोग धर्म की दुहाई केवल तब देते हैं, जब वह उनके उद्देश्य के अनुकूल हो। अब

हममें से किसी एक को चुन लो और लड़ो—या तो मरकर स्वर्ग जाओ, या जीतकर राज करो।'

दुर्योधन ने बिना एक पल गंवाए भीम की ओर इशारा किया। उनके बीच की शत्रुता सबसे पुरानी और गहरी थी और वर्षों की प्रतिद्वंद्विता और अपमान की आग में सुलगती रही थी।

दोनों योद्धा शक्ति और कौशल में समान थे—सिवाय एक बात के। माना जाता था कि दुर्योधन के पास एक रहस्यमयी शक्ति थी: उसकी मां, गांधारी, ने उसके शरीर पर एक ऐसा लेप लगाया था जिससे वो अजेय हो गया था। लेकिन पूरी सच्चाई बहुत कम लोग जानते थे। जब गांधारी को अपने पुत्र की रक्षा के लिए अपनी सुप्त आध्यात्मिक ऊर्जा का उपयोग करने के लिए मनाया गया था, तो उसने दुर्योधन से खुद को निर्वस्त्र करने के लिए कहा था। वर्षों से आंखों पर पट्टी बांधे रहने के कारण, उसकी दृष्टि में जो तप—और—ऊर्जा संचित हो गई थी, उसी से वह औषधि पूरी तरह प्रभावी होती।

लेकिन, जब दुर्योधन लेप लगवाने के लिए अपने वस्त्र उतार रहा था, कृष्ण ने—बहुत ही चतुराई और रणनीतिक रूप से—सुझाव दिया कि मां के सामने कुछ तो मर्यादा रखें। लज्जावश दुर्योधन ने गांधारी से मिलने जाते समय एक लंगोटी पहन ली थी। परिणामस्वरूप, गांधारी के तप से बने उस लेप को उसके शरीर के शेष हिस्सों ने तो अवशोषित कर लिया, मगर उसकी जांघें अनछुई रह गईं—यही एक चूक उसके लिए घातक सिद्ध होने वाली थी। कृष्ण—जो स्वयं विष्णु के अवतार थे—लेप के रहस्य को जानते थे, जो राम की अयोध्या नगरी के एक उपवन में एक गहरा गड्ढ़े से जुड़ा था और सबसे प्रचंड हथियारों को भी निष्क्रिय कर सकता था।

अब, जब भीम और दुर्योधन एक-दूसरे के चारों ओर घूम रहे थे, भीम ने गरजकर हमला किया, जिससे कुरुक्षेत्र की धरती हिल उठी। दुर्योधन ने उस प्रहार को रोका और अपनी गदा से शक्तिशाली पलटवार किया। दोनों की गदाएं टकराईं, हर प्रहार उनकी शक्ति का प्रमाण था। यह संघर्ष घंटों तक चला, दोनों में से कोई भी योद्धा पीछे नहीं हटा।

'बस इतनी ही है तेरी शक्ति, भीम?' दुर्योधन ने व्यंग्य किया। 'तेरी इच्छाशक्ति मेरे कौशल के आगे कुछ नहीं—आज तुम और तुम्हारे कलंकित भाई सब नष्ट हो जाओगे!' उसकी आवाज़ में अहंकार था, लेकिन मन में बेचैनी भी थी। उसका सबसे दुर्जेय और निष्ठुर शत्रु उसकी सहनशक्ति की असली परीक्षा ले रहा था। उसने अपने प्रशिक्षण को याद करके सांत्वना पाने की कोशिश की, उसने अनिगनत घंटे भीम की लौह प्रतिमा के सामने अपने कौशल को निखारने में बिताए थे, लेकिन असली भीम की प्रचंडता का सामना करने पर उसे एहसास हुआ कि वो सारा प्रशिक्षण भी पर्याप्त नहीं था। जब द्वंद्व चल रहा था, दर्शक आपस में परिणाम पर बहस कर रहे थे। तभी कृष्ण की आवाज़ रणभूमि में गूंज उठी, 'भीम दुर्योधन की जांघें तोड़ेगा। वो द्रौपदी के अपमान का प्रतिशोध लेने की अपनी प्रतिज्ञा पूरी करेगा।' यह घोषणा बहुत सोच-समझकर की गई थी। कौरवों के दरबार में उस भयानक दिन को याद करते ही भीम के हृदय में क्रोधाग्नि भड़क उठी: द्रौपदी को उसके बाल पकड़कर घसीटा गया, भरी सभा में उसे निर्वस्त्र करने के लिए उसकी साड़ी खींची गई, और फिर दुर्योधन ने अहंकार के साथ अपनी जांघ थपथपाकर अश्लील संकेत करते हुए द्रौपदी को उस पर बैठने के लिए कहा। वही दृश्य फिर उसकी आंखों के सामने तैर गया। उसे अपनी प्रतिज्ञा याद आई और उसका क्रोध भयंकर आग में बदल गया।

ठीक उसी क्षण, मैदान के उस पार, कृष्ण ने भीम की ओर देखकर चुपचाप अपनी जांघ पर हाथ मारा, संकेत स्पष्ट था। पलक झपकते ही भीम को मौका मिल गया। उसने बाईं ओर झुककर दुर्योधन का ध्यान भटकाया और बिजली-सी गति से अपनी गदा सीधी करते हुए उसकी नंगी जांघ पर दे मारी।

हड्डी टूटने की भयानक आवाज़ युद्ध के शोरगुल पर भारी पड़ गई। दुर्योधन की चीख रणभूमि में गूंज गई। वो भूमि पर गिर पड़ा, उसकी गदा उसके हाथ से छूट गई, उसकी आंखों में अविश्वास और पीड़ा थी और उसने अपनी टूटी जांघ को पकड़ लिया। भीम उसके ऊपर खड़ा रहा, उसकी छाती धड़क रही थी, चेहरा प्रतिशोध और न्याय की आग में तप रहा था। 'यह द्रौपदी के

लिए है,' उसने गुर्राकर कहा, 'जिस अंग से तूने उसे भरी सभा में अपमानित किया, उसी के कारण तेरा अंत हुआ।'

दुर्योधन ने उसे घूरा, उसके चेहरे पर पीड़ा और घृणा के भाव उभर आए। 'विश्वासघाती! तुमने युद्ध के नियमों का उल्लंघन किया! तुम्हारी प्रतिष्ठा कहां है?' वो गरजा, वो गदा युद्ध के पवित्र नियमों का हवाला दे रहा था जिसमें कमर के नीचे वार करने की मनाही थी। दुर्योधन के पीड़ा से तड़पने पर रणभूमि में सन्नाटा छा गया।

भीम ने थूककर कहा, 'तू प्रतिष्ठा की बात करता है? स्वयं सारे नियम तोड़ने के बाद? तुमने अपनी मां से सुरक्षा का आह्वान किया था। मां के तप और द्वैतलिंगम की शक्ति ने तुझे बचा लिया होता—अगर तूने लंगोट न पहनी होती।'

कृष्ण ने यह दृश्य चुपचाप देखा, संतोषपूर्वक सिर हिलाया। कौरवों को पराजित करना ही था और कभी-कभी, न्याय के लिए परंपरा से हटना ही पड़ता है।

दुर्योधन के नाश का कारण बना—एक साधारण लंगोट।

81

ग्यूमग्वान, गारक महासंघ

आज का गिम्हे, दक्षिण कोरिया

करीब 2000 साल पहले

जहाज़ की लकड़ी की काया लहरों को चीरती हुई आह भर रही थी। सुरिरत्ना जहाज़ के अगले हिस्से पर खड़ी थी, हवा में उसके बाल लहरा रहे थे, उसकी निगाहें दूर क्षितिज पर टिकी थीं। उसके पास भद्रकेतु जंगले के सहारे खड़ा था और सामने फैले जल के अनंत विस्तार को देख रहा था।

जयसेन की उदारता से यह यात्रा संभव हुई थी, लेकिन यह लगातार तीन सप्ताह तक समुद्री यात्रा की एक कठिन परीक्षा थी। सूरज कई बार विशाल महासागर पर उगा और डूबा, दिन बदलते रहे, तब कहीं जाकर दूर ग्यूमग्वान के तट की धुंधली सी रूपरेखा उभरी। गारक के किनारे पर हलचल थी। तलहे के ख़तरे ने पूरे क्षेत्र को सतर्क कर रखा था। कई ग्यूमग्वान जहाज़, अपने फड़फड़ाते पालों के साथ, उस अनजान जहाज़ को रोकने के लिए आगे बढ़े। दोनों तरफ़ तनाव की बिजली-सी दौड़ गई, सैनिकों की नज़रें एक-दूसरे पर टिकी थीं, हथियार हाथ में थे, ज़रा-सी चूक भारी टकराव में बदल सकती थी।

भद्रकेतु तेज़ी से आगे बढ़ा और कप्तान को खोज निकाला। आंख के इशारे और हाथ के हल्के संकेत से संदेश दे दिया। कप्तान ने तुरंत आदेश दिया: स्याम का झंडा उतारो, पांड्य ध्वज ऊपर उठाओ।

जैसे ही झंडा फहराया गया, उसकी गहरी सजावट ने देखने वालों का ध्यान अपनी ओर खींच लिया।

तट पर सोजू निरीक्षण में व्यस्त था, जब उसे पास आते हुए जहाज़ की सूचना मिली। वो एकदम सीधा खड़ा रहा, उसकी निगाहें दूर जहाज़ पर टिकी रहीं। जैसे ही दो मछलियों वाला परिचित झंडा दिखा, उसका दिल तेज़ी से धड़कने लगा। क्या ऐसा हो सकता है? उसके मन में फिर उम्मीद की चमक जाग उठी। वो बिना पलक झपकाए जहाज़ को तट पर आते देखता रहा, साथ में एक तटरक्षक नाव भी चल रही थी।

सुरिरत्ना और भद्रकेतु इंतज़ार करती नाव में सवार हो गए। सुरिरत्ना तट पर खड़े चेहरों को देखने लगी, उसका दिल और भी तेज़ धड़कने लगा जब दूर से उसने सोजू को पहचान लिया—उसका चेहरा इतनी दूर से भी साफ़ दिखाई दे रहा था। जैसे ही छोटी नाव किनारे आई, सोजू की सांसें थम सी गईं। डूबते सूरज की रोशनी में पीली साड़ी पहने सुरिरत्ना का रूप स्वर्ग से उतरी किसी अप्सरा के समान लग रहा था।

नाव के रेत से टकराते ही सोजू खुद को और रोक नहीं सका। वो दौड़ता हुआ पानी के किनारे पहुंचा, उसकी पूरी दुनिया उस एक दृश्य में सिमट गई—सुरिरत्ना का किनारे उतरना। उसके पैर ज़मीन पर पड़ें, इससे पहले ही सोजू ने उसे अपनी बांहों में कसकर भींच लिया, जैसे वही उसके जीवन का आधार हो। सुरिरत्ना भी उतनी ही मज़बूती से उससे लिपट गई, उसकी आंखों से आंसू बह निकले। उस पल शब्दों की कोई ज़रूरत नहीं थी।

भद्रकेतु ने उनके पुनर्मिलन को देखा, उसके थके चेहरे पर संतोष भरी मुस्कान फैल गई। एक गहरी राहत की लहर उसके भीतर दौड़ गई। वे आखिरकार यहां तक पहुंच ही गए थे। यह यात्रा जोखिमों से भरी थी, लेकिन अपनी बहन को सोजू की बांहों में देखकर उसे लगा, हर मुश्किल पल सार्थक हो गया।

ग्यूमग्वान के निवासी इस दृश्य को कौतूहल और आश्चर्य के साथ देख रहे थे। पांड्य ध्वज ने पहले ही मैत्रीपूर्ण आगमन का संकेत दे दिया था, और अब अपने नेता की इस अनजान स्त्री से भावनात्मक भेंट ने बाकी सभी संदेह

दूर कर दिए। जो जहाज़ टोह लेने आए थे, वे अब तट के पास शांत पानी में हिलते हुए केवल दर्शक बन चुके थे।

आखिरकार, सोजू ने सुरिरत्ना को धीरे-धीरे छोड़ा, अपने रुखे हाथों में उसका चेहरा थाम लिया। अविश्वास और हर्ष उसकी आंखों में एक साथ झलक रहे थे। 'सुरिरत्ना,' वो फुसफुसाया, उसकी आवाज़ लहरों के बीच लगभग गुम सी हो गई। सुरिरत्ना ने उसकी ओर देख कर एक उज्ज्वल मुस्कान दी, अपने हाथों से उसके हाथ ढक लिए। सोजू के चेहरे पर पल भर के लिए उदासी की छाया आई, लेकिन सुरिरत्ना की बस एक नज़र ने उसे दूर कर दिया। सफ़ाई बाद में दी जा सकती है।

उनका ध्यान भद्रकेतु की ओर गया, जो अब तक सम्मानपूर्वक दूरी पर खड़ा था, उन्हें एकांत देने के लिए। सोजू उसकी ओर बढ़ा और अपना हाथ बढ़ाया। भद्रकेतु ने उसे मज़बूती से थाम लिया, फिर दोनों ने एक-दूसरे को गले लगाया और कंधे थपथपाए। उनकी निगाहों में बिना कुछ कहे भाईचारे और गहरी समझ का भाव उतर आया।

हाथों में हाथ डाले, सोजू और सुरिरत्ना आगे-आगे चल रहे थे, उनके पीछे-पीछे भद्रकेतु। सोजू के सैनिकों ने उनके चारों ओर सुरक्षा घेरा बना लिया, ताकि भीड़ उन्हें घेर न ले। तलहे का ख़तरा अब भी बना हुआ था, इसलिए सतर्क रहना बेहद ज़रूरी था।

जैसे ही वे लोग ग्यूमग्वान के चहल-पहल भरे चौक में पहुंचे, वहां पहले से जमा भीड़ की नज़रें सोजू पर टिक गईं। उम्मीद भरी निगाहों के बीच, सोजू आगे बढ़ा, सुरिरत्ना उसके साथ थी। उसने गर्व और प्रेम के साथ घोषणा की, 'ये हैं सुरिरत्ना। ये पांड्य साम्राज्य से आई हैं, उस दूर देश से, जहां मेरे प्रिय अबोजी ने मुझे शिक्षा के लिए भेजा था। इनके नाम का अर्थ है 'अनमोल रत्न', और सचमुच ये मेरे लिए अनमोल हैं। इनकी साहसिक यात्रा और हमारी भूमि और वंश में स्वागत के लिए, हम इन्हें अपनी परंपरा के अनुसार एक नया नाम दे रहे हैं—हियो ह्वांग-ओक, क्योंकि ये हमारे लिए सबसे दुर्लभ और अनमोल रत्न, हरिताश्म के समान हैं।

82

ग्यूमग्वान, गारक महासंघ

आज का गिम्हे, दक्षिण कोरिया

करीब 2000 साल पहले

किम सियोक और किम ह्वा का घर खाली था। सोजू की मां अपने कमरे में जा चुकी थीं, लेकिन उनका मन अभी भी भारी था। सुरिरत्ना से हुई छोटी-सी मुलाक़ात ने भी उनका दर्द कम नहीं किया था।

सोजू को जीवनसाथी मिलने की उन्हें खुशी तो थी, लेकिन अपने क्रूर नुकसान के आगे वह खुशी बहुत छोटी लग रही थी।

उधर सोजू भी बिस्तर पर करवटें बदल रहा था। नींद जैसे उससे दूर भाग रही थी। अचानक वो उठ खड़ा हुआ, जल्दी से कपड़े पहने और अपनी पीठ पर अपनी सबसे प्यारी तलवार टांगी—जो उसे मिश्रा ने भेंट की थी। चुपचाप घर से निकलकर वो नदी किनारे बने सराय की ओर चल पड़ा, जहां सुरिरत्ना और भद्रकेतु ठहरे थे। कमल के तालाब के पुल को पार करके वो एक संकरी पगडंडी से सुरिरत्ना के कमरे तक पहुंचा। उसने धीरे से दस्तक दी। दरवाज़ा लगभग तुरंत खुल गया—जैसे वो पहले से उसका इंतज़ार कर रही हो।

लकड़ी की जाली से छनकर आती चांदनी कमरे की दीवारों पर आकृतियां बना रही थीं। बाहर नदी की हल्की-सी कलकल और रात के जीवों की आवाज़ें मिलकर एक मीठा सा संगीत रच रही थीं। सुरिरत्ना की गहरी लाल साड़ी उसके बदन से लिपटी हुई थी, हर हलचल पर कपड़ा रोशनी में चमक उठता

था। उसके लंबे काले बाल खुले थे, जिन्हें लालटेन की सुनहरी रोशनी ने और चमका दिया था। सोजू का दिल तेज़ी से धड़कने लगा।

दोनों की नज़रें मिलीं और ऐसा लगा मानो वे कभी अलग हुए ही न हों। आज की रात उनकी थी, कर्तव्य और ज़िम्मेदारियों से चुराई हुई। सुरिरत्ना धीरे-धीरे उसकी ओर बढ़ी, नंगे पांव फर्श पर बिना कोई आवाज़ किए। सोजू ने हाथ बढ़ाकर उसके गाल को हल्के से छुआ। उसके स्पर्श पर सुरिरत्ना ने गहरी सांस ली और अपनी आंखें बंद कर लीं। उसने झुककर सोजू की हथेली को अपने होंठों से छू लिया।

'तुम मेरे जीवन की सबसे सुंदर और सबसे अच्छी चीज़ हो,' सोजू फुसफुसाया, उसकी आवाज़ चाहत से भरी हुई थी।

सुरिरत्ना की आंखें खुलीं, उसके होंठों पर मुस्कान आ गई। 'और तुम, मेरे सोजू, हमेशा की तरह उतने ही रूपवान हो,' उसने मधुर धुन जैसी आवाज़ में जवाब दिया।

सोजू ने उसे अपनी बांहों नें खींच लिया। महीन रेशम के पार उसे सुरिरत्ना के शरीर की गर्माहट महसूस हो रही थी, उसकी सांसें अपने सीने पर टकराती लग रही थीं। फिर सोजू ने अपना सिर झुकाया और अपने होंठों को उसके होंठों से मिला दिया। यह चुंबन लंबा और कोमल था, जिसमें बिछड़ने के वर्षों का दर्द और मिलने की खुशी, दोनों एक साथ पिघल गए।

सुरिरत्ना के हाथ धीरे-धीरे ऊपर उठे और सोजू के बालों में उलझ गए। उनका चुंबन अब और गहरा, और अधिक उत्तेजना वाला हो गया। सोजू के हाथ सुरिरत्ना की पीठ पर सरकते हुए उसे और करीब खींच रहे थे, मानो उसके पूरे अस्तित्व को अपने साथ मिला लेना चाहते हों। उनके बीच गर्मी बढ़ती गई, एक आग जो हर पल और भड़क रही थी।

सोजू अचानक थोड़ा अलग हुआ, सुरिरत्ना की आंखों में देखा, और अपने अंगूठे से उसके गाल को हल्के से सहलाया। 'सुरिरत्ना,' उसने धीमे से कहा, 'तुमसे दूर बिताया हर पल मेरे लिए एक अनंत काल जैसा था।'

सुरिरत्ना की मुस्कान और गहरी हो गई। उसकी उंगलियां सोजू के चेहरे पर फिर रही थीं। 'और तुम... मेरे सोजू, कभी भी मेरे ख़्यालों से दूर नहीं हुए,' उसने फुसफुसाकर कहा।

सोजू ने उसे आसानी से अपनी बांहों में उठा लिया और पास रखे साधारण लकड़ी के बिस्तर की ओर ले गया, जिस पर गद्दे और कढ़ाई वाली चादर बिछी थी। उनके चारों ओर की दुनिया मानो गायब हो गई। वह बिस्तर, अपनी सादी सी छतरी के साथ, उनका अपना छोटा-सा संसार बन गया।

सोजू ने सुरिरत्ना को बिस्तर पर धीरे से लिटाया और उसके हाथ साड़ी को ढीला करने लगे। उनकी आंखें अब भी एक-दूसरे पर जमी हुई थीं, मानो बिना बोले ही सब कुछ कह रही हों। कपड़ा नीचे गिरते ही चांदनी में सुरिरत्ना की त्वचा और भी दमक उठी। सोजू ठहर गया, उसे निहारता रहा। 'तुम अद्भुत हो, मेरी सुरिरत्ना,' उसने धीमे से कहा। सुरिरत्ना ने हाथ बढ़ाकर उसका कुर्ता खोलना शुरू किया, और उसकी उंगलियों के स्पर्श ने सोजू के भीतर चाहत की लहर दौड़ा दी। कुछ ही पलों में उसके कपड़े सुरिरत्ना के कपड़ों के साथ ज़मीन पर थे, और वे दोनों एक-दूसरे के साथ पूरी तरह लिपटे हुए—मानो समय और स्थान का कोई अर्थ ही न हो। सोजू की सांसें सुरिरत्ना की त्वचा को गर्म कर रही थीं, उसकी हरकतें और तेज़, और अधिक अधिकारपूर्ण हो गईं। सोजू ने सुरिरत्ना का नाम पुकारा, उसकी आवाज़ में ऐसी तड़प थी कि सुरिरत्ना की रीढ़ में सिहरन दौड़ गई। उसकी उंगलियां सोजू की पीठ में धंस गईं, उसे और पास खींचते हुए।

बाद में, वे दोनों एक-दूसरे की बांहों में लिपटे रहे, उनकी सांसें और दिल की धड़कनें एक लय में चल रही थीं। 'मैं तुमसे प्यार करता हूं,' सोजू ने धीरे से कहा। सुरिरत्ना ने अपने हाथ के नीचे सोजू के दिल की धड़कन महसूस की। 'और मैं तुम्हें चाहती हूं,' उसने उत्तर दिया। 'तुम मेरे प्रेम हो, मेरे जीवनसाथी। मैं हर तरह से तुम्हारी हूं।' उनकी सारी परेशानियां मानो बह गईं, और वे एक गहरी, सुकूनभरी नींद में खो गए।

बाहर, उस सराय के चारों ओर, चार साये चौकसी में खड़े थे—एक ने सोजू का पीछा किया था, दूसरा सराय पर नज़र रखे था, तीसरा भद्रकेतु की हर गतिविधि पर निगरानी कर रहा था, और चौथा सुरिरन्ना की खिड़की के नीचे तैनात था। इस सबसे अंतरंग क्षण पर भी नज़र रखी गई थी, और बाद में तलहे को इसकी सूचना पहुंचने वाली थी।

83

आरा, गारक महासंघ

आज की हामान काउंटी, दक्षिण कोरिया

करीब 2,000 साल पहले

आरा नगर-राज्य गारक महासंघ का सबसे छोटा सदस्य था, लेकिन अपनी केंद्रीय स्थिति के कारण यह बाकी सेनाओं के अभ्यास का प्रमुख केंद्र बन चुका था। आरा के विशाल प्रशिक्षण मैदान में उस समय चार सहयोगी प्रदेशों—ग्यूमग्वान, बिह्वा, बंगाम और आरा—के सैकड़ों सैनिक निरंतर अभ्यास में जुटे थे। अब जबकि महासंघ के पूर्व सदस्य—सियोगंसांग, गोरयोंग और डेगया—तलहे के नियंत्रण में आ चुके थे, बचे राज्यों पर तलहे का आक्रमण होने में ज़्यादा देर नहीं लगनी थी।

प्रशिक्षण मैदान में गहरी तन्मयता का वातावरण था। सैनिक आपस में भिड़ रहे थे, उनकी तलवारें सटीक और उद्देश्यपूर्ण प्रहारों से गूंज रही थीं। तीरंदाज़ एक के बाद एक तीर छोड़ते, हर तीर भूसे से भरे लक्ष्यों को भेदता। भालाधारी एक साथ अभ्यास कर रहे थे, उनके हथियारों की नोंक धूप में चमकतीं जब वे प्रहार और बचाव करते। अधिकारियों की गरजती आवाज़ें गूंज रही थीं, और ज़मीन सधे क़दमों की लयबद्ध चाल से कांप रही थी। हवा में पसीने, धूल और धातु की मिली-जुली गंध घुली थी। हर दस्ता अपनी पूरी ताक़त झोंक रहा था, एक मज़बूत, एकजुट सेना में ढलने के लिए। उनकी संगठित गतिविधियों में एक साझा दुश्मन के विरुद्ध तात्कालिक बंधन की झलक थी।

मैदान के उत्तर-पूर्वी कोने में एक बड़ा सा तंबू था, जिसके प्रवेश द्वार पर चारों सहयोगी प्रदेशों के सैनिक पहरा दे रहे थे। भीतर, ग्यूमग्वान, बिह्वा, बंगाम और आरा के सरदार लकड़ी की एक खुरदुरी मेज़ के चारों ओर बैठे थे, जिस पर गारक महासंघ का नक्शा फैला था। परिषद के निर्णय से सोजू ने ग्यूमग्वान के कार्यवाहक सरदार का पदभार संभाला था। बाकी तीन सरदार—बिह्वा के जिनह्योक, बंगाम के वोनसिक और आरा के योंगहो—अच्छी तरह जानते थे कि एकता अब विकल्प नहीं, बल्कि आवश्यकता है।

'मुझे चिंता यह है कि हमारे पास सैनिक तो हैं, पर हथियार पर्याप्त नहीं,' सोजू ने कहा। 'भट्ठी को पूरी तरह चालू होने में अभी समय लगेगा।'

'हमारे पास सिर्फ़ एक रास्ता है कि हम हमला करें,' जिनह्योक ने कहा, उसके अनुभवी चेहरे पर कठोर संकल्प झलक रहा था। 'तलहे खुद को निर्दयी और चालाक साबित कर चुका है। हमारी हिचक उसे और दुस्साहसी बना देगी।'

बिजली की तरह गूंजने वाली आवाज़ के मालिक वोनसिक ने मेज़ पर मुट्ठी दे मारी। 'हम उसे हमें टुकड़ों में जीतने का मौक़ा नहीं दे सकते। वो पहले ही सियोंगसांग, गोरयोंग और डेगया पर कब्ज़ा कर चुका है। अगला कौन होगा? हमें पूरी ताक़त से एक होकर—हमला करना होगा।'

उसी समय एक दूत तंबू में दाखिल हुआ और सोजू के कान में कुछ फुसफुसाया। सोजू का चेहरा खिल उठा। उसने बाकी लोगों की ओर देखते हुए कहा, 'हम हथियारों की कमी पर चर्चा कर रहे थे। मेरे पिता ने पुनः शस्त्र निर्माण शुरू करने के लिए भट्ठी को फिर से चालू करने का काम शुरू किया था। अफ़सोस, उत्पादन शुरू होने से पहले ही उनकी हत्या कर दी गई।'

'तो क्या अब हम यह काम नहीं कर सकते?' योंगहो ने उम्मीद से पूछा।

'ग्यूमग्वान की भट्ठी को फिर से पूरी तरह चालू करने में कई दिन लगेंगे,' सोजू ने स्वीकार किया, 'और हमारे पास इतना समय नहीं है।' यह सुनते ही बाकी सरदारों के चेहरों पर निराशा छा गई।

'लेकिन,' सोजू ने आगे कहा, 'मुझे यह बताते हुए प्रसन्नता हो रही है कि तलवारों, भालों, ढालों, चाकुओं और तीरों से लदे दो जहाज़ आ चुके हैं।'

'क्या ये तुम्हारे कोरकाई वाले सहयोगियों ने भेजे हैं?' जिनह्योक ने उम्मीद से पूछा।

'नहीं, ये दीमास्क़ से आए हैं,' सोजू ने बताया। 'मेरे मित्र मिथ्रा ने इन्हें यूडेमन में बनवाया और फिर विशाल महासागर के पार भेजा है। कोरकाई और दीमास्क़, दोनों की कारीगरी बेमिसाल है। यह खेप तब तक हमारी ज़रूरतें पूरी करेगी जब तक हमारी अपनी भट्ठी चालू नहीं हो जाती।'

तालियों की गड़गड़ाहट गूंज उठी, सरदारों के चेहरों पर राहत साफ़ दिख रही थी। इस गठबंधन में सोजू की मौजूदगी अमूल्य साबित हो रही थी।

'मैं सहमत हूं, हम तलहे के वार का इंतज़ार नहीं कर सकते,' सोजू ने कहा। 'हमें पहल करनी होगी। गोरयोंग और डेगया पर उसके हमले समय-सारणी,अचानक होने और लाभदायक भौगोलिक बढ़त के कारण सफल हुए थे। हमें उसे ये लाभ नहीं लेने देना है।'

समूह में सबसे बुजुर्ग योंगहो ने अपनी सफ़ेद हो रही दाढ़ी सहलाई, 'समय सबसे अहम है। जल्दबाज़ी में किया गया हमला विनाशकारी हो सकता है। हमें केवल बल की नहीं, बल्कि रणनीति की भी ज़रूरत है।'

'चौंकाने वाला हमला करना कठिन होगा,' उंगली से नक्शे पर एक लकीर खींचते हुए जिनह्योक बुदबुदाया। 'तलहे को हमारे हमले का अंदेशा है। उसके जासूस हमारी हर गतिविधि पर नज़र रखे हुए हैं। मुझे हैरानी नहीं होगी अगर पता चले कि उसके आदमी हमारे दल में भी घुस चुके हैं।' उसने बाहर अभ्यास करते सैनिकों की ओर इशारा किया।

'तो हमें ऐसा कुछ करना होगा जो उसका ध्यान भटका दे,' वोनसिक ने सुझाव दिया।

'मेरे पास एक उपाय है,' सोजू ने कहा। बाकी सरदार उत्सुकता से उसकी ओर मुड़ गए।

'आपके पास मुझसे कहीं अधिक अनुभव और ज्ञान है,' सोजू ने विनम्रता से कहा, 'लेकिन दीमास्क़ में, नबातियनों के साथ हमारी रणनीतिक साझेदारी ने जीत दिलाने में निर्णायक भूमिका निभाई थी।'

'तुम कहना क्या चाहते हो?' वोनसिक ने पूछा।

'भारतवर्ष का एक प्राचीन ग्रंथ, *अर्थशास्त्र* पांच व्यापक रणनीतियां बताता है,' आचार्य सत्यमुनि से सीखे अपने पाठों को याद करते हुए सोजू ने समझाना शुरू किया। 'इनमें से एक हमारी परिस्थिति के लिए बिल्कुल उपयुक्त है।'

'कौन-सी रणनीतियां?' योंगहो ने पूछा।

पहली है संधि—यानी शांति-संधि जो स्थिरता बनाए रखने में सहायक हो,' सोजू ने कहा। 'यह हमारे लिए संभव नहीं। तलहे हमारे साथ कोई शांति नहीं चाहता।'

आगे बताओ,' वोनसिक ने उत्सुकता से कहा।

'दूसरी है आसन—यानी रणनीतिक तटस्थता, जिसमें यथास्थिति बनाए रखी जाती है,' सोजू ने आगे कहा। 'यह भी मुमकिन नहीं। हम बेपरवाह नहीं रह सकते। तटस्थता का मतलब होगा कि तलहे हमें एक-एक कर निगल जाए।'

वो थोड़ी देर रुका और बाकी सरदारों की आंखों में देखने लगा। सब उसकी हर बात ध्यान से सुन रहे थे। 'तीसरी संसरया—यानी किसी बड़े मित्र या शक्ति का सहारा लेकर ख़तरे का मुकाबला करना। यह भी संभव नहीं। तीन राज्यों से मदद मांगने पर वे शायद हम पर ही टूट पड़ें।'

'बस सीधा हमला कर दो,' वोनसिक ने झुंझलाकर कहा, उसका धैर्य जवाब दे रहा था। सोजू ने मुस्कुराते हुए उसकी बात अनसुनी कर दी। 'चौथी—विग्रह, यानी सक्रिय युद्ध। तलहे से युद्ध तो तय है, लेकिन उससे पहले हमें एक और चीज़ चाहिए।'

'और वह क्या?' जिनह्योक ने पूछा।

'याना—यानी युद्ध की तैयारी,' सोजू ने उत्तर दिया। 'हमारे हमले या बचाव की पूरी तैयारी का संकेत देना।'

'लेकिन हम तो पहले से ही तैयारी कर रहे हैं,' योंगहो ने तर्क दिया। 'और तलहे को इसका पता है। उसके जासूस उसे हर बात बताते हैं।'

'सही कहा,' सोजू ने माना। 'लेकिन हमारा महासंघ उन तीन राज्यों के सामने नगण्य है, जो हमें घेरे हुए हैं: पूर्व में सिल्ला, पश्चिम में बैक्जे और उत्तर में गोगुरियो।'

'तुम उन्हें इस संघर्ष में खींचना चाहते हो?' योंगहो ने घबराहट भरे स्वर में पूछा। 'इससे तो तबाही मच जाएगी। हम कमज़ोर हैं। तीनों में से कोई भी राज्य हमें पूरा निगल जाएगा।'

बाहर कदमताल की आवाज़ और तेज़ हो गई, क्योंकि प्रशिक्षण अभ्यास में एक नया दस्ता शामिल हो चुका था। एकता की यह लय सुनते हुए सरदार चुप हो गए, योंगहो की बातों पर विचार करते हुए।

'मैं एक छल का प्रस्ताव रखता हूं,' सोजू ने अंत में कहा। 'ऐसा कुछ जिससे तलहे की सेना उलझ जाए। हमें उसे यह यक़ीन दिलाना होगा कि सिल्ला, बैक्जे या गोगुरियो में से कोई उस पर हमला करने वाला है। तब जब हम वार करेंगे, उसका ध्यान कहीं और होगा।'

'बिना गठबंधन किए यह कैसे होगा?' जिनह्योक ने पूछा।

'मेरा प्रस्ताव यह है...'

84

साकेत, कोशल

आज का अयोध्या, उत्तर प्रदेश, भारत

करीब 2,000 साल पहले

सोमदत्त अपने साथियों—भगुरायण, वत्सधार और पूर्व सैनिक केशव—के साथ तेज़ी से पेड़ के झुरमुटों में सरकते हुए आगे बढ़ रहा था। सरयू नदी उनके साथ-साथ शांत, चांदी-सी चमकती बह रही थी। जैसे-जैसे वे हनुमानगढ़ी की पवित्र गुफा के करीब पहुंचे, उनके भीतर उत्सुकता और तनाव की डोर कसती चली गई। क्या पद्मसेन के राजमिस्त्रियों ने अपना काम बिना किसी त्रुटि के पूरा किया था?

पत्थरों के ढेर से बनी एक गुफा, हनुमानगढ़ी, साकेत के सबसे पवित्र स्थलों में एक मानी जाती थी। माना जाता था कि लंका से लौटने के बाद हनुमान यहां निवास करते रहे और प्रभु राम के निधन के बाद भी कई वर्षों तक रक्षक के रूप में अपनी भूमिका निभाते रहे। अंततः वो कुरुक्षेत्र के समीप काम्यक वन चले गए, जहां कई सहस्राब्दी बाद उन्होंने महाभारत युद्ध से पहले एक अन्य वायुपुत्र भीम को अपना अद्भुत आशीर्वाद दिया।

गुफा के भीतर पत्थर की एक मूर्ति थी, जिसमें हनुमान अपनी माता अंजनी की गोद में बैठे थे। उनके गले में तुलसी की माला थी, जिसकी हर पत्ती पर 'सीताराम' अंकित था। हनुमान का मुख दक्षिण दिशा की ओर था—माता सीता से किए उस वचन के प्रतीक रूप में कि वे लंका पर निगाह रखेंगे और साकेत को हर अनिष्ट, भय और संकट से सुरक्षित रखेंगे। आज

गुफ़ा एक अनोखी ऊर्जा से कांप रही थी, मानो किसी अनहोनी का पूर्वाभास कर रही हो।

'मुझे विश्वास है कि सब कुछ अपनी जगह पर है,' सोमदत्त ने धीमे स्वर में कहा, उसकी आवाज़ पत्तों की सरसराहट के बीच मुश्किल से सुनाई दे रही थी। भगुरायण और वत्सधार ने गंभीर चेहरे के साथ सिर हिलाया। सबसे वृद्ध केशव ने अपने हथियार की जांच की, उसकी हर हरकत में एक सैनिक की जन्मजात सतर्कता झलक रही थी।

'तैयारियां पूरी हो चुकी हैं। मैं कल देर रात तक दल के साथ ही था,' केशव ने भारी आवाज़ में कहा। 'लेकिन सावधानी सबसे ज़रूरी है। एक चूक, और सब खत्म हो जाएगा।'

सोमदत्त के होंठों पर आत्मविश्वास भरी मुस्कान तैर गई। 'चिंता मत करो, पुराने मित्र। सब कुछ योजना के अनुसार ही होगा।'

~

सुबह के शुरुआती भक्त जैसे ही हनुमानगढ़ी पहुंचे, भीड़ में एक सनसनी फैल गई। दक्षिणमुखी हनुमान की मूर्ति, पता नहीं क्यों, अब उत्तर की ओर मुख किए थी। घबराहट ने लोगों को जकड़ लिया और कुछ ही देर में यह पवित्र स्थल चिंतित नागरिकों और पुजारियों से भर गया।

'यह कैसे संभव है?' हाथ में जपमाला पकड़े एक महिला ने चीखकर कहा।

'यह तो अशुभ संकेत है,' दूसरी महिला फुसफुसाई, उसका चेहरा भय से पीला पड़ गया।

सोमदत्त के चुने हुए पुजारी, जिन्हें इसी पल के लिए तैयार किया गया था, आगे बढ़े। वे मूर्ति का निरीक्षण करते हुए बनावटी चिंता जताने लगे, यहां तक कि उसे उसकी मूल दिशा में घुमाने की कोशिश भी की, लेकिन वह अपनी जगह अडिग रही। सोमदत्त ने मन ही मन विजयी मुस्कान दबा ली पद्मसेन के राजमिस्त्रियों ने वास्तव में कमाल कर दिखाया था।

'और लोगों को बुलाओ,' एक ब्राह्मण ने आदेश दिया 'हमें पूरे समुदाय की शक्ति लगानी होगी।'

नगर के लोग भी जुट गए, लेकिन उनकी सम्मिलित शक्ति भी हनुमान को हिला न सकी। जैसे-जैसे यह अफ़वाह फैली कि यह किसी दैवी क्रोध का संकेत है, नगर में तनाव बढ़ता गया।

अंत में, प्रमुख पुजारी, जो अपनी बुद्धिमत्ता के लिए प्रसिद्ध थे, ने भीड़ को संबोधित किया। 'हनुमान दक्षिण की ओर मुख करके लंका से आने वाले ख़तरों से रक्षा करते थे। अब वो उत्तर की ओर देख रहे हैं, हमें नए ख़तरे से सचेत कर रहे हैं।'

भीड़ में धीमी फुसफुसाहट दौड़ गई। तभी एक अन्य पुजारी बोला, 'सोचो, यहां से उत्तर में क्या है।'

'केवल विदुषिका का महल,' भगुरायण ने सोची-समझी रणनीति के तहत बीच में कहा।

जैसे ही उसके शब्दों का अर्थ समझ में आया, वहां मौन पसर गया। तभी ज्योतिष विद्या में पारंगत एक पुजारी ने घोषणा की, 'उत्तर से आने वाला ख़तरा कडफाइसिस और विदुषिका ही हैं। जब विदुषिका का अंत होगा, तभी हनुमान अपने सही स्थान पर लौटेंगे।'

उसकी बात ने भीड़ में आग भर दी। भय और क्रोध से उबलते, और भगुरायण व वत्सधार की भड़काऊ फुसफुसाहट से प्रेरित होकर, लोग महल की ओर बढ़ चले और राजद्वार तोड़कर भीतर घुस गए। विदुषिका के सैनिकों ने डटे रहने की कोशिश की, लेकिन केशव के महीनों से चल रहे गुप्त प्रयासों ने उनके बीच अविश्वास और विद्रोह के बीज बो दिए थे, जिससे कई सैनिक बीच में ही साथ छोड़ गए।

विदुषिका को महल के भीतर से घसीट कर भीड़ ने सड़कों पर घुमाया। कभी शक्तिशाली राजा, अब फटे वस्त्रों में, चेहरे पर अविश्वास और भय का मुखौटा लिए, अपमानित होकर उसी सीलन भरी, अंधेरी और बदबूदार कोठरी में कैद कर दिया गया, जहां कभी पद्मसेन को रखा गया था।

'इसका ध्यान रहे कि उसे कोई नुकसान न पहुंचे,' सोमदत्त ने अपने आदमियों को निर्देश दिया। 'हमें यह भ्रम बनाए रखना है कि यह सब दैवी हस्तक्षेप है।'

उस रात, एक विषैला सर्प विदुषिका की कोठरी में घुस गया। मूक हत्यारे की तरह, उसका काम इतना स्वाभाविक लगा मानो स्वयं देवताओं ने इसका विधान किया हो। विदुषिका मर चुका था, और फिर कभी उसका नाम नहीं लिया जाना था।

इधर, गुफ़ा के बाहर ब्राह्मणों ने अपने अनुष्ठान शुरू कर दिए थे। उनके जोशीले मंत्रोच्चार रात में भी गूंजते रहे, जब सोमदत्त के राजमिस्त्री योजना के अगले चरण की तैयारी में जुटे थे। अपने 'नव उत्स' छेनी से वे सावधानीपूर्वक मूर्ति को उसके नए जड़े हुए आधार से अलग कर रहे थे। सुबह होते-होते मूर्ति पश्चिममुखी हो चुकी थी, जिससे रहस्य और गहरा गया और जनमानस की बेचैनी और बढ़ गई।

'भगवान अब दक्षिणमुखी क्यों नहीं हैं?' भक्त आपस में पूछने लगे। 'हमारे हनुमानजी तो हमेशा दक्षिण की ओर रहते हैं।'

'बजरंगबली तभी दक्षिण की ओर देखेंगे, जब कोई सच्चा राजा साकेत पर शासन करेगा,' ब्राह्मणों ने घोषणा की, उनके शब्द उसी सुनियोजित कथा को पुष्ट कर रहे थे।

अवसर का लाभ उठाते हुए सोमदत्त आगे बढ़ा। 'केवल एक ही सही शासक है... और हम सब यह जानते हैं।' उसने ऊंची आवाज़ में कहा, 'पद्मसेन, राम और लक्ष्मण की विरासत के रक्षक, 157वें द्वैतलिंगम रक्षक। आइए, उन्हें वापस लाएं!'

कार्यवाही के लिए तैयार भीड़ जयकारे लगाने लगी। सोमदत्त की योजना बिना किसी चूक के सफल रही। हनुमान के रहस्यमयी दिशा-परिवर्तन ने पद्मसेन की वापसी का मार्ग प्रशस्त कर दिया। सामूहिक आस्था का प्रभाव वाकई एक अजेय शक्ति थी। प्राचीन आचार्यों की बात सही थी: छल ही युद्ध का आधार है।

सोमदत्त ने साकेत की ओर संतोष भरी दृष्टि डाली, जब शहर में उत्साह की लहर दौड़ रही थी। आस्था की शक्ति और उसकी सटीक योजना ने एक नये युग की नींव रख दी थी। 'पद्मसेन का क्या समाचार है?' उसने वत्सधार से पूछा।

'वो रास्ते में हैं,' वत्सधार ने उत्तर दिया। 'किसी भी दिन पहुंच सकते हैं।'

85

ग्यूमग्वान, गारक महासंघ

आज का गिम्हे, दक्षिण कोरिया

करीब 2,000 साल पहले

तेज़ धूप में सुरिरत्ना और सोजू, किम सियोक की पुरानी भट्ठी की ओर बढ़े। फाटक चरमराहट के साथ खुले और भीतर एक सुनसान-सी पड़ी कार्यशाला दिखाई दी। जब किम सियोक ने अपना अधिक समय महासंघ के काम में लगाना शुरू किया था, तब से यह भट्ठी बेहद कम क्षमता पर चल रही थी। उनके निधन के बाद तो यह पूरी तरह ठप हो गई थी।

भीतर कदम रखते ही सोजू के दिल में टीस उठी। 'अबोजी के बिना यह जगह कितनी सूनी लगती है,' उसने धीमे स्वर में कहा।

सुरिरत्ना ने उसका कंधा थामकर भरोसा दिया। 'हम इसे फिर से जीवित करेंगे, सोजू। मैं वचन देती हूं।'

सुरिरत्ना ने चारों ओर नज़र दौड़ाई, बीचों-बीच खड़ी मिट्टी की बड़ी सी भट्ठी, उसके पास रखी धौंकनी और पास ही धातुमल का गड्ढ़ा जिसमें पिघलाने की पुरानी प्रक्रिया के अवशेष जमा थे। दीवारों के सहारे कतार में रखी क्रूसिबल और सांचे, जो असंख्य घंटों की मेहनत की कहानियां बता रहे थे। धातु को ठंडा करने के लिए बड़ी और आयताकार टंकियां भी पास थी, जिनका पानी महीनों तक इस्तेमाल ना होने की वजह से अब मटमैला और स्थिर हो गया था। अलग-अलग आकार के निहाई, मज़बूत लकड़ी के ब्लॉकों पर जड़े हुए, हथौड़े की चोट के इंतज़ार में थे। पैरों और हाथ से चलने वाली

चक्कियों से जुड़े धार पत्थर, धार लगाने के लिए तैयार खड़े थे। रैक और अलमारियों में चिमटे, हथौड़े, छैनी जैसे औज़ारों की भरमार थी, हर एक पर समय और उपयोग के निशान थे। चमड़े के एप्रन और दस्ताने हुक से लटक रहे थे, उन कामगारों की वापसी की प्रतीक्षा करते हुए जो कभी इन्हें पहनते थे। भट्ठी के ऊंचे शिखर से लेकर सबसे छोटी छैनी तक, हर चीज़ गुणवत्ता और समर्पण की गवाही दे रही थी।

सोजू उस निहाई के सामने ठहर गया, जहां वो अक्सर अपने पिता को काम करते देखता था। 'मुझे याद है, पहली बार जब उन्होंने मुझे हथौड़ा पकड़ाया था,' उसने भावुक स्वर में कहा, 'वो मेरे हाथ थामकर वार की सही लय सिखाते थे।'

जैसे-जैसे वे ढलाईघर में अंदर गए, किम सियोक के वफ़ादार रहे पुराने कामगार, सोजू और सुरिरत्ना के आने की ख़बर सुनकर इकट्ठा होने लगे। एक बुजुर्ग मज़दूर डाए-ह्यून आगे बढ़ा। 'मास्टर सोजू, बहुत समय हो गया,' उसने आदरपूर्वक झुककर कहा, 'हमने ढलाईघर परिसर का यथासंभव रखरखाव किया है, लेकिन आपके पिता के बिना...'

सोजू ने डाए-ह्यून का कंधा गर्मजोशी से थाम लिया। 'धन्यवाद, डाए-ह्यून। यह ढलाईघर फिर से गुलज़ार होगा। हमें आप सबकी ज़रूरत है, ताकि मेरे पिता की विरासत जीवित रहे।' फिर उसने एक पल के लिए सुरिरत्ना की ओर देखा और आगे कहा, 'और मैं किसी को साथ लाया हूं जो हमारी मदद कर सकती हैं। हियो ह्वांग-ओक के भीतर एक लौहकार के रूप में अद्भुत कला है। वो हमें इस ढलाईघर को उसका पुराना गौरव लौटाने का मार्ग दिखाएंगी।'

वहां एकत्र हुए कामगारों की भीड़ से स्वीकृति की गूंज उठी। डाए-ह्यून ने सुरिरत्ना को झुककर प्रणाम किया और अपना सहयोग देने का वचन दिया, लेकिन उसके चेहरे पर उलझन भी साफ़ झलक रही थी। लोहे के कारखाने का नेतृत्व किसी स्त्री के हाथ में होना उसके लिए असामान्य था। मगर सुरिरत्ना जानती थी, एक बार उसकी विशेषज्ञता देखने के बाद सभी संदेह मिट जाएंगे।

सुरिरत्ना ने एकत्र कामगारों के सम्मान में हल्के से सिर झुकाया। उसने कुछ परिचित और अपरिचित सभी चेहरों पर नज़र दौड़ाई। फिर उसने शांत लेकिन दृढ़ स्वर में कहा, 'आपमें से हर एक का महत्व है, यह ढलाईघर केवल एक व्यक्ति की नहीं, बल्कि उन सबकी विरासत है, जिन्होंने कभी भी इसकी अग्नि के साथ काम किया।' फिर, अपनी तीव्र दृष्टि और पूरे एकाग्र भाव के साथ, उसने निर्देश देने शुरू किए।

'सबसे पहले हम अपने औज़ारों की स्थिति का आकलन करेंगे। हर चीज़ की जांच ज़रूरी है। भट्ठी से शुरू करें, सुनिश्चित करें कि उसकी मिट्टी की परत सलामत है, कहीं कोई दरार न हो। हमें उसमें अधिकतम तापमान बनाए रखने के लिए इसकी ज़रूरत है।'

फिर उसने एक अन्य कामगार को निर्देश दिया, 'तुम एक दल लेकर धौंकनी की जांच करो। उसमें से मलबा साफ़ करो और चमड़े की हालत देखो कि कहीं फट न गया हो। हमें आग की तेज़ लौ के लिए लगातार और ताक़तवर हवा चाहिए।' उसने नागरिक रखरखाव के प्रमुख की ओर मुड़कर कहा, 'ठंडा करने के लिए टंकियों की जांच करो। उनमें साफ़ पानी भरा हो और रिसाव न हो। हमें धातु को ठंडा करने के लिए ये तैयार चाहिए। और हमारे अयस्क का भंडार भी देखो। हमें अपनी आपूर्ति दोबारा शुरू करनी होगी।'

एक युवा कामगार की ओर देखते हुए वह बोली, 'तुम और मैं निहाई और पीसने वाले पत्थरों की जांच करेंगे। इनमें जंग या दरार न हो और ये मज़बूती से जमे हों। सटीक काम के लिए मज़बूत बुनियाद ज़रूरी है।'

जब कामगार अपने-अपने काम में जुट गए तो सुरिरत्ना ने सोजू की ओर रुख किया। 'मिश्रा का जहाज़ केवल हथियार नहीं लाया,' उसने धीमी आवाज़ में कहा, 'उसमें खास पत्थर भी हैं। तुम्हें उन्हें लाना होगा। हमारी सफलता इसी पर निर्भर है।'

सोजू की भौंहें सिकुड़ गईं। 'क्या मुझे इनके बारे में कुछ जानना चाहिए?'

'मुझ पर भरोसा करो, सोजू। तुम्हें जानने की ज़रूरत नहीं। लेकिन ये पत्थर हमें इस ढलाईखाने को ही नहीं, बल्कि कई और ढलाईखानों को फिर से चालू

करने में मदद करेंगे। मेरे मातालु, कुलशेखर, ने यह माल मिथ्रा को भेजा होगा, और उसमें से कुछ यहां आए होंगे। पिताजी और मैंने यह योजना तब बनाई थी, जब विदुषिका के लोग मेरा अपहरण करने की कोशिश कर रहे थे।'

सोजू ने हामी भरी। 'मैं कप्तान से बात करूंगा। लेकिन सुरिरत्ना, तुम अभी-अभी आई हो। मुझे बुरा लग रहा है कि तुम्हें तुरंत काम में लगा रहा हूं।'

वो मुस्कुराई। 'मैं तुम्हारे लिए यहां आई हूं, सोजू। तुम्हें सफल और विजयी देखने के लिए जो भी करना पड़े, मैं करूंगी।'

सुरिरत्ना ने डाए-ह्यून को देखते ही पास बुलाया, उसकी कुशलता और अनुभव पर वो पहले ही ध्यान दे चुकी थी। 'मास्टर डाए-ह्यून, मेरे पास आपके लिए एक खास काम है,' उसने आत्मविश्वास और स्थिर स्वर में कहा। 'मुझे आपसे एक हथियार बनवाना है। कोई साधारण हथियार नहीं, बल्कि प्राचीन पांड्य डिज़ाइन पर आधारित एक नमूना। मृत्युचक्र।'

डाए-ह्यून की भौहें जिज्ञासा से उठ गईं। 'यह किस तरह का हथियार है?'

सुरिरत्ना के होंठों पर एक रहस्यमयी मुस्कान उभरी। 'सब समय आने पर स्पष्ट हो जाएगा, मास्टर डाए-ह्यून। मुझ पर विश्वास रखें, यह आपके अब तक गढ़े गए किसी भी हथियार से अलग होगा।'

अयोध्या नगरी, कोशल साम्राज्य

आज काअयोध्या, उत्तर प्रदेश, भारत

करीब 7,000 साल पहले

अयोध्या की सीमा पर भरत ने राम के चरणों में दंडवत प्रणाम किया और एक जोड़ी खड़ाऊं उनके चरणों में रख दीं—वही खड़ाऊं, जिन्हें उन्होंने राजसिंहासन पर रखा था, राम के अधिकारपूर्ण शासन के प्रतीक रूप में। लंबे वर्षों तक भाई के वनवास के दौरान भरत नंदीग्राम में एक संन्यासी के समान जीवन जीते रहे, अयोध्या का शासन राम के नाम पर चलाते हुए उनकी भक्ति अटूट रही।

हनुमान के संदेश पर सचेत होते ही, भरत, शत्रुघ्न और अयोध्या के सभी श्रेष्ठजन राम के स्वागत के लिए दौड़ पड़े थे। भाई एक-दूसरे से गले मिले, आंखों से आंसू झरते रहे, समय और दूरी उनकी आत्मीयता को तनिक भी क्षीण नहीं कर पाई थी। लक्ष्मण भी पास आ खड़े हुए, उनकी आंखें भरी हुई थीं।

अब राम का रथ अयोध्या की सड़कों से धीमे-धीमे आगे बढ़ रहा था, ताकि हर नागरिक अपने प्रिय राजकुमार के दर्शन कर सके। मार्ग के दोनों ओर लोग खड़े थे, फूलों की पंखुड़ियां बरसा रहे थे। सड़कों और खिड़कियों में तेल के हज़ारों दीपक टिमटिमा रहे थे, मानो पूरी नगरी स्वर्णिम आभा में नहा गई हो।

अयोध्या उल्लास से भर उठी थी—ध्वज और पताकाएं लहरा रही थीं, नगाड़े और शंख गूंज रहे थे। ऐसा लग रहा था मानो पूरा नगर अपने राजकुमार और राजकुमारी के साथ ही वनवास से लौट आया हो। रथ पर सीता के साथ बैठे राम मुस्कुरा कर हाथ हिला रहे थे, जबकि सीता की आंखें अपनी प्रजा और इस प्रिय नगरी के प्रसन्न चेहरों को देखकर भावुक हो रही थीं। रथ के

साथ-साथ लक्ष्मण चल रहे थे, हर्ष के साथ-साथ उनकी सतर्कता भी अडिग थी। हनुमान, सदा की तरह, राम के पीछे खड़े अटल रक्षक बने हुए थे। राम और सीता की दृष्टि अपने नगर की परिचित सड़कों, चौराहों, मंदिरों, उपवनों और घरों पर ठहरती और उनके हृदय आनंद और संतोष से भर उठते।

जैसे ही वे महल के पास पहुंचे, राम ने अपनी माता कौशल्या को देखा। वो दौड़कर उनकी ओर बढ़े और उन्हें कसकर गले से लगा लिया, उनकी आंखें वियोग की पीड़ा से नम थीं। उनके पास ही सीता आगे बढ़ीं और कौशल्या के चरण स्पर्श किए। इसके बाद उन्होंने सुमित्रा का अभिवादन किया, जिनकी आंखों से भी आंसू बह रहे थे, पर चेहरे पर आनंद की आभा थी।

जब बारी कैकेयी की आई, उन्होंने आशीर्वाद के लिए राम के सिर पर अपना कांपता हुआ हाथ रखा, फिर सीता की ओर मुड़कर स्नेह से उनके गाल सहलाए। वो धीमे स्वर में राम से बोलीं, 'मुझे खलनायिका बनकर तुम्हें वनवास भेजना पड़ा, पुत्र। इसके बिना, तुम रावण का सबसे मूल्यवान रत्न कभी प्राप्त न कर पाते।' राम ने गहरी श्रद्धा और प्रेम से झुककर प्रणाम किया, उनके हृदय में रत्तीभर रोष नहीं था, केवल कृतज्ञता थी।

'तुम्हारे राज्याभिषेक की तैयारियां चल रही हैं,' कौशल्या ने कहा और उन्हें भीतर ले गईं।

अगले दिन राम ने अपने पिता के दरबार में प्रवेश किया उनके कंधों पर भाग्य का भार था। विशाल सभा-भवन में मंत्रियों, ऋषियों और राजपुरुषों से भरी भीड़ मौन श्रद्धा से उन्हें देख रही थी, जब वो सिंहासन की ओर बढ़े।

कुलगुरु वशिष्ठ, जिन्होंने स्वयं सभी तैयारियों की देखरेख की थी, ने राज्याभिषेक का अनुष्ठान आरंभ किया। उन्होंने गंगाजल से राम का अभिषेक किया और रत्नजड़ित मुकुट, जो वंश की गौरवशाली परंपरा का प्रतीक था, उनके मस्तक पर स्थापित किया। शंखनाद और वेद मंत्रों की गूंज के बीच, मानो पूरे राज्य से संतोष की एक सामूहिक सांस निकल पड़ी।

जयकारों की लहर महल से उठी और पूरे नगर में फैल गई। राम सिंहासन से उठे और एक हाथ उठाकर सभा को शांत किया। उनका स्वर दृढ़ और

गूंजता हुआ था, 'अयोध्या के प्रिय नागरिकों, आज एक नये युग का आरंभ है। हम सब मिलकर धर्म की रक्षा करेंगे और अपने राज्य की समृद्धि सुनिश्चित करेंगे।'

अनुष्ठान पूरे हो चुके थे। नगर उत्सव में डूबा था, लेकिन राम और लक्ष्मण चुपचाप कौशल्या के कक्ष के पास स्थित एक एकांत उपवन की ओर चले गए। चांदनी ने पथ को रजत आभा में भिगो दिया था, मानो उनके हर कदम का मार्गदर्शन कर रही हो। राम एक स्थान पर रुककर घुटनों के बल बैठ गए, 'लक्ष्मण, यह उपवन द्वैतलिंगम का धाम बनेगा। चलो, आरंभ करते हैं।'

दोनों ने मिलकर गड्ढ़ा खोदा, मानो एक पवित्र तीर्थ का आधार रच रहे हों। श्रद्धापूर्वक उन्होंने उस छोटे से संदूक को, जिसमें वह विलक्षण तत्व सुरक्षित था, उसमें रख दिया। वह अपनी नई जगह में ऐसे स्थापित हो गया, जैसे सदा से यहीं का रहा हो, और आसपास का वातावरण मंद, दिव्य ऊर्जा से भर उठा।

'लक्ष्मण, हमें सुनिश्चित करना होगा कि द्वैतलिंगम पीढ़ियों तक सुरक्षित रहे,' राम ने कहा। 'ऐसा स्तंभ बनाओ जो काल की मार को झेल सके और इस पवित्र स्थल का प्रतीक चिह्न बने। उस पर दो मछलियों का प्रतीक अंकित करना, जो विष्णु और शिव की संयुक्त शक्तियों का प्रतीक होगा।'

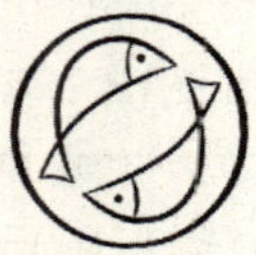

लक्ष्मण ने हां में सिर हिलाया, उनके मन में पहले ही योजनाएं आकार लेने लगी थीं। 'आपके निर्देश पूरे होंगे, भैया। द्वैतलिंगम सुरक्षित रहेगा।'

राम ने अपने भाई के कंधे पर हाथ रखा। 'तुम पहले द्वैतलिंगम रक्षक बनोगे, जैसा रावण ने अपने अंतिम क्षणों में सलाह दी थी। लेकिन तुम्हें रक्षकों की एक वंश-रेखा स्थापित करनी होगी—रक्त की नहीं, बल्कि कर्तव्य से जुड़ी

हुई। यह कर्तव्य हमारे समय की सीमाओं से परे है। जैसे नाग अपने रत्न की रक्षा करता है, वैसे ही तुम्हें इसकी रक्षा करनी होगी, शेषनाग के अवतार।'

लक्ष्मण का चेहरा अटल निश्चय से कठोर हो गया। 'मैं यह उत्तरदायित्व स्वीकार करता हूं, भैया। द्वैतलिंगम हर समय, अनंत काल तक सुरक्षित रहेगा।'

दोनों भाई मौन खड़े विचारमग्न रहे। चारों ओर अयोध्या जागने लगी थी। उपवन, जो अब द्वैतलिंगम का विश्राम स्थल बन चुका था, मंद लेकिन दिव्य ऊर्जा से धड़क रहा था, जो देवत्व और मनुष्यत्व के शाश्वत बंधन का सजीव प्रमाण था।

जब वह स्तंभ बनेगा, तो उनकी निष्ठा का प्रतीक बनकर खड़ा रहेगा। रक्षकों की यह परंपरा अनंत काल तक द्वैतलिंगम की सुरक्षा सुनिश्चित करेगी।

भोर की पहली किरण जैसे ही अयोध्या पर बिखरी, द्वैतलिंगम धरती की गोद में स्थिर हो गया—लेकिन उसके पार, अंधेरों में कुछ अदृश्य शक्तियां जाग उठीं, उस सामर्थ्य की ओर खिंचती हुई जिसे वे अभी समझ भी नहीं पाई थीं।

86

सियराबियोल, सिल्ला साम्राज्य

आज का ग्योंगजू, दक्षिण कोरिया

करीब 2,000 साल पहले

सिल्ला वंश की भव्य राजधानी, सियरोबियोल, साम्राज्य की सुंदरता और परिष्कार का प्रतीक थी। उपजाऊ घाटी में बसी, चारों ओर फैली लहरदार पहाड़ियों और बलखाती नदियों से घिरी यह नगरी जीवन से सराबोर थी—इसकी घुमावदार गलियों के किनारे लकड़ी के घर बने थे, बाज़ार चहल-पहल से थे और यहां राजकीय संरक्षण में फले-फूले ज्ञान व संस्कृति के केंद्र थे। कलाकार यहां उत्कृष्ट लाख के बर्तन और चीनी मिट्टी की कृतियां प्रदर्शित करते, जिनकी शिल्प-कला ग्यूमग्वान की लोहे की कारीगरी की बराबरी करती थी।

लेकिन इस दिन, प्राय: शांत रहने वाले इस नगर में एक हल्की-सी बेचैनी फैल गई, जब चमकते कवच पहने और राजकीय सुरक्षा-चिह्न धारण किए सिल्ला के सैनिकों का एक दल नगर-द्वार से भीतर आया। उनके बीच में कीचड़ से लथपथ एक घुड़सवार था, जिसकी कलाइयां रस्सियों से जकड़ी थीं और होंठों पर हल्की, अडिग-सी मुस्कान थी। यह व्यक्ति त्रि-सीमा—जहां सिल्ला, बैक्जे और तलहे के इलाकों की सीमाएं मिलती थीं, के पास पकड़ा गया था। वो तलहे के दरबार से बैक्जे की ओर जा रहा था, लेकिन सिल्ला के सतर्क गश्ती दस्ते ने उसके सफ़र को बीच में ही रोक दिया।

दल के आगे कप्तान जंग चल रहा था, जो तेज़ समझ और अडिग निष्ठा के लिए प्रसिद्ध एक अनुभवी अधिकारी था। उसने बंदी को गौर से देखा और पूछा, 'इसे कहां पकड़ा गया था?'

'त्रि-सीमा के पास, महोदय,' एक सैनिक ने सलामी देते हुए उत्तर दिया। 'इसने विरोध किया, लेकिन हमने बिना किसी नुकसान के इसे काबू में कर लिया।'

जंग ने सिर हिलाया और अपनी नज़र घुड़सवार पर टिकाई, 'इसकी अच्छी तरह तलाशी लो।'

सैनिकों ने बंदी के कपड़े उतार दिए, जिससे वह ठंड में कांप उठा। उन्होंने उसके सामान की छानबीन की—सिक्कों की एक थैली, पानी की मशक, और एक छोटा खंजर—जिन्हें वे साधारण समझकर किनारे फेंकते गए। दूसरे सैनिकों ने उसके शरीर की बारीकी से जांच की, यह पक्का करते हुए कि उसे पूरी तरह शर्मसार कर दें। उसकी कमरबंद में उन्हें मुड़ा हुआ, पुराना और घिसा-पिटा चर्मपत्र मिला।

'यह क्या है?' जंग ने बुदबुदाते हुए चर्मपत्र खोला। उसकी नज़र जैसे-जैसे शब्दों पर गई, चेहरा सफ़ेद पड़ता गया। 'इसे... तुरंत राजा के पास पहुंचाना होगा।'

बंदी के चेहरे पर अब तक कायम विरोध का भाव एक पल को डगमगाया, और उसकी आंखों में क्षणिक भय झलक गया। पर उसने जल्दी ही खुद को संभाल लिया और ज़हरीले लहजे में बोला, 'तुम्हें इसका पछतावा होगा। तलहे तुम्हारे सिर कटवा देगा।'

जंग ने उसकी बात को अनसुना कर दिया। 'इसे कालकोठरी में ले जाओ,' उसने आदेश दिया। 'मैं इस चर्मपत्र को राजा यूरी के पास ले जा रहा हूं।'

~

कप्तान जंग को एक भव्य सभागृह में ले जाया गया, जिसकी दीवारों पर सिल्ला के पूर्व शासकों के विस्तृत भित्तिचित्र अंकित थे। कक्ष के सुदूर छोर पर राजा

यूरी- सिल्ला के उग्र और अप्रत्याशित स्वभाव वाले सम्राट अपने सिंहासन के आगे बेचैनी से टहल रहे थे, उनके शानदार शाही वस्त्र हर कदम के साथ हल्के-से लहराते थे।। दरबार के अधिकारी और पहरेदार स्थिर खड़े थे, उनकी नज़रें ज़मीन पर टिकी थीं, ताकि राजा के गुस्से का निशाना न बन जाएं।

जंग ने झुककर उन्हें प्रणाम किया। 'महाराज,' उसने कहा, 'हमने तलहे के उत्तरी क्षेत्र गारक से पूर्वी बैक्जे की ओर जा रहे एक दूत को पकड़ा है। उसे हमारे गश्ती दल ने त्रि-सीमा के पास रोक लिया था। उसके पास से यह चर्मपत्र मिला, जो राजा दारू के नाम संबोधित है।'

यूरी ने चर्मपत्र छीन लिया और जल्दी-जल्दी पढ़ने लगे। पढ़ते ही उनका चेहरा गुस्से से तमतमा उठा। 'धोखेबाज़ तलहे!' उसने गरजते हुए मुट्ठी में वह चर्मपत्र मसल दिया। 'गारक महासंघ पर पूरी पकड़ बनाए बिना ही वो बैक्जे के राजा दारू के साथ मिलकर मेरे ख़िलाफ़ साजिश रचने की हिम्मत कर रहा है?'

उनकी नफ़रत भरी आवाज़ पूरे सभागृह में गूंज उठी। 'हमारी सेनाएं तैयार करो, सेनापति सियोन,' उन्होंने शाही सेना के दृढ़ सेनानायक की ओर मुड़ते हुए आदेश दिया। 'युद्ध की तैयारी करो। तलहे और बैक्जे को यह सीख देनी होगी कि सिल्ला को कम आंकना उनकी सबसे बड़ी भूल होगी। हमारा प्रतिशोध तेज़, प्रचंड और स्पष्ट होगा। उन्हें अपने विश्वासघात पर पछताना पड़ेगा।'

जनरल सियोन ने तेज़ी से सलामी दी। 'आप जैसा आदेश दें, महाराज। हमारी सेना तैयार होकर प्रस्थान के लिए तत्पर होगी।'

'बहुत अच्छा,' यूरी ने कहा, उनका क्रोध कुछ थमता हुआ दिखा। 'पिता की हत्या करने वाला वो नीच तलहे, एक ऐसा सबक सीखेगा जिसे वो जल्दी नहीं भूल सकेगा।'

~

कुछ घंटों की दूरी पर, अपनी मां के घर में, सोजू प्रायद्वीप के नक्शे पर झुका बैठा था। खिड़की के पास बैठी किम ह्वा चाय की चुस्कियां लेते हुए उसे देख

रही थीं। सुरिरत्ला ढलाईखाने में थी, उसकी सुप्त हृदय में फिर से प्राण फूंक रही थी। सोजू की उंगलियां नक्शे पर सीमाएं और रास्ते खींचते हुए योजनाएं और उनके विकल्प गढ़ रही थीं। तभी दरवाज़े पर दस्तक हुई।

'अंदर आओ,' उसने कहा, नज़रें अब भी नक्शे पर टिकी रहीं।

एक दूत भीतर आया और झुककर प्रणाम किया। 'मास्टर सोजू, हमारी योजना काम कर रही है। सिल्ला के राजा यूरी, बनावटी चिट्ठी के बहकावे में आकर, अपनी सेना को त्रि-सीमा पर इकट्ठा करने का आदेश दे चुके हैं।'

सोजू के होंठों पर हल्की मुस्कान आई। 'और हमारा संदेशवाहक? क्या वो सुरक्षित है?'

'उसे त्रि-सीमा के पास की कालकोठरी में कैद कर लिया गया है,' दूत ने भरोसा जताते हुए कहा। 'जैसे ही सिल्ला सेना की तैनाती शुरू होगी, हम अफरा-तफरी के बीच उसे निकाल लेंगे।'

सोजू ने उसकी तारीफ करने के अंदाज़ में सिर हिलाया। 'बहुत अच्छा। उसका सुरक्षित लौटना सुनिश्चित करो। वो बहादुर और वफ़ादार सिपाही है, जिसने ये जानते हुए भी इस खतरनाक मिशन के लिए अपनी इच्छा जताई कि उसका पकड़ा जाना तय है। उसे शायद यह अंदाज़ा नहीं कि उसने कितनी जानें बचा ली हैं।'

संदेशवाहक चला गया और सोजू फिर सोच में डूब गया। योजना बिना किसी रुकावट के आगे बढ़ रही थी। सिल्ला से संभावित खतरे से चिंतित तलहे की सेनाएं कमज़ोर पड़ सकती थीं। यह ग्यूमग्वान, बिह्वा, बंगाम और आरा की संयुक्त सेनाओं के वार करने का सबसे सही समय था।

किम ह्वा ने अपने बेटे को देखा, उनके होंठों पर एक हल्की मुस्कान थी, किम सियोक की मौत के बाद पहली बार। ये देखकर सोजू के मन में खुशी की लहर दौड़ गई। वो उनकी ओर मुड़ा–'हां, इओमनी?'

'मैं सोच रही थी...' उन्होंने झिझकते हुए कहा।

'कहिए, ओमनी।'

'तुम हर रात चोरी-चुपके हियो ह्वांग-ओक से मिलने जाते हो। क्यों न उसे अपनी पत्नी बना लो?'

सोजू मुस्कुराया। 'मैं उससे प्रेम करता हूं, इओमनी। लेकिन अभी विवाह का समय नहीं है। पहले मुझे गारक को सुरक्षित करना है और अपने शत्रुओं को खत्म करना है। उसके बाद ही मैं आपसे उसे अपनी दुल्हन बनाने का आशीर्वाद मांगूंगा।'

'वो तुम्हारे लिए उत्तम संगिनी है, सोजू,' किम ह्वा ने स्नेह भरे स्वर में कहा। 'ढलाईखाने के कर्मचारी तुम्हारे पिता के प्रति उसके सम्मान की बातें करते हैं, कि कैसे वो हर दिन उनकी आत्मा को प्रणाम करने के बाद ही काम शुरू करती है। उसमें वे सभी गुण हैं, जो एक मां अपनी बहू में चाहती है। मेरा आशीर्वाद तुम्हारे साथ है, उससे विवाह कर लो... जल्द ही।'

सोजू मुस्कुराया और सिर हिलाकर हामी भरी। वो भी ज़्यादा देर तक इंतज़ार नहीं करना चाहता था।

किम ह्वा ने जब नज़रें दूसरी तरफ कीं तो उनके चेहरे पर हल्की-सी चिंता झलकी। बेहद धीमे स्वर में उन्होंने कहा, 'इससे पहले कि बहुत देर हो जाए... किस्मत अक्सर वो चीज़ छीन लेती है, जिससे वो ईर्ष्या करती है।'

87

अयोध्या, उत्तर प्रदेश, भारत

वर्तमान काल

राम कथा पार्क के पास बसी अयोध्या टेंट सिटी ग्रामीण सादगी और आधुनिक सुविधाओं का एक अनूठा मेल थी।

सरयू सुइट से, जहां आदित्य, सोमी, रामास्वामी, जंग और जयरामन एकत्र थे, सरयू नदी का मनोरम दृश्य दिख रहा था। नदी की सतह पर शाम की सुनहरी रोशनी झिलमिला रही थी। लेकिन सुइट की सुरुचिपूर्ण आंतरिक सज्जा, पारंपरिक भारतीय टेपेस्ट्री और कलाकृतियों की सजावट कमरे में फैले तनाव को छिपा नहीं पा रही थी।

आदित्य पॉलिश की हुई सागवान की मेज़ पर बेसब्री से उंगलियां थपथपा रहा था, उसकी नज़रें लैपटॉप स्क्रीन पर जमी थीं, जिस पर पत्थर के ब्लॉक पर किए गए परीक्षणों के नतीजे दिखाई दे रहे थे। साल 2001 में, दक्षिण कोरियाई सरकार ने अयोध्या को लगभग 10 फीट ऊंचा और 8.2 टन वज़नी एक विशाल शिलाखंड उपहार में दिया था। इसे राम कथा पार्क के एक कोने में स्थापित किया गया था, जो एक सुंदर खुला रंगमंच था, जहां नृत्य, संगीत और कविता के माध्यम से महाकाव्य रामायण का उत्सव मनाया जाता था। दो दशक बाद, इसी स्थल ने कुछ ज़मीन अलग कर 'क्वीन हियो मेमोरियल पार्क' बनाया गया था, जो उस शिलाखंड के चारों ओर बना था।

इस समूह की पार्क की यात्रा ने एक नई धारणा को जन्म दिया था—कि वह शिलाखंड कोई गुप्त उपहार था, किसी प्राचीन उपकार के बदले में दिया

गया प्रतिदान। पिछले कुछ दिनों से, वे टेंट सिटी में डेरा डाले हुए थे और उनका पूरा ध्यान इसी पत्थर के विश्लेषण पर केंद्रित था।

'चलिए, शुरू करते हैं,' आदित्य ने कमरे की चुप्पी तोड़ते हुए कहा। 'डॉ. रामास्वामी, पहले परीक्षण ने हमें क्या बताया?'

रामास्वामी ने चश्मा ठीक किया और आगे झुकते हुए बोले, 'स्ट्रॉन्शियम आइसोटोप विश्लेषण के मुताबिक यह पत्थर दक्षिण कोरिया के साउथ ग्योंगसांग प्रांत से आया है, और यह पुराना नहीं है। इसे हाल ही में खदान से निकाला गया है, और यह किसी भी ऐसे पत्थर से मेल नहीं खाता जो बहुत पहले भारत से यहां लाया गया हो।'

'यह तो निराशाजनक है,' सोमी बुदबुदाई, उसकी आवाज़ में निराशा साफ़ थी। उसे उम्मीद थी कि यह पत्थर उनके इतिहासों के बीच कोई गहरा संबंध साबित करेगा।

मेटलर्जिस्ट जंग ने भी पुष्टि करते हुए सिर हिलाया। 'नतीजे बिल्कुल साफ़ हैं। यह पत्थर हमारी सोच से कहीं ज़्यादा नया है।'

आदित्य ने गहरी सांस ली और कनपटियां मलीं। 'आपने एक और परीक्षण का ज़िक्र किया था... इंफ्रारेड या कुछ ऐसा?'

रामास्वामी ने हामी भरी। 'हां, हमने रासायनिक अंशों की तलाश की। जांच में आधुनिक तत्व मिले, वही जो आजकल पत्थर को संरक्षित रखने के लिए इस्तेमाल होते हैं, और शायद हाल के वर्षों में इस्तेमाल होने लगे हैं। यह एक और संकेत है कि यह पत्थर प्राचीन नहीं है।'

'तो, अतीत से जुड़ा कुछ भी नहीं?' सोमी ने भौंहें सिकोड़ते हुए पूछा।

'कुछ नहीं,' जयरामन ने पुष्टि की। 'मिलने वाले तत्व वही हैं जो आजकल कलाकृतियों की सुरक्षा के लिए इस्तेमाल होते हैं।'

कमरे में सन्नाटा छा गया, सबके चेहरों पर निराशा झलक रही थी। उन्हें उम्मीद थी कि यह पत्थर किसी ऐतिहासिक सफलता की तरफ ले जाएगा, शायद नव उत्सा इस्पात के रहस्य का कोई सुराग भी मिले।

'और पत्थर की बनावट के बारे में?' आदित्य ने थकी हुई आवाज़ में पूछा।

जंग ने रिपोर्ट के पन्ने पलटे। 'इसमें पाए गए खनिज साउथ ग्योंगसांग प्रांत के पत्थरों के लिए सामान्य हैं—क्वार्ट्ज़, फेल्डस्पार, बायोटाइट। ऐसा कुछ भी असामान्य नहीं है जो किसी अलग स्रोत की ओर इशारा करे।'

'और क्रिस्टल संरचना?' सोमी ने अधीर स्वर में पूछा।

रामास्वामी ने सावधानी से जवाब दिया। 'वह भी पत्थर के स्रोत से मेल खाती है। ऐसा कोई संकेत नहीं है कि यह किसी प्राचीन व्यापार या भारत-कोरिया के बीच किसी ऐतिहासिक संबंध का हिस्सा रहा हो।'

आदित्य कुर्सी पर पीछे टिक गया, लकड़ी उसकी हरकत से चरमराई। 'तो यह बस एक आधुनिक पत्थर है, जिसका अतीत से कोई संबंध नहीं। और इसमें कोई गुप्त खांचा भी नहीं।' उसने कमरे में नज़र दौड़ाई। 'हमसे क्या छूट रहा है?'

'थोड़ा पीछे हटकर सोचते हैं,' सोमी ने सुझाव दिया। 'मान लीजिए, यह तर्क रखा जाए कि किसी अंतिम घटक ने वूट्ज़—या नव उत्सा—इस्पात को परिपूर्ण बनाया। अयोध्या में यह घटक मौजूद था और अंततः इसे कोरकाई भेजा गया। क्या यह संभव नहीं कि इसके कुछ हिस्से बाद में दमिश्क या कोरिया भी पहुंचे हों?'

'तो फिर हमें इस अद्भुत तत्व के प्रमाण इन सभी जगहों पर मिलने चाहिए,' आदित्य ने जवाब दिया।

'मिले हैं,' सोमी ने बताया। 'जुड़वां मछलियों का प्रतीक हर उस संस्कृति में किसी-न-किसी रूप में दिखाई देता है, जिसने या तो यह पदार्थ प्राप्त किया, या उससे बने उत्पाद वहां पहुंचे। लेकिन इससे यह पता नहीं चलता कि इसका मुख्य स्रोत कहां रखा गया था। याद रखें, यह पदार्थ प्राचीन काल में प्लूटोनियम जैसा होता—अत्यधिक सावधानी से सुरक्षित रखा जाने वाला।'

उसने रामास्वामी की ओर देखा। 'डॉ. रामास्वामी, ग़ज़नवर के अड्डे में आपको जो संस्कृत श्लोक मिला था, याद दिलाइए... वही पंक्तियां जिनमें द्वैतलिंगम नाम की किसी चीज़ का उल्लेख था।'

रामास्वामी ने अपने नोट्स पलटे। 'ये रहा।'

हस्तयो रक्षकस्यास्ति द्वैतलिङ्गं प्रतिष्ठितम्
दृढं प्रतिष्ठमानेन बलेनैकेन रक्षितम्
अयोध्यासन्धिराप्नोतु वर्धनं शौर्यसंयुतम्
भाग्यानि ह्यत्र बद्धानि यथास्थानं यथोचितम्

उन्होंने संस्कृत में श्लोक बिना किसी त्रुटि के सुनाया। फिर अपने अनुवाद को देखते हुए पढ़ा:

द्वैतलिंगम् रक्षक के हाथ में है, अटल शक्ति से सुरक्षित है।
अयोध्या-संधि सदा बलशाली हो, जहां भाग्य बंधे हैं, वहीं स्थिर रहें।

सोमी ने कहा, 'द्वैतलिंगम से जुड़े शब्द "रक्षक" का क्या मतलब है?'

रामास्वामी मुस्कुराए। सोमी ने सबसे अहम बिंदु पकड़ लिया था। 'अर्थ है—संरक्षक या प्रहरी। ऐसा लगता है कुछ विशेष व्यक्तियों को इस रहस्य की रक्षा का दायित्व सौंपा गया था।'

सोमी के होंठों पर मुस्कान फैली और उसने पूछा, 'तो इसका मतलब क्या हुआ?'

रामास्वामी ने कहा, 'कि हमें उन रक्षकों को ढूंढ़ना होगा, अगर हम रक्षक तक पहुंच गए, तो इस पदार्थ तक पहुंचने की संभावना कई गुना बढ़ जाएगी।'

'बिल्कुल,' सोमी ने सहमति जताई। 'लेकिन "अयोध्या-संधि" वाली पंक्ति का क्या अर्थ है?'

'शायद उन राज्यों का एक गठबंधन, जिनके पास यह तकनीक थी?' आदित्य ने अनुमान लगाया।

'यह संभव है,' रामास्वामी ने कहा। 'दमिश्क़, कोरिया और पांड्य देश ऐसे किसी गठबंधन का हिस्सा हो सकते हैं।'

88

प्योंगयांग, उत्तर कोरिया

वर्तमान काल

ख़लील ग़ज़नवर और चोए टोक हुन, प्योंगयांग के सख़्त पहरे में छिपे एकेडमी ऑफ़ नेशनल डिफ़ेंस साइंसेज़ के साधारण-से दिखने वाले प्रवेश द्वार पर पहुंचे। यह विशाल परिसर अत्याधुनिक शोध-सुविधाओं, उच्च-सुरक्षा क्षेत्रों और बारीकी से संवारे गए बगीचों से सुसज्जित उत्तर कोरिया की उस महत्वाकांक्षा का प्रतीक था, जिसके बल पर वह विज्ञान और रक्षा क्षमता में पश्चिम को टक्कर देना चाहता था।

पश्चिमी देशों के कई लोग इस तथ्य से अनजान थे कि कोरियाई युद्ध के बाद उत्तर कोरिया ने जिस तेज़ी से आक्रामक औद्योगिकीकरण और आर्थिक पुनर्निर्माण किया, उसमें सोवियत संघ और चीन का बड़ा योगदान था। भारी उद्योगों—इस्पात, कोयला, मशीनरी, रसायन—को प्राथमिकता देकर उसने तेज़ आर्थिक प्रगति की। 1960 के शुरुआती दशक तक वह एशिया के सबसे औद्योगिक देशों में गिना जाने लगा था और उसकी प्रति व्यक्ति जीडीपी दक्षिण कोरिया से भी ज़्यादा थी। बाद के वर्षों में, खासकर सोवियत संघ के विघटन के बाद, उत्तर कोरिया पिछड़ गया।

अंदर जाते ही, एयर कंडीशनिंग की हल्की गुनगुनाहट ने उनका स्वागत किया। लंबे क़द की एक तेज़-तर्रार महिला, जिसने फौज की वर्दी पहनी थी और चेहरे पर सख़्ती थे, उसने किम जोंग उन के शक्तिशाली चचेरे भाई, चेयरमैन चोए टोक हुन को झुककर अभिवादन किया। उसने ग़ज़नवर का

हल्के से सिर हिलाकर स्वागत किया और फिर उन्हें कई सुरक्षा-जांच चौकियों से गुज़ारते हुए भीतर ले गई।

दीवारों पर देश के वैज्ञानिक दिग्गजों की तस्वीरें सजी थीं, जिनमें वे या तो किम जोंग उन, उनके पिता, या उनके दादा के साथ खड़े थे।

ग़ज़नवर और चोए को एक छोटे से कॉन्फ्रेंस रूम में ले जाया गया, जहां डॉ. रयू सियोंग-जिन उनका इंतज़ार कर रहे थे। अपनी बुद्धिमत्ता और वैज्ञानिक योगदान के लिए मशहूर डॉ. रयू का बायोडाटा बेहद प्रभावशाली था। शिक्षाविदों के परिवार में जन्मे, उन्होंने किम इल सुंग यूनिवर्सिटी से ग्रेजुएशन की अपनी कक्षा में पहला स्थान प्राप्त किया और फिर बीजिंग में एडवांस्ड स्टडी के लिए गए। कण भौतिकी पर उनके कार्य को अंतरराष्ट्रीय स्तर पर सराहा गया, और क्वांटम मैकेनिक्स पर उनके विचारों की प्रशंसा पश्चिमी वैज्ञानिकों तक ने की थी।

'जेंटलमेन, स्वागत है,' रयू ने बेहतरीन अंग्रेज़ी में उनका अभिवादन किया। 'इस काल्पनिक पदार्थ के बारे में आपने जो जानकारी दी है, उसके आधार पर मैं एक सिद्धांत प्रस्तुत करूंगा जो इसे मेरे यूनिवर्सल डुअलिटी मॉडल से जोड़ता है।'

कमरे की रोशनी हल्की कर दी गई और सामने की स्क्रीन जगमगाने लगी। रयू मंच की ओर बढ़े और रिमोट क्लिक करके पहला स्लाइड दिखाई—एक सर्किट डायग्राम। 'बिजली,' उन्होंने शुरू किया, 'सबसे बुनियादी स्तर पर यह धनात्मक और ऋणात्मक आवेश की परस्पर क्रिया है। यही द्वैत हमारे संसार को चलाती है—घर के छोटे उपकरणों से लेकर विशाल औद्योगिक संयंत्रों तक को।'

एक और क्लिक के साथ स्क्रीन पर एक चुंबक दिखाई दिया, जिस पर उत्तरी और दक्षिणी ध्रुव स्पष्ट रूप से चिह्नित थे। 'चुंबकत्व भी इसी सिद्धांत पर काम करता है। समान ध्रुव एक-दूसरे से दूर जाते हैं, जिससे अस्थिरता पैदा होती है, जबकि विपरीत ध्रुव एक-दूसरे की तरफ आकर्षित होते हैं, एक स्थिर चुंबकीय क्षेत्र बनाते हैं। द्वैत चुंबकत्व की मूलभूत प्रकृति है।'

उनका लेक्चर तेज़ी से अलग-अलग वैज्ञानिक विषयों पर आगे बढ़ा, हर स्लाइड इस सिद्धांत का नया पहलू दिखाती। 'क्वांटम भौतिकी में हम वेव—पार्टिकल डुएलिटी देखते हैं—कण, हमारे अवलोकन के तरीके के अनुसार, तरंग और कण दोनों के गुण प्रदर्शित कर सकते हैं।' स्क्रीन पर मशहूर डबल-स्लिट एक्सपेरिमेंट की तस्वीर उभरी, जो प्रकाश के द्वैत स्वभाव को दर्शाती थी।

'रसायनशास्त्र में भी द्वैत मौजूद है—अम्ल और क्षार।' स्लाइड बदलकर उन्होंने पीएच स्केल की तस्वीर दिखाई।

एक के बाद एक स्लाइड के ज़रिए उनकी व्याख्या अगे बढ़ती गई। 'कॉस्मोलॉजी में पदार्थ और प्रतिपदार्थ, भौतिकी में अपकेंद्रीय और अभिकेंद्रीय बल, ऊष्मागतिकी में ऊष्माक्षेपी और ऊष्माशोषी अभिक्रियाएं, जीव विज्ञान में वृद्धि और क्षय।' वो रुके, और उन्हें सुन रहे दोनों लोगों पर नज़र दौड़ाई। 'अगर मैं कहूं कि ये सारी द्वैत शक्तियां आपस में जुड़ी हुई हैं, तो?'

ग़ज़नवर आगे झुका। 'तो आप दिखने में एक-दूसरे से अलग इन घटनाओं के बीच एक संबंध होने की बात कह रहे हैं?'

रयू ने हां में सिर हिलाया। 'बिलकुल। मेरे शोध के अनुसार, इन सभी द्वैतों का एक साझा स्रोत है, जो शायद बिग बैंग से पैदा हुआ। ज़रा सोचिए, अलग-अलग संस्कृतियों में जुड़वां मछलियों का प्रतीक और यिन—यांग चिह्न बार-बार क्यों दिखते हैं? ये शायद उन दो मौलिक ऊर्जा-प्रकारों का प्रतिनिधित्व करते हैं, जो हर द्वैत की जड़ में मौजूद हैं।'

अब तक गहरी तल्लीनता से सुन रहे चोए टोक हुन ने पहली बार कहा, 'और इसका हमारे काम से क्या संबंध है?'

रयू का चेहरा उत्साह से चमक उठा। 'अगर हम इन सिद्धांतों को समझ लें, तो सामग्री विज्ञान, ऊर्जा उत्पादन और यहां तक कि उन्नत हथियारों में भी क्रांतिकारी खोज कर सकते हैं। सोचिए, विपरीत तत्वों का एक साथ काम करना, इसे मैं कॉम्प्लिमेंटरी डुएलिटीज़ का नियम कहता हूं। इसका मतलब है, संतुलन बनाकर ऐसा कुछ तैयार करना जो कठोर भी हो और लचीला भी, जैसे कार्बन-स्टील।'

उन्होंने अगली स्लाइड पर क्लिक किया, जिसमें एक विस्फोट दिखाया गया था। 'दूसरी ओर, जब विपरीत टकराते हैं, तो सिमेट्रिकल डुएलिटीज़ का नियम लागू होता है। यह अस्थिरता पैदा करता है और ऊर्जा को मुक्त करता है—ठीक उसी तरह जैसे विस्फोट में होता है। कल्पना कीजिए, एक ऐसी तलवार, जिसका एक हिस्सा अटूट हो, जबकि दूसरा हिस्सा अपनी विनाशकारी ऊर्जा को धार पर केंद्रित करे। नतीजा? एक ऐसा हथियार, जिसकी ताक़त की कोई बराबरी न कर सके।'

ग़ज़नवर और चोए ने एक-दूसरे की ओर देखा, दोनों समझ चुके थे कि इस तकनीक की संभावनाएं असीमित हैं। नई ऊर्जा प्रणालियों से लेकर अधिक शक्तिशाली हथियारों तक और अभूतपूर्व मज़बूती वाली सामग्रियों तक।

'ज़रा सोचिए,' रयू ने उत्साहित होकर कहा, 'एक ऐसा पदार्थ जो रबर जितना लचीला हो लेकिन कंक्रीट जितना मज़बूत। या ऐसा ऊर्जा स्रोत, जो विपरीत तत्वों के संतुलन से असीम शक्ति उत्पन्न कर सके। संभावनाएं तो अनंत हैं।'

जैसे ही उन्होंने प्रस्तुति समाप्त की, कमरे की बत्तियां फिर जल उठीं। रयू ने गंभीर आवाज़ में कहा, 'जेंटलमेन, यह तो बस शुरुआत है। इन द्वैत सिद्धांतों की खोज हमें ऐसे आविष्कारों तक पहुंचा सकती है जो हमारे देश को विज्ञान और प्रौद्योगिकी में अग्रणी बना देंगी। असली चुनौती है ऐसा उत्प्रेरक ढूंढ़ना, जो इन चरम संयोजनों को संभव बना सके। सोचिए, एक इमल्सिफ़ायर, जो तेल और पानी को बांध सके, भले ही उनका स्वभाव एक-दूसरे से अलग होने का हो।'

'यही तो है!' ग़ज़नवर अचानक बोला।

चोए उसकी ओर मुड़ा, 'तुम्हारा मतलब?'

'मैं अब तक द्वैतलिंगम की प्रकृति को समझने की कोशिश कर रहा था,' ग़ज़नवर ने कहा। 'यह कोई साधारण कच्चा पदार्थ नहीं, बल्कि एक उत्प्रेरक है। कुछ ऐसा जो बंधन को सुगम बनाता है।'

ग़ज़नवर खड़ा हुआ और अपना हाथ आगे बढ़ाया। 'धन्यवाद, डॉ. रयू। आपका प्रेज़ेंटेशन जानकारी बढ़ाने वाला रहा। पश्चिम का कोई भी वैज्ञानिक

इतनी जानकारी और विश्लेषण को एक घंटे में इतनी स्पष्टता से बता नहीं सकता था।'

रयू मुस्कुराए। 'मुझे उम्मीद है कि हम इस सिद्धांत को वास्तविकता में बदल पाएंगे।'

'हम उस पर कान कर रहे हैं,' नज़रें ग़ज़नवर पर टिकाए हुए चोए ने कहा । कुछ पल बाद उसने जोड़ा, 'और जिस दिन यह हो गया, दुनिया वैसी नहीं रहेगी जैसी आज है।'

89

साकेत, कोशल

आज का अयोध्या, उत्तर प्रदेश, भारत

करीब 2,000 साल पहले

साकेत के नागरिक 157वें द्वैतलिंगम रक्षक के स्वागत के लिए उत्सुकता के साथ नगर के द्वार पर उमड़ पड़े थे। वर्षों की उथल-पुथल के बाद, उन्हें अंततः ऐसा शासक मिला था जो सच में प्रजा की चिंता करता था। सोमदत्त, अपने निष्ठावान अनुयायियों के साथ, पद्मसेन के सामने झुका। 'स्वागत है, महाराज,' उसने सम्मान और अपनत्व से भरे स्वर में कहा।

पद्मसेन ने उसके कंधे थामे और उसे गले से लगा लिया। 'तुम्हारे बिना मैं यहां तक नहीं पहुंच सकता था, सोमदत्त,' उन्होंने भावुक स्वर में कहा। 'विदुषिका की कालकोठरी से मुझे मुक्त कराने से लेकर मेरी वापसी के लिए लड़ने तक, तुमने मेरा आजीवन आभार कमा लिया है। मैं सदा तुम्हारा ऋणी रहूंगा।'

पद्मसेन का रथ,घोड़ों, हाथियों और सैनिकों की शोभायात्रा के साथ नगर-द्वार से होते हुए चौड़ी गलियों से महल की ओर बढ़ा, भीड़ से जयकारों की गूंज उठी। उन पर फूलों की वर्षा हो रही थी और जैसे-जैसे वे महल के निकट पहुंचे, उत्साह और बढ़ता गया। पद्मसेन रथ से उतरा, उसकी निगाहें महल के भव्य प्रांगण पर टिकी थीं।

उसका परिवार उसके साथ नहीं था। वो इंदुमती को साथ नहीं लाया था; वो तभी लौटेगी जब वो इसे सुरक्षित समझेगा। उसके बच्चे दूर थे, पुत्र

दुनिया घूम रहा था, और पुत्री शायद गारक में। केवल उसका भरोसेमंद साला और व्यापारिक साझेदार, कुलशेखर, उसके साथ था। उसकी संयुक्त उपस्थिति उत्तर और दक्षिण के बीच मज़बूत होते रिश्तों को दिखा रही थी। इंदुमती की सुरक्षा सुनिश्चित करने के लिए चेल्यिन कोरकाई में ही रुक गया था।

पद्मसेन को सिंहासन कक्ष में ले जाया गया, जहां राजदरबार उसकी प्रतीक्षा कर रहा था। वो धीमे कदमों से सिंहासन की ओर बढ़ा, जब राजसी पुरोहित पवित्र नदियों का जल उस पर छिड़कते हुए मंत्रोच्चार कर रहे थे।

'हे रामराज्य के रक्षकों,' पद्मसेन ने घोषणा की, 'आज एक नए युग का आरंभ है। हम सबने मिलकर अनेक कठिनाइयों का सामना किया है, और अब मैं शांति और समृद्धि का युग लाने का वचन देता हूं। मैं आपका राजा नहीं, आपका सेवक हूं। तीन सौ वर्ष पहले आचार्य कौटिल्य ने लिखा था, "प्रजा की प्रसन्नता में ही राजा की प्रसन्नता है, उनकी भलाई में ही राजा की भलाई है। जो बात राजा को सुखद लगे, केवल उसे ही अच्छा न माने, बल्कि जो प्रजा को प्रिय लगे, उसे ही अपने लिए हितकर माने।' मैं इन शब्दों को अपने जीवन का नियम बनाने की शपथ लेता हूं।'

जब कक्ष तालियों की गूंज से भर उठा, पद्मसेन सिंहासन से उठा और नंगे पांव, हाथ जोड़कर, पूरी विनम्रता के साथ, महल से बाहर निकल आया। सोमदत्त, महल के अंगरक्षकों के साथ, चारों ओर से सुरक्षा घेरा बनाकर उसे किसी भी संभावित ख़तरे से बचा रहा था। पद्मसेन तब तक चलता रहा, जब तक वो थोड़ी दूरी पर स्थित एक शांत उपवन में नहीं पहुंच गया।

वहां वो विष्णु स्तंभ के सामने रुका और उसकी 23 फुट ऊंची चोटी पर विराजमान गरुड़ को देखा। उसने स्तंभ पर अंकित राम के गुणों के वर्णन और दक्षिणावर्त तैरती दो मछलियों के प्रतीक पर दृष्टि डाली। पद्मसेन, सोमदत्त और कुलशेखर–अपने साझा उद्देश्य में एकजुट–तीनों ने एक साथ सिर झुकाए। विष्णु स्तंभ के सामने खड़े होते ही उनके भीतर एक गहरी शांति और अटूट संकल्प उतर आया।

पद्मसेन ने स्तंभ के सामने दंडवत प्रणाम किया, उसके हाथ सिर के ऊपर प्रणाम की मुद्रा में उठे हुए थे। श्रद्धा भरे स्वर में उसने कहा, 'भगवान राम के सम्मान में हम इस पवित्र स्तंभ को नमन करते हैं। उनकी कृपा हमारे हर कर्म का मार्गदर्शन करे।' फिर उसने मंत्रोच्चार किया:

शिवाय विष्णुरूपाय शिवरूपाय विष्णवे।
शिवस्य हृदयं विष्णुः विष्णोश्च हृदयं शिवः॥

इसके बाद उसने आंखें मूंदकर मन ही मन प्रार्थना की और फिर उत्साहित नागरिकों के बीच, महल की ओर लौट चला।

~

महल लौटकर कुलशेखर और सोमदत्त के साथ पद्मसेन उसी अध्ययन कक्ष में बैठा, जहां विदुषिका के शासनकाल में वो अक्सर आया करता था। प्रवेश द्वार के पास बने पात्र से गुलाब जल की हल्की-सी सुगंध अब भी वातावरण में घुली थी। बड़ी खिड़की से दिखाई देते बगीचे में मोर वैसे ही अठखेलियां कर रहे थे—सब कुछ पहले जैसा था। उसने उन दो व्यक्तियों की ओर देखा, जिन्होंने हर अच्छे-बुरे समय में उसका साथ निभाया था।

'सोमदत्त, तुम्हारा कार्य अभी समाप्त नहीं हुआ है। बल्कि असली काम तो अब शुरू होगा,' पद्मसेन बोला। 'मैं चाहता हूं कि तुम मेरे सेनापति बनो। राज्य की सेना का सर्वोच्च नेतृत्व तुम्हारे हाथों में होगा। हमें अभी और भी लड़ाइयां लड़नी हैं।'

सोमदत्त ने सिर झुकाकर कहा, 'महाराज, मैं अपनी पूरी क्षमता से आपकी सेवा करूंगा, चाहे इसके लिए प्राण ही क्यों न देने पड़ें।'

'मुझे इसमें कोई संदेह नहीं है,' पद्मसेन ने उत्तर दिया। फिर उसने कुलशेखर की ओर देखा। 'मुझे तुमसे बेहतर प्रधानमंत्री कोई नहीं मिल सकता। इस भूमि में समृद्धि लाने में मेरा साथ दो।'

कुलशेखर ने मुस्कुराते हुए हाथ जोड़ दिए। 'हे राजन, मुझे गर्व है कि मैं 157वें द्वैतलिंगम रक्षक, सच्चे राजा की सेवा कर रहा हूं।'

पद्मसेन ने धीमे स्वर में कहा, 'काश, इंदुमती भी आज यहां होती। जब शांति स्थापित हो जाए तो उसे बुला लेना, कुलशेखर। चेलियन उसके साथ आ सकता है।'

कुलशेखर ने सहमति में सिर हिलाया।

'हमें यह भी सुनिश्चित करना होगा कि द्वैतलिंगम और नव उत्स लोहा उन सहयोगियों तक पहुंचे जो शांति के लिए प्रयासरत हैं,' पद्मसेन ने घोषणा की।

'ऐसा ही होगा,' कुलशेखर ने उसे आश्वस्त किया।

'हम यहां उत्तर में साकेत में हैं,' पद्मसेन ने आगे कहा। 'पांड्य दक्षिण में कोरकाई को नियंत्रित करते हैं, मिश्रा और उसके सहयोगी पश्चिम में दीमास्क़ को नियंत्रित करते हैं और मेरी बेटी पूर्व में ग्यूमग्वान में है। इन चार केंद्रों से हम इस तकनीक का प्रसार करेंगे, यह सुनिश्चित करते हुए कि इसका उपयोग शांति, प्रगति, विकास और रक्षा के लिए हो।' उसने कुछ क्षण रुककर फिर कहा, 'इसका उपयोग केवल तलवार बनाने में नहीं होना चाहिए। इसका उपयोग भव्य मंदिर बनाने, गठबंधन स्थापित करने, व्यापार विस्तार करने और समृद्धि को बढ़ावा देने के लिए होना चाहिए। एक ऐसा जाल जो महाद्वीपों तक फैले। यह तकनीक सबके लिए लाभकारी होनी चाहिए, केवल चुनिंदा लोगों के लिए नहीं। यही होगा हमारे अजेय—अ-युद्ध गठबंधन का स्थायी स्वरूप—अयोध्या गठबंधन।'

90

ग्यूमग्वान, गारक महासंघ

आज का गिम्हे, दक्षिण कोरिया

करीब 2,000 साल पहले

चांदनी ने सराय पर चांदी जैसी आभा बिखेर रखी थी। भीतर, तेल का एक दीपक सोजू और सुरिरत्ना पर टिमटिमाती परछाइयां डाल रहा था, जब वे साथ लेटे हुए थे। पिछले कुछ दिनों के भय और अनिश्चितता के बीच, वे एक-दूसरे के लिए सुकून और सुरक्षा का सबसे भरोसेमंद सहारा बने हुए थे।

सोजू की उंगलियों ने सुरिरत्ना के चेहरे को हल्के से छुआ। 'काश यह पल हमेशा के लिए थम जाए,' उसने धीमे से कहा। उसके स्पर्श को महसूस करते हुए सुरिरत्ना ने आंखें मूंद लीं।

'लेकिन हम दोनों जानते हैं कि ऐसा नहीं हो सकता,' सुरिरत्ना जवाब देते हुए और पास खिसक आई। वो झुका और उनके होंठ एक ऐसे चुंबन में मिल गए, जो समय को थाम लेना चाहता था। चुंबन गहराता गया और बाहरी दुनिया की सारी चिंताएं उस पल के जुनून में खो गईं। सुरिरत्ना के हाथ उसके सीने पर पहुंचे, जहां उसकी उंगलियों के नीचे दिल की धड़कन स्थिर थी। वे एक-दूसरे में खोए हुए थे कि तभी बहरा कर देने वाला एक तेज़ धमाका गूंजा—दरवाज़े का चौखट अंदर से चकनाचूर हो गया, लकड़ी के टुकड़े मानो छर्रे बनकर उड़ गए।

सोजू फुर्ती से उठ खड़ा हुआ, तभी हथियारबंद आदमी कमरे में घुस आए—कुछ दरवाज़े से, तो कुछ खुली खिड़की से कूदकर। दरवाज़े पर

तलहे खड़ा था, अपने घातक हत्यारों के साथ, उनकी तलवारें चांदनी में चमक रही थीं। 'तुम्हारा समय ख़त्म हो गया, सोजू,' वो ज़हर घुली आवाज़ में फुसफुसाया।

सोजू को मुश्किल से तलवार निकालने का मौका मिला था कि तलहे के सैनिक उस पर टूट पड़े। कमरे में अफरा-तफरी मच गई, धातुओं की टक्कर और गुस्से से भरी चीखें हर ओर गूंजने लगीं। 'मेरे पीछे रहो, सुरिरत्ना!' खुद को उसके और हमलावरों के बीच खड़ा करते हुए सोजू चीखा। लेकिन उसने सुरिरत्ना को कम आंका था। वो फुर्ती से उछली और बिस्तर के पास पड़ी मेज़ से अपना खंजर झपट लिया।

लड़ाई भीषण और असमान थी। तलहे के दस आदमी उन्हें घेर चुके थे, उनके वार लगातार और सटीक थे। सुरिरत्ना और सोजू पूरी बहादुरी से लड़ रहे थे, लेकिन उनकी संख्या कम थी। तलवारें घूम रही थीं और हवा में लड़ाई की आवाज़ें भर गई थीं–कराह, गरज, धातु टकराने की आवाज़ और मांस चीरती धार की भयानक सरसराहट।

तलहे के चार लड़ाकों ने सोजू को घेर लिया था। उनकी हरकतें शिकारी पक्षियों जैसी तेज़ और आंखें निष्ठुर थीं। पहला वार सीधे सोजू के दिल की तरफ था, लेकिन उसने तलवार से उसे रोक लिया और बाएं घूमकर अगले हमले से बचा। उसकी तलवार तीसरे हमलावर की तलवार से टकराई, एक तेज़ धमाके के साथ। चौथे को उसने पैर से सीधा पेट के नीचे मारा, जिससे वो दर्द से कराहते हुए जमीन पर गिर पड़ा। तंग कमरे में हर तरफ हलचल और शोर का तूफ़ान था, लेकिन सोजू का ध्यान अडिग रहा, वो सटीकता से लड़ रहा था।

इसी बीच, सुरिरत्ना अपने खंजर के साथ तीन हमलावरों से जूझ रही थी। उसकी चालें बेहद तेज़ और भयंकर थीं। तलवार के एक वार से बचते हुए उसने झुककर हमलावर की जांघ पर चीरा लगा दिया। दूसरा उस पर पेट की ओर वार करने झपटा, लेकिन उसने कलाबाज़ी दिखाकर पलटवार करते हुए खंजर उसकी बगल में घुसा दिया। तीसरा पीछे से वार करने आया, मगर

सुरिरत्ला पलटी और खंजर उसके कंधे में उतार दिया। वो नृत्यांगना की फुर्ती और घिरे हुए जानवर की उग्रता के साथ लड़ रही थी।

तलहे के कुछ सैनिक सराय के कर्मचारियों से भिड़े हुए थे, जो शोर-शराबा सुनकर दौड़े चले आए थे। बढ़ती लड़ाई के बीच सोजू और सुरिरत्ला दोनों घायल हो चुके थे। सोजू की आंख के ऊपर एक घाव से बहता खून उसकी नज़र धुंधली कर रहा था और सुरिरत्ला की बाईं बांह पर गहरे चोट के निशान थे। लेकिन वे दोनों जीने की ज़िद से प्रेरित, लड़ते रहे। धीरे-धीरे हालात उनके पक्ष में झुकने लगे। तभी तलहे, जो अब तक अपने आदमियों को लड़ने दे रहा था, खुद मैदान में उतर आया।

वो सोजू की ओर बढ़ा, उसकी आंखों में नफ़रत की आग जल रही थी। 'तू सोचता है कि मुझे चुनौती दे सकता है?' उसने गुर्राते हुए अपनी तलवार घुमाई, जिससे सोजू बाल-बाल बचा। तलहे ने फिर वार किया, लेकिन सोजू ने उस वार को रोक लिया। दोनों की तलवारें ताकत की होड़ में भिड़ गईं। लड़ाई के दौरान जब उनके चेहरे एक-दूसरे से कुछ इंच की दूरी पर थे, तब तलहे ने तंज कसा—'भला सोजू, नेकदिल सोजू... तूने मेरी ज़िंदगी बर्बाद कर दी, अब मैं तेरी ज़िंदगी खत्म कर दूंगा। और तेरे जाने के बाद, तेरी वेश्या मेरे पैरों में गिरकर दया की भीख मांगेगी।' उसके शब्दों ने सोजू के गुस्से को भड़का दिया। लड़ाई और उग्र हो गई।

तलहे की तलवार हवा को चीरती हुई सोजू के सिर की ओर आई, लेकिन सोजू झुक गया और धार बस उसके बालों को छूकर निकल गई। तलहे ने गुर्राते हुए वार बदला और इस बार पेट की ओर निशाना साधा। तलवारें टकराईं और चिंगारियां उड़ पड़ीं। 'तू मेरे पिता के कत्ल की कीमत चुकाएगा!' सोजू गरजा, उसका चेहरा गुस्से से तमतमाया हुआ था।

इस अफरा-तफरी के बीच भी, सोजू को एहसास हुआ कि सिल्ला की सेनाएं जुटने के कारण तलहे अपनी सेना को बांटने का जोखिम नहीं उठा सकता। उसके लिए सबसे आसान रास्ता यही था, सोजू को खत्म कर देना, जिससे महासंघ पंगु हो जाए।

सुरिरत्ना ने फुर्ती से बिस्तर के नीचे छिपे अस्त्र को निकाल लिया। यह अब तक परखा नहीं गया था, यह सिर्फ़ एक नमूना था, लेकिन उसे विश्वास था कि इससे लड़ाई का रुख बदल सकता है। 'सोजू, झुको!' उसने चीखते हुए कहा, उसकी आवाज़ शोरगुल को चीरती हुई पहुंची। सोजू ने बिना देर किए प्रतिक्रिया दी और ज़मीन पर गिर गया।

मृत्युचक्र, नव उत्स धातु का एक चमत्कार, छोटा और जटिल, जिसके बीचों-बीच दो तैरती मछलियों की नक्काशी थी। इसमें चौबीस बेहद नुकीले, छोटे-छोटे खंजरों की एक गोलाकार मैगज़ीन लगी थी, जिसे एक स्प्रिंग-लोडेड मैकेनिज़्म ताक़त देता था। सुरिरत्ना ने सधे हुए हाथों से सुरक्षा-कवच हटाया और पंखे जैसे चाप में घातक खंजरों की बौछार कर दी। हवा में ऊंची चीख गूंज उठी। हर खंजर शरीर में ज़्यादा से ज़्यादा अंदर घुसने के लिए डिज़ाइन किया गया था, और तलहे के आदमियों के प्रतिक्रिया करने से पहले ही अपने निशाने पर जा लगा। एक खंजर सीधा आंख में धंसा, हमलावर दर्द से चीखता हुआ गिर पड़ा। दूसरा गले को चीरता चला गया, और रक्त की बाढ़ उमड़ आई।

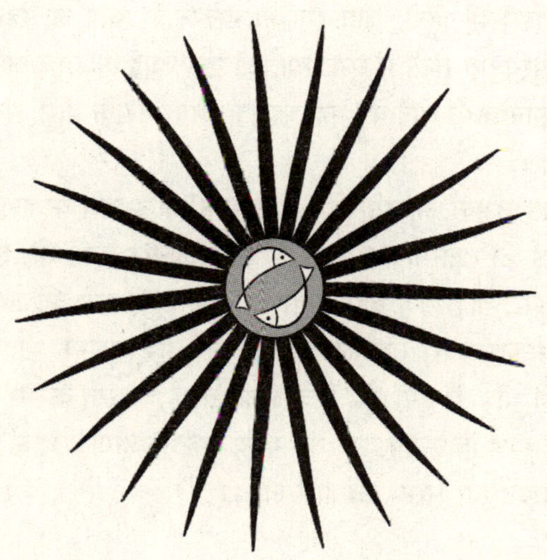

तब तक शोरगुल ने न सिर्फ़ आस-पड़ोस के लोगों को, बल्कि कुछ दूरी पर तैनात सोजू के प्रहरियों को भी सचेत कर दिया था। वे तेज़ी से सराय की ओर दौड़े। तलहे अभी भी खड़ा था, लेकिन उसका चेहरा खून से लथपथ था, मृत्युचक्र के एक खंजर से उसके गाल पर गहरा घाव हो गया था। उसके छह आदमी मारे जा चुके थे, दो बुरी तरह घायल पड़े थे और केवल दो ही लड़ाई जारी रखे हुए थे। अब पासा पलट चुका था।

तलहे के चेहरे पर हैरानी और गुस्से का मिला-जुला भाव था। वो जानता था कि अब उसे भागना होगा। वो खिड़की से कूदा और अंधेरे में भाग निकला। प्रतिशोध की आग से भरे सोजू ने झटके से उठकर पीछा किया, 'तलहे! कायर! तुम हमेशा भाग नहीं सकते! मुझसे सामना करो!' सोजू की आवाज़ अंधेरे में गूंज उठी।

लेकिन तलहे की हालत लड़ने लायक नहीं थी। हताशा ने उसके पैरों को और तेज़ कर दिया। वो ग्यूमग्वान की तंग गलियों से होता हुआ भागा, सोजू उसके बिल्कुल पीछे था। कई और लोग भी पीछा करने में शामिल हो गए, ताहि तलहे के भागने के रास्ते को रोका जा सके। पीछा करते-करते वे शहर के बाहरी हिस्से में पहुंचे, जहां इलाका खतरनाक होता जा रहा था। तलहे एक संकरे सुरंगनुमा रास्ते में घुस गया, जो एक खाई की ओर जाता था, जहां समझदार इंसान कभी जाने की नहीं सोचता, मगर उसके पास अब कोई और चारा नहीं था।

सोजू और उसके आदमी सुरंग में, उसके आस-पास के इलाक़े में, यहां तक कि खाई की खतरनाक ढलानों पर भी खोजबीन करते रहे, लेकिन तलहे गायब हो चुका था। सोजू वहीं खड़ा रहा, सीना धौंकनी की तरह चल रहा था, पसीने से तर-बतर, तलवार की मूठ भींचे हुए। उसके भीतर झुंझलाहट कसमसा रही थी। 'मैं तुम्हें ढूंढ़ निकालूंगा, तलहे,' उसने कसम खाई। 'तुम्हें मेरे पिता के साथ किए गए कर्म का मूल्य चुकाना होगा।' थका और घायल सोजू लड़खड़ाते हुए सराय की ओर लौटा।

वहां उसने देखा कि सुरिरत्ना हमलावरों के मृत शरीरों से चुपचाप छोटे-छोटे खंजर निकालकर मृत्युचक्र में उन्हें दोबारा भर रही है। सोजू ने उसे गले लगाने की कोशिश की, लेकिन उसका ध्यान अपने काम पर ही रहा। 'तुम मुझे योद्धाओं का एक दल दोगे,' उसने धीमी लेकिन दृढ़ आवाज़ में कहा। 'मैं उन्हें प्रशिक्षित करूंगी। लौह राजा को उसकी लौह रानी मिलेगी।'

याहंगला, लंका

आज का मेदामहानुवारा, कैंडी ज़िला, श्रीलंका

लगभग 7,000 वर्ष पूर्व

जब युद्ध की धूल लंका की रक्तरंजित धरती पर जम गई, तो रणभूमि का शोर एक भारी सन्नाटे में बदल गया। धरती पर शव बिखरे पड़े थे, उनके अंग विकृत मुद्राओं में ऐंठ गए थे। टूटे हुए शस्त्र और चकनाचूर रथ बर्बादी की गवाही दे रहे थे। यह उस युद्ध का परिणाम था जिसने संसार को झकझोर दिया था। इस विनाश के केंद्र में था लंका का राजा रावण, उसका शरीर क्षत-विक्षत, सांसें टूटी-टूटी सी। हवा में रक्त, पसीने और सड़न की गंध, धुएं की तीखी गंध के साथ घुली हुई थी।

रावण ने राम की पत्नी सीता का अपहरण कर लिया था, जिससे एक ऐसा युद्ध छिड़ गया था जो भूमि को झुलसाने वाला और धर्म की सीमाओं की परीक्षा लेने वाला था। यह लड़ाई लंका के सुनहरे तटों पर छिड़ी थी, जिसकी प्रेरणा थी प्रेम, सम्मान और धर्म की रक्षा की अटल भावना। लेकिन, न्याय की विजय भी अपने पीछे विनाश की भयावह तस्वीर छोड़ जाती है।

अयोध्या के राजकुमार राम पास ही खड़े थे धनुष नीचे, चेहरे पर गहरी उदासी। वो जीत चुके थे, पर विजय की चमक शोक के धुंध में ढकी हुई थी। इतने प्राणों की बलि को भला किस तरह उचित ठहराया जा सकता था, भले ही वह धर्म के नाम पर लड़ा गया युद्ध हो? उनके छोटे भाई लक्ष्मण थकान से चूर पास खड़े थे। कभी समृद्ध रही लंका अब खंडहर में बदल चुकी थी, युद्ध की निर्दय परिणति का सजीव उदाहरण था। ऊपर आसमान में काले बादल घिर आए थे, मानो पराजित राजा के लिए शोक मना रहे हों।

'अनुज,' राम ने सन्नाटा तोड़ते हुए कहा, 'रावण के पास जाओ। मृत्यु के इन अंतिम क्षणों में भी उसके पास हमें सिखाने के लिए बहुत कुछ है।'

लक्ष्मण ने विस्मय से राम की ओर देखा। 'उससे, भैया? जो कुछ भी उसने किया, उसके बाद?'

राम ने दृढ़ दृष्टि से सिर हिलाया। 'हां, उससे। सच्ची महानता केवल पराक्रम में नहीं, बल्कि ज्ञान में भी है। और अपने अपराधों के बावजूद, रावण के पास ऐसा बुद्धि-बल है जो शायद हमें फिर कभी न मिले। जाओ, जितना सीख सकते हो सीख लो, क्योंकि ज्ञान निष्पक्ष होता है।'

हिचकिचाते हुए सिर हिलाकर लक्ष्मण रावण की ओर बढ़े। राम के भाव को गलत समझकर वो मरणासन्न राजा के सिरहाने जा खड़े हुए, जो अनजाने में रावण का अपमान था। राम ने उन्हें तुरंत सही किया। 'वहां नहीं, लक्ष्मण। पांवों के पास खड़े हो। शिष्य अपने गुरु के सामने यहीं खड़ा होता है।'

लक्ष्मण के गाल लज्जा से लाल हो गए। वो तुरंत सही स्थान पर चले गए और रावण के चरणों में आदरपूर्वक खड़े हो गए। गिरे हुए राजा ने इस बदलाव को महसूस किया। उसकी आधी मुंदी आंखें धीरे-धीरे खुलीं। एक तीखी खांसी से उसका शरीर कांप उठा, और दर्द ने उसके चेहरे को विकृत कर दिया। टूटे हुए शरीर ने विरोध किया, फिर भी उसने बोलने की शक्ति जुटाई।

'तुम मुझसे ज्ञान लेने आए हो... मेरे अंत के इतने निकट... दशरथपुत्र?' रावण ने खड़खड़ाती आवाज़ में कहा।

लक्ष्मण एक पल झिझके, फिर धीमे स्वर में बोले। 'मैं पूरी तरह नहीं समझ पाया क्यों, लेकिन मेरे भ्राता का विश्वास है कि आपके पास अभी भी ऐसा ज्ञान है—जिसे सीखना सार्थक होगा।'

रावण ने कुछ पल उन्हें देखा, फिर धीरे से सिर हिलाया। 'ठीक है,' उसने फुसफुसाकर कहा, 'सुनो, हे युवा योद्धा, समस्त सृष्टि के महानतम शिवभक्त के वचन... और इन्हें अपने भ्राता तक पहुंचाओ, जो स्वयं विष्णु के शक्तिशाली अवतार हैं।'

उसने कठिनाई से करवट बदली ताकि वो सीधे लक्ष्मण की ओर देख सके, पीड़ा से उसका चेहरा सिकुड़ गया। 'विष्णु और शिव... एक ही आत्मा के दो पहलू हैं -विपरीत शक्तियां जो मिलकर पूर्णता का निर्माण करती हैं।' वो रुका, उसकी सांसें उखड़ रहीं थीं। 'सच्ची शक्ति विपरीत शक्तियों के संगम में निहित होती है। इसे याद रखना, दशरथपुत्र।'

मरणासन्न राजा के हर शब्द को आत्मसात करते हुए लक्ष्मण ध्यानपूर्वक सुनते रहे । 'अपने शत्रुओं को कभी कम मत समझो, और अपनी शक्ति को कभी बढ़ा-चढ़ाकर मत आंको। मेरी गलतियों से सीखो। तुम्हारा सबसे बड़ा शत्रु तुम्हारा सबसे बड़ा गुरु भी हो सकता है, जैसे मैं इस समय तुम्हारा हूं।'

रावण ने गहरी सांस ली। शरीर पीड़ा से कड़ा हो गया था, फिर भी उसने लक्ष्मण को स्पष्ट निर्देश दिए, 'लंकापुरा दुर्ग में जाओ। शिव मंदिर के नीचे खुदाई करो। जो कुछ वहां मिलेगा, उसका महत्व अत्यधिक है। तुम एक अपार शक्ति के प्रथम रक्षक बनोगे—ऐसी शक्ति, जिसे तुम्हारे भ्राता के बिना साधा नहीं जा सकता।'

आसमान में गर्जना हुई, बिजली ने रणभूमि को चमका दिया। रावण का जीवन तेज़ी से क्षीण हो रहा था। 'एक अंतिम बात,' उसने फुसफुसाते हुए कहा। 'उस रहस्य की रक्षा करना, जो मैंने तुम्हें बताया है। और यह सुनिश्चित करना कि राम उसका स्पर्श कर आशीर्वाद दें। तभी आत्मलिंगम द्वैतलिंगम बन सकेगा। रानी कैकेयी की मनोकामना पूर्ण हो।'

~

कई मील दूर, अयोध्या नगरी में कैकेयी की आंखें उस पीड़ा से चमक रही थीं, जिसे वो बरसों से अपने भीतर दबाए बैठी थीं। वैजयंत के युद्धक्षेत्र में, राम के पिता ने उन्हें दो वरदान दिए थे—और उन्होंने उनका उपयोग करने में संकोच नहीं किया था। यह लालच या सत्ता की चाह से नहीं, बल्कि भविष्य की महान योजना को पूरा करने के लिए था। उन्होंने राम को वनवास इसलिए नहीं भेजा था कि उन्हें राम से ईर्ष्या थी, बल्कि इसलिए कि केवल वनवास में

ही राम का सामना रावण से हो सकता था और केवल रावण को हराकर ही राम आत्मलिंगम को प्राप्त कर उसकी सुप्त शक्ति को जागृत कर सकते थे।

बहुत समय पहले, युगों के संधि-काल में, कैकय वंश के राजा अश्वपति ने भगवान शिव को प्रसन्न करने के लिए कठोर तप किया था। यह तप न तो राज्य, न यश, और न ही शक्ति पाने के लिए था, बल्कि इसलिए कि उनके ऋषियों ने एक समय की भविष्यवाणी की थी, जब अभिमान से जन्मी और चुराए हुए वरदानों से पोषित एक छाया उठेगी, जो ब्रह्मांडीय संतुलन को चुनौती देगी—उसी छाया का नाम था: रावण।

अश्वपति की स्पष्टता और त्याग से प्रभावित होकर शिव उनके समक्ष प्रकट हुए और बोले, 'एक अंधकारमय शक्ति अवश्य उठेगी, जो मेरी ही दी हुई शक्तियों के दुरुपयोग से सुरक्षित रहेगी। लेकिन तुम्हारे वंश के माध्यम से संतुलन पुनः स्थापित होगा। तुम्हारी पुत्री कैकेयी ही इसकी कुंजी होगी—तलवार से नहीं, बल्कि त्याग से। उसके हाथों, वनवास ही जागरण का मार्ग बनेगा। और प्रकाश का वाहक आत्मलिंगम को द्वैतलिंगम में रूपांतरित कर उसके वास्तविक उद्देश्य की पुनः प्राप्ति करेगा।'

अश्वपति ने उस भविष्यवाणी को विनम्रता से स्वीकार किया था, यह जानते हुए भी कि उसकी पुत्री को इतिहास में निंदित किया जाएगा, लेकिन धर्म में वो सदा पूजनीय रहेगी।

रावण की आंखें बंद हो गईं, उसका सिर एक ओर लुढ़क गया। जैसे ही हवा लंका के उजड़े मैदानों पर बहने लगी, ऐसा लगा मानो राजा की आत्मा उसी के साथ विलीन हो रही हो। लक्ष्मण कुछ पल स्थिर खड़े रहे, मरणासन्न राजा के शब्दों पर मनन करते हुए। उसे इस ज्ञान की रक्षा करने की आवश्यकता क्यों महसूस हुई? उन्होंने उस संदेह को झटक दिया और रावण के निर्जीव शरीर को गहरी श्रद्धा से प्रणाम कर राम के पास लौट आए।

'अनुज, उसने क्या कहा?' राम ने धीमे स्वर में पूछा।

'उसने विरोधी शक्तियों के मिलन में निहित बल और आत्मसंतोष के खतरे के बारे में बताया,' लक्ष्मण ने उत्तर दिया। 'उसने लंकापुरा दुर्ग का भी उल्लेख किया- शिव मंदिर के नीचे एक खोज की बात की, जो आत्मलिंगम को द्वैतलिंगम में रूपांतरित कर सकती है।'

राम ने गंभीर मुद्रा में सिर हिलाया। 'हमें उसके शब्दों का सम्मान करना होगा और उसी अनुसार कार्य करना होगा। लेकिन पहले हमें युद्ध में मारे गए लोगों का सम्मान करना है और यह सुनिश्चित करना है कि उनके बलिदान व्यर्थ न जाएं।'

रात ढलते ही शिविर में थकान से भरी नींद उतर आई, युद्ध की थकावट, नए सवेरे की उम्मीद के आगे हार मान गई। तारों से भरे आकाश की ओर देखते हुए लक्ष्मण ने ब्रह्मांड की विशालता और उसमें अपनी भूमिका पर विचार किया। रावण के अंतिम शब्द उनके मन में दूर से आते ढोल की थाप की तरह गूंज रहे थे—चेतावनी देते हुए, प्रेरित करते हुए और याद दिलाते हुए।

~

अगली सुबह, जब सूर्य की पहली किरणों ने अंधकार को चीरते हुए धरती को स्पर्श किया, राम, लक्ष्मण और कुछ विश्वस्त सैनिक लंकापुरा दुर्ग की ओर निकल पड़े।

रावण के निर्देशों का पालन करते हुए उन्होंने शिव मंदिर के नीचे खुदाई की और एक विशाल शिलाखंड निकाला। उसकी सतह पर दो मछलियों की आकृति और एक अभिलेख उकेरा हुआ था।

'शिव का आत्मलिंगम, विष्णु के स्पर्श की प्रतीक्षा में है, जिससे वह द्वैतलिंगम बन सके,' लक्ष्मण ने ऊंचे स्वर में पढ़ा। 'हे शेषनाग, इसकी रक्षा करो, तुम एक सर्प हो।' फिर उन्होंने आश्चर्य से राम की ओर देखा। 'यह क्या है?'

राम ने उत्तर दिया, 'जैसे मैं विष्णु का अवतार हूं, वैसे ही तुम इस संसार में मेरे कार्य में सहायता के लिए आए हो, हे शेषनाग के अवतार। इसकी

अच्छी तरह रक्षा करो। तुम पहले रक्षक हो। सुनिश्चित करना कि तुम एक योग्य उत्तराधिकारी चुनो।'

'लेकिन मैं अब भी नहीं समझ पा रहा हूं,' लक्ष्मण ने स्वीकार किया। राम ने संकेत से उन्हें चुप करा दिया। घुटनों के बल बैठकर उन्होंने शिलाखंड पर अपना हाथ रखा और मंत्रोच्चार किया:

शिवाय विष्णुरूपाय शिवरूपाय विष्णवे।
शिवस्य हृदयं विष्णुः विष्णोंश्च हृदयं शिवः ।।

'शिव विष्णु के रूप में हैं, और विष्णु शिव के रूप में विष्णु शिव के हृदय में निवास करते हैं, और शिव विष्णु के हृदय में।'

जैसे ही राम के हाथ का स्पर्श शिलाखंड से हुआ, उसमें कंपन होने लगी। उसका फीका धूसर रंग बदलकर एक चमकीले बैंगनी में बदल गया और फिर वह टुकड़ों में बिखर गया। 'इन टुकड़ों को एकत्र करो,' राम ने निर्देश दिया। 'हम इन्हें अयोध्या नगरी ले चलेंगे, ताकि इनका उपयोग मानवता के कल्याण में हो सके।'

91

नई दिल्ली, भारत

वर्तमान काल

पृथ्वी की सतह से बहुत ऊपर, एक भारतीय उपग्रह ने सीमा की तस्वीरें कर्नाटक के हासन ज़िले स्थित एक केंद्र को भेजीं।

कुछ ही देर बाद, ये तस्वीरें एन्क्रिप्टेड रक्षा चैनलों के माध्यम से प्रसारित होकर, नई दिल्ली के राजाजी मार्ग पर एक साधारण-से दिखने वाली इमारत के नीचे बने भूमिगत कमांड सेंटर में दिखाई देने लगीं। यह इमारत भारत के इंटीग्रेटेड डिफेंस स्टाफ का मुख्यालय थी, जिसका नियंत्रण कक्ष अत्याधुनिक तकनीक से सुसज्जित था। इसकी घुमावदार दीवारों पर बड़ी-बड़ी स्क्रीन लगी थीं, जिन पर पाकिस्तान, चीन, बांग्लादेश, म्यांमार और श्रीलंका से जुड़ी संवेदनशील सीमाओं की लगातार निगरानी करते उपग्रहों से मिलने वाली अलग-अलग फ़ीड दिख रही थी।

इसके अलावा, कमरे में दस अत्याधुनिक वर्कस्टेशन थे, जिनसे सुरक्षित संचार प्रणाली जुड़ी थी। तीन टीमों में विभाजित तीस विशेषज्ञ यहां चौबीसों घंटे तैनात रहते थे। तिजोरी की तरह इस नियंत्रण कक्ष में कड़ी बायोमेट्रिक सुरक्षा के बाद ही प्रवेश किया जा सकता था। यहां से हाई-रिज़ॉल्यूशन वाले उपग्रह चित्र विश्लेषण के बाद सीमा पर स्थित कमांड पोस्ट को भेजे जाते थे। एक सेंट्रल आर्काइव में सभी उपग्रह चित्रों को अन्य एजेंसियों के साथ साझा करने के लिए इकट्ठा किया जाता था।

पास के एक कॉन्फ्रेंस रूम में रक्षा मंत्री और राष्ट्रीय सुरक्षा सलाहकार (एनएसए) कुछ वरिष्ठ अधिकारियों के साथ बैठे थे। 'क्या हम निश्चित

हैं?' एनएसए ने भारत-पाकिस्तान नियंत्रण रेखा दिखाने वाली स्क्रीन की ओर इशारा करते हुए पूछा। 'गलत सकारात्मक परिणाम की संभावना कितनी है?'

सीनियर एनालिस्ट ने प्रोजेक्टेड इमेज का अध्ययन करते हुए कहा, 'सभी संकेत वही बता रहे हैं। आकार-प्रकार एकदम समान, स्पेक्ट्रल सिग्नेचर और इन्फ्रारेड और मल्टीस्पेक्ट्रल डेटा पूरी तरह मेल खाते हैं। इसमें कोई संदेह नहीं है। बीपीबीटी पर हमले से पहले हमें एलएसी के चीनी हिस्से पर भी यही रीडिंग मिली थी। अब एलओसी के पाकिस्तानी हिस्से में भी वही मिसाइल सिस्टम तैनात है।'

'वही हालात है जिससे हम डर रहे थे,' रक्षा मंत्री ने गंभीर स्वर में कहा। 'चीन की अगली पीढ़ी की एटीजीएम अब पाकिस्तान-अधिकृत कश्मीर में पहुंच चुकी हैं। एलओसी पर हमारे टैंक रेजिमेंट्स उतने ही असुरक्षित हो जाएंगे जितने एलएसी पर हैं।'

'डॉ. रेड्डी को फ़ोन पर बुलाएं,' रक्षा मंत्री ने आदेश दिया। कुछ ही पलों में डीआरडीओ के चेयरमैन कॉन्फ्रेंस कॉल पर मौजूद थे। 'आदित्य पिल्लई की ओर से क्या अपडेट है?' रक्षा मंत्री ने बिना किसी भूमिका के पूछा।

'कुछ खास नहीं,' रेड्डी ने जवाब दिया। 'मैं लगातार अपडेट मांग रहा हूं, लेकिन सिर्फ़ अस्पष्ट आश्वासन मिल रहे हैं कि पिल्लई–जिस्को ज्वॉइंट वेंचर सही दिशा में आगे बढ़ रहा है। अब तक उनके डेवलपमेंट वर्क से जुड़ा कोई डेटा साझा नहीं हुआ है। काश हमारे पास कोई बैकअप प्लान होता।'

'कोई विकल्प अपनाने में काफ़ी समय और संसाधन लगेंगे,' रक्षा मंत्री ने कहा।

रेड्डी बोले, 'मुझे तो पिल्लई की पूरी योजना ही कमज़ोर लगती है, मान लीजिए उसने डिलीवर कर भी दिया, तो भी मुझे नहीं लगता कि वो मानकों पर खरा उतरेगा। हो सकता है, इतने समय के बाद भी हमारे हाथ कुछ न लगे।'

'उसके लिए सर्न से डॉ. रामास्वामी को लाने में हमने कोई कसर नहीं छोड़ी थी,' एनएसए ने हस्तक्षेप किया। 'मुझे नहीं लगता उसकी धीमी प्रगति

का कारण प्रयास की कमी है। दरअसल, हमने जो समयसीमा दी है, वह लगभग असंभव है। सिर्फ़ पिल्लई जैसा व्यक्ति जो अलग हटकर सोचता है, ही इसे करने की हिम्मत कर सकता है।'

'उसकी योजना क्या है? क्या उसके कोरियाई पार्टनर के पास ज़रूरी तकनीक है?' रक्षा मंत्री ने पूछा।

'तकनीक तो किसी कंपनी के पास नहीं है,' रेड्डी ने उत्तर दिया। 'पिल्लई का मानना है कि एक प्राचीन इस्पात है, जिसकी आणविक संरचना में अद्वितीय गुण हैं—जो जोड़ने और दूर धकेलने, दोनों में सक्षम है। उसका विश्वास है कि एक बार उत्प्रेरक (कैटलिस्ट) मिलने के बाद इन गुणों को बढ़ाना संभव है। समस्या यह है कि इस तत्व- इस कैटलिस्ट—के अस्तित्व का कोई प्रमाण नहीं है, और न ही वो उसे खोजने के करीब है।'

रक्षा मंत्री ने कुछ पल सोचा। 'क्या हमें चोभम आर्मर पर काम करने वाली समानांतर टीम शुरू करनी चाहिए?' चोभम—सिरेमिक टाइल्स, धातु के फ्रेम और बैकिंग प्लेट से बनी मिश्रित संरचना—मिसाइलों के ख़िलाफ़ बेहतर सुरक्षा देती है।

'हम पहले ही चोभम आजमा चुके हैं,' रेड्डी ने कहा। 'यह चीनी एचजे-12 ई के सामने असरदार नहीं है।'

'इस वक्त दिशा बदलना ठीक नहीं होगा,' एनएसए ने सहमति जताई। 'लेकिन शायद हमें आदित्य पिल्लई और सोमी किम पर अपनी निगरानी बढ़ानी चाहिए।'

'क्यों?' रक्षा मंत्री ने पूछा।

'अगर वे हमें जानकारी नहीं देंगे, तो हमें किसी और तरीके से पता करना होगा कि वे आगे बढ़ रहे हैं या नहीं।'

92

गिम्हे, दक्षिण ग्योंगसांग प्रांत, दक्षिण कोरिया
वर्तमान काल

आदित्य, सोमी, रामास्वामी और जंग गिम्हे में किम सूरो की समाधि के सामने खड़े थे। लगभग 72 फीट व्यास और 20 फ़ीट ऊंचाई वाला एक विशाल समाधि-स्तूप इस स्थल पर प्रमुखता से दिखाई दे रहा था। उसके सामने किम सूरो की समाधि-शिला, एक वेदी और पत्थर से बनी योद्धाओं की प्रतिमाएं खड़ी थीं। दोनों ओर घोड़ों, भेड़ों और बाघों की पत्थर की मूर्तियां समाधि की रखवाली कर रही थीं।

समूह की नज़र उस सजीले फाटक पर गई जो समाधि की ओर जाता था, जिसे चमकीले लाल, नीले और हरे रंग से रंगा गया था। लकड़ी के तीन दरवाज़ों पर ताइजितु का प्रतीक अंकित था। दोनों किनारे के दरवाज़ों के ऊपर बने सजावटी चित्र और भी रोचक थे जिनमें दो मछलियों थीं, जो एक-दूसरे की ओर तैर रही थीं।

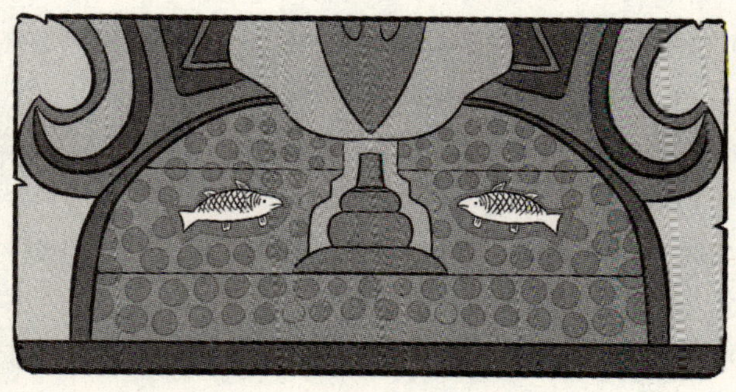

सोमी ने उत्तर की ओर इशारा किया। 'आगे गूजीबोंग चोटी है, जिसका आकार कछुए के सिर जैसा है। शायद इसी वजह से कछुआ गारक महासंघ का प्रतीक बना।'

रामास्वामी ने आश्चर्य से सिर हिलाया। 'विष्णु का पहला अवतार मत्स्य है—मछली,' उन्होंने अपने विचार रखे। 'लेकिन दूसरा है कूर्म—कछुआ। ये संबंध वाकई अद्भुत हैं। या फिर मैं ज़्यादा सोच रहा हूं?'

'आप बिल्कुल भी ज़्यादा नहीं सोच रहे,' सोमी ने कहा। 'कछुए के आगे के दो पंजों को ध्यान से देखिए—उसमें दो मछलियों की आकृति बनी हुई है।'

'किंवदंती है कि सुनहरे डिब्बे में रखे लाल कपड़े में लिपटे छह अंडे स्वर्ग से उतरकर उस कछुए के आकार वाली चोटी पर आए,' सोमी ने मुस्कुराते हुए कहा। 'बारह दिन बाद, अंडे फूटे और उनमें से छह बालक निकले। उन्हीं में से एक था किम सुरो। बाद में वे सभी अलग-अलग क्षेत्रों के शासक बने, लेकिन किम सुरो ने गारक महासंघ का नेतृत्व किया।'

आदित्य ने पूछा, 'क्या सुरो अयोध्या गठबंधन का हिस्सा रहे होंगे? जिसका ज़िक्र उस चर्मपत्र में था?'

'उनकी शादी सुरिरत्ना—या हियो ह्वांग-ओक से हुई थी, इसे देखते हुए यह संभव है,' सोमी ने जवाब दिया। 'लेकिन इस जगह पर वूट्ज़ स्टील में इस्तेमाल हुए उस पदार्थ के बारे में कोई सुराग मिलता है या नहीं, यह अलग सवाल है।'

'पहले एक बुनियादी सवाल से शुरू करते हैं,' रामास्वामी बोले। 'क्या किम सुरो को वाकई यहीं दफ़नाया गया है?'

जंग के पास इसका उत्तर था। 'रिकॉर्ड बताते हैं कि सुरो की मौत के बाद उनके ताबूत को रखने के लिए शाही महल के उत्तर-पूर्व में एक हॉल बनाया गया था। यह स्थान उसी दिशा से मेल खाता है। लेकिन जो संरचनाएं आज हम देख रहे हैं—यह टीला, वेदी, चबूतरा—ये सभी 1580 के हैं। समाधि का पत्थर 1647 में लगाया गया था। तो संभव है कि वो यहीं कहीं दफ़न हो, लेकिन मौजूदा स्मारक काफ़ी बाद में बना।'

'सुरो और सुरिरत्ना के वंशजों का क्या?' आदित्य ने पूछा। 'शायद उन्होंने अपने लेखन में इस रहस्य का ज़िक्र किया हो?'

'वह तो बहुत विशाल कार्य होगा,' सोमी ने कहा। 'लगभग साठ लाख कोरियाई—मेरे अपने परिवार समेत—इस महान जोड़े के वंशज होने का दावा करते हैं। गिम्हे किम, गिम्हे हियो और इंचियोन यी कुल के लोग। उनके बारह बच्चे थे, और हियो ने अनुरोध किया था कि उनमें से दो उसके उपनाम को धारण करें। *सामगुक युसा* के अलावा किसी अन्य ग्रंथ में किम सुरो और हियो ह्वांग-ओक का उल्लेख नहीं है।'

'यह कैसे संभव है?' आदित्य ने अविश्वास से पूछा।

'*सामगुक युसा* मुख्य रूप से गोगुरियो, बैक्जे और सिल्ला—इन तीन राज्यों पर केंद्रित है,' जंग ने समझाया। 'गारक महासंघ का शायद ही कभी उल्लेख होता है, और जब होता भी है तो इसे एक छोटे से राज्य के रूप में दिखाया जाता है जिसे छठी सदी में सिल्ला ने अपने राज्य में मिला लिया। हज़ार साल से भी अधिक समय तक गारक के ऐतिहासिक महत्व को लगभग नज़रअंदाज़ किया गया।'

'क्या इस क्षेत्र की लिडार (LiDAR) मैपिंग हुई है?' रामास्वामी ने पूछा। 'क्या हमारे पास ज़मीन के नीचे के डेटा हैं?'

सोमी ने हां में सिर हिलाया। 'इस जगह और पास के डेसेओंग-डोंग की मैपिंग हुई है,' उसने पुष्टि की। 'यहां 136 टीले हैं, जिनमें पत्थर के कक्ष, मुड़े

हुए हथियार, लोहे के कवच, बेलनाकार कांस्य वस्तुएं, जैस्पर की कलाकृतियां और यहां तक कि घोड़े और इंसानों की बलि के प्रमाण भी मिले हैं।'

'बलि?' आदित्य की रीढ़ में सिहरन दौड़ गई।

'कभी-कभी मृत राजाओं या कुलीन लोगोंके साथ उनके सेवक और घोड़े भी दफनाए जाते थे,' सोमी ने समझाया, 'ताकि वे परलोक में भी उनकी सेवा कर सकें।'

'लोहे के बारे में क्या?' रामास्वामी ने दबाव डाला।

'यहां गारक के हेलमेट मिले हैं,' जंग ने जवाब दिया, 'जिनमें सीधी प्लेटें, धूप से बचाने वाले वाइज़र और गाल को सुरक्षा देने वाले गार्ड लगे थे।'

'और कुछ?'

'काफी मात्रा में गया कवच भी मिला है,' जंग ने कहा। 'सीधी प्लेटों को एक-दूसरे से जोड़कर बनाए जाने वाले इस कवच का आइडिया गारक से आया था, जो लोहे के अपने उन्नत काम और हथियार बनाने की तकनीकों के लिए जाना जाता था। गया कवच अक्सर सामाजिक प्रतिष्ठा का प्रतीक होता था, इसमें पक्षी और फर्न के आकार की अनूठी सजावट होती थी। लेकिन ऐसा कुछ नहीं मिला जो यह दर्शाए कि उसमें नव उत्स के गुण थे।'

'ये वस्तुएं शायद बाद के समय की हैं,' रामास्वामी ने कहा। 'अगर द्वैतलिंगम सुरो को दिया गया होता, तो क्या वो उसके साथ दफनाया नहीं जाता? वह उसकी सबसे कीमती संपत्ति होती।'

'आप सही हैं,' सोमी ने सहमति जताई। 'जब तक कि...'

'जब तक कि?' आदित्य ने दोहराया।

'जब तक कि उसे उसकी रानी की संपत्ति न माना गया हो,' सोमी ने कहा। 'सोचिए, क्या हुआ होगा अगर सुरो को "लौह राजा" बनना था, लेकिन सुरिरत्ना "लौह रानी" बन गईं?'

93

सियोंगसान, गारक महासंघ

आज की सियोंगजू काउंटी, दक्षिण कोरिया

करीब 2,000 साल पहले

सियोंगसान के ऊपर काले बादल घिर आए थे जो मानो आने वाले युद्ध का संकेत था। ग्यूमग्वान, बिह्वा, बंगाम और आरा से आई सेनाओं के मज़बूत कदमों से ज़मीन कांप रही थी। इस विशाल सेना के आगे के हिस्से में सोजू सवार था, उसके चेहरा दृढ़ था, मन में अडिग संकल्प धधक रहा था।

'आगे बढ़ो!' उसने गर्जना की, उसकी आवाज़ पैरों की गड़गड़ाहट और कवच-ढालों की टंकार से ऊपर गूंज उठी। 'आज हम अपना सम्मान वापस लेंगे! गारक महासंघ के लिए!' उसके दोनों ओर—बिह्वा के जिनह्योक, बंगाम के वोनसिक और आरा के योंगहो सवार थे—सोजू जानता था कि गारक महासंघ का भाग्य इसी युद्ध पर निर्भर है।

तलहे, जो सुरिरत्ना के मृत्यचक्र से लगे घाव से उबर चुका था, अब सियोंगसान, गोरयोंग और डेगया के सैनिकों के साथ खड़ा था। उसने आते हुए दल को देखा, युद्ध के वर्षों ने उसके चेहरे को कठोर बना दिया था। उसने आदेश दिया, 'रुको! 'मेरे संकेत का इंतज़ार करो। इन्हें हमारे जाल में आने दो। हम इन्हें तोड़ देंगे।'

वातावरण में तनाव दिख रहा था, दोनों सेनाएं एक-दूसरे का आकलन करते हुए स्थिर खड़ी थीं। सन्नाटा केवल दूर गूंजती बिजली की गरज से टूट रहा था। फिर, एक भयावह गर्जना के साथ, सेनाएं टकरा गईं और युद्ध

का मैदान अराजकता में विलीन हो गया। भिड़ंत की आवाज़ से धरती कांप उठी। तीर हवा में किलेनुमा आकृति बनाते हुए उड़ने लगे, तलवारें ढालों से टकराकर हड्डी तक हिला देने वाली आवाज़ कर रही थीं। युद्ध-नारे, लोहे की टकराहट और घायलों की कराहें हवा में घुल गईं। कोई भी पक्ष पीछे हटने को तैयार नहीं था।

क्रोध की ज्वाला से प्रेरित, सोजू ने हमले की अगुवाई की। उसकी तलवार चांदी सी चमकती हुई दुश्मन की सैन्य-पंक्तियों को चीरती चली गई। तलहे भी उतना ही प्रचंड था, युद्ध का घातक नृत्य करता हुआ, उसका हर बचाव सटीक, हर वार बेदाग़। वो अफरातफरी के बीच शिकारी-सी निपुणता से आगे बढ़ रहा था।

जैसे-जैसे युद्ध भड़कता गया, हालात सोजू की सेना के खिलाफ़ होने लगे। तलहे के सैनिक अनुशासित, एकजुट, अपने नेता के क्रोध के भय से प्रेरित हमलावरों को खून से सनी ज़मीन पर एक-एक इंच पीछे धकेल रहे थे। वे ढालों और चमकती तलवारों की अभेद दीवार बन गए थे।

सोजू के सैनिक डगमगाने लगे थे- उनका आगे बढ़ना थम गया। हर कदम पर उन्हें भीषण प्रतिरोध का सामना करना पड़ रहा था। थकान और निराशा धीरे-धीरे सैन्य-पंक्तियों में फैलने लगी, मानो हार उनके सिर पर मंडरा रही हो।

अचानक, पीछे से एक स्त्री-स्वर गूंजा *'जुग-एउम-उई बाकवी!'* सुरिरत्ना ने अपनी विशेष रूप से प्रशिक्षित योद्धा टुकड़ी को आदेश दिया। मृत्यु चक्र के लिए यह गया भाषा का शब्द था। सुरिरत्ना की यह विशेष टुकड़ी, घातक मृत्यचक्रों से लैस, जानलेवा सटीकता के साथ आगे बढ़ी।

तलहे की सैन्य-पंक्तियों में अफरातफरी मच गई, जब मृत्यचक्रों ने अपने घातक खंजर छोड़े। ये नन्हें-नुकीले खंजर, भयावह ताक़त से लैस, मांस और कवच को चीरते हुए विनाश की लकीरें खींचते चले गए। तलहे की सेना ने डटकर जवाब देने की कोशिश की, लेकिन हालात बिगड़ते गए, उसके सैनिक गिरने लगे, उनकी चीखें युद्ध की घनी धुंध को चीरकर गूंजने लगीं। निराशा बढ़ रही थी, लेकिन तलहे की नज़र अपने अंतिम लक्ष्य पर टिकी थी: सोजू।

गरजते हुए, उसने लड़ाई के बीच से रास्ता बनाया, और सीधा अपने चिर-प्रतिद्वंद्वी की ओर बढ़ा। सोजू ने उसे आते देख घोड़े से उतरते हुए तलवार संभाली। 'तलहे!' वो गरजा, 'अगर हिम्मत है तो सामने आ!' दोनों सेनापति युद्धभूमि के केंद्र में टकराए–कौशल और क्रोध के एक तमाशे में आमने-सामने हुए, उनकी सेनाएं किनारे हटकर उनके चारों ओर एक घेरा बना चुकी थीं।

तलवार से तलवार टकराने की बहरा कर देने वाली आवाज़ गूंजी, उनकी रगड़ से चिंगारियां उड़ने लगीं। सोजू की मांसपेशियां तन गईं, जब उसने अपने प्रतिद्वंद्वी को गिराने के इरादे से लगातार वार किए। तलहे ने हर हमले को एक अनुभवी योद्धा की फुर्ती से रोकते हुए बिजली की गति से वार किए।

युद्ध तेज़ हो गया, उनका द्वंद्व युद्ध केंद्र बिंदु बन गया मानो उनके आसपास की दुनिया सिमट सी गई थी। पसीना उनके चेहरों से बह रहा था, जो मिट्टी और खून के साथ मिल रहा था, लेकिन दोनों में से कोई हार मानने का नाम नहीं ले रहा था। वे एक-दूसरे को सहनशक्ति की आखिरी हद तक धकेल रहे थे, उनकी भिड़ंत की उग्रता देखकर देखने वाले स्तब्ध थे।

जैसे-जैसे लड़ाई खिंचती गई, सोजू को अपनी ताक़त घटती महसूस होने लगी। उसके अंग भारी हो गए और दिमाग पर धुंध-सी छाने लगी। उसने सिर झटका, धुंध हटाने की कोशिश की, लेकिन कोई फायदा नहीं हुआ। तलहे की तलवार पर एक जानलेवा ज़हर—वही पिशुआन जिससे किम सियोक के भरोसेमंद सेवक मिनजुन की मौत हुई थी- लगा हुआ था। सोजू को इसके बारे में नहीं पता था। हर खरोंच के साथ, ज़हर की सूक्ष्म मात्रा सोजू के रक्त में घुल रही थी।

सुरिरत्ना दूर से देख रही थी, उसकी पैनी नज़र ने गड़बड़ी भांप ली। तलहे की तलवार सूरज की रोशनी सोख रहा था, जबकि सोजू की तलवार चमक रही थी। वो चिल्लाई, 'तलहे की तलवार ज़हरीली है!' उसने जिनह्यांक, वोनशिक और योंगहो को पुकारकर कहा, 'सोजू को वहां से निकालो!'

खतरे को पहचानकर तीनों सरदार बीच में कूद पड़े और लड़ते हुए, सोजू खींचकर पीछे ले गए। सुरिरत्ना सीधी तलहे के सामने आ खड़ी हुई। तलहे

ने एक लालची मुस्कान के साथ उसका स्वागत किया, तलवार की धार नीचे करते हुए उसने कहा। 'आह, सुंदर हियो ह्वांग-ओक, तुम्हारे साथ तो मैं युद्ध नहीं, प्रेम करना चाहूंगा। मेरी प्रेमिका बन जाओ, और मैं तुम्हें ऐसे सुख दूंगा जो तुमने कभी न पाए होंगे।' उसने कामुक भाव से इशारा किया।

'तुम सुख की बातें करते हो, लेकिन युद्ध जीतने के लिए एक कायर की तरह ज़हर का सहारा लेते हो। क्या तुम्हारे देश में सम्मानित सैनिक ऐसे ही लड़ते हैं?'

उसकी बात पर तलहे हंसा, लेकिन हंसी उसके गले में ही अटक गई जब सुरिरत्ना ने हमला कर दिया। वो शिकार पर झपटने वाली बिल्ली की तेज़ी और लचक के साथ आगे बढ़ी। उसकी उग्रता से चौंककर तलहे उसके वार रोकने में लड़खड़ा गया। खुद को संभालने की कोशिश करते हुए उसने कराहते हुए कहा, 'तुम निपुण हो, लेकिन उतनी नहीं।'

'देखते हैं,' सुरिरत्ना ने जवाब दिया। उसने उसका ध्यान अपनी ओर खींचते हुए बाईं ओर मुड़ने का नाटक किया, जिससे तलहे का ध्यान उसी दिशा में गया। फिर सुरिरत्ना दाईं ओर घूम गई, फिर दाईं ओर घूमते हुए उसने तलवार हवा में लहराई। अति-आत्मविश्वास में डूबे तलहे ने एक पल देरी से प्रतिक्रिया दी, और तलवार सीधी उसके गले पर लगी, एक तेज़, साफ़ चीरे के साथ।

'तुम...' वो हांफते हुए बोला, उसकी आंखें अविश्वास से फैल गईं, 'कैसे...?'

'तुमने मुझे कम आंका,' उसने ठंडे स्वर में कहा, और पीछे हट गई जबकि तलहे ने अपना गला पकड़ लिया, वहां से लाल नदी की तरह खून बह रहा था। उसके घुटने मुड़ गए, और जैसे ही वो गिरा, सुरिरत्ना झुककर उसके कान में फुसफुसाई, 'तेरा अत्याचार यहीं खत्म होता है। महान तलहे, किम सियोक का हत्यारा, उस स्त्री के हाथों मारा गया जिसका उसने तिरस्कार किया था। इतिहास तुझे सम्मान नहीं देगा—तुझे भुला देगा।'

94

गिम्हे, दक्षिण ग्योंगसांग प्रांत, दक्षिण कोरिया
वर्तमान काल

रामास्वामी ने रात जंग के मेहमान के रूप में बिताई, जबकि आदित्य और सोमी गिम्हे के अरिरंग होटल में ठहरे, एक बिज़नेस होटल जहां जिस्को के सहयोगी अक्सर आते थे।

अगली सुबह, जब वहां और कोई सैलानी नहीं था, सोमी और आदित्य क्वीन हियो ह्वांग-ओक, जिसे सुरिरत्ना के नाम से भी जाना जाता है—के समाधि स्थल पर पहुंचे। कुछ हफ्ते पहले वे यहां आए थे, तब उन्हें अंदाज़ा भी नहीं था कि उनकी यात्रा उन्हें दोबारा यहां ले आएगी। रामास्वामी और जंग ने तय किया कि वे पहले म्यूज़ियम जाएंगे, जहां किम सुरो की समाधि से मिली कलाकृतियों का अध्ययन करना था, और फिर उनसे जुड़ेंगे।

आदित्य ने समाधि टीले की ओर चलते हुए कहा, 'हमने कोरियाई और तमिल के बीच की भाषाई समानताओं पर चर्चा की है, क्या और भी कोई इंडिकेटर हैं?'

'भोजन भी एक बड़ा सांस्कृतिक सेतु है,' सोमी ने जवाब दिया। 'जैसे कोरियन पकवान मांडु-मांस, सब्ज़ियों और टोफू से भरे पकौड़े—दक्षिण भारत के कोझुकट्टई से बेहद मिलते-जुलते हैं। इसी तरह, हमारी मिटाई याकग्वा दक्षिण भारतीय अधिरसम जैसी है। दोनों क्षेत्रों को चावल का दलिया पसंद है—कोरिया में जुक, दक्षिण भारत में कांजी। दक्षिण भारत का इडियप्पम कोरिया के मायरोन नूडल्स के लगभग एक समान है। खाने-पीने के मामले में ये समानताएं काफ़ी गहरी हैं।'

वे कंकड़-पत्थर वाली पगडंडी से होते हुए घास के टीले तक पहुंचे। उसके बगल में एक नक्काशीदार छत वाला गज़ीबो था, जिसमें खुरदुरे पत्थरों का ढेर छह परतों में सजाया गया था। एक तख्ती पर इसकी पहचान पासा स्टोन पैगोडा लिखी थी। आदित्य ने इसे अपनी पहली यात्रा में ही पहचान लिया था—ये पांड्य जहाज़ों को स्थिर रखने के लिए इस्तेमाल किए जाने वाले बैलेस्ट पत्थर थे।

तभी, अचानक एक विचार उसके मन में बिजली की तरह कौंधा, जिसने उसे एकाएक रोक दिया। वो बैलेस्ट पत्थरों को घूरने लगा, मानो एक अजीब संभावना उसकी सोच में घूम रही हो। क्या जो हम खोज रहे हैं, वह यहीं, सबकी नज़रों के सामने छिपा हो सकता है? उसकी मुट्ठियां कस गईं। उसका मन बार-बार कह रहा था, अपने अंतर्ज्ञान पर भरोसा करो।

उसके अंदर आए इस अचानक बदलाव को महसूस करते हुए सोमी ने पूछा, 'आदित्य, सब ठीक है ना?'

आदित्य ने सिर हिलाया, लेकिन उसकी नज़रें अब भी पत्थरों पर टिकी थीं। उसने फ़ोन निकाला और रामास्वामी का नंबर मिलाया। 'डॉ. रामास्वामी, मुझे लगता है कि मैंने कुछ ढूंढ़ लिया है। अगर मैं आपको एक सैंपल भेजूं, तो क्या आप तुरंत वही टेस्ट कर सकते हैं जो हमने पहले दूसरे सैंपल्स पर किए थे? हो सकता है हम अभी द्वैतलिंगम के ठीक ऊपर खड़े हों।'

सोमी की आंखें ये सुनकर फैल गईं। उसने उन पत्थरों को नई दिलचस्पी से देखा। क्या सचमुच आदित्य सही हो सकता है? यह विचार अविश्वसनीय था। कितनी ही बार वो इस पैगोडा के पास से गुज़री थी, बिना उस पर दूसरी नज़र डाले?

'अच्छा, समझ गया,' आदित्य ने रामास्वामी से बात जारी रखते हुए कहा। 'आप और डॉ. जंग कब पहुंचेंगे?' वो कुछ पल रुका। 'हम आपका इंतज़ार करेंगे।'

कॉल खत्म करके वो सोमी की ओर मुड़ा। 'उन्होंने कहा कि कैलाश, पेट्रा और कोणार्क में उन्हें एक अनोखा केमिकल सिग्नेचर मिला था। अब उन्हें इन पत्थरों की जांच करनी होगी कि क्या इनमें वही सिग्नेचर मौजूद

है—लेकिन और अधिक शक्तिशाली रूप में। अगर ऐसा है, तो इससे हमारी सोच की पुष्टि हो जाएगी।'

सोमी ने अपनी उत्तेजना को कम करने की कोशिश करते हुए पूछा, 'क्या यह थोड़ी दूर की कौड़ी नहीं है? इतना मूल्यवान पदार्थ- जो लौह अयस्क को सर्वोत्तम इस्पात में बदल सकता है—को क्यों सबके सामने छोड़ दिया जाएगा? और फिर, यह इतने सालों में खत्म क्यों नहीं हो गया होगा?'

आदित्य मुस्कुराया। 'सोचो ज़रा। हमने गाय को पवित्र घोषित किया ताकि अपने मवेशियों की रक्षा कर सकें। हमने नदियों को देवी का रूप दिया—गंगा और सरस्वती—ताकि उनका संरक्षण हो सके। पीपल के पेड़ की पूजा की ताकि जंगल बचे रहें। किसी वस्तु को संरक्षित रखने का सबसे आसान तरीका है उसे दैवी शक्ति देना। तो फिर बैलेस्ट पत्थरों को किसी पवित्र पैगोडा की सजावट में क्यों न बदला जाए? वैसे भी, लोहे को बेहतरीन इस्पात में बदलने के लिए इसकी केवल बेहद कम मात्रा की ज़रूरत होती चाहे ये पत्थर अयोध्या, कोरकाई, दमिश्क या ग्यूमग्वान में रहे हों, स्टील बनाने के लिए बस थोड़ी-सी बुरादे जैसी मात्रा ली जाती होगी।'

इस उत्साह में उसे यह आभास भी न हुआ कि गज़ीबो के पीछे की छाया से तीन आकृतियां धीरे-धीरे और बेहद सधे हुए कदमों से बाहर आ रही हैं। ख़लील ग़ज़नवर, चोए टोक हुन के दो आदमियों के साथ, हथियार ताने उनकी ओर बढ़ रहा था।

पास आते लोगों की झलक पाते ही सोमी के भीतर डर की एक तेज़ लहर दौड़ गई। उसने आदित्य का हाथ कसकर पकड़ लिया। 'आदित्य, हम यहां अकेले नहीं हैं,' उसने दबे, तनाव भरे स्वर में कहा।

आदित्य ने ठीक समय पर मुड़कर देखा कि ग़ज़नवर अपने आदमियों को उनके पास पहुंचने का इशारा कर रहा है। 'शांत रहो,' आदित्य ने सोमी से कहा, हालांकि उसकी अपनी धड़कनें तेज़ हो चुकी थीं। उसे पता था कि वे मुश्किल में हैं—संख्या में कम, बिना हथियार के और और किसी तरह की लड़ाई की ट्रेनिंग नहीं।

लेकिन सोमी आसानी से हार मानने वालों में से नहीं थी। हमलावरों के करीब आते ही उसने चुपचाप अपनी जेब में हाथ डाला, जहां उसका फ़ोन स्पीड डायल पर सेट था। उसने इमरजेंसी नंबर दबाया, यह दुआ करते हुए कि ग्योंगचाल—कोरियाई राष्ट्रीय पुलिस—कॉल का पता लगा लेगी। फिर उसने लाइन को चालू रखते हुए फ़ोन वापस जेब में रख दिया।

ग़ज़नावर ने ठंडी, ख़तरनाक नज़र से देखते हुए अपनी बंदूक उठाई। 'तुम दोनों ने मुझे काफ़ी परेशानियां दी हैं,' उसने गुस्से में कहा। 'अब इसकी क़ीमत चुकाने का वक्त आ गया है। लेकिन शुक्रिया मुझे समाधान तक पहुंचाने के लिए।'

ख़तरा समझते ही आदित्य और सोमी पैगोडा के चारों ओर लगी सुरक्षा बाड़ फांदकर उस हिस्से में पहुंच गए जहां पर्यटकों का प्रवेश वर्जित था। ग़ज़नवर के एक आदमी ने गोली चलाई और आदित्य झुककर पैगोडा के पीछे छिप गया, गोली पत्थर के एक टुकड़े पर लगी।

दूसरे हमलावर ने अपनी बंदूक सोमी पर तान दी। वो आदित्य के पास सिमट गई, उसका दिल ज़ोर-ज़ोर से धड़क रहा था। पैगोडा के आधार पर चिकने, सफ़ेद पत्थर बिखरे हुए थे। उसने एक पत्थर उठाया और पूरी ताक़त से हमलावर की बांह पर दे मारा। पत्थर लगते ही उसकी गोली का निशाना चूक गया, गोली सोमी के कान के पास से सनसनाती हुई गुज़र गई। उसे पता था, वे ज़्यादा देर तक टिक नहीं पाएंगे। 'आदित्य, पत्थर!' उसने फुसफुसाते हुए कहा। 'उन लोगों का ध्यान भटकाओ!' आदित्य समझ गया। उसने एक बड़ा पत्थर उठाया और दूसरे हमलावर की ओर फेंक दिया। सोमी ने भी ग़ज़नवर के चेहरे की ओर निशाना साधा। वो झुककर बच गया, लेकिन इतना काफ़ी था कि वे मौक़ा पाकर बाड़ लांघकर पीछे के रास्ते से भाग निकलें।

'उन्हें भागने मत दो!' ग़ज़नवर गरजा, और चोए टोक हुन के आदमियों को उनका पीछा करने का आदेश दिया।

आदित्य और सोमी पत्थरों वाली पगडंडी पर दौड़ पड़े, उनका पीछा करने वालों के भारी क़दमों की आवाज़ भी उनके पीछे से आ रही थी। सोमी

की धड़कनें तेज़ हो गईं जब उसे दूर से पुलिस सायरन की आवाज़ सुनाई दी। पुलिस आ रही थी- लेकिन क्या वे वक़्त पर पहुंचेंगे? जैसे-जैसे हमलावर क़रीब आते गए, सोमी की नज़र एक छोटे से मंदिर पर पड़ी, जिसकी पत्थर की दीवारें उन्हें ढाल दे सकती थीं। वो झट से उसके पीछे जा छिपी, एक और गोली से बाल-बाल बची, और पीछे से आ रहे आदित्य को भी पुकारा कि वो उसके साथ आ जाए।

जैसे ही आदित्य मंदिर के पास पहुंचा, एक गोली उसके बाएं कंधे को चीरती हुई निकल गई। तीखी जलन ने उसे झकझोर दिया। वो लड़खड़ाया, घाव को थामते हुए- खून उसकी उंगलियों के बीच से रिसने लगा। उसके सामने की दुनिया घूमने लगी और वो पत्थरों पर गिर पड़ा।

'आदित्य!' सोमी घबराहट में चीखी। अपनी जान की परवाह किए बिना, वो दौड़कर उसके पास आई और घुटनों के बल बैठ गई। ख़ून रोकने की कोशिश करते हुए कांपते हाथों से उसने अपना स्कार्फ़ उसके घाव पर दबा दिया। 'होश में रहना, आदित्य,' उसने कांपती आवाज़ में कहा। 'पुलिस आ रही है।'

ग़ज़नवर और उसके आदमी नज़दीक आ गए, बंदूकें सोमी और घायल आदित्य की ओर तनी हुई थीं। 'तुम्हें इसमें पड़ना ही नहीं चाहिए था,' ग़ज़नवर गुर्राया, उसकी आवाज़ से ख़तरा टपक रहा था।

सोमी ने ऊपर देखा, उसकी आंखों में विरोध की आग जल रही थी। उसने आदित्य को अपने शरीर से ढक लिया, और उसे छोड़ने से इन्कार कर दिया।। 'तुम इससे बच नहीं पाओगे,' उसने अपनी आवाज़ स्थिर रखने की कोशिश करते हुए कहा। 'ग्योंगचाल बस पहुंचने ही वाली है।'

नज़दीक आती सायरनों की आवाज़ से बेपरवाह ग़ज़नवर तिरछी मुस्कान के साथ बंदूक तानकर उन्हें खत्म करने को तैयार हो गया। 'बहुत देर हो चुकी है,' उसने व्यंग्य किया। वो ट्रिगर दबाने ही वाला था कि मोटरसाइकिलों के इंजनों की गड़गड़ाहट ने हवा को चीर दिया। पुलिसकर्मी, सायरन बजाते हुए, पार्क के गेट से अंदर घुसे। उनमें से एक ने सीधे एक हमलावर को टक्कर मार

दी, जिससे वो ज़मीन पर लुढ़क गया और उसकी बंदूक पत्थरों पर टकराती हुई दूर जा गिरी। ग़ज़नवर और उसका बचा हुआ साथी योजना नाकाम होते ही भाग निकले। कुछ पुलिस अधिकारी पैदल और कुछ मोटरसाइकिल पर उनके पीछे दौड़ पड़े, पार्क में अफरा-तफरी मच गई।

सोमी ने उन्हें दूर जाते देखा, उसकी सांस उखड़ी हुई थीं। उसने फिर आदित्य की ओर देखा, उसका चेहरा पीला पड़ चुका था और वो पत्थरों पर लहूलुहान पड़ा था। वो स्कार्फ़ घाव पर और ज़ोर से दबाने लगी। कुछ ही पलों बाद, रामास्वामी और जंग वहां पहुंचे, उनके चेहरे चिंता से सिकुड़े हुए थे।

'इसे गोली लगी है,' सोमी ने कांपती आवाज़ में कहा। 'हमें इसे अस्पताल ले जाना होगा—तुरंत!'

एक पुलिस अधिकारी ने पहले ही रेडियो पर एंबुलेंस बुला ली थी। कुछ ही मिनटों में एंबुलेंस आ गई। पैरामेडिक्सदौड़ते हुए आए और उन्होंने सोमी की जगह ले ली। उन्होंने तेज़ी से काम किया, आदित्य को स्टेबल किया और स्ट्रेचर पर डाल दिया। जब वे उसे एंबुलेंस की ओर ले जा रहे थे, सोमी ने आदित्य को छोड़ने से इनकार कर दिया। 'मैं इसके साथ रहूंगी,' उसने ज़िद की। पैरामेडिक्स ने हामी भरी और उसे अंदर बैठने दिया।

एंबुलेंस तेज़ी से आगे बढ़ी और सोमी खिड़की से बाहर देखती रही, उसके दिल में डर समाया हुआ था—क्योंकि उसे पता था कि ग़ज़नवर कहीं अंधेरे में घात लगाए बैठा है। उसका काम अभी ख़त्म नहीं हुआ था।

95

सियोंगसान, गारक महासंघ

आज की सियोंगजू काउंटी, दक्षिण कोरिया

करीब 2,000 साल पहले

युद्धभूमि के चारों ओर पथरीले मैदानों में अस्थायी तंबू बिखरे थे, जिनकी मोटे कपड़े की दीवारें हवा में फड़फड़ा रही थीं। इन अस्थायी आश्रयों के भीतर सैकड़ों घायल सैनिक पतले गद्दों पर लेटे हुए थे उनके शरीर टूटे-फूटे और लहूलुहान थे। माहौल में खून और पसीने की बदबू और पीड़ा घुली हुई थी।

सोजू और तलहे की सेनाओं के बीच हुई भयंकर लड़ाई ने हर योद्धा पर गहरे घाव छोड़े थे। लेकिन यहां, इस उपचार-स्थल में, कोई शत्रु नहीं था, केवल घायल शरीर थे, जिन्हें देखभाल की ज़रूरत थी। भद्रकेतु दोस्त और दुश्मन में कोई अंतर नहीं करता था। वो बिना रुके एक तंबू से दूसरे तंबू में जाता, उसके हाथ जड़ी-बूटियों के रस से सने हुए थे, उसके माथे पर पसीना चमक रहा था। उसके पीछे-पीछे कुछ उपचारिकाएं चल रही थीं, जिन्हें जल्दबाजी में युद्ध-चिकित्सा की बुनियादी बातें सिखाई गई थीं। वे शांति और उद्देश्य के साथ घायल सैनिकों के बीच घूमतीं, किसी को पानी पिलातीं, किसी के घाव साफ करतीं, और नादिकाश्यप के जड़ी-बूटी उपचार देतीं, जिन्हें तैयार करना भद्रकेतु ने ही उन्हें सिखाया था।

'मैं जितना हो सके, उतने हल्के हाथ से करूंगा,' भद्रकेतु ने एक सैनिक की छाती पर पट्टियां बदलते हुए धीमे स्वर में कहा। घाव की पट्टी को छूते ही सैनिक दर्द से तिलमिला उठा, उसकी सांस गले में अटक गई क्योंकि पट्टियां

उसके घाव से छू रही थीं। 'दर्द जल्द ही कम हो जाएगा,' भद्रकेतु ने कहा, उसके हाथ थके बिना, कुशलता से चल रहे थे। 'घाव भरने दो।' सैनिक ने हल्के से सिर हिलाया, उसकी आंखों में आंसू भर आए। भद्रकेतु ने उसका कंधा हल्के से दबाकर भरोसा दिलाया, फिर अगले मरीज की ओर बढ़ गया।

अपना काम करते हुए वो असहनीय पीड़ा झेल रहे घायलों को सांत्वना और हौसले के शब्द भी देता जाता। एक युवा सैनिक, जिसका एक पैर कट चुका था और चेहरा पीला पड़ गया था, उससे नरम आवाज़ में भद्रकेतु ने कहा, 'दुख जीवन का हिस्सा है, लेकिन दर्द स्थायी नहीं होता। यह भी बीत जाएगा, जैसे अंधेरा भोर के उजाले में बदल जाता है। बुद्ध के ज्ञान में सांत्वना की तलाश करो।'

छावनी के केंद्र में बने सबसे बड़े तंबू में सोजू बिना हिले-डुले लेटा था, उसकी सांसें धीमी थीं, चेहरा घावों से भरा हुआ। हवा में भद्रकेतु द्वारा तैयार की गई औषधियों की गंध घुली थी—लहसुन, दूध थीस्ल, गोल्डन सील, कोयला, हल्दी और सौंफ—ये सभी तलहे की तलवार पर लगी पिशुआंग के आंशिक प्रतिकारक थे। भद्रकेतु को उम्मीद थी कि इनका संयुक्त असर पर्याप्त होगा। उसने सोजू की देखभाल किसी और को नहीं सौंपी, खुद ही कर रहा था।

सुरिरत्ना सोजू के पास बैठी थी, उसकी आंखें कई दिनों तक रोने से सूजी हुई और लाल थीं। कांपते हाथों से वो उसका चेहरा छूने को बढ़ी। उसके अपने शरीर पर भी युद्ध के निशान थे, उसकी बांहों और धड़ पर पट्टियां बंधी हुई थीं, पर उसका शारीरिक दर्द सोजू को इस हालत में देखने की पीड़ा के आगे कुछ नहीं था। युद्धभूमि से लाए जाने के बाद से वो एक पल भी उसके पास से नहीं हटी थी।

'क्या वो जागेगा?' सुरिरत्ना ने बमुश्किल फुसफुसाते हुए पूछा।

भद्रकेतु बिस्तर के पास घुटनों के बल बैठ गया और हल्दी और सौंफ का गाढ़ा लेप सोजू के एक घाव पर लगाने लगा। सुरिरत्ना को दिलासा देने की कोशिश करते हुए उसने कहा, 'वो जागेगा', भले ही उसके चेहरे पर अनिश्चितता के भाव थे। 'जहर बहुत तेज़ था, पर ये औषधियां असरदार हैं। ये उसके रक्त को शुद्ध करेंगी और घाव भर देंगी। हमें धैर्य रखना होगा।'

सुरिरत्ना उसे काम करते हुए देख रही थी, उसकी उंगलियां गोद में घबराहट से मुड़ रही थीं। उसके दिन डर और इंतज़ार की दर्दनाक धुंध में बदल गए थे। उसने खुद को कभी इतना असहाय, इतना भाग्य भरोसे नहीं महसूस किया था। वो बस इस बात के लिए आभारी थी कि सोजू अब भी सांस ले रहा है। 'तुमने उसे बचा लिया,' उसने धीमे स्वर में कहा, उसकी आवाज़ टूट रही थी। 'मैं तुम्हारा धन्यवाद कैसे करूं, समझ नहीं पा रही।' भद्रकेतु ने रुककर उसकी ओर देखा। 'धन्यवाद की कोई ज़रूरत नहीं, सुरिरत्ना,' उसने कोमलता से कहा। 'अगर तुम मेरी बहन न होती, तब भी मैं उसकी देखभाल करता। हर जीवित प्राणी करुणा का हकदार है। और यह मत भूलो कि यदि द्वंद्वयुद्ध में तुम्हारा हस्तक्षेप न होता, तो वो आज जीवित भी न होता।'

सुरिरत्ना ने हां में सिर हिलाया, लेकिन मन का बोझ कम नहीं हुआ। उसने हाथ बढ़ाकर सोजू की ठंडी त्वचा को हल्के से छुआ। उसने उसे पहले कभी इस तरह नहीं देखा था, इतना असहाय, मौत के इतने करीब। उसकी आंखों में आंसू भर आए, लेकिन उसने उन्हें पलकें झपकाकर रोके रखा, उस निराशा से लड़ते हुए जो उसे निगलने को तैयार थी।

'वो मज़बूत है,' भद्रकेतु ने उसकी चिंता भांपते हुए कहा। 'तुम्हारी कल्पना से भी अधिक। उसमें जीने की प्रबल इच्छा है। वही उसे जीवित रखेगी।' भद्रकेतु ने इससे भी बुरी हालत में लोगों को जीवन में लौटते देखा था—जैसे कि महिदोल—फिर भी मन में एक चिंता थी। उसे यकीन नहीं था कि सोजू की किस्मत पूरी तरह उसके हाथ में है।

सुरिरत्ना उस पर विश्वास करना चाहती थी, पर सोजू को इस तरह निश्चल लेटे देखना, हर सांस के साथ मुश्किल से उसकी छाती का उठना—यह दृश्य उसके भीतर भय की लहरें पैदा कर रहा था। उसने सिर झुकाया, उसके गालों पर आंसू बहने लगे और उसने कांपती आवाज़ में हरिहर से प्रार्थना की। भद्रकेतु भी उसके साथ बैठ गया, वही मंत्र दोहराने लगा जो वे बचपन से सुनते आए थे।

शिवाय विष्णुरूपाय शिवरूपाय विष्णवे
शिवस्य हृदयं विष्णुः विष्णोश्च हृदयं शिवः
यथा शिवमयो विष्णुरेवं विष्णुमयः शिवः
यथान्तरं न पश्यामि तथा मे स्वस्तिरयुषि

युद्ध के बाद छठे दिन, जब सांझ का धुंधलका पूरे शिविर पर उतर आया, सोजू की पलकों में हलचल हुई। उसका हाथ थामे बैठी सुरिरत्ना ने अचानक उसके हाथों में कंपन महसूस किया। 'भद्रकेतु!' वो उछल पड़ी, उम्मीद की लहर उसके भीतर दौड़ गई। 'वो जाग रहा है!'

भद्रकेतु तुरंत अपने मित्र के पास पहुंचा और ध्यान से उसके चेहरे को देखने लगा। 'सोजू,' उसने धीमे स्वर में पुकारा, 'क्या तुम मुझे सुन सकते हो?' एक पल के लिए सोजू की सांसों की हल्की सी आवाज़ सुनाई दी। फिर उसकी आंखें धीरे-धीरे खुलीं, नज़र धुंधली और अनमनी, जैसे किसी मोटे कुहासे के पार झांक रही हो। उसने बार-बार पलकें झपकाईं, उसके माथे पर उलझन की लकीरें उभर आईं।

'सोजू,' सुरिरत्ना ने कांपती आवाज़ में कहा, 'मैं यहां हूं।'

सोजू की आंखें सुरिरत्ना की ओर मुड़ीं, एक पल के लिए ठहरीं, जैसे किसी को पहचान ना रही हों। फिर, मानो किसी गहरे सपने से बाहर आते हुए उसके चेहरे के भाव बदलने लगे। चेहरे पर गर्माहट लौट आई। सुरिरत्ना के आंसू बह निकले। 'सुरिरत्ना,' वो फुसफुसाया, आवाज़ बहुत धीमी और कमज़ोर थी। उसने हाथ उठाकर सुरिरत्ना का चेहरा छूने की कोशिश की, मगर यह कोशिश बहुत ज़्यादा थी और उसका हाथ फिर बिस्तर पर गिर पड़ा।

सुरिरत्ना ने उसका हाथ थामकर अपने दिल से लगा लिया। 'मैं यहीं हूं, सोजू,' उसने कहा, 'मैं यहीं हूं, और कहीं नहीं जाऊंगी।'

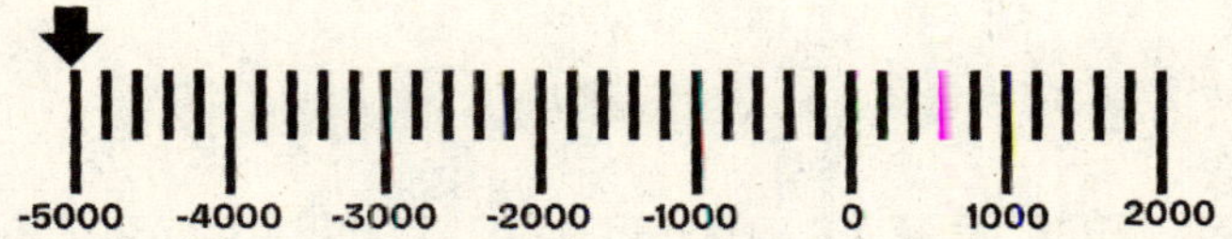

कैलाश पर्वत, मानस सरोवर

आज का कैलाश पर्वत, तिब्बत

लगभग 7,000 वर्ष पूर्व

रावण कैलाश पर्वत की तलहटी में खड़ा था, वह पवित्र, हिम से ढकी चोटी आकाश की ओर उठ रही थी। कंपकंपाने वाली ठंडी हवा उसकी हड्डियों तक को जमा रही थी। चारों ओर कठोर और निर्दयी संसार फैला था दांतेदार हिम और जमी हुई जलधाराएं, जो ढलते सूरज की रोशनी में चमक रही थीं। पर्वत पर हमेशा छाई रहने वाली धुंध ने उसे अलौकिक आभा प्रदान कर रखी थी।

दिन-रात उसकी पुकार इन हिम-शीत चट्टानों के बीच गूंजती रही, दरारों से होकर जाती तेज़ हवाओं के साथ बहती और दूर से आ रही हिमस्खलन की गड़गड़ाहट में घुल जाती। दिन में, आकाश गहरा नीला था, तो रात में धुएं और धूल से अछूता, हज़ारों तारों का जगमगाता चित्र बन जाता। कठोर और प्रतिकूल होने पर भी, वह वातावरण एक गहन शांति से भरा था, जो पर्वत के भीतर वास करने वाली पवित्र उपस्थिति का निरंतर स्मरण कराता था।

महीनों तक उपवास और कठोर मौसम सहने के बाद, रावण ने देखा कि पर्वत की एक चट्टानी दीवार धीरे-धीरे खिसकने लगी। वहां से एक आकृति प्रकट हुई, बलिष्ठ और कमर तक बिखरे हुए केश। उस आकृति ने बर्फ़ीली हवाओं के बीच भी ऊपरी शरीर को निर्वस्त्र रखा था, केवल बाघ-चर्म धारण किया था।

'रावण,' शिव की वाणी गूंजी, शांत लेकिन आदेशात्मक। 'तुम्हारी भक्ति ने मुझे एक बार फिर यहां बुला लिया है। लेकिन यह जान लो—मैं तुम्हारा

पिछला अनुरोध नहीं भूला हूं, जब तुमने पार्वती को अपने वरदान के रूप में मांगने का साहस किया था।'

रावण विस्मित होकर, महादेव शिव के सामने नतमस्तक हो गया। उसने विनती की, ''महाप्रभु, मेरी पिछली मूर्खता को क्षमा करें। धूर्त नारद मुनि ने मेरे मन में वह दुष्ट विचार डाला था। मैंने अपनी भूल से सीख ली है। अब मेरी प्रार्थना सुनें।'

शिव ने ध्यान से उसकी ओर देखा और कहा, 'बोलो'। हालांकि वो जानते थे कि रावण क्या चाहता है।

'मैं आत्मलिंगम चाहता हूं, जो परम शक्ति और रूपांतरण का स्रोत है,' रावण ने कहा। 'मुझे यह वरदान दीजिए कि मैं अतुलनीय शक्ति के साथ संसार पर शासन कर सकूं।'

शिव ने उसे ज्ञान भरी दृष्टि से देखा। 'आत्मलिंगम कोई साधारण पत्थर नहीं है। यह एक दिव्य उत्प्रेरक है, जो सृष्टि के मूल तत्वों को पुनर्जीवित करने और वास्तविकता की संरचना को बदलने की क्षमता रखता है।'

रावण की आंखों में कामना की चिंगारी जल उठी। 'हे महाशक्ति, मुझे यह वरदान दीजिए और मैं इसका प्रयोग प्रभावी शासन के लिए करूंगा।'

शिव ने एक हाथ उठाकर उसे रोका। 'ध्यान से सुनो, रावण। आत्मलिंगम की असली शक्ति उसके संतुलन में है। जब इसके सभी कण समान रूप से आवेशित होते हैं, तो वे एक-दूसरे को प्रतिकर्षित करके विनाश का कारण बनते हैं। लेकिन जब इसमें शिव और विष्णु—ये दो सार्वभौमिक शक्तियां—एक हो जाती हैं तो यह बंधन ब्रह्मांड जितना अटूट हो जाता है।'

रावण मंत्रमुग्ध होकर सुनता रहा, कड़ाके की ठंड को पूरी तरह भूलकर। शिव ने आगे कहा, 'मैं तुम्हें आत्मलिंगम दूंगा, लेकिन यह जान लो कि इसकी पूर्ण शक्ति तभी प्रकट होगी जब इसका संबंध विष्णु से होगा। तब आत्मलिंगम द्वैतलिंगम बन जाएगा- यानी द्विज ऊर्जा का लिंग। संतुलन की तलाश करना, वर्चस्व की नहीं। वर्चस्व की तलाश असंतुलन लाएगी और अंततः तुम्हारे विनाश का कारण बनेगी।'

फिर शिव ने अपने हाथ के एक संकेत से एक विशाल पत्थर प्रकट किया, एक विशाल बेलनाकार शिलाखंड, जो आगे की ओर लुढ़कते हुए आकाश को आच्छादित करना प्रतीत हो रहा था। उसका भार धरती को हिला रहा था और उससे ऊर्जा की तरंगें निकल रही थीं। यह शिलाखंड रावण के पास आकर एक ज़ोर के झटके के साथ रुक गया, जिसके आकार के सामने रावण बौना दिख रहा था।

इसकी अपार शक्ति पर अचंभित होकर, रावण उसके पास गया। जब उसने आत्मलिंगम पर अंकित आकृतियों को स्पर्शकिया तब उसकी उंगलियां कांप रही थीं। उस पर दो मछलियों का चिह्न दिव्य कौशल से उकेरा गया था, जो लगभग जीवित-सा प्रतीत हो रहा था। उसकी सतह पर एक शिलालेख भी अंकित था।

'हे महाशक्ति, यह क्या है?' रावण ने विस्मय से पूछा।

शिव ने उत्तर दिया, 'शिव का आत्मलिंगम विष्णु के स्पर्श से ही द्वैतलिंगम में परिवर्तित होगा, और इसकी रक्षा शेषनाग द्वारा की जानी होगी। ये दो मछलियां दो ऊर्जाओं का प्रतीक हैं—मेरी अपनी और विष्णु की। आत्मलिंगम को सक्रिय करने के लिए तुम्हें दोनों ऊर्जाओं की आवश्यकता होगी। उस संतुलन के बिना, तुम अपने ही विनाश को आमंत्रित करोगे।' यह कहकर शिव मुड़े और हिम के भंवर में विलीन हो गए।

कैलाश की तलहटी में रावण अकेला रह गया, दोनों हाथ पत्थर पर मज़बूती से टिकाए हुए उसके मन में विचार कौंध रहे थे। वो विष्णु अवतार को आत्मलिंगम में अपनी शक्ति डालने के लिए कैसे बाध्य करेगा? विष्णु ऐसा करने के लिए तैयार क्यों होंगे?

एक विचार उसके मन में उभरा और उसके चेहरे पर धूर्तता भरी मुस्कान फैल गई। अगर वो रणनीतिक चालों की एक श्रृंखला के माध्यम से विष्णु अवतार को लंका आने पर मजबूर कर दे तो? अगर वो परिस्थिति ऐसी बना दे कि विष्णु के पास उसके पास आने के सिवा कोई विकल्प न बचे?

जब चारों ओर हिमपात हो रहा था, रावण ने कैलाश से उतरना शुरू किया, वो भारी आत्मलिंगम को रस्सियों से खींचता हुआ ला रहा था, एक ऐसा कार्य जो किसी साधारण मनुष्य के लिए असंभव होता। उसके भीतर कामनाएं धधक रही थीं और उसकी महत्वाकांक्षा को प्रेरणा दे रही थीं। वो कल्पना कर रहा था उन सेनाओं की जिन्हें वो खड़ा करेगा, उन राज्यों की जिन्हें वो जीत लेगा, और उस असीम शक्ति की जिसे वो अपने अधीन करेगा।

96

गिम्हे, साउथ ग्योंगसांग प्रांत, साउथ कोरिया

वर्तमान काल

खलील ग़ज़नवर झाड़ियों के बीच से भाग रहा था, उसकी सांसें तेज़ लेकिन नियंत्रित लय में चल रही थीं। क्वीन हियो के मकबरे के आसपास फैला घना जंगल अजोब-सी खामोशी में डूबा था। उसे पीछा करने वालों का दबाव साफ़ महसूस हो रहा था—पुलिस की मोटरसाइकिलों की लगातार गड़गड़ाहट और दूर से आती चीख पेड़ों के बीच से छनकर उसके कानों तक पहुंच रही थीं। हर कदम पर नम मिट्टी उसके जूतों के नीचे दबकर चिपचिपी आवाज़ करती, मगर वो एक शिकारी जैसी सटीकता के साथ आगे बढ़ रहा था, उसकी इंद्रियां वर्षों के अनुभव से तेज़ हो चुकी थीं।

उसके पीछे, उसका साथी ग़ज़नवर जैसी रफ़्तार बनाए रखने की कोशिश कर रहा था, लेकिन भागते समय टांग में लगी चोट उसकी रफ़्तार रोक रही थी। हालांकि ग़ज़नवर का ध्यान केवल अपने बच निकलने की संभावना पर था। उसने जेब से सैटेलाइट फ़ोन निकाला, स्क्रीन जगमगाई और उसने फौरन प्योंगयांग में चोए टोक हुन का नंबर दबाया। लाइन पर खरखराहट हुई, फिर एक उत्तर कोरियाई की बर्फ़ीली आवाज़ सुनाई दी, 'रिपोर्ट।'

'हम ख़तरे में हैं। मुझे बाहर निकालो—तुरंत,' ग़ज़नवर ने फुसफुसाते हुए कहा, उसकी नज़रें हर दिशा में पुलिस अधिकारियों के आने के किसी भी संकेत को तलाश रही थीं।

कुछ क्षण का मौन रहा, जिसमें दबा हुआ गुस्सा साफ़ झलक रहा था। फिर चोए टोक हुन की धीमी, गुर्राती और झुंझलाहट से भरी आवाज़ आई, 'मूर्ख! अभी इस फ़ोन का इस्तेमाल कर तुम उन्हें सीधे मुझ तक पहुंचा दोगे! तुमने सब कुछ ख़तरे में डाल दिया है!'

ग़ज़नवर के मन में पलटकर जवाब देने की इच्छा हुई, लेकिन उसने खुद को रोक लिया। उसे इस वक्त उत्तर कोरियाई की मदद चाहिए थी। 'तो फिर मुझे बताइए, क्या करना है,' उसने अपनी आवाज़ को सम्मानजनक बनाए रखते हुए कहा।

'फ़ोन फेंक दो और गायब हो जाओ,' चोए ने सख़्त लहजे में आदेश दिया। 'तुम समझ रहे हो कि दांव पर क्या लगा है। मुझे फिर से निराश मत करना।'

लाइन कट गई। ग़ज़नवर ने एक पल के लिए फ़ोन को घूरा, फिर उसे पास के तालाब में फेंक दिया और और उसे पानी की सतह के नीचे डूबते देखने के लिए रुका रहा।

उसके पास चोए के गुस्से पर सोचने का समय नहीं था। पुलिस उन्हें चारों ओर से घेर रही थी, उनकी चीखें पेड़ों के बीच गूंज रही थीं। उसने जंगल में इधर-उधर नज़र दौड़ाई, किसी बचने के रास्ते की तलाश में। तभी उसने देखा कि जंगल के बीच में एक गहरी खाई है, उसने तय कर लिया कि पीछा करने वालों को वो वहीं ले जाएगा, ख़तरनाक ढलानों में, जहां उसका पलड़ा भारी होगा।

'वो हमें ज़िंदा चाहिए!' इंस्पेक्टर मून की आवाज़ पुलिस रेडियो पर गूंजी। 'ऊपर से आदेश हैं। घेरा कसो!

ग़ज़नवर का साथी, जो पहले से ही थका और घायल था, एक पेड़ की उभरी हुई जड़ से ठोकर खाकर ज़मीन पर गिर पड़ा। वो किसी तरह उठ खड़ा हुआ, लेकिन जानता था कि ग़ज़नवर की बेकाबू रफ़्तार से कदम मिलाना उसके लिए नामुमकिन है। निराशा ने उसे जकड़ लिया, फिर भी वो अपनी घटती ताक़त के बावजूद भागता रहा।

ग़ज़नवर ने रफ़्तार कम नहीं की। उसकी दुनिया में कमज़ोरी की कोई जगह नहीं थी। पेड़ कम होते गए और सामने खाई का किनारा आ गया। पुलिस मोटरसाइकिलों की गड़गड़ाहट उसे साफ़ सुनाई दे रही थी, जो जंगली रास्तों से आगे बढ़ रही थीं। खाई के किनारे पहुंचकर ग़ज़नवर रुका, उसकी सांस सामान्य थी, जबकि उसके मन में उत्तेजना और घबराहट हावी थी। उसने नीचे फैली नुकीली चट्टानों और ख़तरनाक ढलान को देखा। नीचे जाना ख़तरनाक हो सकता था, लेकिन उसे वक़्त जरूर देगा। पीछे मुड़कर उसने अपने साथी को देखा, जो किसी तरह उसके पास आने की कोशिश कर रहा था। अब रुकने का समय नहीं था। उसने ठंडी निगाहों और सोच-समझकर अपनी बंदूक उठाई।

दो पुलिस अधिकारी पेड़ों के बीच से निकले। ग़ज़नवर ने दो गोलियां दागीं, जिनकी गूंज पूरे जंगल में फैल गई। एक अधिकारी गिर पड़ा, जबकि दूसरा झुककर बच गया। पुलिस की जवाबी गोलीबारी के बीच ग़ज़नवर एक पेड़ के पीछे जा छिपा, गोलियां हवा को चीरती हुई गुजरने लगीं। खाई की ओर लंगड़ाते हुए बढ़ रहा उसका साथी इस गोलाबारी का शिकार हो गया। एक चीख़ के साथ वो ज़मीन पर गिर पड़ा, उसका खून मिट्टी को लाल कर गया। जब तक पुलिस उस तक पहुंची, वो इतना कमज़ोर हो चुका था कि विरोध भी नहीं कर सका। उन्होंने तुरंत उसे काबू में कर लिया और ध्यान अपने मुख्य लक्ष्य—ग़ज़नवर पर टिका दिया।

ग़ज़नवर तब तक खाई की खड़ी ढलान से नीचे उतरना शुरू कर चुका था। उसे ऊपर से पुलिसवालों के चिल्लाने और दूर से कुत्तों के भौंकने की आवाज़ें सुनाई दे रही थीं, लेकिन ऐसे इलाकों का वो आदी था, ख़तरनाक रास्तों पर उसका हर कदम सधा हुआ और तेज़ था।

पीछा जारी रहा। पुलिस को ग़ज़नवर की फुर्ती का अंदाज़ा था, लेकिन पुलिसवालों की बड़ी तादाद उनके पक्ष में थी। वे खाई के घुमावदार रास्तों से उसका पीछा करते रहे। तभी वह आवाज़ गूंजी, जिसका डर ग़ज़नवर को था—स्नाइपर राइफल की तेज़ धमक। वो प्रतिक्रिया तक नहीं कर सका कि

उसे अपनी जांघ में तेज़ जलन और दर्द महसूस हुआ। वो लड़खड़ाया, लेकिन खून बहते ज़ख्म को अपने हाथों से दबाते हुए, किसी तरह सीधा बना रहा। उसने दांत भींचे और आगे बढ़ता रहा, हर कदम अब उसकी घटती ताक़त के खिलाफ़ एक लड़ाई थी। ऊपर से उसकी हर चाल पर नज़र रखते हुए स्नाइपर ने फिर से निशाना साधा। अब गलती की कोई गुंजाइश नहीं थी, अगला वार आखिरी होना ही था।

ग़ज़नवर एक संकरी चट्टान पर पहुंचा, उसकी सांसें टूटी-टूटी और तेज़ चल रही थीं। उसने नीचे झांका खाई पुकार रही थी। कूदना शायद बच निकलने का रास्ता था, लेकिन किस कीमत पर? इसका मतलब होता—अपना अंत किसी और की शर्तों पर स्वीकार करना। और ग़ज़नवर ने कभी डर के आगे सिर नहीं झुकाया था। दूर, स्नाइपर की नज़रें अब उसके बाएं घुटने पर जम चुकी थीं।

समय मानो थम गया। नीचे फैले रास्ते पर नज़र डालते हुए, उसके दिमाग में वे चेहरे उभरे जिनकी ख़ातिर वो लड़ा था, जिन मक़सदों के लिए उसने अपनी ज़िंदगी दांव पर लगाई थी। उस आखिरी पल में, उसने अपने पूर्वज, महमूद ग़ज़नवी की छवि देखी, जो उसके ऊपर चुपचाप मंडरा रही थी। ग़ज़नवर बुदबुदाया,'मुझे माफ़ करना'। उसकी आवाज़ हवा में गुम हो गई। कैकय जनजाति के मुखिया इब्न अल-कक़ाया की ग़ज़नी को दी गई सलाह बेकार चली गई थी। द्वैत लेंगम... इतना पास, फिर भी इतना दूर... रानी कैकेयी का रहस्य अब भी पहुंच से बाहर था।

वो चक्कर खाकर लड़खड़ाया, तभी स्नाइपर ने ट्रिगर दबा दिया। गोली निशाने पर लगी और ग़ज़नवर के घुटने को चीरती हुई निकल गई। इस वार से उसका पैर चकनाचूर हो गया वो खाई में लुढ़कता चला गया, नीचे अंधेरे में गुम हो गया। जहां उसे आख़िरी बार देखा गया था, वहीं राइफलें तानकर, इंस्पेक्टर मून, कुत्तों के साथ, सावधानी से किनारे की ओर बढ़ा।

ग़ज़नवर को निगलते हुई खाई में कोई आवाज़ नहीं थी—बस एक मिटती हुई विरासत का बोझ था।

97

गिम्हे, साउथ ग्योंगसांग प्रांत, साउथ कोरिया

वर्तमान काल

'ये उसकी किस्मत है कि गोली से ज़्यादा गंभीर नुकसान नहीं हुआ,' डॉक्टर ने सोमी से कहा, जब सर्जरी के बाद आदित्य को बाहर लाया गया। 'यह ब्रैकियल और सबक्लेवियन आर्टरीज से दूर रहकर निकल गई। मांसपेशियों से होते हुए गुज़री, किसी बड़े अंग को नहीं छुआ, जिससे जटिलताओं का ख़तरा कम हो गया। हालांकि किसी महत्वपूर्ण अंग या खून के बहाव पर असर नहीं पड़ा है, लेकिन हमें संक्रमण के ख़तरे और ठीक होने की प्रक्रिया पर नज़र रखनी होगी।'

दो घंटे बाद आदित्य ने आंखें खोलीं। बिस्तर के पास बैठी सोमी को देखकर उसने हल्की-सी मुस्कान दी। 'सोमी, तुम ठीक हो?' उसने खरखराती आवाज़ में पूछा।

आदित्य के उसके लिए चिंता जताने से सोमी का दिल पिघल गया। उसने आदित्य का हाथ थामते हुए मुस्कुराकर कहा, 'मुझे ये पूछना चाहिए।' थोड़ा थका हुआ होने के बावजूद वो जानना चाहता था कि क्या हुआ था। सोमी ने सब कुछ विस्तार से बताया।

उसने पूछा, 'ग़ज़नवर का क्या हुआ? वो कहां है?'

'वो गोलीबारी में मारा गया,' सोमी ने कहा। 'उसका एक साथी हिरासत में है। उससे पूछताछ से काफ़ी बातें सामने आएंगी।' सोमी किम कोई आम नागरिक नहीं थी और सच्चाई सामने लाने का आदेश पुलिस को सीधे सरकार के सर्वोच्च स्तर से मिला था।

'और पैगोडा के पत्थर?'

'डॉ. रामास्वामी और डॉ. जंग को कुछ पत्थरों की जांच की अनुमति मिल गई है,' सोमी ने बताया। 'वे जंग की जिस्को लैब में काम कर रहे हैं। कुछ पता चलेगा तो हमसे संपर्क करेंगे।'

आदित्य और बातें करना चाहता था, लेकिन सोमी ने उसे आराम करने के लिए कहा। उसने नर्स की निगरानी में रात का खाना खाया, एंटीबायोटिक और नींद की दवा ली। सोमी वहीं उसके पास रही।

अगले दो दिन तक वो पास के कमरे में रही, जब तक आदित्य को छुट्टी नहीं मिली। जब वे इंतज़ार कर रही कार की ओर बढ़े, आदित्य ने पूछा, 'अब हम कहां जा रहे हैं?'

'अरिरांग होटल वापस,' उसने जवाब दिया। 'सर्जन ने कहा है कि तुम दो-तीन दिन में यात्रा कर सकते हो। मैंने सोचा था तुम्हें सियोल वाले अपने घर ले चलूं, लेकिन बेहतर होगा कि हम गिम्हे में ही रहें, जब तक वैज्ञानिक अपना विश्लेषण पूरा नहीं कर लेते।'

'जंग या रामास्वामी से कोई ख़बर?' उसने कार में बैठते हुए पूछा।

'मैंने जंग से बात की,' सोमी ने कहा। 'पैगोडा में छह शिलाखंड हैं, सबसे बड़ी नीचे और सबसे छोटी ऊपर। निचली चार तो साधारण कार्बोनेट चट्टानें हैं।'

'और ऊपर की दो?'

सोमी ने ठंडी सांस ली। 'वैसी उन्होंने पहले कभी नहीं देखीं। उनका मानना है कि शायद उनका स्रोत उल्कापिंड हो सकता है।'

आदित्य ने गहरी सांस ली। 'अगर इनकी रासायनिक संरचना कैलाश या कोणार्क से मिलती है, तो शायद वही वे पत्थर हों,' उसने धीमे से कहा। अपने उत्साह को काबू में रखते हुए सोमी ने सिर हिलाया। बेहतर था कि उम्मीदें कम ही रखी जाएं, उनका सफ़र पहले ही कई बार निराशा में बदला था।

~

पिछले दिनों की लगातार भाग-दौड़ से राहत पाने के लिए, वे जिस्को परिसर में स्थित अरिरांग होटल के अपने कमरों में लौट आए। अरामदायक होने के बावजूद, कमरे अनजान और नीरस लग रहे थे, उनमें अपनेपन भरी गर्माहट नहीं था। आदित्य खिड़की के पास खड़ा जिस्को की रोशन्यियों को निहार रहा था, उसका मन हाल की घटनाओं को बार-बार दोहरा रहा था। तभी एक हल्की दस्तक ने उसकी सोच तोड़ दी। दरवाज़ा खोलते ही उसने थकी-सी दिख रही सोमी को सामने पाया।

'रूम सर्विस,' उसने कहा। 'साथ में खाना खाएं?'

आदित्य ने हां में सिर हिलाया और उसे अंदर आने दिया। एक वेटर भी पीछे-पीछे आया, जो एक डिनर ट्रॉली धकेल रहा था, जिस पर सुगंधित रामेयोन रखी थी–कोरियाई खास मसालेदार शोरबे में डूबे नूडल्स। उसकी खुशबू इतनी लुभावनी थी कि आदित्य की भूख जाग उठी। वे छोटे-से टेबल पर बैठ गए और कमरे में कुछ देर तक सिर्फ़ चांदी के बर्तनों की खनक सुनाई देती रही। यह सुकून देने वाला खाना था, लेकिन दोनों चुपचाप खाते रहे, अपने-अपने विचारों में डूबे हुए। इस भोजन ने उथल-पुथल के बीच कुछ पल का सुकून दे दिया।

खाने के बाद जब वेटर बर्तन समेटने लगा, आदित्य सोफ़े पर चला गया। सोमी भी आकर उसके पास बैठ गई और टीवी ऑन कर दिया। जिस्को की पब्लिक रिलेशन टीम की वजह से घटना की ख़बर दबा दी गई थी, ब्यौरे काफ़ी कम बाहर आए थे। लोगों को बस इतना बताया गया था कि मेमोरियल पार्क में हुई एक घटना के बाद एक गिरफ्तारी हुई है। 'हमने बहुत कम समय में बहुत कुछ साथ झेला है,' आदित्य ने उसकी ओर देखते हुए कहा।

सोमी ने उससे नज़रें मिलाईं। 'हां, वाकई ये काफी उथल-पुथल वाला वक्त रहा है। लेकिन अच्छा है कि हम इसे साथ झेल रहे हैं। वैसे, मिस्टर ठकुराल का फ़ोन आया था। उन्हें मेरे बताने से पहले ही सब पता चल चुका था।'

'कैसे?' आदित्य ने भौंहें सिकोड़ लीं। 'मुझे तो लगा था जानकारी दबा दी गई है।'

'मेरा अंदाज़ा काफ़ी कुछ तुम्हारे जैसा ही होगा, लेकिन शायद वो हमारी सुरक्षा

के लिए हमें ट्रैक कर रहे हों,' सोमी ने कंधे उचकाते हुए कहा और कुछ चैनल बदलने के बाद टीवी बंद कर दिया।

'बहुत मददगार रही उनकी ये सुरक्षा,' आदित्य ने तंज कसा। 'ज़्यादा संभावना तो यही है कि वो हमारी प्रगति पर नज़र रखना चाहते थे।'

कुछ ही पलों में, शिकागो में हुई उनकी डेट के दौरान महसूस हुई झिझक, अजीब सी चुप्पी और झिझक भरी बातचीत की याद फिर से कमरे में लौट आई। माहौल में एक अनकही कसावट थी। वे एक-दूसरे के बेहद पास बैठे थे और यह नज़दीकी उन अनकहे जज्बातों को और भड़का रही थी, जो भीतर ही भीतर लंबे समय से सुलग रही थीं। आदित्य ने धीरे से हाथ बढ़ाकर सोमी के माथे पर बिखरी एक लट को हटाया। यह अप्रत्याशित रूप से अंतरंग और नसों में बिजली दौड़ाने वाला स्पर्श था। लेकिन अगले ही पल वो थोड़ा झेंप गया और उसने हाथ पीछे खींच लिया। 'सोमी,' उसने भावुक आवाज़ में कहना शुरू किया, 'मैं—'

लेकिन सोमी ने उसे बोलने का मौका नहीं दिया। उसने झुककर उनके बीच की दूरी मिटा दी और अपने होंठों को आदित्य के होंठों से मिला दिया, एक ऐसा चुंबन जो कोमल भी था और जिसमें व्याकुलता भी थी। कमरे की चारदीवारी के बाहर की दुनिया जैसे गायब हो गई, उन्हें बस उस जुड़ाव का एहसास था जो उनके बीच गहरा रहा था। चुंबन गहराता गया, उस जुनून से भरा हुआ जो हफ्तों नहीं, शायद बरसों से मन में धधक रहा था। सोमी की उंगलियां उसके बालों में उलझी हुई थीं, उसने आदित्य को इस तरह थाम रखा था मानो वो कहीं गायब ना हो जाए।

वे एक-दूसरे में पूरी तरह खो गए।

98

गिम्हे, साउथ ग्योंगसांग प्रांत, साउथ कोरिया
वर्तमान काल

वे डॉ. जंग ताए-ह्यून के साम्राज्य यानी उनकी प्रयोगशाला में थे। चारों ओर भट्ठियां, ओवन और विशेष उपकरण थे। जंग के पास लगभग हर मुमकिन सॉल्वेंट और रिएजेंट थे। फ्लोरोसेंट रोशनी में चमकते धातु के टेबलों पर औज़ार, माइक्रोस्कोप और विश्लेषण के अलग-अलग चरणों में रखे सैंपल थे। जिस्को के कंप्यूटर सर्वर में कई वर्षों के अनुसंधान और विकास से जमा परीक्षण आंकड़ों का एक बहुत बड़ा संग्रह था। जिस्को के मुख्य धातुविज्ञानी के रूप में, जंग यहां सबसे बड़ी हस्ती थे।

पैगोडा से लाए गए पत्थरों के टुकड़े सावधानीपूर्वक लेबल किए गए थे और क्रम में एक मेज़ पर रखे थे। ऊपर के दो शिलाखंड के टुकड़ों में हल्की-सी इंद्रधनुषी चमक थी, जो निचले शिलाखंड के पत्थरों में नहीं थी।

जंग ने दस्ताने पहने और निचले पत्थरों में से एक टुकड़ा चुनकर हाई-पावर माइक्रोस्कोप के नीचे रखा। मॉनिटर पर पत्थर की जटिल संरचना उभर आई। रामास्वामी ने देखा कि जंग ने फ़ोकस को एडजस्ट किया, जिससे तस्वीर और साफ़ हो गई।

जंग ने कहना शुरू किया, 'यह एक क्लासिक कार्बोनेट ब्रेशिया है। पहली नज़र में कुछ खास नहीं... सिवाय इसके स्रोत के।' उन्होंने कुछ बटन दबाए, जिससे दूसरी स्क्रीन पर एक नक्शा खुल गया। 'तमिलनाडु के तिरुनेलवेली ज़िले, खासकर कोरकाई के आसपास, इस प्रकार का ब्रेशिया बड़े पैमाने पर

मिलता है। यह प्रोटेरोज़ोइक युग का अवसादी पत्थर है—एक अरब साल से भी पुराना। दिलचस्प बात है कि ये पत्थर गिम्हे के एक पैगोडा में कैसे पहुंचे।'

'क्या यह इस बात का सुबूत है कि सुरिरत्ना यहां जहाज़ से आई थी?' रामास्वामी ने जंग के पास झुकते हुए पूछा। 'ये पत्थर साधारण लगते हैं, लेकिन पैगोडा की संरचना में उन्हें लगाने का स्थान... दिलचस्पी जगाता है। जैसे ये नींव का काम कर रहे हों और ऊपर रखे रहस्यमय पत्थरों को सहारा दे रहे हों।'

जंग ने अगला टुकड़ा उठाया—ऊपरी पत्थरों में से एक। वो पहले हिचकिचाए, फिर उसे ऐसी श्रद्धा से उठाया जैसे वो किसी बेहद कीमती चीज़ को छू रहे हों। माइक्रोस्कोप में इसकी संरचना एक जटिल और लगभग दूसरे ग्रह से आए पत्थर जैसी दिखी। इसकी क्रिस्टलीय संरचना सभी भूवैज्ञानिक प्रक्रियाओं को चुनौती देती थी, जिनकी जानकारी थी।

जंग ने धीमे स्वर में कहा, 'ये ऊपरी पत्थर किसी भी ज्ञात स्थलीय खनिज जैसे नहीं हैं। इनकी संरचना पारंपरिक भूविज्ञान की समझ से परे है। सिलिकॉन, सल्फर, मैंगनीज़, फॉस्फोरस, निकल, क्रोमियम... ये सब मौजूद हैं, लेकिन एक और तत्व है।'

रामास्वामी बोले, 'जैसा मैंने पहले कहा था, प्राचीन लोग सिलिकॉन को "अयाह संस्रय" कहते थे। सल्फर "गंधक", मैंगनीज़ "माणिक्य", फॉस्फोरस "अग्निधारक", निकल "पिंडरजत", और क्रोमियम "चित्रक" था। लेकिन यह अतिरिक्त तत्व क्या है, जो आपको दिख रहा है?'

जंग ने एक और मॉनिटर ऑन किया, जिसमें पत्थर की आणविक संरचना का एक त्रिआयामी (3डी) मॉडल धीरे-धीरे घूम रहा था। 'यह एक अज्ञात तत्व है', उन्होंने कहा। 'इसका कोई मेल मौजूदा पीरियोडिक टेबल में नहीं है, कम से कम अभी तक तो नहीं।'

रामास्वामी की रीढ़ में सिहरन दौड़ गई। 'क्या आप यह कह रहे हैं—'

'हां,' जंग ने बीच में टोकते हुए कहा, उनकी आवाज़ उत्साह से भरी हुई थी। 'ये पत्थर किसी खोई हुई उन्नत तकनीक के अवशेष हो सकते हैं। या, और भी दिलचस्प यह कि ये अलौकिक भी हो सकते हैं।'

जंग ने रासायनिक संकेतों की तुलना शुरू की। स्क्रीन पर ग्राफ़ उभरे, जिनमें से हरेक ग्राफ़ पत्थर के भीतर पाए गए सूक्ष्म तत्व को दिखाता था।

वो बोले, 'यहीं से बात और भी अजीब हो जाती है, इन पत्थरों की रासायनिक बनावट कैलाश, कोणार्क और पेट्रा में आपकी टीम को मिले अंशों से आश्चर्यजनक रूप से मिलती-जुलती है।'

'लेकिन बिल्कुल एक जैसी नहीं,' रामास्वामी ने टिप्पणी की, उनका विश्लेषणात्मक मस्तिष्क संभावनाओं को तौल रहा था।

'बिलकुल सही,' जंग ने पुष्टि की। 'अंतर शायद इसलिए है क्योंकि उन स्थलों पर मिले अंश धातु के औजारों से आए थे—ऐसे औज़ार जो इस तत्व का उपयोग करके बनाए गए थे—न कि स्वयं यह तत्व। जैसे एक ही हाथ के निशान अलग-अलग सतह पर हल्के बदलाव के साथ मिलें।'

जंग दूसरे स्टेशन पर गए जहां कई नोज़ल वाली एक चमकती मशीन थी। 'चलिए, एक्स-रे फ्लोरेसेंस एनालिसिस से शुरू करते हैं,' टुकड़े को मशीन के नीचे रखते हुए उन्होंने कहा। 'इससे हम इस पत्थर को बिना तोड़े इसके तत्वों की संरचना का पता लगा सकते हैं।'

मशीन चालू हुई, पत्थर पर एक्स-रे की किरणें डाली गईं। पास की स्क्रीन पर एक स्पेक्ट्रम बनने लगा, जिसमें हर शिखर किसी अलग तत्व का प्रतिनिधित्व कर रहा था। रामास्वामी देख रहे थे—सिलिकॉन, फॉस्फोरस, मैंगनीज़ जैसे परिचित तत्व सामने आए—लेकिन फिर एक नया शिखर उभरा, जो किसी भी ज्ञात तत्व से मेल नहीं खाता था।

'यही है अज्ञात तत्व। पर्याप्त मात्रा में मौजूद, फिर भी अपरिभाषित।' जंग ने उस असामान्य स्थिति की ओर इशारा करते हुए कहा।

'और इन पत्थरों में इसका क्या काम है?' रामास्वामी ने पूछा, उनके मन में संभावनाओं की लहर दौड़ रही थी।

'इसका जवाब पाने के लिए और परीक्षण आवश्यक हैं, देखते हैं कि यह चरम परिस्थितियों में कैसी प्रतिक्रिया करता है?' जंग ने जवाब दिया।

वो रामास्वामी को एक भट्ठी के पास ले गए जो हज़ारों डिग्री सेल्सियस तक तापमान पहुंचा सकती थी। 'चलिए, इसकी थर्मल स्टैबिलिटी की जांच करते हैं,' उन्होंने कहा और एक छोटा टुकड़ा भट्ठी में रख दिया। भट्ठी गरजती हुई चालू हुई, तापमान तेज़ी से बढ़ रहा था। रामास्वामी और जंग देखते रहे, 500°C, 1000°C, फिर 1500° सेल्सियस। 'चौंकाने वाली बात है। ज़्यादातर पदार्थ अब तक टूटने-घुलने लगते। यह तो लगभग ताप से अप्रभावित है।' जंग बुदबुदाया।

उन्होंने भट्ठी बंद की, सावधानी से टुकड़े को निकाला और उसे ठंडा करने वाले चैम्बर में रख दिया। 'देखते हैं, इतने दबाव के बाद भी क्या इसकी विशेषताएं बनी रहती हैं।'

पत्थर ठंडा होते समय रामास्वामी ने भीतर झांका। 'कोई बदलाव?'

'मेरी नज़र में तो नहीं,' जंग ने कहा। फिर उन्होंने टुकड़े को एक लेज़र एब्लेशन डिवाइस में रखा। 'अब लेज़र-इंड्यूस्ड ब्रेकडाउन स्पेक्ट्रोस्कोपी आज़माते हैं।'

लेज़र फायर किया गया, जिसने पत्थर की सतह को वाष्पीकृत कर प्लाज़्मा बादल में बदल दिया। स्पेक्ट्रोमीटर ने उत्सर्जन का विश्लेषण किया और एक नया ग्राफ़ बनाया। उम्मीद के मुताबिक, परिचित तत्व मौजूद थे, लेकिन अज्ञात तत्व अब भी प्रमुख था, जिस पर लेज़र का कोई असर नहीं था।

'यह पदार्थ शायद विशेष रूप से चरम परिस्थितियों को सहने के लिए बनाया गया है, या फिर यह कोई प्राकृतिक अपवाद है, जिसका उपयोग करना प्राचीन सभ्यताओं ने किसी तरह सीखा होगा।' जंग का ख्याल था।

अपनी खोज के महत्व पर विचार करते हुए दोनों वैज्ञानिक कुछ पल चुप खड़े रहे। निचले पत्थर साफ़ तौर पर स्थलीय थे, दक्षिण भारत की प्राचीन भूगर्भीय धरोहर, जो संरचना को ज्ञात इतिहास में स्थापित करते थे। लेकिन ऊपरी पत्थर... उनकी संरचना, उनकी मज़बूती और अलग-अलग महाद्वीपों में फैले पवित्र स्थलों पर उनकी उपस्थितिये सब इशारा कर रहे थे कि कोई ऐसी चीज़ है जिसे जानबूझकर छिपाया गया है, फिर भी इन सब स्थलों से

उसका गहरा जुड़ाव है। ये केवल पदार्थ नहीं थे ये कलाकृतियां थीं, शायद किसी भूले-बिसरे विज्ञान के घटक या ऐसी तकनीक के अवशेष, जिसे जादू समझ लिया गया।

वे इतने साधारण ब्रेशिया के ऊपर इतने सटीक ढंग से कैसे रखे गए? ऐसा करने का इतना ज्ञान किसके पास था? दोनों का ये मेल, जो प्रशंसनीय और अवर्णनीय है, कोई संयोग नहीं था। यह एक गुप्त संकेत था, जो इसे समझने के लिए सही दिमाग़ के इंतज़ार में था।

'मुझे लगता है, हमने खोई हुई कड़ी खोज ली है,' रमास्वामी ने विस्मय से भरी धीमी आवाज़ में कहा। 'मिथक और पदार्थ का मिलन। अगर हम समझ पाएं कि ये एक-दूसरे के साथ कैसे व्यवहार करते हैं, तो शायद हम वह रहस्य उजागर कर पाएं, जिसकी ओर प्राचीन लोगों का इशारा था और जिसे वे छिपाए रखना भी चाहते थे।'

99

ग्यूमग्वान, गारक महासंघ

आज का गिम्हे, दक्षिण कोरिया

करीब 2,000 साल पहले

शांत नाकडोंग नदी पर सूरज की किरणें झिलमिला रही थीं, जिनकी सुनहरी आभा ग्यूमग्वान में जमा हुए कुलीन लोगों के भव्य वस्त्रों पर पड़ रही थी। नगर एक महत्वपूर्ण अवसर की तैयारी में था—सोजू और सुरिरत्ना का विवाह। किम सुरो और हियो ह्वांग-ओक का यह मिलन गारक महासंघ के इतिहास की दिशा को हमेशा के लिए बदल देने वाला था।

किम ह्वा का आंगन रंगों से सजे एक कैनवास में बदल गया था, जहां रेशमी पताकाएं हवा में लहरा रही थीं। चीड़ और फूलों की सुगंध में अगरबत्ती की महक घुली हुई थी। नीले रंग के शानदार हनबोक (पारंपरिक कोरियाई परिधान) में सजा सोजू अपनी दुल्हन का इंतज़ार कर रहा था।

लाल रंग की सजीली साड़ी में सुसज्जित सुरिरत्ना ने प्रवेश किया, उसका हर कदम नपा-तुला और गरिमामय था वही गरिमा जिसने ग्यूमग्वान के लोगों का दिल जीता था। उसके बालों में पिरोए सुनहरे धागे ढलते सूरज की रोशनी में चमक रहे थे। वो इस पल के महत्व को भलीभांति समझ रही थीं—यह केवल दो आत्माओं का मिलन नहीं था, बल्कि उसकी मातृभूमि और इस दूरस्थ साम्राज्य के बीच एक गठबंधन का निर्माण भी था।

सोजू की मां उसके बगल में खड़ी थीं, अपने हृदय में उमड़ते भावों को संभालते हुए। जैसे ही सुरिरत्ना पास पहुंची, उन्होंने अपना हाथ बढ़ाया और

आशीर्वाद देते हुए कांपती आवाज़ में कहा, 'दैवी शक्तियां तुम्हारे विवाह को आशीर्वाद दें, मेरी बेटी, ह्यियो ह्वांग-ओक।'

भद्रकेतु, शमन भिक्षुओं के एक समूह के पास खड़ा था। पास ही कोरकाई से आया एक पुजारी, जो चेलियन के साथ जहाज़ से आया था, विवाह समारोह आरंभ होने की प्रतीक्षा कर रहा था। विवाह संस्कार हिंदू, बौद्ध और शमन परंपराओं का संगम था। युगल ने बुजुर्गों के आगे झुककर प्रणाम किया, जबकि पुजारी अनेक भाषाओं में मंत्रोच्चार कर रहे थे। उन्होंने एक ही प्याले से मदिरा पीकर अपने मिलन को पक्का किया।

उपस्थित अतिथि, जिनमें सहयोगी प्रमुख—बिहवा के जिन्ह्योक, बंगाम के वोनसिक और आरा के योंगहो—शामिल थे, दूल्हा-दुल्हन के हाथों के जुड़ते ही हर्षध्वनि करने लगे।

कदलन चेलियन आगे बढ़ा, उसकी सहज शालीनता उनके तगड़े व्यक्तित्व को झुठला रही थी। उसने रेशमी अस्तर वाले डिब्बे में रखे दो शानदार कोरकाई मोतियों के हार भेंट किए, जिनके चमकदार मोती रोशनी में दमक रहे थे। उसने गूंजती आवाज़ में कहा, 'ये तो केवल मेरे सम्मान और प्रशंसा के छोटे से प्रतीक हैं, एक पुरुषों के नेता सोजू के लिए और एक दिलों को जीतने वाली सुरिरत्ना के लिए।'

सुरिरत्ना ने कृतज्ञता से सिर झुकाकर उपहार स्वीकार किया, उसकी नज़रें चेलियन से मिलीं। उसके पिता, पद्मसेन, ने साकेत से हीरे जड़ी एक भव्य हरिहर प्रतिमा भेंट की थी, जिसे चेलियन अपने पांड्य जहाज़ से यहां लाए थे। दूर दीमास्क़ से मिथ्रादेट्स ने लोबान, गंधरस और सुगंधित तेलों से भरा एक खूबसूरत संदूक भेजा था।

~

जब विवाह के अनुष्ठान पूरे हो गए, तो सभी अतिथि गारक महासंघ के महाभवन की ओर बढ़े। सोजू को सभा के मध्य खड़ा किया गया, उनके दोनों ओर बिहवा, बंगाम और आरा के सरदार खड़े थे। सबसे वृद्ध सरदार,

योंगहो, आगे आया और उसने सोजू को एक सुनहरा राजदंड भेंट किया। उसने घोषणा की, 'अब आप औपचारिक रूप से गारक महासंघ के प्रमुख हैं। आप बुद्धिमानी से शासन करें और देवता आपका मार्गदर्शन करें।'

सोजू विनम्र मुद्रा में सभा-प्रधान के स्थान पर बैठा। उसने अपने दिवंगत पिता, किम सियोक, और हाल के युद्धों में मारे गए सरदारों और योद्धाओं की स्मृति में एक पल का मौन रखने का अनुरोध किया। फिर वो खड़ा हुआ और सभा को संबोधित करते हुए बोला, 'मान्यवर सरदारों और वरिष्ठ जनों, गारक महासंघ इस समय एक चौराहे पर खड़ा है। आज का दिन न केवल हमारी शक्ति के एकीकरण का प्रतीक है, बल्कि यह हमारे लोगों के कल्याण के लिए कार्य करने का आह्वान भी है।' सभा में तालियों की गड़गड़ाहट गूंजी।

'मैं सुझाव देता हूं कि तलहे के शासन में रहे क्षेत्रों—सियोंगसांग, गोरयोंग और डेगया—का सावधानीपूर्वक पुनर्वितरण किया जाए। वे उसके अत्याचारों से पीड़ित रहे हैं। अब समय आ गया है कि उन्हें दूरदृष्टि और न्याय के साथ शासित किया जाए।'

काफ़ी विचार-विमर्श के बाद सरदारों ने निर्णय लिया कि उन क्षेत्रों से तीन ईमानदार और विद्वान व्यक्तियों को चुना जाए, जो संघ की देखरेख में शासन करेंगे। 'आइए हम प्रार्थना करें कि ये सम्माननीय व्यक्ति हमारे महासंघ की शक्ति, एकता और न्याय की रक्षा करें, और हर प्रांत सामूहिक भलाई के लिए कार्य करे।'

बिह्वा का जिन्ह्योक खड़ा हुआ। उसकी आवाज़ में अनुभव और सम्मान का भाव था। 'मान्यवर सरदारों, जैसे हम किम सुरो के नेतृत्व में एक समृद्ध भविष्य की ओर देख रहे हैं, हमें यह स्वीकार करना चाहिए कि हमारी अपनी हियो ह्वांग-ओक, अर्थात् सुरिरत्ना, का योगदान अमूल्य रहा है। अगर ढलाईखाने में उनका अद्वितीय कार्य न होता, जहां उन्होंने हमारे हथियार निर्माण की क्षमता में क्रांतिकारी सुधार किया, तो तलहे की सेनाओं को परास्त करना हमारे लिए कठिन हो जाता।'

'निस्संदेह,' बंगम के वोनसिक ने सहमति जताई। 'धातु विज्ञान और ढलाई में उनकी विशेषज्ञता हमारी विजय में निर्णायक रही है। उनके नए आविष्कारों के बिना परिणाम शायद बिल्कुल अलग होते।'

जिन्ह्योक ने आगे कहा, 'मैं प्रस्ताव रखता हूं कि उनके योगदान को औपचारिक रूप से मान्यता दी जाए और उन्हें चिओल-उई येओवांग यानी "लौह साम्राज्ञी" की उपाधि दी जाए। साथ ही उन्हें पूरे महासंघ में नई भट्ठियों और ढलाईखानों के निर्माण की देखरेख का काम सौंपा जाए। उनकी विशेषज्ञता यह सुनिश्चित करेगी कि हम हमेशा सुसज्जित रहें।'

सोजू ने अपनी पत्नी की ओर प्रशंसा से देखा। 'सरदारों ने बुद्धिमानी की बात कही है। आपकी दूरदर्शिता और समर्पण अमूल्य रहा है। "लौह साम्राज्ञी" की उपाधि आपको भली-भांति शोभा देती है।'

सुरिरत्ना ने विनम्रता से सिर झुका लिया। 'आपके विश्वास से मैं गौरवान्वित हूं। मैं यह दायित्व स्वीकार करती हूं और संकल्प लेती हूं कि इसे पूर्ण समर्पण के साथ निभाऊंगी। लेकिन यह भी स्वीकार करना चाहूंगी कि साकेत, कोरकाई और दीमास्क़ के सहयोग के बिना मेरे प्रयास व्यर्थ होते। हमारे कई मित्र और सहयोगी आज यहां नहीं आ सके—लेकिन उनमें से एक यहां उपस्थित हैं।' उसने प्रवेश द्वार की ओर देखा और कहा, 'आइए, हम कदलन चेलियन को बुलाएं और उनका सम्मान करें।'

जैसे ही कदलन चेलियन सभाकक्ष में प्रवेश किया, सभी सरदार उसकी ओर मुड़ गए। व्यापारी चेलियन ने आदरपूर्वक झुककर सभी को प्रणाम किया। सोजू खड़ा हुआ, उसके चेहरे पर कृतज्ञता की चमक थी। 'आपके प्रयास, मेरे ससुर पद्मसेन और सुरिरत्ना के मातालु, कुलशेखर के योगदान के साथ, हमारी सफलता में निर्णायक रहे हैं। मेरे प्रिय मित्र मिथ्रादेतस की ओर से समय पर हथियार भेजना भी अनमोल रहा। मैं आप सभी का हृदय से ऋणी हूं। मैं व्यक्तिगत रूप से और गारक महासंघ की ओर से आभार व्यक्त करता हूं। और मैं कैसे भूल सकता हूं वह दिन, जब आप मेरे पिता के कहने पर मुझे समुद्र पार कराकर कोरकाई ले गए थे?'

चेलियन ने विनम्र भाव से उत्तर दिया। 'किम सुरो, तुम जिस व्यक्ति के रूप में निखरे हो, उस पर मुझे गर्व है। तुम्हारी सेवा करना मेरा सौभाग्य है। मैं पद्मसेन, जो अब कोशल के राजा हैं और सुरिरत्ना के पूज्य पिता हैं, उनका एक प्रस्ताव भी लाया हूं।'

'बताइए,' सोजू ने उत्सुकता से कहा।

'वो साकेत, कोरकाई, दीमास्क़ और ग्यूमग्वान के बीच एक साझेदारी का सपना देखते हैं,' चेलियन ने समझाया। 'ऐसे भागीदार जो मिलकर व्यापार का विस्तार करें, उत्पादन बढ़ाएं, नए उत्पाद विकसित करें और मौजूदा तकनीकों व ज्ञान को निखारें। हम कच्चे माल और तैयार वस्तुओं के लिए व्यापार मार्ग स्थापित करेंगे। और सबसे महत्वपूर्ण, आवश्यकता के समय एक-दूसरे को संसाधन और हथियारों से सहयोग करेंगे। वो इसे अजेय गठबंधन—अयोध्या गठबंधन नाम देना चाहते हैं।'

सभा में सहमति की फुसफुसाहट गूंज उठी। सरदारों और वरिष्ठ लोगों ने प्रस्ताव की बुद्धिमत्ता को स्वीकारते हुए एक-दूसरे की ओर देखा। सोजू ने परिषद का अवलोकन किया और पाया कि उनके भाव उसके अपने जैसे ही हैं। चेलियन की ओर मुड़ते हुए उसने कहा, 'मेरे ससुर का प्रस्ताव बुद्धिमत्तापूर्ण और दूरदर्शी है। सभी सरदार, सुरिरत्ना और मैं इस गठबंधन का समर्थन करते हैं। इसे सहयोग और उद्योग के नए युग की शुरुआत मानें।'

सोजू की नज़र भद्रकेतु पर गई, जो चुपचाप एक कोने से कार्यवाही देख रहा था। सोजू ने कहा, 'प्रिय मित्र, मैं तुम्हें अभी अयुत्थया लौटने की अनुमति नहीं दे सकता। तुम्हारा यहां होना अमूल्य है। गारक महासंघ को तुम्हारे आध्यात्मिक मार्गदर्शन की आवश्यकता है। मैं चाहता हूं कि हमारे लोग हरिहर के उपदेशों, हमारी प्राचीन शमन परंपराओं और बुद्ध की बुद्धिमत्ता से आलोकित हों। तुम अभी हमारे साथ रहो और हमारा मार्गदर्शन करो।'

भद्रकेतु ने सुरिरत्ना की ओर देखा। उसके भाव भी मानो उससे रुकने की विनती कर रहे थे।

सोजू ने आगे कहा, 'इतना ही नहीं, मैं चाहता हूं कि तुम हमारे शांति दूत बनकर तीन साम्राज्यों—सिल्ला, बैक्जे और गोगुरियो में जाओ। तुम हमारे राजदूत होगे, और हमारे क्षेत्र में शांति सुनिश्चित करोगे। क्योंकि शांति ही प्रगति का एकमात्र मार्ग है।'

भद्रकेतु ने झुककर प्रणाम किया। 'यह मेरा सम्मान होगा, मित्र। मैं अपनी पूरी शक्ति से इस स्वप्न को साकार करने में मदद करूंगा।'

100

बिलिया, थार रेगिस्तान, राजस्थान

वर्तमान काल

थार का रेगिस्तान दूर-दूर तक फैला था, उसके रेत के टीले दोपहर की कड़ी धूप में चमक रहे थे। दूर क्षितिज पर उठता धूल का गुबार भारत की नई सैन्य उपलब्धि अपग्रेडेड भारत प्राइमरी बैटल टैंक—बीपीबीटी-2—के आगमन की सूचना दे रहा था। यह विशालकाय टैंक तपते रेगिस्तान की रेत में गहरी लकीरें छोड़ता हुआ गरजते हुए आगे बढ़ रहा था।

पारंपरिक सैन्य हरे रंग के पुराने मॉडलों के विपरीत, इस टैंक पर कोई पेंट नहीं था। इसकी इस्पाती सतह पर दमिश्क़ तलवार जैसी लहरदार बनावट थी। नज़दीक से देखने पर इसकी सतह से बाहर निकले माइक्रोब्लेड छोटे छेनी जैसे सिरे साफ़ नज़र आते थे, जो किसी भी वार के असर को अधिकतम स्तर तक रोकने के लिए डिज़ाइन किए गए थे। टैंक के सामने के भाग पर भारत के राष्ट्रीय ध्वज का प्रतीक अशोक चक्र उकेरा गया था।

कई मील दूर, एक अत्याधुनिक कंट्रोल रूम में आदित्य और सोमी सांस थामे इंतज़ार कर रहे थे। इंजीनियर और सैन्य अधिकारी अपनी कंसोल स्क्रीन पर झुके हुए, टैंक के हर प्रदर्शन मापदंड पर नज़र रख रहे थे। सामने की दीवार पर एक विशाल स्क्रीन लगी थी, जिस पर कई ड्रोन से मिल रही लाइव फीड दिखाई दे रही थी। हर कोण से टैंक का अनूठा डिज़ाइन दिख रहा था, जो जिस्को-पिल्लई और डीआरडीओ के सहयोग का सशक्त बयान था।

डीआरडीओ के चेयरमैन डॉ. वी. के. रेड्डी कमरे में सबसे आगे खड़े थे, उनकी नज़रें स्क्रीन पर जमी थीं। उनके बगल में भारत के थलसेना प्रमुख जनरल उपेन्द्र त्रिपाठी और परियोजना के महानिदेशक विनय कामत मौजूद थे। उनके चारों ओर सीनियर इंजीनियर खड़े थे, जिनके चेहरों पर उम्मीद और चिंता का मिला-जुला भाव था। तभी तनाव को चीरती हुई एक आवाज़ इंटरकॉम पर गूंजी, 'ऑल सिस्टम्स नोमिनल।'

'बढ़िया,' रेड्डी ने बुदबुदाया, उनकी आंखें अब भी स्क्रीन पर जमी थीं। बीपीबीटी-2 पहले परीक्षण क्षेत्र के करीब पहुंच चुका था। टैंक रुक गया, उसका विशाल ढांचा रेत में स्थिर हो गया।

कामत ने शांत लेकिन तनाव भरी आवाज़ में निर्देश दिया, 'ड्राइवर, टैंक से बाहर आओ।' दांव इतना बड़ा था कि कोई जोखिम नहीं लिया जा सकता था। टैंक का हैच खुला और एक सैनिक फुर्ती से बाहर निकला। उसने फुर्ती से सैल्यूट किया और तुरंत पास खड़े ऑल-टेरेन व्हीकल पर सवार होकर तेज़ी से सुरक्षित दूरी की ओर निकल गया।।

आदित्य ने सोमी की ओर झुकते हुए धीमे स्वर में कहा, 'यही है वह पल... अब रिमोट कंट्रोल पर स्विच किया जाएगा।' सोमी ने हल्का-सा सिर हिलाया, उसकी नज़रें टैंक से हट नहीं रही थीं। डीआरडीओ की टीम ने रिमोट ऑपरेशन सीक्वेंस शुरू किया और बीपीबीटी-2, अब उनके नियंत्रण में, गड़गड़ाहट के साथ फिर सक्रिय हो गया। टैंक ने अपने ट्रैक घुमाए, मानो आने वाले परीक्षणों के लिए तैयार हो रहा हो।

'छोटे हथियारों का परीक्षण शुरू करो,' कामत का आदेश गूंजा।

चारों दिशाओं से टैंक पर गोलियों की बौछार होने लगी। .30 और .50 कैलिबर की गोलियां टैंक की स्टील बॉडी से टकराकर धातु की झनकार का शोर कर रही थीं। टैंक के सबसे संवेदनशील हिस्से—इसके किनारे, पिछला भाग और बाहरी उपकरण—कड़ी जांच के दायरे में थे। एक दूसरी स्क्रीन पर ड्रोन के क्लोज़-अप फुटेज दिख रहे थे, जहां हर एक गोली का असर साफ़ दिखाई दे रहा था।

'अब तक सब अच्छा लग रहा है,' आदित्य बुदबुदाया, स्क्रीन पर टैंक को किसी नुक़सान की तलाश करते हुए। सोमी ने कुछ नहीं कहा, बस अपने हाथ कसकर भींचे रखे। बीपीबीटी-2 मानो चुनौती देते हुए शान से आगे बढ़ा, छोटे हथियारों से गोलियों की बारिश को उसने आसानी से झेल लिया।

'हेवी मशीन गन्स शुरू करो।' कामत की आवाज़ घबराहट पैदा करने वाले सन्नाटे को चीरती हुई आई।

रेगिस्तान में शोर बहरा कर देने वाला होता, लेकिन कंट्रोल रूम में साउंड फ़िल्टरिंग के कारण सिर्फ़ दबे-दबे से धमाके सुनाई दे रहे थे। ऑटो-कैनन और हेवी मशीन गन से भारी गोलों की बौछार होने लगी। बीपीबीटी-2 का ढांचा हल्का-सा कांपा, लेकिन उसका कवच हर वार को बेअसर करता गया। जब धूल बैठी तो ड्रोन नज़दीक जाकर निरीक्षण करने लगे। ज़ूम-इन फुटेज में बस कुछ मामूली गड्ढे और खरोंच नज़र आईं, लेकिन खास बात ये थी कि उसकी बाहरी सतह पहले की तरह थी।

आदित्य ने हल्की तनाव भरी आवाज़ में कहा, 'ये तो बस शुरुआती टेस्ट थे, असली परीक्षा तो अब शुरू होगी।' सोमी ने स्क्रीन देखते हुए सिर हिलाया।

'काइनेटिक एनर्जी पेनेट्रेटर्स के लिए तैयारी करो,' कामत ने अगला आदेश दिया।

टैंक के कवच को भेदने के लिए डिज़ाइन किया गया एक तेज़ रफ्तार का गोला सीधे बीपीबीटी-2 पर दागा गया। स्क्रीन पर उसका रास्ता साफ़ दिखा, फिर ज़बरदस्त टक्कर का दृश्य और उसके स्लो-मोशन रिप्ले। कंट्रोल रूम में सन्नाटा छा गया, फिर सबने एक साथ राहत की सांस ली। टैंक अडिग खड़ा था, उसके कवच ने इस घातक प्रहार को झेल लिया था। प्रोजेक्टाइल अब उसके ढांचे में फंसा हुआ था, पर अंदर घुस नहीं पाया।

'देखते हैं, आगे ये कितना टिकता है,' सोमी ने कहा, उसकी आंखों में अब भी वही चिंता थी।

इसके बाद टैंक को लगातार और भी ताक़तवर हथियारों के हमलों का सामना करना पड़ा–टैंडम वॉरहेड, हाई-एक्सप्लोसिव एंटी-टैंक राउंड, यहां

तक कि आईईडी सिम्युलेटर भी। हर नया परीक्षण पिछले से अधिक कठिन और चुनौतीपूर्ण था, मानो बीपीबीटी-2 को उसकी चरम सीमा तक धकेलना हो। स्क्रीन पर साफ़ दिख रहा था कि टैंक एक के बाद एक हमले को झेल रहा है, लेकिन उसके ढांचे की मज़बूती पर कोई असर नहीं पड़ा।

आख़िरकार, कमरे में सन्नाटा छा गया अब अंतिम और सबसे घातक परीक्षण की बारी थी। स्क्रीन पर एक हेलीकॉप्टर नज़र आया, जिसमें भारत का तीसरी पीढ़ी का एटीज़ीएम, नाग लगा था। इंफ्रारेड इमेजिंग सीकर और फायर-एंड-फॉरगेट क्षमता से लैस यह मिसाइल सबसे भारी बख्तरबंद टार्गेट को भी तबाह करने के लिए डिज़ाइन की गई थी। इसके एयर-लॉन्च वेरिएंट ध्रुवास्त्र को इस तरह मॉडिफाई किया गया था कि वह चीनी एचजे-12ई जैसी क्षमताओं वाला बन जाए।

आदित्य और सोमी ने एक-दूसरे की ओर देखा, यही थी असली परीक्षा।

'नाग दागो,' कामत का आदेश गूंजा।

मिसाइल एक घातक चमक की तरह बीपीबीटी-2 की ओर लपकी। रेगिस्तान ज़ोरदार धमाके से गूंज उठा, धूल और धुएं का विशाल बादल आसमान में उठ गया। कुछ पलों के लिए स्क्रीन पर सिर्फ़ धुंधला अंधकार था टैंक पूरी तरह छिप चुका था। सोमी की धड़कनें तेज़ हो गईं वो धुएं के छंटने का इंतज़ार करने लगी।

जैसे ही धुंध साफ़ हुई, कंट्रोल रूम में खुशी की चीखें गूंज उठीं। बीपीबीटी-2 बिना किसी नुकसान के खड़ा था सिर्फ़ सतह पर एक गहरे गड्ढे जैसा निशान रह गया था। न केवल मिसाइल कवच को भेदने में नाकाम रही, बल्कि हैरानी की बात यह थी कि टक्कर की वजह से उसका ढांचा भी कुछ हद तक टूट गया था।

'माइक्रोब्लेड...' आदित्य ने विस्मय से भरी आवाज़ में फुसफुसाते हुए कहा। इस पल तक उसे खुद भी यकीन नहीं था कि यह डिज़ाइन काम करेगा।

फिर हकीकत का एहसास होते ही उसके चेहरे पर एक मुस्कान फैल गई। 'ये काम कर गया!' वो चीख उठा। 'सचमुच काम कर गया!'

दमिश्क़ स्टील से प्रेरित इस अभूतपूर्व आविष्कार, माइक्रोब्लेड सतह ने ना केवल टैंक की रक्षा की, बल्कि टकराते ही मिसाइल के ढांचे को भी कमज़ोर कर दिया। करीब से देखने पर पता चला कि माइक्रोब्लेड सतह ने टक्कर से होने वाले नुकसान को पहले सोख लिया और फिर उसे फैला दिया, मानो कोई घनी, प्रतिक्रियाशील त्वचा हो, जो बेहद छोटे स्तर पर जगह बदल रही हो और फिर दोबारा जन्म ले रही हो। डॉ. रेड्डी के चेहरे पर दुर्लभ मुस्कान आ गई। उन्होंने अंगूठा उठाकर कहा, 'हमने कर दिखाया। हमने ऐसा टैंक बना लिया है जो सबसे भयानक ख़तरों को भी झेल सकता है। और आप—जिस्को—पिल्लई, ने ऐसा क्रांतिकारी पदार्थ विकसित किया है जो अनगिनत नए पेटेंट्स का रास्ता खोलेगा।' सोमी और आदित्य ने एक-दूसरे की ओर जीत भरी नज़र से देखा।

एक ड्रोन ने टैंक के सामने का क्लोज़-अप लिया। अशोक चक्र पूरी तरह सुरक्षित था। डॉ. रेड्डी ने कहा, 'शांति का प्रतीक—धर्म चक्र—युद्ध के एक हथियार पर, क्या यह विडंबना नहीं है?'

आदित्य ने ना में सिर हिलाया। 'हम अशोक को अक्सर एक शांतिवादी के रूप में महिमामंडित कर देते हैं। लेकिन अशोक के दुश्मन भी थे। सिंहासन पाने के लिए उसने अपने निन्यानवे भाइयों की हत्या की। उसे कभी-कभी चंडाशोक—यानी क्रूर अशोक भी कहा जाता था। उसने बंगाल में अठारह हज़ार आजीवकों का संहार किया। कलिंग में ढाई लाख लोग मारे गए—वह भी तब जब वो बौद्ध बन चुका था। उसके स्तंभों पर बाघ और चक्र का उपयोग ताक़त दिखाने के लिए था, कमज़ोरी के लिए नहीं। अब हमें मृत्युचक्र नामक एक हथियार के बारे में पता है। क्या यह हैरान करने वाली बात नहीं है कि हमारा धर्म चक्र और एक प्राचीन हथियार इतने मिलते-जुलते हैं?'

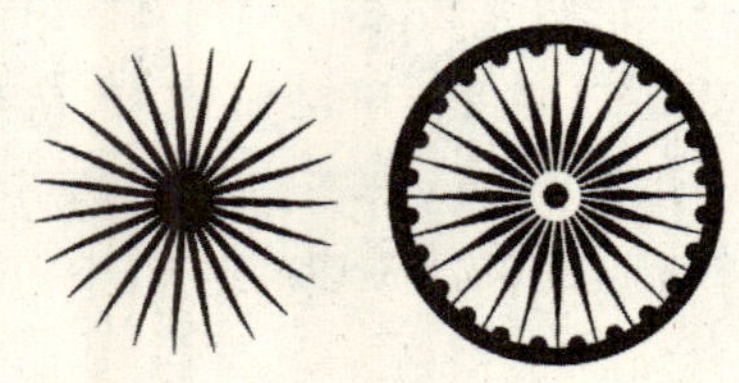

डॉ. रेड्डी मुस्कुराए। 'कृष्ण का सुदर्शन चक्र भी एक घातक हथियार था। मेरा मानना है कि सीख यही है, शांति के लिए पहले शक्ति का प्रदर्शन ज़रूरी है।'

कमरे का माहौल बदल गया। संदेह की जगह आत्मविश्वास ने ले ली थी। सभी ने महसूस किया कि वे भारत की रक्षा क्षमताओं के एक निर्णायक मोड़ के साक्षी बने हैं, एक ऐसा क्षण, जब इतिहास के सबक ने एक शक्तिशाली भविष्य की नींव रख दी थी।

उपसंहार

कुमारी कंदम

आज का हिंद महासागर

लगभग 25 लाख वर्ष पूर्व

दो पुरुष एक विलक्षण स्फटिक कक्ष में बैठे थे, जो कुमारी कंदम में सबसे महत्वपूर्ण विचार-विमर्श के लिए आरक्षित एक पवित्र स्थान था।

हरि ने हल्के सुनहरे उत्तरीय और अंतरीय वस्त्र धारण कर रखे थे, जो उनकी नीली आभा से भरी त्वचा पर विशेष शोभा पा रहे थे। उनके लंबे, काले बाल उनके सुंदर चेहरे को घेरे हुए थे और उनकी आंखें स्थिर और एकाग्रता से भरी थीं। उनके सामने, हर ने व्याघ्र-चर्म से बने अंतरीय वस्त्र पहने थे। उनकी जटाएं उनकी कमर तक लहरा रही थीं और उनके मस्तक पर अर्धचंद्र सुशोभित था।

स्फटिक कक्ष स्वयं प्रकाशमान था—आदिम ज्यामिति और दिव्य तकनीक का अद्भुत संगम। यह एक साथ ही शांत शक्ति और प्रबुद्ध उद्देश्य का आभास कराता था। बीच में लावा-कांच का एक विशाल फलक खड़ा था—जिसकी दर्पण जैसी चिकनी सतह विचारों के बदलते रूपों और मंत्रों को प्रतिबिंबित कर रही थी, मानो वार्तालाप के भाव और लय को सजीव कर रही हो। कक्ष की दीवारें, जो संवेदनशील स्फटिक से निर्मित थीं, इच्छा के अनुसार पारदर्शी या अपारदर्शी हो जातीं। जिन्कगो की बेलों और आलोकित मिश्र धातु

से बने मंडराते सिंहासन उन पर बैठने वालों की इच्छा के अनुसार स्वयं को ढाल लेते थे। ऊपर झिलमिलाता गुंबद तारामंडलों की गति को निरंतर दर्शा रहा था—जैसे ब्रह्मांड का निरंतर परिवर्तनशील मानचित्र हो। पार्श्व में, एक दीवार पर होलोग्राफिक लिपियां और दिव्य प्रतीक सजीव होते रहते, मानो गहनतम ज्ञान की तहों से बुलाए गए दृश्य हों। पृष्ठभूमि में नासदीय सूक्त, जो बाद में ऋग्वेद का एक सूत्र बना, की ध्वनि गूंज रही थी—ना बोली जा रही, ना लिखी—बस व्यक्त हो रही थी।

कौन जानता है, कौन शपथ ले सकता है,
सृष्टि का आरंभ कब और कहां हुआ?
देवता भी सृष्टि के बाद आए,
कौन जानता है, कौन सच में कह सकता है कि
सृष्टि कब और कैसे आरंभ हुई?
क्या उसने ऐसा चाहा?
या नहीं चाहा?
शायद, ऊपर बैठा, वही यह जानता हो;
या शायद वह भी नहीं।

यह मंत्र स्मरण कराता था कि देवता भी सृष्टि के युगों बाद प्रकट हुए थे—यहां तक कि हरि और हर जैसे सामर्थ्यवान भी।

कुमारी कंदम एक अनोखी सभ्यता थी, जिसका कोई दूसरा उदाहरण नहीं मिलता। इसकी राजनीतिक व्यवस्था द्वैध शासन वाली थी, जिसमें हरि और हर समान अधिकारों के साथ शासन करते थे। यह विशाल और समृद्ध भूमि सत्तर लाख वर्ग मील में फैली हुई थी। पर दूरी वहां अप्रासंगिक थी, क्योंकि नागरिकों के पास मन की गति से स्थान परिवर्तन की क्षमता थी। औषधि की आवश्यकता नहीं थी, क्योंकि इसके निवासी रोगों से पूर्णत: मुक्त थे। भोजन की आवश्यकता भी न्यूनतम थी, उनका मुख्य ऊर्जा स्रोत सूर्य का प्रकाश

और वायुमंडल ही था। उनका औसत जीवनकाल एक सहस्त्र वर्षों का था। उनके पास सहज और अंतर्निहित ज्ञान था, जो भाषा, लेखन और गणना जैसी अवधारणाओं को अप्रासंगिक बना देता था।

कुमारी कंदम मानव विकास का शिखर था—निर्मल नदियां, सघन वन, हरे-भरे मैदान, शुद्ध वायु, उत्तम जलवायु और वन्य जीवन से भरपूर। प्रकृति और तकनीक का अद्भुत संतुलन वहां विद्यमान था। मंदिर, महल, आवास और कार्यस्थल नक्काशीदार सामग्रियों से निर्मित थे, जिनमें मंत्रलिपियां, होलोग्राम और द्रव-ज्योति समाहित थी। प्रत्येक व्यक्ति की आवृत्ति के अनुरूप पवित्र मंत्रों की गूज वातावरण में व्याप्त रहती थी।

लेकिन हरि और हर जानते थे कि उनका यह स्वर्ग संकटग्रस्त है। कुमारी कंदम बदल रहा था, धीरे-धीरे एक ऐसी ह्रास-प्रक्रिया आरंभ हो चुकी थी, जो अंततः जीवनकाल को घटाएगी, रोगों की संभावना बढ़ाएगी और समाज को नकारात्मकता तथा भौतिकवाद की ओर धकेल देगी।

परिसर के मध्य में स्थित स्फटिक का वह पवित्र स्थान चार विशाल चतुर्भुजाकार खंड से घिरा हुअ था- हर खंड शासन और सामंजस्य के एक स्तंभ का प्रतीक था। समझौते का सभागृह, संतुलन का न्याय-आसन, परामर्श मंडल और अनुनाद कक्ष। इनमें से अनुनाद कक्ष सबसे महत्वपूर्ण था, क्योंकि उसका पावन कर्तव्य था उस संतुलन को बनाए रखना जो कुमारी कंदम को संचालित करने वाली दो आदि शक्तियों के बीच विद्यमान था।

ये दो विपरीत शक्तियां सृष्टि के निर्माण के क्षण के साथ मुक्त हुई थीं। पहली शक्ति, जो ग्रहों और आकाशगंगाओं के विस्तार को गति देती थी, उसे हरि कहा गया—यह वही है जिसे आज अंध ऊर्जा कहा जा सकता है। दूसरी शक्ति, जो ग्रहों को उनके सूर्यों से और सौरमंडलों को आकाशगंगाओं से बांधती थी, उसे हर कहा गया, यह गुरुत्वाकर्षण की शक्ति थी। दोनों ही आवश्यक थीं, परंतु उनका संतुलन सर्वोपरि था। इन्हीं शक्तियों ने सभी द्वैत को आकार दिया—पुरुष और स्त्री, धनात्मक और ऋणात्मक आवेश, गर्मी और सर्दी, उत्तर और दक्षिण ध्रुव का चुंबकत्व और न जाने कितनी युगल

शक्तियां। कक्ष में बैठे वे दोनों पुरुष इन शक्तियों को साधने और नियंत्रित करने के विज्ञान में निपुण हो चुके थे और उनके सहयोग ने कुमारी कंदम को एक आदर्श लोक का रूप दे दिया था।

लेकिन आज उनकी बैठक पर चिंता की छाया मंडरा रही थी। कुमारी कंदम को चारों ओर से घेरे हुए महासागर असामान्य रूप से गर्म होने लगे थे—जिससे जलधाराएं और पवन का प्रवाह अस्त-व्यस्त हो रहा था। इस उथल-पुथल का स्रोत थी समुद्र की गहराइयों में छिपी एक कंदरा, जिसमें रहता था कुमारी कंदम से निर्वासित एक व्यक्ति—गुहासुर। यह उनके इतिहास की एक दुर्लभ घटना थी। गुहासुर ने एक ऐसी तरंग रची थी जो इन दोनों मूल ऊर्जा-रूपों के संतुलन को डगमगा सकती थी और इसका उपयोग कुमारी कंदम को अस्थिर करने के लिए हो सकता था।

हरि ने हर की ओर देखा, उनका संतुलित और शांत भाव तनिक भी विचलित नहीं हुआ। बिना शब्दों के उन्होंने संदेश पहुंचाया, 'संतुलन बचाना ही होगा। गुहासुर वह सब कुछ नष्ट कर सकता है, जो हमने इतनी सावधानी से विकसित किया है। मत्स्य से कूर्म, फिर वराह, नरसिंह और उससे आगे तक की समस्त प्रगति व्यर्थ हो जाएगी।'

हरि अपने दशावतारों का उल्लेख कर रहे थे, जिनमें से प्रत्येक जीवन-विकास के एक चरण से संबंधित था। सबसे पहले जलीय रूप, मत्स्य अर्थात मछली, फिर उभयचर स्वरूप, कूर्म अर्थात कछुआ, उसके बाद स्थल पर चलने वाला स्तनपायी, वराह अर्थात सूअर, फिर मानव रूपों का उद्भव, नरसिंह अर्थात आधा मनुष्य और आधा सिंह, और उसके बाद आदिम मानव का रूप, वामन अर्थात बौना और फिर उससे आगे की क्रमिक यात्रा।

हर ने धीरे से सिर झुकाया और संदेश दिया, 'संरचनाओं के संचालक को बुलाएं। हमें इस अशांति को निष्प्रभावी करने का मार्ग खोजना ही होगा। क्या आपको वह युग याद है जब प्रकाश क्षीण होने लगा था, जीवन काल घट रहा था और वातावरण की ऊर्जा सूखने लगी थी? तब भी गुहासुर की छाया ही थी। उसका हस्तक्षेप युगों-युगों तक फैला हुआ है।'

उनके आह्वान पर संचालक उस पवित्र कक्ष में प्रकट हुए—लंबे, तेजोमय और शांत।

हरि ने संदेश दिया, 'आपके मार्गदर्शन ने कुमारी कंदम के जीवन-रक्त को आकार दिया है। हर और मैं तो मात्र स्रोत हैं। यह आप ही हैं, ब्रह्मा, जिन्होंने उस सार को सभ्यता में पिरोया है।'

ब्रह्मा ने मौन सहमति में अपना सिर झुका दिया। अनगिनत चक्रों से, वो हरि और हर की ऊर्जाओं को साधकर, उन्हें सामंजस्य में ढालकर, कुमारी कंदम के विकास को दिशा देते आए थे। लेकिन अब गुहासुर का हस्तक्षेप उस कोमल बुनावट को तार-तार करने पर उतारू था।

ब्रह्मा ने बताया, 'मैंने गहरे स्तर पर अनेक संतुलन-प्रयोग किए हैं ताकि एक प्रति-स्पंद की पहचान कर सकूं,अब तक हम आपकी ऊर्जाओं को परस्पर विपरीत मगर पूरक मानते आए हैं–जो सदैव संतुलन में रहती हैं। लेकिनयह व्यवधान एक नए प्रतिमान की मांग करता है—विभाजन का नहीं, बल्कि संलयन का।'

'तो आपका समाधान क्या है?' हर ने पूछा।

'तेल और पानी, प्रकृति से चाहे कभी न घुलने वाले हों, पर एक साधक तत्व उन्हें भी मिला देता है,' ब्रह्मा ने समझाया। वैसे ही आपकी ऊर्जाएं भी सामान्यत: मेल नहीं खातीं, पर हमने एक ऐसा सामंजस्यकारी बंधन ढूंढ़ निकाला है जो उसी तरह काम करता है। हमने उसे अस्थायी रूप से नाम दिया है हरिहर।'

'हरहरि क्यों नहीं?' हर ने हल्के विनोद के साथ वातावरण की गंभीरता तोड़ी।

ब्रह्मा ने उत्तर दिया, 'हरि ने ही मुझे नियुक्त किया है। समझौते के सभागृह में लगे भित्तिचित्र में मुझे उनकी नाभि से निकली कमल-डंडी पर उदित होते दिखाया गया है। मुझ पर उनका इतना ऋण तो है ही।'

उन तीनों के बीच मानसिक संचार के माध्यम से हंसी की लहर दौड़ गई।

फिर से उसी तात्कालिक विषय पर लौटते हुए हरि ने विचार व्यक्त किए, 'क्या यह प्रभावी होगा?'

ब्रह्मा ने कहा, 'हां, लेकिन संकेत स्पष्ट हैं। हमारी सभ्यता का ह्रास होता रहेगा। जीवनकाल कम होता जाएगा, हम अपने अस्तित्व के लिए अन्न पर निर्भर हो जाएंगे, हमारे शरीर भारी और स्थूल होते जाएंगे, हमारी मानसिक संचार की क्षमता क्षीण होती जाएगी, हमें संवाद के लिए मौखिक वाणी का सहारा लेना पड़ेगा, आध्यात्मिकता पीछे हटेगी और भौतिकता उसका स्थान ले लेगी। हमारी प्रजाति अपने पूर्व स्वरूप की छाया मात्र बनकर रह जाएगी। यह सब सत्ययुग के अवसान के लक्षण हैं।'

हर ने पूछा, 'और हमारी ऊर्जाएं? क्या वे स्थायी रहेंगी?'

ब्रह्मा ने उन्हें आश्वस्त किया। 'रहेंगी, प्रत्येक व्यक्ति में इनमें से किसी ना किसी ऊर्जा का कुछ न कुछ अंश होगा। भविष्य के युगों में, ऐसे प्राणी जन्म लेंगे जिनमें इन ऊर्जाओं का प्रबल संचार होगा और वे पूजनीय होंगे। विष्णु के अवतारहरि की ऊर्जा से भरे हुए और शिव के अवतार हर के तेज से रचे-बसे, समय-समय पर पृथ्वी पर अवतरित होंगे, मानवता का मार्गदर्शन और सहयोग करेंगे, उस समय जब उनकी क्षमताएं अत्यंत घट चुकी होंगी।'

'और हरिहर?' हरि ने पूछा।

'वह एक शिला के भीतर स्थिर हो जाएगा,' ब्रह्मा ने उत्तर दिया। 'कुमारी कंदम के उत्तरी छोर पर एक पर्वत है–कैलाश। जब मानवता को उसकी शक्ति की आवश्यकता होगी, तब इसे सक्रिय किया जा सकेगा। पर उसके लिए विष्णु और शिव दोनों की आवश्यकता होगी।'

अनुनाद के पवित्र कक्ष के पार एक दिव्य स्थल—जो हरि और हर—दोनों को दृष्टिगोचर था, तकनीशियन शांत सटीकता के साथ गतिमान थे। वे हरिहर, उस प्रति-स्पंद, को मुक्त करने की तैयारी कर रहे थे जिसे गुहासुर के व्यवधान को निष्प्रभावी करने हेतु रचा गया था। उनके पारदर्शी वस्त्र परिवेशीय प्रकाश में झिलमिला रहे थे, जब वे दीप्तिमान उपकरणों को साध रहे थे और स्वयं को उन लयात्मक तरंगों के अनुरूप ढाल रहे थे जो पूरे कक्ष में बह रही थीं। दीवारों पर उकेरे गए रुण (मंत्र-चिह्न) वहां एकत्रित ऊर्जा के साथ स्पंदित हो रहे थे।

मुख्य आसन के ऊपर एक द्रव-ज्योति का वृत्त आकार लेने लगा जिसमें अंधकार और प्रकाश की लहरें एक साथ घुलमिल रही थी—हरि और हर के संभावित संलयन का प्रतीक। पूरा कक्ष अनुनाद से गूंज उठा, मानो स्वयं ब्रह्मांड ने अपनी सांस रोक ली हो।

'सभी प्रणालियां सम्यक रूप से साध ली गई हैं,' एक तकनीशियन ने घोषणा की, उसकी दृष्टि उपकरणों के आंकड़ों पर जमी रही। 'संलयन आरंभ किया जा सकता है। पर इसे समुद्र-गर्भ में स्थित उस विक्षोभ-केन्द्र तक पहुंचाने के लिए हमें एक पात्र चाहिए—ऐसा जो तरंग की शक्ति को सह सके, दिशा दे सके और उस तरंग को अस्थिर कर सके।'

क्षण भर का मौन छा गया, संक्षिप्त परंतु अपेक्षाओं से भरा।

हरि ने शाश्वत चंचल स्वर नें कहा, 'क्या आपने दो मछलियों के उपयोग पर विचार किया है?'

आभार

मैं जो भी पुस्तकें लिख पाता हूं, वह केवल मेरी अपनी सामर्थ्य से संभव नहीं। इसमें असंख्य लोगों का सहयोग, मार्गदर्शन, स्नेह और समर्थन जुड़ा है। यहां वैसे कुछ लोगों का उल्लेख है, जिनके बिना यह पुस्तक और 'भारत संग्रह' शायद कभी आकार न ले पाता।

मेरे प्रकाशक हार्परकॉलिन्स पब्लिशर्स इंडिया—विशेषकर आनंद पद्मनाभन और उदयन मित्रा, जिन्होंने सुनिश्चित किया कि मेरी पुस्तकें शीघ्रता और सुगमता से पाठकों तक पहुंचें। साथ ही मेरी कार्यकारी प्रकाशक और संपादक पॉलोमी चटर्जी, जिन्हें कार्तिक चौहान और शतरूपा घोषाल ने दक्षता से सहयोग दिया।

मैं दिवंगत प्रीता मैत्रा को भूल नहीं सकता, 'भारत संग्रह' की पहली संपादक। साथ ही अशोक राजानी, मेरे निडर लेकिन पूर्णत: सटीक तथ्यों के जांचकर्ता और स्वाति दफ्तुआर, कार्तिका वी.के., दीप्ति तलवार, अपर्णा गुप्ता और मेरु गोखले—जिन्होंने इस संग्रह की एक या अधिक पुस्तकों को निखारने में योगदान दिया। मेरे मित्र, दार्शनिक और मार्गदर्शक गौतम पद्मनाभन का भी आभार—जिन्होंने मुझे प्रकाशन में पहला अवसर दिया और भारत संग्रह की अधिकांश कहानियों के दौरान मुझे निरंतर उत्साहित किया।

मेरे चित्रकार—रूपेश तलस्कर का भी आभार, जिन्होंने कई पुस्तकों की आंतरिक चित्रण-योजनाओं को बारीकी से साकार किया। बहुआयामी संगीतकार—अमेय नाइक, जिन्होंने संग्रह के वीडियो ट्रेलरों के लिए अद्भुत और मन में बस जाने वाले धुनों की रचना की। इस शृंखला की प्रतिभाशाली

कवर डिज़ाइनर-रमणिका सेहरावत और ओक्टोबज़ की टीम का भी आभार, जिन्होंने सोशल मीडिया पर अद्‌भुत सहयोग दिया। मैं विश्वजीत सपन और नित्यानंद मिश्र का भी आभारी हूं, जिन्होंने समय-समय पर मेरी किताब में संस्कृत तत्वों को शामिल करने में सहायता की।

मेरा धन्यवाद आशु नाइक (कलेक्टिव आर्टिस्ट्स), सिद्धार्थ जैन (द स्टोरी इंक), अनुज बाहरी (रेडइंक) और फ़रीन दोसानी (स्पीकइन) को, जिन्होंने मुझे और मेरे कार्य को दुनिया तक पहुंचाने में सहयोग किया।

मेरे माता-पिता—महेंद्र और मंजू—और मेरे भाई-बहन—विधि और वैभव—जिन्होंने हमेशा मुझे अपने सपनों के पीछे भागने की प्रेरणा दी। मेरी पत्नी अनुष्का और पुत्र रघुवीर—जिन्होंने मेरे लेखन-सफर में हमेशा सहयोग दिया। अगर उनका अटूट प्रेम न होता, तो मेरी कोई भी पुस्तक संभव न हो पाती। और मेरी छोटी राखी-बहन फराह, जिसने मुझे यह सिखाया कि जीवन की हर चीज़ समझाने योग्य नहीं होती, कुछ बातें बिना समझे ही बेहतर होती हैं।

मेरे नाना और उनके भाई (चचेरे नाना) दिवंगत रामप्रसाद और रामगोपाल गुप्ता को भी याद करना चाहूंगा, जिन्होंने अपनी कहानियों और पुस्तकों से मुझे प्रेरणा दी। उन्हीं की कृपा से मेरी कलम की स्याही कभी सूखती नहीं।

और अंत में, मां शक्ति। वही शक्ति, जो मेरी कलम में सामर्थ्य भरती हैं। मां, आपके अनंत आशीर्वाद के लिए— सदैव धन्यवाद।

संदर्भ

भारत कलेक्शन की किताबें कुछ तथ्यों पर आधारित काल्पनिक कहानियां हैं। पाठक अक्सर मुझसे पूछते हैं, 'आपकी किताब का कितना हिस्सा तथ्य है और कितना कल्पना? कौन से हिस्से काल्पनिक हैं और कौन से हिस्से सच?' मैं हमेशा कहता हूं कि मेरे पाठक को पूरे उपन्यास को सिर्फ़ फ़िक्शन मानना चाहिए। लेकिन जो लोग और ज़्यादा जानकारी लेना चाहते हैं, उनके लिए मैं उन किताबों, पेपर्स, जर्नल्स, वीडियोज़ और वेबसाइट की एक पूरी लिस्ट देने की कोशिश करता हूं जिनका मैंने अपनी फिक्शनल कहानी बनाते समय इस्तेमाल किया है। इनमें से कुछ स्रोतों में ऐसे विचार भी हो सकते हैं जो कहानी के विपरीत हों। कलेक्शन की किसी भी किताब का उद्देश्य आगे की खोज के लिए एक शुरुआती बिंदु देना है। मुझे उम्मीद है कि मेरे पाठक और ज़्यादा जानकारी जुटाने के लिए स्रोतों की इस सूची का उपयोग करेंगे।

किताबें

- *ए कंसाइज़ हिस्ट्री ऑफ़ साउथ इंडिया*, नोबोरू कराशिमा, ऑक्सफ़ोर्ड यूनिवर्सिटी प्रेस, 2014
- *एंशिएंट डेल्ही*, उपिंदर सिंह, ऑक्सफ़ोर्ड इंडिया पेपरबैक्स, 2006
- *अंगकोर एंड द खमेर सिविलाइज़ेशन*, माइकल डी. को एंड डेमियन इवांस, थेम्स एंड हडसन लिमिटेड, 2024
- *अयोध्या— द लैंड ऑफ़ श्री राम, आउटलुक ट्रैवलर गेटवेज़*, आउटलुक पब्लिशिंग इंडिया, 2021

- *डमैस्कस: ए हिस्ट्री* (सिटीज़ ऑफ द एंशिएंट वर्ल्ड), रॉस बर्न्स, रूटलेज, 2019
- *एविडेंस फॉर द राम जन्मभूमि मंदिर,* विश्व हिंदू परिषद, 1990
- *हिस्ट्री ऑफ़ कोरिया,* कैप्टिवेटिंग हिस्ट्री, 2020
- *हिस्ट्री ऑफ कोसला अपटू द राइज़ ऑफ़ द मौर्याज़,* विशुद्धानंद पाठक, मोतीलाल बनारसीदास, 1963
- *इंपीरियल रोम, इंडियन ओशन रीजंस एंड म्युज़िरिज़,* केएस मैथ्यू, रूटलेज, 2017
- *इंडियाज़ लेजेंडरी वूट्ज़ स्टील,* श्रीनिवास रंगनाथन एंड शारदा श्रीनिवासन, यूनिवर्सिटीज़ प्रेस इंडिया प्राइवेट लिमिटेड, 2013
- *पेट्रा: द हिस्ट्री ऑफ़ जॉर्डन्स रोज़ सिटी,* हिस्ट्री टाइटन्स, क्रीक रिज पब्लिशिंग, 2023
- *इंडियन ट्रेसेज़ इन कोरियन कल्चर: द लेजेंड एंड बियॉन्ड,* रेनाटा ज़ेकाल्स्का, रूटलेज, 2025
- *राम एंड अयोध्या,* मीनाक्षी जैन, आर्यन बुक्स इंटरनेशनल, 2013
- *सैमगुक युसा: लेजेंड्स एंड हिस्ट्री ऑफ़ द थ्री किंगडम्स ऑफ़ एंशिएंट कोरिया,* इलियोन, ओलंपिया प्रेस, 2016
- *श्री रत्ना किम सुरो: द लेजेंड ऑफ़ एन इंडियन प्रिंसेस इन कोरिया,* एन. पार्थसारथी, नेशनल बुक ट्रस्ट इंडिया, 2015
- *सुवर्णभूमि: द गोल्डन लैंड,* बुंचर पोंगपनिच एंड सोमचेत थिनापोंग, जियो-इंफॉर्मेटिक्स एंड स्पेस टेक्नोलॉजी डेवलपमेंट एजेंसी, 2019
- द *बैटल ऑफ़ हैटिन, 1187,* एरिक डब्ल्यू. ओल्सन, जॉर्जटाउन यूनिवर्सिटी, 1983
- द *क्रिश्चियनिटी ऑफ़ कॉन्स्टेंटाइन द ग्रेट,* टी.जी. इलियट, फोर्डहम यूनिवर्सिटी प्रेस, 1996
- द *महाभारत,* डॉ. बिबेक देबरॉय, पेंगुइन रैंडम हाउस इंडिया, 2024
- द *पांडियन किंगडम: फ्रॉम द अर्लीएस्ट टाइम्स टू द सिक्सटीन्थ सेंचुरी,* के.ए. नीलकंठ शास्त्री, लूज़ैक एंड कंपनी, 1929
- द *रस्टलेस वंडर: ए स्टडी ऑफ़ द आयरन पिलर एट दिल्ली,* टी.आर. अनंतरामन, विज्ञान प्रसार, 1996
- *वाल्मीकि रामायण,* डॉ. बिबेक देबरॉय, पेंगुइन रैंडम हाउस इंडिया, 2017

एकेडमिक पेपर्स

- 'ए फ़ोनेटिक कंपेरेज़न ऑफ़ कोरियन एंड तमिल', उथयानन थानाबालासिंगम, *ओपन जर्नल ऑफ़ मॉडर्न लिंग्विस्टिक्स,* 2023
- 'ए टेल ऑफ़ वुट्ज़ स्टील', श्रीनिवास रंगनाथन, *रेज़ोनेंस,* 2006
- 'आर्कियोलॉजी फ़ॉर द कोर्टरूम: द अयोध्या केस एंड द फैशनिंग ऑफ़ ए हाइब्रिड एपिस्टेम', रेचल ए. वर्गीस, *जर्नल ऑफ़ सोशल आर्कियोलॉजी वॉल्यूम* 24(2), 2024
- 'अयोध्या: आर्कियोलॉजी एंड आइडेंटिटी', रेनहार्ड बर्नबेक एंड सुसान पोलक, *करंट एंथ्रोपोलॉजी* Vol. 37, 1996
- 'इमरजेंस ऑफ आयरन इन इंडिया: आर्कियोलॉजिकल पर्सपेक्टिव', वी. त्रिपाठी, *मेटलर्जी इन इंडिया—ए रेट्रोस्पेक्टिव,* नेशनल मेटलर्जिकल लेबोरेटरी, 2001
- 'फिश सिंबॉलिज्म इन इंडस वैसी एपिग्राफी एंड प्रोटोहिस्टोरिक अकाउंट्स', शमाशीष सेनगुप्ता, *स्टडिया ओरिएंटलिया इलेक्ट्रॉनिका* 11(1), 2023
- 'गया हिस्ट्री एंड कल्चर', किम ताएसिक, *जर्नल ऑफ़ कोरियन आर्ट एंड आर्कियोलॉजी,* वॉल्यूम 15, 2021
- इंडिया एंड कोरेया इन एंशिएंट टाइम्स', ब्युंग मो किम, कोरिया इंस्टीट्यूट ऑफ़ हेरिटेज, 2021
- 'इंटरफेसिंग कल्चरल लैंडस्केप्स बिटवीन इंडिया एंड कोरिया: इलसट्रेटिंग द मेमोरियल ऑफ़ कोरियन क्वीन हियो इन अयोध्या', राणा पी.वी. सिंह एंड सर्वेश कुमार, **द जियोग्राफर** वॉल्यूम 66 (2), 2019
- 'कैलासा: द स्टाइलिस्टिक डेवलपमेंट एंड क्रोनोलॉजी', एम.के. धवलीकर, *बुलेटिन ऑफ़ द डेक्कन कॉलेज पोस्ट-ग्रेजुएट एंड रिसर्च इंस्टीट्यूट* वॉल्यूम 41, 1982
- 'कोरकाई: एन एम्पोरियम ऑफ पर्ल ट्रेड ऑफ़ द एंशिएंट तमिल कंट्री', एस. जयपार्वती, थंगा सेल्वम आर., शुनमुगा डी., *इंटरनेश्नल जर्नल ऑफ क्रिएटिव रिसर्च थॉट्स,* 2018
- सोमनाथ का ख़जाना लूटने में महमूद ग़ज़नीज़ फेल्यर टू लूट द ट्रेज़र ऑफ़ सोमनाथ एंड स्ट्रैटजेम ऑफ़ गुजरात्स जैन मिनिस्टर विमल शाह', बिपिन शाह, रिसर्चगेट, 2020

- 'मुचिरी: इन एंशिएंट तमिल टेक्स्ट्स एंड तमिल ट्रेडिशन', डॉ. वी. सेल्वाकुमार, एकलौकम ट्रस्ट फॉर फोटोग्राफी, 2016
- 'ऑन टेक्निकल एनालिसिस ऑफ़ कैनन शॉट क्रेटर ऑन डेल्ही आयरन पिलर,' आर. बालासुब्रमण्यम, वी.एन. प्रभाकर, मनीष शंकर, *इंडियन जर्नल ऑफ हिस्ट्री ऑफ साइंस* 44.1, 2009
- 'द एंशिएंट कोरियन तमिल कनेक्शन वाया हियो ह्वांग-ओक एलियस चेम्पावलम', कन्नन नारायणन, *डीआईएस जर्नल*, 2020
- 'द डाइपोल व्यू ऑन द मिस्ट्री ऑफ़ कुमारी-कंदम', के.एम. अनिता शेरिल एंड पी. राजकुमारी, *जर्नल ऑफ़ इमर्जिंग टेक्नोलॉजीज़ एंड इनोवेटिव रिसर्च*, वॉल्यूम 5 इश्यू 12, 2018
- 'द ग्लोरी ऑफ़ मीनाक्षी अम्मन टेंपल मदुरै', इंदर जनकराजन एंड प्रियरंजन बेहरा, *इंटरनेशनल जर्नल ऑफ़ मल्टीडिसिप्लिनरी रिसर्च एंड ग्रोथ इवैल्युएशन*, 2022
- 'द की रोल ऑफ़ इम्प्योरिटीज़ इन एंशिएंट डमैस्कस स्टील ब्लेड्स', जे.डी. वर्होवेन, ए.एच. पेंड्रे एंड डब्ल्यू.ई. डॉक्स्च, *जर्नल ऑफ़ द मिनरल्स, मेटल्स एंड मैटेरियल्स सोसाइटी* 50 (9), 1998
- 'द लॉस्ट तमिल कॉन्टिनेंट ऑफ़ कुमारी कंदम', डॉ. उदय डोकरास, इंडो नॉर्डिक ऑथर्स कलेक्टिव, 2021
- 'व्हाई डू हंड्रेड्स ऑफ़ कोरियन्स थ्रॉन्ग टू अयोध्या एवरी ईयर', डॉ. उदय डोकरास, इंडो नॉर्डिक ऑथर्स कलेक्टिव, 2020

लेख

- 'ए वॉक अराउंड द कुतुब कॉम्पलेक्स', https://wmf- production.nyc3.digitaloceanspaces.com/documents/9c_ A20Walk20around20the20Qutb20Complex.pdf
- 'एंशिएंट इंडियन मेटलर्जी', https://vedicheritage.gov.in/vedic-heritage-in-present-context/metallurgy/
- 'डिज़ाइन रिसोर्स: सन टेंपल कोणार्क उड़ीसा', प्रोफेसर बिभुदत्ता बरल, दिव्यदर्शन सीएस, रक्षिता, एनआईडी, बेंगलुरू, http://www. dsource.in/resource/sun-temple-konark-orissa/introduction

- 'हिस्टॉरिकल टूर गिम्हे टूंब ऑफ़ किंग सूरो एंड अदर्स', कोरिया टूरिज़्म ऑर्गेनाइज़ेशन, https://kto.visitkorea.or.kr/file/ download/ bd/18ddb0fc-73a8-11e5-b596-5311eaaaa337.pdf.kto
- 'कैलासा: द मैजेस्टिक टेंपल ऑफ एलोरा', मिनिस्ट्री ऑफ़ कल्चर एंड इंडियन इंस्टीट्यूट ऑफ़ टेक्नोलॉजी, बॉम्बे, https://indianculture. gov.in/stories/ kailasa-majestic-temple-ellora
- 'श्री राम जन्मभूमि मंदिर प्रोजेक्ट ब्रीफ़', टाटा कंसल्टिंग इंर्जनियर्स लिमिटेड, https://www.vhpsa.org.au/images/events/ Ram_Mandir_2022.pdf
- 'द लेजेंड ऑफ़ द इंडियन प्रिंसेस इन कोरिया', अक्षय चव्हाण, लाइव हिस्ट्री इंडिया, https://www.peepultree.world/livehistoryindia/ story/people/the-legend-of-the-indian-princess-in-korea?srsltid=AfmBOop MwnQ9URQMIAnSzqzE63GjJGch7p83zGBrLnP ZSElHV SjHQMnb
- 'वड्र्स दैट स्पीक ऑफ़ एन एंड्योरिंग लिंक बिटवीन तमिल एंड कोरियन', डी. माधवन, https //www.thehindu.com/ news/cities/chennai/words-that-speak-of-an-enduring-link- between-tamil-and-korean/ article7853212.ece

वीडियो रिसोर्सेज़

- अयोध्या क्वीन हुह मेमोरियल पार्क, https://www.youtube. com/ watch?v=-kReY_mkEmc
- हियो ह्वांग-ओक कोरियन क्वीन एंड तमिल प्रिंसेस, https://www. youtube. com/watch?v=XQLfV2fvgN4
- किम सू-रो: द आयरन किंग (कोरियन टीवी सीरीज़), https://www. youtube.com/watch?v=u0yZRrlVFMs
- प्रिंसेस सुरिरत्ना इंडिया (हियो ह्वांग-ओक): इंडियन क्वीन मैरिड कोरियन किंग, https://www.youtube.com/ watch?v=CEw9yt6Xvp
- रॉयल टूंब ऑफ़ क्वीन हियो, डब्ल्यू.डी. वॉकर, https://www.youtube. com/watch?v=L_CK82yLpEA

- सरप्राइज़िंग सिमिलरिटीज़ बिटवीन तमिल नाडु एंड कोरिया: स्टोरी ऑफ़ ए लेजेंडरी इंडियन प्रिंसेस, https://www.youtube.com/ watch?v=cAeLh-seSK8&t=102s
- द लॉस्ट टेक्नोलॉजी ऑफ़ स्टील मेकिंग इन एंशिएंट इंडिया (प्रोजेक्ट शिवोहम), https://www.youtube.com/ watch?v=VX8EOlOO7Ek
- वूट्ज़ स्टील फ्रॉम साउथ इंडिया: फिल्म बाई प्रोफेसर शारदा, https:// www.youtube.com/watch?v=pVCUYqa9kos&t=742s

लेखक परिचय

अश्विन सांघी भारत के सबसे ज़्यादा बिकने वाले अंग्रेज़ी उपन्यास लेखकों में एक हैं। उन्होंने भारत सीरीज़ में कई बेस्टसेलर (द *रोज़ाबल लाइन, चाणक्याज़ चैंट,* द *कृष्णा की,* द *सियालकोट सागा, कीपर्स ऑफ* द *कालचक्रा,* द *वॉल्ट ऑफ विष्णु,* द *मैजीशियन्स ऑफ़ माज़्दा* और द *अयोध्या अलायंस*) लिखे हैं। जेम्स पैटरसन के साथ मिलकर उन्होंने *न्यूयॉर्क टाइम्स* के दो बेस्टसेलिंग क्राइम थ्रिलर *प्राइवेट इंडिया* (अमेरिका में *सिटी ऑन फायर* के नाम से) और *प्राइवेट डेल्ही* (अमेरिका में *काउंट टू टेन* के नाम से) लिखे हैं। वो लक, वेल्थ, मार्क्स, हेल्थ और परेंटिंग पर 13 स्टेप्स सीरीज़ में कई नॉन-फिक्शन किताबों के मेंटर, सह-लेखक और संपादक भी हैं। वो *टाइम्स ऑफ़ इंडिया* के ओपिनियन पेज के लिए भी लिखते रहते हैं।

अश्विन को ***फोर्ब्स इंडिया*** ने अपनी सेलेब्रिटी 100 लिस्ट में और ***द न्यू इंडियन एक्सप्रेस*** ने अपनी कल्चर पावर लिस्ट में शामिल किया है। वो क्रॉसवर्ड पॉपुलर च्वॉइस अवॉर्ड 2012, अट्टा गलट्टा पॉपुलर च्वॉइस अवॉर्ड 2018, डब्ल्यूबीआर आइकॉनिक अचीवर्स अवॉर्ड 2018, द लिट-ओ-फेस्ट लिट्रेचर लेजेंड अवॉर्ड 2018, द कलिंगा पॉपुलर च्वॉइस अवॉर्ड 2021, और दीनदयाल उपाध्याय रिकॉग्निशन 2023 के विजेता रहे हैं। उन्हें राजस्थान की जेईसीआरसी यूनिवर्सिटी ने डॉक्टरेट की मानद उपाधि भी दी है।

उन्होंने कैथेड्रल और जॉन कनन स्कूल, मुंबई और सेंट ज़ेवियर्स कॉलेज, मुंबई से पढ़ाई की थी। उन्होंने येल यूनिवर्सिटी से एमबीए किया है। अश्विन अपनी पत्नी अनुष्का और बेटे रघुवीर के साथ मुंबई में रहते हैं।

आप निम्नलिखित चैनलों के माध्यम से अश्विन से जुड़ सकते हैं:

वेबसाइट www.sanghi.in

X: @ashwinsanghi

इंस्टाग्राम @ashwin.sanghi

फेसबुक fb.com/ashwinsanghi

यूट्यूब: youtube.com/ashwinsanghi

लिंक्डइन: linkedin.com/in/ashwinsanghi

अनुवादक परिचय

धीरज कुमार अग्रवाल सीनियर मीडिया प्रोफेशनल हैं और मुंबई में रहते हैं। आईआईएमसी, नई दिल्ली से हिंदी पत्रकारिता में पोस्ट ग्रेजुएशन डिप्लोमा हासिल करने वाले धीरज पत्रकारिता और जनसंचार में बीस वर्षों से अधिक का अनुभव रखते है। साथ ही वो साहित्य सृजन और अनुवाद कार्य से सक्रिय रूप से जुड़े हैं। धीरज करीब दो दर्ज़न अंग्रेज़ी किताबों का हिंदी में अनुवाद कर चुके हैं। इनकी लिखी कविताओं का एक संग्रह **'शाम अभी बाकी है'** के नाम से ई-बुक के रूप में प्रकाशित हो चुका है। इसके अतिरिक्त पर्सनल फाइनेंस, बिज़नेस और इकोनॉमी से जुड़े मुद्दों में धीरज की गहरी पकड़ है और कई वेबसाइटों के लिए नियमित लेखन करते रहे हैं। आप उनसे X: @ dheertweet पर संपर्क कर सकते हैं।

मास्टर स्टोरीटेलर की रोमांचक दुनिया में आपका स्वागत है

रोज़ाबाल वंशावली

एक गुप्त समाज के साये में, जो एक पुराने राज़ को सामने आने देने के बजाय दुनिया को मिटाना चाहता है, फादर विंसेंट सिंक्लेयर को लड़ाई-झगड़े वाले कश्मीर के बीचों-बीच रोज़ाबाल नाम के एक मकबरे का राज़ खोजना होगा। यह मकबरा एक पुरानी पहेली की चाबी रखता है, लेकिन क्या फादर सिंक्लेयर के लिए समय खत्म हो रहा है?

चाणक्य मंत्र

सिकंदर महान के हमले का खतरा एक बार टालने के बाद, कूटनीति में माहिर और मौर्य साम्राज्य का बेरहम किंगमेकर चाणक्य अब, ढाई हज़ार साल बाद, भारत के छोटे से शहर में उभरा है। क्या वह एक टूटे हुए देश को फिर से एकजुट कर पाएगा?

कृष्ण कुंजी

एक कातिल का आगमन–जो भगवान के नाम पर अपनी भयानक और सोची-समझी साज़िशों को अंजाम देता है—किसी खतरनाक साज़िश का पहला सुराग है। ये साजिश एक पुराने राज़, कृष्ण की अनमोल विरासत को उजागर करने की है। इतिहासकार रवि मोहन सैनी को द्वारका के डूबे हुए अवशेषों और सोमनाथ के रहस्यमयी लिंगम से बर्फीले कैलाश पर्वत की ओर भागना होगा ताकि कृष्ण की सबसे कीमती चीज़ की रहस्यमयी जगह का पता लगाया जा सके।

सियालकोट गाथा

दो बिज़नेसमैन, अरविंद और अरबाज़ की ज़िंदगी अनजाने में आपस में जुड़ जाती है, क्योंकि वे एक-दूसरे से टकराते हैं, और पर्सनल और प्रोफेशनल तौर पर एक-दूसरे से आगे निकलने की अपनी खतरनाक और जानलेवा साज़िशें करते हैं।

कालचक्र के रक्षक

जब अनजान साइंटिस्ट विजय सुंदरम को एक गैलेक्टिक सीक्रेट का पहला सुराग मिलता है, जो इंसानों के पतन की रफ्तार बढ़ा सकता है, तो वह खुद को एक भूलभुलैया में फंसा हुआ पाता है। उसका पीछा ऐसे अनजान हत्यारे कर रहे हैं, जो कसाइयों की तरह क्लिनिकल एफिशिएंसी से काम करते हैं। क्या वह इंसानियत और खुद को बचा पाएगा?

विष्णु का ख़ज़ाना

एक युवा इन्वेस्टिगेटर जिसका अतीत मुश्किलों से भरा है, नई दुनिया में पावर बैलेंस बनाए रखने के लिए समय के खिलाफ दौड़ता है। समय और स्थान की सीमाओं के पार, पल्लवों के साम्राज्य से लेकर भारत-चीन युद्धों के मैदानों तक, अश्विन सांघी के एक और मास्टरपीस में मिथक और इतिहास का ज़बरदस्त एक्शन देखने को मिलता है।

HarperCollins *Publishers* India

At HarperCollins India, we believe in telling the best stories and finding the widest readership for our books in every format possible. We started publishing in 1992; a great deal has changed since then, but what has remained constant is the passion with which our authors write their books, the love with which readers receive them, and the sheer joy and excitement that we as publishers feel in being a part of the publishing process.

Over the years, we've had the pleasure of publishing some of the finest writing from the subcontinent and around the world, including several award-winning titles and some of the biggest bestsellers in India's publishing history. But nothing has meant more to us than the fact that millions of people have read the books we published, and that somewhere, a book of ours might have made a difference.

As we look to the future, we go back to that one word—a word which has been a driving force for us all these years.

Read.

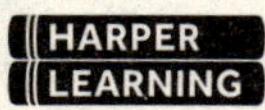

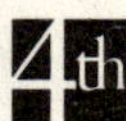